백련화 白蓮花

세 여자의 납치와 예지적인
꿈의 세계

홍 순 래 지음

어문학사

머리말

  필자가 어릴 때, 아버지가 카라멜(물엿·미르꾸) 같은 것을 주셨다. 달짝지근한 것으로 맛있게 먹었던 기억이 난다. 하지만 다음날 대변을 보면 그 속에 가느다랗고 하얀 벌레들이 꿈틀거리고 있었다. 그랬다. 아버지가 주신 것은 회충약이었던 것이다.

  문학이론에 '문학당의설(文學糖衣說)'이라고 있다. 작가가 하고 싶은 이야기인 교훈적인 주제나 가치관·인생관을 효율적으로 독자들에게 전달하기 위해서, 사탕발림의 흥미있는 이야기를 사용하고 있기에, 독자는 소설을 읽으면서 자신도 모르게 빠져들어 가는 것이다.

  필자는 그동안 꿈(해몽)에 관해서만 10권의 저서를 출간한 바 있다. 이제 한 발 더 나아가, 예지적 꿈을 주요 제재로 한 소설인 '백련화'를 통하여, 독자 여러분이 신비한 예지적 꿈의 세계에 관심과 흥미로움을 느끼며 빠져들게 하고자 한다.

  오늘날 신문·잡지·라디오·TV·영화 등 매스미디어 속에, 꿈을 소재로 한 이야기가 심심찮게 등장하고 있음을 볼 수 있다. 또한, '마이너리티 리포트'와 같이 예지적인 꿈을 소재로 한 영화라든지, 소설 작품에서도 꿈은 주요한 모티프로 활용되고 있다.

  고전소설에서는 주인공의 신비한 태몽으로 이야기가 시작됨으로써, 장차 영웅적인 일생을 예지해주고 있다. 또한, 주인공이 위험에 빠졌을 때 조상이 일러주는 계시적인 꿈 이야기를 비롯하여 소설 전개의 주요 복선으로 꿈을 활용하고 있다. 그 밖에도 '조신몽' 설화나 '구운몽'을 비롯한 몽자류 소설이나 몽유록계 소설에서, 꿈을 소재로 한 작품들이 다수 있다. 하지만 예지적인 꿈의 세계라기보다는, 꿈의 허망성을 이용한 인생의 무상함을 보여주고 있다거나, 시대현실에 대한 비판의식이나 자신의 바람을 꿈을 통해 은연중에 드러내고 있는 작품이 대다수이다.

꿈에도 여러 가지가 있지만, 단적으로 말해서 '꿈은 미래를 예지한다' 필자는 이러한 예지적인 꿈의 세계를 독자 여러분에게 흥미있게 일깨워드리고자, '조폭'에 의한 '세 여자의 납치 사건'을 배경으로 한 소설을 오래전부터 준비해 왔다. 하지만 10여 년 이상의 오랜 세월을 '소설을 써야 한다' 하면서도, 머뭇머뭇 망설이면서 비밀일기를 적듯이 부끄러운 진행으로 남아 있었다.

그것은 여자가 납치된다는 비도덕적인 이야기 전개도 문제이지만, 소설의 내용 전개상에 있어서 필수적인, 납치된 세 여자가 겪게 되는 시련과 고통에 관한 묘사의 적절성 여부에 대한 고심 때문이었다. 그리하여 어린이가 유괴되는 이야기, 정신 병력을 지닌 사람에 의해 납치되는 이야기로 바뀌는 가운데 몇 년이 지나갔다.

필자의 아내 또한 '납치'에 관한 소설을 쓴다는 이야기에, 부정적인 눈으로 필자를 대했다. 그리하여 또 몇 년의 세월이 지나갔다.

옛 선인의 한시(漢詩)와 관련된 말에, 시마(詩魔)라고 있다. 시를 쓰지 않고서는 못 견디게 하는 마귀에 사로잡힌 것처럼, 비유하자면 필자는 꿈에 대해서 무언가 쓰지 않으면 안 되는 몽마(夢魔)에 사로잡혀 살아왔다.

필자의 몽생몽사(夢生夢死) 필명이 그러하듯, 필자에게 있어서는 사람들에게 더 쉽게, 보다 널리, 올바른 꿈의 세계를 알려야겠다는 생각뿐이었다. 그러기 위해서 흥미있게 예지적인 꿈의 세계로 안내하고, 꿈에 대한 올바른 이해를 갖게 하기 위해서, 흥미있는 이야기인 '납치'에 관한 소설 형식을 빌려야 한다는 확신은 버릴 수 없었다.

어느덧 필자의 나이 50대 중반을 넘어섰다. 공자님은 50에 지천명(知天命)이라고, 천명을 알았다고 하셨다. 이제 일부 독자의 비난을 받을지라도, 세 여자의 납치와 예지적인 꿈의 세계를 다룬 『백련화』 소설 속에, 예지적인 꿈의 세계를 비롯하여 필자가 말하고 싶은 여러 가지 이야기를 풀어놓고 싶다. 이 소설을 쓰면서, '나는 몽마(夢魔)에 사로잡힌, 꿈에 살고 꿈에 죽는 몽생몽사일 뿐이다'라고 수없이 다짐했다.

백련화는 꿈을 주 제재로 한 소설이다. 은퇴한 '조폭'에 의해, 미모의 세 여자가 서울 교외의 비밀요정인 '피라미드'의 지하 비밀 룸에 납치되어, 손님들에게 애교 띤 술자리 접대를 위한 '백련화(아가씨)'로 시련을 겪게 되는 세 여자의 실종사건을 추적해 나가고 있다. 사건의 단서가 없는 가운데, 여자들의 실종 사건에 관심을 지닌 신문사 여기자, 그녀에게 호의적인 형사가 사건 해결에 적극적으로 나서게 되고, 납치된 세 여자 및 주변 친지의 예지적인 꿈 이야기 속에서, 사건의 단서를 찾아 해결해나가는 과정을 담고 있다.

소설은 허구로 꾸며낸 이야기라고 하지만, 고백하자면 이 작품 속에 나오는 이야기들은 대부분 실제 일어난 이야기에 바탕을 두고 있다. 관악구 살인사건의 편지 이야기도 사실이며, 곳곳에 인용되는 꿈 이야기도 실제 일어난 꿈 사례를 바탕으로 하고 있다. 따라서 그 어느 소설보다도 공감을 불러일으킬 수 있다고 믿는다.

필자는 그동안 실증적인 사례를 통한 꿈의 상징연구에 매진해왔다. 신문·잡지의 연재 활동 및 라디오·TV 등 방송활동과 '홍순래 박사 꿈해몽'의 인터넷 사이트(http://984.co.kr)를 통해 예지적인 꿈의 세계에 대하여 역설(力說)해왔다.

그럼에도 아직 일반 사람들은 꿈의 세계에 대해서 '꿈은 반대이다'라는 그릇
된 생각을 지니고 있거나, 꿈이란 미신으로 점쟁이들이 하는 것으로 잘못 알
고 있는 사람들이 많다. 심지어 "나는 하나님을 믿기 때문에 꿈을 믿기가 그렇
다."는 말을 하는 사람들이 있는가 하면, 프로이트를 들먹여서 억눌린 욕망이
꿈으로 표출되는 것으로만 잘못 알고 있으며, 예지적인 꿈의 세계에 대해서는
부정 시(視)하고 있다.

꿈의 세계는 정신과학의 세계이며, 우리 인간의 정신능력이 고도로 발현되
는 세계이다. 우리 인간에게는 시각·청각·후각·미각·촉각의 5감(五感) 외에,
마음으로 느끼는 6감(六感)이 있다. 비유하자면, 꿈의 세계는 6감(六感)에서 나
아가, 우리 뇌의 정신활동으로 빚어내는 7감(七感)의 세계로, 꿈은 신(神)이 우
리 인간에게 부여한 최대의 선물인 것이다.

백련화가 널리 알려져, 사람들이 보다 올바르게 예지적인 꿈의 세계를 알게
되고, 나아가 이 책에서 실화로 다룬 1996년 일어난 관악구 살인사건에 대한
재수사가 이루어지기를 바란다.

2013년 1월 8일 몽생몽사

차례

〈 주요 명칭 및 등장 인물 소개 〉

* **피라미드**: 마 두목과 박 마담이 서울 교외에 세운 비밀 고급 요정.

* **백련화**: 피라미드 비밀요정 아가씨.

* **백주월**(白主月): 피라미드 비밀회원제 손님을 일컫는 말. 백청(白靑)을
파자한 白主月.

* **정하연**: 미모의 탤런트, 백련화의 연꽃.

* **강미림**: 미모의 여대생, 백련화의 백합.

* **최희정**: 회사원(사설병원 간호조무사), 백련화의 난초.

* **마 두목**: 왕년의 조폭, 피라미드 운영.

* **박 마담**: 마 두목과의 내연관계로 피라미드의 안주인.

* **칼치**: 왕년의 흑두건파 행동대장으로, 마 두목의 심복이 된 우직한
인물.

* **고도혜 기자**: 기자로 납치 사건에 관심을 갖고 뛰어들게 되며, 특히
꿈에 나타난 최희정의 납치사건에 적극성을 보임.

* **김복진 형사**: 수사과 형사로, 고도혜 기자를 좋아하며, 그녀와 함께
수사에 뛰어들게 됨.

* **구몽 박사**: 실증사례를 바탕으로 꿈의 상징을 연구하는 해몽전문가.

* **이방 수사반장**: 명예 퇴직한 전직 수사반장으로, 사설 탐정소 소장.

* **이청수**: 미림 고3 때 가정교사. 미림 부모의 반대로 헤어지게 됨. 미

　　림과 이별여행을 함께 함. 벤처기업의 연구원.

* **김연숙(몽순이)**: 정하연의 친구로, 꿈으로 사건 단서를 제공함.

* **심희숙**: 회사원 최희정의 친한 언니로, 꿈으로 사건의 단서 제공.

* **임민호**: 하연을 좋아하는 팬에서 파파라치로 발전.

* **기타 인물 다수**

〈프롤로그〉

세 번째 백련화(하연)의 납치

2003.10.18. 토요일 24:00

밤하늘의 별빛이 쏟아져 내려, 흘러가는 물결에 부서지고 있었다. 사방이 적막 속에 빠져든, 밤 12시가 훨씬 넘은 늦은 시간이었다. 남한강 가의 언덕 위 고급 별장의 육중한 문이 열리고, 이어 까만 승용차 한 대가 미끄러져 나왔다.

차 안에는 매니저와 TV 드라마에서 인기 절정의 탤런트로 떠오른 정하연이 타고 있었다. 별장의 삼현 그룹의 창립 축하 파티에 반강제적으로 붙들려 있다가, 밤늦게나마 간신히 빠져나오는 길이었다.

정하연은 조선 숙종조의 인현왕후의 일대기를 극화한 '미나리'란 TV 연속극을 통해, 혜성처럼 나타난 신인 연예인이었다. 그녀는 아름다우면서도 기품이 있는 얼굴로, 특히 그녀의 함초롬한 눈은 보는 이로 하여금 마음을 설레게 하고 있었다. 그녀의 가녀린 목선을 따라 귀밑의 솜털이 비춰지고, 눈웃음을 칠 때마다 생기는 보조개가 화면에 잡히면, 많은 남성이 탄성을 발하였다.

저택에서 나온 하연의 차는 강변의 길을 향해 내려오고 있었다. 집에 도착하기까지는 한 시간이 더 걸릴 것 같았다. 별장에서 이렇게 늦은 시간까지 있게 될 줄은 몰랐다.

하연은 깊은 밤 한적한 도로를 운전하는 매니저를 지켜보면서, 왠지 모르게 불안감이 엄습해오고 있었다. 밤늦은 시간이라 그런지, 지나가는 차량도 거의 없었다. 더구나 오늘은 얼마 전에 새로 온 보디가드 인혁도 없었다. 공교롭게도 인혁의 부친 제삿날이었기에, 점심을 먹은 후에 고향으로 내려보냈던 것이다. 하연은 새삼 인혁이 없는 빈자리가 크게 느껴졌다.

하연은 점차 피로감이 엄습해와 눈을 감았다가 뜨기를 반복했다. 하연은 잠을 자기가 두려웠다. 요즈음 들어 좋지 않은 꿈만 자주 꾸기에, 잠을 자면 또다시 안 좋은 꿈을 꿀 것만 같았다.

그녀는 원래 꿈을 자주 꾸지는 않았었다. 하지만 연예계에 데뷔한 얼마 전부터 좋지 않게 느껴지는 꿈을 자주 꾸는 것이 이상했다. 마치 지진이 일어나기 전에 여러 징조가 일어난다고 하듯이, 자신에게 무슨 일이 일어날 것을 예지해주는 것 같았다.

또한, 이전에 꾸던 꿈이 희미한 꿈이었다면, 연예계 데뷔 후의 꿈은 생생하고 강렬한 꿈으로, 깨어나서 한참을 지나서야 자신이 꿈을 꾸었다는 사실을 알 정도였다. 하연은 무언가 꿈을 통해 일깨워주고 예지해주고 있다는 느낌을 떨쳐버릴 수가 없었다. 그리하여 밤늦은 시간에 다니는 것을 꺼려, 일찍 귀가를 서둘러 왔던 것이었다.

그동안 재벌 회장 등 권력자들과의 술자리 유혹을 피해왔지만, 오늘은 삼현그룹 창립 축하연 자리라는 미명하에, 술자리 흥을 돋우기 위한 기쁨조로 붙잡혀 있다가, 결국은 간신히 헤어 나와 늦은 시간에 귀가하게 된 것이다.

평소 같았으면 운전기사가 따로 있었지만, 오늘은 별장에서의 창립축하 모임이 늦게 끝날 것을 예상한 매니저가 직접 운전했기에, 다시 매니저가 운전하고 돌아가는 길이었다.

하연은 피곤한 몸이었지만, 보름 전에 엘리베이터에서 구덩이로 추락하여 뱀들에게 시달린 꿈을 꾸고 나서는, 그날 이후로 또 악몽을 꿀까 봐 잠을 자는 것이 두려웠다. 하지만 영화 촬영으로 인한 피곤함에다가, 못 마시는 술을 억지로 한두 잔 마신 탓인지 졸음을 견딜 수 없었다. 하연은 혹시나 뒤따라오는 차가 있는지 고개를 돌려 확인하고는, 없다는 안도감에 눈을 감았다.

하연은 울창한 숲길을 걷고 있었다. 하늘은 잔뜩 찌푸린 채로 금방이라도 빗줄기를 퍼부을 것 같았다. 어디선가 짐승의 울부짖는 소리가 들려왔다. 하연은 놀라움과 두려움으로 어쩔 줄을 몰랐다.

그때였다. 한 떼의 추악한 늑대가 그녀를 에워싼 것은---. 하연은 주변에 무언가 잡을 막대기를 찾았지만, 아무런 것도 없었다. 하연은 공포로 아무런 말도 할 수 없었다.

늑대들은 환호성을 지르며, 빙글빙글 하연의 주위를 맴돌았다. 좌우에서 늑대들이 하연을 할퀴며, 몇 번인가 허공을 그으며 뛰어올랐다. 벌써 그녀의 입은 옷은 다 찢기다 못해, 알몸이 드러날 정도였다. 어느 순간, 검은 색깔의 날렵한 한 마리의 늑대가 그녀의 옆구리를 물어뜯었다. 하연은 극심한 고통을 느끼며 비명을 질렀다.

바로 그 순간 하연은 외마디 소리를 지르며 깨어났다. 매니저가 급정거하며 차를 옆 길가에 세웠다.

"하연 씨, 왜 그래요?"

매니저가 물었다.

"아니에요, 아무것도---."

'후유! 또 꿈이었구나!'

하연은 꿈을 꾼 것이라고 믿어지지 않을 만큼 너무 생생하여, 늑대에게 물린 옆구리를 살펴보았다. 원래 하연은 꿈을 잘 믿지 않았다. 또한, 독실한 크리스천이기도 하였다. 하나님을 믿는 자신이 꿈의 세계를 믿는다는 것이 죄를 짓는 것 같다고 생각하기도 하였다. 평소에 남들이 꿈 이야기를 하여도, 그것은 한갓 우연히 일어난 일이고, 꿈은 미신에 가까운 것이라고 여겼다.

그런데 다시 늑대에게 물리는 이런 악몽을 꾸다니, 도대체 평상시 꾸지 않던 꿈을 왜 이렇게 자주 꾸게 되는지, 그리고 꿈이 하나같이 좋지 않은 것 같아서, 그녀는 기분이 아주 나빴다. 불안한 마음으로 하루하루 살얼음 위를 걸어나가는 듯한 마음이었다.

'한낱 꿈일 뿐이야' 하면서도, 보름여 전에 꾼 꿈과 겹쳐지면서, 저 가슴 깊은 곳에서는 왠지 모르게 불안감이 더해져 왔다. 하연은 보름여 전에 꾼 꿈의 기억을 떠올리기조차 싫었다. 그 징그러운 뱀들이 자신의 음부를 비롯하여 마구 파고들던 것을 지금도 그 생각만 하면, 가슴이 떨리는 것이었다.

그런데다가, 그녀가 방금 옆구리를 물어뜯기는 꾼 꿈은 도대체 무슨 일이란 말인가? 그녀는 꿈에서 늑대에게 물린 옆구리를 쓰다듬으면서, '꿈은 한갓 꿈일 뿐이야'라고 마음을 다잡았다. 개꿈이란 말이 따로 있는 것이 아니라, 이렇게 자신처럼 일정에 쫓기며 피로한 가운데 꾸는 것이 바로 개꿈이라 생각했다.

하연은 그래도 오늘 밤 별 탈 없이 별장에서 빠져나오게 된 것에 안도하였다. 매니저는 은근히 재벌인 송 회장과 함께하기를 바라는 눈치였으나, 그녀의 강력한 후원자인 노(盧) 회장의 세심한 배려와 그녀의 완강한 반대로, 이렇게 늦은 밤이나마 빠져나오게 된 것이 다행이었다.

하연은 차 창문을 열었다. 가을밤의 서늘한 바람이 상쾌함을 던져주고 있었다. '한낱 꿈일 뿐이야' 하연은 마음속으로 다짐했다. '이제 시작일 뿐이야' 앞으로 일본뿐만 아니라 국제무대까지 진출하기로 예정된 그녀로서는 이번 출연 영화를 어떤 일이 있더라도 성공적으로 마무리 지어야 했다.

다시 얼마를 갔을까. 갈림길에서 차가 꺾어지려는 순간, 옆길에서 검은 승용차가 튀어나와 앞을 가로막았다. 차가 '끼이-끽' 소리를 내며, 브레이크를 밟으면서 멈췄다. 이어 차 뒤로 또 다른 차가 다가왔다. 말끔한 검은 색의 정장을 차려입은 두 사나이가 뒤차에서 내리더니, 다가와 문을 두드렸다. 한 사나이는 차의 앞을 막고 서 있었다.

"다-아-당-신들은 누-누--구요?"

"저의 형님께서 급한 일로, 하실 말씀이 있다고 뵙자고 하시는데요. 잠시 이야기나 들어보시죠."

"아니, 댁들은 누구인데, 이 늦은 시간에 무슨 일로---, 내일 연락하라고 하시죠."

매니저는 차를 후진하여, 차를 돌려서 출발시키려 했다. 그러자 이내 뒤차가 다가와 후진을 막았다. 이어 검은 양복을 입은 사나이가 앞을 가로막으며, 문을 부술 듯이 무언가로 내리치는 것이었다. 매니저가 마지못해 운전석 문을 열고, 나갔다.

바로 그 순간 앞에 있던 사나이가 하연이 탄 차의 뒷좌석 문을 열어젖혔다. 동시에 한 사내가 몸을 밀어 넣었다. 음산한 얼굴의 사나이는 어디선가 본 듯한 얼굴이었다. 순간 하연은 보름여 전 꿈에, 호텔 입구에서 자동차 문을 열어주던 기분 나빠 보이던 보이의 얼굴을 떠올렸다.

"정하연, 이리 잠깐 나오실까?"

"아-아-니, 어디로 가자는 거예요?"

"이년, 이거 말로 해서 안 듣겠구먼."

그녀의 옆구리에 급작스럽게 주먹이 날아왔다. 바로 꿈에서 늑대가 물었던 그 자리였다. 이어 사내가 무언가를 코에 틀어막았다. 하연은 옆구리에 대한 충격에, 가물가물 의식을 잃어가고 있었다. 이어 널브러진 그녀를 앞차로 실어 나르고, 바로 차가 출발했다.

매니저는 사나이에 끌려가다시피, 뒤에 바짝 대고 있는 차로 나아갔다. 매니저가 뒷차로 다가가자, 뒷좌석에 까맣게 선팅된 유리창 문이 조금 내려졌다. 검은 안경에 날카롭게 생긴 사내인 '칼치'가 차가운 목소리로 말했다.

"이봐 매니저, 우리 '백주월(白主月)' 특별 회원께서 정하연이랑 같이 있고 싶다고 해서 데려가는데, 그리 알아라."

"아니, 이것 보세요. 어찌 세상에 이럴 수가 있소. 이건 납치예요. 경찰에 신고할 겁니다!"

순간 뒤에 서 있던 검은 사나이에게서 우악스러운 주먹이 매니저 옆구리에 날아들었다.

"으윽", 매니저의 얼굴은 고통으로 찡그려졌다.

"새꺄!, 헛소리 말고 말 잘 들어. 늦어도 내일 밤까지 보내줄 테니, 경찰에 신고하지도 말고, 아무에게도 알리지 마라. 만약에 신고하면, 넌 그날이 제삿날이 될 줄 알아."

"알지, 기자가 냄새 맡으면, 피차간에 좋지 않으니까, 하연이 망가지고, 탤런트 생활 끝나길 바라지 않는다면 찍소리 말고 있어."

이어 차 안에서 검은 가방 하나가 던져졌다.

"자! 이것 처먹고, 얌전히 있어라."

이어, 사나이를 태우고, 차가 출발했다. 하연을 태운 차는 벌써 오래전에 사라지고 없었다.

서울 교외의 고급 비밀 별장 '피라미드'에서, 마 두목의 심복이자 2인자인 칼치는 그동안 기회를 엿보다가, 드디어 세 번째의 '백련화(아가씨)', 인기 탤런트인 정하연을 납치하는 데 성공한 것이다. 이미 보름 전에 여대생 강미림을 납치하여 피라미드 지하 비밀 룸에 감금하여 백련화의 '백합'으로 만든 데 이어, 일주일 전엔 회사원 최희정을 납치해서 백련화의 '난초'로 만들어 가는 중이었다.

하지만 '사지(四知)'라는 말이 있듯이, 이 세상에 비밀은 없는 법. 갈림길에서 다소 떨어진 언덕 위 풀숲에서, 이러한 한밤의 충격적인 납치 장면을 정하연의 열렬한 팬이자 파파라치인 임민호가 적외선 카메라에 담아내고 있었다.

제 1장

납치의 화살—하연·미림·희정

2003.10.4. 토요일 14:00

푸른 하늘에 흰 구름이 두둥실 떠 있는 가운데, 가을 햇살이 밝게 빛나고 있었다. 토요일 오후 2시, 강남에 새롭게 세워진 '큐피드(Cupid)' 명품관 개관을 맞이하여, 주변에는 수많은 사람으로 넘쳐나고 있었다.

'큐피드(Cupid)' 명품관은 국내 최고 재벌 삼현 그룹이 강남에 새롭게 진출한 명품 백화점이었다. 지하 5층 지상 10층의 초현대식 건물로, 국제 설계 입찰로 지어진 건물이었다. 건물이 완공되기 전부터, 최고의 건축비를 비롯하여 각종 기록을 세우며 관심과 주목을 받아왔다.

큐피드 명품 백화점은 자연 채광 시스템, 건물 내 자동 온도 조절, 각종 공연 및 회의나 행사의 진행을 완벽하게 지원할 수 있는 최첨단 방송시스템을 갖추고 있었다. 특히 완벽한 주차시스템은 놀라울 정도였다. 지하 5

층의 완벽한 주차시설은 주차관리 요원이 컴퓨터 제어장치로, 주차의 모든 것을 다루었다. 고객이 1층 입구에 차를 세워두기만 하면 모든 것을 알아서 주차해주었고, 쇼핑을 마치고 나올 때에도 5분 안에 차량을 로비 앞에 대기시켰다.

시시각각으로 외벽이 무지갯빛으로 변하는 화려한 외관에다, 내부 일체가 고급 대리석이었다. 동서남북 4면에 각각 엘리베이터 시설이 갖추어져 있었으며, 층마다 자연 채광 아래에서 대화를 나눌 수 있는 만남의 휴식 공간이 별도 설치되어 국내 최고의 고급 백화점임을 내세웠다.

또한, 백화점으로 들어가는 남문의 입구 중앙은 거대한 원형의 돔으로 되어 있었다. 크고 작은 분수와 인공폭포의 기암괴석 사이로, 곳곳에 다양하고 진귀한 꽃과 각종 열대 희귀식물을 배치하여, 마치 신비한 환상의 나라에 온 이국적인 분위기를 자아내고 있었다.

'큐피드(Cupid)' 명품관 개관을 맞이하여, 일주일 전부터 신문 및 TV 방송에서는 최근에 인기 절정으로 떠오르고 있는 신예 톱 탤런트인 정하연을 내세운 대대적인 광고가 있었다. 또한, 개관을 기념하여, 사회 각계의 지도층 및 고급명사를 주 대상으로 '큐피드(Cupid)' 화살이 금박으로 박혀 있는 은밀한 초청장이 보내졌다.

마침내 개관일인 오늘, 토요일 오후 2시에 다채로운 기념행사가 열리고 있었다. 입구에는 여러 가지 경품 기념행사가 진행되었으며, 개관을 기념하는 도우미의 현란한 댄스공연과 유명 가수의 초청공연을 보고자 하는 수많은 군중으로 인해, 미처 개장 기념행사가 시작되기도 전부터 사람들로 넘쳐나고 있었다.

더군다나 TV 드라마에서 인기 절정인 탤런트 정하연이 개관 기념 방명록(芳名錄)에 사인하고, 패션쇼에 모델로 나선다는 소문이 돌자 정하연을 직접 보고자 수많은 사람이 몰려들었고, 근처 일대의 교통이 두 시간 전부터 마비되었다.

하연 일행도 행사장의 시간에 맞추기 위해 일찍 출발하였지만, 백화점으로 향하는 엄청난 차량으로 길거리에서 옴짝달싹도 못했다. 다행히 하연을 알아본 교통경찰의 도움으로, 간신히 시간에 맞추어 도착할 수 있었다.

그녀는 단순한 미인이라기보다 고귀함이 넘쳐나는 얼굴로, 그녀의 우아하면서도 단아한 얼굴은 뭇 남자들의 시선을 TV에서 뗄 수 없게 만들었다. 그녀의 모습을 가까이서 한 번만이라도 본 남자들은 모두가 꿈꾸는 얼굴로 정하연을 바라볼 정도였다. 그리하여 그녀를 보기 위하여, 그녀가 있는 곳이라면 어디든지 쫓아다니는 광적인 팬이 생겨났다. 느닷없이 그녀에게 달려드는 남자가 있는가 하면, 그녀의 뒤를 종일 따라다니는 파파라치가 생겨났다.

회사원 임민호도 그 중 한 사람으로, 하연의 아름다움에 빠진 나머지 직장까지 그만두고 하연을 따라다녔다. 그랬기에 파파라치로서 한밤의 충격적인 납치 현장을 목격하게 된 것이다.

이 무렵 하연 자신도 연예계에 데뷔하여 이름을 날리고부터, 누군가가 자신을 유혹의 구렁텅이에 빠뜨리거나, 자신을 노리거나 엿보고 있다는 느낌을 강하게 받고 있었다. 그리하여 오늘날 그녀가 있게 해준 노 회장과 동거하고 있다는 등의 음해성 이야기가 떠돌거나, 자신의 동정이 신문지상에 자주 알려지는 것에 대해 극도의 불안감을 느끼고는 했다.

　무언가 모를 불안감은 지난번 8월의 자선행사 디너파티 때부터 가시화되어 나타났다. 소년소녀 가장 돕기 디너파티에 그녀도 참석하기로 예정되어 있다는 보도가 나가자, 여느 때보다도 수많은 사람이 모여들었다. 그녀가 차에서 내리는 순간부터 많은 사진 기자와 사람들로 인해, 간신히 입장할 정도였다. 디너파티에서도 모두가 그녀 모습을 가까이서 보려고 아우성이었다.

　하연이 사람들과 이야기하다가 어느 순간, 그녀는 누군가가 자신을 지켜보고 있다는 느낌을 받았다. 고개를 돌려보니, 감색 정장 차림의 점잖은 모습이었지만, 음흉한 눈빛으로 자신을 지켜보는 사나이가 있었다.

　그녀는 연예계에 데뷔하고서부터는, 이전과는 달리 불길한 꿈을 자주 꾸고 있었다. 하연은 여고생부터 두세 차례 꾸어오던 화려한 단풍나무의 꿈 이외에는, 평상시에는 꿈을 자주 꾸지 않고 있었다. 그러던 그녀가 연예계에 데뷔하면서부터 꿈을 자주 꾸는데, 얼마 전부터의 꿈은 모두 한결같이 악몽에 가까운 꿈들이었다.

　지난 8월의 자선행사 디너파티 이후에, 오늘의 행사가 있기 보름여 전인 9월 중순, 새벽 무렵에 그녀는 또다시 불길한 꿈을 꾸었던 것이다.

　꿈에서 하연은 몇몇 일행과 함께, 산의 정상을 향하여 힘겹게 올라가고 있었다. 그러던 중 어느 순간, 자신도 모르게 미끄러져 떨어지다가 간신히 소나무인 듯한 나무에 매달려 있었다. 주변에서 등산객들이 지나가고 있었지만, 도와달라는 소리가 입안에서만 맴돌 뿐, 한마디 말도 할 수 없었다. 어느덧 나무뿌리 밑의 구멍에서는 지네 같은 기다란 벌레가 하연의 몸을 타고 기어 올라오고 있었다. 여러 개의 발이 달린 흉측한 모양이었다.

하연은 몸을 흔들어 벌레를 떼어내려고 하였지만, 벌레는 집요하리만큼 붙어있었다. 벌레의 입에서는 파리의 혓바닥처럼 끈끈한 혀로 더러운 액을 내뿜으면서, 그녀의 몸을 핥으며 올라오고 있었다. 그녀의 땀이 배어든 가슴 부분에서 한동안 머물더니, 다시 그녀의 얼굴로 한입에 삼킬 듯이 널름거리며 달려드는 것이다.

그녀의 의식이 가물가물해지는 순간이었다. 그때였다. 한 등산객을 따라 올라가던 순백의 하얀 진돗개가 쏜살같이 달려 내려왔다. 진돗개는 벌레의 꼬리를 입에 물고 떼어내려고 했다. 그러자 벌레 또한 몸을 뒤틀어 독소를 내뿜듯이 개에게 달려들어, 개의 어깨를 무는 강렬한 저항을 하는 것이다. 하지만 진돗개는 벌레에게 물리어 움칠하면서도, 벌레의 가운데 부분을 물어뜯어 하연에게서 떼어내는 것이었다.

그녀는 비명을 지르며 깨어났다. 전율을 느끼는 무서운 꿈이었다. 실제로 그녀 몸에는 소름이 돋아 있었다. 하연은 깨어나서도, 끈끈한 혓바닥을 널름거리며 그녀를 물려고 달려드는 벌레의 흉측한 모습이 떠올라서, 한동안 잠을 이룰 수가 없었다.

그리하여 그녀는 매니저에게 말했던 것이다. 매니저는 오늘의 그녀가 있게 해준 노 회장의 추천으로 받아들인 사람이었다. 다재다능하고 일 처리가 신속하며, 발이 넓어 통하지 않는 것이 없을 정도였다.

"요즈음 들어 왠지 불안한 마음이 자꾸 들어요. 그래서인지 꿈도 안 좋은 꿈만 꾸는 것 같고요. 어젯밤에도 산을 오르다가 미끄러져, 흉측한 벌레에게 시달리는 꿈을 꾸었어요."

"하연 씨도 이제는 안전을 위하여 경호원을 두는 게 좋을 것 같아요. 내

고향 사람이면서 후배 중에, 사람됨이 진실하면서도 무술에 유단자인 최인혁이라는 친구가 있는데, 믿을 만한 후배니 같이 한 식구가 되었으면 하는 데, 어떻게 생각하세요?"

하지만 하연은 '안 된다'고 반대를 하였다. 하연은 보디가드가 자신을 경호해준다는 것 자체가 상상도 못할 일이었다. 자신이 일반사람의 접근을 막을 정도로 거만한 연예인이라기보다는, 자신을 사랑해주고 아껴주는 팬과 함께하는 친근감 있는 연예인으로 기억되고 싶었고, 또한 끝까지 그렇게 남고 싶었다. 더구나 괜스레 남의 이목에 띄게 되어, 좋지 않은 소문에 휩싸이게 될지도 모를 일이었다. 그러나 매니저는 하연 몰래, 바로 그날 고향 후배에게 전화하는 것을 잊지 않았다.

'큐피드(Cupid)' 명품관 개관기념 행사의 하나인 기념 패션쇼도 실은 탤런트 정하연의 매력에 빠진 삼현 그룹 송 회장의 특별지시로 마련된 자리였다. 매니저를 통해, 1억 원의 행사 출연료가 이미 입금된 상태였다.

행사 전에 간신히 도착한 하연은 개관 기념 방명록에 사인하고, 그날의 행사를 위해 특별히 마련된 백화점 1층의 귀빈실로 안내되었다. 아직 행사가 시작되기까지는 10여 분이 남아 있었다. 송 회장이 그녀를 기다리고 있었다.

"어서 오세요. 하연 씨를 이렇게 만나게 되어 반갑습니다. 실은 내가 TV 드라마에 나온 하연 씨를 보고 반했어요. 꿈에서도 하연 씨를 보기도 했다오. 그래서, 하연 씨를 보다 가까이서 보고자, 이런 자리를 마련했어요. 가까운 시일 내에 다시 한 번 좋은 곳으로 초대할 터이니, 꼭 다시 보게 되기를 바랍니다."

그러면서, 탐욕스런 눈길로 흰 블라우스에 물빛 치마를 입은 하연의 몸매를 훑어 내리고 있었다.

"회장님, 이렇게 불러주셔서 고맙습니다."

하연은 마지못해 웃는 얼굴로 대했으나, 빨리 이 자리를 벗어나고 싶은 마음뿐이었다.

귀빈실을 나와 패션 발표회 행사장으로 가기 전에, 하연은 매니저로부터 경호를 맡게 될 것이라는 최인혁을 소개받았다. 하연은 인혁을 보는 순간 속으로 '아' 하고 짧게 감탄을 하였다. 하연이 생각하기에, 보디가드와 같이 무술에 능한 사람들은 마치 깡패처럼 험상궂고 무시무시한 얼굴을 하고 있을 줄 알았다.

하지만 그녀의 그런 선입견이 기우라는 듯이, 훤칠한 키에 운동으로 다져진 군살 없는 몸의 귀공자 타입의 인혁이 서 있었다. 인혁의 얼굴은 마치 옛 단아한 선비를 보는 듯하였으며, 호감이 가는 얼굴이었다.

그의 얼굴을 보는 순간, 마치 전생에서 함께했던 것처럼 어디선가 본 듯한 느낌이 들었다. 순간 그녀는 직감적으로 장차 그와의 어떤 인연이 맺어질지 모른다는 강렬한 느낌을 받고 있었다. 하연은 문득 여고생 시절부터 반복적으로 꿔오던 꿈의 기억을 다시금 떠올렸다.

여고 시절, 하연이 꿈을 꾸기만 하면, 맑은 하늘 위에는 흰 구름이 두둥실 떠가고, 푸른 숲이 펼쳐져 있었다. 그중에서도 하연은 두 그루의 단풍나무에 눈길이 멎었다. 두 그루 모두 싱싱한 푸름을 자랑하고 있었다. 한 그루는 가느다라면서 화려하고 아름다웠으며, 한 그루는 묵중한 자태를 자랑하고 있었다.

많은 나무 가운데, 두 그루의 나무는 마치 연인처럼 어울려 있었다. 그러다가 어느 순간 사방이 어두워지면서 먹구름이 몰려들더니, 갑자기 하늘에 번개가 치면서 비바람이 몰아치기 시작하였다. 순간, 강한 바람에 화려하고 아름다운 단풍나무의 밑동이 파여 나가면서, 가지 한쪽이 부러져 나갔다.

한동안 비바람이 그치지 않았다. 그러자 묵중한 단풍나무가 마치 '반지의 제왕'에 나오는 나무의 영령처럼 성큼성큼 걸어 나오더니, 바람을 막아서 지켜주는 것이다. 그러더니 어느 사이에 비바람이 그치고 햇빛이 빛나고 있었다. 이어 화려하고 아름다운 나무의 밑동이 새로운 흙으로 채워지고, 부러져 나간 가지에서 새로운 싹이 돋아나더니, 이내 묵중한 나무에서 뻗어 나온 가지와 합쳐져서 서로 휘감으며 푸름을 뽐내는 것이었다.

이제는 꿈속의 배경과 화려한 단풍나무를 상세하게 그릴 수 있을 정도로, 신기하게도 비슷비슷한 꿈을 여고 시절부터 반복적으로 꿔오고 있었다. 하연은 처음에는 그 꿈의 의미를 알 수 없었다.

하지만 올해 초 우연한 기회에 연리지(連理枝)에 대한 글을 읽고 나서, 그녀 스스로 꿈의 의미를 알 수 있을 것 같았다. 창밖에 하얗게 꽃비가 내리던, 4월의 어느 날이었다. 연예계 데뷔를 준비하던 하연은 꽃샘추위의 감기 몸살로, 외출을 삼가고 자리에 누워 평안한 마음으로 책을 읽고 있었다.

그날 그녀가 남녀 간의 극진한 사랑을 비유한 비익조(比翼鳥)와 연리지(連理枝)에 대한 글을 읽게 된 것은 그녀에게 행운이었다. 하연은 단국대의 김상홍 석좌 교수가 쓴 『중국명시의 향연』(박이정, 1999)이라는 책에서, 당 현종과 양귀비와의 운명적인 사랑을 노래한 백낙천의 '장한가(長恨歌)'라

는 대서사시를 읽다가, 끝 부분에 나오는 비익조 연리지에 대한 시 구절에
이르러, 무릎을 치면서 자신도 모르게 꿈의 의미를 알 수 있었다.

　　　------전략(前略)---------

　　臨別殷勤重寄詞 헤어질 즈음 간곡히 다시 하는 말이

　　詞中有誓兩心知 두 마음만이 아는 맹세의 말 있었으니

　　七月七日長生殿 칠월 칠일 장생전에서

　　夜半無人私語時 인적 없는 깊은 밤에 속삭이던 말

　　在天願作比翼鳥 원컨대 하늘 나는 새가 되면 비익조가 되고

　　在地願爲連理枝 원컨대 땅에 나무로 나면 연리지가 되자고

　　天長地久有時盡 천지 영원하다 해도 다할 때가 있겠지만

　　此恨綿綿無絕期 이 슬픈 사랑의 한은 끊일 때가 없으리

　남녀의 지극한 사랑을 비유하는 비익조와 연리지가 인용된 시구였다.
암컷과 수컷의 눈과 날개가 하나씩이어서, 짝을 짓지 아니하면 날지 못한
다는 전설상의 새인 비익조(比翼鳥), 두 나무의 가지가 서로 맞닿아서 결이
서로 통한 연리지(連理枝)에 대한 상세한 해설을 읽는 순간, 그녀는 오랫동
안 품어왔던 꿈의 궁금증이 풀리는 것 같은 느낌이었다.

　화려한 단풍나무가 자신을 상징적으로 보여주는 것으로, 뿌리가 서로
다른 나무였지만, 나뭇가지가 서로 결이 통하여 엉켜 하나의 나무가 된 연
리지(連理枝)처럼, 여고 시절 때부터 자주 꿔오던 두 단풍나무의 꿈이 자신
이 인연 맺을 사람과의 운명적인 만남의 길을 예지해주는 것으로 느껴오
고 있는 터였다.

　다만, 하연은 당 현종과 양귀비와의 사랑에 있어, 양귀비의 비극적인 운명으로 끝난 것처럼, 자신의 운명의 길도 양귀비처럼 비운의 운명의 길을 걷게 되지 않을까 두려워하고는 했다.

　하지만 꿈에서 화려하고 아름다운 단풍나무의 밑동이 파여 나가면서 가지 한쪽이 부러져나가기까지 하였지만, 이내 묵중한 나무의 도움으로 다시 푸름을 드러내었듯이, 한 때의 어려움이 있을 수 있지만, 결국은 좋은 인연으로 이어질 것이라는 생각을 해오고 있었다.

　그랬었다. 하연의 꿈에서, 화려하고 아름다운 단풍나무를 지켜주었던 묵중한 단풍나무처럼, 인혁은 단아한 귀공자 같으면서도 믿음직한 인상을 주고 있었다. 이렇게 첫인상에 호감이 가는 편이었기에, 하연은 매니저가 소개한 인혁에 대하여 강력하게 반대하지는 않았다.

　또한, 연예계에 데뷔한 이래로 불길한 꿈이 반복되는 요즈음 그녀 입장에서도, 무언가 모를 일어날 상황에 대비하기 위하여, 자신도 이제는 경호원이 필요한 위치에 있게 됨을 부인하고 싶지 않았다. 그런데 인혁으로 인하여, 바로 일어나게 될 그날의 봉변을 벗어나게 될 줄이야---.

　패션 발표회 행사장에는 수많은 사람으로 넘쳐나고 있었다. 그녀 외에 여러 모델이 있었지만, 그녀를 빛내기 위한 자리인 만큼, 수많은 사람이 그녀의 등장을 기다리고 있었다. 드디어 그녀가 옷을 갈아입고 모습을 드러내자, 수많은 사람의 탄성이 쏟아져 내렸다. 여느 모델과는 달리, 네 군데서 스포트라이트가 비치고 있었다. 그녀가 한 걸음 한 걸음 옮겨놓을 때마다, 한 송이의 예쁜 꽃이 움직이고 있었다. 연둣빛의 고운 한복의 아름다움보다도, 그녀의 단아하면서도 기품 있는 얼굴과 걸음걸이에 모든 사람이 빠져들고 있었던 것이다.

그날 마 두목 일행도 그들 중 하나였다. 마 두목 또한 부하 몇 명과 함께, 때마침 서울 교외의 피라미드 별장에서, 고급 비밀 요정의 마담이자 내연의 관계로 지내고 있는 박 마담의 생일 선물을 사기 위하여, 새로 개장한 명품 백화점에 들렀다가, TV에 나오는 정하연의 패션 발표회가 있다고 해서 들른 것이었다.

"정말로 아름다운 여인이구나!"

마 두목은 하연이 옷을 갈아입고 나올 때마다 찬탄을 발하면서, 넋이 나간 듯 지켜보고 있었다. 그 옆에서는 마 두목의 심복이자 행동대장인 칼치 또한 그녀를 지켜보며 음흉한 생각을 다잡고 있었다. 스포트라이트를 받으며 패션쇼를 진행하는 그녀를 지켜보면서, 자신도 모르게 입술을 지그시 깨물며, '저년을 언젠가는 납치하여 피라미드의 백련화로 만들어서, 손님에게 접대토록 해야겠다' 는 생각에 회심의 미소를 짓고 있었다. 그에게 있어 아름다운 여인의 발견은 한 마리의 좋은 먹잇감을 발견한 것과 같은 것이었다.

패션회장의 하연은 기둥 옆에 기대어 서서, 검은 안경 속으로 자신을 한 마리의 먹잇감으로 바라보는 음흉한 눈길의 칼치가 있다는 것을 알아차릴 수가 없었다.

하지만, 칼치에게 하연의 납치는 아직 때가 아니었다. 지금 하연보다는 아까 명품관 2층의 보석 매장에 들르기 전, 에스컬레이터에서 마 두목이 관심을 지니고 지켜보았던 여대생인 듯한 아가씨에 관한 궁금증이 더 컸다. 그동안 가까운 곁에서 마 두목을 수년간 모셔왔지만, 형님이 여자에게 관심을 보이는 건 오늘이 처음이었다.

칼치는 오늘 마 두목에게 무언가 이상한 것을 느낀 것이었다. 마 두목이 평소와 달리, 어느 순간 칼치가 말을 하여도 마 두목은 미처 알지 못했다. 명품 백화점 개관 기념행사를 맞이하여, 백화점 안에 많은 사람이 붐벼서 그런 것이 아니었다. 마 두목을 바라보니, 초점을 잃은 듯이 한 여자를 멍하니 쳐다보고 있는 것이었다.

흰 블라우스에 꽃무늬 실크 스커트를 입고, 챙이 달린 모자를 쓴 해맑은 얼굴의 그녀가 거기 있었다. 친구인 듯한 두 여자와 함께 무언가를 재잘거리며 다가오고 있었다. 세 명 모두 늘씬한 몸매에 상큼한 젊음을 발산하고 있었다.

그녀들은 어느덧 마 두목 일행을 지나쳐, 때마침 쏟아져 들어오는 햇살을 받으며, 에스컬레이터 계단 위에 발을 내디뎌, 탐스러운 엉덩이와 미끈한 허벅지를 드러내며 올라가고 있었다. 보다 자세히 살피려 하였으나, 그녀들은 벌써 사람들 사이로 모습을 감춘 뒤였다.

"형님! 오늘 이상하시네요?"

"응, 별일 아니다."

"형님! 방금 계단을 올라간 그 아가씨가 마음에 드십니까?"

"아니다. 부질없게 무슨--."

하지만 마 두목은 그녀의 해맑은 얼굴과 옆으로 지나가면서 흩날리던 머리카락의 내음을 떠올리고 있었다. 10여 년 전에, 지금은 자신의 심복인 칼치가 찌른 칼에 허리를 다친 이후에, 그 자신이 여자에게 관심을 가져보기도 오랜만이었던 것이다.

하지만 바로 뒤에서 지켜보았던 칼치 또한 그동안 10여 년을 마 두목과 같이 생활해 왔기에, 마 두목의 눈빛만 보아도 그가 무슨 생각을 하는지 알 수 있었다. 그는 마 두목이 그녀에게 마음을 두고 있다는 것을 순간적으로 알아차렸다. 자신이 보기에도 상큼하고 발랄하면서, 풋풋한 싱그러움이 넘쳐나는 아가씨였다.

10여 년 전에, 한때 조직폭력 간의 싸움에서 상대 조직의 보스였던 마 두목을 죽이려고 했으며, 치명적인 부상까지 입힌 칼치였다. 마 두목은 그러한 칼치를 용서했고 나아가 포용심 있게 심복으로 받아들여 줬다. 이에 우직한 칼치는 마 두목을 위해 남은 인생의 모든 것을 바쳐서 살아가기로 다짐한 터였다.

형님이 관심을 보이는 여자라면, 강제적으로라도 그녀를 납치하여 피라미드로 데려가 그녀를 위협하여 백련화로 만들어, 지하에 마련해 둔 비밀 룸에서 마 두목과 함께하는 시간을 마련해주고 싶다는 생각이 들었다. 칼치는 눈짓으로 조용히 부하를 불렀다.

"야, 날치. 너 저기 아까 친구들과 함께 올라간, 꽃무늬 치마 입고 챙이 달린 모자 쓴 여자에 대해서 알아봐."

몸이 바싹 마르고 몸이 날랜 날치가 알았다는 듯이 말했다.

"예. 그런 일이야 맡겨만 주십시오. 이따가 보고 드리겠습니다."

"그래. 잘해 봐라."

날치는 왕년에 소매치기 전문이었다. 그녀의 핸드백에서 신분증만을 슬쩍 하려고 하였으나, 옆의 친구들 때문에 도저히 가능할 것 같지가 않았다. 남몰래 은밀히 하려고 하였으나, 날치는 어찌할 도리가 없었다.

　　명품 백화점을 나와 길을 걸어가는 그녀들의 뒤를 따랐다. 그녀들의 돋보이는 미모와 차림새로, 수많은 인파 속에서도 그녀들의 모습을 쉽게 알 수 있었다. 그녀들의 뒤를 멀리서 따라가며, 기회를 엿보는 수밖에 없었다.

　　마침내 인적이 다소 뜸해진 거리에서, 그는 뒤에서 그녀의 핸드백을 강탈하였다. 그 바람에 그녀가 넘어졌다가, 비명을 지르며 쫓아왔다. 날치는 재빠르게 신분증을 꺼내 주소지를 확인했다. 강남구 래미안 아파트 107동 0000호. 아울러 의심을 받지 않게 지갑 안의 현금을 꺼냈다. 지갑 안에는 10여 만 원이 들어 있었다. 날치는 쫓아오는 그녀 앞으로 핸드백을 다시 던져 놓았다. 다행히 그녀들은 핸드백을 찾아서인지, 더는 쫓아오지 않았다.

　　날치는 다시금 멀리 떨어져서, 그녀들의 뒤를 따랐다. 그녀 일행은 카페로 들어갔다. 한동안은 거기에서 머물러 있을 터였다. 이어 전화를 걸었다.

　　"칼치 형님, 저 알아냈습니다."

　　"그래, 알아보라는 것 어찌 되었냐?"

　　"예, 집은 강남구의 래미안 아파트이고요. 집도 부유하고, 친구들도 다 넉넉한 가정환경에 있는 것 같았습니다."

　　"응, 그 밖에는--."

　　"예, 대학 4학년인 것으로 알고 있습니다."

　　"그래. 지금 어디에 있나. 애를 하나 붙여 놓거라. 아니다, 네가 맡는 것이 좋겠다."

　　"예, 지금 강남의 어느 카페에 들어갔습니다."

"그래 큰 형님이 관심을 많이 두신 아가씨이니, 각별히 신경 써서 살펴 보도록 해라. 그리고 빠른 시일 내에, 아니 오늘이라도 좋으니 적당히 기회 봐서 데려오도록 해라. 이따가 연락하면, 차량과 아이들을 붙여주마."

"예, 잘 알겠습니다.

한편, 명품관 2층의 보석 매장에서는 기획 부동산의 박이건 사장이 보석을 고르고 있었다. 박 사장은 몇 달 전에 자신이 입원했다가 퇴원한 개인 병원의 간호조무사인 최희정을 아직 마음에 두고 있었다. 그동안 그녀를 온갖 감언이설과 선물 공세로 수없이 유혹하고자 해도 소용이 없었지만, 또한 그녀가 자신을 싫어하는 것을 알고 있지만, 그럼에도 자신이 꺾어야 하는 한 송이의 꽃이 있다는 사실 자체가 그는 좋았다. 아니, 그에겐 한 마리의 귀여운 새를 새장 안에 잡아넣는 일이었던 것이다. 그에게 있어 꽃을 꺾는 것이 단순한 육체관계를 맺는 것이라면, 새장 안에 가둔 새는 자신의 변태적 성욕을 충족시키는 대상으로 만들어 나가는 것이다.

그는 은은한 광채가 빛나는 순백의 진주 목걸이를 집어 들었다. 화려한 보석보다도 그녀에게 어울릴 것이다.

제 2장

하연의 악몽 - 인혁과 노 회장

하연이 불길한 꿈을 이야기하면서도 보디가드를 원치 않는다고 하였으나, 매니저는 자신이 염두에 두고 있던 고향 후배 인혁을 떠올렸다. 매니저는 이제 막 군 제대한 후에 집에서 쉬고 있던 인혁에게 전화로 연락해서, 서울 구경도 할 겸 술이나 한잔하자고 핑계를 대면서, 그를 강남의 어느 조용한 술집으로 불렀다.

"야, 오랜만이다."

"안녕하세요. 선배님!"

"그래, 제대 후에 뭐 하고 지내고 있냐?"

"그동안 취직 문제로 여러 사람을 만나고 다녔는데, 여의치 않아서 합기도 체육관을 하나 내보려고 하는 데, 건물 임대 등 돈이 들어가는 일이 많아서 망설이고 있어요."

"그래 취직하기 어렵겠지. 또한, 지금 한참 불경기이니, 새로 합기도 체육관을 내는 것도 그리 여의치 않을 거야. 그러지 말고, 당분간 견문도 넓힐 겸, 내 일을 도와주면 안 될까?"

"선배님은 무슨 일을 하고 있는데요. 선배님은 워낙 발이 넓으셔서, 무슨 일이든지 잘하실 거예요."

"너, 정하연이라고 알지. 요즈음 한참 뜨고 있는 연예인 말이야?"

"예, 잘 압니다. 대단한 탤런트던 데요."

"내가 그 정하연의 매니저를 하고 있어."

"네?!"

인혁은 놀랄 수밖에 없었다. 군 제대 후에 집에서 쉬고 있으면서, 어느 날 방바닥에 누워 TV를 보고 있었다. 여기저기 채널을 돌리다가, 우연히 드라마의 어느 사극에서 하연의 청초한 모습이 TV에 비치는 순간, 그는 누워있던 자리에서 벌떡 몸을 일으켰다. 마치 전기에 감전된 사람처럼 찌르르르 자신의 가슴속을 파고드는 황홀감이 느껴졌다. 순간 그는 자신이 무언가를 잘못 본 것처럼, TV에서 그녀의 얼굴을 보는 순간 숨이 멎는 것 같았다.

그것은 아름다운 미인인 하연을 보아서만이 아니었다. 왠지 모르게, 그녀의 얼굴에서 풍기는 단아하고 정숙한 이미지는 그가 평소에 꿈꿔 왔던 이상형을 넘어 범접지 못할 여신으로 느껴질 정도였다.

더구나 워낙 발이 넓은 고향 선배였지만, 그러한 하연의 매니저를 하고 있다는 것이 더더욱 놀라울 뿐이었다.

"정말이에요. 대단하시네요. 많은 사람이 한 번 가까이에서 보기가 소원인데, 날마다 함께하신다는 것이 부럽네요."

"그래 이 녀석아. 그동안 속고만 살았냐? 그런데 말이다. 꿈을 믿지는 않지만, 그 하연 씨가 요즈음 들어 불길한 꿈을 자주 꾼다고 하고, 본인도 무언가 불안감을 느끼는 모양이야. 나도 실은 하연의 미모가 뛰어나다 보니, 주변에서 그녀를 어찌해보고자 하는 사람들이 많아서, 언제 무슨 일이 터질 것 같은 느낌이 들어. 그래서 말인데, 당분간 보수는 많지 않겠지만, 네가 하연이의 보디가드 역할을 해주었으면 하는 데---. 너 정도면 충분히 잘해낼 수 있을 거야."

"그래요, 그렇잖아도 저도 좋은 꿈을 꾸었는데---"

선배는 꿈에 대해 별로 탐탁 치 않게 여기고 있었지만, 사실 인혁은 꿈을 믿고 있었다. 오랜만에 한번 보자는 선배의 전화연락을 받았을 때, 인혁은 자신이 선배의 도움으로 새로운 일을 맡게 되리라는 것을 어렴풋이 예지하고 있었다. 선배의 연락을 받기 일주일 전에 인혁은 꿈을 꾸었다.

어느 화려한 백화점 안에서 처음에는 부모님과 함께 쇼핑하고 있는 꿈이었다. 그러다가 어느 순간에 부모님이 아닌, 평소에 믿고 따르던 선배와 노신사로 바뀌어 있었다. 그러더니 선배가 다짜고짜로 인혁을 끌고 가, 수많은 남성 신사복이 걸려 있는 매장에서 멋진 양복을 하나 고르더니, 인혁에게 입어보라는 것이다. 그 옷은 평소에 인혁이가 입고 싶어 하던 단아한 스타일의 옷이었다. 이에 새 양복으로 갈아입은 인혁을 바라보면서, 선배의 뒤에 있던 노신사가 흡족한 미소를 띠었다.

한편 나중에 알게 된 일이지만, 인혁이 꿈을 꾼 그날, 인혁의 어머니 또한 좋은 꿈을 꾸신 것이었다. 아침에 일어나서 하시는 말씀이

"인혁아. 너에게 좋은 일이 있으려나 보다."

"예, 어머니. 저도 좋은 꿈을 꾸었지만, 어머니도 좋은 꿈을 꾸셨나 보네요?"

어릴 때부터 인혁은 어머니가 꿈을 꾸신 후, 집안의 일이나 주변 사람들에게 일어날 일을 예지한 수많은 일을 보아왔다. 어머니가 꾸신 꿈은 꿈의 실현에서, 한 치의 오차도 거짓도 없었다. 단지 실현되는 시기는 꿈마다 달랐다. 어떤 경우는 꿈을 꾸는 순간에 전화가 와서 알게 된 일이 있는가 하면, 어떤 꿈은 몇 개월이 지난 뒤에 이루어지고는 했다.

"실은 저도 양복을 하나 얻어 입는 꿈을 꾸었는데, 어머니는 어떤 꿈을 꾸셨어요?"

"응, 너와 함께 어느 중국 음식점에 들어갔어. 수많은 사람으로 붐비고 있더구나. 음식이 나오려면 한참 기다려야 했어. 그런데 음식점 사장이 너를 보자, 귀한 분이 오셨다는 거야. 그러더니 준비해 두었다는 듯이 테이블 한쪽으로 안내하는 거야. 거기에는 잘 차려져 있는 진수성찬의 음식이 있었어. 네가 그 자리에 앉아서 흡족한 표정으로 음식을 바라보는 데서 꿈이 깼지."

그랬다. 인혁과 어머니가 꿈을 꾼 지 일주일이 지나서, 인혁은 꿈속에 등장했던 선배의 전화를 받은 것이었다. 자세한 이야기는 만나서 이야기하자며, 돌아오는 일요일에 서울에서 만나자는 것이었다. 인혁은 뜬금없이 꿈속에 나타난 선배가 전화를 걸어온 것이 신기하기도 하였지만, 자신의 마음에 맞는 새로운 양복을 하나 사준 꿈으로 미루어, 새로운 좋은 직장을 구해줄 줄 모른다는 생각을 하고 있었다.

그런데 오늘 이렇게 자신이 보고 싶어 하고 가까이하기를 바랐던 하연의 보디가드 역할을 담당하게 되는 일로 실현될 줄이야. 나중에 알고 보니, 인혁의 꿈에 나타났던 나이 든 노신사는 하연의 뒤를 받쳐주고 있었던 실질적인 매니저인 노 회장이었다.

"예, 선배님, 제가 할게요. 하연 씨와 함께하는 것 자체만으로 좋으니, 보수는 크게 신경을 쓰지 않으셔도 돼요. 다만 멋진 양복이나 두어 벌 맞춰주세요."

"그래. 정하연 같은 톱 탤런트 보디가드라면, 멋진 양복을 입어야겠지. 명동에 있는 '퍼시픽'이란 상호의 가게에 가서, 내 이름을 대고, 직접 양복을 맞춰 입어라. 구두 및 일체의 장식품도 거기 다 있을 거야. 연예인이 많이 이용하는 가게이니, 멋지게 양복을 해 줄 거야."

"예, 선배님. 저를 잊지 않고 이렇게 불러주시고, 좋은 할 일을 맡겨주시니 정말 감사합니다."

"자식! 뭘, 네가 착실하고 능력도 있으니---. 또한, 1년 전에 네 도움을 받았는데, 내가 어떻게 가만히 있겠니, 네 멋진 솜씨도 잘 알고 있는데---."

"선배님도 참, 지난 일을 가지고 말씀하시기는---. 이제는 잊어버리세요."

1년 전 무더운 여름이었다. 선배의 일행이 동네의 다리 밑 하천에서 천렵하고 있을 때였다. 서울서 내려온 못된 일당과 시비가 붙어서, 곤란한 처지에 있었던 적이 있었다. 그때 때마침 군대에서 휴가를 나와서 집에 있던 인혁이 해결해주었던 것이다.

상대편 중에 두 명이 조폭의 일행인지 사시미 회칼에 자전거 체인 줄을 휘둘러댔지만, 인혁은 그러한 상대를 맞아 흔들림 없이 제압하여 무릎을 꿇렸다. 선배는 그때 인혁의 마치 날아 다니는듯한 민첩한 행동에 감탄하면서, 군 복무를 마치고 훗날 사회에 나오거든 자신에게 꼭 연락하기 바란다고 이야기했었다. 자신을 난처한 위기에서 벗어나게 도와준 인혁에게 보은(報恩)하기 위해서라도, 아니 인혁같이 성실한 청년에게는 좋은 일자리를 반드시 마련해주어야 한다고 생각했던 것이다.

"아니다. 그때 네가 조폭같던 그놈들을 혼내주지 않았다면, 큰일 날 뻔했잖니? 그렇잖아도 내가 네 취직 문제는 해결해주려고 했는데, 잘 된 거지. 아무리 생각해도, 이 일에는 너만큼 적격인 사람이 없어."

"예, 열심히 할게요."

"그럼 집에 내려가 주변 정리를 한 후에 올라와. 10.4일 오후 2시에 강남에서 새롭게 개관하는 '큐피드(Cupid)' 백화점 개관 행사가 있으니, 거기 1층으로 한 시간 전에 오면 돼."

정말로 하늘이 도와서였을까? 하연이 그날 매니저의 후배였던 인혁과 첫 대면을 하지 않았더라면, 큰 위험에 빠질 뻔한 사건이 기다리고 있었다.

화려했던 패션쇼 발표회 행사가 다 끝나고, 하연이 옷을 갈아입으려고 분장실에 들어갔을 때였다. 옷을 갈아입고 분장실에서 나오려는 순간, 갑자기 튀어나온 괴한에게 손수건으로 입과 코를 틀어 막힌 채로, 분장실에서 바로 화장실로 통하는 옆문을 통해 여자 화장실 안으로 끌려들어 갔다. 괴한은 이미 이곳의 내부 구조를 훤히 꿰뚫고 있는 듯했다.

그는 한 손으로는 날카로운 비수로 그녀의 목을 겨누었다. 하연은 놀라움으로 아무 말도 아무런 행동도 할 수가 없었다. 마취제 성분으로 인하여, 정신이 희미하게 가물가물거렸다.

괴한이 순간 하연의 부드러운 실크 블라우스를 잡아 뜯었다. 이어 칼날로 브래지어 사이를 잘랐다. 순간 출렁하며 튀어나온 탐스러운 유방을 덥석 물더니, 이내 빨아대고 있었다. 하연은 자신도 모르게 공포에 젖어 오줌을 지렸다.

바로 그 순간 여러 사람의 일행이 웅성거리며 화장실로 들어섰다. 순간 범인이 당황하며 망설였다. 하지만 이내 잘린 브래지어를 빼어들더니, 입을 틀어막았다. 하연이 혼신의 힘을 다해 비명을 지르고자 했으나, 이내 가물가물해져 가며 의식을 잃었다.

그때였다. 밖에서 한 사나이가 뛰어들면서, 여자들의 '끼약!' 비명이 들렸다. 인혁이었다. 인혁은 곧바로 하연이 있는 화장실 문을 박차며 뛰어들었다. 괴한이 순간적으로 문짝에 부딪혀 움찔했다가, 이어 인혁을 향하여 날카로운 칼을 내질렀다. 순간 인혁이 몸을 낮춰 돌려 피하는 어깨 위를 칼날이 스쳐 가며 지나갔다. 피가 솟구쳐 올랐다. 하지만 인혁은 부상 와중에도, 몸을 비틀며 솟구쳐 왼손으로 범인의 칼을 쥔 손목을 쥐어 잡았다. 이어 무릎으로 범인의 명치를 가격하였다. 범인은 신음하며, 고목 쓰러지듯이 아래로 주저앉았다. 하연은 가까스로 문밖으로 미끄러져 뒹그러져 나왔다. 이어 사람들이 달려오고, 하연을 실어 날랐다.

하연은 정신적 충격으로 넋이 나간 듯했다. 의사는 입원을 권하면서, 2~3일 편히 쉬면서 안정을 취할 것을 당부했다. 하연은 의사의 말대로, 입원까지 했다.

보디가드가 된 첫날부터, 인혁은 하연을 지켜주었다. 인혁은 그녀를 일정 거리에서, 주의 깊게 지켜보고 있었다. 멀찍이서 분장실로 하연이 들어가는 것을 보고, 문밖에서 기다리다가 한참을 기다려 나올 시간이 되었는데도 나오지 않자, 분장실로 노크 소리를 내며 들어갔다. 분장실에서 그녀가 없어진 것을 확인하고, 옆문으로 통해 있는 화장실에서 이상한 기척이 들리는 것을 눈치채고는 문을 박차고 뛰어들어온 것이었다.

괴한은 보름 전에 디너파티에서 보았던 음산한 느낌의 그 사람이었으며, 하연을 짝사랑하다 못해, 스토커로 발전한 사람이었다. 그동안 한밤중에도 짓궂게 전화를 걸어와서 전화번호를 몇 차례나 바꾸었는지 모른다. 하지만 그때마다 어떻게 번호를 알았는지, 전화가 걸려왔다. 그 후로 하연은 그녀가 가는 곳마다, 누군가 자신을 지켜보고 있다는 느낌을 떨쳐버릴 수 없었다. 그러던 것이, 그동안 그녀의 주위를 맴돌다가, 치밀한 계획을 세워 '큐피드(Cupid)' 백화점 개관 행사에서 그녀에게 몹쓸 짓을 한 것이다.

토요일 오후 병원에 입원한 하연은 이상하게도 마음이 쉽게 안정되지 않았다. 또다시 어디에선가 누군가 뛰쳐나와 그녀에게 달려들 것 같은 마음에 불안감을 느끼고 있었다. 앞으로도 오늘과 같은 유사한 일이 또다시 일어날 것 같은 예감이 들었다. 그것도 오늘보다 심하면 심했지, 덜하지는 않을 것이었다. 그러한 생각이 그녀로 하여금 불안케 해서인지, 복도 밖이 시끄러워서인지, 신경안정제 약을 먹었음에도 불구하고 쉽게 잠을 청할 수가 없었다.

약기운에 얼마를 잤을까? 그녀는 소스라치게 놀라며 침대에서 일어났다. 너무나 끔찍한 꿈이었다. 거기다가 꿈이 너무나 생생해서, 한참 후에야 자신이 꿈을 꾸었으며, 지금 여기는 자신이 입원한 특실이라는 것을 알 정도였다. 그녀 외에는 아무도 없었다.

새로운 영화 개봉을 축하하는 호텔의 만찬장에 참석하기 위해, 하연은 하얀 드레스와 우아한 옷차림으로 나섰다. 승용차 문을 열어주던 호텔의 보이 얼굴에서, 왠지 모르게 음흉한 눈길이 느껴졌다. 이빨이 튀어나온 것이 탐욕스런 얼굴이었다.

많은 사람이 저마다 손을 휘저으며 달려들었지만, 가까스로 물리치고 그녀는 매니저의 안내를 받으며 함께 엘리베이터를 올라탔다. 안에는 몇 명의 여자와 남자 몇 명이 이미 타고 있었다. 올라가던 엘리베이터가 4층에서인가 멈추는가 싶더니, 순간 험상궂은 사내들 몇몇이 하연을 따라 엘리베이터에 올라탔다.

특히 그중에 턱이 뾰족하고 눈매가 날카로운 인상의 사내는 왠지 모르게 더더욱 하연을 불안케 했다. 순간적으로 위험을 느낀 하연은 매니저의 손을 잡아 이끌고 내리려고 했지만, 이어 들어오는 다른 험상궂은 사람들에게 떠밀려, 할 수 없이 뒷부분으로 밀려났다.

만찬회장은 15층이었다. 어느새 눈금은 7층을 지나 10층을 지나 13층을 가리키고 있었다. 다행히 다른 사람들은 13층에서 모두 내렸다. 이제 엘리베이터 안에는 매니저와 자신만이 타고 있을 뿐이었다. 다시 엘리베이터가 위로 올라가는가 싶더니, 순간 엘리베이터 안의 불이 꺼졌다. 이어 굉음과 함께 엘리베이터는 밑으로 추락하기 시작했다. 아무리 버튼을 눌러도 비상벨을 눌러도 응답이 없었다. 하지만 옆의 매니저는 아무런 노력도 하지 않고, 당연하다는 듯이 어쩔 줄 몰라 하는 하연을 지켜만 보는 것이었다. 하연이 당혹감과 절망감에 빠져, '어어' 하는 사이에 쿵 소리와 함께 추락했다.

그 순간 장면이 바뀌며 매니저는 어디론가 사라지고, 자신 혼자만이 어떤 깊숙한 웅덩이 안에 빠져 있었다. 바닥의 시꺼먼 물에서는 악취가 풍겨 나왔다. 이 세상 어딘가에서도 맡아본 적이 없는 끔찍한 냄새였다. 물속에서는 온갖 벌레들이 들끓고 있었다. 벌레들이 그녀에게 달려들었다. 벌써 어떤 벌레는 그녀의 종아리를 타고, 허벅지로 기어오르는 중이었다. 그녀는 비명을 지르며, 몸을 돌렸다.

그쪽 편에는 그녀보다 먼저 떨어진 듯한, 한 여자가 비명을 지르며 뒹굴고 있었다. 그녀의 옷은 거의 찢겨 나가 알몸이 다 되어 있었다. 그녀의 몸에는 털이 비죽비죽 튀어나온 벌레들로 들끓고 있었으며, 작은 뱀들과 큰 구렁이들이 긴 혀를 날름거리며 둘러싸고 있었다. 뱀들은 그녀의 유방을 물어뜯을 뿐만 아니라, 어떤 구렁이는 큰 머리로 음부에까지 파고 들어가 그녀를 괴롭히고 있었다. 그녀는 고통에 못 이겨 가슴이 찢어질 듯한 비명을 지르고 있었다.

고개를 돌려보니, 다른 한쪽 구석에도 뱀들에게 휩싸여 한 여자가 웅크리고 있었다. 마찬가지로 옷은 반쯤 찢긴 상태였다. 그러나 뱀들은 달려들 듯하면서도, 물어뜯지도 못하고, 고개만 쳐든 채로 지켜만 보고 있는 것이었다. 어느 순간 몸을 웅크리고 있던 여자가 갑자기 뱀들을 향해 미친 듯이 달려들었다. 그 서슬에 뱀들이 뒤로 물러나면서 다시 멈칫멈칫하며 기회를 엿보고 있는 것이다.

그때였다. 어느새 하연을 발견한 다른 뱀들과 큰 구렁이가 그녀에게 다가오고 있었다. 뱀들이 하연을 둘러쌌다. 그중에 날카로운 뱀이 위협적으로 달려들었다. 하연은 필사적으로 몸을 웅크리며 뱀들을 물리치며 달아나고자 하였지만, 커다란 구렁이가 앞을 가로막아 큰 입을 벌리며 덤벼들었다. 구렁이가 어느 순간 하연의 몸을 감싸 휘둘렀다. 하연은 두려움에 아무런 말도 그 어떤 행동도 할 수 없었다. 혓바닥을 날름거리며 자신을 가지고 놀듯이 들어 올리기도 하다가 하연을 바닥에 내동댕이쳤다. 얼마나 고통스러운 순간이 지나갔는지 모른다. 징그러운 뱀이 몸을 휘감기고 하고, 음부를 파고들기도 했다. 심지어 날아올라, 엉덩이며 어깻죽지를 막 물어뜯어 괴롭히고 있었다. 밀쳐내고 피해 보려고 하였지만, 떨어지려고 하지 않았다. 너무나 고통스러워 저항하는 것 자체가 무의미했다. 하연은 참다못해 포기하고 주저 앉은 지 얼마가 지났는지 모른다.

'이렇게 괴로운 수난을 당하느니, 차라리 혀를 깨물고 죽자' 라고 그녀는 생각했다.

순간, 어디선가 쥐 두 마리가 구덩이로 미끄러지듯 내려왔다. 쥐들은 여기저기를 휘젓고 다니다가 다시 올라가는 것이었다. 이어 멀리서 자동차 소리가 들려왔다. 순간 자동차의 헤드라이트 불빛이 구덩이 안으로 비쳐들자, 빛에 쏘이는 부분의 뱀들이 죽어 나자빠지기 시작했다. 한쪽 편에 찢겨진 옷의 여자에게 붙어 있던 뱀들도 슬금슬금 떨어져 나갔다. 다른 쪽에서 미친 듯이 강렬하게 저항하던 여자는 어느 사이에 쓰러져 있었다. 아무리 깨워도 일어날 줄을 몰랐다. 하연은 찢겨진 옷으로 뱀들에게 뒤덮여 있던 그녀와 함께 서로를 부둥켜안고, 필사적으로 빛이 내리쬐는 곳으로 다가갔다. 신기하게도 둘은 빛을 타고 올라갈 수 있었다.

연예계에 데뷔해서 모든 것이 순조롭게 풀려나가고 있었는데, 어째서 꾸는 꿈들은 데뷔 이래로 안 좋은 꿈만 계속해서 꾸게 되는지 하연은 도무지 알 수 없었다. 흔히들 꿈은 반대라고 하지만, 그것은 믿을 수 없는 말이었다. 무엇보다 꿈을 꾼 하연 자신이 불길하게 느꼈던 꿈이라, 결코 좋은 꿈이라 여겨지지 않았다. 아무리 자신이 꿈을 모른다고 하더라도, 구덩이에 떨어져 수많은 뱀에게 시달리는 꿈이 결코 좋은 꿈이 될 수 없었다.

그녀는 꿈을 떠올리며 다시금 머리를 흔들었다. 아직도 구덩이의 악취가 풍겨오고, 울부짖던 그녀의 비명이 귓가에 들려오는 듯한 착각에 사로잡혔다. 꿈은 보는 것만 있는 줄 알았는데, 이렇게 냄새를 맡는 꿈과 소리를 듣는 꿈이 있을 줄 몰랐다. 요즈음 왜 자꾸 이러한 꿈을 꾸게 되는지, 하연 자신도 알 수가 없었다. 자신이 불안한 마음에서 이러한 꿈을 꾸게 되는지, 꿈이 자기 내면의 심리를 표출한다는 글을 어디선가 본 것 같기도 하였다. 하지만 자기 생각에 자신이 꾼 꿈들은 단순히 불안감과 초조감의 표출이라고 보기에는 무언가 석연치 않은 감이 있었다.

그녀의 생각에 그동안에 그녀가 꾼 꿈들은 각기 다르게 전개되었지만, 꿈이 뜻하는 바는 같은 것 같았다. 무언가 위험이 그녀에게 닥쳐오고 있다는 것을 예지해주는 것 같았다. 다행히 어제 '큐피드(Cupid)' 명품관에서 치한에게 봉변을 당할 뻔하다가, 인혁의 도움으로 위기를 벗어날 수 있었지만, 앞으로 그러한 일이 또다시 일어나지 않으리라는 보장이 없었다. 아니, 끔찍한 일이지만, 자신이 생각지도 못할 더욱 엄청난 일이 자신에게 닥쳐올지도 모른다는 생각에 미치자, 그녀는 더 이상 침대에서 잠을 잘 수 없었다.

그녀는 억지로 내려와 앞에 있는 테이블을 두들겼다.

"누구 없어요?"

그러자 문이 열리면서, 매니저가 들어왔다. 이어 간호사도 뒤따라 들어왔다.

"왜 그래요. 무슨 일이 있어요?"

"아뇨. 나쁜 꿈을 꾸었어요. 도무지 불안해서, 잠을 다시 청할 수가 없어요. 또 악몽을 꿀 것 같아서 두려워요. 인혁 씨는 어디에 있나요?"

"치료를 받은 후에 현재 다른 병실에 있는데, 담당의사의 말로는 며칠 치료를 받아야 한다고 하는 것 같던데요? 그러면 여기 간호사와 함께 보내는 것이 어때요? 이제 좀 있으면 날이 밝아올 텐데---."

매니저가 걱정스러운 듯 말했다.

날이 밝아 아침 식사를 마치고 난 후에, 하연은 매니저와 같이 들어온 인혁을 볼 수 있었다. 그녀의 얼굴에 반가움의 빛이 넘쳐 났다. 인혁은 어깨에 붕대를 감고 있었다. 하연은 그에게 고마움을 느꼈다. 며칠간 치료가 더 필요한데도, 하연에 대한 이야기를 매니저를 통해 듣고는 자리를 떨치고 나왔다는 것이다.

매니저의 막역한 고향 후배이기도 한, 그는 어제의 그 사건에 대하여 아무 말이 없었다. "어떻게 괴한이 있는 줄 아셨어요?"라는 하연의 물음에, 멋쩍은 웃음으로만 답할 뿐이었다.

하연은 인혁의 단아하면서 진실성이 넘쳐나는 얼굴을 보는 순간, 바로 보름여 전인 9월 중순 새벽 무렵에 꾸었던, 벌레가 더러운 액을 내뿜으면서 그녀의 몸에 달라붙었을 때, 벌레를 물어뜯어 자신을 구해 준 흰 진돗개가 바로 인혁처럼 충직한 얼굴이라는 것을 알았다.

그렇다. 꿈의 실현이 꿈을 꾸고 바로 다음날이 아닌, 일주일이나 한 달 뒤, 심지어 서너 달 뒤나 몇 년 뒤에 실현될 수 있다는 것을 하연은 그 당시에는 몰랐었다. 나중에 안 사실이지만, 심지어 태몽은 태어날 아이의 장차 인생의 청사진이요 이정표라고 할 정도로, 평생의 운명의 길을 예지해주고 있다는 것을 모르고 있었다.

"고마워요."

"뭘요, 할 일을 했을 뿐인데---."

인혁은 입가에 잔잔한 미소를 머금기만 했다.

매니저가 말했다.

"이제부터 떨어지지 않고, 곁에서 지켜주기로 했어."

"오늘 새벽에도 아주 끔찍한 꿈을 꿔서, 너무 불안해요."

　2~3일 뒤인 화요일, 하연은 병원에서 퇴원하였다. 또한, 하연이 괴한의 습격으로 받은 충격을 걱정한 노 회장의 배려로, 일체의 모든 외부 행사를 취소하고, 주말까지 며칠간 집에서 조용히 보낼 수 있게 되었다. 그러나 몸은 평온하였지만, 왠지 모르게 불안한 마음은 가셔지지 않았다. 그녀의 가슴 속에는, 병원에서 꾼 구덩이에 빠져 뱀에 시달린 끔찍한 꿈의 기억이 그녀를 짓누르고 있었다.

　하연은 누군가에게 꿈 이야기를 자세히 털어놓고, 꿈에 담긴 의미를 알아내고 싶었다. 그렇다고 노 회장에게 꿈 이야기를 해서, 걱정하게 하고 싶지는 않았다. 노 회장은 하연의 운명의 길에 있어, 오늘날의 연예인으로서 정하연의 새로운 탄생이 있게 해준 고마운 분이었다.

　하연은 원래 강원도 춘천에서 남녀공학의 고등학교를 졸업했다.

　그녀는 고교 재학시절부터 남달리 뛰어난 미모와 덕성스런 얼굴에서 풍기는 분위기로, 여러 사람으로부터 향토 축제에서 선발하는 미인대회에 나가기를 수차례 권유받았다. 하지만 그녀는 소박하고 순수한 터이라, 그러한 대회에 나가는 것조차 멀리하고 있었다. 나아가 연예계라든지, TV 화면에 나가는 것에 대해서 탐탁해하지 않았다.

　그러던 그녀가 연예계에 발을 들여놓게 된 것은 우연한 일로 이루어졌다. 고등학교를 졸업할 무렵에 아버지의 사업이 실패하게 되자, 집안이 경제적으로 어려워져 대학 진학을 포기해야만 했다. 설상가상으로 아버지는 병으로 눕게 되셨고, 치료비마저 감당하기 어려운 형편으로, 그녀 혼자 집안의 궂은일을 도맡아 하던 중이었다.

그리하여 고교 졸업이 있던 그해 겨울, 그녀는 아빠 친구의 간절한 부탁으로, 강원도 횡성군 둔내에 있는 현대 성우 리조트 스키장의 커피숍에서 새로운 직원을 채용하기 전까지, 1주일 여를 임시 아르바이트로 도와주게 되었다. 아버지의 약값도 대기 어려울 정도로 어려워진 가정사정도 있었지만, 그동안 그녀의 집안을 도와준 아빠 친구의 부탁을 거절할 수만은 없었다.

하지만 이것도 사실은 아빠 친구가 하연의 미모를 높이 사서, 평소에 그가 알고 지내던 노 회장에게 하연을 추천하기 위하여, 아르바이트를 하게 한 것이라는 것을 당시는 알지 못했다.

하연은 때마침 그곳에 휴양차 와있던, 모 영화사 제작에 뒷돈을 대주던 한국 영화계의 대부격인 노 회장의 눈에 들어, 전격적으로 스카우트 되어 연예계에 발을 들여놓게 되었다.

노 회장의 사람을 보는 눈은 한 번도 빗나가 본 적이 없었다. 커피숍에서 하연을 처음 본 순간, 노 회장은 자신의 눈을 의심하였다. 그녀의 청초한 모습은 그로 하여금 사별한 아내와의 젊은 시절의 아련한 기억을 떠올리게 하였다.

그가 상처를 한 지는 벌써 오래전이었으며, 그동안 그는 홀로 지내오고 있었다. 그에게는 삶의 의미를 찾아낼 다른 무언가를 찾고 있었다. 그는 하연을 보는 순간, 지금까지 살아온 인생의 마지막 운명의 길을 시험해보고 싶었다.

그는 하연을 스카우트하는 대신에, 아버지의 병원 치료비는 물론, 새집 마련까지 제안하고 나섰다. 아울러 하연에게 모든 경제적인 지원뿐만 아니라, 연예계에 데뷔하는 데 필요한 모든 것을 지원해주기로 하였다.

그 대신에, 한 달에 두서너 번, 자신과 식사를 같이 하거나 같이 어울려 여행하는 것을 제안하였다. 그렇다고 해서 그녀의 몸을 탐하지도 않았으며, 단지 앞으로 10년간만 자신이 기획하거나 소개하는 영화·TV에 출연할 것을 권했다. 노 회장은 이미 나이가 60대 중반을 넘어서고 있었다. 사실 그는 하연에게 어떠한 육체적인 관계를 맺는 것을 바라지 않았다. 이미 그럴 나이는 지나가고 있었던 것이다.

그에게는 아내와 행복했던 순간을 떠올릴 수 있는 하연과 함께하는 시간 그 자체가 좋았던 것이다. 그녀의 얼굴을 바라보고, 그녀와 이야기하고, 그녀의 체취를 느끼는 것만으로, 그는 삶의 새로운 활력을 찾은 기쁨을 맛보고 있었다.

그리하여 노 회장 자신이 사업상 일본에 자주 가게 되는 것을 고려하여, 하연과의 은밀한 만남을 도모할 수도 있으면서도, 하연을 뒷바라지하기 좋은 곳인 일본으로의 비밀 유학을 주선해 떠나게 하였다. 노 회장은 연기 관련 학과에 진학시키면서까지 그녀에게 모든 정성을 기울이는 한편, 그의 오랜 친지들에게 부탁하여, 일본의 게이샤 과정이나 사교계 과정을 익히게 했다.

그 결과 4년이 지난 지금 그녀는 새롭게 태어났다. TV 사극 드라마 화면에 얼굴을 내민 지 불과 3개월여 만에, 국민적인 스타로 떠오른 것이다. 타고난 미모에 단아하면서도 기품 있는 그녀의 사소한 행동 하나하나가 바로 다음날 연예계 신문을 화려하게 장식하고 있었다. 그 무렵에 그녀를 따라다니는 전문 파파라치가 생겨나기 시작했으며, 서로 좋은 자리를 차지하고자 집단 난투극이 벌어진 적이 있을 정도였다.

그녀가 탤런트로 이름을 날리게 되어 바쁜 나날이었지만, 한 달에 두어 번 노 회장과의 만남은 지속되고 있었다. 주로 그의 별장에서 식사를 같이 하거나, 별장 주변의 산책로를 같이 거니는 정도였다. 노 회장은 4년 전의 약속대로, 그녀에게 어떠한 육체적인 요구도 하지 않았으며, 자상한 큰아버지처럼 하연을 물심양면으로 도와주었다.

한편으로 노 회장은 하연에게 연예계에서 지켜야 할 여러 가지 일에 대하여 자상한 충고도 잊지 않았다. 권력층이나 재벌 등 외부에서의 은밀한 제의가 있더라도 절대로 응하지 말아야 한다는 것과 특히 다른 남자와 사귀는 것에 대하여 주의를 해야 한다는 것을 강조하였다. 한번 스캔들에 휩싸이게 되면, 현재의 고귀하고 단아한 이미지의 하연에게는 치명적인 독이 될 것이라는 점을 강조하였으며, 하연은 그러한 노 회장의 진심 어린 충고를 귀담아들었다.

하지만 하연에게는 노 회장이 예상했던 대로, 그녀가 TV에 모습을 드러낸 지 얼마 되지 않아, 재벌 2세 등으로부터의 온갖 유혹의 손길이 뻗쳐오기 시작했다. 나아가 강제적으로 납치해서라도 욕심을 채우고자 하는 무리가 생겨나기에 이르렀다.

제 3장

비밀별장의 피라미드—마 두목과 박 마담

마 두목! 그는 조직 폭력계에 있어서 한때는 신화 같은 존재였었다. 혼자서 난다 긴다 하는 주먹잡이를 8명이나 쓰러뜨린 이야기는 지금껏 전설적인 이야기로 남아 있었다. 그런 그가 조직에서 물러난 것은 지금의 피라미드를 차리기 10여 년 전인 1993년이었다. 나날이 조직 간의 암투가 심해져 가고, 또한 주먹 세계의 한계가 보이는 듯했다.

그 당시 마 두목은 한때 잘 나갔다. 또 다른 조폭 조직과의 세력 다툼에서 상대편 보스를 제압하고, 접수 자축의 축하연을 크게 벌였다. 그러나 귀가 도중에 상대 조폭의 행동대장으로, 사시미 쌍칼을 잘 쓰던 칼치의 습격을 받아서, 복부와 허리에 칼을 맞아 한 달여 병원 신세를 진 그였다. 뒤따르던 자신의 심복이었던 송태규가 필사적으로 막아낸 것도 있었지만, 배에 복대를 차고 있었기에 망정이지, 조금만 왼쪽으로 맞았더라도 간 부위에 맞아 황천길로 나아갈 뻔했다.

　그러나 그에게는 보스의 기질이 다분하였으며, 아울러 남보다는 세상 보는 눈이 있었다. 그는 자신을 죽이려던 칼치를 용서했을 뿐만 아니라, 자결하려는 그를 설득하여 자신의 수하로 받아들였다. 병원에서 퇴원한 후에, 그는 조폭계에서 떠나 합법적인 사업가로 변신을 시도했다. 당분간 그는 강남에서 자신이 뒤를 봐주고 있었던, 박 마담의 대형 룸살롱 大河(대하)만을 운영하는 데 전력을 기울였다.

　그는 이제 주먹을 앞세운 조폭 시대는 지나갔다고 생각했다. 새로운 합법적인 사업이 필요한 시대가 되었다. 주류 판매나 나이트클럽, 룸살롱, 안마 시술소 운영 등으로 많은 돈을 벌기도 했다. 하지만 그건 너무나 노출된 세계였다. 무언가 보다 은밀하면서 합법적인 단계로 나아가지 않으면 안 되었다.

　2000년대에 들어와 룸살롱은 크게 확장해나가기보다는 수성에 그치고 있었다. 장사는 그럭저럭 되고 있었지만, 무언가 돌아가는 상황이 달라져 있었다. 그는 이제야말로 이 밤의 세계를 떠나서, 내연의 관계를 맺고 있던 박 마담의 권유를 받아들여, 적당한 곳에 새롭게 둥지를 틀어 사업을 펼쳐야 할 때라고 생각했다.

　마 두목이 그러한 선택을 하는 데는 긴 시간이 필요치 않았다. 정기적으로 상납하고 있음에도 불구하고, 성매매방지 특별법이다 뭐다 해서 단속이 점차 심해지고 있었으며, 아울러 은퇴한 자신에게 처음 몇 년간은 건드리지 않던 이곳 룸살롱 '大河(대하)'마저, 다른 조폭 세계에서 자꾸 압박을 가해 오는 것이었다. 이제는 이곳을 지켜내기에도 벅찬 여건이 되어가고 있었다. 마 두목에게도 여기 강남을 떠나야 할 때가 다가온 것이었다.

　그동안 그가 박 마담과 함께 룸살롱 대하(大河)를 운영하면서, 그는 묘한 것을 발견할 수 있었다. 정치가, 판사, 검사, 의사, 재벌 2세, 사장 등 잘 나가는 사람일수록, 그들은 한결같이 비밀스러운 술자리에서 보다 자극적이고 변태적인 것을 찾는 것이다. 특히 칼치의 군대 상사였던 박이건 사장이 상납을 위해 같이 데려온 건축허가 관련 공무원인 사람들은 그 정도가 더 심했다. 일부는 아가씨들이 아예 술자리를 기피하기도 하였다.

따라서 룸살롱 대하(大河)에서는 그러한 은밀하면서도 향락적인 자리를 원하는 사람들에게 철저한 비밀보장과 함께, 술값은 더 비싸지만, 특수한 아가씨를 선발하여 제공하는 서너 개의 특별 비밀 룸을 별도로 운영하고 있었다. 하지만 오히려 뜻하지 않게 다른 일반 룸의 운영보다도 매출액이 늘어났을 뿐만 아니라, 손님들의 호응에 특별 비밀 룸이 모자랄 정도였다. 그들에게는 돈이 문제가 아니라, 비밀이 보장되는 가운데 보다 향락적인 밤이 필요했던 것이다.

그 무렵 심복인 칼치를 통해 알게 된, 호색한이었던 박이건 사장이 서울에서 가까운 교외에 비밀요정을 차릴 것을 부추기고 있었다. 칼치에 의하면, 자신이 철원의 군부대에서 고참 병장으로 있을 때, 박 사장은 선임하사로 있었던 것이다. 어느 날 박 사장이 대하(大河)에 거래처 손님을 접대하러 왔다가 우연히 만나게 되었지만, 그날 이후로 칼치는 박 사장과 단짝으로 어울려 오고 있었다.

박 사장은 사업수단이 비상한 편이었다. 처음에는 군납업에 뛰어들어 많은 돈을 벌었다. 나아가 조폭계에 있어, 살아있는 전설이라 할 수 있는 마 두목을 칼치를 통해 알게 된 것이 그에게는 행운이었다. 그는 마 두목을 등에 업고, 수단과 방법을 가리지 않고 사업을 확장해 나갔다.

그는 군납업에 이어 부동산에 눈을 떠, 부동산 컨설팅 회사를 차렸다. 말이 부동산 컨설팅 회사이지, 기획 부동산이었다. 지역개발에 문제가 있는 부동산이라든지, 도로 개설이 어려운 땅을 헐값으로 일괄 매입한 후에, 관공서 등에 뇌물을 주고 용도변경을 하여, 여러 개로 나누어 쪼개 파는 것이 그의 전문이었다. 그 과정에서 문제가 생긴 경우에, 마 두목 부하들의 도움을 크게 받았다.

'대하(大河)'에서 칼치를 우연히 만났던 그날도, 시청의 도시개발과 직원과의 술자리였다. 접대를 통하여 도시개발 정보를 미리 알려고 했던 것은 물론, 도로개설 및 허가에 대한 편의를 받으려 했던 것이다.

박 사장은 그렇게 알아낸 고급 정보들을 마 두목에게 알려주기까지 했으며, 나아가 박 마담으로 하여금 부동산에 투자하도록 하였다.

"형님. 여기 말고, 다른 비밀스러운 곳에 고급 비밀 요정을 만들면 어떻겠습니까? 서울서 그리 멀리 떨어져 있지 않은 곳으로, 공기 좋고 경관이 좋은 곳에 비밀 고급 요정을 차려서, 손님을 비밀회원제로 운영하면 여기보다 더 나을 것인데요?"

"그게 가능할까?"

"가능하고 말고요. 아마 모르긴 해도 벌써 그렇게 운영하는 곳이 상당수 있을 것입니다. 단지 철저한 비밀회원제로 하니, 쉽게 알아낼 수 없지요. 실은 제가 그런 곳을 한 곳 알고 있는데, 하룻밤 술자리에 오백만 원 가까이 들었지만, 아가씨들의 애교가 그만이라 하룻밤 내내 황홀경이었습니다."

"음---."

"아가씨도 여기 대하(大河) 아가씨 중에 괜찮은 아가씨 10명만 선발하여, 데리고 가면 될 겁니다. 보다 평온하고 아늑한 분위기에서 술을 마실 수 있도록 해주는 거죠. 아가씨들에게도 비밀유지 조건으로 한 달에 천만 원 수익을 보장해준다고 하면, 너도나도 한다고 할 겁니다. 아예 1년에 1억의 조건으로, 계약하는 겁니다."

그랬었다. 사회 지도층 인사를 비롯하여 고급공무원 기타 유명 인사들은 여자 문제에 있어서는 어찌 보면 하나같이 까다로웠다. 하나같이 아가씨들이 자신을 귀공자 대우해주기를 바랐으며, 옆자리의 여자를 자신만의 뜻대로 하기 원했다. 단순한 술자리의 유흥을 넘어, 여자가 고분고분하면서 간드러지게 애교부리는 것을 받고 싶어 했다. 나아가 변태적인 성행위를 해보고 싶은 사람들도 있었다. 그들에게는 돈이 문제가 아니었다. 점차 성매매방지특별법이다 뭐다 해서, 단속이 심해지는 곳을 피해서, 철저한 비밀보장과 자신들의 억눌린 욕구를 해소시킬 수 있는 안전한 곳이 필요했다.

마 두목은 그렇게 말하는 박이건 사장의 말에도 일리가 있다고 여겼다. 다만, 마 두목 그에게는 사람을 보는 눈이 있었다. 군대에서 선임하사로 오랫동안 복무하는 동안 함께 생활하는 수많은 병사를 대하면서, 그 나름대로의 사람됨을 알아보는 안목을 지닌 것이다. 한발 더 나아가, 조직 폭력계의 이권을 다투는 거친 세계에서 부하 조직원을 비롯한 많은 사람의 사람 됨됨이를 파악할 수 있었다. 그가 자신을 죽이고자 했던 칼치를 설득하여, 자신의 부하로 받아들인 것도 칼치에게는 자신의 모든 것을 다하는 진기지심(盡己之心)으로써의 충(忠)이 보였기 때문이었다. 조직의 세력다툼에서 이미 판세가 기울어진 불리한 여건에서도, 제 보스를 위해 자신의 몸을 내던져 희생하기를 주저하지 않았던 것이다. 다만, 지나치다 싶을 정도로 우직(愚直)한 면이 있는 것이 마음에 걸렸다. 자신이 옳다고 믿는 것이 있으면, 누가 뭐라고 해도 밀고 나가는 것이 칼치 스타일이었다.

박 사장의 가늘게 찢어진 눈을 보면, 음흉하면서 반간의 상이 보였다. 좋은 여건일 때는 아무 탈이 없겠지만, 조금이라도 어려운 여건에 처한다면 그 즉시 배반하기를 밥 먹듯이 할 인물이었다. 이 점에 대해서 박이건 사장을 처음 만난 날, "박 사장은 소인배에다가, 질이 좋지 않은 사람이니 너무 가깝게 지내지 마라. 장차 그가 큰 화(禍)를 불러올지 모른다."고 칼치에게 넌지시 당부한 바가 있었다.

사실 마 두목 그에게는 사람을 보는 눈뿐만이 아니라, 세상을 보는 눈이 있었다. 그 자신도 군대 선임하사 출신이었다. 제대 후에, 조직폭력계에 뛰어들었지만, 조폭답지 않게 매사에 노력하는 삶을 살아왔다.

풍수에도 관심이 많아 풍수 강의를 듣기도 하고, 유명한 풍수장이를 따라 산을 타기도 했다. 그렇잖아도 박 마담의 권유로 오래전부터 여생을 보낼만한 자연적인 천혜의 입지여건을 갖춘 곳을 찾고 있었다. 다만, 장차의 교통여건을 고려하여 서울에서 1시간 거리 남짓의 조용하고 아늑한 곳을 물색하던 중이었다. 그러다가 한 조직원으로부터, 청평으로부터 설악면 쪽으로 자신의 고향에 들어가는 길에, 경관이 좋으면서 아늑한 곳이 많이 있다는 이야기를 들었다.

그리하여 자신이 직접 들어가 살펴보니, 주변의 자연경관이 너무나 마음에 들었다. 서울에서의 거리나 교통여건도 좋았으며, 경춘가도를 따라 내려가는 길의 경치도 그의 마음을 흔들었다. 특히 상천이라는 곳에서 들어가는 주변은 아름다운 단풍과 산골의 아늑하면서 조용함이 녹아 있어 '여기에다가 나의 제2의 인생터를 잡아야 한다' 는 마음을 굳히게 하였다.

하지만 자신이 바라는 면적의 땅을 사기에 값이 만만치 않았다. 그리하다가 1997년 IMF가 터지고 부동산 값이 폭락하여 떨어질 때, 그는 하늘이 자신에게 기회를 주는 것이라 여겼다. 그는 박 마담과 같이 청평에서 설악면을 지나서, 좌청룡 우백호의 양쪽으로 능선이 휘감아 나가면서도, 계곡과 어울려 수려한 풍광이 돋보이는 남향의 오천 여평의 땅을 매입해두었던 것이다.

장차 예정대로 서울 춘천 간에 고속도로가 개통된다면, 접근성이 더 좋아질 것이다. 실제로 88고속도로에서, 춘천 쪽으로 공사가 시작되고 있었다.

더구나 설악 쪽으로는 통일교 재단에서 대규모의 땅을 매입하여, 여러 가지 공사를 벌이고 있었다. 따라서 이곳으로 들어오는 도로 여건도 몇 년 후면, 지금보다 엄청나게 좋아질 것이며, 수많은 차량이 오가는 길인 것이 장차 자신이 구상하는 사업에도 유리하게 작용할 것이었다.

남들에게는 노후생활에 대비도 할 겸이라는 말을 하였지만, 그에게는 오래전부터 비밀 요정 사업 구상이었다. 그는 마을의 입구를 지나, 우측으로 올라가 계곡과 분지를 끼고 있는 밭과 임야 전체를 매입했다. 여름이면 계곡의 임시 방갈로에서 지낼 수 있어 좋았다.

그곳은 아래쪽에서 들어오는 입구만 막으면, 누구라도 출입을 통제할 수 있는 천연의 지형을 갖춘 곳이었다. 멀리 둘러싼 산 위의 능선을 따라 군대에서 익힌 전자감응장치를 쫙 깔아놓는다면, 누가 접근하는지를 낱낱이 파악할 수 있었다. 어쩌다가 약초꾼 등이 산을 넘어들어오려는 경우가 있었으나, 사유지 푯말과 함께 사나운 개들이 짖는 소리에 물러가고는 하였다. 주요 몇 곳에 설치한 CCTV로 모든 것을 통제할 수 있기도 했다.

그는 땅을 매입한 즉시, 자신의 사업 구상을 위해 그동안 아랫마을 주민과의 유대를 아주 좋게 쌓아왔던 것이다. 땅을 매입한 후에, 우선 떡을 해서 마을 전체에게 돌렸으며, 아울러 자신이 알고 있던 업자를 시켜서 마을 진입로의 도로 확장 및 포장을 하게 하였다. 자신의 땅이 들어간다고 반대를 하는 일부 주민에게는 적절한 보상을 해주었으며, 그 자식에게는 자신이 아는 곳에 취직까지 시켜주었다.

또한, 해마다 여름철이면 개와 닭을 잡아 넉넉히 인심을 베풀었으며, 겨울철

설날에는 돼지를 잡아 마을 잔치를 여는 한편, 양주 등 고급술을 이장을 비롯하여 노인이 있는 가정마다 넣어주었다. 이 밖에도 마을 입구에 다리를 보수해주거나, 마을 회관을 짓는 데 거액을 기부하는 등, 마을에서 필요한 일에 적극 나서서 도왔다. 이제 온 마을에 마 두목은 좋은 분이라는 칭송이 자자했다. 그뿐만이 아니었다. 설악으로 들어오는 입구에 있는 경찰 파출소 지소에도 명절 때마다 금일봉을 내놓아서, 누구도 뭐라고 하는 사람이 없었다.

이제 자신이 마음먹은 대로, 대로변에서 마을 입구를 지나지 않고, 마을 어귀에서 바로 우회하는 길을 낸다면, 마을 사람과 마주치지도 않고 자신의 비밀스러운 사업을 영위할 수 있는 여건이 조성되고 있었다.

또한, 청평에서 설악으로 들어가는 도로는 강변을 따라 각종 모텔이나 향락 시설이 즐비하게 늘어서 있었다. 따라서 지금도 그렇지만, 몇 년 후에 아무리 고급 차가 드나들어도, 누가 보아도 의심치 않는 천혜의 조건을 갖춘 곳이었다.

군납업과 기획 부동산으로 떼돈을 벌은 박 사장이 어디 조용한 곳에 비밀요정이 있었으면 좋겠다는 제안 이전에, 마 두목 자신 또한 오래전부터 이러한 생각을 해왔으며, 은밀히 실천에 옮긴 지 벌써 오래전이었던 것이다. 이것은 자신과 대하(大河) 룸살롱의 얼굴마담이자 내연의 관계였던 박 마담밖에 모르는 일이었다.

박 마담은 처녀 시절 지금의 마 두목을 만나기 전에 결혼하기도 했었다. 하지만 남편의 의처증과 주사(酒邪)로 인해, 3개월 만에 이혼을 한 후로는 화류계에 몸담아 여태껏 혼자 살아왔다.

그녀는 독실한 불교 신자로, 자식은 없었지만, 남다른 인생을 살아오고 있었다. 대여섯 살 정도 되는 남녀 두 아이를 보육원에서 데려와 수양아들 딸 삼아 키우면서, 고등학교를 졸업할 때까지 보살펴주었다. 졸업 후에는 "그 이후의 인생길은 너희가 알아서 하라."고 하면서 떠나보내고, 다시 두 어린아이를 데려와 보살피는 식으로 사회에 대한 그녀만의 보시를 하고 있었다.

하루는 모 고급공무원과의 술좌석에서 시비가 붙어, 강제적으로 끌려나갈 뻔한 일이 있었다. 그때 업소의 뒤를 지켜주고 있던 마 두목이 손을 써서 구해주었다. 그날 이후로 마 두목과는 친밀한 관계가 되어, 지내온 터였다.

한때 마 두목의 도움을 많이 받은 바 있는 박 마담으로서, 큰 그릇의 대인(大人)적인 마 두목에게 마음이 끌림은 당연했다. 특히나 10여 년 전, 자신을 죽이려던 상대조직의 행동대장이었던 칼치를 자신의 수하로 받아들이는 마 두목을 보고, 이러한 포용심이 있는 남자라면 자신의 일생을 함께해도 좋을 것이라는 마음을 먹기에 이르렀던 것이다.

박 마담은 오래전부터 강남 룸살롱의 화류계를 떠나, 조용한 전원 속에서 살기를 꿈꿔 왔었다. 마 두목 또한 조폭계를 떠나서 전원적인 삶을 살기를 바라고 있었다. 그리하여, 두 사람이 이심전심으로 마음을 합쳐 새로운 곳에 둥지를 틀게 된 곳이 이곳 피라미드였던 것이다.

마 두목은 어릴 때부터 자신이 꿈꿔왔던 대로, 집을 짓기로 마음먹었다. 이집트의 피라미드처럼, 네 방위의 끝을 동서남북에 맞추어, 사각형의 피라미드 모양으로 집을 지었다. 외벽은 강화유리로써, 석양 무렵에 멀리서 보면 마치 이집트 파라미드가 반짝거리는 듯했다. 집으로 들어오는 입구에는 신화에 나오는 대로 스핑크스 형상을 한 동상을 두 개 세워놓았으며, 스핑크스의 입으로 계곡물이 돌아나가게 해두었다.

모든 차량은 지하에 주차하도록 설계하여, 차에서 내려 바로 지하로부터 1층과 2층 아울러 3층에까지 올라갈 수 있도록 했다. 특히 3층의 방은 박 마담과의 침실로 사용하였으며, 스위치의 조작 여부에 따라 천장이 열려서 밤하늘의 달과 쏟아지는 별들을 보면서 술을 마실 수 있거나, 잠들 수 있도록 설계하였다. 실로 탄성을 자아내는 집이었다.

그리하여 살고 싶은 아름다운 전원주택 집에 선정되어, 주택 관련 잡지에 소개되기도 하였다. 그는 이렇게 자신의 집이 널리 알려지는 것이 더 좋았다. 장차 자신의 은밀한 비밀 요정의 사업을 위해서도, 외관상 비밀스러운 집이라기보다는 누구나 드나들 수 있는 아무런 문제가 없는 집이라는 것을 드러내고 싶었다.

정원에는 200~300여 평의 잔디를 깔아두었고, 그 오른쪽에는 연못을 팠다. 연못 안에는 연꽃을 심고, 연못 주변을 빙 둘러서 기암괴석을 배치하였으며, 곳곳에 온갖 꽃나무와 과실수를 옮겨 심어 놓았다. 한쪽에는 계곡에서 내려오는 물을 담아 위에는 송어 등을 키워서 낚시할 수 있게 하였으며, 아래쪽에는 수영할 수 있는 풀장을 마련했다.

또한, 한편으로 작은 연못을 만들어 미꾸라지 등을 키울 수 있게 만들어 두었다. 그리하여 겨울철이면 동네 노인들을 초청하여 여러 음식을 준비하고, 미꾸라지를 잡아 경로잔치를 해마다 크게 벌이는 것을 잊지 않았다.

집 주변에는 벚나무를 빙 둘러 심었으며, 또한 사이사이에 수국과 라일락 등 여러 가지 꽃나무 등을 심어, 사시사철 꽃들이 피어나고 새들이 지저귈 수 있도록 하였다. 1층 및 2층은 각기 넓은 거실 겸 회의실을 중앙에 두고, 대형 서가와 벽난로를 설치하였다. 방이 1층에 6개, 2층에 4개, 3층에 2개로 모두 황토방의 온돌로 꾸며 놓았다. 따라서 평상시에는 과거 조직의 부하들이나 외부 사람들이 와서 모임을 하거나, 자유롭게 쉬면서 술을 마시는 것은 물론, 잠자리를 같이 할 수 있도록 방을 만들었다. 지하에는 식당 및 당구장이나 미니 게임장, 각종 오락시설 및 술 보관창고를 만들어 두었다. 지하에서 3층까지 엘리베이터를 설치한 것은 물론, 별도로 모든 음식이나 술·안주 등이 각기 1층과 2층으로 전달되는 통로를 따로 만들어두기까지 했다.

하지만 그는 자신과 심복인 칼치만이 아는 지하 2층의 특별 방을 세 개나 더 마련했다. 이곳은 지하 1층의 기자재 창고의 벽을 통해서만 들어가고 나갈 수 있는 곳이었으며, 건축 설계도면 상에도 나와 있지 않았기에, 그 어느 누가 와도 찾아낼 수 없도록 했다. 훗날을 생각해서, 건축인부들도 전라도 등 자신의 고향에서 특별히 불러서 지었다. 이제 집을 지어놓은 지, 1년이 다 되어가고 있었다.

특히 지하 2층의 특별 방에는 특수 방음장치로 외부와의 일체를 차단하는 한편, 카메라를 설치하여 비밀녹화를 통해 일거수일투족을 감시할 수 있도록 했다. 또한, 음식을 만드는 전문 주방장을 고용했으며, 별도로 이곳 지역의 아주머니도 두 사람을 준비해두었다. 식사 및 안주로는 이곳 시골 아주머니가 차린 토속적인 음식이 인기일 것이었다.

마 두목은 자신이 생각했던 비밀 요정을 천천히 시험해보기로 했다. 이제 그동안 룸살롱 大河(대하)를 운영하면서 엄선해 둔 사회 저명인사 및 단골손님들에게 연락만 하면 되는 것이다.

결과는 대만족이었다. 철저한 비밀보장에, 좋은 술자리, 더구나 강남 룸살롱에서 파견된 미녀들의 웃음 넘치는 서비스 등은 피라미드를 돋보이게 했다. 그중에서도 부동산 바람을 타고 수십억대의 재산을 모은 박 사장이 가장 적극적이었다. 박 사장은 너무 좋다면서 입에 침이 마르지 않게 떠들어댔다.

조용한데다가 경치도 좋으며, 아무런 간섭을 받지 않는 곳이었으니, 한 번 왔다간 손님들은 그야말로 난리였다. 술자리에 임하는 아가씨들은 박 마담이 엄선한 텐프로 아가씨들로서, 미모나 애교나 화술 등 모든 면에서 손님을 흡족하게 대해주었다.

지난해 연말에는 재벌 2세 10여 명의 모임을 피라미드의 중앙 거실 및 모든 방에서의 사용이 가능하도록 주선해주었다. 하룻밤에 회원당 일천만 원의 회비를 받는 망년회 모임이었지만, 박 마담이 엄선하여 보낸 아가씨들의 빼어난 미모와 세련된 교양에 흡족한 모양이었다. 특히나 삼현 그룹의 재벌 2세인 송영민은 그날 이후 피라미드의 열성적인 회원이 되었다.

이에 마 두목은 박 마담과 상의하여, 강남의 룸 대하(大河)의 모든 것을 정리하고, 2003년 4월에 이곳을 피라미드라 명명하면서, 새로운 출발을 하였다.

이제 모든 피라미드의 운영 및 명칭에 관한 모든 것을 새롭게 정해야 할 것이었다. 먼저 비밀회원제로 운영되는 손님을 무엇으로 부를 것인지를 정해야 했다. 마 두목의 피라미드의 3층 방에서 바라보면, 저 멀리 백악관 같은 건물이 보였다. 산 중턱에 우뚝 자리 잡고 있는 통일교 본당의 건물은 멀리서 보면 마치 백악관을 보는 것 같은 느낌이 들고는 했다.

마 두목은 권세의 상징인 백악관·청와대를 떠올렸다. 사회 유명인사와 재력가 아니면 들어올 수 없는 비밀 모임요정의 명칭을 첫 글자들을 따서 '백청회'라 명명하기로 하였다. 그리하여 철저한 비밀 및 보안을 유지하여, 마 두목을 비롯한 일부의 사람만이 알 수 있도록 명칭에 신중을 기했다.

그러던 올여름의 어느 날, 서울에 올라갔다가 갑자기 내리는 소나기를 피해 우연히 들른 서점 신간 코너에 『한자와 파자』라는 책이 전시되어 있었다. 한자는 알겠는데, 파자(破字)는 무엇을 말하는 것인지 알 수 없어 살펴보니, 한자를 깨뜨리거나 뭉뚱그려 살펴보는 한자의 문자유희에 관한 책이었다.

순간 마 두목은 기발한 생각을 해내고 속으로 쾌재를 불렀다. 그렇잖아도 자신들의 백청회는 백악관과 청와대의 첫 자리를 따서 만든 말로써, 사회 유명인사와 재력가들의 비밀모임의 뜻으로 지었지만, 어딘가 은밀한 느낌이 없었다. 이에 보다 은밀하면서 혹시나 모를 만약의 사태에 대비하여, 백청(白靑)을 파자하여 '백주월'이라 명칭 했던 것이다.

한편, 백주월을 떠받드는 피라미드의 꽃인 아가씨들은 '백련화(白蓮花)'로 불렀다. 박 마담이 선발해 온 그녀들은 뛰어난 미모에 날렵한 몸매를 가졌고 하나같이 교양과 학식을 겸비한 미녀였다. 박 마담은 그녀들에게 어울리는 각각 꽃의 이름을 붙였고, 실제로 꽃 이름을 부르며, 거기에 어울리는 분위기의 옷과 향수를 뿌리도록 했고, 그녀들에게 배정된 각각의 방의 명칭으로 사용하였다.

흔히들 여자를 꽃으로 비유해왔듯이, 해어화(解語花)는 '말을 알아듣는 꽃'이란 뜻으로, 옛날 기생을 부르는 말이기도 하였다. 이름 대신에 꽃 이름을 씀으로, 자신의 존재를 잊고 해어화로서 새롭게 태어나, 보다 손님들에게 애교 있고 친절하게 대하기 위해서였다.

그녀 자신도 아가씨 시절에, 마치 흰 연꽃을 연상시키는 달덩이 같은 하얀 얼굴에, 하얀 연꽃이 수놓아진 자신만의 독특한 옷을 입고 손님방에 들어갔으며, 그로 인해 백련화라고 불렀다. 그리하여 그녀가 불교를 믿는 탓도 있었지만, 때마침 피라미드 주변의 연못에 피어있는 수많은 연꽃이 있었기에, 여기 피라미드의 아가씨들을 '백련화(白蓮花)'로 명명하였다.

마찬가지로, 피라미드의 비밀 회원인 백주월은 아무나 될 수 없었다. 마 두목과 박 마담의 엄격한 심사를 거쳐 받아들여졌다. 평상시 피라미드의 회원에

게는 가입회비로 일천만 원씩을 받았으나, 그것은 회원의 자격을 유지하는 최
소한의 회비였다. 정회원 30명 외로는 더 받지 않았으며, 무엇보다도 철저한
예약제로, 예약되지 않은 손님은 아예 들어오는 입구부터 출입을 금지하고 있
었다.

　한번 이용한 손님은 회비의 여부보다도, 또한 비싼 술값 등의 비용 여부보다
도, 자신이 데리고 오는 여자나 피라미드의 접대 아가씨인 백련화와의 관계에
대하여, 철저한 비밀 보장을 해주는 것이 좋았다.

　무엇보다도 박 마담의 경험상 남자들은 여자로서의 우아함을 풍기는 미모
에 빠지기보다는, 여자들을 자기의 뜻대로 하면서 술을 마시는 데에 더 쾌락
을 느끼는 손님들이 많다는 것을 잘 알고 있었다. 따라서 하룻밤에 아가씨들
을 자신의 뜻대로 하면서, 황제 이상의 쾌락을 느끼게 해주며, 철저한 비밀보
장을 해주는 피라미드에 대해서 불만을 느낄 회원은 없었다.

　더구나, 룸 대하(大河)에서는 불가능했던 것을 가능하게 하고자 은밀한 지하
비밀 룸도 마련해 둔 것이다. 그것은 보다 비밀을 요하는 손님, 보다 변태적이
고 자극적인 행동을 원하는 손님, 나아가 특정 인물과의 은밀한 자리를 원하
는 백주월에게 제공될 것이었다.

　이제 피라미드는 대성공을 거두고 있었다.

제 4장

나이트클럽의 삼미(三美)

2003.10.04. 토요일 19:00

미림 일행은 때마침 '큐피드(Cupid)' 명품 백화점 개관이라 하여 들렀다가, 백화점에서 나와 날치기의 봉변을 당했다. 그날은 미숙이 오빠가 대기업 입사 시험에 합격했다고 한턱 크게 낸다고 해서, 모인 자리였다.

"미림아. 오늘 액땜한 것으로 쳐라. 그래도 다행히 신분증과 신용카드는 그대로잖니."

"그래, 애. 얼마나 동작이 빠른지 날아가는 것 같더라. 미처 따라갈 수도 없었어."

셋은 평소에 잘 가던 레스토랑인 '네프리'로 발걸음을 옮겼다. 식사하면서 그녀들은 이야기를 나누었다. 애인으로는 복학생보다는 사회인이 더 매력적이라는 이야기로부터, 어느 클럽이 고급회원 수가 많아 좋은 남자들을 고르기가 좋다는 이야기 등 남자에 관한 이야기였다.

"미림이, 넌 그 남자 어떠니. 그래도 검사잖아."

"그래 얘, 너는 검사 사모님 소리 듣게 되어 좋겠다."

"응, 아직 잘 모르겠어. 나름대로 능력도 있고 재능도 뛰어나지만, 어쩐지 차가운 느낌이 들어. 난 청수 오빠같이 따뜻한 인간미를 지닌 사람이 좋더라."

"미숙이, 넌 어떠니, 저번에 선 본 재벌 2세는?"

"말도 마."

"왜, 아버지가 회사를 운영하니, 사장님 되는 거 아냐?"

"아니, 글쎄. 날 어떻게 보았는지, 서로의 조건이 맞느니, 뭐 어쩌고저쩌고 하더니, 선본 당일에 호텔로 가려고 하잖아."

"그런 놈은 결혼하면, 맨날 바람만 필 거야."

"나랑 있는 시간에도 두세 군데에서 전화 오는 데, 모두 여자였어."

"야, 시간 자꾸 가는데, 우리 이러지 말고 오랜만에 나이트가자. 강남 파라다이스 호텔 지하에 새롭게 나이트클럽이 문을 열었다던데, 물이 아주 좋대."

"그럴까? 우리 들어가서 딱 두 시간만 신이나게 놀자. 룸에 부킹 들어가면, 돈도 한 푼 안 들고, 남자들이 다 낸다잖아. 용돈까지 받는다더라. 우리는 그냥 놀다 오면 되는 거지. 혹시 아니. 엄청난 킹카를 만나게 될지---."

"얘, 우리 나이에 이제 거기 간다는 것도 너무하지. 대학 새내기도 많을 텐데---."

"우리 오늘 한 번만 더 가보자. 얼마 전에 민지도 거기에서 멋진 킹카 만났대. 하룻밤 잘 보냈다고 은근히 자랑하더라. 우리보다 못생긴 게 자랑하는 꼴은 차마 못 보겠더라."

가만히 듣던 미림이 내켜 하지 않는 듯이 말했다.

“아냐, 난 일찍 들어가야 해. 엄마가 꿈자리 안 좋다고 두 달 전부터 얘기했거든. 오늘 아침에도 안 좋은 꿈 꿨대.”

“얘도, 너도 꿈을 믿니, 프로이트가 꿈이라는 것이 억눌린 소망의 표현이라고 하던데---, 꿈이라는 것이 맞기도 하고 안 맞기도 하는 거지, 사람이 꿈에 얽매여 산다는 게, 그거야말로 어리석은 거 아니니?”

“맞아, 나도 이따금 꿈을 꾸지만, 꿈이 맞기도 하고 안 맞는 경우도 많았어. 그런데 너가 어머니 꿈 이야기하니까, 괜스레 찝찝하기는 하네. 나도 실은 며칠 전에 너 꿈 꿨거든.”

미숙은 찝찝하다는 듯이 미림에게 말했다.

“어머, 그러니, 어떤 꿈이었는데---,”

“글쎄 잘 모르겠지만, 좋은 꿈같지는 않아. 왠지 기분이 찝찝했거든.”

꿈에서 셋이 졸업여행인지, 고속버스 같은 것을 타고 어딘가에 즐거운 여행을 하고 있었다. 도중에 휴게소에 정차하고 잠깐의 휴식시간이 주어졌다. 버스에서 내려 셋이서 휴게소에서 식사하고 나온 것 같았는데, 버스에 돌아와 보니, 미림만이 아직 타고 있지 않았다. 돌아다보니 미림이 휴게소에서 나왔지만, 한쪽 구두는 없고 한쪽 구두의 굽이 망가져서 절룩거리며 걸어오는 중이었다. 그런데 운전기사에게 아직 한 사람이 타지 않았다고, 기다려 달라고 분명히 말했음에도, 미림을 버려두고 버스가 그대로 떠나는 꿈이었다.

그랬다. 미림이가 구두 한쪽을 잃어버리고, 또한 망가진 구두를 신은 것과 버스에 타지 못한 꿈은 꿈을 잘 모르는 미숙이가 보아도, 미림이에게 장차 안 좋은 일이 일어날 것을 예지해주는 꿈인 것 같았다. 하지만 미숙은 꿈을 꾼 내용대로 일러줄 수가 없었다.

"그래, 얘, 꿈은 반대라잖아. 뭘 별 탈이 있으려고."

그녀들은 공교롭게도 모두 미모가 뛰어난 데다가, 이름자에 아름다울 미(美)자가 들어가 있어, 삼미(三美)라 불렸다. 셋 모두 키가 170에 가까운 날렵한 몸매에, 부유한 가정환경에서, 귀한 공주님으로 귀여움을 받으며 자랐다.

학과는 서로 다르지만, 1학년 때 교양한문을 선택해 들으면서 알게 된 후에, 서로 친하게 지내오고 있는 터였다. 그러다가 대학 3학년 때, 일본의 오사카와 나라 등에 4박 5일로 같이 다녀온 후로, 서로 간에 비밀이 없을 정도로 절친한 친구가 되었다.

일미(一美)로 불리는 미림은 사실 삼미(三美)의 주연 배우이자, 리더였다. 활달한 그녀의 성격은 각종 모임이나 행사에서, 항상 그녀가 먼저 모든 것을 이끌어가는 편이었다. 여행지를 선정할 때도, 날짜를 잡을 때도, 심지어 '어느 술집에 가느냐' 등 그녀의 행동 여하에 따라, 모든 것이 정해지는 경우가 대부분이었다.

언제부터인지, 옷을 사거나 가방을 사거나 신발을 사도, 일미(一美)인 그녀가 먼저 사면, 뒤따라 이미(二美)인 미숙과 삼미(三美)인 수미가 색상만 다를 뿐 같거나 비슷한 디자인으로 샀다. 그리하여 삼미(三美)인 세 미녀가 걸어가면, 주변의 이목을 끌었다.

삼미가 어디 어디에 있다는 소문이 나면, 주변에 남학생들이 몰려들었다. 심지어 도서관에서 고시 공부를 하던 학생까지도, 그녀들을 한 번 보고자 나왔을 정도였다. 싱그러운 봄날에 삼미가 함께 걸어가는 모습을 멀리서 보면, 아름다운 꽃나무 세 그루가 움직이는 것 같았다.

‘큐피드(Cupid)’ 명품 백화점 개관일인 오늘, 그녀들의 복장도 색상만 다소 다르지, 흰 블라우스에 꽃무늬 실크 스커트로 화사함을 뽐내고들 있었다. 거기에 모두가 굽 높은 하이힐에 까만 팬티스타킹을 신어, 그녀들의 섹시한 각선미가 돋보였다. 백화점에서나 길거리에서나, 긴 생머리를 휘날리며 걸어가는 그녀들의 모습을 보면 사람들은 뒤돌아보면서 힐끔힐끔 보는 것이 다반사였으며, 심지어 그녀의 뒤를 따라다니는 남자들이 서너 명씩 있을 정도였다. 실로 풋풋한 젊음의 싱그러움이 넘쳐나는 삼미(三美)였다.

셋은 수많은 이야기 끝에 강남에 새롭게 문을 연 호텔 나이트로 가기로 하고, 레스토랑 ‘네프리’를 나와 차를 세워 둔 주차장으로 향했다. 어느덧 시간은 9시를 넘어가고 있었다.

하지만 미림은 백화점에서부터 그녀를 따라왔던, 검은 안경을 걸친 바싹 마른 몸매의 민첩한 남자가 은밀히 따라오고 있는 것을 알 수 없었다. 미림을 비롯하여 친구들은 그날 따라 들뜬 분위기에, 날치가 그녀들의 뒤를 미행하고 있음을 알아차리지 못했다.

셋은 강남의 파라다이스 호텔 지하 주차장으로 차를 몰았다. 주차장은 만원이었다. 주말이면, 어디에 가더라도 사람들로 넘쳐 있었다. 가까스로 지하 3층에 차를 주차시키고, 셋은 엘리베이터로 이동했다.

나이트는 지하 일 층에 있었다. 나이트로 가자고 가장 졸라대던 수미가 신이 나서인지 앞장섰다. 그녀는 얼마 전에 사귀던 애인과 헤어졌다. ‘오늘 여기에서 새로운 남자를 만나게 될지 모른다’는 기대감에 들떠 있었다.

문을 열자마자 입구에는 건장한 청년이 늘어서 있었다.

“어서 옵~죠.”

“새로 개업한 최고의 시설을 자랑하는 국내 최고의 나이트클럽입니다.”

사내 중에 한 남자가 안내해 준다면서 따라붙었다. 이어 무전기로 '쿠노이치 씨이'라고 말했다. 미림은 무슨 뜻인지 궁금했다. 아마도 자신들을 가리켜서 하는 말로, '괜찮은 여자들이 들어가니, 자리 안내를 준비하라'는 것 같았다.

나이트 안으로 들어가자마자, 기다렸다는 듯이 젊은 웨이터가 부리나케 달려왔다. 나이트클럽은 새로 개업을 해서, 모든 시설이 새것이었다. 바닥은 반짝반짝 빛나고 있었고, 천장에는 수많은 조명등이 반짝거리며 돌아가고 있었다. 넓은 홀의 무대 앞쪽으로 수많은 남녀가 바글거리고 있었다. 하지만 이상하게도 남자보다는 여자가 훨씬 많아 보였다. 무대 앞쪽의 바닥은 유리 바닥으로 밑이 들여다보였다. 바닥 아래로 언뜻언뜻 붉은빛이 뛰놀고 있었다. 자세히 보니 강화유리 아래로 형형색색의 물고기가 자유롭게 헤엄치며 돌아다니고 있었고, 강화유리 위에서는 사람들이 자유롭게 돌아다니며 춤을 추고 있었다.

하지만 홀의 테이블 좌석 사이는 의외로 사람들이 없어 한적한 편이었다. 이따금 웨이터가 술이나 안주를 실어 나를 뿐이었다. 그러나 자세히 살펴보니, 여기저기 테이블마다 손님은 거의 꽉 차 있었다. 그러한 손님 테이블 사이마다 칸막이 겸 맑은 물이 흐르는 수로가 있었다. 자세히 보니 수로에도 형형색색의 물고기들이 헤엄쳐 다니고 있었다. 아울러 자그마한 조각배와 돛단배들이 흘러내려 가고 있었다. 머리를 짧게 깎은 젊은 웨이터가 걸어가면서, 친절하게 설명하기 시작했다.

"조각배 옆에는 테이블 번호가 적혀 있습니다. 배 안에는 메뉴, 맥주와 안주 등 여러 주문 사항을 적어 넣을 수 있고요. 이 조각배가 물길을 따라 출입구 쪽으로 도달하면, 출입구에서 적힌 주문 내용을 보고 조각배 번호에 해당하는 테이블에 웨이터가 가져다줍니다.”

전체적으로는 홀의 중앙 무대 전면을 기준으로, 출입구 쪽으로 수로의 방향이 비스듬히 기울어져 있었다. 또한, 왼쪽의 출입구 쪽보다 오른쪽 벽면이 조금 높은 자리 같았다.

이어 젊은 웨이터가 말했다.

“홀이 넓어서 길을 잃더라도, 이 수로 물이 흘러내리는 곳만 따라나오시면 자동적으로 출입구 쪽으로 나옵니다. 또한, 여기는 손님 여러분 뜻에 따라, 자유롭게 부킹이 이루어집니다. 여기 홀에 있는 웨이터는 술과 안주만을 날라다 주고 있으며, 홀의 손님 좌석 간의 부킹 주선은 해주지 않습니다. 다만, 지상 1층의 룸에는 여자 손님을 부킹시켜주는 전문 웨이터가 따로 있습니다.”

“여기 수로에 흘러다니는 돛단배들은 또 뭐예요?”

“조각배는 술이나 안주 주문용이며, 여기저기 형형색색의 돛을 단 돛단배는 부킹용입니다. 여성분에 한하여, 한 테이블에 돛단배 하나씩은 무료로 제공해 드리고 있습니다만, 더 필요하시면 웨이터에게 말씀하여 구입해서 사용 가능합니다. 부킹을 희망하는 여성분이 저기 돛단배 안에 테이블 번호와 원하는 남성상과 부킹 조건을 적어서 여기 물길에 띄워 보내면, 남성분들이 돛단배 안의 쪽지를 보고 그 자리를 찾아서 합석합니다. 이렇게 합석이 이루어진 경우, 여성분 테이블의 술값은 남성분이 모두 계산합니다.”

“미림아, 미숙아! 어쩜 이렇게 멋있니. 물길에 사랑을 실은 돛단배라니---. 이 나이트클럽 누가 설계한 거니, 어쩌면 이런 멋진 아이디어를 낼 수 있었을까?”

수미는 들떠 있었다.

미림이 고개를 들어 보니, 홀의 네 모서리에서 지상 1층으로 철제 사다리를 통해 사람들이 오르락내리락하고 있었다. 내려오는 여자들도 있었지만, 올라가는 대부분의 사람은 웨이터 손에 붙잡혀 룸으로 '부킹'하러 올라가는 여자였다. 아마도 지상 1층은 특별 손님을 위한 룸으로 채워져 있는 것 같았다.

홀에는 현란한 붉은빛의 레이저 광선이 여기저기를 비추고 있었다. 그녀들이 홀의 중앙 부분으로 들어가자 레이저 빛이 그녀들을 집중적으로 비추었다. 처음에는 얼굴에서 가슴을 거쳐, 짧은 스커트를 입은 그녀들의 날씬한 다리들을 비추고 있었다. 여기저기서 휘파람 소리와 함께 박수 소리가 흘러나왔다.

무대에는 남녀 혼성으로 세 사람이 노래를 부르고 있었다. 가운데 있는 여자는 민소매의 반짝거리는 핫팬츠를 입었으며, 옆의 두 남자는 상의를 다 벗은 듯한 몸을 하고 있었다. 남자들의 우람한 팔뚝과 대비되어, 가녀린 여자의 몸매가 돋보였다. 그녀가 격정적으로 몸을 흔들면서 춤을 추었다. 순간 두 남자가 여자를 들어 올렸다. 그녀는 두 남자의 어깨를 짚으며, 떠올랐다. 이어 다리를 서서히 들어 올리더니, 물구나무서기를 하는 것이었다. 다시 다리를 옆으로 벌리면서, 수평을 유지하면서 일자로 다리가 벌어졌다. 어디선가 다시 파란 빛의 레이저가 여자의 그곳을 비추고 있었다. 여기저기서 박수소리가 터졌다.

그녀들이 젊은 웨이터의 안내를 받아, 빈자리에 앉았다. 그 순간, 비슷하면서도 색상이 더 짙은 복장을 한, 다소 나이가 들어 보이는 듯한 웨이터가 황급히 다가오면서 젊은 웨이터에게 눈을 부라렸다. 먼저 웨이터가 마치 호랑이를 만난 강아지 새끼마냥 똥오줌 싸듯이 쩔쩔맸다. 그 웨이터가 뭐라고 눈짓을 하니, 곧바로 '깨깽' 하듯이 다른 테이블로 갔다. 달려온 웨이터가 혼자 앉아 있던 미림 옆에 무릎을 꿇으며, 고개를 숙여 인사했다.

"어서 오십시오. 오늘밤 모실 '박지성'입니다."

그의 가슴에 '박지성'이라 쓴 명찰이 달려 있었다. 웨이터는 한마디로 눈치로 먹고사는 사람이었다. 입구에서 퀸카 세 명이 떴다는 무전연락을 방금 받고, 부리나케 달려오던 중이었다. 경험상 맨 앞장을 서서 들어오는 여자가 실질적인 리더였다. 또한, 세 명일 경우, 따로 홀로 앉아 있는 여자가 모든 것을 좌우한다는 것을 경험으로 알고 있는 바였다.

"언니들같이 미모가 뛰어나신 분들이 여기 계시면, 우리 나이트의 수치입니다. 여기 있지 마시고, 제가 위층의 특별 룸으로 모시겠습니다."

"얘, 우리 그냥 여기서 간단히 놀고 가자. 나는 홀에 나가서 춤이나 추고 싶어." 미숙이 말했다.

"그래도 웨이터 말이 맞아. 위층 룸에 가는 것이 더 좋을 것 같아. 혹시 아니. 멋진 킹카가 있을지. 미림이 넌 어때?" 수미가 말했다.

"글쎄, 난 모르겠어."

미림이 오늘따라 평소의 그녀답지 않게 말했다. 평소 같으면 일미(一美)의 별칭 그대로 미림이 그녀가 모든 것을 주도해가는 쪽이었다. 그녀들이 망설이자, 눈치 빠른 '박지성'이 아쉽지만, 마음을 굳힌 듯, 미림이에게 귓속말로 말하며 무언가를 찔러 주었다.

"젊은 오빠 킹카 세 명이 기다리고 있습니다. 여기 이건 이따가 차비로 쓰세요."

10만 원 수표 한 장이었다.

"그래, 애들아. 여기는 너무 시끄러운 것 같아. 어차피 놀러 온 건데, 좋은 킹카가 있다니까, 룸으로 가서 놀자."

웨이터는 황송하다는 듯이 고개를 연신 조아렸다. 이어 웨이터가 자신을 따라오라며, 사람들을 헤치며 앞장서 나갔다. 지하 1층의 중앙 홀에서 떨어진 네

귀퉁이의 끝에 1층의 룸으로 올라가는 철제 계단이 있었다. 그녀들이 지나가면서 자리에 앉아있는 남자들의 눈이 집중되었다. 그녀들이 미끈한 허벅지를 드러낸 채로, 또각또각 하이힐 소리를 내며 계단으로 올라가는 뒷모습을 쳐다보며, 한결같이 아쉽다는 듯이 입맛을 다시고 있었다. 한두 명은 보다 가까이서 보고자 은근슬쩍 그녀들이 올라간 철제계단으로 발걸음을 향하고 있었다. 그때, 올라가는 사람들을 밀치고 날쌘 한 남자가 계단 위로 따라붙었다.

그녀들이 따라간 곳은 나이트클럽에서 특급 손님에게만 제공되는 오른쪽 중앙에 있는 특실 국화룸이었다. 문 앞에 여러 송이의 국화꽃이 우아한 자태를 자랑하며 그려져 있었다. 입구 좌우뿐만이 아니라, 앞쪽의 무대에도 국화 화분이 놓여 있어 최고급 룸이라는 것을 알 수 있었다. 벽면 한쪽에 대형 모니터가 설치되어 있어, 노래는 물론 영화감상 등 비디오 룸으로 쓸 수도 있었다. 모니터 앞의 공간은 널찍하여 춤을 추거나 온갖 공연을 해도 좋을 정도로 넓었다.

웨이터 뒤를 따라 그녀들이 들어가자, 담배 연기가 자욱한 가운데, 세 명의 남자들이 자리에 앉아 있었다. 그녀들을 보자 남자들이 자리에서 벌떡 일어나더니, 박수를 보냈다. 남자들 얼굴에 화색이 돌았다.

이어 그중의 리더 격으로 보이는 한 남자에게 웨이터가 다가가, 무릎을 꿇고 귓속말로 뭐라고 하자, 이어 그도 흡족한 표정으로 웨이터에게 귓속말로 뭐라고 하면서, 지갑을 꺼내더니 수표 두세 장을 찔러 넣어주었다. 새롭게 술 주문을 하면서, 괜찮은 여자들을 불러왔다는 답례로 웨이터에게 듬뿍 주는 수고료였다. 이어 웨이터가 함박웃음을 띠며 밖으로 나갔다.

방금 차비하라고 미림에게 준 돈도, 그가 좋은 아가씨를 데려오라고 준 돈이었을 것이다. 미림이 망설이자 그가 최후의 수단으로 자신이 받은 팁을 내놓고, 새롭게 더 받아갔으리라. 이 경우 데려오는 아가씨 등급에 따라 팁도 달라질 것이다. 웨이터가 함박웃음을 띠고 나가는 것으로 미루어, 기대 이상의 팁을 받았음이 틀림없었다.

미림은 재빠르게 남자들을 살펴보았다. 저마다 고급양복에 넥타이 차림의 정장 차림이었으며, 준수하면서도 귀티가 나는 얼굴이었다. 그중의 리더 격으로 보이는 남자가 테이블 중앙에 앉아 미림을 쳐다보고 있었다. 하지만 미림은 그가 좋게 느껴지지 않았다. 두 달 전에 선을 보았던 검사 후보자와 비슷한 이미지의 너무 뺀질뺀질해 보이는 얼굴이었다. 오히려 다른 두 남자가 수수한 외모로 호감이 갔다. 아마도 테이블 중앙의 그가 오늘 이 자리를 주동해나가는 것 같았다.

"가운데 하늘색 꽃무늬 치마를 입은 아가씨, 어서 이리로 와서 앉으세요."

그는 특히 셋 중에 미림 자신이 마음에 들었는지, 미림을 가리키며 곁에 와 앉기를 재촉했다. 그랬다. 삼미(三美)중에서도 일미(一美)의 별칭으로 불릴 만큼, 셋 중에서 미림의 미모와 몸매가 가장 뛰어났다. 그녀는 미모뿐만 아니라 날씬한 몸매를 가졌고, 유난히 흰 피부가 가장 돋보였다.

미림은 머뭇거리다가, 할 수 없이 그의 옆자리에 가 앉았다. 이어 미숙과 수미도 각각 자리에 앉았다. 남자들의 입이 벌어졌다. 세 명 모두 몸매가 날렵한 데다가, 미끈한 허벅지를 드러낸 화사한 치마를 입고 있었던 것이다. 테이블에 놓인 술이나 안주도 최고급으로 차려져 있었다. 발렌타인 21년 산이 두 병이었다. 커다란 얼음 통 두 개와 이름 모를 각종 음료수 캔이 늘여져 있었다. 그 밖에도 맥주 몇 병이 놓여 있었다. 술도 벌써 어느 정도 마신 것 같았다.

미처 치우지 못한 술잔에는 립스틱 자국이 나 있었으며, 그녀 발 옆에 무언가 떨어져 있었다. 여자들이 주로 쓰는 미용 티슈였다. 아마도 바로 얼마 전에 아가씨들이 들어왔다가 퇴짜를 맞고 쫓겨나간 모양이었다. 그랬었다. 이미 한 차례 부킹이 있었던 방이었다.

“너 이 자식! 정신이 있는 거야 없는 거야, 우리를 어떻게 보고 그따위 계집들을 데려왔어, 야! 인마. 너 여기서 잘리고 싶어, 내가 누군지 알아. 여기 영업부장 오라고 해. 썩 꺼져 새꺄! 이제는 저 새끼들도 날 무시하려고 하네.”

그가 웨이터에게 술잔을 집어 던지려는 것을 옆에서 두 후배가 간신히 말려 놓았다. 박지성은 자신의 밑에 데리고 있는 웨이터가 쫓겨나오다시피 한 것을 보았다. 이전에는 ‘홍길동’으로 명찰을 달았지만, 2002년 월드컵을 계기로 박지성으로 명찰을 바꿔달았다. 벌써 이쪽 물에 발을 담근 지 20년이 넘었다. 어느새 나이가 불혹을 넘어서고 있었다. 자신의 나이에 젊은 애들에게 욕을 먹어가면서까지 살아가는 것에 대한 씁쓰레함과 함께, 자신의 존재가치에 대해 요즈음 들어 부쩍 회의감이 들고 있었다. 자신도 이제 이곳을 정리하고 지방에 내려가, 조그만 룸살롱이라도 하나 개업을 하려 했다.

그는 이런 경우, 어떻게 수습해야 할지 잘 알고 있었다. 그는 우선 손님방으로 들어가자마자, 바닥에 엎드려 큰절을 했다.

“박지성이라 합니다.”

“야, 네가 영업부장이야. 새꺄! 술집을 어떻게 하고 있는 거야.”

박지성은 큰절을 하고 일어나 바닥에 꿇어앉았다.

“죄송합니다. 영업부장님은 오늘 여기 안 나오셔서, 여기 1층 오른편의 총괄을 맡고있는 제가 왔습니다.

“그래, 새꺄! 손님 받드는 자세는 되어 있는 놈이네. 이제 어떻게 할 건데---. 날 가볍게 보면 이 집 문 닫을 줄 알아!”

"손님, 잠시만 기다려주시면, 이곳 나이트에서 제일 잘 나가는 퀸카를 불러 올리겠습니다."

"정말이야, 자식아! 그래 이리와 인마, 이번 한 번만 더 속아보자. 우리가 잠시 이야기 나누는 동안에, 퀸카 아가씨를 구해오지 못하면 알아서 해!"

그는 지갑에서 10만 원 수표를 꺼내, 이마빡을 두들기며 집어던지면서 말했다.

"이건 착수금이야, 대신에 퀸카만 구해오면 알지, 마! 자식아 돈이 문제가 아냐. 기분이 문제지."

"알겠습니다. 기대에 어긋나지 않도록 할 테니 지켜봐 주십시오. 이 박지성 이름을 걸고, 흡족한 퀸카녀로 구해오겠습니다."

"좋아, 나가 봐."

그가 평소와 다른 거친 모습을 보이자, 후배 하나가 말했다.

"선배님. 말씀이 너무 지나치게 하는 것이 아닌지요. 그래도 나이가 꽤 들어 보이던데---"

"응, 아냐. 여기서는 이렇게 거칠게 해야 대접받아. 그렇지 않으면 저 자식들이 물로 보고, 술값도 바가지에 서비스도 엉망이야. 거 아까 들어왔던 년들 봤지, 셋 중에 두 년은 바지 입었잖아."

"난 바지 입고 있는 계집년과 술을 먹으면, 술맛이 안나. 그래도 술 한잔하고, 계집 허벅지라도 한 번씩 만져가면서 먹어야 술맛이 나는 거 아니겠어?"

"아까 내 옆자리 그년은 치마를 입기는 했지만, 얼굴도 못생긴 게 얼마나 앙탈을 부리던지---."

"슬쩍 젖가슴 한 번 만져보자는 데도, 온갖 앙탈을 다 부려. 아니, 룸에 부킹하러 들어오면서 공주 대접받으러 왔나. 여기 룸에까지 따라오는 년들은 다 생각이 있어서 따라오는 거라고. 기껏 들어와서 요조숙녀인척하고 있으면, 누가 알아준대. 자네들도 이번에 퀸카가 들어오면, 체면 차리지 말고 잘 놀아.”

“새끼들, 아가씨 불러서 술 처먹으려거든 룸살롱에 가지, 여기 나이트에 와서 지랄들이야.”

하지만 박지성은 알고 있었다. 룸살롱의 아가씨들은 남자들에게 애교를 부리고 2차를 나가 몸을 팔기도 하지만, 그쪽 분야에 있어서 닳고 닳은 아가씨들이었다. 한마디로 순수함이 없는, 영업용 자가용인 것이다.

그리하여 술을 많이 마시러 다닌 남자들은 그런 점에서 룸살롱보다는 여기 이런 나이트를 선호하는 편이다. 세상 물정 잘 모르고, 비정한 사회의 현실을 잘 모르는 아가씨에게 좋은 남자인 척 호감을 심어준 후에, 여자에게 술이나 약을 타 먹여 어찌 해보려는 속셈임을---.

물론 홀보다 룸을 찾는 남자들이 다 그런 것은 아니었지만, 그런 경우에도 때로는 모르는 척 눈감아 줄 수밖에 없었다. 그렇지 않으려면, 중이 절이 싫으면 절간을 떠나야 하듯이, 자신이 여기를 그만둘 각오가 되어 있어야 했다. 하지만 그는 아직 떠날 형편이 되지 않았다.

오늘날까지 자신이 비록 고향에 계신 아프신 부모님을 위해서, 또한 가족을 위해 억지웃음을 팔면서 웨이터 노릇을 해왔지만, 이제 큰절까지 하고 젊은 놈에게 욕까지 들어먹으면서까지, 더는 버틸 수 없는 노릇이었다. 그는 이제 정말로 떠나야 할 때라고 생각했다.

하지만 지금 당장 오늘 이 순간의 해결이 시급한 문제였다. 박지성은 큰절을 하면서까지 일단 급한 불은 껐지만, 어떻게 퀸카를 구해오느냐가 문제였다.

아까 들어갔었던 그래도 괜찮았던 아가씨들이 쫓겨나오다시피 했으니, 이미 홀에 놀러 와 자리에 앉아 있는 여자 손님 가운데는 마땅한 여자들이 없다고 보아야 할 것이다. 다행히 오늘은 토요일이다. 그의 경험상 괜찮은 아가씨들도 많이 들어오는 날이었다. 그는 나이트 입구 부하에게 무전을 날렸다.

"야, 괜찮은 아가씨 세 명 들어오면 비둘기 날리고, 레이저 담당한테도 비둘기 날려서 레이저 아가씨한테 쏘라고 해. 그러면 내가 1층에서 보고 있다가 직접 내려갈 테니까."

비둘기를 날린다는 것은 '무전으로 연락하라'는 뜻이었다.

"옛, 알겠습니다."

얼마 안 있어 괜찮은 여자 셋이 새롭게 들어온 것이 다행이었다.

"쿠노이치 씨이." 무전이 날라왔다. '쿠노이치 씨이'는 퀸카 여자 셋이 새롭게 들어왔다는 뜻이었다. 그는 황급히 아래를 내려다보았다. 일러둔 대로 그녀들의 움직임을 따라 레이저가 따라가며 비춰주고 있었다. 그는 황급히 중앙 홀로 뛰어 내려갔다.

1층의 왼쪽을 맡은 또 다른 경쟁자인 불곰이 채가면, 죽 쒀서 개 주듯이 다 헛수고였다. 불곰은 특히 여성 손님에게는 인기 만점이었다. 언제부터인가 얼굴이 붉고 덩치가 좋아 불곰이라 불렸다. 하지만 우람한 덩치에 비해 순진하면서도, 여성적인 목소리를 내는 것이 그의 특기이자 장기(長技)였다. 그가 여성에게 다가가 1분만 이야기하면, 여성들이 까르르 웃으면서 망설이거나 거부감 없이 부킹을 따라나섰다.

때마침 퀸카 여자 셋을 낚아서 데려올 수 있었던 것이 박지성으로서는 천만 다행이었다. 거기다 손님들이 퀸카 여자 셋에 반하여, 호기롭게 비싼 술을 더 시켰으니, 전화위복이 된 셈이다. 팁까지 두둑이 받은 데다가, 비싼 술값 대금의 10%는 자신 몫이니, 오늘 같은 수입이라면 최근 들어 가장 좋은 날이었다.

하지만 그때까지만 해도 오늘 그녀들로 인하여, 웨이터로서 그에게 마지막 날이 될 것이라고는 생각지도 못했다. 그녀들 또한 삼미(三美)로서 모임을 하는 것도 그날이 마지막 날이 될 것이라고는 아무도 몰랐다.

"아가씨들 우리 오빠들이 전작이 있어 미안합니다. 새롭게 최고급으로 세팅을 시켰으니, 잠시만 기다려주기 바랍니다."

일미(一美)인 미림의 파트너가 일어나, 예의를 차려가며 말했다. 하지만 이런 말에 그녀들을 향한 유혹의 칼날이 시퍼렇게 빛나고 있음을 삼미(三美)의 누구도 알아차리지 못했다. 테이블 중앙에 앉아 있는 미림의 파트너가 오늘의 술자리를 주도하는 것으로 보였다. 속칭 모든 것을 책임지는 물주이자 리더였다. 다른 두 사람이 형님이라고 깍듯이 예의를 갖춰 말하는 것으로 보아, 두 사람의 대학 선배이자 공기업의 이사 임원인 듯했다. 그녀는 젊은 나이에 이사에 오른 것으로 보아, 능력이 뛰어나거나 상당히 좋은 집안으로 느껴졌다.

얼마 있지 않아, 밖으로 나갔던 박지성이 다른 웨이터와 함께 쟁반에 술과 안주를 담아 다시 들어왔다. 쟁반의 술을 내려놓는데, 놀랍게도 발렌타인 30년 산이었다. 그것도 한 병이 아닌 두 병이었다. 안주도 상당히 고급스러워 보였다.

테이블을 치운다며 "세팅을 다시 잘해드리겠습니다." 하고, 우물쭈물 시간을 보내는 웨이터에게, 그가 다시 무언가를 찔러 넣어주면서 '빨리 나가라'는 고갯짓을 했다. 웨이터가 미소를 띠면서, 그를 향하여 무언가 남모를 눈짓을 보내며, 입이 함지박만 하여 나갔다.

그녀는 두 남자도 찬찬히 살펴보았다. 모두 용모가 준수하면서, 호감이 가는 얼굴들이었다. 미숙이와 수미는 자신들의 파트너가 무척 마음에 드는 모양이었다. 재잘거리며, 상대방이 이야기할 때마다 연실 웃음을 터트리면서 애교를 부렸다.

"자! 우리 거국적으로 한 잔씩 건배합시다."

옆에 앉아있던 리더가 이어 술병을 들고, 일행들에게 한 잔씩 가득 술을 따랐다. 다른 두 남자는 두 손을 받들어 술잔을 받았다. 미숙이·수미에게도, 술잔 가득 채워졌다. 마지막으로 그가 미림에게 술을 따랐다.

"이렇게 미인들과 즐거운 시간을 보내게 되어 영광입니다. 이재춘이라 합니다. 잘 부탁합니다."

"즐거운 이 밤을 위하여 건배!"

그녀는 망설였다. 자신도 술이라면 어느 정도 마실 수 있었지만, 지하 주차장에 차가 있는 것이 마음에 걸렸다. 미숙이가 눈짓으로 '이렇게 좋은 술을 빨리 안 마시고 뭐하냐?'는 눈총을 주었다.

술의 향기로운 내음이 코를 찔렀다. 공교롭게도 발렌타인 술은 그녀가 여태까지 마셔본 술 가운데 가장 좋아하는 술이었다. 하지만 워낙 술값이 비싸서, 그동안 두어 번 마셔본 것이 전부였다. 특히 오늘 30년산 발렌타인 술은 처음 마셔보는 것이었다. 아까부터 자신의 허벅지를 힐끔힐끔 훔쳐보던 옆자리의 재춘이라는 사내도 마실 것을 강요하면서,

"자아, 우리는 아주 러브샷을 합시다."

하면서 그녀의 오른 팔짱을 끼고 들어와 팔을 들어 올렸다. 그녀는 할 수 없이, 술잔을 입에 대어 한 모금 마셨다. 역시 부드러우면서 감미로운 향내가 입가에 맴돌았다. 그가 다시 재촉했다.

"에이, 첫 잔은 단숨에 마셔야 하는 겁니다. 반칙입니다."

하면서, 반 이상 남은 술잔에 다시 가득 술을 따랐다.

"자아. 완샷입니다."

옆에서 두 남자가 웃음을 띠며 바라보고 있었다. 미숙과 수미가 오히려 "완
~샷!" "완~샷!" 하며 장난삼아 충동질하고 있었다.

미림은 그냥 털어 넣었다. 감미로우면서도 부드러운 술이 목구멍을 타고 내
려가자 뱃속이 짜르르하게 느껴졌다.

"그런데 소개를 여태 안 했는데, 정식으로 소개하겠습니다. 저는 정의 세무
법인의 이사입니다. 오늘부로 이사가 되었습니다. 오늘 이 자리는 이사 승진
축하 자리이기도 합니다. 저기 두 후배는 세무서에 다니고 있습니다. 벌써 젊
은 나이에 팀장을 맡고 있습니다."

"옆에 너무나 아름다우신 분, 대학생인가요, 졸업하셨나요. 사실 저도 많은
여자를 보아왔지만, 여태껏 이런 미인은 처음입니다."

"대학 졸업반이고요. 강미림이에요."

"아~, '아름다울 미'에 '수풀 림' 자를 쓰시나 봐요. 좋은 이름이네요?"

미림은 가만히 있었다. 자신의 이름 '림'자의 한자는 '수풀 림'이 아닌 '琳(아
름다울 옥 림)' 자였다. 그녀는 자신이 호감 가는 사람에게만 자신 이름의 한자
를 올바르게 가르쳐 주었다. 청수 오빠에게는 고3 때 과외 지도를 받던 첫날
에, 자신이 스스로 먼저 '아름다울 옥 림(琳)'자를 쓴다고 이야기했었다.

이름에 관한 자신의 이러한 사실을 미숙과 수미도 알고 있을 터였다. 사실
자칭 삼미(三美)인 그녀들만의 남자에 대한 선호를 나타내는 암시가 있었다.
이러한 모임에서 어느 정도 시간이 지나가면, 각기 자신의 파트너에 대한 저
마다의 특색 있는 행동이 있었다.

왼쪽 이미(二美)인 미숙이는 연실 오른손으로 머리카락을 넘기며, 그녀의 하

얀 목을 드러내고 있었다. 옆자리에 앉아있는 자신의 파트너가 마음에 든다는 뜻의 암시였다. 그녀의 머릿결을 넘겨 새하얀 목선을 드러내면 낼수록, 옆의 파트너가 괜찮다는 뜻이기도 하였다.

특히 오른쪽에 앉아 있는 수미는 벌써 블라우스 단추 하나가 풀어져 있었다. 자신의 마음에 드는 남자를 만나면 갑갑하다면서 블라우스 단추를 하나둘 풀러 놓는 버릇이 있었다. 하나 풀러 놓으면 괜찮은 남자, 두 개 풀러 놓으면 아주 마음에 드는 킹카를 만났다는 그녀들만의 암호였다.

남자에 대한 미림 자신의 암호는 남자와 블루스를 추는 것이었다. 그녀는 술을 한잔하면 남자와 춤추기를 좋아했다. 마음에 드는 남자를 만나면, "우리 춤추러 나가요?" 하면서 춤추자는 말을 먼저 하며, 적극적으로 나섰다.

이 경우에도 남자에게 밀착하는 여부에 따라, 그녀들은 미림이 상대방에 대한 호감도를 알 수 있었다. 특히 그녀가 상대방 남자의 목에다가 양손을 깍지 낀 상태로, 그녀의 젖가슴을 상대방에 밀착시키고 춤을 추면 최상의 파트너를 만났다는 것을 뜻하는 것이기도 했다. 이것은 '삼미(三美)'가 나이트클럽 등에서 부킹시에 사용하는 비밀스러운 암호였으며, 삼미외의 다른 여자 친구들은 모르고 있었다. 이어 왼쪽에 앉아있던 이미(二美)인 미숙의 파트너가 자리에서 일어났다.

"안봉선이라 합니다. 저는 관악세무서에 팀장으로 있습니다. 꽃 같은 미녀 세 분이 함께 해주셔서 자리가 더욱 빛나는 것 같습니다. 자아. 각자 옆의 파트너에게 술잔을 가득 채워주세요. 건배를 제의하겠습니다. 오늘 선배님의 이사 승진을 위하여 건배!"

"전 이미숙이라고 해요. 모여대 4학년이고요. 오빠들 너무 멋져요."

미숙이 들뜬 목소리로 말했다. 이어 오른쪽에 있던 남자가 자리에서 일어났다. 그러자 옆에 수미가 얼굴에 화색이 도는 얼굴로 말했다.

"오빠! 같이해요?"

하면서, 그의 팔짱을 끼고 따라 일어났다.

"예, 저는 이석재라고 합니다. 강남세무서 팀장으로 있습니다. 앞의 친구와는 대학 동기입니다."

"저는 김수미예요. 미림, 미숙과 같은 대학 4학년입니다. 오빠들과의 기쁜 만남을 위하여, 멋진 러브샷을 보여 드릴게요."

그러더니, 그녀 자신의 젖가슴을 그에게 밀착시키며, 그를 껴안아 손을 그의 목 뒤로 한 자세를 취하여 건배 제의를 하였다. 그것은 삼미인 그녀가 자신의 파트너와 함께 밤을 지내고 싶다는 것을 공표하는 자리이기도 하였다. 그러자 미림이 옆의 재춘이라는 남자가 기회라는 듯이, 미림의 팔을 이끌어 같은 러브샷 자세를 강요하였다. 그녀는 마지못해 응하였지만, 기분은 좋지 않았다.

청춘남녀의 호화로운 술자리였다. 누군가 노래방 기기의 음악을 눌렀다. 미숙이와 수미가 먼저 남자들을 이끌고 무대 앞으로 나아갔다. 각기 자신들의 파트너에 흡족한 모양이었다. 최신 노래라 곡의 템포가 무척 빨랐다. 그녀들의 몸이 움직일 때마다 꽃무늬 스커트의 자락이 그녀들의 다리 위로 올라갔다가 내려오곤 했다. 몇 잔씩 마신 술과 격정적인 춤사위에, 그녀들의 얼굴이 불그스레하게 피어올라 더더욱 색정적으로 보였다.

한편 미림의 파트너인 이사라는 사내는 노래보다는 그녀의 몸매에, 특히 허벅지에 관심이 있는 듯했다. 그녀의 옆에 바짝 달라붙어, 어느새 자연스럽게 그의 손을 그녀의 허벅지 안쪽에 대고 있었다. 그녀는 물리치려고 하였으나, 분위기상 자신이 그를 밀쳐낼 수 없었다. 그녀가 가만히 있자, 점차 허벅지 깊숙한 안쪽으로 손이 올라오고 있었다. 그때마다 그녀의 가녀린 목에 키스하려 했다. 그녀는 화장실 가는 것을 핑계로 자리에서 일어났다. 여느 때 같으면, 같이 따라나와 주었을 이미(二美)가 옆의 파트너와 춤추느라 모른 척하고 있었다.

"나쁜 계집애들---."

혼자 가는 것을 걱정했던 것과 달리, 화장실은 늦은 밤인데도 많은 사람이 들락날락하고 있었다. 그녀는 핸드폰의 시계를 보았다. 벌써 밤 10시를 넘어서고 있었다. 하지만 나이트클럽은 이제 막 본격적으로 손님이 몰려드는 시간이었다.

핸드폰에는 몇 달 전에 선을 본 남자로부터의 전화가 몇 차례 와 있었다. 결혼을 전제로 한 만남이었다고 하더라도, 한두 번 만났다고 벌써 그녀에게 간섭을 하려 드는 것이 그녀는 싫었다. 아니, 한발 더 나아가 간섭이 아닌 지배하려고 했다. 청수 오빠가 다정다감한 사람이었다면, 그는 차갑고 냉정하면서 이지적인 사람이었다.

아버지는 그의 사람됨이 아닌, 그의 집안과 그의 직업을 보고 그녀에게 시집갈 것을 강요하고 있었다. 이제 검사로 임용될 것이며, 그의 아버지가 대기업의 이사이니, 아버지 회사가 그 회사에 납품하는 데 있어 도움이 될 것이라는 이야기를 들었다.

미숙과 수미에게도 이야기하지 않았지만, 저녁때부터 온 전화를 내내 받지 않았더니, 그에게서 문자 메시지가 와 있었다. 일요일인 내일 혼수를 같이 보러 가자고, 아침에 집에 들르겠다고 하는 내용이었다. 이것은 그녀에게 조신하게 행동하라는 무언의 압력이기도 하였다. 오늘 늦게라도 집에 들어가지 않는다면, 그가 내일 아침에 자신이 집에 없다는 것을 안다면, 그와의 결혼은 무산될지도 몰랐다. 그녀는 부모의 기대를 저버리면서까지, 일을 벌이고 싶지는 않았다. 아울러 어머니에게서도 문자 메시지가 와 있었다.

"요즈음 좋지 않은 꿈만 자꾸 꾸는데, 일찍 들어오너라."

그녀는 이미(二美)와 함께 나이트에 와 있는데, 조금 더 있다가 들어가겠다고 문자메시지를 보냈다. 어머니도 수미·미숙과 함께 있다고 하면, 조금 안심을 하실 것이었다.

벌써 술을 꽤 많이 마셨다. 이제 술을 그만하고, 정신을 차려 운전을 해서 집으로 가야 한다. 하지만 옆자리에 앉아 있는 그가 쉽게 떨어지지 않을 것 같았다. 미림은 먼저 옆자리에 있는 남자를 안심시켜, 기회를 봐서 빠져나가려고 마음을 먹었다. 미림이 화장실에서 옷매무시를 고치고 나와 다시 국화룸으로 가려는 순간, 등 뒤에 무언가 차가움이 언뜻 느껴졌다. 다소 떨어진 곳에 검은 안경을 쓴 누군가가 자신을 지켜보는 듯했다. 미림은 왠지 모르게 기분 나쁜 느낌이 들어, 황급히 룸으로 돌아왔다.

그녀는 여태까지의 태도를 바꾸었다.

"재춘 씨, 우리 블루스 춰요."

미림은 그녀 스스로 그를 잡아끌었다. 그는 그녀의 바뀐 태도에 반색하면서, 허털웃음을 지으며 나왔다. 그러자 수미는 그녀가 블루스를 출 때에 즐겨 부르는 곡을 눌렀다. 중국노래 '첨밀밀(甛蜜蜜)' 이었다. 감미로운 곡에 미림이 적극적으로 그에게 달라붙어 춤을 추었다. 블루스 춤을 기회로 몸이 돌아갈 때마다, 그의 손이 그녀의 허리에서 엉덩이로 분주하게 왔다 갔다 했다.

그때였다. 수미는 자신의 눈을 의심했다. 그녀가 어느 사이에 그의 목에 손을 깍지 끼듯이 하고 춤을 추고 있는 것이었다. 그것은 그와 잠자리를 같이 하겠다는 그녀의 메시지를 보내고 있는 것이었다.

'야, 그러면 그렇지, 이지적으로 잘 생기고, 게다가 이사라는 데---'

미숙도 미림의 블루스 추는 것을 지켜보았다. 그런데 어느 순간 몸을 돌리면서, 미숙에게 순간적으로 눈짓을 보냈다. 너무 빠른 눈짓이어서 자신이 잘못 본 것 같기도 하였다. 미림은 아주 자연스럽게 남자에게 몸을 밀착해서 춤을 추었다.

노래가 끝났다. 그제야 미숙과 수미가 같이 화장실을 다녀온다고 했다. 미림은 자신 혼자만이 세 남자 사이에 남아 있는 것이 꺼림칙하였다. 그러자 웬일인지, 자신 옆의 이사라는 사내가 자기도 화장실에 다녀오겠다고 하면서, 이미(二美)를 따라나갔다.

"미림 씨가 담배 냄새를 싫어해서, 밖에서 피우고 오려고요."

그녀의 환심을 사고자, 마지못해 밖으로 나간 것이다. 하지만 실은 그에게 속셈이 있었다. 미림이 마음에 들어 자신의 손아귀에 넣고자, 먼저 친구들을 자신의 편으로 회유하여 끌어들이기 위함이었다. 아울러 웨이터에게 위의 호텔 객실에 방을 잡아놓으라고 말을 해두어야 했다. 그는 그녀들이 화장실에서 나오기를 복도에서 기다렸다.

"얘, 파트너 괜찮던데."

"무슨, 네 파트너가 더 좋더라. 오늘 잘하면, 호텔 방까지 올라가겠어. 난 벌써 그 생각만 해도, 온몸이 저려 오는 것 같아."

수미는 기쁨에 겨워 말했다.

"그런데 미림이는 그다지 좋아하는 것 같지 않던데---."

"아냐, 처음에는 그런 것 같았지만, 아까 화장실에 다녀온 뒤로 적극적으로 나가잖아, 너도 알잖아. 미림이 목에다 깍지 끼고 추는 춤이 무엇을 뜻하는지---."

"그래도 난 조금 이상한 것 같아. 아까 뭔가 의미심장한 눈짓을 한 것 같았어."

　둘은 옷매무시를 고치고, 다시 정성껏 화장한 후에 마지막으로 핸드백에서 준비해둔 향수를 다시 뿌리는 것을 잊지 않았다. 특히 수미는 신었던 팬티스타킹을 벗어 던진 맨살이었다. 그녀의 매끈한 다리가 불빛에 더욱 돋보였다. 자신이 마음에 드는 남자를 유혹하는 데 있어, 그녀의 탐스러운 유방과 더불어 맨살의 매끈한 허벅지를 드러내는 것으로 그녀의 마음을 드러내고 있었다. 아까부터 그녀의 몸이 달아오르고 있었다. 사귀던 남자와 헤어진 지가 벌써 두 달이 지나고 있었다. 이미(二美)가 룸으로 돌아오는 복도에, 이사라고 했던 재춘이라는 남자가 기다리고 있었다.

　"잠깐만요, 저 이거 두 분, 내일 좋은 것이라도 사 드세요."

　이어 지갑을 꺼내어 10만 원권 수표를 하나씩 건네었다.

　"저, 우리 후배 어떻습니까?"

　"저--- 잘 아시죠, 오늘밤--- 제가 윗 층에 방을 잡아놓을 테니, 이따가 미림 씨랑 꼭---."

　"예, 좋아요."

　수미와 미숙은 웃으면서 애교를 부렸다.

　한편 미림은 속이 안 좋다면서 옆으로 비스듬히 누웠다. 자리에 남아 있는 두 사람은 그들만의 이야기를 하고 있었다. 세금에 관련된 이야기들이 흥미로웠다. 자신이 속한 세무서의 모든 부서마다, 새로운 세금 수입원 창출에 대한 창의적인 제안서를 내기로 한 모양이었다. 소주에 붙는 세금을 올리는 것에 대하여 서로 간에 이견이 있어 보였다. 미숙의 파트너가 세수 증대를 위해서 소주에 붙는 세금을 올려야 한다고 주장하는가 하면, 수미의 남자는 가난한 서민이 주로 이용하는 소주에 세금을 올리면 간접세 성격으로 서민에게 피해가 돌아간다고 역설하고 있었다. 그러면서, 그렇게 가난한 서민들이 마시는 술에 붙이는 세금을 올리기보다는 차라리 다른 각도의 세원을 마련하는 것이 나을 것이라 하였다.

"내가 국회의원이라면, 차라리 옛날의 군포세를 부활시키는 법안을 제출하겠어. 생각을 좀 해봐라. '신의 아들'이라는 소리가 왜 나오나. 우리나라 국회의원 중에 군대에 갔다 온 사람이 몇 %가 되고, 그들의 자녀가 얼마나 군대에 갔다 왔는지를 조사해보아야 해. 그뿐이냐. 건강에 이상이 있어 군 면제를 받았다면, 지금쯤 병원에 많이 입원해 있어야 하고, 몸이 안 좋으니 장가도 가지 못해야 하는 데, 지금 다들 뭐 하고 있는지 알아? 아니 정신이상으로 면제를 받았다면, 정신병원에 입원해있어야 하는 것 아니겠어?" 내 생각에는 군 면제를 시켜주는 것만도 커다란 혜택을 받는 것이야. 그런데 그들은 남들이 군 복무에 청춘을 바치는 동안, 직장에 취직해서 월급 타서 적금까지 들고. 당연히 경제적인 부도 쌓고, 경력도 쌓이고, 직장에서 승진까지 더 빨리 되는 상황이야. 그러니 거짓 고혈압에, 어깨까지 탈골 시키고, 심지어 정신이상자로 면제 받는 거지. 우리나라는 가진 자나 빽 있는 사람이 자신의 자식들을 면제나 방위로 빼내고, 힘없는 서민 자식만 군대 가서 고생을 하고 있으니, 이거 무언가 잘못된 거 아냐?"

"야, 아무리 대학 동기라고, 함부로 말하지 마. 누구는 군대 안 가고 싶어 안 갔던 줄 아니? 다 특수한 개인적 사정이 있겠지."

"내 말은 군대 면제자들은 그들이 사회에서 받는 월급에서, 군 복무 기간을 마칠 때까지 일정 금액 이상을 군포세 등으로 의무적으로 징수하는 거야, 걷힌 세금은 당연히 군 복무하는 병사의 복지에 써야 하는 게 올바르다고 생각해. 그러면, 그들도 비록 군 면제 받았지만, 사회에서 열심히 일해서 세금납부로 국방의 의무를 다한 것이 되잖아. 군 면제 후에 바로 직장을 못 잡은 사람은 직장을 구한 후에, 군 복무 기간에 해당하는 기간만큼 세금으로 거둬들이면 되고---. 생각해봐, 강남 부자에게 자식의 군 면제 기간 동안 직장에서 벌어서 세금으로 대신 내라면, 그 두 배 기간 동안이라도 세금으로 내겠다고 할 거야. 왜 군대 면제해주고, 경제적인 혜택까지 본인이 챙기게 하는 줄 모르겠어. 그뿐인 줄 알아. 일찍 기업에 입사하거나 공무원이 된 경우, 군 복무자보다 경력이 앞서 가서, 승진도 더 빨리 되는 현실이야. 그러면서, 서민들이 주로 먹는 삶의 눈물인 소주에 세금을 붙이지 못해, 안달복달하는 줄 모르겠어. 외국의 영화로, 외계인 곤충 괴물과 싸우는 영화가 있었는데, 거기서 시민이란 군 복무한 사람에게만 시민권이 주는 것으로 나오고 있었어. 또한, 그러한 시민에 한해, 선거에 투표할 수 있는 선거권이 주어지는 거야. 막말로 난 그래야 한다고 생각해.”

“그거 독재국가도 그렇게 안 할 거야.”

“아니 눈이 나빠서 총을 못 쏜다면, 문서를 작성하게 하거나 작업을 하게 하면 되는 것 아냐? 하다못해 탄약이라도 나를 수 있잖아. 왜 총을 못 쏜다고 군 면제가 되는 거야. 안경을 끼고 총을 쏘면 되잖아.”

“말이 나온 김에 하나 더 할게. 세금을 거두었으면 하는 게 하나 더 있어. 사람들은 말이 안 되는 이야기라 하겠지만, 가칭 육아 세(育兒稅)를 신설했으면 해. IMF 이후에, 경제가 어려워지니 교육비다 양육비다 해서, 아이를 낳으려고 하지 않는 지금의 우리나라 현실이 너무나 심각해. 특히 여자 나이 35세가 넘도록 시집을 안 가고 있는 노처녀인 전문직 여성들에게도 할 말이 많아. 여자가 군대에 가지 않는 이유는 그 대신에 아이를 낳아 종족보존과 번식의 역할을 맡기는 데 있어.”

"야. 마음에 드는 남성을 만나지 못해 시집을 못 가는 거지"

"그것은 핑계일 뿐이야. 대부분 배웠다고 하는 여자들이 대학물 먹었다고 눈만 높아져서, 남자가 떠받들어 주기를 바라고 있어. 그녀들 마음속에는 남녀평등이니 여성 상위 시대니 하는 생각이 꽉 차 있어. 거기다가 공무원 노처녀인 경우에는 남자들하고 받는 월급도 같지. 노처녀라고 하면 주변의 남자들이 그녀들에게 잘 보이려고, 식사 같이하자고 하지, 술도 같이 하자고 달려들고 있어. 그중에 마음에 드는 적당한 남자와 애인처럼 지내면 되지. 굳이 결혼해서 남편이나 시댁에 구속받거나 신경 쓰면서 살아가지 않아도 되니 얼마나 좋아. 거기다가 힘들게 아기 낳는 일 없지, 경제적으로 여유 있으니, 이따금 자동차 운전해서 여행을 떠나, 만나게 되는 여러 남자 중에 마음에 드는 남자와 하룻밤 보내고 오면 되니 말이야. 아니, 아예 외국에 나가 놀다 오는 여자들도 많아. 이렇게 나이 들도록 시집도 안 가고 혼자 살면서, 경제적으로 여유가 있는 전문직 여성들에 한하여 일정액의 세금을 떼어내서, 미혼모나 다자녀 가정에 복지 혜택이나 지원을 해주면 되잖아. 그녀들은 남자들과 월급은 똑같이 받지만, 자식 키우느라 돈 들어가는 것도 아니고, 크게 쓰는 것 없잖아. 주로 자기 계발에 돈 쓰고, 옷 사고 화장품을 사는데 돈을 쓰는 여자들한테, 세금으로 10% 떼어낸다고 해서, 크게 잘못된 것 없다고 생각해. 나중에 여자들이 늙어서 경제적으로 어려움에 빠지면, 국가가 그동안 낸 세금으로 복지혜택을 주면 될 것이고---"

"하기는 점차로 노처녀가 늘어나는 것뿐만 아니라, 심지어 일반 가정의 여자들도 자기 몸매 나빠진다고 자식을 낳지 않으려 하는 것도 문제야."

"막말로 이런 여자들에게는 가까운 군부대에 보내서 밥을 짓게 하거나 설거지를 하게 해야 하는 거 아냐? 아니면, 육아 세를 물려서 그 예산으로 경제적으로 어려운 다자녀 가정에 복지 지원을 하는 거야. 물론, 국가도 책임이 있어. IMF 이후로, 경제적으로 어려운 가정에서는 교육비다 뭐다 해서, 아이를 키우는 데 있어 막대한 돈이 들어가다 보니, 점차 자식을 낳지 않으려고 하는 추세야. 어려운 경제 형편으로, 아내도 직장에 다니는 가정이 많아졌어. 그런데 회사에서 여직원이 임신하면 싫어해서, 실직당할 것을 염려하여 점차 자식을 낳지 않으려고도 하니, 이대로 가다가는 큰일이야. 게다가 요즈음에는 경제적으로 넉넉한 가정도 굳이 자식을 많이 낳으려 하지 않아. 그저 아이 하나만 낳고, 그만이야. 부부들 자기끼리 인생을 즐기다 가면 된다는 것이지. 그저 형제 없이 홀로 살아가는 자식만 불쌍한 것이지. 이런 가정에도 육아 세를 물려야 하는 것 아냐? 진정한 국력은 인구수에서 나와. 우리가 일본에 뒤지는 근본적인 이유가 인구수에서 밀리는 것도 문제야. 대략 남한의 4,700만과 북한의 2,300만을 합쳐도 7천만밖에 안되고 있어. 그런데 일본의 인구가 얼마인지 알아. 무려 1억 2천이 넘어. 좁은 국토가 문제라고 하지만, 이제 남북이 통일되면 북한에 가서 살아도 되고, 우리나라 국력이 커지면 만주벌판에 가서 살아도 되는 것 아냐?"

그때, 이미(二美)에 이어 다시 이사라고 하는 그가 들어왔다. 그가 다시 술잔을 가득 따라 주었다. 어느새 그의 손이 자신의 허리를 껴안아 당기면서, 자신의 목덜미에 키스를 하려 했다. 그녀는 거부의 몸짓 대신에, 애교 띤 신음소리로 화답했다.

그가 말했다.

"강미림(姜美林) 씨, 오늘 당신을 만난 것이 나에게는 하늘의 선녀가 내려온 듯합니다. 아마도 전생에 옥황상제의 8번째 딸이었을 것입니다."

"아니 어떻게 해서 그런 말씀을 하세요?"

"姜(강) 씨이니 파자(破字)하면, '八+王+女'로 팔왕녀가 되니, 그렇지요."

"죄송하지만 다른 것을 물어보아도 되나요?"

"아무거나 물어보세요. 아는 것이라면 답해드리지요. 하! 하! 하!"

그가 미림의 환심을 샀다고 생각했는지, 호탕하게 웃으며 말했다.

"아까 저희가 여기 나이트클럽에 들어올 때, 입구에서 '쿠노이치'인지 뭔지 뭐라고 했는데 그건 무슨 뜻인가요?"

"아! 그거요. 웨이터끼리 그냥 은밀하게 통하는 말입니다. 퀸카의 여자 손님이 왔을 때, '쿠노이치(くのいち)'라고 부르지요. 저도 처음에 몰라서 물어보니, 한자의 계집 녀(女)자를 세 부분으로 나누어 부르는 거라고 하네요. 일본어 히라가나의 'く'자와 일본어 가다카나의 'ノ'자, 그리고 한자인 '一[いち]'자가 합쳐지면 女자가 되지요. 즉 '女' 자의 한자를 나누어 'く + ノ + 一'의 일본어로 풀어 읽은 거지요. '씨이'는 영어의 C이고요. A는 한 명, B는 두 명, C는 세 명을 뜻하지요. 그러니까 '쿠노이치 씨이'는 퀸카 여자 셋'을 뜻하지요. 오늘 세 분이야말로. 이렇게 최고 미인이지 않습니까? 사실은 저도 언젠가 웨이터에게 팁을 주고 물어보아 아는 겁니다."

미림은 재미있고 신기하다는 듯이 맞장구를 치면서, 그의 환심을 샀다. 그가 은근슬쩍 그녀의 허벅지를 더듬어도 거부하지 않고, 오히려 그에게 몸을 기대자, 그는 신이 나서 호기롭게 이야기를 이어 나갔다.

"그런데 그저 그런 여자 손님 셋이 들어오면 '좌칠우칠 싼'이라고 한답니다. 좌칠우칠(左七右七) 또한 '女' 자를 뜻하는 말이지요. '女' 자는 왼쪽으로 보아도, 오른쪽으로 보아도 '七(칠)' 자로 볼 수 있으니까요. 한편, 못생긴 여자의 숫자는 영어가 아닌 중국어로, '이,얼,싼---'으로 부르고 있다고 하더군요."

"정말로 모르시는 것이 없는 것 같아요. 하나만 더 여쭤볼게요."

미림은 "물어보게요." 하려다가 "여쭤볼게요."로 바꿔 말했다. 그의 박식함에 대한 마음속에서 우러나오는 배려였다.

"혹시 꿈을 믿으세요?"

미림은 어머니의 꿈 이야기와 문자메시지를 떠올리며, 그에 대해서 관심이 있다는 듯이 이야기를 꺼냈다.

"아니 갑자기 꿈 이야기는 왜요? 꿈을 잘 믿지는 않지만, 꿈에는 뭔가가 있는 것은 틀림이 없다고 생각해요."

그러면서 그는 군대에서 있었던 일을 이야기하기 시작했다. 그가 자대배치를 받은 곳은 강원도 전방의 철원과 화천 사이에 있는15사단이라고 했다. 그는 술에 취했는지, 15사단의 부대마크가 둥그런 보름달 모양의 원이 세 개 그려진 것이라며, "십오야 밝은 달이 두리두리 두둥실--" 나가는 노래를 흥얼거렸다. 그러면서 15사단은 전투사단이라며, 그 자신은 전방부대에서 군 생활을 한 것에 대해서, 무척 자부심과 긍지를 지니고 있는 듯했다.

그러던 그가 일등병 때 겪은 일이라 했다. 자신의 배치되었던 소대는 '남산'이라고 하여, 비교적 높은 지대에 있었던 철책을 지키던 부대라고 했다. 그리하여 소대원들의 식사를 옆 소대인 낮은 지대에 위치에 있던 '명동'이라는 소대에서 취사하여, 밥통과 국·찌개·반찬을 날라서 배식하여 먹던 소대라고 했다.

"어느 날 내가 배식을 담당했었어요. 그런데 그날 밤 자고 있는데, 누군가 머리를 툭툭 치는 거예요. 눈을 떠보니 바로 위 고참이 턱을 들어 밖으로 집합하라고 눈짓을 하는 거죠. 즉, 그건 변소 뒤의 은밀한 곳으로 집합하라는 신호였던 거예요."

“그래서요?”

“가니까 졸병들이 모두 모여 있었어요. 그리고 고참이 ‘엎드려뻗쳐’를 시키고 ‘빠따’를 치는데, 병장인 자신을 무시하고 분대장인 하사에게 먼저 밥을 가져다주었다고 하면서, 기합을 주는 거예요.”

“아니, 분대장인 하사가 계급이 더 높지 않아요? 당연히 먼저 갖다 줘야 하지 않나요?”

“네, 저도 그렇게 생각했었는데, 고참 병장이 실제 군대 복무한 개월 수는 더 많거든요. 짬밥이 더 많다고 하죠. 당시에 분대장인 하사는 하사관 학교에서 3개월 정도 훈련받고 하사를 달아주는 경우가 있었거든요. 그러니 계급은 더 높지만, 고참 병장의 입장에서 보면 자신보다 군 복무한 짬밥 수가 짧은 것이죠.”

“하여간 그날 밤에, 위의 고참한테 줄빠따 맞고, 여기저기 주먹으로 많이 얻어맞았어요. 온몸이 성한 데가 없었죠. 그런데 그날이 금요일 밤인가 그랬는데, 다음 날인 토요일에 어머니가 면회를 왔다는 연락이 온 거예요. 전방의 철책부대는 그 당시 주말에만 면회가 되었거든요. 먼 전라도 화순에서 강원도 철원·화천의 산골짜기까지 면회를 온다는 것이 쉬운 일이 아닐뿐더러, 하필이면 군대에서 얻어터져 온몸이 엉망인 상황이라 더 놀랐던 거죠.”

“그래 어떻게 오셨데요?”

“새벽 꿈에 내가 초췌한 모습으로 나타나서, 뭔 일이 있나 걱정이 되어서, 일이 손에 잡히지 않아 면회를 올라오셨다는 거예요. 그래, 내가 그렇게 될 줄을 아시고, 어머니가 그 먼 거리를 올라오시게 되었다는데, 자식인 내가 어떻게 꿈을 부정할 수가 있겠어요?”

“예, 그렇지요. 다른 것을 부정해도, 부모님을 부정할 수는 없으니까요. 저도 할머님이 이야기하신 꿈 이야기를 몇 번이나 들었는데, 어렸을 때부터 꿈에 보이던 길이 있었대요. 꿈만 꾸면 이름 모를 산길을 가는 꿈이었는데, 글쎄 나이 들어 기도원 가는 산길이었다지 뭐예요. 꿈이란 정말 신비한 것 같아요."

"몇십 년 뒤에 일어날 일을 꿈으로 예지하는 사례도 있나 봐요. 태몽이 그렇다고 하던데요."

말을 듣던, 후배 하나가 끼어들었다.

"그런데 저는 그 후의 일이 궁금한데요, 그래서 배식문제는 그 후에 어떡했어요?"

"어떡하기는--, 더 얻어터지지 않으려면, 고참 병장에게 밥을 먼저 가져다 줘야지."

"그러면 분대장인 하사가 기분 나빠하지 않나요?"

"그럼, 당연히 기분 나빠 하지. 글쎄 기분 나쁘다고 밥을 먹지 않는 거야. 분대장이 단식투쟁을 벌인 거지."

"그래, 어떻게 되었어요?"

"어찌 되기는--. 선임하사가 중재하여, 밥을 여러 개 퍼 놓았다가, 거의 동시에 가져다주는 것으로 해결됐지."

"사람이 먼저 먹는 거로 싸우는 것이 가장 치사하지만, 난 군대야말로 사람을 알게 해주는 인간학을 배우는 곳이라고 생각해. 같이 내무반 생활을 하다 보면, 사람됨에 대해서 관찰해보고 생각하게 해주거든. 요즈음 젊은이들이 군대에 가 있는 2년여 기간을 청춘이 썩으러 간다고 생각하고, 온갖 수를 써서 빠지려고 하는 데, 난 그런 생각이 잘못되었다 생각해. 군대야말로, 남자라면 한 번 다녀와야 할 곳이야. 신체 단련해 주지, 자신의 육체를 한계 상황에까지 다다르게 해봄으로써, 사회에 나와서 그 어떤 난관도 헤쳐나갈 수 있게 하는 자신감을 불어넣어 주는 곳으로 볼 수 있지.”

이재춘 이사의 군대 이야기가 끝났다. 미림이 이제는 자리에서 일어나야 할 시간이었다. 자신의 가방 등은 나중에 미숙이 년이 알아서 챙겨서 나올 것이리라.

미림은 계획대로, “우리 춤을 추러 나가요.”라고 했다. 블루스를 추던 노래가 1절이 끝나갈 때였다. 그녀가 급작스럽게 배를 부여잡으며 말했다.

“토할 것 같아요.”

미림은 방을 뛰쳐나왔다. 그가 따라나오려고 하는 것을 미숙이가 대신하겠다며 뒤따라 나왔다. 오늘은 어쩔 수 없다. 그녀는 미숙이까지 안심시켜야 했다.

“미숙아, 이제 괜찮아. 내가 조금 진정시키다가, 한 5분 후에 들어갈게.”

이에 미숙이 먼저 들어갔다. 아마도 파트너를 챙겨주기 위해서 일 것이다.

미림은 급히 반대편의 엘리베이터 쪽으로 달렸다. 자신을 찾기 전에 사라져야 했다. 하지만 그러한 그녀의 뒷모습을 차갑게 지켜보는 눈이 있음을 미림은 알지 못했다. 그가 핸드폰을 들어 어딘가로 전화하고 있었다.

한편 그녀가 나가서 오랫동안 들어오지 않자, 이재춘 이사는 룸을 나와 미림을 찾았다. 중앙에 안내 카운터가 있었다.

“야, 너 이 자식, 아까 국화룸에서 나온 아가씨 못 봤어? 어디 갔어?”

“글쎄요. 아까 저쪽 엘리베이터 타고 내려가는 것 같던데---.”

“뭐라고! 아니 이년 도망갔잖아. 내가 오늘 그년한테 들인 돈이 얼만데---. 내 이년 가만두나 봐라. 무슨 수를 써서라도 찾아내서, 무인도로 끌고 가서라도, 일주일 동안 감금시켜 놓고 말을 듣게 할 테니---. 야, 여기 담당 박지성이 오라고 그랬!"

그가 씩씩거리며 방으로 돌아갔다. 곧이어 박지성이 들어왔다.

"찾으셨습니까?"

"그래 이 새끼야, 너 일을 어떻게 하는 거얏!"

그가 웨이터에게 맥주잔을 던졌다. 순간 피하려는 그의 얼굴에 잔이 깨지면서 유리가 박혀 들었다. 순식간에 선혈이 낭자했다. 이어 밖에서 걱정스럽게 대기하던 다른 웨이터들이 몰려왔다.

"아니, 이럴 수가---."

"여기가 어디라고 사람을 이 지경으로 만들어!"

룸은 웨이터들과 싸움이 벌어져 아수라장이 되었다. 이재춘 이사 역시 그 와중에 얼굴을 맞아 입술에 피를 흘리고 있었다. 그 서슬에 놀란 이미(二美)는 핸드백을 들고 자리를 빠져나왔다.

결국, 경찰서로 넘기지 않는 대신에 막대한 배상을 해주기로 하고, 남자 셋은 풀려날 수 있었다. 박지성 또한 이 일을 계기로, 나이트 일을 그만둘 수밖에 없었다.

제 5장

미림의 납치와 시련

2003.10.04. 토요일 17:00~25:00

한편 마 두목 일행은 새롭게 개관한 '큐피드(Cupid)' 명품관에서 나와 피라미드로 돌아가고 있었다. 어느덧 경춘가도의 차창 밖으로 단풍이 물들어 가고 있었다. 자동차 안에서, 마 두목은 여느 때와는 달리 말이 없이 침울해 보였다. 옆에서 칼치가 뭐라고 이야기를 해도 건성으로 듣고 있는 것이다.

옆에 있던 칼치가 재차 묻고 있었다.

"형님, 무슨 안 좋은 일이라도 있으십니까?"

"아니, 없어."

"형님과 그동안 같이 지내온 세월이 얼마인데---, 말씀 못하실 것이 없지 않습니까?"

마 두목은 언제부터인가 성적(性的)인 면에서 문제가 있었다. 자기 뜻대로 발기가 되지 않았다. 10여 년 전에 칼치가 찌른 칼에 다친 허리 때문인지, 그

후로는 발기 부전에 어려움을 겪고 있었다. 좋다는 약을 다 써보고, 꾸준히 물리 치료를 해오고 있지만, 별로 효과가 신통치 않았다.

아무리 몸매가 좋고 아름다운 미인이 다가와 유혹하더라도, 그의 얼어붙은 육체를 들뜨게 하지는 못하였으며, '그저 좋은 아가씨로구나!' 하고, 무덤덤하게 바라보는 것이 전부였다.

다만, 남들이 하는 것을 보면서 성적인 흥분을 느끼는 것은 다소 남아 있었다. 그리하여 마 두목은 감시 CCTV를 통하여 비밀 룸에서의 일어나는 뜻밖의 사태에 대비도 할 겸, 비밀스러운 정사 장면 등을 보는 것으로 자신의 성적(性的) 만족을 충족시켜 오고 있었다.

칼치 또한 자신을 다치게 했다는 자책감으로, 백련화 가운데 괜찮은 아가씨가 새로 들어오면 제일 먼저 인사를 시키고는 했지만, 자신의 색정을 불러일으키지는 못했던 것이다. 이제 이대로 자신의 몸이 퇴화하여 간다고 생각하니, 새삼스럽게 인생이 공허하다는 생각만이 들 뿐이었다.

"아냐, 아무것도---. 피라미드가 정착되어가니, 이제는 손을 떼고 박 마담과 어디 여행이라도 다녀오고 싶어. 피라미드는 칼치 네가 알아서 잘 운영해주기 바란다."

"형님도 별말씀을 다 하십니다. 오늘은 이상하시네요? 혹시 서울 나들이에서 형님의 마음을 흔든 여자가 있습니까?"

칼치는 명품 백화점에서 여대생을 멍하니 바라보던 마 두목에게 짐작 가는 바 있었지만, 짐짓 시치미를 떼고 말했다.

마 두목에게는 아까 보았던 미모의 여대생의 발랄한 모습이 그의 마음을 흔들고 있었다. 상큼한 꽃내음을 풍기며 지나가면서, 친구들과 에스컬레이터를 타고 올라가던 그녀의 미끈한 뒤태를 새삼 떠올리면, 묘한 흥분감이 느껴지는 것이었다.

"아니, 이제 이 나이에 무슨 그런 여자를 바라다니---, 나도 이제는 조용히 지내야 할 나이야."

"아니, 형님도---. 패션 발표회장의 탤런트 정하연인가요? 그 여자가 도대체 누구란 말씀이십니까?"

"글쎄, 정하연이야 말할 것도 없지만, 그보다는 명품 백화점에서 우연히 마주친 한 여성에게 이상하게 마음이 끌리더군."

그랬다. 칼치 자신이 보고 느낀 그대로, 마 두목은 그녀에게 빠져있었던 것이다. 칼치 자신이 보기에도 머릿결 흩날리던 하얀 피부의 그녀 모습은 너무나 아름다웠다. 형님이 반할 정도의 미모였다. 새삼 날치에게 그녀의 뒤를 밟으라고 한 것이 잘한 일이라 생각했다.

"참 형님도, 언제 다시 만날 날이 있겠지요. 그때 즐거운 시간을 보내시면 될 것이고요."

내려가는 경춘가도의 단풍이 아름답게 물들어가고 있었다. 특히나 상천에서 갈라져 들어가는 길은 가을의 정취를 한층 느끼게 해주고 있었다. 가을은 살(殺)의 계절이라고, 잎이 떨어지고 단풍이 물들어가고 있었다. 단풍은 사람의 눈에나 아름답게 보이는 것이지, 나무로서는 수분과 영양분이 차단되어 말라 비틀어져 죽어가고 있는 것이다.

마 두목의 나이도 어느덧 50대를 훌쩍 넘어섰다. 50을 '쉰'이라 하는 것이, 밥으로 말하자면 이제는 쓸모없게 되어가는 '쉰밥'에 지나지 않은 것이리라. 고전소설인 〈구운몽〉에서 양소유가 2처 6첩을 거느리고 살다가, 인생의 무상함을 깨닫는 때가 만물이 죽어가는 쓸쓸한 가을이었듯이, 마 두목 또한 남성으로서 발기부전의 신체적인 장애를 가슴 아파하며, 더더욱 공허함을 느끼고 있었다.

이제 피라미드로 돌아가게 되면, 마 두목은 박 마담과 함께 고향인 전라도로 내려가야 했다. 노모가 편찮으셔서 무릎 수술을 위해 월요일에 날짜를 잡은 상태였다. 효는 백행지본(百行之本)이라 했지만, 마 두목은 늙은 노모를 위해서만큼은 지나칠 정도로 효심을 보이고 있었다. 노모는 젊어서 남편을 사별하고, 홀로 살아오면서 힘들게 자식 3형제를 길러 낸 만큼, 자식들에 대한 애정도 각별하였으며, 마 두목 또한 장남으로서 노모를 위하는 것이라면 모든 정성을 아끼지 않았다. 마 두목은 수술 후 경과를 보고 간병을 하다가 다음 주말이나 올라올 예정이었다. 또한, 내려간 김에, 모처럼만에 고향 친구들과 객지에 흩어져 있던 동생들도 만나볼 수 있을 터였다.

마 두목을 고향 땅으로 배웅해 떠나 보내고, 칼치는 생각에 잠겼다. 자결하려던 자신을 만류하고, 수하로 받아들여 오늘의 자신이 있게 해준 마 두목을 위한 것이라면, 자신의 목이라도 내놓는 그 어떤 일이라도 해야 한다고 생각했다. 마 두목이 부질없는 것이라고 말했지만, 상큼한 미모의 여대생에게 관심을 보인 것은 틀림없었다.

따라서 때마침 마 두목이 자리를 비우게 되는 동안에, 그녀를 피라미드로 데려다가 설득하고 협박하여 백련화로 새롭게 탄생시켜, 마 두목의 시중을 들게 하고, 나아가 손님을 받도록 하는 것이 자신이 해야 할 일이라 여겼다. 그러자면, 날치에게 살펴보라고 한 그녀를 당장 오늘이라도 피라미드로 데려오는 것이 나을 것이다. 그는 날치에게 전화했다.

"형님!"

"그래, 지금 어디냐?"

"이제 막 강남의 파라다이스 나이트클럽에 들어왔습니다. 어떻게 할까요? 집 주소와 신원을 확인해 두었는데, 그만 철수할까요?"

"아니다. 형님이 아주 마음에 들어 하시니, 내가 석두랑 애들을 더 올려보낼 테니, 오늘이라도 데려오너라. 다쳐서 상처 내지 않게 하고---."

"예, 잘 알겠습니다."

"늦어질 것 같습니다만, 잘 처리하겠습니다."

"참, 혹시 모르니, CCTV 같은 곳에 찍히지 않게 대포 차량 번호를 쓰고, 주의하거라."

"예, 알겠습니다."

날치는 미림의 일행을 주시하면서 지켜보고 있었다. 그녀들이 2층의 국화룸으로 부킹을 들어가자, 그는 그녀를 어떻게 해야 할 것인지 걱정이 앞서기 시작했다. 룸에서 나와 남자와 바로 호텔로 올라간다면, 오늘 그녀를 납치한다는 것은 불가능한 상황이었다. 그러나 혹시 차를 몰고 온 그녀가 귀가하게 된다면, 그녀의 집 방향으로 미루어 강변도로를 탈 것이다. 그렇다면 밤늦은 시각에 한적한 강변도로에서 작업을 벌이는 것이 그녀를 납치할 절호의 기회가 될 것이다.

어쨌든 그녀들이 여기를 나설 즈음이면, 석두·우진 등 지원 세력이 도착하고도 남을 것이다. 날치는 혹시 모르는 사태에 대비하여, 모자를 눌러쓰고 구석에서 조용히 기다렸다.

마침내 석두와 우진이 등의 일행이 도착했다는 연락이 왔다. 지하 3층 맞은편 주차장에 대기시키고, 날치는 계속 구석에서 국화룸을 주시하고 있었다.

꽤 오랜 시간이 지났다. 이미 그녀와 친구들이 한 번씩 나왔다가 다시 들어가는 것을 확인했다. 술자리가 길어질지 몰랐다. 기다린 지 얼마가 지났을까. 그때였다. 그녀가 룸에서 나와 황급히 엘리베이터를 타고 사라지는 것이었다. 날치는 급히 지하 주차장에서 대기하고 있던 석두에게 무전을 날렸다.

출발 준비!

주차장에 내려온 미림은 자신이 술을 먹은 것을 잘 알고 있었지만, 오늘의 상황에서는 부득이 차를 끌고 돌아갈 수밖에 없었다. 또한, 언제 옆자리의 그가 쫓아올지 몰랐다. 혹여 음주 단속에 걸리면 단속 경찰관을 돈으로 매수하거나, 그녀의 미모로 유혹하여 벗어나게 되는 길을 택하는 것이 더 나았다.

하지만 미림은 그녀가 지하 주차장에서 서둘러 차를 출발시키자, 반대편에 있던 차량이 은밀히 뒤따라 붙는 것을 알지 못했다. 음주 단속이 문제가 되는 것이 아니라, 자신을 호시탐탐 노리는 눈이 있다는 것을 음주로 인한 흐트러진 마음으로 생각조차 못했다.

밤늦은 시각이라 운행하는 차도 얼마 없었다. 그녀의 차가 시내를 벗어나서, 한적한 강변의 외곽도로에 접어들어 얼마를 달렸을 때였다. 뒤따르던 차가 추월을 하는가 하더니, 이내 비상등을 키면서 끼어들어 급정거했다. 그녀는 술 취한 상태에서, 하마터면 자신의 차로 앞차를 들이받는 줄 알았다. 가까스로 브레이크를 밟았으나, 충돌을 면할 수는 없었다. 그녀가 차 문을 열고 나와 앞을 살펴보려는 바로 그 순간이었다. 자신의 뒤를 따라온 또 다른 차에서 튀어나온 사나이가 자신의 입을 무언가로 틀어막으면서, 그녀의 배를 가격했다. 그녀는 숨이 막혀 오며, 무릎을 굽히면서 주저앉을 수밖에 없었다.

이내, 그녀가 정신을 차렸을 때는 자신의 차가 아닌 다른 차의 뒷좌석이었다. 그녀가 정신이 들자, 양옆에서 누군가가 이내 그녀의 머리를 아래로 처박았다. 놀랍게도 자신의 눈은 가려져 있었고, 블라우스는 반쯤 열어젖혀지고, 자신의 핸드백은 발끝에 나둥그러져 있었다.

그녀는 차가 신호등에 대기하느라 멈춰 설 때마다, 머리를 들며 소리를 지르려고 하였으나, 그때마다 돌아온 것은 옆구리에 무자비한 주먹뿐이었다. 더구나 옆에 두 남자가 내뱉은 험악한 말에, 그녀는 공포감에 젖어 아무런 말도 할 수 없었다.

생각해보면 꿈이 좋지 않은데 일찍 들어오라는 어머니의 말을 듣지 않고, 친구들과 나이트클럽에서 부킹을 해서 밤늦은 시간까지 있었던 것이 큰 잘못이었다. 아니 밤늦게까지 취하여 경계심을 잃을 정도로, 술을 마신 것이 잘못이었다. 미림은 자신을 지켜보던 차가운 눈초리의 남자가 자신을 납치하여 데려가고 있다는 것을 꿈에도 생각할 수 없었다.

2003.10.04. 토요일 25:00 미림의 시련, 납치 첫째 날

미림은 납치당해온 그날 밤에, 턱이 뾰족하고 날카로운 인상의 사내로부터 얼마나 모진 시련과 고통을 받았는지 모른다. 온갖 말로 협박당하고, 엄청난 육체적인 고통을 겪으면서, 하룻밤을 새우다시피 했다.

특히 칼치라고 부르는 사내는 정말로 무섭게 느껴졌다. 그는 정말로, 그녀에게 어떠한 짓이라도 할 것 같은 기세였다. 말하는 것도 그렇지만, 날카롭다 못해 찢어진 그의 눈만 보아도 그녀는 온몸이 떨려올 정도였다.

미림은 용기를 내서, 여기가 어디인지, 왜 자신을 여기에 데려왔는지, 빨리 돌려보내 줄 것을 이야기했지만, 칼치로부터 돌아온 대답은 차가운 웃음 속의 음산한 협박의 목소리뿐이었다.

"그러기에 네년이 밤늦은 시간에 나이트클럽에서 방탕한 생활을 하지 말았어야지?"

"......"

"너는 이제 이곳 피라미드의 백련화로 새롭게 태어나, 여기 손님들이 원하는 대로 술 시중을 들어야 하고, 나아가 손님이 원하는 대로 같이 잠자리해야 할 거야?"

"난 대학생이에요. 그런 일은 할 수 없어요."

그러자 칼치가 음산한 목소리로 말했다.

"이제 곧 네 입에서, 스스로 하겠다는 애원의 소리가 나오게 될 거야."

이어 검은 천으로 눈이 가려져서, 그녀가 끌려간 곳은 그들이 부르는 말로 징벌방이었다. 그녀는 투명한 원탁의 1m 안팎의 좁은 유리 테이블 위에 올려졌다. 두 손이 뒤로 묶이고 무릎은 꿇려진 채로, 치마가 걷어 올려져 엉덩이를 드러내놓고, 칼치로부터 온갖 협박과 고통을 겪어야만 했다. 몇 시간씩 그런 자세로 있었는지 모른다.

그녀는 눈이 가려져 공포가 더해졌다. 주변에 누군가가 자신을 지켜보고 있는지 알 수가 없었다. 덧붙여 그녀에게 상상도 못할 엄청난 위협이 가해졌다.

칼치는 그녀의 엉덩이를 손으로 감아 싸서 더듬으면서, 엉덩이의 촉감을 즐기며 말했다.

"엉덩이가 예쁜데, 어디 내 불몽둥이 맛을 보여줄까. 네년이 언제까지 내 말을 안 듣겠다고 하는지 어디 두고 보자."

그녀는 칼치 및 그의 부하들에게 강제로 성폭행당하는 불안감에, 내내 떨어야 했다. 그녀는 자신에게 닥쳐온 일이 너무나 엄청나서, 어떻게 해야 할지 알 수가 없었다.

칼치가 위협적으로 말했다.

"시키는 대로 하지 않으면, 집에는 영원히 돌아갈 수 없을 것이며, 강제적으로 성폭행을 당하게 될 것이야. 그러나 내 말을 잘 들으면, 머지않아 집으로 돌아갈 수 있을 거야."

그녀가 뭐든지 시키는 대로 다 하겠다고 말한 것은 공포를 자아내게 하는 징벌방에 끌려 들어온 지, 30분도 지나지 않아서였다. 칼치의 협박에, 울며불며 그녀가 시키는 대로 말을 듣겠다고 했음에도, 온갖 협박과 육체적인 고통을 받다가 새벽녘이 되어서야, 징벌방에서 간신히 풀려날 수가 있었다. 하지만 그날 밤은 피라미드의 백련화로 태어나기 위한 시작에 불과했다.

2003.10.05. 일요일 19:00 납치 이틀째

피라미드는 저녁부터 다음날 새벽까지는 활기찬 편이었으나, 피라미드의 낮은 고요한 편이었다. 속칭 군대 말로 밤의 향연을 위한 정비시간이었던 것이다. 미림 또한 덕분에 오후 늦게까지 지친 몸을 이끌고 잠을 잘 수가 있었다.

하지만 저녁 식사 후에, 미림은 다시 칼치에게 불려 나가 징벌방으로 끌려가고 있었다. 어제와 마찬가지로 징벌방에서 유리 테이블 위에 올려져서, 엉덩이를 드러낸 굴욕적인 자세를 칼치에게 내보이는 것을 더 이상 견뎌낼 자신이 미림에게는 없었다.

칼치에게 끌려나가면서, '괴로운 밤을 또 어떻게 보내야 하나' 미림은 두려움에 몸을 떨었다. 무엇보다 눈을 가린 것에 더욱 불안감을 느꼈다. 칼치는 미림의 몸을 무지막지하게 다루었다. 나아가 끔찍하게도, 말을 듣지 않으면 그녀에게 자신의 심벌을 입에 머금게 하도록 하겠다는 말이나, 미림을 강제로 성폭행하겠다는 이야기를 서슴지 않았다. 미림은 시키는 대로 모든 것을 다 할 것이며, 모시는 손님에게 애교 있게 잘해드리도록 하겠다고 몇 번이나 울부짖은 끝에, 밤 깊은 시간에 징벌방에서 풀려날 수 있었다.

　칼치가 말했다. 이제 내일은 새로운 사람을 만나게 될 것이라는---. 그리고 세뇌당하듯이 수십 차례 반복적으로 말을 들었다.

　"너는 여기에 네가 원해서 자발적으로 학비를 벌기 위해서 온 거야."

　"그리고 누군가에게라도 여기에 납치되어 온 것이라고 발설하면, 보다 가혹한 형벌이 있을 거야. 넌 여기서 평생 나가지 못할 것이며, 쥐도 새도 모르게 죽을지도 몰라."

제 6장

미림의 납치사건 수사—김 형사, 고도혜 기자

2003.10.05. 일요일 10:00~23:00 미림의 납치 다음날

강변도로에서 소나타 차량이 발견된 것은 일요일 새벽이었다. 경찰서 수사과에 근무하는 김복진 형사는 자신의 근무 날은 아니었다. 하지만 사귀는 애인이 있어서 어딘가에 갈 일이 있다거나 하는 것이 아니었기에, 아침 일찍 수사과에 출근하여 간밤에 일어난 사건을 살펴보고 있었다.

특이한 것으로, 새벽에 여대생 실종 신고가 들어와 있었다. 그밖에 폭행사건이 두어 개, 음주운전으로 인한 교통사고 등이 여럿 있었다.

그때 그의 눈을 끄는 사건이 하나 있었다. 강변도로에서 차체의 앞부분이 살짝 찌그러진 채, 교통사고가 난 소나타 차량이 발견된 것이었다. 처음에는 누군가가 음주운전을 하다가 사고를 내고 도주한 것으로 보였다. 또한, 누군가 병원으로 데려간 것이 아닌가 생각했지만, 근처 병원에 교통사고로 입원한 사람도 없거니와 병원에 입원하기에는 차의 손상 정도가 너무나 미미했다.

　차주를 조회해보니, 젊은 여자가 운전하는 차량이었다. 집에다 연락을 취해 살펴보니, 바로 그녀의 실종을 신고한 집이었다. 그녀의 어머니인듯한 여자가 울먹이면서 애처롭게 말을 하였다. 여대생인데, 친구들과 놀다가 온다고 했는데, 아직도 집에 들어오지 않았다고 하면서, 그녀에 대한 걱정으로 밤을 새웠다는 것이다.

　실종된 여대생의 집안은 부유한 집안이며, 납치 이외에는 가출이나 실종될 다른 이유가 없었다. 더더욱 무엇보다 실종된 여대생의 미모가 상당히 빼어났다.

　김 형사는 직업적인 직감에 무언가 있다는 것을 알아차렸다. 오늘 일요일이지만, 그녀에 관한 수사로 하루를 보내고자 마음을 먹었다. 이에, 인적 사항을 알아내서 수사에 들어갔다. 다시 전화를 걸어, 먼저 실종되기 전의 그녀의 어젯밤의 행적을 그녀의 어머니에게 묻자, 낮부터 친한 친구와 어울려 지내다가 나이트클럽에 간 것 같다고 하는 것이었다. 김 형사는 친한 친구였던 여대생들에 대해서도 살펴보았다. 그러자 그날 밤 나이트클럽에 같이 있었던, 친한 친구인 미숙과 수미도 그녀의 실종소식에 놀라고 있었다.

　김 형사는 미모의 젊은 여대생이 밤늦게까지 나이트클럽에서 놀고 있었으니, 누군가가 그녀의 돋보이는 미모에 반해 호시탐탐 노리다가, 그녀의 뒤를 밟아 납치한 것으로 추정했다.

　김 형사는 나이트클럽의 웨이터들과 같이 있었던 그녀의 친구들로부터, 부킹을 해서 같이 놀았던 사내들의 신상을 파악하고 본격적인 수사에 들어갔다.

　일차적으로, 나이트클럽 룸에서 미림의 옆에 있던 이재춘이라는 남자가 수사 선상에 올려졌으나, 그는 납치하고 직접적인 관련이 없어 보였다. 웨이터로부터, 그가 "미림을 무인도에 납치해서라도, 감금시켜 말을 듣도록 하겠다.”는 진술이 있었으나, 정작 본인은 같이 술을 마시다가 그녀가 도망을 쳐서 홧김에 내뱉은 말이라고 했다.

　김 형사가 생각하기에, 그녀의 미모를 탐낸 제 3의 누군가에 의한, 즉흥적인 납치라고 보기에는 무언가 석연치 않은 점이 있었다. 나이트클럽에서 룸에 들어가 부킹을 했던 장시간 동안을 집요하게 감시하며 기다린 점, 자동차로 떠난 미림을 뒤쫓아 가서 인적이 드문 강변도로에서 고의로 접촉사고를 낸 후에 납치해 간 것으로 미루어, 지리를 잘 알고 있으면서 극히 짧은 시간에 납치할 능력을 갖춘 전문 조직에 의해 계획적으로 자행된 것 같았다.

2003.10.06. 월요일 11:00 미림의 납치 이틀째

　두 달여 전부터 새롭게 사회부를 담당하게 된 일요신문사의 고도혜 기자가 웃음을 띠면서 수사과에 들어왔다. 이제 사회부 기자가 된 지, 얼마 되지 않는 풋내기였다. 그러나 다른 기자들과는 달리, 전화상으로 물어보는 것이 아닌 발로 뛰고 있었다.

　“안녕들 하세요?”

　때마침 간부회의 참석차 윤상형 수사과장이 자리를 비워서인지, 그가 관심을 갖고 있던 고도혜 기자가 여느 때와는 달리 자신에게 다가왔다.

　그녀가 다가와 지난 주말 이후에 일어난 사건 내용을 묻자, 이에 형식적인 사건·사고 일지를 내밀어 보여주었다. 한번 훑어본 그녀가 말했다.

　“어제 일요일 새벽에 강변도로에서 사고가 있었던 것 같은데, 거기에 대한 기록은 없나요?”라며, 이야기를 꺼내는 것이었다.

　“어떻게 강변도로에서 사고가 난 것을 알게 되었나요?”

　“어제 외국으로 떠나는 친구를 배웅하기 위해서, 새벽녘에 일찍 집을 나와,

강변도로를 따라 운전하고 있었어요. 하지만 여느 때와는 달리, 일요일 아침인데도 차가 밀리더군요. 교통사고가 일어나서, 이제 막 사고 수습을 하는 것 같았는데, 한참을 기다린 끝에 간신히 지나갈 수 있었어요.”

“아, 아침 일찍 사고 현장을 직접 보셨군요.”

“그런데 왠지 모르게, 단순한 교통사고가 아닌 것 같더군요. 차체가 너무 깨끗했고요. 직감적으로 이상하게 느껴지더군요.”

“예, 그래요. 저도 무언가 이상해서 알아보았는데, 차주가 미모의 여대생이더군요. 나이트클럽에서 밤늦게까지 놀다가, 혼자 차를 타고 운전해 집으로 돌아가다가 강변도로에서 차량만을 남기고 실종된 사건입니다.”

“미모의 여대생이 실종되었다고요?”

“차체 앞부분에 가벼운 접촉사고가 난 흔적이 있었지만, 그것으로 인하여 병원에 입원할 정도의 사고는 아닌 것 같고요. 음주운전 단속을 피하기 위해 차를 방치한 것으로 보기에도 무언가 석연치 않더군요. 더구나 무엇보다 그녀의 집에서도 사건 수사를 해달라고, 실종신고를 냈더군요.”

“혹시, 그녀를 노리던 누군가에 의해 납치 실종된 것이 아닐까요?”

“------”

“김 형사님, 사실대로 이야기해주세요. 실은 저도 고교 시절 납치될 뻔한 일이 있어요. 최근에 납치된 것으로 추정되는 유사한 사건이 있는지에 대하여, 아시는 것이 있으면 이야기해 주세요.”

그녀는 적극적인 질문 공세를 퍼부으며 캐묻는 것이었다.

김 형사는 수사와 관련된 정보에 대하여, ‘기자에게 말을 해서는 안 된다’ 는 관례를 깨고, 여대생 실종 사건에 관하여 자신이 수사한 내용과 무언가 전문 조직에 의해 자행된 것 같다는 자신의 의견을 넌지시 일러주었던 것이다.

그러자 그녀는 여대생 실종사건의 기사를 특종으로 보도하면서, 한발 더 나아가 '모종의 음모가 진행되고 있을지 모른다. 앞으로 추가로 미모의 젊은 여자에 대한 납치 사건이 일어날지 모른다'는 분석 기사를 신문에 싣기까지 했다. 하지만 타 신문사에서는 실종 사건만 간략히 올려져 있었다.

고도혜 기자는 단국대 한문교육과를 졸업했다. 사대에 다녔던 만큼, 원래 교사가 되는 것이 꿈이었으나, 대학 시절 신문사에 인턴으로 들어가 여기저기 취재를 하러 다니는 동안, 기자로서의 세계가 마음에 들어 교직을 포기하고, 신문사 기자로서의 사회생활로 첫발을 내디딘 것이다.

무엇보다도 임용고사 준비를 하는 것보다, 여러 사람을 만나 그들의 삶을 함께 체험하며, 인간 사회의 여러 면을 살펴볼 수 있다는 것이 좋았다. 그녀가 인턴 기자 시절에 써낸 '노숙자의 24시'라는 글은 큰 반향을 불러일으켜, 덕분에 지금의 일요신문사에 정식 기자로 손쉽게 들어갈 수 있었다. 장차, 노숙자를 비롯한 실업자들이 겪고 있는 비정한 사회의 냉혹한 현실을 적나라하게 파헤친, 르포 형식의 소설을 출간하는 것이 그녀의 꿈이었다.

아울러 그녀는 여성의 실종 및 납치에 대한 남다른 관심을 지니고 있었다. 납치 사건에 대한 기사를 볼 때마다, 자신의 시골 고등학교 시절의 끔찍했던 악몽이 되살아나는 것이었다. 자신이 밤늦게 야간 자율학습을 마치고 돌아가다가, 논두렁길에서 여름에 유원지에 놀러 왔던 외지 남자들에게 납치되어 텐트로 끌려갈 뻔했던 것이다.

때마침, 비명을 듣고 지나가던 차가 다시 돌려서 돌아오지 않았다면, 자신의 인생길이 어찌 되었는지 모른다. 그리하여 '다시는 이러한 일이 일어나서는 안 된다'는 마음에서, 유독 여자들의 실종사건에 대하여 남다른 집착을 지녀오고 있었다. 그리하여 강변도로에서 일어난 여대생 납치 사건을 김 형사의 도움으로 특종 보도하기까지 이른 것이다.

그녀는 오래전에 인신매매가 한동안 성행했던 것을 떠올렸다. 어느 조직 폭력배나 정신질환자나 성도착자 등 누군가가 미모의 여자를 납치하여, 죽였다기보다 감금했을 가능성이 높다고 여겼다. 따라서 하루빨리 대대적인 수사를 하여, 그녀가 보다 큰 시련과 고통을 당하기 전에, 구출해내는 것이 시급한 일이라는 것을 깨닫고 있었다.

제 7장

백련화의 백합으로의 강요

다음날 미림은 박 마담에게 안내되었다. 박 마담은 이곳 피라미드의 실질적인 안주인으로서, 이곳의 운영뿐만 아니라 내부 장식까지 그녀의 손길이 닿지 않는 곳이 없었다.

박 마담은 미림을 보고 놀라움을 금할 수 없었다. 그녀는 한 송이 백합을 연상시키는 아리따운 아가씨였다. 몸매의 아름다움은 말할 것도 없이, 특히 하얀 살결이 눈부시게 아름다운 백합 같은 아가씨였다.

본인 말이야 자신이 자원해서 왔다고 했지만, 산전수전 다 겪은 박 마담이었다. 그녀가 협박에 못 이겨 하는 말이며, 칼치에 의해서 강제로 납치됐음을 누구보다 잘 알 수가 있었다.

그렇기에, 칼치가 독단적으로 납치해온 여대생 미림을 형님을 모시기 위한 백련화로 만들어달라는 부탁을 했을 때, 박 마담은 일언지하에 거절했다. 그녀는 내연의 관계인 마 두목과 함께, 이곳 피라미드를 잘 운영하여, 남은 여생을 전원생활을 하면서 마무리하고 싶을 뿐이었다. 따라서 납치 등의 범법을 해가면서까지, 피라미드를 운영하고 싶지는 않았다. 현재 데리고 있는 백련화만으로도 부족할 것이 없는 터였다.

하지만 칼치는 형님이 마음에 두었던 아가씨이며, 10여 년 전 자신의 행위로써 비롯된 발기부전인 마 두목의 병을 고치기 위해서, 절대적으로 필요한 아가씨라고 주장을 굽히지 않고 있었다. 박 마담이 도와주지 않는다면, 자신이 혼자서 여대생 미림을 백련화로 새롭게 탄생시키겠다고 하는 것이다.

마 두목의 고향에서 그녀 먼저 올라왔지만, 고향에 같이 내려갔던 마 두목은 칼치가 여대생을 독단적으로 납치해왔다는 사실을 아직 모르고 있을 것이다. 하지만 우직한 칼치가 저렇게 백합을 납치해왔으니, 이미 엎질러진 물이었다. 이대로 돌려보내라고 해서 돌려보낼 칼치가 아니었다.

미림이야말로, 모든 남자가 꺾어보고 싶어하는 향기로운 향을 발하는 한 송이의 백합꽃이었다. 그녀가 보기에 미림정도라면, 그 어떤 남자도 유혹에 넘어올 것이다. 날렵한 몸매와 흰 피부와 고운 목소리, 나아가 지적인 면으로 보아서도, 이러한 화류계(花柳界)에 있어서는 어느 한 곳 흠잡을 데 없는 완벽에 가까운 여자였다.

하지만 박 마담 자신은 그동안 화류계라는 말을 자신의 입 밖으로는 절대로 내지 않았었다. 화류계(花柳界)라는 말이 장화노류(墻花路柳)의 준말에서 온 말로, 옛날에 기생을 비유적으로 말할 때, '담장 위의 꽃이요, 길가의 버드나무 가지'라는 말에서 온 것이었다. 누구나 먼저 꺾는 것이 임자이며, 누구나 손을 댈 수 있음을 뜻하는 말이었다. 따라서 옛날의 기생이라고 할 수 있는 백련화에게 있어서도, 정조·지조의 관념이 없으며, 그날그날 찾아온 어떠한 손님에게도 최선을 다해서 받들어야 했다.

미림의 미모는 여자로서 한창 물이 올라있는 22세의 젊음으로, 한 송이 백합꽃이었다. 과연 마 두목에게 절대적인 충성을 보이는 칼치의 말대로, 마 두목이 그녀를 명품 백화점에서 처음으로 보는 순간, 관심을 보이는 눈치였다고 하는 말이 틀린 말같지 않았다.

박 마담은 칼치에게 다짐을 받기로 하였다. 마 두목에게 인사를 시킨 후에, 마 두목의 뜻에 따라 미림을 하루빨리 밖으로 돌려보내기로---. 칼치 또한 일단 마 두목에게 인사를 시키게 해주겠다는 그녀의 제안을 선선히 받아들였다. 우직한 그로서는 형님을 위한 자신의 충직함을 인정받고 싶어했다. 차후의 문제는 마 두목이 알아서 할 문제였다. 다만 며칠간, 밤에는 칼치 자신이 맡아 교육을 한다는 거였다.

한편, 미림은 두려움에 떨고 있었다. 박 마담은 우선 그녀의 마음을 가라앉히는 것이 필요했다. 그녀 자신도 칼치가 하는 짓을 못마땅하게 여기고 있으며, 마 두목에게 이야기해서 가급적 빨리 여기서 나가도록 해주겠다고 했다.

이 밖에도 박 마담은 그녀에게 여기 피라미드에서 지켜야 할 일에 대해서 모든 것을 일러주었다. 절대로 여기 지하 비밀방을 벗어나, 이곳의 위치나 지형을 알려고 하지 말 것, 술좌석에서 눈을 가리겠지만 절대로 손님들을 쳐다봐서는 안 된다는 말을 일러 주었다. 백합이 여기 위치나 지형, 나아가 백주월의 멤버들을 함께 했더라도, 일체 모든 것에 대해서 모르고 있어야, 마 두목을 설득해 집에 보내줄 수 있다는 것이다.

미림은 낮에는 그나마 박 마담과 함께 비교적 자유롭게 보낼 수 있었다. 그러나 요염스러우면서도 색향이 넘쳐나는 한 송이 꽃으로 새롭게 태어나기 위한 여러 가지를 익혀야 했다. 섹시하게 화장하는 법이나, 손님을 접대하기 위한 애교스런 말투와 춤과 노래를 익혀야 했다.

하지만 미림에게는 그나마 박 마담과 함께하는 시간이 나았다. 박 마담과 함께하고 있으면, 칼치조차도 함부로 대하지 못했다. 그러나 밤은 지옥과도 같았다. 저녁 식사 후가 되면, 칼치가 그녀를 데리고 가는 곳은 지하 징벌방이었다.

칼치는 날마다 다양한 방법으로 그녀를 괴롭혔다. 가장 힘든 것은 원탁의 테이블 위에 그녀를 올려놓고서, 칼치 앞에서 음악에 맞춰 춤을 춰가며 섹시한 여러 몸동작을 해나가면서 옷을 벗어 내리게 했다. 그녀가 망설이거나 잘하지 못하면, 꿇어 앉혀 엉덩이를 쳐들린 자세로 해놓고서, 성폭행한다고 위협을 해가면서 손님에게 애교를 부리면서 접대할 것을 다짐받고 또 다짐받았다.

백합은 고통과 시련 속에서, 차라리 칼치의 말대로 들어주는 척하고, 기회를 보아 빠져나가거나 구출되는 날을 기다리는 것이 낫다고 여겼다. 그리하여 그녀는 그때마다 뭐든지 시키는 대로 하겠다고 하였지만, 칼치는 그녀에게 그러한 대답을 들었음에도 불구하고, 밤이면 그녀를 징벌방에 데려가서 온갖 협박을 다했다.

그래서 미림은 밤이 두려웠다. 그녀 스스로 생각해보아도 모를 일이었다. 낮에는 잘 지내게 해주다가도, 밤이 되면 징벌방이라는데 끌려가서, 아직 진심으로 손님을 모실 준비가 덜 된 것 같다면서, 협박을 가하여 곧 성폭행이라도 당할 것 같은 혼란에 빠뜨리게 했다.

밤마다 끌려가는 고통과 불안의 시간은 더 이상 견디기 어려웠다. 그녀 자신이 칼치에게 당당하게 '인간적인 대접을 해달라고 말을 해야겠다' 라고 다짐하기도 수없이 했다. 하지만 칼치의 냉혹한 눈빛과 마주하고, 음산한 목소리를 듣는 순간에 그녀는 고양이 앞의 쥐처럼 오그라들었다.

끌려온 지가 닷새가 지나가고 있었으며, 미림은 이제 자포자기 상태로 되어가고 있었다. '정말이지 이러다가는 자신이 영원히 집으로 돌아갈 수 없을지도 모른다' 는 생각이 들었다.

그랬었다. 특히 어젯밤 한밤중에 술에 취한 듯한 칼치에게 눈이 가려진 채로 끌려갈 때에는 꼭 성폭행이라도 당하는 줄 알았다. 다행히도 끌려간 곳은 징벌방이 아닌, 처음 보는 지하의 비밀 룸이었다. 헛기침 소리가 들렸다. 누군가 다른 사람이 기다리고 있었으며, 테이블에 술과 여러 안주가 차려져 있었다.

칼치는 그녀에게 시키는 대로 하지 않으면 알몸으로 있게 될 것이라는 위협과 함께, 허벅지가 그대로 드러나고 가슴이 깊게 파인 짧은 진주홍의 원피스로 갈아입을 것을 강요했다. 그녀는 칼치와 누군가가 소파에 앉아 지켜보는 가운데, 옷을 갈아입는 수모를 겪어야 했다.

이어, 그녀는 검은 천으로 눈이 가려진 채로 다른 남자 손님에게 애교를 부리며 술을 따라야 했다. 남자는 그녀의 젖가슴과 허벅지를 더듬으면서 술을 마셨다.

옆에서 칼치가 지켜보면서, 춤추면서 옷을 벗어 내리게 한다든지, 남자와 껴안고 블루스 춤을 추라고 하는 등 그녀의 행동을 때때로 지시했다. 그녀가 마지못해 남자를 부둥켜안고 있으면, 그녀의 엉덩이를 '철썩' 소리가 나게 치면서 더 바짝 붙으라고 을러댔다. 그녀에게는 참기 어려운 시간이었다. 다만, 걱정했었던 성폭행 등으로 나아가지 않은 것이 다행이었다.

한밤의 술자리는 그동안의 교육에 대한 테스트요, 마 두목을 모시기 위한 마지막 예행연습이었다. 술자리를 끝내고 문을 나설 때에, 내일은 오늘보다 애교를 더 잘 부려야 한다고 협박하는 것을 칼치는 잊지 않았다.

미림에게 있어서는 자신이 납치되어 끌려온, 지난 며칠간이 문제가 아니었다. 앞으로 구출될 때까지, 그 얼마나 많은 시간을 참고 견디어내야 하는가?

'자신이 이렇게 여기에 납치되어 온 사실을 부모님은 얼마나 걱정을 하고 계실 것인가?

'친구인 미숙이나 수미가 자신이 납치된 사실을 알 수 있을 것인가?

'자신을 찾는 수사는 이루어지고 있는 것인가?

하지만 그 생각도 납치당해온 날 이외로는 해본 적이 없는 것 같았다. 순간 순간의 고통 속에 이제는 체념 상태가 되어, '어떻게 하면 자신이 더 이상 가혹한 행위를 당하지 않고 몸을 보전하느냐' 가 문제일 뿐이었다.

미림은 어머니가 이전에 말씀하신 꿈의 내용을 다시 떠올려 보았다. 두어 달 전, 무더운 여름철에 꾼 어머니의 꿈이었다.

코스모스가 피어 있는 평화로운 시골 길을 걸어가고 있었다. 그런데 갑자기 길이 터널을 통과해야 하는 것이었다. 할 수 없이 터널 안의 입구에 들어서니, 갑자기 온 세상이 칠흑같이 캄캄해졌다. 더듬어서 앞으로 가는데, 가면 갈수록 발목까지 오는 늪이 되어갔다. 발이 떨어지지 않아 엎드려서 더듬어서 가다가, 허리도 아프고 땀이 너무 나서, 일어서서 '반은 왔겠지'하고 앞을 보니 아무것도, 뒤를 봐도 아무것도 보이지 않았다. 절반이나 온 것 같아서 다시 더듬어 가는데, 너무나 소름이 끼치고 무서웠다. 한참을 가다가 겨우 일어나 앞을 보니, 입구가 환하게 보였다.

꿈을 꾼 지 두어 달이 지나서, 꿈속의 배경대로 코스모스가 피어 있는 가을철에 자신이 납치를 당하는 일로 실현된 것이다. 자신이 이렇게 납치되어 생사조차 모르는 기간은 부모에게 있어 캄캄한 터널길을 걷는 것보다, 더 지옥 같은 현실일 것이다.

희망적인 것은 이제 어머니가 꾸신 꿈을 믿는다면, 나중에 입구가 환하게 보인 것으로 미루어, 언젠가는 자신이 구출되게 될 것을 믿는 수밖에 없었다. 현재로서는 그나마 그녀에게 호의적인 박 마담에게 도움을 청하는 길이 유일한 방책이었다.

2003.10.10. 금요일 13:00 납치 6일째

낮에 박 마담과 같이 점심을 먹으면서, 그녀는 다시 하소연하였다.

"이제 정말 스스로 잘할 자신이 있으니, 제발 밤이면 징벌방에 데려가지 않도록 이야기해주세요?"

이에 박 마담은 어머니의 무릎 수술로 간병차 고향에 내려갔던 마 두목이 올라온다는 연락이 있었으니, 어쩌면 오늘밤 마 두목을 잘 모신다면, 백합의 고통이 이제 곧 끝나게 될 수도 있을 거라 했다.

아울러 마 두목이 어떠한 행동을 하더라도, 절대로 뜻을 거역치 말 것이며, 보다 먼저 적극적으로 다가가 흡족하게 애교를 부릴 것을 권유받았다.

박 마담은 그렇게까지 해서, 마 두목이 넘어오지 않는다면, 마 두목과의 관계는 이루어지지 않을 것이라면서, 여기에서는 마 두목의 여자로 있으면서 지내는 것이 차라리 나을 것이라는 말을 하는 것이었다. 그러면 칼치도 마 두목의 여자인 것을 알고, 난폭한 행동을 할 수 없을 것이라 했다.

그러나 만약 마 두목을 받아들이지 못하고, 마 두목의 마음에 들지 않는다는 것을 칼치가 아는 순간에는 칼치로부터 혹독한 시련을 견뎌내야 할 것이라 했다.

미림은 그동안 칼치가 자신에게 가혹하게 대했지만, 그녀의 몸을 탐하지 않은 것을 이해할 것 같았다.

아울러 필요하게 될지 모르겠다며, 한 통의 약을 내주는 것이었다. 백합은 그것이 뭔지 알 것 같았다. 피임약이었다. 그것은 그녀가 잠자리도 함께하게 될 것이니, 슬기롭게 처신하라는 박 마담의 배려였다.

순간 미림은 청수 오빠와 함께 이별 여행을 떠났던 올봄의 첫날밤을 떠올렸다. 자신의 첫 순결을 사랑하는 그에게 준 것에 대해, 그녀는 다행이라고 생각했다.

한편으로는 '자신과 약혼한 검사는 어찌되었을까?' '아마도 자신이 납치되어 몸을 버린 사실을 알게 되더라도, 자신의 곁에 있으려고 할 것인가?' 미림은 그와의 인연은 이제 끝난 것으로 받아들여야 한다고 생각했다.

제 8장

청수 오빠와의 이별여행

2003.05.17. 토요일

미림은 피라미드에 갇혀 있으면서, 청수 오빠와 마지막으로 함께했던 올봄, 주말의 밀월여행을 떠올렸다. 부모님의 반대로 그와 결혼을 할 수 없는 여건이지만, 지금까지 자신이 사랑했던 남자는 청수 오빠 외에는 없었다.

이청수. 그녀의 고교 시절에 여러 가정교사 중에서 가장 멋진 남자이면서, 그녀에게 영어와 수학을 가르치던 대학생이었다. 당시 모 대학 3학년의 컴퓨터 공학과 학생이었지만, 지금은 조그마한 벤처기업의 연구원으로 재직하고 있었다.

처음에는 그녀의 어머니 역시 그에게 호감을 갖고 있는 것 같은 눈치였으나, 그녀가 바라던 대학에 무사히 합격하고 나자, 그의 집안 형편이 어려운 것을 안 다음에는 청수 오빠에게 매몰차게 대했다. 나중에 안 일이었지만, 어머니는 그에게 "우리 미림과는 이제 만나지도 말아 달라."고 강요했던 것이다.

그녀가 대학에 진학한 후에, 만나자고 몇 번씩이나 전화해도, 그는 만나주려하지도 않았다. 하지만 어느 날 우연히 대학 서클의 모임 뒤풀이 행사에 나간 강남의 음식점인 미네르바에서 그를 만났던 것이다. 그 또한 지난해까지는 그 서클의 멤버였었다.

그녀는 청수 오빠를 다시 만나게 된 것이 하늘의 뜻으로 받아들일 만큼, 이제는 다시 놓치지 않겠다는 듯이 그에게 다가갔다. 그날 미림은 청수 오빠에게 사랑을 고백했다.

"오빠, 진정으로 사랑하고 있어요. 이제 선생님이 아니라, 내 마음에 드는 이성으로 오빠를 받아들이고 싶어요."

하지만 그는 냉담했다. 심지어 모르는 사람처럼 그녀를 대했다. 그녀를 따돌리려고 하는 그를 붙잡고, 일부러 술에 취한 척하면서 그에게 매달려서, 같이 택시를 타고 그가 자취하는 원룸에 갔던 것이다. 그녀는 그날 밤 청수 오빠와 잠자리를 같이 하고자 마음먹었다.

그의 방에서 덥다고 하면서, 옷을 벗으며 그를 유혹하고자 하였으며, 나아가 욕실에서 샤워하고 나와, 그의 눈앞에 싱그러운 그녀의 몸으로 다가갔던 것이다.

하지만 그는 아무런 말도 하지 않았다. 그녀가 애타게 원했지만, 그는 창가를 바라보면서, 담배를 피워물 뿐이었다.

"오빠, 담배를 하지 않았었잖아요?"

"응, 어쩌다가 사회에 나와서 피게 되었어."

그도 괴로워하는 것 같았다. 그날 밤의 그러한 일에 대하여 미림도 나중에 안 일이었지만, 자신의 어머니로부터 헤어져 달라는 강요와 함께, 그 자신의 앞날에 대한 불확실한 미래로 인하여, 미림을 사랑하면서도 책임질 수 없다는 사실에 괴로워하고 있었음을---.

그날 밤 그는 칭얼거리는 그녀의 몸을 '꼬옥' 안아주었을 뿐, 그 이상의 어떠한 행동도 하지 않았다. 그는 다음 날 아침에 그녀를 데리고 동네의 선지 해장국 집으로 데려갔다. 여느 때와는 달리 우수에 찬 눈빛이었다. 그녀를 진정으로 사랑하기에 헤어져야 한다는, 뜻 모를 말만 남기고 가는 그의 눈가에 이슬방울이 맺혀있음을 그녀는 보았다.

2년 전 그날 이후로, 청수 오빠와는 연락이 닿지 않았다. 어쩌다가 전화를 받아도, 바쁘다는 핑계로 곧 전화를 끊었다.

한편 그녀의 어머니는 그녀의 졸업을 앞두고 다방면으로 사윗감을 물색 중이었고, 미림은 강제로 선도 여러 번 본 상태였다. 그중에서 최종적으로 최창환이라는 사람을 사윗감으로 이미 점찍어 둔 상태였다. 그는 사법연수원을 나와 이제 막 검사로 발령을 받을 예정이었다. 하지만 미림은 그가 그렇게 좋아보이지는 않았다. 머리는 좋아 보였지만, 자기만 아는 이기적인 성격에다가, 왠지 안경 너머로 보이는 눈이 차갑게 느껴졌다.

그는 자신만만해 보이고 패기 넘쳐 보이는 점은 마음에 들었으나, 다소 교활한 면이 엿보이고 있었다. 결혼이 목적이 아닌 출세 수단의 방편으로 여기는, 어쩐지 자신만 사랑해준다기보다는 권력과 부에 집념이 강한 사람 같아 보였다.

그러나 아버지는 검사 사위가 자신의 회사를 영위해나가는 데 있어서, 절대적인 방패막이가 되어 줄 것으로 확신하고 있었다. 그 또한 그녀 아버지의 재산이 그로 하여금 인생의 목표를 달성하는 데, 수단이 될 수 있다고 확신하는 눈치였다.

얼마 전에도 싱글벙글하면서 고급 외제 승용차를 몰고서, 집에 찾아왔었다.

새 차의 시승 기념으로 그녀에게 드라이브를 시켜준다고 하는 것이다. 부모님의 눈치를 보느라고 반강제적으로 태워져서 따라나섰지만, 그날 "신경을 써주셔서 감사합니다."라는 말을 하는 것으로 미루어, 몰고 온 고급 외제 승용차가 실은 그녀의 아버지가 마련해준 것 같았다. 이제 그녀가 대학을 졸업하면 결혼하기로, 암암리에 약속되어 있었다.

그녀 자신도 오래전에 청수 오빠와 헤어진 이후에는 사랑하는 사람과의 결혼은 이루어질 수 없다고 생각하고 있었다. 어차피 결혼은 서로 간에 조건이 맞는 사람끼리 적당히 살아가는 것으로 생각했다. 다만, 그녀는 이대로 청수 오빠하고의 인연을 끝낼 수는 없다고 생각했다.

그는 자신이 결혼하기 이전에, 마지막으로 꼭 다시 한 번 만나보아야 한다고 생각했다. 청수 오빠와 어딘가의 밀월여행이라도 다녀오고 싶었다. 그리하여 그녀가 언젠가 있을 그날을 대비하여, 운전면허를 따두기도 잘한 것 같았다.

그리고는 어머니를 졸라서 새 차도 한 대 샀다. 차를 새로 사고 나서 어느 정도 운전에 자신이 붙었을 때인, 5월의 따사로운 봄날이었다. 그녀는 그동안 마음을 먹었던 대로 청수 오빠에게 연락했다. 그는 뜻밖의 전화에 놀라는 눈치였다. 그러나 바쁘다는 핑계로 냉정하게 만남을 거절하면서 전화를 끊었다.

하지만 수차례 그녀가 전화를 걸어, 그녀가 "이제 곧 결혼하게 될지 몰라요." 마지막으로 돌아오는 주말에, 오빠의 얼굴을 한 번만이라도 보고 싶다는 거듭되는 미림의 요청을 마지못해 받아들이는 것이었다.

그녀는 청수 오빠와의 주말 약속을 한 후에 들떠 있었다. 그날을 위해 그녀는 많은 준비를 했다. 부모님께는 친구들과의 마지막 졸업여행 차, 강원도로 여행을 가기로 했다고 미리 말씀드려 두었다. 여행할 곳을 인터넷을 통해 여기저기 알아본 결과, 학창 시절에 대학에서 MT를 갈 때 갔었던 강원도의 청평 부근의 교외와 남이섬으로 가기로 마음을 먹었다. 내려가는 도중에 들러서 가면 좋을 곳도 알아 두었다.

강원도 하면, 서울에서 그리 멀지도 않고 사람들의 인심도 순박한 편이었으며, 산천도 수려하고 공기도 맑은 것이 모든 점에서 그녀의 마음을 끌었다.

미림은 청수 오빠와의 그날을 위해서 예쁜 속옷에, 연두색 실크 블라우스에, 짧은 스커트와 등산용 바지도 새롭게 사두었다. 스타킹도 여벌로 넉넉히 준비해둔 것은 물론, 따로 준비한 가방 안에는 신혼여행을 떠나는 것처럼 다양하면서도 완벽하게 모든 것을 갖추어 놓았다.

하늘거리는 꽃무늬 원피스도 새롭게 구입해둔 상태였다. 벨트를 묶으면 상반신의 풍요로움이 돋보이면서, 날씬한 허리가 강조되는 원피스는 그녀의 아름다운 몸매를 더한층 드러내고 있었다. 무엇보다도 좋은 점으로는 벨트 위아래로는 단추로 채울 수 있게 되어 있어서, 위아래의 단추 두세 개를 풀러 놓으면, 옆에서 볼 때 그녀의 매혹적인 젖가슴이나 미끈한 허벅지가 드러나게 되어 있는 섹시한 옷이었다.

그녀가 잠자리에 들려고 하는 늦은 시간에, 검사에게서 전화가 왔다. 그는 그녀가 마치 자기 사람이라도 된 것처럼, 당당하게 말했다.

"주말 저녁때, 음악회에 같이 가지. 표를 두 장 예매해 놓았어."

그녀가 음악에 관심이 많은 것을 알고, 그녀의 환심을 사고자 하는 그의 말이었지만, 그녀는 "어쩌지요? 친구들과 여행가기로 선약이 되어 있어요."라는 말로 거절을 하였다.

벌써 그는 장래를 약속한 약혼자인 듯이 행세했다. 그는 못내 아쉬운 듯, 다음 주말에 보자고 하면서 전화를 끊었다. 그녀는 다가올 내일의 설렘을 뒤로 하고 잠자리에 들었다.

싱그러운 햇살이 비치는 화창한 봄날이었다. 그녀는 청수 오빠와 만나기로 한 지하철역 부근으로 차를 몰았다. 청수 오빠는 놀랄 것이리라. 청수 오빠는 자신이 타는 봉급의 전부를 어머니의 병원비와 동생들의 학비를 위해, 집으로 송금하는 눈치였다. 따라서 아직 차가 없이, 지하철로 출퇴근하는 것이었다.

멀리서, 청수 오빠가 보였다. 미림은 그가 기다리는 앞의 차도에 차를 대었다. 그녀가 경적을 울리며 창문을 내렸다.

"오빠!"

그가 놀라는 눈치로 눈을 크게 떴다.

"빨리 타세요. 뒤에 차들이 와요."

그가 얼떨결에 옆자리에 올라탔다. 차 안의 밀폐된 공간에 싱그러운 그녀의 체취와 함께, 새 차의 신선한 내음이 코를 감돌았다.

오랜만에 보는 그녀는 몰라볼 정도로 달라져 있었다. 이전의 순수하고 차분한 그녀였다면, 어딘가 모르게 세련되면서도 고혹적인 모습의 그녀였다.

이어 그녀가 차를 몰았다. 한동안 두 사람 사이는 아무런 말이 없었다. 다만, 그녀가 한 손으로 그의 손을 '꼬옥' 붙잡을 뿐이었다. 그녀의 눈에서는 알 듯 말 듯한 눈물이 흘러내리고 있었다.

"오빠, 정말로 많이 보고 싶었어요."

그녀는 한적한 교외로 빠지자마자, 한적한 곳에 차를 세우고 몸을 기울여 다가왔다. 사랑의 갈증을 목말라 하는 입술이었다. 순간 그녀를 미친 듯이 부둥켜안았다. 한동안 그녀와의 짙은 키스가 이어졌다. 그녀의 신선한 혀라든가, 입술의 감촉이 그의 입가에 떠돌았다.

"그동안 어떻게 지냈니?"

“몰라요. 오빠, 실은 오빠 보고 싶어서 미치는 줄 알았어요. 연락해도 받지 않고--”

“미안해, 실은 나도 보고 싶었어. 하지만---.”

‘너와 나는 맺어져서는 안 되는 운명이야. 그것이 너를 위하는 길이고---’ 그는 마음속으로 읊조렸다.

“오빠 마음 잘 알아요. 우리 부모님 때문에 오빠가 실망한 것, 나도 나중에 엄마 수첩에 오빠 전화번호가 적혀 있는 것을 보고 알았어요. 우리 어머니가 오빠한테 뭐라고 한 거 맞죠?”

“------”

“어머니가 ‘이제는 청수 오빠하고 만나서는 안 된다’ 라고 하면서, ‘이제 오빠에게서는 연락이 없을 것이다’ 라는 말을 해서 알았어요.”

이미 지나간 일이었다. 그녀가 이렇게 자신을 다시 찾을 줄은 몰랐다. 그동안 그는 새로 취직한 벤처기업에서 온 힘을 기울여 연구를 해나가는 중이었다. 이제 자신이 맡은 새로운 프로젝트를 성공적으로 성사시키면, 능력도 인정받고, 보다 나은 내일을 보장받을 수 있는 터였다.

그녀가 눈물을 훔치며 말했다.

“오빠, 우리 오늘은 모든 것 잊고, 오랜만에 즐겁게 보내요. 제가 오빠를 위해 보아둔 데가 있어요. 오늘 하루 오빠는 아무 말도 하지 말고, 제가 하자는 대로만 하면 되는 거예요?”

어느덧 창밖을 내다보니, 경춘가도를 달려가고 있었다. 차창 밖으로 맑은 하늘에 하얀 구름이 두둥실 떠가고 있었다. 다소 열린 창밖으로는 아카시아의 싱그러운 꽃내음이 밀려들어 오고 있었다.

청수는 오늘따라 그녀가 이상하게도 유혹적으로 자신에게 다가오는 것을 느끼고 있었다. 아까 휴식을 취할 겸, 잠시 차에서 내려 휴게소에 커피를 마시러 들어갈 때도 그랬다. 여느 때와 달리, 매달리다시피 팔짱을 끼면서 밀착의 도가 지나치리만큼 자신에게 바짝 달라붙어 애교를 부리는 것이었다. 그녀의 향기로운 체취에 그는 숨이 막힐 지경이었다.

휴게소에서도 그녀는 주변의 시선을 아랑곳하지 않고, 그의 옆에 바짝 붙어 앉았다. 그리고는 커피잔에다가 프림이나 설탕을 넣어, 그의 입에 올려주며 마시라고 권하는 것이었다. 마치 둘만의 밀월 신혼여행을 떠나온 사람처럼---.

다시 차에 올라탄 그녀는 어느덧 원피스 아래의 단추를 두어 개 풀어놓고 있었다.

"청수 오빠! 아! 갑갑해요. 오빠에게 잘 보이려고 예쁜 옷 입고 나왔는데--, 너무 몸에 딱 맞는 옷을 산 것 같아요."

그러는 원피스의 아래로 그녀의 매끈한 허벅지가 드러났다.

오늘 그녀는 자신의 드러난 허벅지 위로, 청수 오빠의 시선이 이따금 머무는 것을 보면서, 오늘 그녀의 계획대로 모든 것이 순조롭게 이루어질 것임을 확신하고 있었다.

사실 청수 오빠는 너무나 성실한 사람이었다. 집안에 어머니가 오랫동안 아파 누워계셨고, 또한 두 동생의 학비를 보태주어야 했기 때문에, 학창시절부터 아르바이트하면서 학비를 마련해왔음을 미림은 알고 있었다. 또한, 그의 어머니가 오랫동안 중풍으로 쓰러져 있으셔서 그런지, 이따금 그의 얼굴에 그늘이 져 있음을 보아오고 있었다.

하지만 사회인이 되어서도 대기업이 아닌, 벤처기업의 작은 연구소에 입사한 그였다.

"오빠 실력이면 대기업도 들어갈 수 있었을 텐데, 왜 작은 연구소를 택했느냐?"고 물어보았더니, "대기업보다는 자신의 능력을 인정해주고 뜻을 펼쳐나가기에는, 연구소가 더 좋을 것 같아."라면서 새로운 직장에 대한 각오를 다지는 것이었다.

미림은 마음속으로 생각하였다. '그래, 지금은 오빠가 다소 초라한 존재이지만, 머지않아 비상을 하여, 어엿한 벤처기업의 사장이 되는 것도 머지않을 거야' 라는 확신이 들었다.

그런 청수 오빠를 마지막으로 대하게 되는 날이 될지 모르는 오늘의 만남이었다. 그녀는 그를 마음껏 웃게 해주고, 따뜻하게 대해주면서, 아울러 '자신이 결혼하기 전에, 진정으로 사랑한 그에게 자신의 모든 것을 아낌없이 주고 가리라'고 마음먹었다.

그와 내려가는 경춘가도의 길은 정말 아름다웠다. 이따금 기차와 빨리 가기 경쟁이라도 하는 듯이 기적 소리를 들으며, 내려가고 있었다. 그녀는 들떠 있었다. 오빠와의 마지막 즐거운 여행이 되어야 한다는 마음이 그녀를 감싸고 있었다. 오늘 오빠하고의 평생의 추억을 쌓으려는 듯, 그녀는 쉴새 없이 재잘대고 있었다.

하지만 청수는 그러한 그녀의 태도에서 여느 때와는 달리 이상한 분위기를 느끼고 있었다. 그녀의 사랑스러운 여러 행동이 오히려 그 자신의 마음을 아프게 하고 있었다. 그 또한 그녀를 사랑하지만, 가까이하기에는 너무 멀리 있는 그녀였다. 해맑은 얼굴, 뛰어난 몸매, 애교스런 자태 모두 좋았으나, 자신이 걸어온 삶에 비하면 너무 부유한 가정환경에서 자유롭게 살아온 그녀였다.

그녀를 사랑하지만, 그녀는 자신의 품 안에 새가 되기보다는, 보다 넓은 세계로 나가야 하는 여자였다. 그녀의 모든 것을 채워줄 만한 능력이 아직 자신에게는 주어지지 않았음을 그는 잘 알고 있는 터였다.

드디어 인터넷으로 검색하여 마련해두었던, 첫 방문지에 들를 곳이 다가왔다. 헌병이 지키고 있는 검문소에서 차를 좌측으로 꺾어, 현리 쪽으로 방향을 틀었다.

"미림아, 우리 어디로 들어가는 거야?"

"비밀이에요. 오빠 알아맞춰 봐요?"

그녀가 밝은 웃음을 띠며, 답했다.

시원한 바람이 불어오고 있었으며, 차창 밖으로 가림비 포도 판매라는 푯말이 수시로 보였다. 운악산 포도 판매라는 곳도 보였다. '이 지역은 포도 생산으로 유명한 곳인 모양이다' 라고 생각했다.

차는 다시 좌측으로 꺾어 산길을 따라 올라갔다. 이렇게 깊은 산 속에도 포장된 아스팔트 길이 있다는 것이 신기할 정도였다. 그리고 길을 따라 올라갈수록, 길가에 예쁘게 지어놓은 전원주택이 여기저기 늘어서 있었다. 아울러 토종닭 전문, 보리밥 전문 등 여기저기 토속음식점들이 보였다.

"오빠! 우리 저기서 점심을 하고 갈래요?"

"아니, 아침을 늦게 해서 아직 생각이 없는데---"

"그럼 들어가서 먹지 뭐!" 그녀는 기다렸다는 듯이 말했다.

그때, 그는 길가에 푯말을 보았다.

'아침고요수목원 5km'.

그녀가 데리고 가는 곳이 수목원임을 알 수 있었다. 평소에 그녀답지 않게 오늘은 감상적이며 낭만적인 면이 있었다. 마치 처음 만나는 연인처럼, 그녀는 모든 것이 신기하다는 듯이 재잘거렸다. 차창 밖으로는 이름 모를 새들이 화답하듯이 지저귀고 있었으며, 나비들이 날아다니고 있었다. 하늘에는 흰 구름 몇 조각이 두둥실 떠 있는 아주 화창한 봄 날씨였다.

고개를 넘어 내려가자, 저 멀리 '아침고요수목원'이 보였다. 목적지에 다다를수록 많은 차량으로 붐비고 있었다. 그는 이렇게 깊은 산중이라고 할 수 있는 곳에, 이러한 곳이 있는 줄 몰랐다.

'그녀는 언제 이러한 곳을 알아두었다는 말인가?'

그녀가 차를 주차하는 동안, 그는 밖에 나와서 주차를 도와주었다. 매표소에 이르렀다. 의외로 비싼 요금이었다. 2인 표를 끊고, 그가 돈을 내려고 하였다. 그녀가 그의 팔을 당기었다. 그녀의 손에, 돈이 들어 있었다. 그녀가 눈짓으로 어서 받으라고 재촉했다.

"오늘 오빠는 한 푼의 돈도 내지 말아요. 내가 오빠를 위해서 준비한 날이니까요."

안으로 들어가니 무척 넓었으며, 여기저기 기암괴석 사이로 온갖 꽃들이 피어 있었다. 사방을 둘러보니, 때마침 주말이라 그런지 수많은 사람으로 붐비고 있었다. 아마도 온 손님 가운데 반 정도는 연인 사이인 것 같았다. 그 밖에도 가족단위의 사람들도 많이 눈에 띄었다. 휠체어를 타고 온 노인들도 많았다.

언제부터인가 유명관광지에는 나이 드신 노인들을 많이 볼 수 있었다. 그동안 앞만 보고 살아온 인생길에서 벗어나, 이제는 삶의 여유를 느끼며 살아가고자 하려는 듯, 건강이 허락될 때 여행을 다녀보자는 것이리라. 노인들은 살아온 세월의 아쉬움과 자연의 아름다움을 살아생전에 모두 담아가려는 듯, 여기저기 천천히 걸어 다니며 돌아보고 있었다.

그는 문득 대학 시절 교양한문 시간에 들은 당나라 劉希夷(류희이) 시인의 인생무상을 노래한 〈代悲白頭翁(대비백두옹)〉 시에 나오는 한 구절을 떠올렸다.

장인이 특히 이 시 구절을 탐내 자신이 지은 시로 해달라고 부탁했으나, 거절당하자 사위를 죽이고 자신이 쓴 글로 했다가 나중에 탄로가 났다고 하는 일화가 있는 '흰 머리 노인의 슬픔을 대신하여[代悲白頭翁]'라는 시구였다.

年年歲歲花相似(년년세세화상사) 해마다 피고 지는 꽃들은 비슷하지만
歲歲年年人不同(세세년년인부동) 해마다 (구경하는) 사람들은 같지가 않구나.

'저기 저 노인들 가운데에는, 내년에는 이 피어나는 꽃들을 보지 못하는 사람들이 있겠지' 라는데 생각이 미치자, 자신은 아직 그럴 나이는 아니지만, 새삼스레 자연의 무한함에 비하여 덧없는 인생이라는 생각이 들었다.

또한, 언젠가 교통사고로 사경을 헤매다가 보름 만에 극적으로 깨어난, 거의 죽었다가 다시 살아난 사람이 했다는 말이 가슴속에 와 닿았다. 누군가가 그에게 묻기를, "사고당하기 전과 극적으로 다시 살아난 지금과 다른 점이 있다면 무엇이 달라졌나요?" 그가 말하기를 "사고를 당하기 전에는 몰랐는데, 푸른 하늘이 그렇게 아름다울 줄 몰랐다."라고 말하는 것이었다.

그랬다. 그는 여기저기 화려하게 아름다움을 자랑하는 꽃들을 보면서, 지금 저 아름다운 꽃들과 나무가 자신에게 얼마나 아름답게 느껴지는지 반문해보았다. 또한, 자신도 머지않아, 저기 저 노인네들처럼 되는 날이 올 것이라는 생각에 잠겼다. 출퇴근길의 지하철에서, 이따금 노인이 아주 힘겹게 계단을 오르는 모습을 보면서, '우리 인간에게 늙음이란 것이 얼마나 가슴 아픈 것인가?'를 느끼고 있었다.

언젠가 『삼국유사』에 나오는 〈조신몽〉 설화를 읽다가, 가슴에 아련하게 꽃혀왔던 구절을 떠올렸다. 승려였던 조신이 짝사랑하던 태수 김흔의 딸과 함께

달아나, 수십 년을 같이 살았으나, 부부는 늙고 병들고, 큰아들은 굶어 죽기에 이르고, 밥을 빌리러 갔던 딸이 개한테 물리는 등 가난에 못 이겨 허덕이게 된다.

이에 아내가 서로가 헤어지자고 하면서 하는 말에,

"젊은 얼굴, 예쁜 웃음은 풀잎 위의 이슬 같고, 굳고도 향기롭던 그 가약(佳約)도 한갓 바람에 날리는 버들가지 같을 뿐입니다. 곰곰이 지난날의 즐거움을 생각해 보니, 그것이 바로 번뇌로 오르는 계단이었습니다."

그는 '불교에서 말하는 사고(四苦)의 생로병사(生老病死)가 다 맞는 말이며, 우리 인생은 고해(苦海)의 바다가 정말로 맞는지 모른다' 는 생각을 떠올렸다. 하지만 지금 눈앞에 펼쳐진 형형색색의 꽃과 나무의 아름다운 숲길을 정겹게 걸어가고 있는 많은 연인에게, 장차 그러한 앞날이 기다리고 있다는 것을 생각이나 할 수 있을는지---.

언제부터인가 그는 '죽음이 두렵다기보다, 병들어 늙어가는 몸이 더욱 두렵다' 는 생각을 하게 되었다. 그것은 그의 어머니가 중풍으로 쓰러져서 고통받고 있는 모습을 가까이서 몇 년간 지켜보아야 했기 때문인지도 모른다.

그는 어머니의 그러한 모습을 보면서, 자신은 늙었을 때 자신의 늙고 추한 모습을 다른 사람에게 보이고 싶지 않았다. '그저 이름 모를 산속에서, 조용히 책이나 읽고 산보나 하면서, 자연을 거닐며 자연으로 돌아갈 준비를 하다가 가는 것이 좋겠다'고 생각했고, 또한 그러한 삶을 살기를 바라고 있었다. 그리하여 천상병 시인의 시구처럼, '이제 나 하늘로 돌아가리라. 즐거운 소풍이었다고----'를 말할 수 있게 되기를 바라고 있었다.

"청수 오빠, 무슨 생각을 그리하세요?"

어느새 그녀가 웃으면서, 팔짱을 끼어오며 물었다.

"우리 빨리 여기저기 돌아다녀 봐요?"

그녀가 손을 이끌었다. 입구에서 안내 표지판에 나와 있는 안내도를 보니, 허브농원, 하늘공원, 물의 나라, 꽃의 나라--- 등 테마별로 되어 있었다.

여기저기 들려오는 아이들의 까르르르 웃음소리를 들으면서, 그들은 발걸음을 여기저기로 옮기었다. 앞뒤로 지나가는 사람들이 그녀의 뛰어난 미모와 날렵한 원피스 차림의 모습을 훔쳐보면서, 정겹게 걸어가는 두 연인을 부러운 듯이 보고 있었다. 그녀가 자연스럽게 팔짱을 당기면서, 눈을 흘겼다.

"오빠, 오늘은 정말로 제가 하자는 대로 해야만 돼요."

그녀의 들뜬 모습을 다시 확인하는 순간, 그는 묘한 기분에 휩싸였다.

언젠가 소설에서 읽은, 어느 가족의 이야기가 생각났다. 생활고를 이기지 못해 일가족의 자살을 결심한 가장의 이야기였다. 한 가족이 깨끗하고 밝은 옷을 입고, 도시락을 준비해서 한강에 배를 띄우고, 가족이 웃고 즐겁게 담소하는 정겨운 시간을 보내다가, 마지막에 배가 서서히 가라앉는 이야기였다.

'최후의 이별을 앞두고 지금 그녀는 아픔을 감추고 있으리라, 그녀와 자신과의 사랑의 마지막 순간을---'

하기야 그로서도 그녀와 이런 시간을 갖는 것이 오랜만이자, 아마 마지막 시간이 될 것이었다. 되돌아보면, 지난날에 그녀를 처음 본 순간, 고등학생에는 어울리지 않는 이지적이며, 도도한 그녀의 모습에 당혹했던 적이 기억났다. 그녀의 그런 모습을 무시하고 과외지도를 했지만, 그녀의 자신 넘치는 당당함은 그녀의 뛰어난 미모와 부유했던 그녀 집안 환경에 영향받은 바 컸으리라 짐작했다. 남부러워할 것 없는 그녀 부모의 적극적인 지원은 그녀를 그렇게 만들었으리라.

생각에 잠긴 그의 팔짱을 이끌어, 그녀가 한 오솔길을 가리켰다. 인적이 드문 돌길로 만들어진 길이었다. 그녀와 단둘이 호젓한 길을 걸어 올라가는 것만으로 좋을 것이었다.

순간 다람쥐가 쪼르르르 달려나와 폴짝거렸다.

"어머, 다람쥐! 그녀가 팔짱을 풀더니, 다람쥐를 쫓아 뛰기 시작했다."

바람결에 그녀 머릿결의 체취가 상큼하게 풍겨왔다. 그녀가 뛸 때마다 하늘거리는 귀걸이와 흩날리는 머릿결 사이로 드러나는, 그녀의 희고 고운 가녀린 목선이 대비를 이루어 아름다웠다. 또한, 바람결에 치올려진 치맛단 사이로 드러난, 그녀의 종아리에서 허벅지에 이르는 각선미는 더더욱 아름답게 느껴졌다.

그녀가 하얗게 꽃이 수북이 드리워져 있는 수국 나무의 뒤로 이끌었다. 누군가 단골로 앉는 자리인지, 반들거리는 자국이 난 너럭바위가 있었다. 그녀는 손수건을 꺼내 들었다.

"오빠, 여기 앉아요."

그녀가 주변을 둘러보며, 깔아놓은 자리에 앉기를 권했다. 주변에는 아무런 인기척이 없었다. 그가 앉았다. 순간 옆의 자리에 그녀가 앉는 것이 아니라, 그의 무릎 위에 걸터앉는 것이었다. 무릎에 걸쳐진 그녀 엉덩이의 부드러움이 뭉클하게 전해왔다.

이어 그녀가 그의 얼굴을 감싸 안듯이 끌어당겼다. 위에서 내려다보는 그녀의 눈은 빛나고 있었다. 그 어떠한 말보다도 눈빛으로 말하고 있었다. 그녀는 어느덧 눈을 감고 있었다.

그녀의 지금의 눈빛이 무엇을 뜻하는지 그는 잘 알 수 있었다. 그녀의 가녀린 옆구리를 잡아당기며, 그녀를 내려 옆으로 눕혀 안았다. 그녀의 도톰하면서도 윤기가 나는 사랑스러운 입술이 그의 눈 아래 펼쳐져 있었다. 그녀의 입술 위쪽의 가녀린 솜털이 너무나 아름답게 느껴졌다.

한편으로 그녀의 볼록한 가슴은 더욱 매력적으로 봉긋하게 솟아올라 있었다. 그가 오른손으로 그녀의 원피스 위의 단추를 풀렀다. 이어 가슴속에 손을 넣어 브래지어를 아래로 밀치자, 그녀의 따사하고 부드러운 젖가슴이 하나 가득 손에 잡히었다.

그는 오른손으로 유방을 감싸 안으며, 그녀의 입술 위로 다가갔다. 감미롭고 부드러운 입술이었다. 이어 그녀가 입을 벌려, 그의 혀를 뜨겁게 받아들였다. 한동안의 시간이 지나고, 그녀가 뜨거운 신음소리를 뱉으며, 이번에는 자신의 혀를 그에게 내밀었다. 그녀의 부드러운 젖가슴의 촉감과 함께, 입안에 하나 가득 감미롭고 부드러운 혀의 싱그러움이 느껴졌다.

그는 언젠가 마지막 과외 날의 그녀와의 첫 키스를 떠올렸다. 그녀가 느닷없이 달려들어 한 그때의 키스가 신선한 충격의 느낌이었다면, 오늘의 그녀는 여느 때와 달리 정열적으로 느껴졌다. 어디선가 산새가 구-구 우는 소리가 멀리서 들려왔다. 그는 그냥 이대로 시간이 멈추었으면 했다. 그가 입을 떼는 순간 그녀의 눈가에는 눈물방울이 아련하게 서려 있었다. 그녀의 마지막 이별여행임을 감출 수 없다는 것을 그는 알고 있었다.

"오빠! 이제 우리 어디 가서 맛있는 것 먹어요?"

그들은 올라가던 길을 돌아내려 왔다. 하늘 공원이라고 이름 붙여진 넓은 잔디밭에는 많은 사람이 여기저기 자리를 잡고 있었다. 유모차를 끌고 와 아기의 해맑은 웃음을 사진 찍는 가족, 연인의 무릎을 베고 누워 정겨운 이야기를 나누는 사람들, 큰 고무공을 가지고 즐겁게 노는 아이들---. 모두가 즐겁게

봄의 향취를 누리고 있었다. 어느 시 구절에 나오는 '삼월은 젖먹이로세'처럼, 봄의 향취가 젖먹이를 바라볼 때처럼, 귀엽고 사랑스럽고 포근하고 아늑하게 느껴지고 있었다.

식당 안은 많은 사람으로 넘쳐났다. 그녀는 그가 좋아하는 비빔밥에 동동주를 시켰다. 음식은 주문하고도 한참 있다가 나왔다. 그는 동동주를 반동이 넘게 먹었다. 그녀가 잔이 비워지기 무섭게 술을 따랐다.

식사 후에 다시 안 올라가 본 곳을 둘러보았다. 맑은 물이 흘러내리는 계곡으로 오솔길이 이어지고 있었다. 수많은 야생화가 피어 있었으며, 나비를 비롯한 온갖 곤충들이 날아다니고 있었다.

둘은 잔디밭에 나란히 누웠다. 이어 서로의 몸을 돌려 손을 꼭 잡은 채로 한동안 말없이 서로의 눈을 바라볼 뿐이었다. 진정한 사랑은 말보다도 눈빛으로 주고받는다는 것을 서로의 눈으로 말하고 있었다.

수목원을 나와 차를 타고 국도로 다시 나왔다. 그녀는 서울 쪽이 아닌, 춘천 방향으로 차를 몰았다. 한참을 가다가, 그녀가 차의 방향을 오른쪽으로 꺾었다. 아스팔트 길을 구불구불 돌아 올라가고 있었다.

"오빠! 우리 여기 들렀다가요."

길가에 표지판에는 '남이섬 2km' 라고 쓰여 있었다. 남이섬! 그도 언젠가 한 번 와보고 싶던 곳이기도 했다. 대학 시절 그가 짝사랑하기도 했던 같은 과 여학생이 다른 친구들과 남이섬으로 여행을 떠났다는 것을 알고, 자신도 '언젠가 사랑하는 사람과 함께 찾아가 보리라' 다짐을 했던 곳이기도 했다. 하지만 그녀는 그의 어려운 가정 형편을 알자마자, 미련없이 떠나가 버렸다. 남이섬은 원래 남이 장군이 이곳 어딘가에 묻혔다는 전설이 전해져 오지만, 문화유

적지에서 유원지로 개발되면서 더욱 유명해진 곳이었다.

　白頭山石磨刀盡(백두산석마도진) 백두산 돌은 칼을 갈아 없애고
　頭滿江波飮馬無(두만강파음마무) 두만강 물은 말을 먹여 없애리.
　男兒二十未平國(남아이십미평국) 남아가 이십 대에 나라를 평정치 못하면
　後世誰稱大丈夫(후세수칭대장부) 후세에 누가 대장부라 칭하리오.

　그는 남이 장군의 호탕한 기상이 드러난 북정가(北征歌) 시를 떠올렸다. 간신 유자광이 '----未平國(나라를 평정하지 못하면)'을 '----未得國(나라를 얻지 못하면)'으로 지은 것으로 모함하여, 남이 장군이 억울한 죽임을 당한 것으로 알려진 시였다.

　그는 젊은 꽃다운 나이에 스러져 간 남이 장군을 떠올리면서, 예나 지금이나 올곧고 강직한 사람이 뜻을 펴기가 어려운 것은 시대가 지나도 변함이 없다고 생각했다.

　"미림이는 남이 장군이 어떻게 해서 죽게 되었는지 알아?"

　"예, 모함을 받아 죽었다고 들은 것 같아요."

　"그래. 예나 지금이나 강직하고 성실한 사람이 대접받는 세상이 아니라, 아첨하고 기회주의적인 놈이 출세하는 세상이야. 썩었어. 그러니 '모난 돌이 정 맞는다' 라는 생겨나서는 안 되는 속담도 생겨났지."

　"조선조 허균도 시대의 반항아라고 할까, 선각자라고 할까. 하지만 뜻을 펼쳐보지도 못하고 반역죄로 죽임을 당했어. 김덕령도 임진왜란에 의병장으로 큰 공을 세웠지만, 역모를 꾀했다고 억울하게 죽어갔어. 여기에 대해서는 권필도 꿈에서 작은 책 하나를 얻었는데, 바로 김덕령 장군의 시집이었다면서

'취했을 때 부르는 노래'라고 하여 취시가(醉時歌)를 소개하고 있어. 지어낸 거짓 꿈 이야기를 빌어 억울하게 죽은 김덕령 장군의 충성스러운 넋을 위로하는 것이지."

"오빠가 박식하다는 것은 오래전부터 알고 있었지만, 오빠는 어떻게 그런 것까지 다 알아요. 실은 저도 오빠의 그런 점이 좋아서 빠진 건지 모르겠어요."

"다 대학 시절에 책에서 읽은 이야기야."

"미림은 '애절양(哀絕陽)'이라는 정약용의 한시를 모를 거야?"

"애절양이 뭔데요?"

"제목을 풀이하면, '남자의 양물을 자른 것을 슬퍼하며'가 되는데, 전라남도 강진 땅에서 실제로 있었던 일을 한탄하며 쓴 시야. 관가에서 내 나라 백성을 지켜주기는커녕, 이제 막 태어난 아이에게 군포세를 물려 세금을 내지 않는다고, 농가에서 키우던 소를 강제로 빼앗아 갔어. 이에 분을 참지 못한 백성이 이 모든 것이 자신의 양물 때문이라며, 낫으로 자신의 '거시기'를 스스로 자른 일이 조선조에서 있었어. 이에 아내가 그 잘린 양물을 들고 관가에 가서 소를 돌려달라고 했지만, 내쫓김을 당했어."

"어쩌면 그런 일이 일어날 수 있어요? 말이 나오지 않네요?"

"정말로, 우리나라 역사 가운데 슬픈 역사가 너무 많아. 임진왜란 때 배를 타고 온 가족이 피난길을 떠났다가, 바다 가운데에서 적선을 만난 거야. 왜놈들에게 붙잡히면 겁탈을 당하게 되니, 젊은 아낙네가 갓난아기를 품에 안고 바닷물로 뛰어들 수밖에 없었던 민초들의 고통을 위정자들이 알겠어."

"그러고도 정신 못 차리고, 병자호란 때는 왕이 굴욕적인 항복을 하고, 수많은 백성이 붙잡혀 갔지. 그뿐이야. 내 나라 내 궁궐에서 일본 낭인들에게 비참하게 죽어간 명성황후는 어떻고---. 그것도 모자라서, 결국에는 일본에게 나라를 빼앗긴 것이지.”

“이게 모두 다 당쟁이나 하고, 위정자들이 똑바로 하지 못해서야. 또한, 강직하고 성실히 노력하는 사람보다는, 아첨하고 기회주의적인 사람이 득세했기 때문이야.”

“지난해에 회사 일로 일본에 갔다가, 충격적인 이야기를 들었어. 때마침 고베 지역을 들르게 되었는데, 1995년 1월 고베 지진으로 강진이 발생하여, 수많은 사람이 죽었다고 해. 그런데 해안을 따라 고가도로가 있었는데, 워낙 강진이 발생하다 보니, 고가도로가 일부 붕괴되는 바람에, 운행하던 차량이 추락하여 거기에서도 희생자가 다수 발생한 일이 있었어.”

“그래서요?”

“그 당시 고가도로를 설계한 사람이 할복자살을 한 거야. 꽤 유명한 사람이었다고 하던데, ‘다리를 튼튼하게 놓지 못하여, 지진으로 인해 사람들을 죽게 했다’면서, 책임을 지고 자살을 한 것이었어.”

“그런 일이 있었어요? 천재(天災)인 지진으로 다리가 붕괴되어 일어난 것인데요?”

“글쎄 말이야. 아니, 아무리 고가도로를 튼튼히 지었다 하더라도, 진도 7 이상의 강진에 일부 고속도로가 무너질 수밖에 없는 것 아니겠어? 내가 보기에, 그건 인재(人災)가 아닌, 사람의 힘으로 어쩔 수 없는 천재(天災)야. 다리를 설계한 사람은 아무런 잘못이 없지. 아니, 그렇게 강한 지진이 일어날 줄 알았겠어.”

"그런데 책임을 지고 자살했다는 것이 놀라울 뿐이야. 그런데 우리나라는 어떤지 알아. 1998년 IMF 사태로 인하여 경제적으로 어려움에 처하자, 당시에 수많은 사람이 생활고를 못 이겨 자살해 죽고, 가정이 파탄 나서 이혼하고, 이루 말할 수 없는 고통을 겪었지. 그런데 당시에 IMF 사태를 불러온 데 대하여, 위정자나 경제부처 담당자 어떤 놈도 책임을 지고 자결해 죽은 놈이 없었어. 이건 천재(天災)도 아닌, 인재(人災)였는데도---."

"아냐. 일본 고베 지진보다 1년 앞선 1994년, 우리나라에서 성수대교가 붕괴되어 등굣길 학생들의 억울한 죽음이 있었어. 기막히지, 부실시공 탓으로 다리가 저절로 무너져 내렸으나, 그때도 누구 하나 책임지지 않았어. 그뿐이 아냐. 고베 지진이 일어났던 바로 그해인 1995년 6월에 일어난 삼풍백화점 붕괴사건은 어떻고---. 사망자가 500명이 넘었음에도, 이 엄청난 비극을 있게 만든 사람들이 책임졌다는 이야기 못 들었어.

"내가 제일 듣기 싫은 말이, '독도는 우리 땅'이라고 하는 말이야."

"오빠!"

미림이 의아한 눈빛으로 쳐다보고 있었다.

"아니 그럼, 독도가 우리 땅이지 남의 땅이야."

"우리나라 안에서, 플래카드에 '독도는 우리 땅'이라고 써놓으면 무슨 소용이 있고, 우리나라 안에서 '독도는 우리 땅'이라고 노래를 부르면 뭔 소용이 있어?"

"-----"

"또한, 그런 말 하는 사람들이 애국자인 것 같지만, 그건 입으로만 떠드는 거야."

"그런 사람일수록 일본의 역사나, 일본의 민족심리에 대해서는 개뿔도 모르고 있으니---, 그냥 무조건 일본 욕만 하고 있을 것이 아니라, 일본을 이길 수 있도록 처절한 노력을 해야 하는 것 아니겠어. 아니, 누가 '일본이 없다'고 했어. 일본이 시퍼렇게 눈뜨고 살아있는데, 정신 차릴 생각은 안 하고---. 일본에게 나라를 35년씩이나 빼앗기고도, 아직 정신들 못 차렸어."

미림은 다소 놀라움을 금치 못하고 있었다. 아까 낮에 마셨던 술기운이 남아 있어서인지, 이전에 대학 시절에는 느껴보지 못하던 과격한 모습이기도 했다.

미림은 작은 연구소나마 들어가 뜻을 펼쳐보고자 하였으나, 기회주의적이고 간사한 인물들로 넘쳐나는 회사에서, 자신의 강직함과 성실함이 받아들여지지 않는 비정한 사회 현실이 그를 그렇게 만든 모양이라고 생각했다. 또한, 부조리한 사회 현실에 대한 분노로 인하여, 아니 어쩌면 가난 때문에 사랑하는 사람과 맺어질 수 없다는 비정한 현실에 대해서 울분을 느끼고 있는지 몰랐다.

남이섬을 나올 때는 해가 어느덧 시나브로 뉘엿뉘엿 지고 있었다. 길을 따라 서울 쪽으로 한참을 달렸을까, 남한강변을 따라 강가에 즐비하게 모텔들이 늘어서 있었다. 이제 그녀 자신이 사전에 점 찍어 둔 곳으로 가기만 하면 되었다. 이전에 MT 왔을 때, 한번 지나가면서 보아둔 '사랑이 머무는 곳'이라는 모텔의 상호가 그녀의 마음에 들었었다. 1층에는 식당이 있어, 자연스럽게 들를 수 있는 곳이었다. 그녀는 '언젠가 청수 오빠와 이곳에 오리라' 라고 마음을 먹었었다.

그러고 보니, 모텔과 호텔의 상호 중에는 재미난 것이 많았다. 옆의 청수 오빠는 지나가는 길에서 바라다보이는 상호를 유심히 보고 있었다. 아마도 어디로 들어갈 것인가 궁금해하는 것 같았다. '나이아가라 호텔', '사랑을 그대 품 안에', '첫날밤의 추억', '비익조', ---- 끝없이 모텔들이 줄지어 있었다. 강변의 아름다운 경치와 어울려 연인들을 위한 환상의 드라이브 코스가 이어지고 있었다.

그녀가 차를 운전하여, 도착한 곳은 모텔 간판이 걸려있는 5층 건물이었다. 1층은 일식집 비슷한 깨끗하고 아담한 식당이었다.

"오빠! 우리 여기서 저녁 식사하고 올라가요?"

그러면서 그녀가 차에서 내려 옷 가방을 꺼내 들었다. 마치 신혼여행을 온 듯한 가방이었다.

실내는 깨끗하였다. 안에는 몇 군데 좌석에 손님들이 있었다. 차 안에서 미림을 생각해서 참았던 담배를 피우고자, 그는 화장실로 향했다. 나와 보니 그녀가 보이지 않았다. 사전에 미리 예약해둔 듯, 그녀는 그와의 보다 은밀한 공간을 마련하기 위하여, 방으로 들어가 있는 듯하였다. 그녀는 창밖에 흘러가는 강물이 내려다보이는 조용한 방에 있었다.

주인이 주문을 받으러 왔다. 그녀는 가만히 있으라는 눈짓만 깜박하더니, 무엇을 먹을 것인지를 물어보지도 않고, 광어회와 장어구이를 시켰다. 주인의 눈치를 보지 않고 오랜 시간 천천히 대화를 나누면서 방에 있기 위하여, 음식을 넉넉히 시킨 것이었다. 아울러 소주 한 병을 시켰다.

"오빠! 장어가 남자들 몸에 아주 좋다고 하던데, 저도 한 번 먹어볼래요. 참, 나도 술 한잔 하고 싶은데, 해도 되죠?"

그녀는 복분자 술이라고 써 있는 술도 따로 하나 시켰다. 아직 청수 오빠가 운전을 못하니, 자신이 술에 취해 운전을 못한다고 하면, 그로서도 어쩔 수 없을 것이다.

하지만 그는 알고 있었다. 여느 때와는 다른 이상스런 그녀의 행동이라든지, 그녀가 준비해 가지고 온 옷 가방에서, 술에 취한 것을 핑계 삼아 오늘밤 바로 올라가지 않으리라는 것을---. 그녀의 행동으로 미루어, 위층에 방도 예약을 하여 잡아놓은 듯하였다.

"오빠, 나 잠시 옷 갈아입어도 돼요? 밖에 누가 오나, 좀 봐주었으면 하는데---."

그녀가 가방에서 연둣빛의 실크 블라우스를 꺼냈다. 아울러, 풍성하면서 얇은 실크 꽃무늬 치마를 꺼내 들었다. 원피스를 벗어 갈아입으며, 그녀는 스스럼없이 그녀의 몸매를 드러내고 있었다. 마치 유혹하는 듯이---.

한 마리의 우아한 학이 내려와 앉아 있는 듯, 미림의 목선은 가냘프면서도 길었다. 미림의 가녀린 목선과 어깨를 드러낸 희고 고운 피부가 연두색의 옷에 대비되어 더욱 빛나고 있었다. 몸의 굴곡을 따라 옷감의 선이 흘러내리고 있었다. 블라우스만 해도 수십만 원이 더 나갈듯한 옷이었다. 실크 꽃무늬 치마 역시 옷이라기보다는 얇은 천을 몸에 두른 듯, 미림이 한 번 몸에 휘감자 엉덩이의 곡선을 그대로 드러내 주고 있었다.

그녀는 어딘지 모르게 들떠 있었다. 처음에는 마주 앉았으나, 이내 술을 따라주기에 불편하다며 건너와 옆에 앉아, 여러 음식을 챙겨주며 입에 넣어주고는 하였다. 블라우스의 단추를 풀러 놓은 상태에서, 그때마다 그녀의 젖가슴이 출렁거리며 청수의 눈을 어지럽혔다. 꽃무늬 치마도 걷어 올려, 매끈한 허벅지가 반 이상 드러난 상태였다.

청수는 처음 그녀가 주말에 만나자고 했을 때부터 무언가 이상함을 느꼈었지만, 낮에 그녀의 눈에 고인 눈물이라든지, 억지로 즐거워하면서 애교를 부리는 그녀의 이러한 적극적인 행동이 무엇을 뜻하는지, 알 것 같았다.

어느덧 식사가 끝나가고 있었다. 소주 한 병이 다 비워져 가고 있었으며, 아울러 복분자 술도 거의 바닥나 있었다. 순간 그녀가 그의 품으로 파고들었다.

"오빠, 아무 말도 하지 말아요. 오늘밤, 오늘밤만은 미림이를 안아주세요. 오늘밤만은---."

"미림아, 그건---."

순간, 미림이의 입술이 그의 입술을 덮쳤다. 얼마간의 시간이 지나갔을까. 그녀가 손을 잡아끌면서 일어났다.

"오빠! 우리 이제 그만 나가요?"

뒤따르는 청수가 가방을 챙겨 들었다. 계산을 하러 간 미림이가 눈짓으로 출입구 반대쪽을 가리켰다. 돌아간 곳에 엘리베이터가 있었다. 미림이 이내 키를 받아들고 따라왔다.

맨 위의 층이었다. 문을 열고 들어가니, 벽으로부터 은은한 조명이 비치고 있었다. 아베크족을 위한 방인 듯, 화려하면서도 세련된 분위기의 방이었다.

커다란 침대가 중앙에 있었다. 맞은편에는 커다란 TV가 벽에 걸려 있었으며, 그 옆의 책상 위에는 모니터가 놓여 있었다. 컴퓨터 시설뿐만이 아니라, 모든 것이 갖춰진 방이었다. 옆의 강가의 창가 쪽으로 작은 테이블과 흔들의자가 두 개 놓여 있었다.

미림이 가방을 놓기가 무섭게 그의 품에 안겼다. 청수는 미림에 떠밀리다시피 침대 위로 넘어졌다. 바로 위에 그녀의 얼굴이 있었다.

"오빠, 사랑해요. 오늘이 무슨 날인지 알아요? 고3 시절 오빠하고 처음 만난 날이기도 하고요. 오빠하고 보내는 마지막 밤이기도 해요."

청수는 아무런 말도 하지 않았다.

"오빠, 사실은 저 결혼할 것 같아요. 부모님이 얼마 전에 맞선을 본 남자와 결혼을 시키려고 해요. 전 그 남자를 별로 좋아하지 않지만, 부모님을 위해서 어쩔 수 없어요."

"------"

그는 아무 말도 할 수 없었다.

"오빠에게 미안해요. 하지만 오늘은 제가 하자는 대로 해야 해요. 그동안 제가 오빠에게 꿈꿔왔던 것을 오늘 다 해보고 싶어요."

그녀는 청수를 일으켜 세웠다.

"오빠, 우리 같이 욕실에 들어가요. 오빠의 벗은 몸을 직접 제 손으로 씻겨드리고 싶었어요."

그는 거절할 수 없었다. 욕실은 넓고 화려했다. 세면대도 넓었지만, 욕조도 둘이 들어가고도 남을 정도로 넓었다. 그녀가 물을 받았다.

"오빠, 이리로 와요."

그녀는 수건에 비누칠을 하였다. 이어 그의 몸을 정성껏 닦아주기 시작했다. 마치 누나처럼, 엄마처럼---. 이어 자신도 온몸에 비누칠을 하여 닦아내었다.

이어, 그를 욕조 안으로 이끌었다. 옆의 스위치를 누르자, 물방울이 거품을 일으키며 피어올랐다. 둘이는 나란히 누워 아무 말도 하지 않았다. 서로의 눈을 바라볼 뿐이었다. 얼마간의 시간이 지났을까, 그녀가 먼저 일어났다.

"오빠는 조금 더 있다 나와요. 저는 먼저 나가서 예쁘게 하고 있을게요."

그는 눈을 감은 채 생각했다. 술기운은 어느덧 사라지고, 정신만 또렷해졌다. 미림이 말대로, 그녀와의 마지막 밤이자, 그녀와의 이별의 밤이 될 것이다. 그녀를 사랑했지만, 그녀와의 맺어질 수 없는 자신의 운명의 길이 새삼스럽게 가슴 아프게 다가왔다.

밖에서 미림이 "오빠!" 하고 부르는 소리가 들렸다.

청수는 팬티만 걸친 채 밖으로 나왔다. 그녀는 너무나 아름다웠다. 촉촉이 젖은 머리카락에, 새빨간 립스틱을 바르고 화려하게 화장한 얼굴이었다. 그녀의 화려한 블라우스 사이로 가슴골이 깊게 드러나 있었다. 허리 아래로는 목욕 타월로 살짝 가렸을 뿐이었다.

그녀가 아름다운 줄 알고 있었지만, 화려하고 짙은 화장을 한 그녀의 얼굴이 늘씬하면서도 하얀 그녀의 몸과 대비되어, 요화처럼 피어오르고 있었다.

어느새 테이블 위에는 맥주와 간단한 안주가 갖춰져 있었다. 둘은 각자의 의자 위에 앉았다.

"오빠, 우리 건배해요?"

그녀가 잔에다 맥주를 따랐다. 이어 자신도 하나 가득 따랐다.

"자, 오빠의 힘찬 비상을 위하여, 건배! 오빠, 반드시 성공해서 다시 만나요."

그를 바라보는 그녀의 눈 속에 하얀 흰자위가 부글부글 끓어오르고 있었다. 청수도 그녀의 몸을 바라보는 자신의 눈에 빛이 나고 있음을 느끼고 있었다.

순간 그녀가 말했다.

"오빠, 부탁이 있어요? 눈을 감아요, 제가 눈을 뜨라고 할 때까지, 절대로 눈을 뜨면 안 돼요? 오늘밤은 제가 하라는 대로 따라야 해요."

'그녀가 무엇을 하려고 하는 것일까?' 자신을 놀래주려고 하는 것 같았지만, 무언지 알 수 없었다. 그녀의 말대로 눈을 감았다. 잠시 시간이 흘렀다.

이어 그녀의 옷을 벗는 듯한 소리가 들리고, 그녀가 옆으로 다가오는 듯했다.

"오빠, 이제 눈을 떠도 좋아요."

청수는 눈을 떴다.

그는 놀라움에 벌떡 일어섰다.

그녀가 실오라기 하나 걸치지 않은 하얀 알몸을 드러낸 채로, 의자에서 내려와 바닥에 무릎을 꿇고 앉아 있었다. 그녀는 눈을 감고 있었다. 죄인처럼, 처분을 바라는 노예처럼, 다소곳이 무릎을 꿇고 손을 뒤로 한 채로 그가 다가오기를 기다리고 있었다. 두 손을 뒤로한 탓인지, 알맞게 솟아오른 탐스러운 유방이 위로 들려져 있었으며, 무릎을 꿇은 위로 그녀의 윤기 나고 매끈한 허벅지가 빛나고 있었다. 다소곳하게 무릎을 꿇고 허벅지를 드러내고 있는 모습이 말할 수 없이 섹시하게 느껴지는 자세이기도 하였다.

그녀가 말했다.

"오빠, 미안해요. 오빠를 떠나가면서 이렇게라도 해야 할 것 같아요. 저를 용서해주세요."

"미림아, 이게 뭐하는 짓이냐? 빨리 일어나."

"안돼요, 여기 이런 자세로 오빠의 손길을 느끼고 싶어요."

"안 된다. 정히 그러면, 침대로 가자."

"싫어요. 오빠가 아무리 그래도, 오늘은 이렇게 시작하고 싶어요."

그녀의 각오 또한 대단해 보였다. 청수는 그녀를 바라보았다. 이윽고 그녀도 눈을 떴다. 그녀의 눈은 어서 자신의 몸을 만져 주기를 재촉하고 있었다.

그가 결심한 듯, 손을 뻗었다. 그녀의 머리카락을 그녀의 목덜미 뒤로 넘기며, 그녀의 목선을 따라 손을 더듬었다. 그녀가 나지막하게 몸을 굼틀거렸다. 이어 그녀의 어깨선을 따라 그녀의 겨드랑이로 손을 넣었다. 이어 그녀를 힘차게 들어 올리었다. 그녀가 반쯤 들린 상태로 그의 품에 안기었다. 순간 가슴에 뭉클하면서 부드러운 그녀의 젖가슴이 느껴지면서, 그녀의 입술이 신선하

게 다가왔다. 그녀가 혀를 밀어 넣었다. 그녀와 키스를 하는 동안, 자신의 남성
이 팬티 속에서 크게 부풀어 올랐다.

"오빠!"

그녀가 입술을 떼면서 말했다.

"오빠는 가만히 있어만 줘요?"

청수는 눈으로 대답했다.

그러자 그녀가 원래의 무릎을 꿇은 자세대로 돌아갔다. 그러나 그녀의 손은
그의 팬티 위로 올라와 있었다. 그녀가 팬티를 벗기자, 팬티 속에 숨어 있던 그
의 남성이 몰라볼 정도로 고개를 내세우고 있었다. 순간 그녀가 그의 심벌을
손으로 잡는가 싶더니, 어느 순간 놀랍게도 부드러운 그녀의 입속으로 머금었
다. 그녀는 진심으로, 그의 남성을 애무하고 있었다. 그의 모든 것을 담아가려
는 듯이---.

얼마간의 시간이 지나, 그가 몸을 일으켰다. 그녀의 몸을 일으키는가 싶더
니, 머리 아래 목덜미로 오른손을 넣고, 왼손으로 그녀의 허벅지를 들어 번쩍
들어 올렸다. 그러자 그녀의 봉긋이 솟아오른 유방이 바로 그의 입술 아래 있
었다. 그녀의 젖꼭지를 입술로 머금은 채, 그녀를 안아서 침대로 나아갔다.

침대 위에 내려놓자, 그녀가 말했다.

"오빠, 먼저 불을 꺼 줘요."

창밖으로 교교한 달빛이 흘러들어오고 있었다. 그녀의 첫 경험을 걱정이나
한 듯, 청수는 세심한 배려를 아끼지 않았다. 그는 그녀와의 모든 추억을 담아
가려는 듯이 그녀의 귓불에서부터 가녀린 목선, 부드러운 유방, 탐스러운 허
벅지, 종아리, 심지어 그녀의 발에 이르기까지 정성껏 애무하고 있었다.

온 방 안이 달빛으로 넘실거리는 가운데, 미림의 신음소리가 달빛 속에 수를

놓듯이 울려 퍼지고 있었다. 때로는 부드럽게 때로는 격렬하게, 그녀의 몸은 달아오르다 못해 뜨거워지고 있었다.

다시 그가 위로 올라와 그녀의 입술에 키스하였다.

"미림이 괜찮겠어?"

"예, 오빠. 오빠를 느끼고 싶어요."

미림이 그녀의 몸을 열었다. 순간 파과(破瓜)의 고통이 다가왔지만, 함께 할 수는 없어도 첫날밤의 소중한 추억을 자신이 사랑하는 사람과 함께 할 수 있다는 사실 자체로 그녀는 기뻤다.

소우주가 합쳐지는 둘만의 은밀한 공간이요, 은밀한 시간이 흘러가고 있었다. 사랑하는 사람끼리의 사랑의 행위를 나누는 시간이야말로 가장 아름다운 시간이요, 살아가는 존재로서의 살아있음을 느끼는 가장 고귀한 시간이었다.

그녀의 몸에서 자신의 몸을 떼자, 미림의 눈에서 눈물방울이 맺혀 떨어지고 있었다.

"고마워요, 오빠. 실은 이별여행을 떠나면서 오빠랑 함께 여러 가지 해보고 싶은 것이 있었는데, 오늘 다 해 보았어요. 오빠! 나 이제 그냥 잠들어도 되죠. 밤이 깊었으니, 오빠도 이제 그만 주무세요."

그녀가 피곤한지, 어느덧 금세 잠든 것 같았다. 어느덧 그녀의 숨소리가 고른 것을 확인한 후에, 그는 자리에서 몸을 일으켜 앉았다. 그녀의 잠든 사랑스러운 모습을 한참 동안 지켜보다가, 그는 자리에서 일어났다.

창가에 서서 흘러가는 강물을 바라보며, 담배를 피워 물며 그는 생각에 잠기었다. 오늘 미림이 자신에게 보여준 행동을 생각해보면 볼수록, 눈물이 나오도록 고마웠다.

'저기 흘러가는 물처럼, 세월도 흘러가겠지. 앞으로 내가 미림이를 잊고 살아갈 수 있을까?

그러나 이제 미림의 행복을 위해서라면, 자신은 뒤로 물러나야 한다. 하지만 언젠가 그날이 찾아오리라. 미림과 다시 만날 행복의 그날이---'

그는 아랫입술을 지그시 깨물었다.

'반드시 성공하리라. 성공해서 그녀를 맞이하러 가게 될 그날을 기다리면서, 보다 한층 처절히 노력하리라.'

그러기 위해서는 지금 자신이 하는 연구에 밤낮을 가리지 않고 매진해 나가야 할 것이다. 고정되지 않고 움직이는 CCTV를 개발하는 중이었다. 소리와 영상을 자동으로 송출해줄 수 있어, 방범을 비롯하여 다방면으로 활용될 수 있을 터였다.

그것은 로봇 쥐였다.

제 9장

백련화 백합의 탄생

2003.10.10. 금요일 19:00 납치 6일째

드디어 저녁때 칼치가 들어왔다. 오늘 칼치는 이전과는 다소 다르게 느껴졌다.

"네가 오늘, 드디어 형님을 모시게 되었는데, 네가 어떻게 하느냐에 따라 달라질 것이다. 조금이라도 형님의 비위에 어긋나는 행동을 하거나, 애교가 부족하여 형님으로부터 어떠한 말을 듣게 될 때에는, 그 즉시 징벌방에서 갇혀 지내게 될 것이다."

"-----"

"알았냐. 왜, 대답이 없어"

"--예"

"그리고 다시 한 번 이야기하는 데, 네가 강제적으로 끌려왔다는 말을 하는 순간에, 너는 영원히 집에 돌아가지 못할 줄 알아. 지상의 백련화처럼 어디까지나 네가 원해서 자발적으로 들어온 거야."

"⎯⎯⎯⎯⎯"

"그러니, 기쁜 마음으로 애교 넘치게 형님을 모셔야 해"

미림이 그동안에 겪은 시련과 고통은 오늘밤을 위한 자리였다. 오후 늦게부터 그녀에게 여느 날과 달리 오랜 시간 목욕을 하게 하고, 화장이나 머리 손질에 신경을 쓰도록 했다. 브래지어와 팬티도 섹시한 것으로 입히는 것은 물론, 가슴골이 파여 보일락 말락 한 옷을 입히는 것이었다. 짧은 민소매로 그녀의 가녀린 팔뚝이 드러나고, 왼쪽 가슴 부분에는 연꽃이 수놓아진 진주홍 빛의 잠자리 날개 같은 원피스였다. 아울러, 가슴골 및 양 겨드랑이, 몸 곳곳에 향수를 뿌렸다. 은은한 향수의 냄새는 그녀가 좋아하던 백합꽃 향기 같았다. 마지막으로 그녀의 왼쪽 약지 손가락에 빛나는 반지를 하나 끼워주었다.

이제 미림에게는 피라미드의 '백주월' 멤버를 받드는 백련화의 일원으로서, 새로운 백합으로 탄생하기 위한 통과의례로 마 두목과의 술자리를 기다리는 시간이 남아 있을 뿐이었다.

"형님, 잘 다녀오셨습니까?"

"응, 그래, 나 없는 동안에 수고가 많았어."

"오늘 막 새로운 백련화 한 송이가 들어왔는데, 형님 마음에 드실지 모르지만, 오늘은 술이나 한잔 드시고 푸욱 주무시지요?"

"으⎯음. 그럴까."

"그럼, 모시도록 준비시키겠습니다."

칼치는 마 두목을 지하 비밀 룸으로 안내했다. 방음 장치가 되어 있어, 어떠한 소리도 외부에 새어나가지 않는 방이었다. 마 두목이 들어간 방의 중앙 테이블에는 술이 준비되어 있었다. 문을 열면, 다른 한쪽에는 욕조와 침대가 갖추어져 있는 비밀의 방이었다.

무엇보다도 오늘밤은 형님이 관심을 두었던 여대생이었던 미림을 강변도로에서 납치하여 데려와, 백련화의 백합으로 만들어 형님에게 첫선을 보이는 날이었다.

'과연 백합을 형님이 흡족하게 여길 것인가?'

형님은 틀림없이 그녀에게 관심을 두고 있었으며, 또한 형님뿐만 아니라, 그 어떤 남자라도 백합의 싱그러운 몸매에서 뿜어나오는 색향에 취할 것이었다.

그동안 칼치 그 자신도 백합을 교육시키며, 그녀와 술자리를 하면서 그녀를 범하고 싶다는 욕망이 강렬하게 피어나고는 했다. 하지만 이내 그때마다 생각을 달리하였다. 그동안 그녀에게 온갖 못된 짓을 했지만, 어디까지나 그녀를 윽박질러서 말을 듣게 하려는 것이었을 뿐, 자신이 그녀를 직접 범할 수는 없었다. 그녀는 형님의 여자로 남겨두어야 했다.

또한, 그녀를 오래 납치해둘 마음은 없었다. 자발적으로 피라미드의 백련화로 있게 하는 것이 그의 뜻이었다. 백합이 말만 잘 들어준다면, 여기 사업도 잘 되어갈 것이다. 기존의 백련화 멤버의 아가씨들은 자발적으로 돈을 벌기 위해 들어온 아가씨들인 만큼, 큰 걱정은 되지 않았다.

하지만 이제 강제적으로 데려온 백합이 어떻게 하는지가 이 사업의 성패를 가름하는 여부가 될 것이다. 나아가 박 사장이 이야기했던 회사원이나, 정하연 같은 유명 연예인 한두 명을 강제적으로 데려와 여기 백련화로 새롭게 태어나게 한다면, 장차 사업은 번창할 것으로 믿어 의심치 않았다.

이윽고 노크 소리가 들렸다. 칼치였다.

"이리 와 인사드려라."

칼치의 뒤에는 까만 천으로 눈을 가린, 몸매가 날렵한 아가씨가 따라 들어왔다.

윤기가 흐르는 기다란 머리카락에, 이제 막 목욕을 하고 나온 여자처럼 해맑게 빛나고 있었다. 목선이 깊게 파이고, 몸매의 굴곡이 그대로 드러난 진주홍의 짧은 원피스 차림이었다.

"형님을 위해 마련했습니다. 백합이라고 합니다. 좋은 시간 보내십시오."

"넌, 오늘밤 형님 잘 모셔야 한다."

"------"

"알았어? 왜 대답이 없는 거야?"

그녀의 가녀린 팔뚝의 살결이 가볍게 떨리고 있는 것으로 보아, 두려움으로 떨고 있음을 알 수 있었다.

"---예."

그녀가 모기 소리만 하게 대답했다.

"그럼, 형님 좋은 밤 보내시기를---."

이어 칼치는 그녀의 엉덩이를 쿡 찌르더니, 그녀의 귓속에 속삭이고는 밖으로 나갔다.

"잘 모시도록---, 혹시 불손하게 대하거나, 네가 강제로 끌려왔다는 등 혹 좋지 않은 말이라도 나올 경우에는 다시 징벌방에 끌려가게 될 거야."

순간 그녀가 부르르 떠는 듯하더니, 아랫입술을 지그시 깨무는 것이었다.

마 두목은 뒤돌아 나가는 칼치가 밉지 않았다. 고향에 내려가기 전에 좋은 일이 있을 것이라고 하더니--. 자신이 고향에 내려갔다가 오는 동안에 무슨 일을 꾸미는 것 같다는 느낌은 받았지만, 오늘밤 이렇게 미모의 여자를 마련해 둔 줄은 몰랐었다.

칼치가 나간 후로, 잠시 동안 적막이 흘렀다. 이어 전기 스위치를 꾹꾹 누르는 소리가 들렸다. 아마도 밝게 하려고 여러 조명을 더 켠 것 같았다. 눈이 검은 천으로 가려진 상태였지만, 미림은 어렴풋하게 방안과 형체를 알아볼 수 있었다.

"이리 가까이 오너라."

그녀가 멈칫하더니, 다소 뒤뚱거리며 나아갔다. 눈이 가려진 탓도 있겠지만, 굽 높은 하이힐에 익숙지 않은 걸음 탓이었다. 그녀가 움직여 걸을 때마다 하이힐의 또각또각 소리가 경쾌하게 들렸다. 그때마다 탐스러운 머릿결 사이로 하늘거리는 귀걸이가 불빛에 반사되어 반짝이고 있었다.

그녀가 다가왔다. 원피스의 가슴 부분이 깊게 파여, 젖가슴이 터질 듯하게 튀어나와 반쯤은 위로 들려있었다. 깊게 드러난 새하얀 가슴골 사이로 목으로부터 늘여진 가느다란 금빛 목걸이가 반짝이고 있었으며, 원피스 아래로는 그녀의 미끈한 허벅지가 윤기를 발하고 있었다. 또한, 그녀의 왼손 약지 손가락에는 은색의 얇은 링에 연꽃 모양이 장식된 독특한 모양의 다이아몬드 반지가 빛을 발하고 있었다.

마 두목이 아는 한, 그것은 백련화 반지였다. 백주월 회원의 어떠한 행위도 순종적으로 다 받아들이며, 온갖 애교와 교태를 부려 봉사하겠다는 증표로써의 반지였다.

그가 박 마담과 같이 이곳 피라미드를 차린 후에, 강남 룸살롱 대하(大河)에 있던 수많은 아가씨가 이곳에 들어오려고 하였지만, 미모와 몸매 및 지적 교양미 등 엄격한 심사 끝에 선발된 아가씨만이 백련화로 태어날 수 있었으며, 그녀들만이 증표로써 흰 연꽃 모양의 다이아몬드 반지인 백련반지를 낄 수 있었다. 백련반지는 그녀들에게 자부심이며 긍지였다.

여기 피라미드로 오기 이전, 강남 룸살롱 대하(大河)에서도 일단 박 마담의 눈에 든 아가씨들을 선별하여, 왼쪽 가슴 부분에 하얀 연꽃무늬가 수놓아진 진주홍 빛의 짧은 원피스를 입게 하였던 것이다. 그리하여 모든 아가씨가 그 옷을 입지 못해 안달이었다. 아울러 그녀들에게는 백련 반지가 끼워졌다. 그녀들에게 백련반지를 거둬들이면, 그녀들은 박 마담을 떠나야 한다는 것을 뜻했다.

여기 피라미드에 와서도, 이미 한 여자가 떠나가고 새로 받아들여졌다. 그녀에게 백련반지를 거두어들이던 날, 그녀는 박 마담에게 무릎을 꿇고 울면서 사정하며 빌기까지 하였으나, 박 마담은 냉정하게 그녀를 내보냈다. 그녀는 박 마담 몰래, 주식을 하고 있었던 것이다. 박 마담은 오직 은행의 적금과 부동산에 투자하는 것 이외에는 거들떠보지도 않았다. 그러한 그녀에게 백련화로서 주식을 한다는 것은 받아들여지지 않았다.

언젠가 마 두목이 그 이유를 물으니, 주식을 하다 보면 혹시 성공한다고 해도 차근차근 돈을 모아가기보다는 일확천금으로 돈을 쉽게 벌 수 있다는 자만심에 빠지게 되며, 반면에 실패하게 되는 경우에는 여기 백주월의 손님들에게 웃음과 몸을 팔아 힘들게 마련한 돈을 날리게 되니, 그보다 어리석은 여자도 없다는 것이다.

그랬다. 사실 박 마담은 자신이 내세운 원칙을 지키는 면에서 철저하고 무서운 여자였다. 그러한 점 때문에 마 두목이 내연의 관계인 박 마담을 믿고, 오늘날 이렇게까지 동업을 하는 까닭이기도 했다.

"반지가 예쁘구나!"

백련화로서 잘해낼 것을 기대한다는 뜻이기도 했다.

가까이 다가온 그녀는 날렵한 몸매에, 하얀 피부는 하나의 여신을 조각해놓은 듯했다. 도화빛의 볼과 도톰하면서도 붉은 입술은 마 두목으로 하여금 그녀를 껴안고 키스하고 싶은 욕정을 불러일으키고 있었다. 무엇보다도 봉긋이 부풀어 오른 유방과 원피스 아래로 드러난 그녀의 건강미 넘치는 탄력 있는 허벅지에 그의 시선이 쏠리었다.

그녀의 윤기나는 머리카락에서는 향기로운 머릿결 내음이 풍기고 있었으며, 흰 피부와 붉은 입술은 마 두목으로 하여금, 문득 군대 시절 중대장의 호탕한 웃음소리를 떠올리게 하였다.

마 두목은 젊어서 군대 시절에 선임하사로 용맹을 떨쳤다. 그가 있던 부대에 새로 부임한 중대장은 이전 중대장에 비하여, 개고기를 무척이나 좋아했다. 여름철이면 중대 간부들에게 단합대회를 한다는 핑계로, 강제적으로 돈을 거둬서, 일주일이 멀다고 강가에서 개를 잡아먹었다.

술이 거나하게 취하면, "술안주로는 역시 계집이야기가 최고야."라며 호탕한 웃음을 지으면서, 강제적으로 돌아가면서 음담패설을 하나씩 시켰다. 훗날 들은 이야기지만, 천성 그대로 여자를 좋아하여 부인 몰래 부대 주변에 다방 아가씨와 살림을 차렸었다. 그러던 어느 날 부인이 딸을 데리고 찾아와 한바탕 소란을 일으켜서, 군부대 감사에 걸려 옷을 벗었다는 이야기를 들은 바 있다.

그때 중대장은 그의 해박한 지식을 자랑하며, 옛사람의 미인의 조건이라며 삼백·삼흑·삼홍을 이야기했다.

"무릇 여자는 세 가지가 희어야 해. 삼백(三白)이라 해서 백옥같은 피부, 매끄러운 하얀 손, 새하얀 이빨이야. 또한, 세 가지가 새까매야 돼. 삼흑(三黑)이라 해서 까만 눈동자, 까만 눈썹, 새까만 윤기나는 머릿결이야. 또한, 삼홍(三紅)이라고 해서 입술·볼·손톱이 붉어야 건강미가 넘쳐나는 것이야. 그래서 미인을 나타내는 한자성어로, 단순호치(丹脣皓齒)는 붉은 입술에 흰 이빨로 미인의 아름다움을 나타낸 것이지. 설부화안(雪膚花顔)은 눈같이 하얀 피부에 꽃 같은 얼굴이고, 섬섬옥수(纖纖玉手)는 가늘고 고운 여자의 하얀 손을 말한 거야."

그때 술에 취한 1소대장이, "여인의 '하얀 흰자위'는 왜 삼백(三白)에 포함이 안 되느냐?" 하면서, "자신은 여인의 흰 눈자위가 희고 맑고 깨끗한 것이 가장 좋더라."라며 여인과 정사를 할 때, 욕정에 불타서 이글이글 타오르는 흰자위가 세상에서 가장 아름다운 것이라는 말을 해댔다.

그랬다. 백합이야말로 삼백·삼흑·삼홍의 미인의 조건을 다 갖춘 백련화였다. 아울러 지적인 교양미가 넘쳐나고 있었다.

"한 바퀴 뒤로 돌아보아라."

그녀가 잠시 멈칫하더니, 몸을 돌렸다. 엉덩이와 허벅지에서 가느다란 발목에 이르기까지의 곧게 쭉 뻗어내린 미끈한 두 다리가 그녀의 새빨간 하이힐 위에서 빛나고 있었다. 그녀의 가느다란 허리와 대비적으로 탱탱하게 튀어 오른 엉덩이에 그의 눈이 더듬고 있었다.

그녀의 눈이 가려져 있어 잘 모르겠지만, 전체적인 분위기가 어디서 한 번 본 듯한 여자였다. 그녀의 가녀린 팔이 다시 가볍게 떨리고 있었다. 그녀가 두려움을 느끼고 떨고 있는 듯했다.

다시 그녀가 몸을 앞으로 돌렸다. 순간 미모의 그녀에게서 어디선가 맡은 듯한 향수 냄새가 풍겼다. 바로 그녀였다. 일주일 전인가, 명품 백화점에서 보았던---.

'아니! 칼치 녀석이 어떻게 이 여자를---'

그녀는 자발적인 백련화가 아니었다. 자신이 그녀에게 관심을 보인 것을 알아차리고, 칼치가 자신을 위해 강제적으로 납치해 온 것이다. 그 사실을 아는 순간에, 마 두목은 그 순간 자리에서 일어나 나와야 했다.

그러나 생각과는 달리, 마 두목은 벌써 그녀의 날씬한 고혹적인 몸매에 자신이 빨려 들어가고 있었다. 검은 천으로 눈이 가려진 채, 날렵하면서도 육감적인 그녀의 몸매를 싸고 있는 섹시한 옷차림의 그녀를 보는 것만으로도, 그는 그동안 잠자고 있었던 자신의 성기가 묵직해져 옴을 느꼈다.

마 두목은 갈등하고 있었다. 원칙적으로 그녀를 여기 이 자리에서 당장 내보내야만 했다. 그리고 칼치를 불러, "너의 충정은 이해하지만, 법에 위반되는 행동을 한 것이다."라고 야단치고, 그녀를 집으로 돌려보내야 했다.

하지만 마음과 달리, 화려하고 아름다운 거미줄에 걸려든 한 마리의 잠자리처럼, 몸은 움직여지지가 않았다. 거미줄의 끈끈함에 걸려든 것처럼, 벌써 그녀의 매혹적인 몸매와 색향에 흠뻑 빠져든 마 두목이었다.

악마가 그에게 속삭였다. '여기는 아무도 모르는 은밀한 비밀스러운 지하 비밀 룸이잖아', '여기에서 일어난 일을 누가 알겠어', '어차피 눈을 가렸으니, 네가 누군지 모를 거야', '여기서 하룻밤 술자리를 가진다고 해도 괜찮을 거야', '이왕지사 일은 벌어졌잖아. 칼치가 너를 위해 힘들게 데려왔는데, 그냥 돌려보낼 거야?

남자로서의 순간적인 욕정에 사로잡힌 마 두목의 잘못된 판단과 행동이었다. 이로 인하여, 칼치의 2차 3차의 독단적인 납치 행위를 불러일으키게 되어, 그와 박 마담이 꿈꿔 왔던 피라미드가 파멸의 나락으로 굴러떨어지게 되었던 것이다.

한편으로 미림은 오늘 여기서 어떠한 일이 일어나게 될 것인지 두려웠다. 여기 우두머리인 듯한 사내에게 폭력적으로 성폭행을 당하게 되는 것이 아닌지---. 그동안 칼치에게 수없이 괴롭힘을 당하고, 박 마담으로부터 온갖 행동을 당부받은 것이 결국은 오늘 이 순간을 위해서였다.

그녀는 눈이 가려진 상태이기에 누군지 알 수 없었으나, 엄청난 사람인 것으로 느껴졌다. 자신을 지난 일주일 동안 잔인하게 혹사시켰던 그가 그렇게까지 쩔쩔매는 인물에 대한 공포감이 밀려왔다.

그녀는 마음을 굳게 다져 먹었다. '오늘밤 이 남자에게 어떤 행위를 요구받더라도, 징벌방에 다시 갈 수는 없는 일이라고---'

그녀의 머릿속에는 아까 끌려오기 전에 들은 칼치의 목소리가 떠올랐다.

"네가 오늘밤 형님에게 통과되지 못한다면, 앞으로 너는 다시 징벌방에 끌려가서 혹독한 재교육을 받아야 할 것이고, 나아가 내 얼굴에 먹칠한 것에 대하여 어떤 꼴이 되는지 각오하기를 바란다."

그가 말한 것은 애교를 잘 부리면서 형님에게 잘 접대하라는 것이었다. 애교란 그녀에게 어떤 행위를 요구하더라도 기쁜 마음으로 받아들일 것이며, 그녀 자신이 먼저 적극적으로 행동하라는 것임을 그녀는 지난 엿새 동안 칼치에게 누누이 들었던 것이다.

그것은 앞으로 자신의 몸을 탐하는 모든 손님에게 그러한 태도로 임해야 한다는 것을 그녀는 잘 알고 있었다. 지난 엿새 동안 몇 번이고 자살을 생각했는지 모른다. 하지만 거의 슈미즈 차림으로 지내며, 감시를 당하는 상황에서 그나마 생각조차 할 수 없었다. 혀를 깨물고 죽는다는 것은 이야기로 존재하는 것이지, 실행의 엄두조차 나지 않았다. 이제 곧 구조될 수 있을 것이라는 희망을 갖는 것이 나았다.

미림은 그렇게 생각하자, 다소 불안감이 가셨다. 그녀는 눈이 가려진 상태로 뒤뚱거리면서 앞으로 나아갔다. 아마도 테이블 위에 술이 세팅되어 있을 것이다. 벌써 칼치로부터 강압적으로 이러한 자리에서의 교육을 받은 터였다.

중앙에 한 남자가 앉아 있는 듯했다. 그녀는 머리를 숙였다.

"아~ㄴ~녀~어~엉 하-세-요. 백-합이라고 하-압-니다."

그녀가 떨리는 목소리로 말했다.

"그래, 이리 가까이 오너라."

그녀가 앞으로 나아갔다.

"나이는?"

"22세로, 여대 4학년생입니다."

그녀는 한 가닥 희망의 끈을 붙잡고 대학생이라는 사실을 밝혔다. 하지만 마 두목에게 그 말은 교양을 갖춘 여자라는 뜻으로 들릴지 몰랐다.

"그래, 좋은 몸매로구나?"

사실 몸매 좋다는 소리를 수차례 들어온 그녀였다. 또한, 그녀의 우윳빛 같은 살결은 최고였다.

"좀 더 가까이 다가오도록---."

그가 말했다. 그녀가 가느다랗게 떨면서 다가오는 것을 그가 지켜보고 있었다.

역시 그녀였다. 그러나 그녀를 이대로 돌려보내지 않는 한, 자신이 그녀를 알고 있다는 것을 그녀에게 밝힐 수 없었다. 오히려 그녀의 눈이 검은 천으로 가려져 있어, 눈을 볼 수 없는 것을 아쉽게 생각했다. 하지만 여기 피라미드의 지하 특별룸에서는 그 누구도 예외가 될 수 없다고 생각했다. 그녀가 여기에 대해서 알게 되거나, 여기 사람들을 알게 되는 순간에, 그녀의 집으로 돌아갈 수 없게 될 것이다. 어디까지나 철저한 비밀유지가 이곳 피라미드의 지하 특별룸의 존재 이유이기도 하였다.

지하 비밀 특별룸이라는 사실이 마 두목으로 하여금, 법과 윤리적인 도덕성과 양심을 뛰어넘고, 백합과의 하룻밤 술자리를 갖는 데 대한 마음의 경계심을 흐트러지게 하고 있었다. 마 두목은 그녀와의 술자리를 즐겁게 보내기로 마음을 먹었다. 아니, 그녀의 체취와 그녀의 젊음 속에, 자신의 성적(性的) 결함에서 억눌려왔던 욕정을 풀어내고 싶었다. 그녀의 날렵한 몸매와 향기로운 체취로 인해, 오래간만에 묵직하게 느껴지는 그의 심볼의 신호를 아까부터 자각하고 있던 마 두목이었다.

미림은 마 두목에 의해, 소파 옆에 앉혀졌다. 소파가 알맞게 들어가는 것이 고급 소파인 것 같았다. 그녀는 눈이 가려있어 그를 볼 수 없었지만, 남성 화장품 냄새가 중후하게 풍겨 나오고 있었다. 이윽고 그가 눈을 가린 천을 풀어주었다. 순간 밝음이 펼쳐지면서, 아래로 향한 그녀의 눈에 반짝 빛나는 것이 눈에 들어왔다. 그의 넥타이핀의 보석에서 빛을 발하고 있었다.

그녀는 그를 보기가 두려웠다. 천천히 고개를 들자, 그의 얼굴을 볼 수 있었다. 그는 검은 안경에, 코까지 걸친 가면을 쓰고 있었다. 여기에 오는 손님들 모두 신상의 비밀유지를 위하여 가면을 쓰게 되거나, 반대로 그녀의 눈을 가릴 것이라는 이야기를 박 마담에게 들은 바 있었지만, 다소 분위기는 괴기스러웠으며 어색했다.

테이블 위에는 술이 준비되어 있었다. 그녀는 테이블 위 술병을 들었다. 술병을 들어, 잔에 따랐다. 그녀의 잔에도 그가 따라 주었다. 그가 한 모금을 마시는 듯했다.

잠시 후에, 그가 다시 검은 천으로 그녀의 눈을 가렸다. 이어, 그가 가면을 벗어놓는 소리가 들렸다. 아마 갑갑한 모양이었다. 하지만 그것은 그녀의 눈을 가려 그녀로 하여금 혹시 모를 반항적인 행동에 있어 제약을 가하려고 하는 것이다.

그가 자신의 머릿결을 쓰다듬으면서 머릿결의 체취를 맡는 듯했다. 이어 목선을 따라 내려오면서, 가볍게 키스하듯이 목덜미를 살짝살짝 가볍게 빨아당기며, 그녀의 부드러운 살결을 음미하고 있었다. 아마도 가볍게 키스 마크가 났을 것이다.

그녀는 순간 목을 움찔댈대며 움츠렸지만, 그를 밀쳐내는 몸짓을 나타내지는 않았다. 반대로 이내 애교스런 신음소리를 냈다. 그가 어떠한 행동을 하더라도 거절하지 말 것이며, 반대로 억지로라도 좋다는 신음소리를 내야 한다는 것을 누누이 교육을 받았던 것이다. 아니나 다를까 그녀의 움찔한 동작에 무언가 차가운 바람이 지나가는 듯하더니, 그녀의 신음소리에 이내 수그러졌다.

그는 술을 마실 때마다, 과일 안주를 간단히 먹고는 그녀의 목덜미에 부드러운 애무를 하고 있었다. 그는 오른손을 그녀의 허벅지 안쪽에 대고, 부드럽게 만지기도 하고 두들기기도 하면서 술을 마셨다. 하지만 그녀의 음부에 손을 넣는다든가 그 이상의 거친 행동을 하지는 않았다. 그녀는 그가 자신을 소중하게 다루고 있는 것을 느낄 수 있었다.

그는 한동안 술만을 마시며, 무언가 망설이는 듯했다. 잠시 동안의 침묵이 흘렀다. 이윽고 목덜미와 허벅지를 만지며 체취를 느끼던 그가 마음을 정한 듯, 자신의 원피스의 윗단추를 두어 개 푸는 것이 느껴졌다. 이어 자신의 등 뒤로 손을 넣어 브래지어 훅을 풀렀다. 그녀의 원피스가 내려져서, 하얀 어깨의 선이 가녀린 목으로부터 흘러내리고 있었다.

그가 탄성의 소리를 내고 있었다.

"음! 좋은 유방이로구나. 어깨의 선도 아주 곱고---."

이어 술잔이 테이블에 두들겨지는 소리가 들렸다. 아마도 술잔이 비어 있다고 하는 신호 같았다. 그녀는 테이블을 더듬어 술병을 다시 들었다. 졸졸졸 소리와 함께---.

"그만 하거라."

그가 그녀의 잔에도 술을 따르는 소리가 들렸다.

"자, 너도 한잔하거라."

그녀는 술을 어느 정도는 하는 편이었다. 아니, 지금 이 순간에, 낯선 남자 앞에 자신의 젖가슴을 드러내고 허벅지를 드러내 보이고 있다는 부끄러움에, 그녀 자신도 술을 마시고 싶었다.

따지고 보면, 그녀가 여기 이렇게 있게 된 것도 술 때문이기도 했다. 생각해 보면 이제 와서 소용없는 일이었지만, 그날 아침 어머니의 말씀을 듣지 않은 것이 후회스러운 일이었다.

사실 밤늦게까지 놀지 말라고, 부모님이 누누이 말씀하신 터였다. 특히 두 달 여전에 터널 속에서 헤맸던 꿈을 꾼 후부터, 어머니는 큰 걱정을 하셨다.

특히 납치되어 오던 그날도 어머니가 "꿈이 좋지 않으니, 조심해서 일찍 들어오라.”고 신신당부를 했으나, 그녀는 그런 어머니에게 “꿈은 미신이라며, 요즈음 세상에 꿈을 믿고 생활하는 것이 얼마나 어리석은 일이냐?’고 어머니의 꿈 이야기를 귓전으로 들었다. 하지만 마음 한편으로는, 오늘은 오전에 있는 강의가 끝나면 강남의 서점에 들러, 자신이 관심을 두던 의상 전문잡지만을 사고 일찍 집으로 들어가려던 참이었다.

그렇지만, 오전에 학교 강의가 끝난 후 강의실을 나오던 그녀를 기다리고 있는 미숙이와 수미가 있었다. 미숙이 오빠가 대기업 입사시험에 합격했다면서, “오늘 한턱낼 테니, 어디 근사한 곳에 가서 신 나게 같이 놀아보자.”는 말을 들었을 때, 자신도 모르게 발걸음을 정할 수밖에 없었다. 그때 수미가 오후 2시에 강남에 ‘큐피드(Cupid)’ 명품관이 개관한다는데, 거기에 먼저 구경을 가자고 재촉하고 나섰다.

미림은 집에다가는 늦게 들어가겠다고 연락하는 것조차 무시하고, ‘오늘 무사하게 돌아감으로써 꿈이 개꿈이었다는 것과 꿈이란 별것 아니며 믿을 수 없는 존재’라는 것을 당당하게 보여주고 싶었다.

하지만 꿈은 꿈을 꾼 바로 그날로 일어나는 것만은 아니었다. 그녀의 어머니는 두 달 전부터 여러 가지 안 좋은 꿈을 꿔왔으며, 바로 그 전날에도 불길한 꿈을 꾼 것이었다.

어머니에게 얼핏 들은 꿈 이야기는 아버지의 머리가 ‘쫘악’ 갈라진 꿈이었다고 했다. 어머니로부터 “좋지 않은 꿈을 여러 번 꾸었으니, 이제 곧 일어날지 모르니 조심해야 한다.”는 이야기를 귀에 못이 박히도록 수차례 들은 것이다.

어머니는 ‘아버지가 교통사고라도 나면, 어쩌나’ 하고 걱정을 하시면서, 꿈 이야기를 하셨다. 그러면서도 어머니는 이러한 황당한 전개로 이루어지는 상징적인 미래 예지 꿈의 실현을 막을 수 없다는 것을 잘 알고 계셨기에, 더더욱 크게 불안해하고 계셨다. 일어나더라도 경미한 사고로 일어나게 해달라고, 가지 않던 절에 가서 기도드리면서, 시주까지 하고 오신 터였다.

그런데 미림이 생각해보니, 자신이 납치되어 이런 꼴까지 당하는 충격적인 사건을 예지해 준 것으로 여겨졌다. 생각해보니, 아버지가 딸의 실종으로 인하여 겪게 되실 정신적인 고통을 머리가 쫘악 갈라지는 상징적인 표상의 꿈으로 보여준 것 같았다.

그가 또 술잔을 두들기는 소리와 뭐라고 나무라는 소리가 들렸다.

한편으로 불안감이 몰려왔다. 그가 자신을 해치지는 않겠지만, 그의 요구가 어떻게 진행될 것인지에 대하여 두려움이 있었다.

어느새 그의 손은 그녀의 탐스러운 왼쪽 젖가슴을 만지고 있었다. 이어 오른쪽 젖가슴에도 그의 손길이 다가왔다. 한동안 부드럽게 때로는 격하게 유방을 주무르고 있었다. 이어 두 손으로 소중히 유방을 받쳐 올리기도 하면서, 무게를 달아 올리듯이 떠받들어 올리기도 하였다.

상반신이 벗겨진 채로, 그녀는 눈이 검은 천으로 가려진 상태였기에, 지금 그가 자신의 몸의 어디를 보고 있는지 알 수가 없었다.

순간 그녀는 자신도 모르게 신음을 내뱉었다. 남자가 부드럽게 애무하던 두 유방을 너무나도 강하게 쥐어 잡았던 것이다. 하지만 그녀는 이내 애교 띤 목소리로 "아파요, 부드럽게 만져 주세요."라고 말하며 그의 품에 안겨들었다.

자신이 오늘 이 자리에서 자신의 몸을 탐하는 이 남자를 거역하거나 싫은 소리를 듣게 된다면, 다시 징벌방으로 끌려가서 처참한 징벌은 말할 것도 없지만, 칼치라는 사내에게 무참히 성폭행을 당하게 되고, 심지어는 자신을 죽일

지도 모르는 일이었다.

　시간이 꽤 지난 것 같았다. 하지만 그는 서두르지도 않았다. 단지 그녀의 체취와 그녀의 몸매를 즐기는 것 같았다. 그도 그렇겠지만, 그녀 자신도 몇 잔의 술을 강제로 마셨는지, 취기가 오르는 듯했다.

　이윽고 그가 무언가를 더듬어 찾았다. 리모컨이었다. 스위치를 누르자, 감미로운 음악이 흘러나왔다. 블루스를 추면 좋은 곡이었다. 하지만 그는 자리에 그대로 앉아 있었다. 그녀가 나서서 무언가 해주기를 기다리는 듯했다.

　그녀는 상반신이 반쯤은 벗겨진 상태 그대로였다. 하지만 그녀는 이제 자신이 춤을 추며, 그를 유혹해야 하는 시간임을 알았다. 칼치로부터 음악에 맞춰 춤을 추다가, 그의 눈앞에서 옷을 벗어내려야 하는 것을 강요받았던 것이다. 하지만 그녀는 차마 그렇게 할 수가 없었다.

　그녀는 어금니를 굳게 깨물었다.

　그녀는 팔을 뻗어, 그의 팔에 팔짱을 끼고 애교 띤 목소리로 말했다.

　"같이 춤추고 싶어요?"

　그가 흡족한 듯 자리에서 일어났다. 그녀는 그에게 안기듯이 품에 안겨들었다. 그러면서 그녀의 몸을 그에게 최대한 밀착하였다. 그는 다소 놀라는 눈치였으나, 이내 그녀를 강하게 부둥켜안았다.

　음악과 함께 스텝에 맞추어 그가 이끄는 대로 따랐다. 그러면서도 미림은 그의 몸에 자신의 몸을 밀착시키는 것을 잊지 않았다. 특히 그의 심벌에 자신의 음부를 가까이 밀착하면서도, 음악에 맞추어 위아래로 때로는 좌우로 몸을 움직여 나갔다.

　미림은 상반신의 부드러운 젖가슴을 최대한 그에게 밀착하여 그에게 촉감적으로 부드러움을 느끼게 하는 한편, 시각적으로는 자신의 가슴골을 드러내

보이게 하였다. 순간 가슴골에 짙게 뿌려진 백합꽃의 향수 내음이 그때마다 그의 코에 스며들었으리라. 또한, 그의 심벌이 그녀의 아랫부분에 다가올 때마다, 섹시한 신음소리를 그의 귀 가까이에 토해내는 것을 잊지 않았다.

그는 그때마다 못 견디겠다는 듯이, 격정적으로 그녀의 가녀린 목덜미의 선을 따라 입술로 더듬기도 하고, 입으로 가볍게 징검다리를 건너듯이 드문드문 빨아대기도 하였다.

순간 그녀의 입술을 더듬어 키스하였다. 그녀는 입을 벌려 그를 거부하지 않았다. 나아가 그녀 스스로 적극적으로 자신의 혀를 그에게 밀어 넣었다. 그는 멈칫 놀라는 듯하였으나, 그럴 때마다 그의 심벌이 살아 꿈틀거리는 것을 그녀는 느끼고 있었다.

어느덧 음악이 끝나가고 있었다. 순간, 그가 자신을 번쩍 들어 올렸다. 이에 그를 거부하지 않는다는 듯이, 그의 목을 휘감았다. 이제 그와 침대로 가는 것만 남아 있었다. 하지만 그녀의 기대와는 달리, 술자리로 향하고 있었다.

달라진 것은 소파가 아닌, 그의 무릎 위에 앉혀진 것이다. 술잔이 테이블에 두드려지는 소리가 들렸다. 술을 따르라는 신호였다. 그녀가 술을 따르는 동안 그는 무릎 위에 앉혀진 그녀의 허벅지를 어루만지고 있었다. 그가 술을 입에 머금는가 했더니, 그녀의 입술을 찾았다. 입술을 마주하고 그녀가 망설이자, 그는 그녀의 뒷목덜미를 가볍게 눌렀다. 그녀는 입을 벌리지 않을 수 없었다. 그가 입안으로 술을 흘려 넣었다. 이어 과일 조각을 베어 물어, 다시 입술에 가까이했다. 그녀가 다시 입을 벌렸다. 그가 입에 물고 있던 과일을 쪼개어 넣어주었다.

테이블에 술잔 두들기는 소리에, 그녀가 술을 따르면 그가 마시는 것이었다. 그가 그녀의 허리를 감아 당기며, 때때로 그녀의 젖가슴에 얼굴을 파묻기도 하였다. 상반신을 드러낸 채로, 그의 무릎에 앉아 그를 마주 대하면서, 술잔을 기울이는 시간이 한동안 지속되었다.

그가 무언가 망설이고 있는 듯했다. 하지만 그에게 무릎 위에 올려진 싱그러운 그녀의 몸은 악마의 유혹보다 더 강렬하게 다가왔다. 순간 그가 마음을 정했는지, 그녀의 가느다란 귓덜미의 선을 따라 열정적인 키스를 했다. 그녀는 가느다란 신음소리를 낼 뿐이었다.

이어 그녀의 옷을 벗겨 내리고자 하였다. 미림은 거부하지 않았다. 오히려 엉덩이를 들어 그를 도와주었다. 이제 남은 절차가 무엇인지, 그가 무엇을 바라는 것인지 잘 알고 있었다. 이제 그녀 스스로 그를 유혹하여 받아들일 때가 온 것이다. 어느덧 그녀는 알몸이 되어 있었다.

하지만 그는 서두르지 않았다. 그녀 자신을 안아내려, 이번에는 그의 무릎 위에 엎드리게 했다. 그녀의 새하얀 엉덩이가 볼록하게 그를 향해 올려졌다. 그는 왼손으로 술잔을 입에 넣으면서, 오른손으로는 그녀의 볼록한 엉덩이를 어루만졌다. 머릿결부터 허리선을 따라 내려오는가 하면, 엉덩이로부터 허벅지를 거쳐 종아리까지 쓰다듬기를 반복했다. 어느 순간에는 엉덩이를 가볍게 두드리기도 하고, 왼손을 아래로 뻗어서는 그녀의 부드러운 유방을 감싸 안듯이 만지고 있었다. 이따금 유방을 '꽈악' 부둥켜 쥐기도 하였다.

꽤 오랜 시간이 지나가고 있었다. 하지만 그녀는 그가 더 이상의 구체적인 행위로 나아가지 않는 것이 이상하게 느껴졌다. 오히려 그녀가 이상야릇한 묘한 기분에 휩싸여갔다. 그의 손길이 닿을 때마다, 아래쪽 그녀의 비밀스러운 샘에 무언가 뜨거운 것이 솟아나는 것 같았다.

하지만 그는 술을 마시면서 그녀의 온몸에 대하여 부드럽게 애무를 반복적으로 하고 있을 뿐이었다. 결코 서두르지도 않았으며, 결코 폭력적이지도 않았다. 그녀 자신을 아주 소중히 다루고 있었다.

미림은 그를 유혹하듯이, 애교 띤 신음소리를 낼 뿐이었다.

이윽고 그의 손길이 멈췄다. 그가 또다시 무언가 망설이는 듯했다. 순간 자신의 몸을 돌리는가 싶더니, 번쩍 안아 올렸다. 그녀를 안은 채로, 문을 여는 기척이 느껴졌다.

미림은 침대 위에 반듯이 눕혀졌다. 그녀는 부끄러움에 무릎을 세워, 그녀의 음부를 가렸다. 그녀 또한 그로부터 받은 지속적인 애무에, 자신도 모르게 이상할 정도로 몸은 흥분되어 있었다. 하지만 그는 바로 그녀에게 다가오지 않았다. 그녀는 남자의 시선이 알몸인 자신의 몸매를 더듬고 있다고 생각했다. 시간이 흘러가고 있었다. 하지만 그녀는 오늘밤의 이 사내가 여기에서 어떠한 위치에 있는 자인지 잘 알 수 있었다. 그의 비위를 거스른다면, 그를 받아들이지 못하고, 그가 이대로 방안을 나가게 된다면, 그 어떤 가혹한 시련이 닥쳐오리라는 것을 알 수 있었다.

그녀는 무언의 침묵이 무엇을 뜻하는지 알 것 같았다. 여태까지 그래 왔듯이 그녀가 애교를 부리면서 먼저 다가오기를 기다리는 것이다. 하지만 마 두목은 순간마다 갈등을 겪고 있었다. 백합을 어떻게 대해야 하는가에 대해서 고심하고 있었던 것이다.

순간 그녀의 머릿속에는 언젠가 대학의 교양한문 시간에 들은 괴짜 외래 강사의 이야기가 떠올랐다. 부수(部首)자 '色' 자에 대한 강의였다. '色'의 사전적인 뜻은 회의(會意)문자로 사람[人]과 병부절(卩)의 뜻을 합한 글자로, 사람의 마음과 얼굴의 안색은 '병부절' 처럼 일치한다는 데서, '안색' '빛깔'을 뜻한다고 하였다.

그러면서 色(색) 자의 자원(字源)에 대한 다른 의견으로, 色 자가 빛깔이나 색의 의미도 있지만, 남녀 간의 욕정을 나타낼 때에 사용되고 있는바, '巴' 자는 둥그렇게 휘어지면서 튀어나온 모양이 여자의 엉덩이를 상형하여 만든 글자라고 하는 것이었다.

그러면서 전문(篆文)을 보면 더 확실히 알 수 있다고 하면서, '오늘날도 여자의 엉덩이는 섹시함의 대명사로 통한다' '동물들은 대부분 엉덩이 쪽인 후배위(後背位)로 교접을 하는바, 어찌 보면 이것이 자연의 섭리에 더 가까운 것 같다' 며, 色 자와 엉덩이의 관련성을 그럴듯하게 이야기하고 있었다.

그날 이후, 엉덩이로 남성을 유혹할 수 있다는 것에 대해, 그녀는 묘한 흥미를 느껴왔다. 특히 그녀가 생각하기에도 알맞게 솟아오른 자신의 새하얀 엉덩이는 너무 예뻐서, 어떠한 남자도 색정(色情)의 유혹을 참기 어려울 것이라고 여겼다.

한동안의 시간이 지나도 그가 꼼짝을 하지 않자, 그녀는 마음을 다잡았다. 서서히 몸을 틀어 그가 있는 쪽으로 엉덩이를 들어 올리었다. 아울러 엉덩이를 조금씩 움직였다. 그것은 그를 유혹하여 받아들이겠다는 뜻이기도 했다.

그것이 그의 욕정에 불을 붙였는지, 이윽고 바라보던 그가 다가와 침대에 걸터앉는 듯했다. 하지만 이번에도 목덜미며 젖가슴이며 엉덩이를 어루만지는 것을 반복할 뿐 서두르지 않았다. 엉덩이의 선을 따라 허벅지까지 내려왔다가는 다시 올라가는 것을 반복했다. 때때로 그녀의 안쪽 허벅지를 부드럽게 애무하기도 하였다.

이제 그녀의 입에서는 섹시한 신음소리가 절로 나오고 있었다. 하지만 그는 그녀의 엉덩이의 선을 따라 더듬으면서, 이따금 유방을 부드럽게 감싸 안을 뿐이었다.

그녀는 이 남자가 보통의 남자하고는 다른 것을 느낄 수 있었다. 이 남자는 성행위를 하는 그 자체보다도, 그녀 자신의 몸을 마시고 느끼고 즐기고 있다고 생각했다.

드디어 그가 일어나 옷을 벗는 듯한 소리가 들렸다. 이어 그녀의 손을 잡아 이끌어 그녀를 자신의 몸 위에 올렸다. 하지만 이번에도 그는 아무런 말도 행위도 하지 않았다. 여태까지와 마찬가지로 그녀 자신이 알아서 하라는 것으로 느껴졌다.

그녀는 그녀 스스로 그의 심벌을 인도하여, 그녀 몸의 샘 가운데로 받아들였다. 따듯하고 묵직한 것이 그녀의 몸 안에 꽉 차오르는 것이 느껴졌다. 그의 몸 위에 올라 그녀 스스로가 심벌을 깊숙이 받아들인 상태였지만, 그는 그것으로도 만족하지 못하는 듯했다.

이제는 그녀가 적극적으로 애교를 부리면서, 섹시한 신음소리로 그를 유혹해서 마무리를 지어야 할 시간이었다. 그녀는 어쩔 수가 없었다. 그녀는 그의 심벌을 받아들인 채, 그의 입술을 찾아 키스하였다. 그녀는 그의 몸을 껴안고 위아래로 격정적으로 움직이기를 반복하면서, 스스로 못 견디겠다는 듯이 섹시한 신음소리를 그의 귓가에 불어넣었다.

그때마다 그의 심벌이 그녀의 몸에 가득 차오르는 것이 느껴졌다. 어느 순간, 그가 미친 듯이 움직이던 그녀의 엉덩이를 붙잡았다. 그의 몸이 경직됐다. 아마도 사정을 하는 듯했다. 그대로 잠시 시간이 지나갔다.

이윽고 그가 일어나더니, 그녀를 침대에서 안아 내려, 부둥켜안는가 싶더니, 격정적인 키스를 퍼부었다. 그는 여전히 말이 없었지만, 아마도 흡족한 관계였으리라. 길었던 그와의 시달림이 성공적으로 끝나간다는 뜻이기도 했다.

이윽고 그가 침대에서 일어나, 그녀의 손을 옆의 욕조로 잡아끌었다. 물을 받는 소리가 들렸다. 그가 다시 그녀의 손을 이끌어 그의 심벌에 닿게 했다. 무언가가 손에 쥐어졌다. 비누였다. 아마도 그의 심벌을 씻기라는 것 같았다. 그녀는 시키는 대로 씻어내릴 수밖에 없었다. 한동안의 시간이 지나갔다.

그가 옷을 입는 듯하더니, 인터폰을 들어 뭐라고 말하는 소리가 들렸다. 이어 나가는 듯한 문소리가 들렸다. 그가 밖으로 나간 것이다.

하지만 그녀는 검은 천으로 눈이 가려지고, 벗은 알몸 그대로 남겨진 채였다. 그녀는 샤워라도 하고 옷을 입고 싶었으나, 그래도 되는지 알 수가 없었다. 그녀는 발가벗겨진 알몸인 채로 있는 것이, 또 다른 누군가가 들어와 괴롭히지 않을까 두려웠다.

그녀의 생각대로, 이어 누군가 들어왔다. 칼치인 것 같았다. 그녀는 순간 온몸이 얼어붙는 듯했다. 자신이 이렇게 벌거벗은 상태의 알몸을 그에게 보여준다는 것이 싫었다. 아니 칼치와 이렇게 둘만이 있는 공간이 그녀는 싫었다. 칼치라는 사람은 공포 그 자체였다. 그에게서는 한마디 말도 건넬 수 없을 정도로---.

그녀는 고개를 돌리며 몸을 뒤로 했다.

칼치가 그녀의 벗은 알몸의 엉덩이를 대견스럽다는 듯이, '철썩' 소리가 나게 치면서 말했다.

"수고했다. 오늘 형님이 만족하신 것 같아서, 더 이상의 징벌은 없을 것이다. 오늘 형님에게 한 것처럼 다른 손님에게 대하면 될 것이다. 하지만 앞으로도 손님에게 어떠한 불평의 소리라도 나오면, 그때는 다시 징벌방에서 엄청난 고통이 뒤따르게 될 것임을 잊지 마라."

"이틀간 푹 쉬고, 손님을 받을 수 있도록 준비해라."

그녀에게 옷이 던져졌다.

이틀을 쉬고 나서, 이윽고 새로운 손님을 받아들여야 하는 그날이 다가왔다. 그녀는 체념하기로 했다. 경찰이 자신을 구출해 줄 것을 처음에는 믿었지만, 자신도 모르게 이러한 생활에 적응되어 가는 것 같았다. 가면을 쓴 손님을 그녀가 맞이하는 것보다는, 차라리 자신의 눈을 가리고 손님을 받는 것이 낫게 여겨졌다. 그럼에도 불구하고 어떤 손님은 그녀의 눈을 가린 천을 풀려고 애썼다. 그때마다 그녀는 적극적으로 자신의 눈을 가린 천을 풀지 않았다. 그녀로서는 차라리 자신이 아무것도 모르는 백합의 존재로 백련화의 한 송이 꽃이 되기를 바랐다.

그녀가 받은 손님들은 아마도 사회에서 저명인사나 재물적인 면에서 이름을 날리는 사람들인 것 같았다. 하지만 그러한 그들도 밤에만큼은 달랐다. 대부분의 손님들은 그녀의 미모와 몸매만으로도 흡족해하면서 찬사를 아끼지 않았다.

맑고 투명한 피부에, 탐스러운 젖가슴이 드러나는 파인 옷에다가, 짧은 원피스 아래의 미끈한 허벅지에, 아니 그녀의 기다란 생머리에서 풍겨 나오는 샴푸의 향기로운 냄새만으로도 흡족해하는 눈치였다. 거기에 그녀가 애교를 부리고 웃음이라도 띠며, 술잔을 권하는 것만으로도, 마치 천상에 있는 듯하다면서 흡족해했다.

또한, 손님들은 술 시중을 드는 그녀의 젖가슴을 마음껏 만지고, 탐스럽고 매끈한 허벅지를 더듬는 등의 행위에 대해서도 자유롭게 행동하고 있었다. 아마도 칼치로부터 이미 어떻게 해도 된다는 것을 들어 알고 있는 눈치였다. 신고식을 하라고 하는 것이라든가, 손님의 무릎 위에 올려 앉혀져 젖가슴을 드러낸 채로 술을 따르라는 것에 대해서, 그녀가 거부의 몸짓이라도 보이면 칼치의 이름을 들먹이며, 테이블 가에 있는 버튼을 누르려고 했다. 그때마다 미림은 미림이 아닌, 백련화의 한 송이 백합으로 돌아갈 수밖에 없었다.

무엇보다도 손님이 잠자리를 원한다면 백합으로서는 거절할 수가 없었으며, 그때마다 애교를 부리며 맞아들여야 했다. 손님들 모두 그녀와의 밤을 함께 지내기를 원했다.

그중에서도 박 사장이라 불리던 어젯밤의 손님은 유독 남달리 그녀를 학대했다. 들어온 그녀를 보자, 미친 듯이 그녀의 옷을 벗겨내 온몸을 애무하고, 또한 그 자신을 애무하기를 강요했다. 그는 술을 마시러 온 것이 아니라, 여자 자체를 즐기러 온 것 같았다. 자신의 가면을 벗으려 하려는가 하면, 그녀를 가린 눈의 천을 풀어내려고도 했다.

그때마다 그녀는 '손님의 얼굴을 보는 순간에, 손님에 대해서 아는 순간에', 바깥세상으로 나아가는 통로가 닫힐 것이라는 칼치의 말을 떠올렸다. 칼치의 말은 사실일 것이었다.

지금 그녀는 자신이 어느 곳에 와 있는지 모르고 있었다. 자신이 본 얼굴은 칼치와 박 마담밖에 없었다. 강요에 못 이겨 강제적으로 손님에게 술 시중을 드는 일이지만, 그녀 자신도 차라리 눈을 감고 손님을 접대하는 것이 편했다.

그녀 자신을 부모님은 얼마나 안타깝게 찾고 계실 것인가? 그녀는 문득 청수 오빠가 보고 싶어졌다. 아울러, 다시금 함께했던 올봄의 밀월여행의 감미로웠던 순간을 떠올렸다. 지금 자신으로서는 청수 오빠와의 즐거웠던 한때를 떠올리는 것이 그녀만의 유일한 기쁨의 시간이었다.

자신을 따라다니던 약혼자인 검사는 어떻게 하고 있을까? 하지만 이렇게 자신이 납치된 것을 그가 안 이상, 파혼될 것이다.

실제로 실종사건이 일어나자, 2~3일 찾는 척을 하다가는 전화상으로 없었던 일로 하자고 파혼했던 것이다.

제 10장

하연과 몽순이의 만남

오늘로써 구덩이로 추락하여 뱀들에게 시달리는 꿈을 꾼 지, 4~5일이 아무 탈없이 지나가고 있었다. 하지만 꿈을 생각하면 아무리 생각해도 꿈에 어떤 의미가 담겨 있는 것 같았다. 오히려 날이 지나가면 갈수록, 무언가 꿈이 의미하는 바가 있을 것이라는 확신이 들기까지 했다. 그러한 그녀의 예감은 틀린 것이 아니었다.

하연은 지난번의 '큐피드(Cupid)' 명품관 개관 날에 치한에게 봉변당할 뻔한 일도, 벌레에게 시달리는 것을 진돗개가 물어뜯어 구해주는 꿈을 꾼 후에 벌어졌던 일을 떠올렸다. 그렇다면 꿈이 장차 일어날 일을 예지해준다는 말인가? 그럼 자신이 구덩이에 빠져 뱀들에게 시달리는 꿈도 이제 앞으로 일어날 일을 예지해주는 꿈이란 말인가?

더구나 오늘은 아침결에 어머니의 전화도 있었다. 꿈이 너무 생생해 걱정이라는 말과 함께, 행동을 조심하라면서 들려주신 꿈 이야기는 하연이 듣기에도 좋아 보이지 않았다.

어제 하룻밤 사이에 세 가지 꿈을 꾸셨다면서, 꿈이 아무래도 좋지 않으니, 늦은 밤시간에는 밖으로 나다니지 말고 행동을 조심하라는 것이었다. 아울러 시간이 나면, 병석의 아버지도 찾아뵐 겸, 한 번 춘천의 고향 집에 내려왔다가 가라고 했다.

첫 번째로 어머니 당신의 아래 앞 이빨이 빠질듯이 흔들리다가 바로 잡아두는 꿈을 꾸었고, 둘째로 딸인 하연 자신이 시궁창도 먹물도 아닌 이상한 검은 물에 옷을 입은 채로 목욕을 하고 있더라는 것이다. 꿈에서 그 검은 물에서 딸을 끄집어내려고 무던히 애쓰다가 간신히 건져내는 꿈이었다고 한다. 마지막으로 새벽녘에 다시 꿈을 꾸었는데, 어디선가 불이 났는지 모르는데, 까만 연기가 하늘을 덮었다고 했다.

하연이 듣기에도 좋아 보이지 않는 꿈이었다. 하연이 안 좋은 꿈을 꿔오고 있었듯이, 부모님도 안 좋은 꿈을 자주 꾸고 있었던 것이다. 어머니의 조심하라는 전화를 받은 후에는 왠지 모를 불안감이 더욱 커져갔다.

하연은 자신의 이러한 고민을 털어놓을 친구나 친지를 생각해 보았다. 뱀에게 시달리는 꿈같은 안 좋은 꿈의 내용을 믿고 말할 수 있으며, 또한 도움이 될 수 있는 사람이어야 했다. 그러자 문득 얼마 전, "서울에 올라와 지내고 있다."면서 전화 연락을 해왔다고, 매니저에게 들은 바가 있었던, 학창시절의 몽순이라는 별명으로 유명했던 고향 친구인 김연숙을 떠올렸다.

사실 그녀가 이름을 날리자, 너무나 많은 사람이 연락을 해왔다. 하지만 대부분 도움을 달라는 연락을 해온 터라, 실망감만 더해졌다. 그 후로는 누군가로부터 연락이 왔다고 하더라도, 만나보는 것 자체를 꺼렸다. 그런데 별로 친하지도 않았던 연숙이가 전화를 해왔다는 것이 의외였던 만큼, 무언가 있다는 느낌을 지울 수 없었다.

그녀는 몽순이인 김연숙이라면, 자신의 꿈 이야기를 해도 좋을 것 같았다. 하연이 여태까지 보아온 수많은 친구나 동창 가운데에서, 그 누구보다도 연숙이는 꿈을 믿고 있었다. 또한, 하연 자신은 그녀가 고교 학창시절에, 몽순이로 불리우게 된 사연을 잘 알고 있었다.

그녀는 잠을 자다가, 꿈에서 교회 종소리가 시끄럽게 들려와 한밤중에 깨어나게 했던 신기한 꿈으로 인하여, 자신의 집에 세들어 살던 젊은 청년이 연탄가스로 죽어가던 것을 때마침 극적으로 구조해낸 일이 있었다. 그러면서 자다가 꿈속의 어떤 일로 인하여 깨어나게 된 경우에는, 주변에 위험이 다가오고 있음을 알려주는 경우가 많다는 것을 누누이 강조하던 몽순이였다.

하연은 수첩을 뒤져서, 매니저가 언젠가 적어준 메모에 적힌 전화번호로 전화를 했다. 연숙이는 하연이인 것을 알자 뜻밖이라는 듯이,

"이렇게 아침결에 네가 전화를 할 줄 몰랐다. 얘. 웬일이냐?" 하면서, 반겼다.

"그래, 그동안 잘 지냈니? 사실은 안 좋은 꿈을 꿔서 누군가엔가 물어보려다가, 얼마 전에 뜻밖의 연락을 해왔다는 연숙이 네가 생각나서 전화를 했어."

"그러니? 나는 이전에도 너와 관계된 꿈을 꾼 적이 있지만, 또다시 너에 관계된 꿈을 꾼 것 같아서, 전화를 해보았던 거야."

"네가 나에 대한 꿈을 꾸었다고---?"

"응, 난 장차 네가 유명한 연예인이 될 것과 너와 친하게 지내게 될 것이라는 것을 꿈으로 예지해 알고 있었어. 같이 강가에서 소꿉놀이를 하던 네가 용을 타고 오르는 꿈이었으니, 장차 유명한 연예인이 될 줄 알았어. 그런데 얼마 전

에는 너에 관한 별로 좋아 보이지 않는 꿈을 꾼 것 같아.”

“그러니. 난 꿈을 별로 믿지 않았었어. 그런데 잘 안 꾸던 꿈을 연예계 데뷔 후에는 자주 꾸고 있어. 그런데 대부분 안 좋게 느껴지는 꿈을 꾸는 거야. 한 달 전부터 안 좋은 꿈을 꿔서, 자꾸 불안한 생각이 들어서 ‘이제는 도저히 안되겠다’ 싶더라고---.

거기에다가 이상하게 오늘 아침에는 고향 어머니도 꿈 이야기를 하시면서, ‘행동을 삼가고 조심하라’고 하시는 거야. 그래서 누군가에게 털어놓고 이야기하고 싶었는데, 마침 몽순이 네가 얼마 전에 연락을 했었다는 말이 생각났어.”

“야! 몽순이 그 소리 참 오랜만에 듣는다. 맞아, 내 별명이 몽순이었지. 지금도 다른 애들은 내 이름인 연숙이보다 몽순이로 기억하는 애들이 많을 거야.”

“몽순아. 내가 구덩이에 떨어져 뱀에게 물리고 시달리는 꿈을 꾸었는데, 영 기분이 좋지가 않아.”

“그러니, 곤경에 빠져서, 못된 사람이나 어떠한 대상에 시달리게 되는 것을 예지해주는 꿈으로 보이는데---, 꿈은 반대가 아닌 상징의 이해에 있는 것으로 알고 있어. 내가 보기에도 안 좋은 일을 예지하는 꿈 같으니, 조심하는 것이 좋겠어. 나도 꿈에 대해서 추정만 하는 정도야.”

“애, 그런데 최근에 꿨다는 좋게 보이지 않는 꿈은 어떤 내용이니?”

“응, 별로 좋은 꿈 같지는 않아. 하연아. 그런데 말이야. 나는 지금 서울에서 여행사의 팀장으로 있어. 지금은 출근을 해야 하니, 저녁 시간에 시간을 내서 만나는 것이 어떻겠니?”

“그러니? 그러면, 내가 스케줄이 어떻게 되는지 알아본 다음에, 다시 연락할게.”

연숙은 좋아 보이지 않는 꿈을 아침부터 이야기해서 하연이의 기분을 나쁘게 할 필요는 없다고 생각했다. 이러한 꿈 이야기는 만나서 하는 것이 나을 것이라는 생각이 들었다. 또 한편으로는 하연이 같이 유명한 연예인을 만나보는 것이 자신에게도 나쁠 것 같지 않았다.

몽순이와의 전화통화가 끝나고 나서, 하연은 몽순이가 평소에 자신과 친하게 지내지 않았음에도, 자신에 관한 꿈을 꾸었다는 것이 무언가 있다는 느낌을 지울 수 없었다. 몽순이인 그녀도, 자신이 꾼 '구덩이에 떨어져 뱀들에게 시달린 꿈'에 대하여 좋은 꿈으로 여기지 않고 있었으며, 게다가 몽순이가 최근에 꿨다고 하는 하연 자신에 관한 꿈마저 좋지 않은 것임을 알 수 있었다. 아침이라 바쁜 일도 있겠지만, 전화상으로 직접적으로 이야기하기에는 곤란한 내용일 것으로 생각했다.

하연은 우연의 일치라기보다는 뜻밖의 이상한 전개에 놀라움을 금할 수 없었다. 그녀 자신의 불길한 뱀꿈, 어머니의 세 가지 불길한 꿈을 꾸었으니 조심하라는 전화, 또한 몽순이에게도 자신에 관한 안 좋은 꿈을 꾸었다는 이야기를 들으니, 온몸에 소름이 돋는 듯하였다.

하연은 어떻게 해서든지 시간을 내서라도, 몽순이를 만나 꿈에 관한 여러 이야기를 나눠보는 것이 좋을 것이라는 생각이 들었다. 이야기를 듣다 보면 어떠한 방비책도 있을 수 있지 않을까 싶었다. 하다못해 꿈에 대한 궁금증이 풀릴 수 있을 것으로 생각하였다.

그동안 하연은 꿈의 세계에 대한 관심이 없었다. 꿈은 맞기도 하고 틀리기도 하며, 자신이 불안한 상황에서 꿈이 꿔지는 것으로 알고 있을 뿐이었다. 자신이 요즈음 안 좋은 꿈을 꾸게 된 것도, 바쁜 가운데 평온한 마음을 지니지 못하고 쫓겨 지내다시피 하는 데서, 이러한 불길한 꿈이 꿔지는 것으로 믿고 있는 터였다. 어찌 보면 하연은 그동안 진정으로 꿈의 세계를 경험해보지 못했기에, 그동안 꿈에 관한 여러 이야기에 대해서 반신반의하고 있었을 뿐이었다.

하지만 그녀 자신도 어머니의 꿈이나 다른 사람들의 꿈에 관한 이야기로 미루어, 미래 예지적인 꿈의 세계가 존재한다는 것을 부정할 수만도 없었다. 징그러운 벌레가 자신의 몸을 더듬는 꿈이, 지난 '큐피드(Cupid)' 명품관 패션쇼 때의 자신을 성추행하려던 괴한으로 실현되었던 것을 이미 하연 자신도 체험한 터였다. 또한, 화려하고 아름다운 단풍나무의 꿈도 자신이 연분맺는 운명의 길을 예지해주는 것으로 믿고 싶었다.

사실 요 며칠 사이에, 하연 자신이 꿈에 관심을 갖고 보니, 하루에도 꿈이란 소리를 듣지 않거나 보지 않고 지나가는 날이 없었다. 어느 날은 안듣고 넘어가나 하였더니, 잠자리에 누워보는 영화 속에 꿈에 관한 이야기가 나오고 있었다.

하연은 다시 생각해보았다. "꿈이 안 좋으니 조심하고, 한 번 내려왔다 가라."는 어머니의 독촉이 있기도 하였지만, 보다 자세한 꿈 이야기를 들어보려면 직접 내려가 보는 것도 좋다고 생각하였다.

또한 예지적인 꿈에 뛰어나 학창시절에 몽순이라고 불렸던 연숙이가 자신에게 전화 연락을 할 정도인 것을 보면, 이번에도 자신과 관련된 어떠한 불길한 예지적인 꿈을 꾼 것 같았다. 그것은 연숙이가 전화상으로 말하기를 머뭇거리는 것으로 미루어, 좋지 않은 꿈을 꾼 것이 틀림이 없었다.

이에 하연은 자신의 스케줄을 확인하였다. 주말에 간신히 시간을 낼 수 있을 것 같았다. 이에 몽순이에게 다시 전화를 걸어, 오늘 저녁은 시간을 내기가 어려우니, 이번 주말에 서로의 부모님을 찾아뵐 겸, 고향인 춘천의 강변에 있는 '에메랄드'라는 카페에서 만나기로 약속했다.

2003.10.11. 토요일 14:00 납치되기 1주일 전

며칠이 지나 하연과 약속한 토요일이 다가왔다. 몽순이인 연숙은 하연과의 만남은 졸업후 5년만이었다. 그녀와 만나기로 한 곳은 에메랄드라고 하는 강변의 카페였다.

처음에 고향인 춘천의 에메랄드 카페에서 하연이 만나자고 했을 때, 연숙은 놀라움과 함께 에메랄드에 대한 기억을 아련히 떠올렸다. 아직도 에메랄드가 그대로 거기에 남아 있다는 것이---. 연숙에게 그 장소는 첫사랑의 가슴 아픈 추억의 장소였다.

연숙은 햇빛이 비치는 창가에 앉아 하연을 기다리면서, 하연이 들어온다면 그녀 자신을 다른 사람들이 쉽게 알아보지 못하도록 한적한 곳에 자리를 잡고 앉았다. 마침 아침에 비가 내려서인지, 건너편으로 푸른 산이 눈부시게 푸름을 자랑하고 있었다. 창밖으로는 맑은 물결이 유유히 흘러가고 있었다.

오늘, 아마도 하연과의 주된 이야기는 꿈에 관한 이야기일 것이라. 꿈에는 관심이 없었던 하연이, 꿈에 관심을 지니게 된 것에 대하여, 처음에는 이상하다 싶었지만, 이제 다시금 생각해보니 놀라울 일도 아닌 것이었다.

연숙 자신은 벌써 오래전 어릴 때부터 꿈에 대한 관심이 많았었다. 그녀는 그 무엇보다도, 꿈에서 예지된 대로 놀라울 정도로 현실에서 그대로 일어나는 일을 그녀 자신이 몸소 체험하고 있었다. 이러한 신비한 꿈의 세계에 대해, 그녀는 어떻게 받아들여야 할지 몰랐었다.

그녀 자신에게 신기(神氣)가 있어서, 어느 날 무병(巫病)을 앓다가 무당이라

도 되는 것이 아닌가 걱정하기도 했었다. 하지만 어느 날 대학 신문에 난 '꿈이
란 무엇인가?'라는 구몽 박사의 글을 읽은 뒤부터, 오히려 자신이 다른 사람과
는 달리 영적인 정신능력의 활동이 활발하게 일어나는 좋은 현상이라는 것을
알 수 있었다.

또한, 자신이 학창시절에 연탄가스로 죽어가던 사람을 꿈으로 인하여 살려
낸 것과 같이, 자신의 꿈꾸는 능력을 통하여 사람들에게 많은 도움을 줄 수 있
으며, 나아가 자신에게 다가올 앞날을 꿈을 통해 예지함으로써, 보다 슬기로
운 인생의 길을 걸어나갈 수 있음을 확신하고 있었다

연숙은 벌써 5년 전 어느 날 꾸었던 꿈의 기억을 새삼 다시금 떠올렸다. 현
실에서 그녀는 하연과 그리 친하지 않았다. 하지만 꿈에서는 그녀는 몇 년 뒤
에 일어날 일을 예지해 보여주듯이, 하연과 몹시 친한 친구로 등장되고 있었
다.

흰 구름이 두둥실 떠있는 맑은 하늘 아래에서, 그녀는 친구인 하연과 강가에
서 즐겁게 놀고 있었다. 둘이서 서로 예쁜 조약돌을 찾아다니는 것이었다. 그
런데 각양각색의 조약돌에는 글씨가 새겨져 있었다. 한자로 써진 것도 있었
고, 일본어인가로 씌어 있는 것도 있었다. 그녀는 일본어로 쓰인 예쁜 조약돌
을 주워들었다. 처음에는 하연과 같이 조약돌을 주우러 다녔지만, 뒤를 돌아
다보니 하연은 어느 사이에 강가에 날아다니는 예쁜 나비를 쫓아다니느라 정
신이 없었다.

순간 구름사이에 햇빛이 한줄기 비치는 것이었다. 이에 고개를 들어 하늘을
보니, 해가 바로 위에 떠 있는데, 하늘에는 오색구름이 두둥실 떠 있었다. 이
때 구름사이로 난데없는 용 한 마리가 쏜살같이 내려왔다. 자신과 하연은 순

간 무서워서, 강가의 소나무 숲으로 숨어들었다. 하지만 용은 소나무 숲을 이리저리 돌아다니며, 마치 누군가를 찾는 듯 돌아다니고 있었다. 순간 나무 뒤에 숨었던 하연을 찾아내어, 입에 물어 등에 태우는 것이었다. 이어 산꼭대기까지 솟구쳐 올라가, 하늘에 붕 뜨며 날아올랐다. 등 쪽은 초록색이며, 배는 붉은 주황색이고, 뿔도 있고, 다리도 달린 모습이었다.

당시에 스스로 꿈을 해몽하고 장차 일어날 꿈의 예지를 추정하는 것에 흥미를 느껴왔던지라, 화려한 용 위에 올라탔던 하연이었기에, 그녀의 뛰어난 미모로 미루어 장차 연예계에 화려한 데뷔를 할 것을 짐작하고 있었는 바, 연숙의 예상대로 그녀는 오늘날 대한민국 최고의 톱 탤런트로 각광을 받기 시작했던 것이다.

또한, 꿈꿀 당시에는 그녀와 별로 친하게 지낸 친구도 아니었던 터이라, 연숙은 그녀가 자신의 꿈에 나타난 것을 궁금하게 여겼다. 그러나 오늘 이렇게 만나서 이야기하게 되고, 장차 친하게 지내게 될 것까지를 5년 전 꿈에서 예지되고 있었다는 생각에 미치자, 연숙은 새삼 신비로운 꿈의 세계에 감탄하지 않을 수 없었다.

또한, 자신이 일본어로 쓰여진 예쁜 조약돌을 주워들었듯이, 2년 뒤에 자신이 관광통역과를 진학하여 일본어를 전공하는 일로 실현되었던 것이다.

그랬다. 꿈의 예지대로 이루어진다고 굳게 믿고 있었던 몽순이었다. 그런 그녀가 최근에 또다시 한참 인기 정상에 있는 하연과 관련된 기이한 꿈을 꾼 것이다. 연숙의 꿈에 하연이가 나타난 것은 이번 꿈까지 포함한다면 두 번째였다.

연숙은 꿈의 의미를 어렴풋하게 알 수 있었다. 아울러 하연에게 꿈이 심상치 않아 조심하라는 이야기도 전할 겸, 몇 번이고 연락처를 알아내 연락해보려고 했지만, 쉽게 알아낼 수 없었다. 얼마 전에 가까스로 그녀의 부모님을 알게 되어, 매니저라는 사람과 간신히 한 번 통화하였을 뿐이며, 연락처를 남겨주었지만 별 기대는 하지 않았다. 그녀가 유명 탤런트가 되자, 아마도 많은 친구나 사람들이 이 핑계 저 핑계로 부르고 있는 모양이었다.

그러한 하연에게 큰 기대를 걸지 않았기에, 하연이 자신이 남긴 전화 연락처를 보고 연락을 해왔다는 것이 조금 의외였다. 더구나 고향인 춘천에서 만나서 여러 이야기를 나누자는 말에, 그녀에 대한 두 번째 꾼 꿈 이야기를 들려주어야겠다고 생각했다.

이윽고 짙은 선글라스를 하고, 머리에 스카프를 두른 한 젊은 여인이 들어왔다. 아래위로는 산책을 나온 운동복 차림이었다. 마치 조깅을 하다 가볍게 차를 한잔 하러 들어온 사람의 복장이었다. 연숙은 가볍게 손을 들어 하연을 손짓했다.

"이렇게 널 보니 반갑다. 애, 그렇게 하니, 전혀 다른 사람 같아."

"응, 홀로 나갈 때에는, 종종 이런 차림으로 외출하고는 해."

"그래 애. 난 네가 유명 연예인이 될 것을 오래전부터 꿈으로 알고 있었어."

"그래, 어떤 꿈이었는데?"

"응, 네가 화려한 용을 타고 하늘 높이 오르는 꿈이었어."

"너의 미모는 학교 때부터 알아줬잖니. 용은 부귀·권세의 상징으로, 용을 타고 오르는 꿈이었으니, 장차 네가 연예계 등에 진출하여 이름을 드날릴 것으로 알고 있었어.

"응, 신기하구나. 내가 연예인이 될 것을 용을 타고 날아오르는 꿈으로 예지해서 알고 있었다고 하니. 사실 고등학교 졸업 후 노 회장님이라고 우연찮게 좋은 분을 만나서, 여기까지 오게 되었어. 큰아버지같이 좋으신 분이야.”

“난 연예인이 된 네가 자랑스럽고 부러워.”

“그래, 그러나 꼭 좋지만은 않아. 오히려 이름 없이 지내던 때가 더 좋았던 것이 아닌가 해. 내 모습 봐라 얘. 이렇게 꼭꼭 감추다시피 하고 다니는 거 봐. 거기다가 하고 싶은 것 마음대로 못할 때가 얼마나 많은데---.”

“그런데 네가 이번에 꾸었다는 꿈은 어떤 꿈이니?”

하연은 연숙이 최근에 꾼 꿈이 궁금했다.

“응, 얼마 전에 꾼 꿈이야. 그런데 별로 좋은 꿈 같지 않아서, 이야기 하기가 조금 망설여져.”

“아냐. 이야기해줘, 나도 요즈음 꿈에 관심이 많아. 실은 나도 이전에는 꿈을 잘 안 꾸었는데, 요즈음 들어서는 안 좋은 꿈만을 꾸는 것 같아. 얼마 전에도 구덩이에 떨어져 뱀들에게 시달리는 꿈을 꾸었다고 했잖니? 거기다가 부모님도 좋지 않은 꿈들을 꾸셨다고 하지, 고교 동창 친구인 너도 안 좋은 꿈을 꾸었다고 하니, 사실 나도 속으로는 걱정 많이 하고 있어.”

“그러니. 그럼 내가 꾼 꿈을 이야기해 줄게.”

“참, 뭐 마실래. 난, 커피나 한잔 할래.”

“나도 그럼 같은 것으로 할게”

연숙이 종업원을 불러, 주문을 하였다.

“꿈에서 내가 집 앞의 아파트 베란다에 서서, 시내 전경을 바라다보고 있었어. 그때 하늘에서 어떤 비행기가 나타났어. 옛날 2차 대전 때 쓰이던 비행기처럼 앞에 날개가 두 개 달려있고, 날개 사이에 얼기설기 기둥이 세워져 있었는데, 단발기라고 해야 하나? 앞에는 프로펠러가 달려있던 비행기가 나타났어. 그러더니 그 비행기가 곡예비행을 할 때처럼 꽁무니에서 연기를 내뿜기 시작하는 거야. 그러니까 그 비행기에서 나온 연기가 뭉게뭉게 피어오르더니, 바로 너의 이름이 되는 꿈이었어. 그리고 비행기는 사라졌고, 얼마 후에 하늘에 화려하게 오색으로 수놓아졌던 네 이름이 서서히 사라지는 꿈이었어.”

“그러니, 내가 보기에도 이름이 사라진다는 것이 좋아 보이지는 않는구나. 애”

“그래, 하연아. 꿈이 안 좋은 것 같으니 조심하기를 바래.”

“사실은 나도 안 꾸던 꿈을 올해 들어서 자주 꿔. 또 꿈이 맞는 것 같기도 하고---. 등산 중에 미끄러져 벌레가 무는 꿈을 꾸고 나서, 괴한에게 피습을 받았어. 또한, 피습되어 병원에 있을 때, 구덩이에 떨어져 뱀들에게 시달리는 꿈을 꾸었는데, 다행히 아직 아무 일은 없지만, 아주 기분이 안 좋게 느껴져. 꼭 무슨 일이 내게 앞으로 일어날 것 같아서 불안해. 여기 내려오기 전에도, 차 안에서 깜박 졸다가 꿈을 꾸었는데, 고대의 웅장한 건축물 안에 갇혀서 깜깜한 미로 속을 헤매면서 벗어나려고 애를 쓰는 꿈이었어.”

“그러니, 벌레나 구렁이 꿈이 반드시 나쁜 것은 아니지만, 네 꿈의 경우에는 벌레나 뱀들에게 시달리는 꿈이니, 좋지 않은 꿈이 틀림없는 것 같아. 내가 알기로 꿈속에 등장되는 동물들은 현실에서 거의 대부분 어떠한 사람들을 상징하는 것으로 알고 있어. 그러니, 벌레나 뱀들로 상징된 사람들에게 시달리는 일로 실현될 수 있어. 더구나 이러한 상징적인 꿈은 예지만 가능하지, 그 실현을 막거나 피할 수는 없다고 알고 있어. 웅장한 건축물이 무엇을 상징하는지는 현재로서 잘 알 수는 없어도, 미로 속을 헤매는 꿈도 좋아 보이지는 않는 것 같아.”

“그런데 너와 나는 그렇게 친하게 지내지 않았는데, 네 꿈에 내가 나타났다는 것이 믿기 어려워. 그리고 꿈의 실현을 막을 수 없다는 말도 나는 이해가 안 되고---. 네 말대로 하자면, 우리 인간의 운명의 길이 정해져 있다는 것이 되니, 아무리 성실히 노력해도 어쩔 수 없다는 것이 나는 이해가 가지 않아?”

연숙은 하연에게 꿈에 대한 이야기를 하기에 벽이 느껴지는 것이 있었다.

“그래 하연아. 장차 일어날 일을 상징적으로 보여주는 상징적인 미래 예지 꿈의 특성이 있어. 자세한 것은 내가 소개해주는 사람이 쓴 책을 읽어보거나, 인터넷 사이트를 찾아봐. 구몽 박사라고, ‘몽생몽사’의 재미난 별명을 쓰는 유명한 꿈박사야. 점쟁이가 아닌, 실증사례에 입각한 꿈 사례를 중심으로, 꿈의 상징 의미를 분석하고 과학적으로 하고 있어. 여타의 점쟁이가 하는 꿈해몽과 달리 믿을 만 할 거야?”

“그래, 고마워, 꼭 살펴볼 게.”

“다만, 난 크리스천이잖니, 어떤지 꿈을 믿기가 그래.”

“얘는---, 꿈의 세계를 부정시하거나 미신시하지 마! 꿈의 세계는 정신과학의 세계로, 우리 인간의 신성(神性)의 정신능력 활동으로 빚어지는 영적인 세계인 거야. 또한, 성경의 역사는 꿈의 역사라고 할 수 있어. 성령으로 예수가 잉태했음을 알려주는 계시적인 꿈 이야기라든지, 풍년 및 흉년이 일어나게 될 것을 예지한 요셉의 꿈 이야기 등 무수한 꿈 이야기가 성경에 나오고 있잖니? 크리스천이라고 해서 꿈의 세계를 부정하거나 멀리할 필요는 없는 거야.”

“꿈의 세계라는 것이 너무 신비하다고 느껴져. 나도 이제는 꿈에 대해 관심을 가져보려고 해. 그래서 이렇게 너를 만나서 이야기를 듣고 있잖니?”

“나는 구몽 박사의 사이트에서 꿈에 대한 모든 글을 거의 다 읽어보았어. 거기 다른 사람들의 꿈 체험기 글들이 올려져 있는 게시판이 있는데, 너무나 흥미롭고 좋은 이야기들이 올려져 있어. 거기 보면, 수많은 사람이 예지적인 꿈을 꾸고 있음을 알 수 있어. 그 하나하나 실증적인 꿈체험 사례들을 읽다 보면, 웬만한 소설이야기는 눈에도 들어오지 않을 정도야. 그뿐만이 아냐? 구몽 박사가 주도하는 꿈 동호회 모임에도 두서너 번 나가 보았어."

"꿈을 믿는 사람들의 동호회 모임이 있다고---?"

"응, 꿈을 믿는 사람들의 친목모임이야. 꿈 동호회 모임이 서울의 종로 3가 근처의 음식점에서 두 달에 한 번씩 열리고 있어. 거기 나가서, 나처럼 꿈을 믿는 여러 사람들의 신비적인 체험에 대한 이야기를 듣거나, 박사님의 꿈에 대한 여러 이야기를 듣거나 조언을 받을 수 있어서 좋았어."

"동호회 모임이라니---, 그 사람들은 정말로 꿈을 믿는 사람들이로구나?"

"응, 동호회 모임에 나가서 여러 사람들의 꿈 체험담도 듣고, 꿈에 대한 많은 대화를 나누었어. 참, 무엇보다도 구몽 박사님이 동호회원들에게 꿈의 일기를 써보라고 강조하시는 거야."

"꿈 일기라고! 뭐 그런 것도 있어?"

"응, 자신이 꾸는 꿈의 특성을 알려면, 자신의 꿈 일기를 적는 것보다 좋은 것은 없다고 말씀하셨어. 그래서 그날 이후로 그날그날 꾼 꿈을 적는 꿈 일기를 써나가고 있는데, 정말로 재미있고 신비스러워."

"꿈 일기라고, 어떻게 쓰는 건데---."

"그냥 자신의 꾼 꿈을 노트 같은 곳에 적어두면 돼. 노트 상단에 꿈을 꾼 날짜를 적고, 꿈 내용을 기억나는 대로 적은 다음에, 약간의 여백을 남겨두면 돼. 나중에 꿈이 실현되면, 실현된 것을 여백란에 적으면 되니까. 아니 그보다 더 편리하게 요즈음에는 컴퓨터의 '아래 한글'에 쓰고 저장해 놓고, 비밀번호를 걸어놓으면 다른 사람들은 절대로 볼 수 없으니, 비밀성이 보장되어 아주 좋아. 이 경우에 억지로 모든 꿈을 다 적을 필요는 없고, 생생하게 기억나는 것만 적으면 돼. 잘 기억나지 않는 꿈은 현실에서 일어나 보았자, 아주 사소한 일로 이루어진다는 거야. 그렇게 꿈 일기를 쓰다 보면, 자신이 꾸는 꿈의 특징을 알 수가 있다고 말씀을 하셨어.”

“응, 나도 이제 한 번 써보아야겠다. 얘.”

“그래, 꿈 일기를 쓰다 보면, 자신이 사실적인 꿈을 꾸는지, 상징적인 꿈을 꾸는지 잘 알 수 있어. 우리 대부분은 상징적인 꿈을 꾸는 편이지만 말이야. 또 자신의 꿈이 언제 어떻게 실현되었는지 잘 알 수가 있게 되고, 꿈에 대한 확신이 생기게 될 거야?”

“그러니?”

“또한 실증사례에 대한 꿈 체험담을 읽어보는 것이 꿈을 이해하는 데 있어 가장 좋다고 생각해.”

“응, 그럴 거야. 그런데 너 정말로 꿈이 미래를 예지해준다고 생각하니?”

“프로이트는 ‘꿈은 소망의 표현’이라고 심리적인 측면에 중점을 두고 있지만, 우리 선인들은 태몽 등 예지적인 꿈의 세계에 관심을 많이 두셨어. 너 고전소설의 시작이 주인공의 태몽으로 시작되는 것 잘 알잖니? 그것도 다 좋은 태몽으로 전개되고 있잖니. 이렇게 좋은 태몽을 가지고 태어났으니, 장차 훌륭한 인물로 각광을 받는 것이 당연한 결과라고 하겠지.”

“그건 그래.”

“참, 내가 구몽 박사 사이트에서 읽었는데, 너 왜 홍길동이 어떻게 해서 서자로 태어나게 되었는지 아니?”

“아니, 태몽이라면 몰라도, 서자로 태어난 것도 꿈과 관련이 있는 거니?”

"응, 길동의 아버지가 낮잠을 자다가 청룡이 달려드는 꿈을 꾸고, '용꿈을 얻었으니, 반드시 귀한 자식을 낳을 태몽이라'고 생각하고, 내당으로 들어가 부인하고 장차 운우지정(雲雨之情)을 맺으려고 하였어. 그랬더니 부인이 정색하고 말하기를, 상공이 체위 존중하시거늘, 대낮에 이 무슨 짓이냐고 거절했어. 이에 분함을 참지 못하고 부인의 어리석음을 한탄하는 데, 때마침 계집종 춘섬이 차를 올리기에, 꿩대신 닭이라고 춘섬과 관계하여 낳은 아기가 홍길동이야. 청룡의 태몽이니, 장차 영웅호걸이 되는 게 당연하다는 것이지."

"정말 태몽꿈을 빌어서, 길동이 서자로 태어나는 소설 이야기에 당위성을 부여하고 있구나. 정말로 꿈으로, 앞날을 예지해줄까?"

"또한, 구몽 박사님이 내신 『꿈으로 본 역사』라는 책이 있는데, 한국의 역사적 사건이 일어나기 전에 꿈으로 예지된, 수많은 꿈 사례가 해설과 함께 소개되고 있어. 선인인 류성룡·허균은 임진왜란이 일어나기 전에 꾸신 불길한 꿈을 적어 놓았어. 난 정말로 믿어. 임진왜란 같은 우리 민족에게 엄청난 일이 벌어지는데, 그러한 것을 당연히 꿈으로 예지해준다는 것이 옳다고 생각해."

"하기야. 꿈이 장차 다가올 미래를 예지한다고 한다면, 선인들의 역사적인 기록에도 당연히 미리 꿈으로 예지된 일이 상당수 있을 거야."

"그래, 맞아. 책을 읽으면서 내가 놀라웠던 게 있어. 역사적 사건이 일어날 것을 18년 전에 예지하고 있다면 믿을 수 있겠니?"

"그런 이야기도 나오니?"

"응, 책과 사이트에 나오는 수많은 역사적인 사례 중에 하나일 뿐이야. 1400년 제 2차 왕자의 난에서 방원과 방간이 싸움을 벌이던 전날 밤, 이방원의 부인이 꿈을 꾸게 되지. 해가 공중에 떠있는데, 아기 막동(莫同)이가(세종의 아이 때의 이름) 해 바퀴 가운데에 앉아 있는 꿈을 꾸었어."

"해는 하늘에서 광명을 비추는 단 하나뿐인 존재로 임금의 상징을 지니고 있어. 따라서 남편인 이방원이 방간의 난에서 승리하여 왕위에 오르게 될 것이며, 장차 막동(莫同)이를 후계자로 하여 왕위에 오르게 하게 될 것을 예지해주고 있어."

"놀랍게도 꿈의 예지 그대로, 셋째인 아기 막동(莫同)이가 해 바퀴 가운데에 앉아 있는 꿈을 꾸고 난 후로부터, 18년 뒤에 장자가 아닌 셋째 아들인 충녕대군(忠寧大君)이 왕위에 오르게 되어 세종이 되는 것이지."

"얘, 구몽 박사 사이트 글을 다 읽어보았다고 하더니, 너 정말로 엄청 유식한 이야기만 한다. 18년 뒤에 일어날 일을 꿈으로 예지한 역사적 사건이란 말이지. 믿을 수 없는 이야기야. 아직도 나는, 꿈으로 미래를 예지해준다는 말이 사실 같지가 않아. 어쩌다가 들어맞는 우연의 일치 아닐까. 아니면 후세 사람들이 조작된 꿈 이야기이거나---"

"아냐. 구몽 박사님 사이트에도 꿈에는 여러 가지가 있으며, 그중에서도 목적달성을 위한 거짓 꿈 이야기도 자세히 소개되어 있지만, 난 꿈으로 미래를 예지해준다는 말을 믿어. 왜 로또(복권)에 당첨된 사람이라든가, 태몽 등으로 미래를 예지해주는 수많은 사례가 있지 않니. 좋은 꿈을 꾸고 로또(복권)에 당첨된 사람이 한두 사람이라면, 우연의 일치라고 볼 수 있겠지만, 수많은 사람이 있지 않니. 오죽하면 당첨자가 당첨금을 수령하려 은행에 가면, 복권 소식지에 내려고 꿈을 적어두는 담당 직원이 있을 정도야."

"그런데 꿈을 잘 꾸는 사람이 있고, 안 꾸는 사람도 있잖니?"

"그거야, 사람마다 개인차가 존재하는 것이지. 황영조 선수는 달리기 잘하고, 이미자 씨는 노래를 잘 부르잖니? 이는 육체적인 능력이 뛰어난 것이고, 정신적인 영적 능력이 뛰어난 사람들은 꿈으로 장차 일어날 일을 예지하는 능력이 뛰어나다고 볼 수 있어."

"우리 인간에게 영적인 정신능력이 정말로 존재할까?"

"그럼 존재하고 말고, 그것은 의심의 여지가 없어. 왜 동물들이 지진이 날 것을 알고 미리 대피한다고 하잖니? 과학적으로 보자면, 우리 인간은 듣지 못하는 땅속에서 들려오는 초음파 소리를 듣는다고 하잖아. 하찮은 물고기인 연어도 먼 바다에서 자신이 살던 곳으로 찾아와 알을 낳는 데, 만물의 영장이라는 우리 인간은 그 이상의 능력이 있을 거야. 우리가 생시에도 어떠한 일에 대한 예감이나 직감을 느끼지만, 우리가 자는 동안에 우리의 영적인 정신능력의 힘으로, 장차 일어날 일을 꿈으로 예지한다는 게 하나도 이상할 것이 없지."

"그래. 애, 연어가 먼 태평양 바다에서 자기 살던 곳으로 회귀해서 알을 낳는다는 것이 신기하기는 해."

"애는, 너 거미가 거미줄로 거미집 짓는 것 본 적 있니? 얼마나 오묘하게 집을 짓는 지, 누가 가르쳐 준 것이 아닌 천부적(天賦的)으로 타고난 능력이잖니?"

"하긴 그래, 하찮은 미물인 거미에게도 그런 능력이 있는데, 우리 인간이 꿈으로 미래를 예지하는 능력을 지니고 있다는 것이 어찌 보면 당연하다고 생각해."

"우리가 텔레파시 운운하는 데, 생각해봐라 애. 부모님이 급작스럽게 돌아가시는데, 자식에게 아무런 텔레파시 같은 것이 없어야 되겠니. 텔레파시보다 몇백 배 강력한 영적인 정신활동의 세계가 펼쳐지는 것이 꿈의 세계야."

"그건 그래, 꿈에는 뭔가 있는 것은 틀림이 없어. 나도 요즈음 들어 안 좋게 여겨지는 꿈을 자주 꾸는데, 거기다가 어머니랑 친구인 너도 안 좋은 꿈을 꿨다고 하니, 걱정도 되고---. 아마 모르기는 몰라도, 내 주변 사람들 가운데 매니저나 오늘의 나를 있게 해준 노 회장님 등도 나에 대해서 안 좋은 꿈을 꾸었는지도 몰라. 그런데 이렇게 남에게 일어날 일을 다른 사람이 꿔주기도 하는 것이니?"

"응, 이런 꿈꾸는 능력이 뛰어난 사람이 있어. 어찌 보면 선천적으로 부모로부터 유전된다고 볼 수 있어. 그런 사람들은 자신의 일뿐만이 아니라, 주변 사람들에게 일어날 일을 대신 꿔주기도 해. 너도 왜 알잖니, 며느리의 태몽 같은 것을 시어머니가 대신 꿔주기도 하는 거 말야. 태몽꿈을 꾸었다고 나이 많은 시어머니가 아기를 낳는 것은 아니지. 이런 경우 주변사람들에게 형식적인 꿈을 사고파는 절차를 거치는 것이 매몽이라는 거야."

"아니, 그거, 꿈을 사고팔 수도 있니?"

"엄격히 말하면, 전혀 남모르는 사람의 꿈을 사고판다는 것은 무의미해. 무언가 관련이 있는 사람들끼리 꿈을 사고파는 경우에, 운명적으로 꿈으로 예지된 것을 단지 현실에서 사고파는 절차를 거치는 것으로 여기면 될 거야. 조금 전에 이야기했던 시어머니의 태몽말야. 며느리도 있지만, 자신의 시집간 딸도 있을 수 있잖니. 이럴 경우에, 먼저 시어머니에게 꿈을 사는 절차를 밟는 사람에 관한 일로 꿈이 실현될 가능성이 높은 것이지. 형식적이라 하더라도 매몽의 절차를 거쳤으니까?"

"그래. 정말로 오늘 꿈에 대해서 많은 이야기 했어. 덕분에 꿈 공부도 많이 하고, 좋은 정보 알려줘서 고마워. 앞으로 꿈에 대해서 관심을 많이 가져야겠어. 꿈 이야기는 우리 이제 그만하고, 다른 이야기나 해보자."

"그래. 오늘의 꿈 이야기가 부디 너에게 도움이 되었기를 바래."

연숙은 오랜만에 만난 하연과 친구들의 이야기, 수업시간에 있었던 유별난 일, 여러 선생님에 관한 이야기 등등 많은 이야기를 나누었다. 그중에서도 꿈에 관한 이야기를 나누다 보니, 어느덧 그녀 자신도 모르는 사이에, 그녀 자신이 꿈의 세계에 대해서 확신을 지니고 있음도 알게 되었다.

돌이켜보면, 대학 시절에 프로이트의 『꿈의 해석』을 읽어보았지만, 심리적인 측면에서 언급한 글들이었으며, 무언가 우리 민족의 꿈을 보는 입장에는 맞지 않는다고 여기고 있었다.

하지만 어느 날 대학 학보에 실린 '꿈이란 무엇인가?'라는 '구몽' 박사의 글을 읽은 다음부터 그녀는 무언가 새로운 세계로 나아가는 빛을 찾은 느낌이었다. 막연해 보이던 신비한 꿈의 세계가 열려지는 듯하였으며, 꿈에 대하여 보다 관심을 지니게 되었다.

그 후 인터넷 시대가 열려, '구몽 박사 꿈해몽'의 인터넷 사이트에 가입한 후에는, 수시로 사이트 내의 글을 찾아 읽으면서, 나아가 상담을 받아가며 꿈에 대한 궁금증을 해소하면서, 꿈에 세계에 대하여 공부를 해오고 있는 터였다.

그녀 자신이 별로 친하지 않던 하연에게 전화를 한 것도 5년 전에 자신이 꾼 꿈도 있었지만, 하연에게 꿈 이야기를 일러주어 불길한 꿈에 대하여 대비하고 마음의 준비를 하게 해주는 것이 낫다고 여겼기 때문이었다.

한편으로 연숙은 또 다른 그의 친한 친구이자, 작가 지망생인 김운순에게 '구몽 박사의 꿈해몽' 사이트를 소개해 보아야겠다고 마음먹었다. 선인들의 꿈 이야기를 비롯하여 방송소재로 활용하면 좋은 것들이 너무도 많이 있었기에, 많은 도움이 될 것이다. 자신 또한 현재 여행사 팀장을 맡고 있어 바쁘지만, 기회가 주어진다면 국문학이나 한문학을 전공하여, 학창시절부터 자신이 바라왔던 학교 선생님의 새로운 인생길을 걸어보고 싶었다.

한편, 연숙과 헤어져 서울로 돌아오는 길에서, 하연은 연숙과의 대화 내용을 떠올려보았다. 연숙은 몽순이라는 별명에 걸맞게 꿈에 대해 많은 것을 알고 있어서, 자신이 꾼 꿈을 이해하는 데 많은 도움이 되었음을 부정할 수는 없었다.

하지만 꿈에 관한 대화를 통하여 꿈에 대하여 어느 정도 이해할 수 있었지만, 오히려 궁금증만을 더해주는 것도 있었다. 특히나 상징적인 미래 예지 꿈은 예지만 가능할 뿐이지, 피할 수도 막을 수도 없다는 것이 도대체 어떻게 해야 한다는 말인가? '꿈으로 예지된 일이 이렇게 피할 수 없다면, 꿈을 꿔보아도 소용이 없는 것이 아닌가?' 하면서, 마음 약한 사람들이 하는 부질없는 이야기라고 여겼다.

또한, 우리 인간이 이렇게 장차 일어날 일을 미리 꿈으로 예지하는 것이 신의 계시인지, 우리 인간의 영적인 정신능력의 활동인지---. 하지만, 그동안 몽순이가 꿈으로 예지한 여러 사건을 직접 눈으로 보아온 터라, 꿈의 세계에 대해서 부인만 할 수도 없었다. 게다가 주변 사람에게 일어날 일을 대신 꿔줄 수도 있다는 현실을 어떻게 받아들여야 하는 것인지---. 정말로 자신이나 부모님이나 연숙이가 꾼 여러 불길한 꿈으로 미루어, 장차 자신에게 불길한 일이 일어날 것이며, 나아가 피하거나 막을 방법조차 없다는 말인가?

각자가 꿈을 꾼 날짜를 더듬어보니, 하연이 자신이 구덩이에 떨어져 뱀에게 시달리는 첫 번째 꿈을 꾼 지 며칠 뒤에, 어머니도 안 좋은 꿈을 무려 세 가지나 꾸신 것이다. 바로 그 무렵에 몽순이인 연숙이도 좋지 않은 꿈을 꾸었다. 아마도 자신에 대해서 안 좋은 꿈을 꾼 사람이 더 있을 것 같았다.

제 11장

희정의 납치-백련화 난초로의 강요

2003.10.12. 일요일 10:00

이틀 전에 백주월 회원 하나를 붙여서 예행연습까지 시키면서, 백합을 형님에게 선을 보인 것은 대성공이었다. 원래 과묵한 편이라 자세한 말은 하지 않았지만, 그녀에 대해서 흡족히 생각하는 것 같았다.

다만, 마 두목인 형님이 혹시나, 백합이 명품관에서 본 그녀인 것을 알아차렸는지 모른다. 따라서 백합을 납치해 데려온 사실을 알고, 돌려보내라고 할지 모른다. 칼치는 고심했다. 모처럼 힘들게 납치해왔는데, 이대로 그냥 돌려보내는 것은 아쉬웠다. 어떻게 해서든지 형님을 설득해야 했다.

그동안에 백합이 접대할 백주월 회원 10명을 선정해서, 하룻밤에 1천만 원씩 선입금으로 이미 1억 원을 받아둔 상태였다.

아니나 다를까, 마 두목으로부터, "백합을 돌려보내라."는 말이 있었다.

"형님! 당분간 그냥 여기에 두시고, 적적할 때마다 술 한잔하시면서 함께하는 것이 어떠신지요? 아니면, 주요 백주월 회원에게만 접대하게 하고 내보내는 것이 어떻겠습니까?"

그러면서, 칼치는 신문지에 싼 1억 원의 현금을 마 두목에게 건넸다.

"뭐냐, 이건---"

"네가 어떻게 이 돈을 마련했냐?"

칼치는 마 두목 앞에 무릎을 꿇었다.

"형님, 제가 독단적으로 일을 저질렀습니다. 1억 원입니다. 앞으로 백합이 접대할 백주월 회원 10명에게 선입금으로 받은 돈입니다. 형님이 알아서 쓰십시오."

칼치 자신에게도 백주월 회원으로부터 좋은 백련화를 맺어주었다고, 추가로 사례비가 생길 터였다.

칼치는 이미 알고 있었다. 마 두목이 고향에서 올라오기 전에, 원주교도소에 들러서 온 것과 누구를 만나고 왔는지를---. 10년 전에, 마 두목의 심복이자 조직의 행동대장이었던 송태규가 온갖 책임을 떠안고 살인죄로 현재까지 감옥에서 수감생활을 하고 있었다. 이에, 마 두목이 그 후로 그 가족에게 넉넉하지 않은 생활비를 부쳐오고 있었던 것이다.

"송태규가 형님을 위해 희생하였으며, 절대적으로 의리를 지키고 있습니다. 이 돈이면, 송태규의 가족들에게 한동안 걱정 없이 지낼 수 있게 해줄 수 있을 것입니다. 저 역시 그를 도와주고 싶습니다."

마 두목은 망설였다. 백합을 즉시로 내보내야 하겠지만, 여기 백련화로 당분간만이라도 활동하게 한다면, 칼치의 말처럼 감옥에 있는 송태규의 가족을 크게 도와줄 수 있었다.

"형님! 어차피 눈을 가리고 접대하고 있으니, 은밀한 지하 비밀 룸에서 일어나는 일을 그 누가 알 수 있겠습니까? 주요 백주월 회원에게만 접대하게 하고 내보내면 되지 않겠습니까?"

그랬다. 백합을 당분간이라도 붙잡아두면, 심복이었던 송태규의 가족을 도와줄 수 있을 터였다. 그뿐만 아니라, 자신도 백합의 싱그러운 미모에 빠져들어 결국은 백합과 관계를 맺은 자신이었기에, 마 두목은 그러한 칼치의 의견을 강력하게 묵살하지 못했다.

결국은 지난날의 조폭 세계에서 벗어나 합법적인 세계를 지향하던 마 두목은 또다시 어둠의 세계이자 파멸의 구렁텅이로 향한 운명의 수레바퀴를 돌려가고 말았던 것이다.

술좌석에서의 피라미드의 비밀회원인 백주월의 취향은 다양했다. 자신이 좋아하는 백련화와 술자리 갖기를 원하는가 하면, 자신만의 변태적인 은밀한 시간을 갖기를 바라는 손님도 있었다. 한발 더 나아가 일반의 순수한 처녀와 술자리를 원하는 손님도 있었다. 하지만 화류계 여성이 아닌 일반 처녀가 순순히 그러한 일을 하러 나서지는 않을 것이었다.

나아가 칼치는 이제 백합에 이어, 두 번째의 새로운 백련화를 납치하고자 했다. 백합처럼 순수한 여자를 납치하여 강제적으로 협박함으로써, 새로운 백련화를 만들어내는 것이다.

더 나아가 인기 절정의 미모의 탤런트도 한두 명 정도가 필요했다.

백주월 멤버 중에는 요즈음 한창 뜨고 있는 톱 탤런트인 정하연이에게 빠져, 그녀와 피라미드에서 하룻밤을 같이 지냈으면 하는 손님들이 많이 있었다.

그중에서도 삼현 그룹의 재벌 2세인 송영민이 가장 적극적이었다. 그는 방탕하기가 짝이 없는 놈이었다. 학창시절부터 공부도 하지 않고 친구 몇 명과 어울려 못된 짓만 일삼다가, 고등학교도 여기에서 마치지 못하고 미국으로 들어갔던 놈이었다. 말이 미국 유학이지, 이름도 없는 대학에 다니다가 그것도 도중에 그만두고 들어와, 이렇게 향락적인 생활에만 빠져 지내는 것이다.

그는 정하연에게 빠져 있었다.

"하연이와 하룻밤을 지내게 해주면, 1억이라도 내놓겠소."라며, 요즈음 들어 너무나 졸라대는 것이었다. 자신이 그녀에 대한 정보를 줄 수 있으니, 칼치 정도라면 손쉽게 데려올 수 있을 거라 했다.

한편, 재벌 2세인 영민 외에도 기획 부동산으로 떼돈을 벌은 박 사장도 적극적으로 달라붙고 있었다. 정하연 같은 미모의 연예인을 불러와 하룻밤 자신의 술 시중을 들게 하면서, 그 자신의 변태적 가학적인 욕구를 충족시키고 싶어서 안달복달이 난 것이었다.

그러나 하연이 이름난 연예인이니만큼 신중을 기해야 할 것이었다. 백합과는 달리, 그녀의 납치 사실이 알려진다면 경찰의 대대적인 수사가 시작될 것은 불은 보듯 뻔한 일이었다. 또한, 마 두목이나 박 마담이 연예인인 하연을 데려오는 데, 반대할 것이 분명했다. 또한, 데려왔을 경우에도 그때는 백합의 경우에 있어서처럼, 마 두목이 좋아하는 아가씨여서 그랬다고 할 수도 없었다. 당연히 박 마담의 회유나 도움을 얻을 수도 없을 것이다.

칼치는 궁리 끝에 묘안을 떠올렸다. 마 두목인 형님이 고향에 다녀오느라 피라미드에 없는 때를 타서 연예인 하연을 납치해오되, 속전속결로 처리하는 것이다. 하연의 알몸을 비디오카메라로 찍어두거나, 백주월 회원과의 접대 및 정사 장면을 특수설치한 CCTV로 찍어두었다가, 폭로한다는 것을 미끼로 차후에 필요한 경우에 불러들이면 될 것이었다.

형님인 마 두목이 피라미드의 자리를 비웠을 때, 한 달에 한두 번만이라도 그녀를 백련화로 불러들인다면, 하연이 이름난 연예인이니만큼 피라미드 명성은 말할 것도 없을 것이다.

하지만 지금 당장은 손쉽게 마련할 수 있는 새로운 백련화가 필요했다. 칼치는 백합에 이어 두 번째 대상으로 박 사장이 말했던 여자를 떠올렸다. 몇 개월 전, 밤늦은 시각이었다. 그가 옷에 붉은색 포도주를 묻힌 채로 씩씩거리며 들어왔다. 그날은 평소에 단골로 찾던 수선화인 미희도 도중에 쫓겨 나왔던 것이다. 이어 다른 아가씨가 룸에 들어갔으나, 그 아가씨도 이내 도중에 쫓겨 나온 날이었다.

칼치는 무언가 이상해서 룸에 들어가 보았다.

"아니, 형님! 도대체 무슨 일이 있었슈? 오늘 여느 때와 달리 이상하네요?"

"아! 동생, 오늘 이 내 꼴을 보게나?"

"내가 오늘 기분이 아주 별로야. 아주 지독한 년 때문이야. 내가 어쩌다가 알게 된 최희정이라는 년이 있어. 고걸 어떻게 해보려고 하는 데, 보통 앙탈을 부리는 게 아니야. 오늘도 어찌 해보려고 강화도까지 태워가서 고급 레스토랑까지 데려갔는데, 결국은 내가 개망신만 당하고 왔어."

돌아오는 차 안에서도 그녀를 어찌해 보려고 했으나, 그녀가 강력히 반항하는 탓에 블라우스의 단추만 몇 개 뜯어졌을 뿐, 소기의 성과를 거둘 수 없었던 것이다. 그녀가 마지막으로 한 말이 귓가에 맴돌았다.

"사장님이 정 그러시면, 저도 가만히 있지 않고 경찰서에 신고할 거예요."
참으로 독한 계집이었다.

"그런데 그렇게도 그녀가 마음에 드슈?"

"마음에 들다 마다---, 하지만 제아무리 돈을 준다고 해도 거절을 하니---. 내고 년을 붙잡아다가 여기 피라미드에서 엉덩이를 만지며 술 한잔하면서, 하룻밤을 내 뜻대로 보낸다면 원이 없겠네.”

“여기 피라미드로 그녀를 강제적으로라도 납치해 와서, 박 사장님을 모시게
할까요?”

“그거 그녀에 대해서 모르는 소리요. 그렇다면 그녀의 성격상, 그녀는 혀를
깨물고 죽을 것이오. 난초 알지요. 꽃이 고고하고 좋지만, 키우기가 얼마나 어
려운지 알아요? 난초가 일반 사람들이 가까이하기 어렵듯이, 그녀는 꽃으로
말한다면 난초요. 난초!”

“……”

“내 여태껏 살아오면서 돈이면 다 되는 줄 알았는데, 난 이번 일로 돈을 가지
고도 안 되는 일도 있다는 것을 깨달았네. 진정으로 그녀가 애교를 부리면서
다가오지 않는 한, 그것은 아무런 의미가 없네. 차라리 내 마음에 안 들더라도
다른 여자가 애교부리면서 다가오는 것이 낫겠네.”

칼치는 박 사장이 그렇게까지 말하는 데에 대해서, 호기심이 생겼다.

‘도대체 어떤 여자이기에 그렇다는 말인가?

‘돈을 쓰는데 비교적 인색한 박 사장이 아닌가?

그런 그가, 그녀와 하룻밤만이라도 술자리를 하면서 시간을 갖게 된다면, 하
룻밤에 일천만 원이라도 아깝지 않을 것이라고 하는 데에 묘한 흥미를 느꼈
다. 박 사장이 그렇게까지 말하는 데에야, 나름대로 여자로서의 매력도 있는
것처럼 느껴졌다.

하지만 칼치는 자신이 있었다. 그가 여태껏 여자를 다루어서, 자신의 뜻대
로 하지 못한 경우는 없었다. 칼치는 난초 같다는 그녀를 여기 피라미드로 데
려다가 그녀를 협박하고 위협하여, 그녀로 하여금 박 사장을 받아들이게 해야

겠다고 마음먹었다. 그러한 여자를 데려다가 교육시켜, 여기 백련화로 탄생시키는 것이 자신의 능력을 발휘하는 것이요. 피라미드의 참된 사업이라고 믿었다. 그리하여 칼치는 백합에 이어, 두 번째로 박 사장이 흑심을 품었던 그녀를 데려오기로 마음먹었다. 일단은 박 마담이나 마 두목인 형님이 모르게 일을 진행시켜야 할 것이다.

　
　며칠 전에 찾아온 박 사장에게 시치미를 떼고, 그녀에 대해서 아는 대로 이야기해보라고 하니, 그녀는 박 사장이 과음으로 인한 술병으로 인해, 병원에 며칠 쉬려고 입원했을 때, 박 사장의 병실을 담당하는 간호조무사였다고 한다. 고등학교를 졸업 후에, 동생의 학비 및 자신의 대학 진학을 위해 공부하면서, 그 병원에서 2년째 일하고 있다고 했다. 또한, 아버지는 안 계시고, 어머니는 시장에서 장사하고 있었다.
　그 병원은 개인병원으로 특별한 병원이었다. 환자의 편의를 위해 특실인 경우, 두 사람당 한 명씩의 특별 간호조무사를 배정해 주었다. 그러니 말이 간호조무사이지, 환자를 돌보는 도우미였다. 병원장은 미모와 몸매를 보고 인원을 선발했으며, 병원에서 단체로 제작한 얇은 원피스로 몸매의 굴곡을 드러내는 옷을 입고 근무하게 했다.
　하루 세 끼니를 챙기고 시간마다 환자의 상태를 살펴보면서, 환자들과 이야기를 나누는 것이 그녀의 주된 업무였다. 박 사장은 그녀의 건강미와 원피스 아래 드러난 탐스러운 허벅지를 이따금 훔쳐보는 것만으로도 병이 다 나을 것 같았다. 그리하여 박 사장은 별도의 수고비를 주면서까지 그녀의 환심을 사고자 하였다.
　하지만 그녀는 다른 환자들보다 차가울 정도로 박 사장을 대하고는 했다.

그녀가 생각하기에 나이가 많고, 머리가 벗겨져 대머리가 되어 있는 것이 문제가 아니었다. 인간적으로 올바르지 못한 사람이었다. 탐욕스러울뿐더러, 진실함이 없는 사람이었다. 그녀는 그런 사람들이 가장 싫었다.

얼마 전에 그의 부하직원인 듯한 사람이 병실에 찾아와서, 어려운 형편을 하소연하며, 어린 딸에 대한 수술 병원비로 200만 원만 빌려달라며 도와달라고 하는 것을 본 적이 있었다. 하지만 그는 매몰차게 거절했던 것이다. 그러한 사람이 자신에게 선물한다는 것이 사람 같게 느껴지지가 않았다.

그녀가 보기에 박 사장은 몸이 완쾌된 것 같았다. 하지만 퇴원을 미루어 가면서까지, 그녀에게 온갖 감언이설과 선물을 건네주고 있었으나, 그녀는 뺀질뺀질한 그의 얼굴을 보는 것조차 싫었다. 더구나 자신의 애인이 되어 준다면, 한 달에 오백만 원씩 준다며 그녀의 엉덩이를 쓰다듬으려 들었다. 그녀는 견디다 못해, 수간호사에게 상의하였다. 그리하여, 박 사장이 퇴원하면 다시 나오는 것으로 하고, 병원을 쉬게 해주었던 것이다.

그녀가 사라지자 할 수 없이 퇴원한 그였지만, 그 후에도 그녀에 대한 관심은 지속되었다. 수많은 술집을 다녀보고, 수많은 여자를 만나보았지만, 그녀처럼 고상하면서도 자신의 주관이 뚜렷한 여자는 처음이었다. 박 사장은 그런 그녀에게서 묘한 매력과 더불어 남자 특유의 정복욕을 느끼고 있었다.

그리하여 어느 날 퇴근하는 그녀를 강제로 차에 태워 고급 레스토랑에 데려갔다. 그리하여 자신의 애인이 되어 한 달에 두세 번씩만 잔다면 일천만 원씩 매달 주겠다고 제의했으나, 차디찬 거절과 함께, 마시던 포도주가 옷에 뿌려지는 망신만 당한 것이다.

칼치는 일단 제 2의 납치 대상을 선정한 이상, 빠를수록 좋다고 생각하였다.

칼치는 마 두목과 박 마담이 피라미드를 비우는 일요일 오후에 결행하는 것으로 마음을 정했다.

때마침, 박 마담이 다니는 조용한 산사에서, 마 두목과 박 마담은 일요일 오후 2시에 간략한 결혼식을 하기로 예정되어 있었다. 결혼 후에는 아마도 신혼여행 겸 2~3일간 여기 피라미드를 비울 것이다.

그동안 칼치가 부하를 시켜 알아본 바로는, 그녀는 근면 성실하면서도 검소한 처녀였다. 집에서 병원까지 버스로 출퇴근하고 있었으며, 대학 진학을 위해 일주일을 거의 빼놓지 않고, 집 근처의 독서실에서 공부하다가 밤늦게 귀가하고 있었다. 그렇다면, 그녀의 성격상 일요일에도 쉬지 않고 독서실에서 밤늦게 공부를 하다가 올 것이다.

칼치는 심복 석두와 함께, 이미 희정의 집 부근의 사전 답사를 며칠 전에 마친 상태였다. 대로변에서 들어오게 되는 한적한 길이었다. 그녀를 데려오는 데 있어서, 독서실에서 나와 집에 도착하는 10여 분 사이에 일을 처리해야 한다고 생각했다. 특히 슈퍼가게 앞을 지나서, 그녀의 집 앞에 이르는 골목길의 10m 사이에서 작업해야 한다고 마음먹었다. 회사원인 최희정의 납치는 크게 문제 될 것이 없었다. 그저 수많은 사건 중의 하나로 묻힐 것이다.

2003.10.12. 일요일 11:00~22:00

일요일 오전, 칼치는 마 두목과 박 마담에게 결혼 축하의 인사를 올렸다. 조용한 산사에서, 둘만의 오붓한 결혼식을 치를 예정이었다. 칼치를 비롯하여 부하들과 지상의 백련화 아가씨들 7~8명과 주방 아주머니 등이 일제히 축하 인사를 건넸다. 칼치 또한 심복인 날치를 시켜 준비해둔 커다란 꽃다발을 마 두목에게 올렸다.

"축하합니다. 형님!"

"그래, 나 없는 며칠간 피라미드를 잘 부탁한다."

"걱정하지 마십시오, 형님! 잘 다녀오십쇼."

마 두목과 박 마담이 떠난 후에, 이어 칼치도 서울로 출발을 서둘렀다. 며칠 전, 현장 답사 후에 개략적인 상황을 파악한 칼치는 석두와 우진이 부하 두 명을 데리고, 자신이 직접 처리하기로 마음을 먹었다.

서울에 도착했을 때는 저녁이 되기 전이었다. 저녁이 되어 다른 차들이 주차하기 전에, 주변에 CCTV가 설치되어 있지 않은 곳에 차를 세워두어야만 했다. 그는 대로변에서 두 부하를 내리게 하고, 일단 자신이 나올 때까지 기다리라고 하였다. 쓸데없이 눈에 띄어 낯선 사람이라는 의심을 받을 필요는 없었다. 서서히 자동차를 몰고, 네거리의 슈퍼 가게를 지나서, 그녀의 집으로 올라가는 도로 길옆에, 점찍어 둔 곳에 주차를 시켜 놓았다. 만약을 대비해 이미 출발할 때부터 차 번호 판도 대포 차량 번호판으로 바꿔 놓은 상태였다.

그저 그런 평범한 동네였다. 주변에는 동네 꼬마들이 뛰놀고 있었다. 어느 순간 누가 찬 공인지, 자동차를 세워둔 곁으로 데굴데굴 굴러 왔다. 한 아이가 달려와서 공을 집어갔다. 눈망울이 커다란 것이, 보기에 무언가 모자란 저능아로 보였다.

차를 주차해둔 다음에, 이제는 작업을 벌일 시간까지 저녁 식사를 겸해서 나갔다 와야 했다. 굳이 여기 부근에 있다가 외부 낯선 사람이라고 쓸데없는 의심을 받을 필요는 없었다. 칼치는 다시 대로변에 나가서도 부하들에게 눈짓하여 각자 뒤로 떨어져 오라고 시켰다. 혹시나 모를 의심을 받지 않기 위해서였다.

아울러, 희정이가 공부한다는 대로변의 독서실까지 걸어가 보았다. 걸어서 오는 데 몇 분이나 걸리는지 확인하기 위함이었다. 대략 10여 분이 걸리는 거리였다.

근처에, 감자탕집이 눈에 띄었다. 그는 부하들을 이끌고 들어가려다가 멈칫거렸다. 같이 다녀보았자 좋은 일이 없을 것이다. 혹시 남의 눈에 띄면 낯선 사람이라 이상하게 생각할지도 몰랐다.

"야! 우진, 석두."

"예, 형님"

"너희는 어디 가서 저녁을 각자 하고, 시간을 기다려라. 밤 10시쯤에, 우진이 너는 여기 독서실 주변에 있다가 희정이 나오면 연락을 취하고, 여기 대로변에서 기다리다가, 차가 돌아 나올 때 탈 수 있게 해라. 석두, 너는 슈퍼가게로 통하는 대로변 길에 있다가, 희정의 뒤로 사람들이 따라오는지 확인하고 이상 유무를 연락해라."

"예, 형님!"

"그리고 둘이 저녁 식사 후에는 같이 있지 말고, 따로따로 행동하도록---."

"저기 PC방이 보이는데, 각자 따로 들어가 시간을 기다려라. 희정이 독서실에서 나오는 10시 이후에 행동 개시하고---."

"옛, 형님!"

칼치 자신도 저녁 식사 후에는 근처 사우나라도 가서, 휴식을 취하면서 10시까지 기다려야만 했다. 찾아 들어간 곳이 변두리 사우나라 그런지, 사람들도 얼마 없었다. 그는 대충 샤워하고, 탕 속에 몸을 담갔다.

칼치는 생각에 잠겼다. 모처럼 만에 시간적인 여유를 갖고 자신을 되돌아보니, 새삼스럽게 자신의 하는 일에 대한 망설임이 일어났다. 지금 당장에라도 피라미드로 돌아가서 백합을 내보내고, 자신을 따르는 부하들도 다 내보내는 것이 좋을 것 같다고 여겼다.

마 두목도 그동안 내연의 관계로 지내왔던 박 마담과 약식이나마 결혼식을 올린 지금, 그 자신도 자신을 버리고 떠났던 동거녀를 찾아가 용서를 빌고, 다시 새 출발을 하고 싶었다. 동거녀를 생각하자 아쉬움이 배어났다. 그때, 아기를 유산만 하지 않았더라도, 어쩌면 지금까지 부부의 연을 이어왔을지 모른다. 그러나 아기가 유산된 후에, 자신의 남모를 난폭한 행동으로 인하여, 그녀가 떠나간 지 벌써 몇 년이 지나가고 있었다. 언젠가 풍문으로 듣기에, 강원도 인제에서 한참을 더 들어간 곳에서 살고 있다고 했다.

사실 마 두목뿐만 아니라, 박 마담은 더한층 다시 재결합할 것을 충고하고 있었다. 남자는 무엇보다도 가정이 있어야 안정된다는 것이다. 그러면서 이전의 동거녀를 다시 데려오면, 여기에서 가까운 곳에 새롭게 집을 지어줄 것이라는 말을 덧붙였다. 그로 미루어, 얼마 전에 이장에게서 들은 바 있는, 형님이 새롭게 땅을 사두었다는 말이 사실인 것도 같았다.

그동안, 피라미드의 성사를 위하여 무엇보다 마 두목에게 남다른 충성을 바쳐온 그였다. 이제 피라미드도 안정을 찾아가는 지금, 이제 그 자신이 해야 할 일들이 별로 없는 것 같았다.

백주월 회원 가운데, 소동을 부리는 손님은 한 사람도 없었다. 오히려 다른 사람들 눈에 띨까 봐, 은밀히 왔다가 은밀히 사라지는 그들이었다.

하지만 다른 한편으로 이제는 돌아가기에 너무 멀리 온 지도 몰랐다. 최초 발랄한 여대생인 미림을 납치해서 백련화로 만들어, 마 두목에게 진상한 것부터가 잘못된 일이었다. 성적(性的)으로 불구가 된 마 두목을 위한 충성심에서 저지른 일이었지만, 윗 지상층의 백련화와는 달리, 납치로 미림을 데려온 것이 명백한 불법행위임을 그 자신은 잘 알고 있었다.

그런데다가 박 사장의 사주가 있었다고 하지만, 이제 오늘 다시 자신 스스로 제 2의 납치를 감행하려고 하는 것이다. 칼치는 점차 어둠의 세계로 발을 들여 놓고 있는 자신을 발견하고 미워졌다. 그러나 자신이 여기 피라미드가 아닌 사회에 나간다면, 그들이 자신을 정당한 사회인의 하나로 받아줄 리가 만무했다.

이미 조직폭력배요, 전과자로 낙인찍혀져 있는 자신이었다.

'그래, 까마귀는 '까악' 거리면서 살아가야 하는 거야. 난, 이미 때가 너무 많이 묻어서, 다시 이 사회로 나오기는 틀린 거야. 한때 같이 살았던 동거녀와의 아기가 유산될 때부터, 내 인생은 무너진 거야' 자신은 이제, '이대로 살아가는 수밖에 없다'고 칼치는 생각했다.

어느덧 10시가 다 되어 가고 있었다. 이제 오늘밤 납치해야 할 회사원인 희정이가 독서실에서 돌아오기를 자동차 안에서 은밀히 기다려야 했다.

칼치는 목욕을 마치고 밖으로 나왔다. 힐끗 보니, 독서실 주변에 우진의 모습이 보였다. 멀리서 손을 한 번 들어주고, 대로변으로 올라갔다. 입구에 석두가 있었다. 눈을 찡긋하고 모른 채, 슈퍼 가게가 있는 곳으로 향했다. 밤이 늦어서인지 지나가는 사람은 뜸한 편이었다. 슈퍼가게 안에서 불빛이 새어나오고 있었다. 가게에 들러서 무언가 시원한 음료수라도 사고 싶었지만, 혹시나 하는 마음에 그냥 지나쳤다.

그는 주변을 살피며, 어둠 속에 파묻히듯이, 자동차 안으로 몸을 숨겼다. 이제 모든 준비는 끝냈다. 조금만 더 시간이 흘러가 그녀만 오면 되는 것이다. 그녀가 옆에 지나갈 때, 그녀에게 미안한 일이지만, 그녀의 복부에 주먹 한 방이면 끝날 일이었다. 칼치는 차 안에서 그녀를 기다렸다.

담배를 하나 피워 물었다. 초조함과 함께, 작업의 결행에 대한 망설임이 또 다시 일어났다. '그래, 아직도 안 늦었어. 지금이라도 돌아가서, 새롭게 태어날 수 있어' 하지만 한편에서는, '너는 돌아갈 집이 없어. 마음의 안식처라고 할 수 있는 따뜻한 아내와 귀여운 자식들이 없잖아. 그냥 살아온 대로 살아' 악마의 유혹이 계속되었다.

어느덧 담배를 세 개비 빼어 물었을 때였다. 우진에게서 그녀가 독서실을 출발했다는 연락이 왔다. 얼마 뒤에 드디어 저 멀리서 그녀인 듯 보이는 사람의 형체가 나타났다. 다른 사람들은 보이지 않았다. 동시에 석두에게서도 그녀가 지나가고 있다는 무전도 날라왔다. 점차 가까이 그녀가 다가오고 있었다. 다시 석두로부터 뒤따르는 사람 없음의 연락이 왔다.

때는 지금이었다. 칼치는 검은 안경을 쓰고, 강력 마취의 액을 수건에 적셔서 왼손에 감아 들었다. 그녀가 세워둔 차에 다가오고 있었다. 갑작스럽게 어둠 속에서 차의 문이 열리고, 그가 밖으로 나온 순간, 뜻밖의 위태로움을 감지한 그녀가 뒷걸음치려고 하였다. 하지만 칼치는 더 빨랐다. 사람을 많이 다뤄본 그였다. 그녀의 명치 끝을 가격하자, 그녀가 '허억' 소리를 내며 맥없이 주저앉았다. 순간 그녀의 입과 코를 수건으로 틀어막았다. 널브러진 그녀를 부둥켜안아, 뒷좌석에 태웠다. 아무도 본 사람은 없었다.

그는 곧바로 차를 출발시켰다. 차를 후진하여, 슈퍼 앞에서 차를 돌렸다. 슈퍼 가게 안에서는 아까 낮의 눈망울이 큰 아이가 자동차를 쳐다보고 있었다. 조금 모자란 듯한 아이이니, 별 탈 없을 것이다.

나오는 길에 석두를 태우고, 이어 도로변에서 우진을 태웠다. 납치는 성공이었다. 하지만 만약을 대비하여, 과속하여 속도위반 등에 찍히지 않도록 속력을 내지는 않았다. 얼마를 갔을까. 한적한 도로에서 칼치는 차를 멈췄다. 우진으로 하여금 운전하게 하고, 자신이 직접 희정의 왼쪽 옆자리에 앉았다. 그녀 옆에는 만일을 대비하여 석두를 앉혔다. '이제 곧 그녀가 깨어나게 되리라' 하지만, 이제부터가 시작이었다. 박 사장의 말에 의하면, 보통 여자가 아니었다. 따라서 초반에 어떠한 가혹한 위협을 가하더라도, 그녀에게 말을 듣게 할 필요가 있었다.

그는 그녀의 입에 수건을 물린 채로, 준비한 검은 보자기를 그녀의 얼굴에 덮었다. 아울러 두 손을 뒤로 묶었다. 그녀에게 겁을 주기 위해, 발목도 묶었다.

어느덧 차는 강변도로를 거쳐, 경춘가도로 접어들고 있었다. 그때였다. 그녀가 꿈틀거리기 시작했다. 하지만 그녀의 입이 막혀 있어 '웅웅' 거릴 뿐이었다. 칼치는 그녀에게 공포감을 심어주고자, 그녀의 블라우스를 잡아 뜯었다. 아울러 브래지어를 칼로 끊어 내었다. 달빛 아래 그녀의 유방이 튀어 올랐다. 이어 그녀의 드러난 젖가슴 위로 칼끝을 가져다 대면서 살짝 찍어 눌렀다.

"가만히 있어. 더 이상 다치고 싶지 않으면---."

하지만 그녀는 가만히 있지 않았다. 틀어 막힌 입으로 알 수 없는 소리를 질러대며, 뒤집어쓴 보자기를 마구 흔들었다.

할 수 없었다. 다시 그녀의 왼쪽 옆구리를 가격하면서, 그녀의 머리를 아래로 처박았다. 그녀가 움찔하며 고통에 못 이겨 신음하였다. 하지만 그녀의 저항은 그치지 않았다. 그가 다시금 말했다.

"가만히 있지 않으면, 아예 얼굴을 그어버릴 거야."

하지만 소용이 없었다. 그녀는 더더욱 발악적으로 저항했다. 할 수 없었다. 일단은 조용히 피라미드로 돌아가는 것이 급선무였다. 칼치는 다시금 마취액을 찾아 꺼내 들었다. 그녀의 검은 보자기 위로 다시 눌렀다. 그녀가 버둥거리다가 이내 잠잠해졌다.

칼치는 '괜한 일을 벌인 것 같다'는 생각에 마음이 무거웠다. 하지만 이미 내친걸음이었다. 이제는 어쩔 도리가 없었다. 그녀에게 온갖 위협을 하여, 그녀로 하여금 시키는 대로 따르게 하는 방법밖에는---.

피라미드에 도착할 때 즈음하여, 그녀가 다시 깨어났다. 깨어나자마자 다시 온몸을 흔들었다. 그때마다 옆에 있던 칼치가 그녀의 옆구리며, 배를 쥐어박으며 협박했으나, 그때만 다소 잠잠하였을 뿐 다시 격렬한 저항을 해댔다.

"이 년, 듣던 대로 아주 지독한 년이네."

할 수 없이 다시 그녀의 코 부분에 무언가가 내리눌러졌다. 그녀의 의식이 다시 가물가물해져 갔다.

"야. 석두, 우진. 일단 이 년을 징벌방에 데려다 놓아라. 보통 년이 아니니, 잘 다루고---. 그리고 아무도 근처에 오지 못하게 하도록---."

"옛, 잘 알겠습니다."

백합과는 전혀 다른 느낌이었다. 칼치는 자기 뜻대로 그녀를 움직이기가 쉽지 않다는 것을 느꼈다. 징벌방으로 향하는 그의 발걸음이 무거웠다.

"저 형님, 긴히 드릴 말씀이 있는데요." 뒤를 따르던 석두가 나서며 말했다.

"또, 뭐야"

"이번 기회에 마 두목을 물리치고, 형님이 하시는 것이---."

"너 이 석두! 이리와 새꺄. 그걸 말이라고 해. 이 새끼가 이제 보았더니, 정신이 아주 썩었어, 퍽!-퍽!-퍽! 이 새끼 고등학교 좋은데 나왔다고 문자 쓰더니, 배운 새끼들은 다 그래. 이 새끼야! 퍼억! 퍽! 난 중학교밖에 안 나왔어도, 사람이 어떻게 살아가야 하는 것은 알아. 비록 깡패 짓을 하더라도 사람답게 살아야지, 퍼억!"

"아악! 형님, 잘못했습니다. 제발 살려주십시오!"

사실 그랬다. 칼치 자신이 이전에 조폭 간 세력 싸움에서, 상대편의 보스였던 마 두목을 치려다가 허리 부상만을 입히고 실패하였지만, 그가 그다음에 보여준 행위는 대인의 그릇임을 알게 해주었던 것이다.

칼치인 그가 도피 생활 한 달여 만에 붙잡혀 끌려와서 스스로 죽음을 각오했을 때, 마 두목은 그를 용서하고 동생으로 받아들였다. 더구나 감동적이었던 것은 그가 도피생활을 할 때, 그 자신을 잡으려고 집을 찾아낸 것이었겠지만, 오랫동안 중풍을 앓고 있는 노모를 순천의 노인 전문 요양병원에 보내어 치료를 받게 해주고, 한동안 병원비를 대주고 있었던 것이다.

아울러 얼마 전에 마을 이장에게 넌지시 들은 이야기였지만, 여기 들어오는 입구의 다리를 건너 바로 오른쪽에, 양지바른 천여 평의 밭을 칼치 자신의 이름으로 새롭게 구입했다는 것이다. "나중에 은퇴하거든 동생인 칼치 자신을 여기서 살아가게 해주겠다."고---. 마 두목이 언젠가 말한 대로, 끝까지 같이 가겠다는 말이 사실이었다. 현 시세대로만 하더라도 평당 20여만 원이 넘으니, 2억은 넘는 땅이었다.

희정이 정신을 차려보니, 그녀의 두 손과 두 발이 묶인 채로 팽개쳐져 있었다. 얼굴에는 쓰였던 보자기와 입을 틀어막았던 수건은 치워진 상태였다. 사방을 둘러보았다. 출입문은 육중한 철문으로 닫혀 있었고, 천장에는 공기를 순환시키는 환기구가 돌아가고 있었다. 붉은빛의 형광등이 두 개 켜져 있었으며, 중앙에 원탁의 투명한 테이블이 하나 놓여 있었을 뿐, 아무런 것도 없는 밀폐된 방이었다. 옆으로 문이 하나 있었지만, 화장실로 사용하는 문인 듯했다. 사방으로 방음장치가 되어 있는 듯 보였으며, 천장 한쪽 구석 위로는 CCTV 카메라가 설치되어 있었다.

그녀는 자신에게 일어난 일을 도저히 믿을 수가 없었다. 자신을 집 앞에서 납치하여 데려온 것을 보면, 우발적인 것이 아닌 치밀한 계획하에 오래전부터 준비해온 것임을 알 수 있었다. '듣던 대로 지독한 년' 운운하는 것으로 보아 자신을 잘 아는 누군가의 사주를 받아 자신을 납치하는 행위를 벌인 것이리라.

그녀는 박 사장을 떠올렸다. 박 사장 말고는 자신에게 원한을 사거나, 자신에게 다가왔던 사람이 없었다. 하지만 박 사장이 시켜서 자신을 납치해왔다는 것이 믿어지지가 않았다. 그가 자신을 그렇게 쫓아다니고 그랬지만, 그래도 그녀에게는 함부로 대하지는 않았던 것으로 미루어, 그녀의 몸을 구타하는 식으로까지 납치하지는 않았으리라는 생각이 들었다.

자신의 두 눈을 가린 것은 어딘가로 데려가는 것을 모르게 하려는 것일 것이리라. 하지만 그렇다 치더라도, 두 손을 뒤로 묶고 자신을 거칠게 함부로 대한 일, 자신의 블라우스를 잡아채고 브래지어를 벗겨 낸 일, 그녀가 저항할 때마다 무자비하게 구타한다든지, 나아가 그녀로 하여금 공포에 젖도록 험악한 말을 해댄 것 등은 끔찍한 일이었다.

희정은 자신에게 앞으로 어떠한 일이 벌어지게 될지에 대해서, 밀려오는 불안감에 양 무릎이 저리는 줄도 몰랐다. 더불어 얼마 전부터 좋지 않은 꿈을 꿔온 것에 대해 생각이 미쳤다.

'오늘 자신에게 이러한 일이 일어나려고, 그러한 꿈을 꿨던 것이 아닐까?

희정은 꿈 일기장에 적어두었던 기억을 더듬어 보았다. 하나같이 모두가 불길한 꿈들이었다.

얼마가 지났을까. 구두 발자국 소리가 뚜벅뚜벅 들렸다. 이윽고 문이 덜컹 열렸다. 순간 희정은 자신도 모르게 몸을 움찔거렸다. 남자의 구두가 눈앞에 있었다.

그녀가 몸을 틀어 올려다보았다. 자신을 납치한 검은 안경의 사내였다.

"자세히 보니, 그런대로 괜찮은 계집이군. 난초라 불러도 되겠구먼."

희정은 소리를 질렀다.

"당신은 누구인데, 날 여기로 데려왔어요. 빨리 내보내 줘요?"

"시키는 대로 말을 듣는 게 좋을 거야."

그가 음산한 목소리로 말했다.

"잘 들어라. 네년은 이제부터 백련화의 난초로 새롭게 태어나야 하는 거야. 네가 어떻게 하느냐에 따라서 이 방에서 내보내 줄 수도 있어. 내가 시키는 대로 하지 않으면, 넌 이 방을 벗어날 수 없으며, 매일 밤 여기에서 뜨거운 불방망이 맛을 보게 될 거야."

순간 그녀가 그의 발목을 물었다.

"아얏, 이 년이---."

칼치가 그녀의 배를 걷어찼다. 고통으로 그녀의 얼굴이 일그러졌다.

"정말 지독한 년이네. 이 년을 그냥 콰악---."

발로 쓰러진 그녀의 얼굴을 짓눌렀다.

그녀는 "차라리 날 죽여라. 이놈아!" 격렬하게 저항했다.

칼치가 묶인 그녀를 번쩍 들어 올렸다. 이어 그녀를 중앙의 원탁 위에 올려놓았다. 하지만 그녀는 가만히 있지 않았다. 마구 몸을 뒤흔들며 발버둥을 쳐서, 원탁에서 떨어지려 하였다. 그가 아무리 찍어 눌러도 소용없었다. 결국은 발버둥치던 그녀가 원탁에서 '쿵' 소리를 내며 떨어졌다.

그 서슬에 놀란 칼치가 떨어지는 그녀를 조금이라도 붙들지 않았다면, 두 손과 두 발이 묶여 있었기에, 바닥에 떨어진 충격도 꽤 컸을 것이다.

참으로 지독한 년이었다. 칼치는 생각했다. 일단은 한동안 징벌방에 가두고, 내버려두는 것이 나을 것이었다. 자신이 먼저 그녀에게 압박하는 것보다, 그녀가 제풀에 지쳐 손을 들고 나오게 해야 할 것이다.

그는 부하를 불렀다. "야, 석두. 저년 당분간 여기 이 방에 그냥 처박아 둬라. 물이나 주고, 일체 먹을 것도 주지 말고---, 그리고 지독한 저년은 앞으로 난초라고 불러라."

"예, 형님."

칼치는 문을 열고 나왔다. 난초가 저렇게 나온다면 할 수 없었다. 하지만 이제는 이미 엎질러진 물이었다. 이제 와서 다시 돌려보낼 수도 없었다. 어떻게 해서든지, 난초를 굴복시키는 방법 외에는---.

아직은 납치되어 온 것에 대하여, 그러한 충격적인 상황을 받아들이지 못하지만, 시간이 지나면 점차로 체념할 것이다. 당분간은 CCTV를 통해, 수시로 그녀의 행동을 지켜보는 수밖에 없었다.

하지만 어느덧 납치해온 지 사흘이 다 되어가는데, 난초는 요지부동이었다. 부하를 시켜 강제적으로 옷을 벗기고 성폭행을 하려고도 하였지만, 난초는 발버둥을 치면서 강렬히 저항했다. 심지어 난초 스스로 벽에다가 머리를 뒤로하여, 쾅쾅 치면서 죽기를 각오했다. 그 서슬에 놀란 부하가 그대로 방을 나왔다. 그렇게 독한 계집은 처음 본다는 것이다.

난초의 몸을 성폭행하겠다는 협박은 통하지 않은 지 오래되었다. 얼굴에 상처를 내겠다고 칼날로 얼굴을 긋는다 해도 결사적으로 달려드는가 하면, 얼굴에 황산을 뿌려대겠다고 해도 난초는 죽음을 각오한 듯이 덤벼들었다.

음식을 주지 않았지만, 오히려 죽기를 각오한 듯 난초는 아무런 말이 없었다. 굶길 수 없어, 할 수 없이 이따금 물과 음식을 넣어주었지만, 그나마 먹는 둥 마는 둥 하더라는 것이다. 난초는 마치 죽음을 각오한 듯 이제는 음식도 거부하고 있었다.

또한, 어쩌다가 칼치 자신이 들어가 보면, 온갖 욕을 퍼부으며 달려들었다. 머리를 풀어헤친 채로 달려드는 그녀가 무섭게 여겨지기까지 했다. 이제는 어느 부하도 그녀가 있는 징벌방에 가려고 하지 않았다. 게다가 어젯밤은 한밤중에 난초 스스로 목을 매려고까지 한 일이 있은 뒤로는, 칼치 자신도 그녀를 대하는 것이 두려워지기까지 했다.

제 12장

희정의 납치수사—김 형사, 고도혜 기자

2003.10.13. 월요일 06:00 최희정의 납치 다음날

고도혜 기자는 무엇보다도 새벽에 꾼 기이한 꿈이 그녀의 뇌리에 맴돌고 있었다.

그녀는 사막의 모래 폭풍 속을 걷고 있었다. 저 멀리 누군가가 모래바람 사이로 보였다 사라졌다 하고 있었다. 바람이 불 때마다 그는 눈을 뜰 수가 없었다. 앞에서 누군가가 애처롭게 부르짖으며 다가오고 있었다. 뿌연 안개로 인해 누군지 모르나, 가까이 다가온 순간 그녀는 놀람으로 인해 뒷걸음칠 수밖에 없었다.

머리를 산발한 얼굴이 썩어가는 여자였다. 얼굴의 반쪽이 다 썩어가고, 귀도 썩어가는 모습이었다. 그녀가 울면서 말했다.

"여기는 너무 더워서 기온이 맞지 않아요, 그냥 가만히 있어도 이렇게 살이

팍 썩어들어가기 때문에, 기온이 잘 맞는 곳에서 살고 싶어요."

그녀의 눈은 애처롭게 구원의 눈길을 보낼 뿐, 그밖에는 아무런 말도 하지 않았다. 다만, 말없이 돌아서는 그녀의 오른손에 붉게 빛나는 빨간 노트 같은 무언가를 들고 있는 것이 눈에 띌 뿐이었다.

새벽녘에 꿈으로 인하여, 여느 때와는 달리 잠에서 일찍 깨어난 그녀는 알 수 없는 불안감에 시달렸다. 그녀 자신이 꿈을 이따금 꾸었지만, 이렇게 선명한 꿈은 처음이었다. 꿈속에 나타난 그녀는 억울함을 풀어달라고 자신에게 애원하는 것 같았다.

그녀는 충격적인 꿈에 놀라서, 마음을 가라앉히고자 평소에는 잘 마시지 않던 커피를 한잔 타서, 창가의 테이블로 가서 마셨다. 그녀가 홀로 강변을 바라보며 사색에 잠기고는 하던 곳이었다.

그녀는 아침 식사를 간단히 마치자, 화장하는 둥 마는 둥 하고, 출근할 준비를 서둘렀다. 그녀는 신문사에 출근해서도, 새벽녘에 꾼 꿈을 떠올리며 생각에 잠겼다.

혹시 '자신의 꿈속에 나타났던 그녀도 누군가에게 납치되어 갇혀 있는 것이 아닌가?' '자신을 구해달라고 어떤 도움의 손길을 보내달라고 하는 것이 아니었던가?' 라는 생각을 떨쳐버릴 수가 없었다.

2003.10.14. 화요일 10:00 최희정의 납치 이틀째

고도혜 기자는 자꾸만 어제 새벽녘 꿈속에 그녀가 떠올라, 아무런 일도 할 수가 없었다.

그녀는 최근에 무슨 새로운 일이 일어나지 않았는지, 경찰서 수사과에 직접 찾아가 자세히 알아보아야겠다고 생각했다. 일반적으로는 관할 경찰서 수사과에 전화를 걸어, 간밤에 무슨 특별한 사건이 있었는가를 물어보는 것이 관례였다. 하지만 그녀는 사건기자는 발로 뛰어야 한다는 신념하에, 특별한 경우를 제외하고는 가급적 경찰서 수사과에 드나들고 있었다.

고도혜 기자는 누군가의 전폭적인 협조가 필요함을 절실히 느꼈다. 그녀는 며칠 전에 여대생 납치사건에 대한 특종 보도에 도움을 주었던 경찰서 수사과의 김복진 형사를 다시금 떠올렸다. 취재하러 나가면 수사관으로 직무 이상으로 친절하게 대해주던 그가 싫지 않았다.

그녀만 나타나면 반기면서도, 안절부절못하는 것이 요즈음 보기 드물게 순수한 마음을 지니고 있다고 여겨졌다. 얼굴에서 진실함이 드러나는 그였다. 항상 깔끔하고 단정할 뿐 아니라, 유머 감각 또한 넘쳤다. 아니 수사관으로서뿐만 아니라, 이성의 대상으로서도 싫지 않았다. 하지만 고도혜 기자는 그에게 자연스럽게 다가가야 한다고 생각했다. 먼저 김 형사로 하여금 그녀에게 다가오게 해야 할 것이다.

그녀는 직장 상사에게 몸이 아파서 일찍 퇴근해야겠다고 말을 던졌다. 담당 경찰서 수사과로 가기 전에, 일단 아파트에 들러서 새롭게 준비를 하여야 했다. 그녀는 평소에 입던 바지 대신에, 다소 화사한 원피스를 꺼내 들었다. 거친 활동을 하려면 늘 바지를 입는 편이 좋았다. 하지만 오늘 김 형사에게는 보다 여성스러운 복장으로 다가가는 것이 좋다고 생각했다. 아울러 안 하던 화장을 옅게 하기도 하였다.

그녀는 수사과에 들르기 전에 약국에 들러, 냉장된 박카스 두 박스를 샀다. 너무나 보잘것없는 것이었지만, 최소한의 예의는 지키고 싶었다.

경찰서 수사과는 주 건물과 떨어진 별실에 있었다. 아마도 조용히 수사 업무에만 전념하라고, 배려해준 것 같았다. 사실 그녀는 여성의 몸으로 수사과에 들르는 것을 별로 달가워하지 않고 있었다. 여러 피의자를 심문하는 곳이라 그런지, 소리를 지르는 사람이 있는가 하면, 어딘지 모르게 살벌한 분위기였다. 또한, 대부분의 형사가 거친 말을 하거나 우락부락한 사람들이 많았다.

따라서 그녀는 수사과에 들를 때마다, 자기 일만 끝내고는 이내 나오고 했었다. 그러나 몇 달 전에 새로 전입해 온 김복진 형사를 대하고서부터는 수사과에 들르는 것이 싫지 않게 느껴졌다.

강남 경찰서 수사과 김복진 형사. 그는 대학을 졸업하고 전경출신으로 경찰서로 들어온 엘리트 경찰이었다. 훤칠한 외모에 성실하면서도 컴퓨터를 자유자재로 다루어, 부서 내에서도 신망이 두터운 김 형사였다.

수사과에 들를 때마다 자신에게 관심을 보이며, 따뜻이 맞아주는 김 형사의 눈길이 싫지만은 않았다. 특히 말없이 배려해주는 그가 따사롭게 느껴졌다.

한편, 김 형사가 고도혜 기자를 마음에 두고 있음을 눈치채고 있었던 수사과장이었다. 대머리인 윤상형 수사과장은 고도혜 기자가 수사과에 들르기만 하면, 짓궂게도 놀리기 일쑤였다.

"애인이 있어요?, 나날이 예뻐지는데, 누구 사귀는 사람이 있어요?, 김 형사에 대해서 어떻게 생각해요? 어울리는 한 쌍인데, 중매 서 줄까요?" 등등 여러 가지 말을 그녀에게 던지며 농담 삼아 말했다.

그녀가 들어선 수사과 안은 여느 날과 마찬가지로 시끌벅적했다. 여기저기서 탁상 치는 소리와 함께, 고성이 오가는 전화로 번잡했다.

그녀가 나타나자, 수사과 내의 사람들의 시선이 쏠렸다.

"야, 오늘 고도혜 기자가 무척 예쁜데, 무슨 일이 있는가?"

그녀가 김 형사가 앉는 자리를 살펴보았지만, 오늘따라 그는 자리에 없었다. 그녀는 내심 실망하였다. 수사과장에게 박카스를 내려놓고 형식적으로 이것저것 물어보고 나오려는데, 그가 뛰다시피 들어왔다. 옆의 본청 건물에 있었던바, 급한 일이 있다는 연락을 받고 들어온 것이라고 했다.

그녀는 책상 너머로 대머리 수사과장이 빙긋 웃는 것을 볼 수 있었다. 아마도 대머리 과장이 그에게 급히 자신이 왔다고 연락한 모양이었다.

김 형사는 그녀를 보자 반가운 얼굴이었다. 그녀 또한 웃음을 지으며, 김 형사의 자리로 나아갔다. 김 형사가 보기에도, 그날 따라 그녀의 차림새는 다소 의외였다. 늘 보던 그녀는 일에 미친 사람처럼 기삿거리에만 매달렸으며, 누군가 농담을 걸어도 차갑다시피 매몰차게 대했던 것이다. 형사계로 입문한 지 3~4년이 지나가고 있었지만, 그 역시 여러 사건으로 인하여 정신없이 돌아가는 생활에 여유로움이 없이 지내던 터였다.

그러나 오늘은 여느 때와는 다르게, 화사한 원피스를 차려입어 성숙한 여성미가 물씬 풍기는 그녀였다. 김 형사는 그녀가 맨 처음 경찰서로 들어서던 날을 떠올렸다. 장맛비가 내리던 날, 머리를 흠뻑 적신 채 수줍게 들어서던 그녀였다. 빗물에 맞아서인지, 그녀의 체취에서 그는 숨이 멎을 것 같았다. 화장기 없는 수수한 얼굴이었지만, 단정한 외모에 슬기로움이 넘쳐나는 멋진 아가씨였다.

김 형사 또한 그녀가 이성의 상대로 마음에 있었으나, 취재기자와 가까이 지내는 것은 업무상 금기라 여겨, 의식적으로 멀리하고 있었다. 몇 년 전에 기자와 가깝게 지내던 선배 형사가 업무상 비밀로 해야 할 것을 이야기해주는 바람에, 나중에는 시말서를 쓰는 것까지 보았던 것이다.

하지만 그녀가 자신이 고교 시절 납치될 뻔한 이야기를 하면서, 실종된 여자에 대해 물어왔을 때, 수사 상황을 이야기해줄 수밖에 없었다. 그로 인해, 자신이 어떠한 불이익을 받을지라도---.

그녀가 다가왔다. 그전에도 여러 번 보아왔지만, 수사과장에게 몇 가지 질문을 하고 가던 그녀였다.

"김 형사님, 인사가 너무 늦었네요. 저번 여대생을 비롯한 실종사건에 대한 수사제보, 너무나 고마웠어요. 저로 인해 곤란한 일을 겪지 않으셨는지요?"

"아니요. 괜찮습니다. 저도 고도혜 기자가 쓴 기사 잘 읽어보았습니다. 여대생 미림양 납치 실종의 특종 기사에서 말씀하신 대로, 장차 유사한 납치 실종 사건이 더 일어날 수 있다는 것에 저도 공감하고 있습니다. 또한, '전문 납치 조직 등 무언가 거대 배후 조직이 있을 수 있다' 는 데에 대해서, 고도혜 기자의 직감력이 대단하다고 느꼈습니다."

"오래전의 인신매매 조직처럼, 어떤 조직폭력 등이 개입되어 있을 수 있겠네요?"

"예, 사실 지금 경찰에서도 그쪽 방향에 초점을 맞춰 수사 중입니다만, 아직 확실한 단서는 없는 상황입니다."

"제가 보기에 어떠한 범죄 조직에 의해, 계획적으로 납치된 것으로 보이는데요?"

"저 역시 '납치된 것 같다' 는 고도혜 기자의 예감대로, 그 어떤 조직이 관련되어 납치한 것이 틀림이 없다고 봅니다."

"김 형사님!"

"말씀하세요."

"저 사실은 어제 새벽에 기이한 꿈을 꾸었는데, 마음에 자꾸 걸려서요."

"어떤 꿈이었는데요?"

"얼굴이 썩어가는 한 여자가 애처롭게 쳐다보며, 도와달라는 이상한 꿈을 꾸었어요. 그래서 말씀인데, 저번 여대생 납치 사건 이후로 새롭게 드러난 젊은 여자의 납치 실종에 관련된 수사 자료를 살펴볼 수 없을까요?"

"예, 하지만 그것이---. 납치 실종에 관한 사건에 관해서는 가급적 보도를 하지 않으려고 하는 것이 원칙이라서---."

"그러니까 부탁의 말씀을 드리려고---."

"하지만, 그것은 윤상형 형사과장님에게 양해만 얻으면, 가능할 것입니다. 고도혜 기자의 열정적인 정신은 저희 형사 입장에서도 본받아야 한다고 생각합니다."

김 형사는 납치사건에 대한 그녀의 열정이 어디에서 나왔는지 누구보다 잘 알고 있었기에, 그녀의 제의를 거절할 수 없었다.

"김 형사님, 너무 감사합니다. 그건 제가 형사과장님에게 부탁의 말씀을 따로 드릴게요. 눈을 감고 잠을 청하려고 하면, 자꾸만 얼굴이 썩어가던 꿈속의 그녀가 떠올라요. 어젯밤은 잠자리에 누웠다가도 일어나서, 이 생각 저 생각을 하면서 밤을 새웠어요."

"꿈이 아주 생생하면서 섬뜩했던 모양이네요?"

"예, 그래요. 지금도 아주 생생해요. 그동안 제가 곰곰이 생각해보았는데요. 여대생 미림의 납치보다는 그 밑에 숨어 있는 몸통에 관한 수사, 즉 아직 알려지지 않은 여타의 젊은 여성들의 납치 실종에 대한 수사가 중요하다고 생각하는 데, 어떻게 생각하시는지요?"

"예, 저도 그 생각이 옳다고 봅니다."

김 형사는 새삼 고도혜 기자의 날카로운 추리력과 열정에 감탄했다. 그리하여, 고도혜 기자의 거듭된 요청에 따라, 그는 아직 대외비로 분류된, 최근 서울 부근에서 행방불명으로 신고된 여자 가운데, 20~30대의 젊은 여성들만을 간추린 사진 서너 장을 보여주었다.

그녀가 사진을 훑어보는 동안, 김 형사는 커피를 타서 그녀에게 권했다. 그녀는 김 형사와 커피를 같이 마시면서,

"강변도로에서 납치 실종된 여대생에 대한 사건의 추가 단서가 있나요?"

"아직 특별한 것은 없습니다. 같이 있던 친구와 나이트클럽에서 만난 파트너들에 대한 조사가 진행되었으나, 특별한 혐의점은 없었습니다."

"제가 보기에, 여기 실종된 다른 여자들 사진 가운데서도, 여대생 미림의 납치 실종 사건과 관련성이 있는 여성이 있을 수 있다고 보는데요. 어떻게 생각하세요?"

펼쳐진 사진 가운데에는 일주일 전에 88올림픽 강변도로에서 실종된 여대생뿐만 아니라, 몇 명의 여자가 더 있었다. 하지만 나머지 여자들은 그저 그런 평범한 인상의 여자로, 그다지 뛰어난 미모의 여자들은 아니었다.

그때였다. 고도혜 기자가 갑자기 외마디 비명을 질렀다. 그녀 뒤에서 무언가가 날아와 손목에 떨어지는 바람에 커피가 쏟아져 사진 위에 엎질러졌다. 인주 통이었다.

"난 잘못이 없단 말이야. 그놈이 먼저 나를 쳤어."

옆에서 술집에서 싸우다가 난동죄로 끌려와 조사를 받던 사람이 갑작스럽게 자신은 결백하다고 소리를 지르면서, 원탁의 테이블 위의 덮개를 쳐들어 올린 것이다.

"아니, 이놈이, 여기가 어디라고 여기서도 난동이야!"

주변에 있던 경찰관 몇 명이 그에게 달려들었다.

"죄송해요. 괜스레 저 때문에---."

그녀는 놀란 가슴을 쓸어내리고, 이내 사진에 엎질러진 커피를 화장지로 닦아내려고 했다. 하지만 이내 급히 치우려고 사진을 보는 순간, 자신도 모르게 몸서리치며 온몸이 얼어붙었다. 책상 위에 펼쳐놓아진 여러 장의 사진 가운데, 유독 두 번째의 여자 사진의 얼굴 부분에 커피가 많이 묻어 있었다.

바로 그녀였다. 어제 새벽녘 꿈에 나타나 반이나 썩어가는 얼굴 모습의---. 공교롭게도 그녀가 마시려던 커피가 흘린 부분의 나머지 사진의 모습이 바로, 꿈에 나타난 그녀의 모습과 같게 보였던 것이다.

그녀가 커피가 묻은 사진을 보고 소스라치자 놀라자, 김 형사는 영문을 몰라 했다. 하지만 커피가 묻은 사진 속의 그녀가 꿈속에 나타나 얼굴이 썩어가면서 도와달라고 했던 여자와 같은 모습이었다는 말을 듣자, 믿을 수 없는 꿈 이야기지만, 이내 이해가 가는 모양이었다.

"제 생각에는 추가적인 납치 실종 사건과 미림 양의 납치 실종 사건과 직접적인 관련이 있을 것 같은데, 어떻게 생각하시나요?"

"제가 보기에도 추가적으로 여성이 실종되었다는 점에서, 어떠한 목적을 가진 자의 연쇄적 소행일 가능성이 높습니다."

고도혜 기자는 비장한 각오를 하면서, 실종된 사진 속의 그녀에 대한 인적사항 및 수사상황을 구체적으로 알고 싶어 했다. 아울러 김 형사 자신이 적극적으로 수사에 개입하여 함께 수사를 해나가기를 바라는 눈치였다.

김 형사는 열정적인 삶을 살아가는 그녀가 그녀의 풋풋한 살결 내음 마냥 좋게 느껴졌다. 그는 그녀를 도와 이 일에 같이 적극적으로 뛰어들기로 마음을 먹었다.

한편으로는 납치된 여자들이 고통을 겪는다는 것은 있을 수 없는 일이기에,

하루빨리 구출해내는 것이 형사로서 자신의 주어진 임무이며, 삶의 보람이 될 것이다. 또한, 고도혜 기자의 말대로, 어찌 보면 여대생 미림의 수사에서 단서를 얻는 것보다, 의외로 회사원인 최희정 납치 사건에서 단서를 찾을 수 있을지 모른다는 기대감이 있기도 하였다. 아울러 고도혜 기자와 함께하는 시간을 가질 수 있다는 사실 그 자체가 좋았다.

한편 커피가 쏟아지는 어수선한 난동 속에서, 대머리 수사과장은 김 형사와 고도혜 기자를 지켜보고 있었다. 둘이서 정답게 이야기하는 것을 보고, '역시 청춘 남녀가 어울리게 되어 있구만---' 하면서, 입가에 옅은 웃음을 짓고 있었다. 그가 보기에 김 형사만 한 신랑감이 없었다. 아울러 고도혜 기자 역시 그가 보아온 신문사 출입기자 중에서, 가장 돋보이는 미모와 재원을 겸비한 아가씨였다. 그는 한 쌍의 어울리는 두 남녀를 어떻게 해서든지 짝지어주고 싶었다.

순간 고도혜 기자가 이내 자신의 앞으로 오고 있었다.

"수사과자-앙-님"

여느 때 부리지 않던 애교 띤 목소리였다.

"저, 부탁이 있는데요? 꼭 들어주셔야 해요?"

"아니, 고 기자가 나에게 부탁할 일이 뭐가 있어요? 내가 부탁할 일이 있지?"

"지난 일요일 밤 실종으로 신고된 최희정 씨의 납치 사건을 살펴보고자 하는 데, 김 형사님과 같이 수사할 수 있게 해주셨으면 해요?"

"아니, 왜 최희정 씨 납치사건에 대해서 관심을 가지나요? 아직 납치 사건인지도 확실치 않고, 그보다는 미모의 여대생 사건을 취재하는 것이 더 관심을 끌 수 있을 텐데---."

"믿어지지 않는 이야기지만, 제 꿈에 나타나 도와달라고 하던 여자가 최희정 씨 같아서요."

"호오, 그래요. 그럼 김 형사는 여대생 미림 양을 수사해야 하니---. 가만있자, 아! 저기 장 형사로 하면 어떨까?"

윤상형 수사과장은 짐짓 고도혜 기자의 마음을 떠보느라, 나이가 40대인 장 형사를 들먹거렸다.

"수사과장님!"

고도혜 기자가 눈을 흘기며, 어느새 팔을 붙잡고 있었다.

"알았수다. 알았어. 내 김 형사하고 짝지어 주리다. 이거야 원---."

윤상형 수사과장이 예의 그 너털웃음을 터트리며, 못 이기는 척 허락했다. 그러면서도, 김 형사를 향해 눈을 찡긋하는 것을 잊지 않았다.

신고날짜: 2013.10.13(월요일) 09:00시

실종 추정 시각: 2013.10.12(일요일) 22:10분. 독서실에서 집으로 귀가 중 실종.

실종자 이름: 최희정

나이: 23세, 회사원(사설병원 간호조무사)

가족관계: 부친 사망. 어머니, 남동생

신고자: 어머니

주소: 서울시 도봉구 쌍문동 230-00번지

최희정, 나이 23세. 고교 졸업 후 간호조무사로 모 개인병원에서 근무. 미모는 뛰어나지 않고 평범하며, 현재 애인은 없음. 아버지는 돌아가심. 어머니는 풍물 시장에서 장사. 군에 입대한 남동생이 하나 있음. 2003년 10월 12일 일요일 밤 10시경, 대학진학을 위해 독서실에서 공부하고 오다가, 집 부근의 골목길에서 실종됨. 성실하여 특별히 원한을 살만한 사람은 없음.

사건단서: 사고 당일, 저녁 이후에 수상한 검정 차 한 대가 최희정이 귀가하는 골목길에 세워져 있었다고 함. 자동차로 납치된 듯함.

신고된 것을 살펴보니, 일요일 밤 10시쯤에 독서실에서 집으로 돌아오다가 실종된 것이다. 아래에 적힌 내용은 수사과의 다른 형사가 적어 놓은 사건 수사기록이었다.

사건 기록을 뒤져보아도 납치된 회사원에 대해서 알고 있는 것은 개략적인 인적사항이었을 뿐, 보다 구체적인 것은 없었다. 수사는 형식적이고 기계적인 데 그쳐, 어떻게 해서 납치나 실종되었는지에 대한 보다 자세한 내막을 알아낼 수가 없었다. 더구나 여자인 그녀가 보기에도, 사진으로 본 희정은 젊은 여성으로 평범하다시피 한 외모로, 뭇 남성들의 관심을 끌 정도로 뛰어난 미모는 아니었던 것이다.

한편으로, 강변도로에서 실종된 미모의 여대생에 대한 수사는 아직 진전을 보지 못하고 있었다. 온갖 추측만 무성할 뿐이었다. 더구나 추가로 실종신고가 들어온 최희정에 대해서는 그 누구도 신경을 쓰지도 않고 있었다.

김 형사는 고도혜 기자의 부탁대로, 회사원 최희정에 대한 사건 기록 일지를 복사하여 주었다. 어쩌면 고도혜 기자 같은 여성이 피해자의 가족에게 친근하게 다가가서, 보다 많은 수사 자료를 알아낼 수 있으리라 믿었다.

그녀는 비장한 표정을 지으면서, 조만간 연락을 드리겠다고 하면서 수사과 문을 나섰다.

2003.10.14. 화요일 15:00

그녀는 최희정으로 밝혀진, 꿈속에 나타났던 애처로운 눈빛의 그녀를 떠올렸다. 우선 그녀의 어머니를 찾아 나서서, 그녀에 대해서 무언가 알아내고자 했다. 하지만 주소지에 나온 도봉구 쌍문동 그녀의 집을 찾아 초인종을 눌러도 아무런 응답이 없었다. 주변 사람들에게 수소문하여 물어본 결과, 그녀의 어머니는 풍물시장에서 '희정네'라는 식당을 열고 있으며, 남편이 몇 년 전에 병으로 사망하여 어려운 가정형편임을 알 수 있었다.

그녀는 오가는 사람들로 붐비는 풍물시장에서 식당을 찾았다. 간판이 '희정네'로 되어 있어 비교적 쉽게 찾을 수 있었다. 자신을 신문사 기자라고 밝히며, 따님의 실종사건으로 인하여 몇 가지 문의 드리려 왔다고 말씀드렸다. 그러나 그녀가 기자라는 것을 밝히자, 별로 탐탁지 않게 여기는 눈치였다. 딸의 실종에 대해 흥미와 관심거리로 여겨 실으려는 것뿐, 딸의 실종문제를 해결해준다고 믿고 있지 않았다.

그러나 고도혜 기자가 자신의 나이도 따님과 같다는 이야기와 믿기 어려운 이야기이시겠지만, 자신의 꿈속에 나타나서 도움을 청하던 여자가 바로 따님인 것 같았다는 이야기를 드리자, 희정의 어머니는 성심껏 답변을 해주기 시작했다.

"희정 씨에게 실종되기 전에 이상한 점은 없었나요?"

"글쎄요. 애가 워낙 성실해서 특별히 원한을 살만한 일도 하지 않았을 것이네요. 사귀던 애인에게 실망하고 결별한 후로는, 독서실에 다니면서 공부에만 전념하고 있었지요. 굳이 있다면 희정이 다니던 병원과 어떤 문제가 있을 것 같기도 해요. 두 달 전에도 병원 일을 그만두고는, 어디에도 나가지 않고 집안에만 있었지요. 마음에 들지 않는다고 몇 번인가 그만둔다고 했는데, 집안 형편도 어려운데다가, 병원 원장이 다시 다니라고 해서 다니던 중이었어요.”

“그 외에 특별한 점은 없었나요?”

“참, 한 달여 전에 웃옷이 찢기다시피 해서 늦게 들어온 적이 있었어요. 누가 그랬는지 아무리 물어도 이야기하지 않더라고요.”

“실종된 일요일 밤에도, 집에서 그만 쉬라고 했었지요. 그런데 열심히 해야 한다고, 독서실에서 공부하고 오겠다고 아침에 나갔었는데, 그만---.”

“딸이 다니던 병원 일과 관련된 어떤 문제로 인해, 실종과 관련이 있다고 여겨지네요.”

희정의 어머니는 울먹이며, 말을 이었다.

“희정이는 어려운 가정 형편상 고등학교밖에 안 나왔지만, 학창시절에는 공부도 잘했어요. 졸업 후에 집안일을 돕다가, 지금은 군대에 가 있는 남동생의 학비를 벌고자, 어느 개인 병원의 간호조무사로 들어간 것이 2년 전이었어요. 그만두고 여기 식당의 가게 일을 도우라고 해도, 여기보다는 그나마 보수가 좋은 병원 일을 하며, 동생의 학비를 벌어두어야 한다고, 마지못해 나가던 중이었어요.”

생각해보면, 딸의 행동이 실종되기 전에, 여느 때와 달리 이상한 점이 있었다. 처음에는 밝게 행동하던 그녀가 두어 달 전부터는 말이 없어지고, 침묵으로 일관해 있었던 것이다. 난데없이 한숨을 쉬거나, “병원 일을 그만둘까 봐요.”라면서 말이 없어졌다. 그러더니 실제 며칠 간 직장에 나가지도 않고, 집에만 있었다. 그러다가 동생의 학비를 벌어두어야 한다고, 다시 나가기 시작했던 것이다.

한 달여 전에는 옷의 윗부분이 찢어진 채로, 난생처음 술을 마신 모습으로 들어왔다. 자초지종을 캐물었지만, 별일이 아니라며 부인하던 딸이었다. 그날 이후로 딸의 웃음소리보다는 말 없는 침묵으로 미루어, 딸에게 무언가 고민하는 일이 있었던 것으로 짐작하고 있었을 뿐이었다. 더군다나 꿈을 좋지 않게 꾸었다고 하면서, 걱정을 하는 것 같기도 하였다.

그런데 이러한 딸의 실종으로 일어나다니---. 그녀는 직감적으로 딸이 다니던 병원 일과 관련된 어떤 문제로 인해, 그녀의 실종과 관련이 있다고 굳게 믿는 터였다. 하지만 일요일 밤을 꼬박 새우고, 월요일 아침에 실종신고를 냈지만, 형식적으로 관할 형사가 몇 마디 물어본 것이 전부였다. 그것도 귀찮은 일이 생긴 듯이, 형식적으로 물어보며 적는 척할 뿐, 큰 관심을 보이지 않았다.

심지어 처음 찾아간 파출소에서는 "자신의 관할이 아니니, 보다 큰 경찰서로 가기 바란다."라는 말로 회피하였던 것이다. 이어 찾아간 경찰서에서도 "어느 애인과 잠적한 것이 아니냐?"라는 둥, "어느 술집에 나가느라 잠적한 것이 아니냐?"는 둥 실망 어린 말만 들었던 것이었다.

하지만 기자라고 밝힌 그녀는 보통의 형사들과는 달리 진심 어린 애정으로 관심을 가져주는 것이 고맙게 느껴졌다.

"예, 그래요. 병원 일과 관련하여 살펴볼 것이고요."

그녀는 수첩에 적으며, 김 형사를 떠올렸다. 김 형사와 같이 수사해나간다면, 은밀하게 잘 알아낼 수 있을 것이다.

"친한 친구로는 누가 있나요?"

"친한 친구라야 몇 명 없지요. 워낙 말이 없던 애라, --- 아! 심희숙이라고 가장 친하게 지내는 아는 언니가 있는 것 같더군요."

"그 언니는 어디서 무엇을 하는지요?"

"여고 선배 언니인데, 이따금 같이 만나서 이야기하고 그런 것 같더군요."

"그 희숙이란 선배 언니의 연락처를 알 수 있나요?"

"아니요. 잘 몰라요. 참, 그 선배 언니도 병원에 다니고 있어요. 실은 희정이가 병원 일에 관여하게 된 것도 그 희숙이가 권해서 하게 된 거예요. 같은 병원은 아니었지만, 뭐라던가요. 영등포에 있는 무슨 병원이던데---. 실버 병원인가 주로 나이 드신 분들의 간호를 해드리는 거라 하더군요."

고도혜 기자는 무엇보다도 그녀가 친하게 지냈던 선배 언니인 심희숙을 만나서, 그녀가 다니던 병원에서 일어났던 일에 대하여 보다 자세한 이야기를 들어보아야겠다고 생각했다. 그리하여 다음에는 수사과 김 형사와 다시 들르겠다고 말씀드리고는 식당 문을 나섰다.

2003.10.14. 화요일 16:00

고도혜 기자는 풍물 시장에서 나와 도서관으로 향하고 있었다. 고도혜 기자는 그녀가 자신의 꿈에 나타난 것에 깊은 의미가 있을 것이라 굳게 믿고 있었다. 그리하여 먼저 꿈의 세계에 대해서 보다 올바르게 알아야겠다고 생각했다. 특히 꿈으로 어떠한 사건을 해결한 사례가 있는지를 살펴보아야겠다고 마음먹었다.

그녀는 도서관에서 꿈에 대한 여러 가지 책을 살펴보았다. 하지만 프로이트의 『꿈의 해석』은 심리적인 측면에서의 언급이라 큰 도움이 되지 않았다. 또한, 해몽에 관한 대부분 책은 점쟁이가 쓴 것으로 단편적인 해몽의 나열에 불과하였다. 그러나 『꿈의 힘』이니 『꿈 신비활용』이니 하여, 꿈의 효용을 강조한 책들도 있었다.

꿈에 대한 여러 책을 살펴보다가, 구몽 박사라는 사람이 쓴 여러 권의 책에

관심이 갔다. 『꿈이란 무엇인가?』, 『태몽』, 『꿈으로 본 역사』, 『꿈 이야기』 등
이 있었으며, 최근에 나온 책으로 방대한 분량의 해몽 실용서인 『구몽 박사 꿈
해몽』이란 책도 있었다.

그중에서도 그녀는 『꿈이란 무엇인가?』라는 책에 관심이 갔다. 꿈은 다층적
이고 다원적으로 전개되고 있다면서, 그중에서도 우리가 꾸는 대부분의 꿈이
며, 신비한 꿈의 세계인 상징적인 예지몽에 관심을 지녀야 할 것이라고 적혀
있었다. 아울러 이러한 꿈의 언어는 상징의 세계이며, 꿈으로 예지해주고 일
깨워주는 꿈의 메시지를 간과해서는 안 된다고 역설(力說)하고 있었다.

그녀는 구몽 박사의 글에 가장 신뢰가 갔으며, 꿈에는 뭔가가 있다는 생각을
지울 수가 없었다. 책 표지에 운영하는 사이트(http://984.co.kr) 안내와 핸드폰
번호(문자메시지 전용)가 실려 있었다. 그녀는 혹시 도움이 필요하게 되면 연락
하고자 수첩에 연락처를 적어 넣었다.

2003.10.15. 수요일 17:00 최희정의 납치 사흘째

영등포의 실버 병원은 쉽게 찾을 수 있었다. 심희숙이란 간호조무사 아가씨
역시 어렵지 않게 만날 수 있었다. 희숙 역시 친한 후배였던 희정의 뜻밖의 실
종에 가슴 아파하고 있었다.

그녀가 혹시나 다른 애인과 어디 밀월여행이라도 떠난 것이 아닌지 묻자, 그
녀는 펄펄 뛰면서, 효심이 강한 그녀가 절대로 그럴 리가 없다는 것이다.

"그녀와의 마지막 만남은 언제이지요?"

"그러니까 일요일 실종되기 바로 전날인 토요일일 거예요. 그날도 희정이
가 먼저 만나자고 전화를 해 와서, 여기 병원의 로비에서 만나 이야기를 했어
요."

"무슨 특별한 이야기 없었나요?"

"없었어요. 희정이는 요즈음 공부에만 전념하고 있었어요. 다만, 이전에는 박 사장인가 누군가가 자신을 쫓아다니며 괴롭힌다면서 병원 일을 그만둘까 고민했었어요."

"또 다른 이야기는 없었나요?"

"꿈 이야기를 하면서, 요즈음 들어 불길한 꿈만 꾼다고 하면서, 왠지 불안하다고 그랬어요. 그래요. 희정이는 꿈을 아주 잘 꾸었어요."

"혹시 희정 씨가 꾸었다는 불길한 꿈을 들었나요. 어떤 꿈이었나요?"

"자세한 꿈 이야기는 못 들었지만, 고운 한복을 입고 햇살이 비추는 곳으로 나아가는 꿈을 꿨다고 하더군요. 또한, '흙탕물에 휩싸여 떠내려가는 꿈', '화려한 꽃가마 타고 어디론가 가는 꿈'을 꾸었다면서, 희정이는 걱정을 많이 하고 있었어요. 제가 보기에도, 아주 안 좋은 꿈같았어요."

"그래요. 하지만 꽃가마 타고 가는 꿈은 귀하게 되는 꿈이 아닌가요?"

"저도 그렇게 생각했었는데, 의외로 희정이는 그렇게 생각하지 않더군요. 오히려 몹시 나쁜 꿈이라면서, 걱정을 많이 하는 눈치였어요. 무슨 말을 할 듯 말 듯 하다가 하지 않더군요."

"실은 나도 희정이의 실종 사건이 일어나기 며칠 전에, 안 좋은 꿈을 두어 가지 꾸었어요. 그래서 희정이에게도 토요일 만났을 때 이야기해줬더니, 희정이가 걱정을 몹시 하더군요. 상징적인 예지적 꿈이라고 더 걱정하는 것 같았어요. 걔는 웬만한 꿈은 스스로 해몽도 잘해요."

"어떤 꿈이었는데요."

"꿈에서 만난 희정의 얼굴이 까만색으로 변해 있더군요. 놀라 깨어났는데 꿈이더군요."

"이어 그 다음 날 꾼 꿈인데요. 어느 시골 마을이더군요. 옆으로 계곡에서 물소리가 막 들려오고요. 집이 기와집인데, 지붕이 하늘로 높이 솟아있는 특이한 모양이었어요. 그 집 외양간에 소가 세 마리 매어져 있었는데, 모두 소가 몹시 말라 있었어요. 그런데 그중에 소 한 마리가 애처롭게 쳐다보는데, 소의 눈망울이 어디서 많이 본 것 같더군요. 그런데 희정이가 실종된 것을 알게 된 후에, 이제 와 곰곰이 생각해보니, 그게 바로 희정이의 눈빛이었어요."

"그럼, 마른 소 중의 하나가 바로 희정이를 상징적으로 나타낸 것이 되네요?"

"예, 그때 희정이가 '소 세 마리가 매어져 있었느냐?'고 다시 확인차 물으면서, 고개를 갸우뚱했어요."

"희정의 병원 일과 관련하여 들은 이야기는 없었나요?"

"이전에 박 사장인가 유부남인 누군가가 자신을 어찌해 보려고 쫓아다닌다는 이야기를 한 적이 있어요. 박 사장의 능글거리는 모습이 싫다고는 했지만, 그밖에 별다른 말은 없었어요."

"언젠가 옷이 찢어진 채로 집에 들어왔다고 하던데, 알고 계시나요? 혹시 무슨 말을 못 들었는지요?"

"아뇨, 그런 일이 있었다는 이야기는 듣지 못했고요. 워낙 자존심이 센 아이라, 자신이 당한 일을 엄마에게도 이야기하지 않았을 것이네요. 아마도 다니던 병원 일을 그만둘지 모르겠다고 그런 이야기는 했어요."

"사귀던 남자 친구는 없었나요?"

"따라다니는 남자는 한두 명 있었지만, 워낙 병원 일하고, 대학을 진학하려고 공부밖에는 모르던 애라---."

"평상시에 희정이에게 특이한 점은 없었나요?"

"희정이는 누구보다도 꿈에 관심이 많았어요. 혹시 일기장이나 컴퓨터에 그녀가 써둔 꿈 이야기가 있는지 몰라요. 재작년인가 그녀가 소중히 보물처럼 여기는 노트가 있더라고요. 언젠가 찾아갔더니, 거기에 노트 하단에 무언가 적어 넣더라고요. 그래서 물어보았더니, 응, 언니. 꿈이 실현되어서 결과를 적어 넣는다고 하더라고요."

"저 또한 다른 남자와 사귀다가 사기당할 뻔한 것을 그녀가 꿈을 풀이해주어서 막아낸 일이 있었어요."

"어떤 일이 있었는데요?"

"제가 나이가 나이인 만큼 시집을 가기 위해 애쓰고 있었지만, 쉽사리 연분이 맺어지지 않는 편이었어요. 그러던 중에, 한 남자를 사귀게 되었어요. 수려한 외모에 능력도 재력도 있어 보이는 젊은 사업가였어요. 그가 말하는 것이나 외모에 호감을 느껴, 가까워져 장차 결혼까지 약속했었지요."

"그러나 희정이는 그 사람의 외모가 너무 말쑥하다며 진실해 보이지 않는다는 말을 했어요. 또한, 희정이가 저에 대한 꿈을 꾸었다고 알려주더군요."

"어느 날 꿈에서 언니와 그 남자가 이야기하는 데, 그 남자가 입에서 검은 연기를 폴폴 뿜어내면서 이야기 하더라는 거예요."

"하지만 사랑은 맹목이라고 하였던가요. 저는 한번 빠져든 달콤한 사랑에, 희정이를 비롯하여 주변 사람들이 '그 남자가 어쩌고저쩌고'하는 소리도 귀 기울여 듣지 않았어요. 오히려 남자가 사업상 급전이 필요하다고 하여, 그동안 저축한 돈을 빌려주기까지 하면서, 장차 결혼을 약속한 남자의 굳은 사랑을 믿어 의심치 않았었지요."

"그러던 어느 날 제가 꿈을 꾸었어요. 붉은 촛불이 켜져 있는 화려한 침실의 분홍색 커튼에 한자(漢字)가 한 글자 새겨져 있는 꿈을 꾸었는데, 바로 '姦(간사

할 간)’ 자가 새겨져 있는 꿈이었어요. 막상 그런 꿈을 꾸고 나니, ‘姦(간사할 간)’
자의 뜻이 좋지 않기에, 무언가 석연치 않은 느낌이 들었어요. 그래 희정이에
게 전화를 했었지요.”

　“희정이의 의견인 즉, 자신도 꿈 공부를 통해서 알은 것이라 하며, 일반적인
꿈에서는 동물이나 사람의 어떤 행위의 전개로써 보여주지만, 이렇게 한자나
어떠한 문자나 기호가 꿈속에 등장되는 경우도 있다더군요. 또한, 꿈에는 여
러 가지가 있어 미래 예지뿐만 아니라, 자신이나 주변에 다가올 위험에 대하
여 일깨워주는 꿈도 있다고 했어요. 姦(간사할 간) 자가 나타난 것은 ‘그 남자가
진실하지 않다. 조심하라’는 것이었지요. 이에 그때까지 사귀던 남자를 뒷조
사해보니, 그 남자는 무일푼에 제비족 같은 남자로, 그 이전에도 여러 여자를
울린 적이 있었던 전력이 화려한 사람이었던 것이었어요. 그래 파혼하고 남자
를 고소한 적이 있었어요.”

　고도혜 기자는 실종된 희정이의 모든 것을 알아내는 데 있어서, 그녀의 꿈
일기장만큼 중요한 단서는 없을 것이란 생각이 들었다. 틀림없이 그녀가 꾼
모든 꿈은 그녀의 꿈 일기장에 적혀 있을 것이었다.

　밤늦게 아파트로 돌아온 그녀는 내일은 수사과 김 형사와 함께 희정의 어머
니가 운영하는 가게를 다시 찾아가서, 사건 해결에 절대적으로 필요한 협조사
항이라고 말씀드리고, 그녀의 방안을 살펴보아야겠다고 생각하며 잠을 청했
다.

제 13장

미림의 납치수사-이방 수사반장

2003.10.15. 수요일 23:00 미림 납치 11일 경과

미림이 강변도로에서 납치 실종되었다는 뜻밖의 소식은 가족들에게 엄청난 충격이었다. 특히나 미림의 어머니는 딸의 실종으로 제정신이 아니었다.

납치 실종이 된 지 십여 일이 지나가고 있었지만, 경찰로부터는 아무런 소식도 없었다.

"이제 들어오세요?"

"그래요. 어디 전화연락이라도 온 데가 있소?"

"아뇨."

"아, 피곤하구려. 그래 영석이는 요즘 뭐 하고 지내는 것 같으오?"

"말 마세요. 그 애도 다니던 대학교까지 휴학하고, 친한 친구들과 제 누나 찾으러 다니고 있어요."

"왜 당신 청수라고 아시죠? 우리 미림이 가정교사이기도 했던, 미림이가 좋아하면서 따라다니던 청년 말이에요. 그 청년이 무슨 컴퓨터 첨단 기술을 연구한다는 연구소에 다니고 있잖아요. 영석이가 그 청년에게 미림이 납치당한 것을 이야기해서, 그 청년이 미림이를 찾는데 많이 도와주고 있는 눈치예요.”

“그래요. 성실하면서 사람이 진실한 것이 괜찮기는 했는데, 당신이 가정형편이 좋지 않다면서 강제로 떼어낸 청년이 아니오?”

“거, 약혼한 최 검사에게는 소식이 없소? 저번에 전화를 거니, 아는 선배를 통하면 미림이 찾아내는 것은 문제도 안 된다고 하던데---.”

“아이고, 말씀도 마세요. 그런 놈이 무슨 검사라고, 인간성이 못되어 먹었지요. 약혼까지 한 최 검사는 실종소식을 듣고 한 이틀 전화를 하더니, 사흘이 못 가 이제는 전화도 없어요. 미림이를 그렇게 쫓아다니더니, 미림이가 그렇게 되자 이제는 나 몰라라 하고 있으니---.”

“-------”

“가정형편은 좋지 않지만, 미림이를 아껴주는 청년이었던 청수에게 미림이를 맡기는 것이 차라리 나았을 거예요.”

“그래요, 그래서 사람은 어려운 때에 진정으로 그 사람의 본심을 알 수 있다고 하지 않았소. 우리가 사람을 잘못 본 게지.”

“이번 기회에 그런 얍삽한 인간들은 멀리하는 것이 좋을 거예요.”

“어디 신문에 낸 실종 광고를 보고 걸려온 전화는 없었소?”

“말씀 마세요. 여러 사람이 전화해왔지만, 장난 전화도 있었고요. 몇 사람은 돈이나 먼저 입금해달라고 해서, 얼마 부쳐주고 이야기 들어보면, 전부 엉터리에 가까운 이야기들만 늘어놓더군요.”

“하지만 어쩌겠소. 물에 빠진 사람이 지푸라기 잡는다고--, 실종 광고가 나가다 보면, 무슨 단서가 잡히겠지.”

"우리 미림이에게 뭔 일이 일어난 것은 아니겠지요?"

"나도 회사 일도 마다하고 딸의 소식을 알아내고자 백방으로 애쓰고 있으니, 우리 조금만 더 참고 기다려 봅시다."

"그런데 돈을 요구하는 협박성 전화도 없지 않았소?"

"예, 없었어요. 아무런 연락도---."

강 사장은 돈을 요구하는 협박전화가 없다는 것에 더욱 불안감을 느꼈다. 납치 범인들의 목적이 돈이 아니라, 딸의 육체적인 미모에 반한 것이라면, 쉽게 돌아올 수 없을지도 모른다는 생각이 들었다. 딸이 어딘가에 납치되어 고통을 겪고 있을 생각을 하니, 하루빨리 범인을 잡아내야 한다고 생각했다.

순간 그는 회사에서 자재 물품을 빼돌려 팔아먹고 달아났던 거래처 직원을 찾아낸 사설 탐정소의 이방 수사반장을 떠올렸다.

"안 되겠소. 지금 경찰을 믿고 가만히 있을 때가 아니오. 나도 사설 탐정을 고용해야겠소. 마침 마땅한 사람이 떠올랐소, 당신도 아마 알 거요. 작년에 거래처 사기범을 찾아내서 잡아준, 전직 수사반장이라던 사람 말이요."

"그 전직 수사과장이란 사람은 믿을만한 사람인가요?"

"당신도 보지 않았소. 경찰이 한 달여 수사하고도 찾아내지 못하던 것을 이방 수사반장은 일주일이 안 되어 찾아낸 것을 보면 알지 않겠소? 특히나 수사반장으로 재직 시에, 이런 실종 사건을 해결한 것이 서너 건이 넘는다고 들었소."

작년에 자신의 회사에서 자재와 물품만을 구매한 후에, 제삼자에게 팔아먹고 도주한 사기범이 있었다. 경찰에 수사 의뢰를 했지만, 한 달여 지나도록 사건처리가 되지 않았다. 그때에, 누군가가 자신에게 이방 수사반장을 추천해줘서, 일주일 내로 사건을 해결해 주었던 것이었다.

사설 탐정소의 이방 수사반장은 경찰서 수사과에서 잔뼈가 굵은 사람이었다. 그러나 뜻밖의 IMF 사태로 인해, 조기 명예퇴직을 한 후에 후배와 같이 사설 탐정소를 차려 운영해오고 있었다.

미림의 아버지인 강 사장은 이번 사건을 해결하는 데 있어, 이방처럼 경험이 많은 수사관이 절대적으로 필요하다고 여겼다. 그는 밤늦은 시간이었지만, 수첩을 펼쳐 전화번호를 확인하고 전화를 들었다.

"여보슈, 이방 수사반장. 나 강 사장이요."

"예, 사장님, 오랜만이네요. 그동안 잘 지내셨는지요?"

이방 수사반장은 밤늦은 시간의 전화로 미루어, 긴급한 일이 발생한 것을 알아차렸다.

"밤늦은 시간에 전화해서 미안하오."

"무슨 하실 말씀이라도---."

"길게 이야기 안 하겠소. 신문 방송을 보았겠지만, 지난번 강변도로에서 납치 실종된 여대생이 바로 내 딸이요."

"옛, 어떻게 그런 일이---."

"저번 일은 고마웠소. 경찰 수사를 못 믿는 것이 아니고, 하루라도 빨리 자식을 찾고 싶은 마음뿐이니, 어떻게 우리 딸애를 찾아줄 수 없겠소?"

"당연히 찾아드려야지요."

"비용은 얼마가 들어가더라도 걱정하지 말고, 딸애를 하루빨리 찾아주시오?"

"예, 잘 알겠습니다."

"일단 내일 아침에 당장 댁으로 들리도록 하겠습니다."

"그렇게 하시오."

"그럼, 날마다 밤늦게라도 알아낸 사실들을 말씀드리겠습니다."

2003.10.16. 목요일 10:00 미림 납치 12일 경과

여대생 실종 사건은 전직 수사반장인, 그도 잘 알고 있는 바였다. 그녀의 사진으로 미루어 대단한 미모를 지니고 있었기에, 누군가 그녀의 미색을 탐내서 납치한 것으로 여기고 있었다. 그것도 그녀가 탔던 차량을 앞뒤에서 가로막아서 납치하여 사라졌다면, 단독범행이 아닌 전문 조직이 개입된 것으로 생각되었다.

차량 앞부분이 파손되어 있다면, 인적이 드문 도로에서 한 차가 앞을 가로막고 교통사고가 난 것처럼 위장하여, 차 밖으로 나온 그녀를 뒤차에서 순간적으로 덮쳐서 납치해 간 것으로 보였다. 납치 방법치고는 너무나 흔한 방법이지만, 처음 겪는 여자 운전사 입장에서는 그럴 일이 일어나리라고는 미처 대비치 못하였을 것이다. 더구나 술을 마신 상태였다면 순간적인 판단이 흐려질 수 있다고 보았다.

근자지소행(近者之所行)의 '가까운 자의 소행'이란 말이 있는 것처럼, 그는 오랜 경험상 범인은 근처에 있었다는 것을 잘 알고 있었다. 돌발적으로 이루어진 것이 아닌, 누군가 노리는 사람이 계획적으로 납치한 것임이 틀림이 없었다.

먼저 미림이의 주변 인물을 만나, 납치 전에 일어난 일을 자세히 살펴보아야 한다고 생각했다. 그는 일단 미림의 어머니를 만나보기로 했다.

집에 그녀는 혼자 있었다. 뛰어난 용모의 그녀였지만, 며칠간 잠을 못 이룬 듯 초췌한 얼굴에 머리마저 헝클어진 모습이었다. 사랑스러운 딸의 납치로 인하여, 상당한 충격을 받고 있는 듯했다.

"안녕하세요. 이방 수사반장이라고 합니다."

"어서 오세요. 애 아빠한테 이야기 들었어요. 수사과장으로 계시다가 그만 두셨다고요? 우리 딸애를 납치해간 놈들을 하루빨리 잡아주세요."

"예, 어머니, 그럼 지금부터 몇 가지 여쭤보겠습니다."

"먼저, 미림을 따라다니던 남자는 없었나요?"

"많이 있었지요. 하지만 미림이가 대부분 쳐다보지 않는 편이었어요."

"최근에 사귄 남자라든가, 미림과 가까이 지내던 남자가 있었나요?"

"글쎄요. 특별한 것은 없는 것 같은데요. 최근에 사귄 남자로는 중매전문 결혼정보회사에서 소개받은 최 검사라고 있지요. 미림이가 싫다는 것을 반강제적으로 약혼시킨 남자였어요. 몹쓸 사람이네요. 납치 실종 사고가 난 후에, 요즈음은 근처에도 오지 않는답니다."

"그밖에 미림과 가까이 지내던 남자는 없었습니까?"

"미림이 가정교사로 미림이가 좋아했던 이청수라는 청년이 있지요. 내가 둘 사이를 강제로 떼어놓았어요. 지금은 전자공학 관련 연구소에 다니고 있는데, 미림이 동생인 영석이에게 납치 실종을 연락받은 후에는, 회사에도 나가지 않고 함께 밤낮으로 찾으려 애쓰고 있다고 하더군요. 그는 그런 짓을 할 사람은 절대로 아니에요."

"혹시 그 청수라는 청년의 전화번호를 아시나요? 혹시 수사에 협조를 얻을 가능성이 높으니까요?"

"예, 일전에 미림이와 만나지 말라고 하기 위해, 알아 놓은 전화번호가 있기는 해요. 잠깐만 기다려 보세요. 아! 여기 있네요."

이방 수사반장은 전화번호를 수첩에 적어 넣었다.

"그날 미림이가 누구랑 같이 있었는지 아시나요?"

"아마 친한 친구들과 어울렸을 것이네요. 밤늦게 나이트라고 하면서 친한 친구들과 같이 있다고 하더군요, 문자 메시지로 곧 들어온다고 했었어요. 그런데 다음날 새벽에 강변도로에서 빈 차로만 발견되었지요. 며칠 전부터 꿈자리가 뒤숭숭하고, 그날 아침 따라 꿈도 좋지 않기에, 일찍 들어오라고 그렇게 이야기했는데도---."

"납치되기 전에, 무슨 안 좋은 꿈을 꾸신 모양이지요?"

"예---."

이방 수사반장 역시 꿈을 믿는 사람이었다. 사랑하는 자식에게 엄청난 일이 일어나기 전에, 불길한 꿈으로 예지 되는 것이 당연하다고 여겨졌다. 그러기에, 그나마 딸의 납치된 현실을 받아들이며, 버티고 있으리라. 아니면, 딸의 납치라는 충격적인 일에, 정신병원에 입원이라도 해야 하는 일로 벌어졌을지 모른다.

"혹시 같이 잘 어울려 다니는 친구들을 알고 계십니까?"

"예, 삼미(三美)라던가, 미림이가 자랑삼아 이야기하더군요. 다른 두 애와 친하게 지내는 것 같더라고요. 작년에 일본 여행도 같이 다녀들 오고 그랬으니까요. 세 명 모두 이름에 미(美)자가 들어가 있고요, 전화번호는 모르겠는데, 아마도 학교에 가서 삼미라고 찾으면 알 수 있을 거예요."

"혹시 따님 사진으로 아무 사진이나 사진 잘 나온 것 있으면 한 장 주십시오. 수사에 참고하려 합니다."

그녀가 미림의 방으로 들어가더니, 사진을 하나 들고 나왔다.

"여깄어요."

얼마 전에 찍은 사진인 듯, 세 여자가 웃는 얼굴로 서 있는 사진이었다. 다른 두 여자는 아마 삼미라 불리던 나머지 두 여자인 듯 보였다. 모두가 미모가 뛰어나고, 늘씬하게 보이는 아가씨들이었다.

그는 미림이의 간략한 인적 사항을 몇 가지 더 물어 수첩에 적고는 집을 나섰다. 이방 수사반장은 먼저 사건의 단서를 찾기 위해, 미림이의 친한 친구 두 명과 청수라는 청년을 만나보아야겠다고 생각했다.

그는 미림이가 다니던 대학으로 갔다. 여느 때는 같이 데리고 있는 후배 최도식 형사를 시키기도 하였으나, 강 사장 부부의 안타까운 마음을 생각하여 직접 자신이 챙겨나가기로 했다.

두 여학생 친구는 몇 학생을 거쳐 쉽게 찾을 수 있었다. 처음에는 경계하던 그녀들이었으나, 형사가 아닌 미림이 아버지 부탁을 받아 일한다고 하자, 미림이 부모님께는 이야기하지 말아 달라고 부탁하면서, 이내 납치당하던 날에 일어난 일을 자세히 털어놓았다.

그날 미림이는 일찍 들어가려고 하였으나, 자신들이 강남에 새로 개업한 물 좋은 나이트클럽에 가자고 하여, 데려갔다고 하였다. 거기에서 룸에 있던 사회인이었던 젊은 오빠들과 밤늦게까지 술을 마셨다는 것이었다.

"그래서요. 같이 술을 마셨던 남자들에게서 수상한 점은 없었나요? 그중에 누군가 미림을 납치할 만한 사람이 없었는지요?"

"예, 미림이 파트너였던 이사라는 사람이 미림이를 좋아해서 따라나갔는데, 얼마 후에 씩씩거리며 들어왔어요. 미림이가 어디론가 도망치듯이 사라졌다고 하면서, 그날 담당 웨이터하고 싸움이 크게 벌어졌어요. 그 바람에 우리도 술자리에서 그냥 나오게 되었고요."

"이상한 점은 없었나요?"

"아뇨, 별 이상한 점은---. 내일 아침에 약혼자가 오기로 되어 있다고, 이제는 들어가 봐야 한다고 했던 것 같아요."

이방 수사반장은 같이 술을 마셨던 남자들의 신원을 물어보았다. 직감적으로 그들은 관계가 없어 보였다. 단지 여자들과의 향락적인 시간을 보내려고 했던 것으로 짐작됐다.

"미림 씨를 쫓아다니는 남자는 없었습니까?"

"몇 명이 있었지만, 미림이가 그 사람들과 만나주지 않았어요."

"그중에 혹시 미림이를 납치할 만한 사람이 없습니까?"

"글쎄요. 다들 학생인데, 그냥 미림이를 좋아했을 뿐이지, 납치까지 저지를 정도로 쫓아다닐 만한 학생은 없을 것이네요."

"혹시, 그날 여느 때와는 다른 특별한 일은 없었습니까?"

"아뇨, 없었어요."

"참! 낮에 명품 백화점 개관이라고 해서 백화점에 들렀다가 나오는 데, 사람이 드문 도로변 길에서, 어떤 도둑놈이 미림의 핸드백을 날치기했었어요."

순간 이방 수사반장의 눈이 반짝 빛났다.

"그래서요."

"쫓아갔는데, 그 도둑놈이 돈만 빼내고는 핸드백을 바닥에 던지고 달아났어요."

"그래요."

"어떤 핸드백이었는데요?"

"이탈리아 구찌 핸드백으로 명품이었어요."

"그 도둑의 인상착의를 기억할 수 있어요?"

"잘 기억은 나지 않고요. 무척 마른 사람이었어요. 몸이 얼마나 빠른지, 마치 날아가는 것 같았어요."

"호오. 그거 이상하네요. 보통 도둑이라면 명품 핸드백을 돌려줄 까닭이 없을 텐데---.”

“정말 그러네요. 우리가 쫓아가니까, 할 수 없이 돈만 빼내고 돌려준 것으로 생각하고 있었는데요.”

“정확히 백화점에 들른 시간이 몇 시경이지요. 또 나온 시간은 몇 시쯤 되나요?”

“예, 개관 기념행사가 오후 2시에 있었으니, 오후 1시 반 경에 명품 백화점에 들어갔을 거예요.”

그는 직감적으로 명품 백화점에서부터 일이 벌어진 것으로 생각했다. 누군가 미림의 미모를 탐내어, 뒤따라 붙었다고 단정 지을 수밖에 없었다. ‘그날 명품 백화점의 CCTV에 찍힌 수많은 손님 가운데, 미림의 일행을 뒤따른 사람들을 조사해 보아야겠다’고 마음먹었다.

또한, 여기 나머지 이미(二美)의 협조를 얻어, 그날 백화점에서 본 사람 가운데 핸드백을 탈취해 간 놈이 있는지를 찾아봐야 할 것이었다.

“그밖에 뭐 수상하거나 기분 나쁘게 느낀 사람은 없었나요?”

“그러고 보니, 나이트클럽 룸에서 나와 화장실로 가는데, 검은 안경을 쓴 사람이 누군가에게 전화하고 있었는데, 왠지 모르게 기분 나쁘게 느껴지기는 했어요.”

“애, 수미야! 그러고 보니, 그놈이 낮에 보았던 비쩍 마른 사람과 비슷하지 않았니?”

“글쎄, 지금 생각해보니, 그런 것 같기도 해.”

이방 수사반장은 미림의 그날의 행적으로 미루어, 백화점에서 그녀의 미모에 반한 그 누군가에게 타깃이 되어, 1차적으로 핸드백 날치기로 신원조사를 당하고, 집요하게 나이트클럽까지 따라붙어, 때를 기다리던 일당에게 2차적으로 한적한 강변도로에서 납치를 당한 것으로 추정되었다.

그로 미루어 단독 범행이자 우발적인 범행이 아닌, 특별한 목적을 지닌 전문 집단에 의해 자행된 납치로 결론을 내렸다. 그날 이후로 돈을 요구하는 협박 전화도 없었다는 말로 미루어, 그들의 목적은 돈이 아닌, 싱싱한 풋내음을 풍기는 미림이의 싱그러운 몸 그 자체였던 것이다.

"그래요, 수사 협조 고맙고요. 다음에 혹시 필요하면 다시 연락할게요. 연락처 하나 적어 주시고요. 혹시 또 생각나는 것이 있으면, 여기 이 번호로 연락 주기 바랍니다."

이방 수사반장은 두 친구의 전화번호를 수첩에 받아 적으며, 학교를 떠났다.

2003.10.16. 목요일 18:00

또한, 이방 수사반장은 저녁에 미림이 청수 오빠라고 부르며 따라다녔다는 청년을 만나기로 약속을 잡았다.

허름한 식당에서 청수라는 청년을 만났다. 옆에는 미림의 남동생인 영석이도 자리를 함께하고 있었다. 이방 수사반장의 연락을 받고, 동생에게 전화 연락을 한 모양이었다.

들은 대로 진실해 보이는 청년이었다. 그 또한 미림의 납치 실종 소식에 충격을 받았는지, 근심에 싸인 얼굴이었다.

"그래. 자네들이 알아낸 것이 있나?"

"아뇨, 아직은 별로---."

"수사는 열정만으로 되는 것이 아니야. 오랜 경험과 직감, 과학적 수사력이 있어야 하는 것이지."

그러면서, 이방 수사반장은 미림의 친구를 통하여 알아낸 새로운 사실들을 이야기해주었다.

명품 백화점에서 비롯되어, 나이트클럽까지 미행이 따라붙었던 이야기, 전문 집단에 의해 계획적으로 자행된 납치라는 것, 따라서 명품 백화점 내의 미림의 앞뒤의 손님, 백화점 근처의 도로, 나이트클럽에서 화장실 부근 등의 CCTV에 찍힌 수상한 남자를 조사해보아야 한다고 말해주었다. 또한, 여기에는 미림의 여자 친구들인 이미(二美)의 도움을 구해야 한다고 했다.

하지만 CCTV 조사와 같은 것들은 수사기관의 협조를 얻어 진행되어야 할 것이었다. 그는 몇 년 전 자신이 은퇴하면서 자신의 자리를 물려받은 후배 수사과장인 윤상형을 때마침 떠올렸다. 그의 협조를 얻는다면, 보다 사건해결에 도움이 될 것이었다.

"그나저나 자네는 무슨 회사에 다니고 있나?"

"컴퓨터 공학 관련 연구소입니다. 자그마한 벤처 회사의 연구개발원으로 근무하고 있습니다."

"구체적으로 어떤 것을 연구하고 있는가?"

"CCTV와 같지만, 움직이는 영상 촬영장치라고 해야 할까요. 지금 개발을 끝내고 테스트 중입니다만, 로봇 쥐라고 들어보셨습니까? 왜 매트릭스 영화에 나오는 발이 여러 개 달린 탐색로봇 같은 것이지요. 아마도 국내 신기술로, 세계적으로도 아직 상용화가 되어 있지 않지요. 이 로봇 쥐 기술을 활용하면, 대형 마트 같은 곳에 두세 마리만 배치하면 완벽하게 내부를 감시할 수 있도록 설계되어 있습니다. 소리 및 움직이는 물체를 탐지해낼 수 있으며, 초정밀 카메라 장치의 눈으로 현장 화면을 생생하게 생중계할 수 있습니다. 특히, 하수구라든지 어두컴컴한 곳에 투입시켜 정밀 촬영을 할 수 있습니다."

“호오. 그거 대단한 기술이구먼. 앞으로 수사과정에서 도움을 얻게 될지도 모르겠네. 의심이 가는 집을 은밀히 수색해내는 데 많은 도움이 될 수 있을 테니---. 빨리 완성하게나.”

“자네는---.”

“예, 대학생입니다만, 누나를 찾는데 적극적으로 나서겠습니다.”

“내 말은 자네는 무슨 재주가 있느냐 말일세?”

“예, 특별한 재주는 없습니다만, 산악회 총무를 맡고 있습니다.”

“호오. 산악회 총무라. 그것도 수사에 도움이 될 수 있을 걸세.”

“어떻게요?”

“앞으로는 산악회 회원을 이끌고, 내가 지정해주는 지역에 독립 별장이 있는 곳을 거쳐 내려오도록 하게.”

“예, 독립 별장이라니요.”

“내 추정이네만, 서울에서 1시간 내의 교외에 있는 은밀한 단독 전원별장 같은 곳에 미림이 납치되어 있을 가능성이 높다는 것이지.”

“자네들 그러지 말고, 사건이 해결될 때까지, 내 사무실에서 같이 지내면 안 될까? 내가 일러준 대로 한다면, 이른 시일 내에 미림 양을 찾을 수 있을 걸세.”

“누나를 찾을 수 있다면, 그 어떤 일도 마다하지 않겠습니다.”

“저는 연구하는 것이 있어서 당장은 어렵습니다. 요즈음 밤을 새우다시피 하고 있습니다.”

“알겠네. 자네 도움이 필요할 때, 연락하도록 하겠네. 자, 그럼 오늘은 이만 헤어짐세.”

그는 사무실로 돌아와 지도를 펼쳐놓았다. 강변도로에서 납치한 뒤, 어디로 데려갔을지를 추정해보았다. 그는 1시간 남짓의 거리로 갈 만한 곳을 지도에 표시하여 보았다. 강원도로는 춘천 가는 길의 강촌, 경기 북부로는 의정부, 서쪽으로 안산·수원, 동쪽으로 여주 등의 지역이 떠올랐다.

또한, 조직적인 납치라면, 혹시나 여대생 미림이 말고도, 다른 젊은 여자가 납치되었을 수도 있다. 그렇다면 거기에서도 수사에 많은 단서가 나올 수 있을 것이며, 미림의 사건 해결에도 도움이 될 것이었다.

그는 후배 수사과장인 윤상형을 다시금 떠올렸다. 그라면, 적극적으로 자신을 도와줄 것이며, 그의 협조를 얻는다면 보다 사건해결에 도움이 될 것이었다. 그는 수첩을 찾아, 전화기를 돌렸다.

"윤 반장, 오랜만이야. 나 이방이야."

"어이구, 이거 선배님 아니십니까?"

"그동안 잘 지냈나? 이렇게 불쑥 전화해 미안하이."

"선배님 무슨 말씀을--- 이렇게 전화를 다 주신 것만으로도---. 그동안 어떻게 지내셨습니까?"

"응, 잘 지내고 있어. 자네도 알다시피 조그만 사설 탐정소를 차려서, 소일 거리로 지내고 있어. 저기 다름이 아니라, 자네 여대생 미림의 납치 실종 사건 알지?"

"예, 그렇잖아도 저도 그 사건으로 인해 골치가 아픕니다."

"내가 그 부모에게 부탁을 개인적으로 받고 최근에 수사 중인데, 전문 조직에 의해 계획적으로 이루어진 것이네."

"예, 저도 그렇게 생각하고 있습니다."

"그래서 말인데, 수사에 단서를 찾으려고 그러는데, 혹시나 최근에 또 다른

젊은 여자의 납치 실종 사건이 있는지 알아보고 싶은 것이 있는데, 자네가 도
와줄 수 있겠나? 내가 사건이 해결되고 난 후에, 한턱내겠네.”

“원, 선배님도 별말씀을---. 아직 신문에 크게 보도되지도 않았고요. 대외비
입니다만, 그렇잖아도 며칠 전 일요일 밤에 여사원 최희정이 밤늦은 시각에
귀가하다가, 집 앞에서 납치되는 일이 일어났습니다. 지금 저희과 김복진 형
사가 한창 수사 중입니다만, 수사 단서가 잡히는 대로 알려드리도록 하겠습니
다.”

“그래 주면 고맙겠네.”

“참, 선배님! 제 생각에는 여대생 미림이나 회사원 희정의 납치사건을 선배
님과 김 형사가 함께 수사하면 좋을 듯싶은데요.”

“알았네, 당연히 그래야겠지.”

“예, 김 형사가 사건 수사에 열성적인데, 소개해드릴 테니, 보다 자세한 것은
만나서 알아보시죠.”

“고맙네,”

“무슨 말씀을--, 선배님에게 도움을 받은 것이 그 얼마인데요. 잠깐만요, 김
형사 휴대전화 번호가 011-360-0000입니다. 제가 따로 이야기해 놓겠습니다.”

“고맙네.”

“도움이 필요하면 언제든지 연락 주십시오. 적극적으로 도와드리겠습니
다.”

제 14장

희정의 꿈 일기장 수사—김 형사, 고도혜 기자

2003.10.16. 목요일 15:00 희정의 납치 나흘째

고도혜 기자는 우선 최희정에 대한 꿈 일기장부터 찾아내야 하는 것이 급선무라고 생각했다. 그러자면, 자신 혼자보다는 김 형사의 도움을 얻는 것이 절대적이었다.

그녀는 수사과 김 형사에게 전화를 걸었다.

"김 형사님! 바쁘세요?"

"아뇨. 하던 일 몇 가지만 정리하면 됩니다."

"그러면, 언제 시간을 내주실 수 있으세요?"

"예, 지금 당장은 어렵지만, 한 시간여 뒤에는 가능할 것입니다."

그녀가 오늘은 전화를 걸어와 만나자고 하는 것이 무언가 있는 것 같았다.

고도혜 기자와 만나기로 약속한 장소는 의외로 시장터 입구였다. 풍물시장이라고 하여, 서민들의 삶의 향기가 배어 나오는 곳이었다. 그녀는 김 형사를 보자마자, 달려왔다.

"죄송해요. 이렇게 밖에서 뵙자고 해서---.":

"아뇨, 저야말로 영광입니다."

김 형사 역시 그녀가 싫지 않았다. 분위기 있는 귀족적인 레스토랑보다, 이러한 서민들의 진솔한 삶의 향기가 묻어나는 곳이 싫지 않았다. 왠지 모르게, 이러한 곳이 삶의 의욕을 느끼게 해준다고 생각하고 있었다. 다만, 그녀가 이러한 곳에서 만나자고 한 것이 의외일 따름이었다.

조금을 걸어서 그녀가 데리고 들어간 곳은 어느 허름한 가게였다. 빈대떡, 콩탕, 오징어찜, 잔치국수, 막걸리, 정종, 소주, --- 등등. 가게의 식단도 지극히 서민적인 메뉴였다. 주인아주머니는 단아한 얼굴로 돋보이는 얼굴이었지만, 어딘가 수심이 어린 얼굴이었다.

"안녕하세요. 어머니! 또 왔어요."

그녀가 붙임성 있게 어머니라고 부르며 인사를 드리자, 아주머니 얼굴에 실낱같은 반가움이 퍼지고 있었다.

"인사드리세요. 저번에 커피가 엎질러진 사진 속에 있던 최희정 씨 어머니세요."

"따님의 나이가 공교롭게도 저와 나이가 같더군요. 그래서 어머니라고 부르기로 했어요."

김 형사에게 눈짓하며, 그녀가 말했다. 김 형사는 그제야, 그녀가 자신을 왜 이리로 데리고 왔는지 알 수 있었다.

"안녕하세요. 수사과 김복진 형사라고 합니다. 걱정이 많으시겠네요?"

그녀는 다시 들르겠다는 약속대로 오늘 이렇게 김 형사와 같이 찾아온 것이었다.

"어서들 와요. 그래 무슨 좋은 소식이라도 있어요?"

"예, 아직은--. 하지만, 어쩌면 사건의 단서를 찾을 수 있을지도 모르겠네요."

"어떻게요?---"

"예, 희정의 친한 언니로부터, 이야기를 들었는데요. 따님이 꿈 일기장 같은 것을 쓰고 있었다고 하던데, 그것을 찾아내 읽어볼 수 있을까 해서요. 꿈에서 어떤 사건의 단서를 찾아낼 수 있을지 모른다는 생각이 들었어요. 또한, 제 꿈에서도, 그녀가 뒤돌아설 때 붉은 노트 같은 것을 본 것 같았어요."

"글쎄요. 그리고 보니, 무언가 이따금 쓰던 것을 본 것 같기도 하네요. 일단 식사를 천천히 하세요. 오늘은 때마침 희정이 동생도 군대에서 휴가를 나와 있어요. 군대에서 누나가 실종된 사정 이야기를 소대장님께 했더니, 이렇게 휴가를 보내주었다고 하네요. 오늘은 일찍 가게 문을 닫을 테니, 같이 집에 들어가서 살펴보기로 하지요."

김 형사는 오징어찜과 콩탕을 시켰다. 음식이 나왔다. 오징어를 통째로 쪄서, 오이와 양파가 곁들인 접시에 담겨 나왔다. 오징어의 맛이 그대로 살아 있었다. 콩탕 또한 구수하였다. 그녀는 콩탕을 맛있게 먹었다. 어릴 때 어머니가 해주시던 음식 맛이었다.

김 형사는 고도혜 기자의 소박한 면이 좋았다. 화려함보다 이렇게 서민적인 취향의 그녀가 새삼스럽게 보이기까지 했다. 자신이 보기에 소박한 음식을 좋아하는 사람이 생활 또한 건전하며, 사치를 부리지 않음을 알 수 있었다.

식사를 마치자, 일행은 가게 문을 일찍 닫고 집으로 향했다. 집은 대로변에서 한참을 걸어 올라가, 네거리의 슈퍼 가게 앞을 지나 주택가 골목으로 맨 끝에 있었다.

하지만 김 형사는 집으로 가기 전에, 어머니에게 그녀가 공부하던 독서실을 물어보는 것을 잊지 않았다. 그러던 그가 문득, 슈퍼를 지나 주택가 골목길에 멈췄다. 주변을 둘러보면서, 앞뒤의 골목과의 거리를 계산해보는 듯했다. 그러면서 한 지점을 가리켰다.

자기가 보았을 때, 그 지점에서 전문가가 납치한 것으로 보인다는 것이다. 대로변에서, 그녀의 집에 이르기까지의 길에서 그녀를 납치한다고 가정할 때, CCTV가 설치되어 있지 않은 여기 이 슈퍼에서 골목길 안쪽에 이르는 10여m의 사이밖에는 범행할 수 없으며, 행인들이 있을 수 있기에, 망을 세우고 한다 하더라도 시간적인 여유로 보아서는 1~2분의 여유밖에 없다는 것이다. 그 시간에 여자를 제압하여, 납치한다는 것은 고도의 실력을 갖춘 자가 아니면 불가능하다는 것이었다.

고도혜 기자는 '역시 형사의 보는 눈은 다르구나' 생각했다.

집에는 휴가를 나온 남동생이 있었다. 이름은 최희남, 21세로 군 복무 중이었다. 그 역시 누나의 납치 소식에 큰 충격을 받은 모양이었다.

그녀의 방은 깔끔하게 정리되어 있었다. 방안이 청결하고 깔끔하게 정돈된 것으로 미루어, 그녀의 성품을 알 수 있을 것 같았다. 고도혜 기자는 문득 그녀 아버지가 누누이 강조하시던 말씀들이 귓가에 떠올랐다.

"관상도 중요하지만, 그 사람의 체상(體相)을 보아야 한다."

"그 사람이 생각하는 것이 눈에 나타나고 이어 얼굴에 나타나는 법이기에, 관상을 보고 우리가 그 사람됨을 판단하고 있지만, 그보다는 그 사람의 모든 것을 정확히 알려면 체상을 보아야 한다."

"그 사람의 걸음걸이, 밥 먹는 것, 말소리, 행동습관, 성격--. 그 모든 것이 체상에 해당한다.”

“남자라면 글씨를 조그맣게 쓰는 사람이나, 음식을 잘게 집어 먹거나, 깐작 깐작 먹는 사람은 큰 인물이 되기는 틀린 사람이다.”

그녀는 인물을 보는 기준으로 삼았던, 신수와 말씨와 글씨와 판단력의 ‘신언 서판(身言書判)’이란 말을 떠올리며, 새삼 김 형사를 바라보았다. 단정하게 깎은 머리에, 얼굴의 이마 가운데 성실이라는 글자가 씌어져 빛을 발하는 듯하였다.

“어머니, 희정 씨가 납치 실종된 후에, 누군가 여기 이 방에 들어와 본 적이 있나요?”

“아뇨, 없어요. 실종 신고를 하니, 어느 형사가 찾아오기는 했지만, 집안 형편이 넉넉지 않아 그런지, 몇 마디 형식적으로 물어보고 간 것이 전부예요.”

고도혜 기자는 선배 언니인 희숙에게 들은 대로, 혹시 그녀의 일기장 같은 것이 있을 곳을 물었다.

“글쎄요. 이따금 보면, 무언가 쓰고 있는 때도 있더군요.”

그러면서, 그녀의 어머니는 언젠가 방 안에 들어갔을 때, 무언가를 감추는 것 같았다며, 그녀가 잘 사용하는 책장을 보여주었다. 책장은 닫혀 있어 쉽게 열리지 않았다. 그녀가 애지중지하는 무언가 소중한 것이 들어있을 것 같은 기분이 들었다.

그녀는 책장 안에서 맨 오른쪽의 노트들이 왠지 이상하게 느껴졌다. 다른 것은 눕혀져 있던 데 비하여, 그 노트들은 세로로 세워져 있었다. 꽤 오래전의 노트도 있었지만, 최근에 쓴 것 같은 노트도 있었다. 그녀는 노트를 차례로 넘겨보았다. 그중에 맨 오른쪽에 있던 노트 하나가 눈에 들어왔다. 최근에까지 사용한 것 같았으며, 겉장이 주홍 커버로 뒤덮인 바로 꿈에서 본 것 같은 노트였다.

그랬다. 그녀는 꾸준히 꿈 일기를 써오고 있었던 것이다.

"어머니, 이 꿈 일기장이 사건을 해결하는 데 중요한 단서가 될 수 있는데, 이것을 가져갈 수 있을까요?"

"예, 우리 희정이를 납치해간 범인을 잡아 주신다는데, 그 이상의 것도 해드려야죠."

'과연 이 꿈 일기장 속에, 그녀에게 일어날 사건이 예지 되어 있는 것일까? 있다면, 일기장 속의 꿈의 상징 의미를 완벽하게 알아낼 수 있을 것인가?

이제 그녀의 꿈 일기장을 찾아낸 이상, 해몽 전문가의 도움을 얻어 꿈의 상징 의미를 알아내서, 사건 해결에 도움이 되게 하는 것이 자신의 할 일이라 여겨졌다.

고도혜 기자는 도서관에서 꿈에 관한 책을 읽다가 알게 된 구몽 박사를 떠올렸다. 무엇보다 점쟁이가 아니고 한문학 박사로서, 실증사례를 통한 꿈의 상징 이해에 관한 전문적인 연구를 해오고 있다는 것에 믿음이 가는 것이었다.

그러기 위해서는, 그녀의 꿈 일기장뿐만 아니라, 자신의 꿈, 희숙 언니의 꿈, 그밖에 다른 사람들이 꾼 꿈에 대한 철저한 수집과 분석이 있어야 했다.

'그녀는 왜 내 꿈에 나타났던 것일까?

'꿈은 가까운 주변 사람이 대신 꿔주기도 한다지만, 최희정과 자신은 전혀 아무런 관련이 없지 않은가?

그녀는 희정과 자신과의 연관 고리를 생각해보았다. 희정은 꿈을 절대적으로 믿고 있었다. 자신 또한 꿈의 세계에 대한 관심을 많이 지니고 있었다. 공교롭게도 희정과 자신의 나이는 같았다. 무엇보다도, 자신이 고교 시절 납치될 뻔한 일이 있었기에, 그 누구보다도 납치 실종 사건에 지대한 관심을 가지고 뛰어들게 될 것은 당연한 일이었다.

또한, 자신이 신문사 사회부 기자라는 신분으로 납치 사건을 취재할 수 있는 여건, 나아가 과학적 분석력을 갖춘 김 형사와 직감력이 뛰어난 자신과의 만남을 통해서, 사건의 해결을 위하여 헤쳐나가는 힘과 능력을 하늘이 내려준 것으로 믿고 싶었다.

그렇게 생각하자, 그녀는 최희정의 납치 실종 사건에 자신의 온 힘을 기울여 사건의 흑막을 파헤쳐야겠다고 생각했다. 또한, 그 과정에서, 앞서 일어난 여대생의 미림의 납치 실종 사건 및 앞으로 일어나게 될지 모를 납치 사건에 대한 수사도 저절로 진행될 것이다.

김 형사가 집을 나올 때, 희정의 남동생인 희남이가 따라나왔다.

"저, 형사님! 집으로 오는 주택가 골목길에서 납치된 것이 맞나요?"

"응, 현재로서는 그런 것 같아. 대로변에서는 아무래도 어려울 것이고, 집에서 10m 떨어진 저기 저 지점이 가장 가능성이 높아, 사람들의 눈에 띄지 않으면서---. 아주 짧은 순식간에 해치웠을 거야."

"그러면 미리 준비된 차를 이용했겠네요."

"그렇겠지."

"김 형사님, 저랑 같이 가요. 한 군데 들를 곳이 있어요."

"응, 어디?"

"골목 입구에 있는 슈퍼 가게요."

"응, 그렇잖아도 슈퍼 가게에 들러, 보다 자세한 것을 물어보려고 했어."

김 형사는 최희정의 납치 사건을 확신하고, 주변의 탐문 수사를 통해 사건의 단서를 찾아내는 것이 급선무라고 생각하였다. 먼저 주택가 골목길로 들어가기 전에 있는 슈퍼 가게에 물어보면, 무언가 단서가 잡힐지도 몰랐다.

"안녕하세요?"

"예, 어서 오세요."

"실례지만, 저는 수사과 김복진 형사라고 합니다. 뭐 좀 여쭤보려고 하는데---."

가게 주인은 다소 마른 체격에 키가 큰 사내였다. 그는 며칠 전에 식당에서 일하는 아줌마의 딸이 납치되었다는 사실을 알고 있었다. 아마도 다른 누군가도 들러서 탐문 수사를 하고 간 것 같았다. 하지만 이번에는 군대 갔던 남동생인 희남도 같이 따라 들어온 것을 보자, 더 관심을 보였다. 이어 뒤따라 들어온 고도혜 기자를 살펴보는 것이었다.

"그러니까 나흘 전 일요일 저녁때나 그 이전에, 수상하다고 생각되었던 사람은 없었나요?"

"글쎄요. 별로 특별한 일은 없었는데요."

"잘 생각해 보세요."

"이제 생각해보니, 그 며칠 전에 평소에 보지 못했던 낯선 손님이 두어 명 왔었던 것 같네요."

"어떤 손님이었는데요"

"인상이 별로 좋아 보이지 않았고요. 이빨이 밖으로 튀어나온 사람이 담배를 사러 왔었어요. 그때, 누군가에게 전화가 왔었는데, 예 맞아요. '칼치' 형님이라고 하는 소리를 들었습니다. 일요일 밤늦게도 그중의 한 명이 저쪽 대로변에 서성거리는 것을 본 것 같네요."

"칼치라고요?"

"예, 칼치라고 하는 것을 들었습니다. 아들놈이 칼치를 무척 좋아해서, 쉽게 기억했고요."

이때, 희정의 동생인 희남이 앞으로 나섰다.

"아저씨. 동철이를 좀 불러주실래요?"

"응, 왜"

"동철이가 자동차 번호판 같은 것 잘 외우고 있잖아요? 그날 세워진 낯선 차량의 번호를 알고 있을지 모르니까요?"

"응, 참 그렇지. 동철이가 혹시 도움을 줄지 모르겠다."

최희정의 남동생은 동철이라는 애가 유별난 아이임을 알고 있었다.

동철이는 장난을 치다가 나온 듯, 옷에는 흙탕물이 묻어 있었다.

김 형사가 보기에 눈망울이 커 보이는 것이 한 눈에도 보통 사람과는 다소 다른 아이 같았다. 자폐증이 있는 아이였다. 다른 아이보다 정신연령이 뒤떨어져, 정규학교가 아닌 특수학교인 동원학교에 다니는 중이라고 했다.

"참, 형사님, 제 아들놈에게 다소 특이한 능력이 있습니다. 숫자에 관한 것이라면, 모든 것을 다 기억하고 있지요. 아마 희정이 동생뿐만이 아니라, 이 동네에 이런 사실을 아는 사람은 잘 알고 있을 거예요."

그랬다. 동네에서 지난날에 무슨 일이 일어났는지, 논란이 벌어지게 되면, 아들인 동철이에게 와서 물어보는 것이었다. 그러면 몇 월 며칟날에 무슨 일이 일어났는지 다 기억하고 있었다. 심지어 지난날이나 앞으로의 특정 날짜의 요일을 정확하게 맞춰내고 있었다. 몇몇 사람이 호기심 삼아 아이에게 '0000년 0월 0일'이 무슨 요일이냐고 물어보았지만, 그때마다 정확하게 요일을 맞춰냈었다.

또한, 동철이는 동네 자동차 번호판을 다 외우고 다닌다는 것이었다. 누구네 집 차 번호는 0000, 누구네 집은 0000로 다 기억하는 것이다. 따라서 낯선 차량이 주차해 있어도 금방 알아내서, 인근 아파트 경비원에게 이따금 불러가서 주차해있는 외부 차량을 족집게처럼 잡아냈다.

희정의 동생인 희남이 동철이의 손을 잡았다.

"동철아, 너 형이 부탁할 것이 하나 있는데---."

"응, 뭘---."

"너 며칠 전에, 저쪽 골목길에 주차해둔 차량 가운데, 낯선 차량 번호판을 말해줄 수 있어?"

"응, 알아. 있었어."

"그럼, 차량 번호를 말해 줄 수 있어?"

"검정 차가 있었어. 차량 번호가-- 경기 '다'에 '4***'이었어."

"틀림없어?"

"응, 난 한번 보면 다 기억해서 알아. 그리고 기분 나쁜 아저씨도 보았어."

"어찌 생겼던?"

"안경을 꼈어. 밤늦게 운전해 나갔어."

"그래, 고맙다."

"잠깐만, 얘야."

지켜보던 김 형사가 물었다.

"그러면, 2004년 3월 3일이 무슨 요일인지 아니?"

동철이는 무언가 계산하는 듯하다가 말했다.

"응, 수요일이야."

3월 3월은 그의 생일이었다. 김 형사는 나중에 확인해 보기로 하였다.

뜻밖의 수확이었다. 김 형사는 수첩에 차량 번호를 적어 넣으면서, 이제 번호판을 추적하면 범인의 행방을 쫓을 수 있다는 기대감에 부풀었다. 거기다가 이빨이 튀어나온 사내, 칼치라는 별명의 사내를 수사하면 뭔가 단서가 잡힐 것이다.

그러고 보니, 언젠가 자폐아에 대한 글을 본 적이 있었다. 그들은 보통 사람과는 달리, 전반적으로 지능지수나 신체적인 면에서 뒤떨어진 능력을 보이고 있지만, 어느 특정의 분야에서만큼은 놀라울 만한 뛰어난 능력을 발휘했다. 남들이 쉽게 풀지 못하는 퍼즐을 쉽게 맞출 수 있다든지, 음악에 뛰어난 능력을 발휘한다든지 등 실로 놀라운 세계가 펼쳐지고 있었다. 마치 다른 능력이 한군데로 모여 발휘되고 있듯이, 어느 한 분야에서 초인적인 능력을 지니고 있는 경우가 많았다.

슈퍼에서 나와 희정의 동생은 집으로 돌아갔다. 김 형사는 동생의 적극적인 수사협조를 고맙게 여겼다. 역시 사건을 해결하는 데 있어, 가족이나 주변 친지들의 도움이 절대적인 것을 느꼈다.

김 형사는 윤상형 수사과장에게 전화를 걸었다. 경기 '다'에 '4***' 차량 번호를 불러주면서 차량 수배를 해달라고 하는 한편, '칼치'라는 별명의 조직폭력배가 있는지 확인을 부탁했다.

김 형사는 고도혜 기자와 같이 길을 내려오면서, 다시 독서실과의 거리를 확인하는 것을 잊지 않았다. 사건의 단서를 찾아가고 있다는 기쁨일까, 고도혜 기자의 밝은 표정의 얼굴이 사랑스럽게 느껴졌다. 바람결에 가볍게 흩날리는 그녀의 싱그러운 머릿결의 샴푸 내음이 코에 스며들었다. 그때였다. 그녀가 느닷없이 팔짱을 끼면서, 눈짓으로 가리킨 곳은 불빛이 반짝이는 대로변 2층의 카페였다.

카페 안은 은은한 음악이 흐르고 분위기 있었다. 특이하게도 중국 노래가 흘러나오고 있었다. 카페 주인이, 중국어를 배우고 있다고 했다.

첫 데이트랄까. 본격적인 첫 만남이었지만, 김 형사는 그녀와 시간을 보내는 것이 즐거웠다. 그녀 또한 김 형사가 싫지 않았다. 고등학교 시절에 납치될 뻔한 그날 이후로, 그동안 남자와의 사귐을 일체 터부시해왔던 그녀였다. 하지만 김 형사의 세심한 배려는 그러한 그녀의 마음을 열게 하고 있었다. 김 형사는 말보다도 가슴으로 다가왔다.

3형제 중에 막내였던 김 형사의 부모님은 다 돌아가셨다고 했다. 아버지는 당뇨병으로 인하여 오랫동안 투병 생활을 하셨으며, 어머니께서는 아버지가 불편하신 동안에 불평 한 번 없이 정성껏 모셨다고 했다. 끼니때마다 새로 밥을 해드렸으며, 항상 깨끗하게 옷을 갈아입히셨다고 했다. 그러한 어머니께서는 아버지가 돌아가신 후에, 다른 특별한 병이 없으셨음에도, 식음을 전폐하시고 계시다가 일주일 후에 따라 가셨다고 하는 것이다.

고도혜 기자는 김 형사의 이야기를 듣고, 부모님의 애틋한 부부애와 자식에게 짐이 되지 않으시려 했던, 자식을 사랑하시는 부모의 마음이 느껴져서, 새삼 눈시울이 뜨거워졌다. 아울러 그러한 부모님 아래에서 반듯하게 자라난 김 형사에게 자신의 일생을 맡겨도 좋으리라는 생각이 들었다.

그런데 김 형사는 무슨 약속이 있는 듯 자꾸 시계를 들여다보고 있었다. 어느덧 시간이 10시가 되어 가고 있었다. 그녀는 아쉬움이 있었지만, 내일 다시 만나기로 하고 카페를 나왔다. 김 형사와의 만남이 좋은 인연으로 이어지기를 바랐다. 그도 자신이 싫지 않은 모양이었다.

그녀를 택시 태워 보내며, 김 형사는 택시의 차량 번호를 핸드폰에 적어 넣고 있었다. 만일의 사태에 대비하기 위함이었다. 김 형사는 다시 한 번, 최희정이 공부했다는 독서실로 향하였다. 그녀가 납치되던 날의 실제 시간에 맞추어 독서실로부터 그녀의 집까지를 걸어가면서, 걸리는 시간 및 주변의 상황을 점검해보는 것을 잊지 않았다. 밤늦은 시간이라 그런지 인적이 드물었다. 특히 슈퍼를 지나, 그녀의 집까지는 아무도 지나다니는 사람이 없었다. 따라서 범인은 아마도 미리 사전답사를 거친 후에, 납치 계획을 세웠음이 틀림없었다. 그리고 적절한 위치에 차를 미리 주차하고, 부하를 시켜서 지나가는 사람이 있나 망을 보게 한 후에, 대범하게 순식간에 해치운 인물이었다. 그로 보면, 어쩌면 차량 번호판도 대포 차량일 가능성이 높았다. 순간 김 형사의 얼굴에 어두운 그림자가 스쳐 지나갔다.

다시 지하철을 타러 내려오는 길에, 그는 핸드폰의 달력을 찾아내서, 2004년 3월 3일이 무슨 요일인지 찾아보았다. 놀랍게도 동철이가 말한 요일 그대로 수요일이었다. 확률적으로 1/7이지만 그것은 동철이의 숫자에 관한 비상한 능력이 우연이 아닌 것을 입증하고 있었다.

그는 다시 수사과장에게 전화를 걸었다. 차량 번호판에 관한 좋은 결과가 나왔기를 실낱같은 기대를 해보는 것이다.

"응, 김 형사 마침 전화를 잘했네. 이제 막 하려던 참이었어."

"차량 번호는 어찌 되었습니까?"

"응, 차량 번호판이 대포 차량이네, 즉 차량의 차주가 정상인이 아닌, 어느 노숙자로 밝혀졌어. 이로 미루어볼 때, 분명한 것은 단순한 범행이 아닌, 전문 조직의 치밀한 준비를 거쳐 이루어진 소행이란 것이야."

역시 그의 예상대로였다.

"그래요. 실망이네요. 전문 조직이 틀림없네요."

"현재 자네가 알아낸 차량 번호로 희정의 납치된 날의 통과시각을 추정하여 방범용 CCTV 기록을 훑어서 살펴보는 중이야. 또한, 동시에 여대생 미림이 납치당하던 날의 사고 시각을 추정하여 조사하고 있네. 그 시간대에 같은 차량이 발견된다면, 두 사건이 동일 조직에 의해 저질러졌다는 것을 입증할 단서가 되는 것이지."

"칼치의 별명은 어찌 되었어요?"

"응, 아직 밝혀내지 못했어. 그러나 더 수사하면, 누군지 밝혀낼 수 있을 가능성이 높아."

"그래요."

"참, 마침 잘 되었네. 적합한 사람이 있어. 내가 아는 선배 수사반장이 있는데, 지금은 은퇴해서 현재 사설 탐정소를 차려놓고 있어. 한때 이 바닥에서 모르는 사람이 없을 정도로 이름을 날리던 분이야."

"------"

"그 선배가 미림이 부모에게 개인적으로 부탁을 받고, 여대생 미림양 납치 사건에 대해서 수사하는 모양이야. 아까 수사 단서에 도움을 얻고자, 그 선배가 전화를 해왔었어. 그 선배에게, 유사한 실종 사건이 더 있는데, 자네가 고도혜 기자와 같이 회사원 최희정의 납치 사건에 대해서 수사하고 있으니, 같이 공조 수사를 하는 것이 어떠냐고 말씀드렸어."

"예, 그거 잘되었네요."

"그래, 그랬더니, 자신도 사건해결에 도움이 될 유력한 단서를 찾았다고 하면서, 자네를 한번 만나보고 싶다고 해서, 자네 연락처를 알려줬다네. 혹시 연락이 가거든 서로 만나 잘해보게. 내 생각에도 아무래도 동일한 전문 조직에 의해 저질러진 것이 틀림이 없는 것 같아."

"잘 알겠습니다."

"자네에게 두 가지 특명을 내리겠네. 첫째, 선배 수사반장과 긴밀하게 협조하여 납치범 일행을 하루빨리 일망타진할 것. 둘째, 이번 수사를 하면서 고도혜 기자의 마음을 사로잡아, 하루빨리 장가를 가기 바란다. 이상!"

"과장님!"

의외의 결과였다. 또한, 그가 생각하는 것 이상으로, 엄청난 사건으로 진행되고 있었다. 김 형사는 최희정이 단순한 납치가 아닌, 치밀한 조직에 의해 납치된 것으로 미루어, 여대생인 미림의 납치사건 또한 같은 조직에 의해 납치된 것으로 추정했다.

'도대체 누가 왜 이런 짓을 하는 것일까?

또한, 여대생 미림의 납치 수사가 진행되는 가운데, 또 다른 납치를 자행할 정도로 대담성을 보인다는 말인가? 김 형사는 여대생 미림의 납치에 관한 수사진행 여부도 함께 살펴보아야 하겠다고 생각했다. 그렇게 볼 때, 사설 탐정소의 선배 수사반장과 공조 체제로 수사하는 것이 사건의 해결을 위한 바람직한 방안일 것이다.

'과연 고도혜 기자가 찾아낸 최희정의 꿈 일기장에서 수사에 단서를 얻어낼 수 있을 것인가?

'그녀가 가져간 꿈 일기장에는 어떤 내용이 실려 있을 것인가?

'꿈으로 사건을 해결할 수 있다고 확신하는 고도혜 기자의 말을 믿어도 좋을 것인가?

여러 가지 생각을 떠올리며 그는 지하철로 향하였다.

그 순간 그녀에게서 문자 메시지가 왔다.

"집에 잘 들어왔어요. 내일 또 봐요."

"예, 잘 자요."

김 형사가 집에 들어왔을 때는 자정을 넘어서고 있었다.

한편 이방 수사반장은 후배인 윤상형 수사과장으로부터, 김 형사가 알아낸 것이라면서, 최희정 씨를 납치한 차량이 대포 차량이라는 것과 칼치라는 별명을 쓰는 자가 저지른 짓이라는 긴급 연락을 받았다. 그는 후배인 윤 수사과장이 고맙게 느껴졌다. 평소에 그는 사람됨이 가장 중요하다고 생각해오고 있었다. 자신이 수사반장을 그만두고 난 후에, 별 볼 일이 없는 사람이라고 자신을 멀리하는 사람이 있는가 하면, 변함없이 애정을 지니고 대해주는 후배 형사들이 있었다.

그는 밤늦은 시간이지만, 최희정 씨의 납치사건에 대한 궁금증에, 소개받은 김복진 형사의 전화번호를 누르고 있었다.

"아, 여보세요. 김복진 형사이신가요?

"예, 제가 김복진입니다. 말씀하시지요."

"밤늦게 죄송합니다. 이방이라고 합니다. 윤상형 수사과장으로부터 이야기 잘 들었습니다."

"아, 예, 안 그래도 저도 과장님으로부터 연락을 받았습니다. 이전에 수사반장님을 하셨다고요?"

"예, 요즈음은 사설 탐정소를 하나 열어놓고 있습니다. 실은 납치 실종된 여대생 미림 양 아버님의 부탁으로, 미림 양 납치사건을 수사하고 있습니다."

"예, 저도 미림 양 납치 사건에 대해 알아보았는데요. 특별한 단서를 찾지 못했습니다."

"회사원 최희정 씨의 납치 사건의 단서로, 대포 차량 번호와 칼치라는 별명으로 불리우는 놈이 한 짓임을 알아내셨다고요."

"예."

"대단하시네요. 대포 차량이니, 전문 조직이 틀림이 없네요. 또한, 칼치라는 별명을 오래전에 들어본 것 같기도 하네요."

“------”

“아무래도 두 사건이 연관성이 있는 것 같은데, 우리 한 번 만나서 이야기를 나눠보는 것이 어떨까요. 사건해결에 도움이 될 것입니다.”

“예, 그렇잖아도, 저 역시 만나 뵈려고 생각하고 있었습니다. 어디서 뵈면 좋을까요?”

“내 사무실이 청량리 근처에 있는데, 거기에서 내일 저녁 7시에 만나는 것이 어떨까요. 보여 드릴 것도 있고---.”

“예, 좋습니다.”

그는 이어 밤늦은 시간이었지만, 자신을 도와주는 후배 형사를 비롯하여 영석과 청수에게도 내일 만나자는 연락을 하였다. ‘백지장도 맞들면 낫다’라는 속담이 있는 것처럼, 사건을 알고 있는 여러 사람이 모여 각자의 의견을 들어보는 것이 좋을 것이라고 여겼다.

이방 수사반장으로부터 밤늦게 전화연락을 받은 김 형사 역시, 내일 약속장소에 고도혜 기자와 같이 가는 것이 좋겠다고 생각했다. 사건의 해결에 있어 그녀의 뛰어난 직감력도 도움이 될 것이며, 아울러 그녀와 함께하는 즐거운 시간이 될 것이다. 다만, 당장 그녀에게 전화해서 이야기하려다가, 내일 만나서 이야기해주기로 마음을 먹었다. 오늘 저녁만이라도, 부담을 주지 않고 편안한 잠자리에 들게 해주고 싶었다.

자신이 그녀를 사랑하고 있다는 것을 느끼며---. 김 형사는 자신의 이야기에 귀를 기울여주던 그녀의 초롱초롱한 눈망울을 떠올렸다. 또한, 그녀가 팔짱을 끼던 순간에, 그의 팔꿈치 끝으로 전해오던 뭉클한 그녀의 부드러운 젖가슴의 감촉을 떠올렸다. 이제 내일을 위해 잠자리에 들 시간이었다.

2003.10.16. 목요일 23:30

한편, 고도혜 기자는 샤워하고 나와, 그녀의 책상 위에 앉았다. 난감해 보이던 최희정 납치사건에 대해서 실마리가 풀리는 것 같았다. 커피를 한잔 타서 마시며, 가지고 온 그녀의 일기장을 펼쳐보았다. 올해의 새해부터 적은 꿈 일기장이었다. 하지만 일기장 곳곳에 알 수 없는 글자들이랑, 이상한 한자들이 적혀 있어 보통의 일기장하고는 다른 것 같았다. 아마도 그녀가 비밀유지를 위해, 은밀하게 표현한 것 같았다.

2003년 1월 2일

안 좋은 꿈이다. 오른손의 엄지손가락만 남고 다른 손가락이 모두 잘린 꿈이었다. 팔이나 다리가 잘리는 꿈보다는 현실에서 사소한 일로 일어날 것이지만, 걱정된다.

————————————————————————————————————

다음날 1월 3일. 뉴스에 비행기 사고가 보도되고 있었다. 제주공항에 착륙하려던 비행기가 사고로 인하여 비행기 앞부분만 남고, 나머지는 크게 부서졌다. 일부 사람들이 다치고 사망하였으나, 대형 참사를 면한 것이 다행이었다. 꿈의 예지가 나 자신에게 일어날 일뿐만 아니라, 주변의 친지나 나아가 사회적·국가적일까지 예지 된다는 사실이 놀랍기만 하다.

2003년 1월 7일

비가 너무 많이 내려서 앞을 분간할 수 없을 정도였고, 하늘은 온통 잿빛으로 캄캄하였다. 뒷산을 혼자 올라가는데, 웬 우물이 돌 뚜껑이 덮인 채 있었다. 궁금한 마음이 들어, 비를 맞으며 애써 뚜껑을 열어서 우물 안을 들여다보니, 흙탕물이 넘칠 정도로 차 있었다. 그 순간 흙탕물 위로 뭔가 쑥 하고 떠오르는데, 그것은 물에 불어서 엉망이 된 친구의 익사한 얼굴이었다. 진땀을 흘리며 깨보니 꿈이었다.

하늘이 잿빛, 우울하고 암울한 배경적 분위기, 물에 불어 익사한 친구의 얼굴 ――, 꿈은 반대가 아닌데, 무언가 안 좋은 일이 친구에게 일어날 것 같아 불안하다.

――――――――――――――――――――――――――――――――

2003년 1월 20일. 오늘 친구 아버지가 뜻밖의 교통사고로 돌아가셨다. 친구가 넋을 놓고 우는 모습이 선하게 떠오른다. 얼마 전의 꿈이 이렇게 실현되다니――. 현실에서는 아버지의 교통사고로 인하여 고통받게 될 친구의 앞날을 예지한 꿈인가 보다.

2003년 2월 5일

저번에 들렸던 부동산 중개소의 아주머니께서 웃으시며, 토끼 귀 두 개를 모아 움켜쥐고 토끼를 잡아 오시는 꿈을 꾸었다.

사글세 집을 보러 다니기 벌써 며칠, 이제 집을 구해야 하는 데 마땅한 집을 구하지 못해 노심초사하던 중에 꾼 꿈이다. 월세도 터무니없이 비싸고, 무엇보다 상당한 액수의 보증금을 요구하여 마땅한 집을 얻기가 어렵다. 하지만 꿈으로 보아, 좋은 일이 일어날 것 같다.

――――――――――――――――――――――――――――――――

2003년 2월 15일. 꿈의 예지대로 오늘 골목 안쪽의 사글세 집을 구했다. 꿈속에 나타난 알고 있던 부동산 아주머니에게 월세방을 내놓는 집이 있으면, 무조건 만나게만 해달라고 전화를 해두었다. 오늘 전화가 와서, 중개소로 갔다. 집주인 아주머니가 들어오면서 웃으시는데, 깜짝 놀 랐다.

커다란 앞니 두 개가 토끼 이빨과 똑같았으며, 전체 이미지가 토끼 같 았다. 별 무리 없이 월세방 계약을 하는 일로 실현되었다.

역시 꿈속의 동물 상징은 대부분 사람을 나타내고 있는 것이 맞는 모 양이다.

꿈이 실현된 경우는 밑에 실현된 날짜를 적어놓고, 실현된 이야기를 적어놓 고 있었다. 그녀의 꿈이 실현된 기간은 각기 달랐음을 알 수 있었다. 그녀가 꾼 신비한 꿈 사례가 너무 많아 일일이 다 읽어볼 수 없을 정도였다.

고도혜 기자는 구몽 박사의 책에서 본 대로, 보통의 꿈은 꿈꾸고 한 달 안으 로 90%가 실현된다고 하니, 그녀가 납치되기 한 달 전부터의 일기를 중점적으 로 살펴보았다.

2003년 9월 11일

어젯밤 꿈은 이상한 꿈들이다. 두 꿈 모두 안 좋은 느낌의 꿈이었다.

1) 무슨 거대한 폭포였다. 사방에서 물이 쏟아져 내렸다. 맑은 물이 아 닌 흙탕물이었다. 왠지 모르게 두렵게 느껴졌다. 순간 그 거대한 물줄기 의 폭포가 갑자기 자신을 덮쳐온 꿈이다.

2) 이어서 꾼 꿈이다. 어딘가에 갇혀서, 나오려고 애를 썼지만, 소용이 없었다. 어디선가 벽을 치는 물소리가 들려왔다. 저 멀리 아련하게 육중 한 건물이 보이는 것이었다. TV에서 보던 미국의 백악관 건물이라고 생 각했다.

두 꿈 모두 안 좋은 꿈 같다. 그나마 자그마한 일로 실현되기를 바란 다.

9월 18일. 오늘 희숙언니와 카페에 갔었다. 계산하려다가 카운터의 뒤편에 걸려있는 사진을 보고 놀랐다. 식당 주인이 부부 동반하여 찍은 사진이었던 바, 집주인이 작년에 캐나다에 갔을 때, 찍은 사진이라고 한다. 꿈에서 본 폭포가 사진 속의 나이아가라 폭포였다. 이어서 꾼 백악관 건물의 꿈은 아직 무엇을 뜻하는지 모르겠다.

2003년 9월 20일

오늘도 안 좋은 꿈을 꾸었다. 해저의 인공 수조에서 아름다운 금붕어가 되어 있는 꿈이었다. 옆에 다른 금붕어도 있었다. 하지만 모두 둥그런 원통에 갇혀 있어서 빠져나갈 수가 없었다.

그러나 유리 원통의 위쪽에서는 형형색색의 여러 금붕어와 이상하게 생긴 커다란 물고기들이 우아한 자태를 뽐내며 자유롭게 돌아다니고 있었다. 그중에서도 커다란 물고기들은 자유롭게 위쪽과 아래쪽을 넘나들고 있었다. 또한, 흰빛을 발하는 기다란 물고기가 그들을 감시하듯이, 재빠르면서도 날카롭게 위협적으로 돌아다니고 있었다.

하지만 자신이 있는 곳은 아무리 애써도 인공해저의 원통 밖으로 나갈 수가 없었다. 그러나 이상하게도 밖에서 해파리들이 달려들었다. 해파리들 또한 막힌 유리벽을 자유롭게 오가고 있는 것이었다. 여러 해파리가 달라붙어 떼어내려고 해도, 떼어낼 수가 없었다. 마지못해 여기저기 피해 다닐 뿐이었다.

무언가 걱정이 된다. 알 수 없는 불안감이 밀려온다. 이상하다. 왜 이렇게 어딘가에 갇혀있는 꿈을 자꾸 꾸게 되는 것일까?

2003년 9월 30일

　　하룻밤 사이에 두 가지 꿈을 꾸었다. 하나는 아주 고운 한복을 입고,
눈 부신 햇살이 쏟아져 내리는 들판으로 나아가는 꿈을 꾸었다. 또 한 가
지는 숲 속에 서 있는데, 땅바닥에서 나무뿌리들이 올라오더니 나를 에
워싸고 있었다. 뿌리들 사이로 황금색 실들이 빛나고 있었다.

　　꿈은 다르지만 상징하는바가 같은 꿈처럼 느껴졌다. 단순한 꿈의 상징
으로 보자면 좋은 꿈이지만, 고운 한복을 입은 꿈이 좋게 느껴지지 않았
다. 황금색 실 같은 나무뿌리가 나를 감싸는 꿈도 왠지 모르게 불안한 느
낌만 더해지는 것 같다.

2003년 10월 01일

　　오늘도 새벽녘에 어제와 같은 기분 나쁜 꿈을 꾸었다. 나 자신이 흙
탕물에 휩싸여 떠내려가는 꿈, 화려한 꽃가마 타고 어디론가 가는 꿈이
었다. 이렇게 반복적으로 유사한 꿈을 꾼다는 것이 꿈으로 예지된 일이
중대하고 엄청난 일이라는 것과 이제 곧 일어날 것이라고 예지해주는
데---. 불안하다.

일기 마지막 부분에는 무언지 알 수 없는 일본어 같은 꼬부라진 글이 적혀져
있었다.

2003년 10월 02일

　　간밤 꿈은 이상했다. 숫자 꿈이었다. 20120 35280 단순히 숫자가 떠
오르는 꿈이었다.

해몽해보려고 해도 숫자가 가리키는 뜻의 의미를 알 수 없었다. 자동차 번호판 번호도 아니고, 우편번호도 아니다. 하지만 이제 곧 가까운 현실에서, 숫자가 뜻하는바를 알게 될 것이다. 혹시나 복권 당첨번호와 관련이 있을까 해서 복권을 한두 장 사보았지만, 되지 않았다. 역시나 좋은 꿈은 아닌 것 같았다. 다섯 자리 숫자와 관련된 것에 뭐가 있을까?

역시 이상한 글자로 적혀 있었다. 그런데 위에 적은 것과 글씨를 쓴 볼펜의 색깔이 달랐다. 아마도 나중에 추가로 적어놓은 모양이었다.

2003년 10월 06일

새벽에 이상한 꿈을 꾸었다. 눈 덮인 흰 산 아래에서, 개 두 마리가 마주 보며 이야기를 나누는 꿈이다. "너 메수내라고 아니?" "무스메라고" "일본어로 처녀라는 말 아냐." "아냐. 무스메가 아니라, 메수내야." 깨어나 보니 새벽녘이었다.

희한한 꿈이었다. 동물이 말을 다하고, 또한 '메수내'라는 말은 무슨 뜻이란 말인가? 아직도 귓가에 '메수내'라는 말이 들려오는 듯하다. 하지만 아무리 찾아도, '메수내'라는 말의 뜻을 알아낼 수가 없었다.

꿈의 일기는 2003년 10월 06일 자에 멈춰 있었다. 고도혜 기자는 꿈 일기장을 읽으면서 알쏭달쏭한 것이 꿈의 세계라고 여겨졌다. 아무래도 누군가의 도움 없이는 꿈의 뜻을 완벽히 이해해내기는 불가능하다고 여겨졌다.

밤늦은 시간임에도 고도혜 기자는 수첩을 펼쳐서, 책에 '문자메시지 전용'으로 나와 있던 구몽 박사의 핸드폰으로 전화를 했다. 하지만 핸드폰은 꺼져 있었다.

　그녀는 망설였다. 하지만 이대로 멈출 수는 없었다. 다급한 마음에 혹시나 하는 마음에 인터넷의 '구몽 박사 꿈해몽' 사이트에 접속을 해보았다. 거기라면, 아마도 일반 유선전화 안내가 있을지 모르는 일이었다. 그녀의 생각이 옳았다. 사이트 하단에, 상담안내 전화가 있었다.

　밤늦은 시간이었지만, 어쩔 수 없었다. 그녀는 안내된 전화번호로 전화했다. 다행히 이내 누군가가 전화를 받았다.

　"구몽 박사님이신가요, 놀라셨겠지만, 이렇게 실례를 무릅쓰고 밤늦게 전화해서 죄송합니다. 먼저 저는 일요신문사 고도혜 기자라고 합니다."

　"아, 예. 무슨 일이신데요?"

　"예, 이 밤에 죄송합니다만, 긴급히 꿈에 관해서 박사님의 도움을 얻고자 해서, 전화를 드렸습니다."

　"박사님, 혹시 10여 일 전에 일어난 여대생 강미림 씨의 납치 실종 건에 대한 뉴스를 보셨는지요?"

　"예, 들어서 알고 있습니다만---."

　"실은 저는 여대생의 납치 사건보다, 그 후에 일어난 또 다른 여자인 최희정의 납치 실종사건에 관심을 갖고 취재하고 있습니다."

　"호오, 그래요. 납치사건이 또 일어났다고요. 그건 뉴스에 나오지 않은 것 같던데---."

　"박사님! 믿어지시지 않겠지만, 그녀가 내 꿈에 나타나 도움을 청했던 것 같아서요."

　"---, 그래요. 저는 별별 꿈 이야기를 다 들어서, 전혀 놀라운 이야기가 아닌데요. 자세히 살펴보면, 아마도 두 번째 납치를 당했다고 하는 최희정 씨와 어떤 유사성이라든지, 관련이 있기에 꿈에 나타났을 겁니다. 꿈의 오묘한 상징 세계는 우리 인간의 상상력을 뛰어넘어 전개되지요. 모든 꿈은 한 치의 오차도 거짓도 없으니까요. 다만, 우리 인간의 무지함이 있을 뿐이지요."

고도혜 기자는 구몽 박사의 말이 너무나 놀라웠다. 자신과 그녀가 어떤 유사성이나 관련이 있을 것이라는 말에---. 역시 그는 꿈해몽 전문가다웠다.

"그런데 도움을 청할 것이 무엇인지---?."

"꿈으로 앞으로 일어날 일을 예지할 수 있나요?"

"예, 꿈에도 여러 가지가 있지만, 상징적인 미래 예지적 꿈은 장차 일어날 일을 예지해주지요."

"그러면 납치된 본인이 꾼 꿈이거나, 그 주변 사람이 꾼 꿈에서 사건의 단서를 찾을 수 있을까요"

"물론 찾을 수 있지요. 다만 상징적인 미래 예지 꿈이기에, 쉽게 알아낼 수는 없을 겁니다. 납치된 그녀가 꿈을 믿는 사람이었다면, 일기장에 적어놓았던지, 주변의 누군가에 꿈 이야기를 했을 수 있지요. 꿈의 기록을 일기장이나 컴퓨터 안에 입력해 두었을 수 있으니, 찾아보세요."

"예~옛!"

고도혜 기자는 꿈 일기장 말이 나오자 놀라움에 입을 벌릴 수밖에 없었다.

"특히 본인들이나 부모, 주변 사람들의 꿈 이야기를 종합해보면, 어떠한 단서를 찾을 수 있을지도 모르지요."

"박사님, 실은 두 번째 납치되었던 최희정을 아는 언니로부터, 그녀의 꿈 일기장에 관한 이야기를 듣고, 오늘 찾아서 제가 가지고 있어요. 그래서, 박사님께 납치된 최희정 씨가 쓴 꿈 일기장에 대한 고견을 부탁하려고 하는 데요."

그녀는 꿈 전문가인 구몽 박사의 예측대로 진행되는 것에 놀라움을 금치 못할 정도였다.

"이렇게 본인이나 주변 사람들의 꿈의 단서로, 사건을 해결한 사례가 있습니까?"

"있지요. 외국뿐만 아니라, 우리나라에서도 있습니다. 또한, 국가적·사회적인 꿈인 경우, 전혀 관련 없는 사람도 꿈을 꿀 수가 있습니다. 그러나 나중에 살펴보면, 오묘하게도 관련이 있게 되지요. 아마도 고도혜 기자도 꿈속에 나타난 최희정 씨와 어떠한 깊은 관련이 있는 것이 틀림없습니다."

그랬다. 납치된 회사원 최희정은 자신과 같은 나이였다. 자신도 납치될 뻔한 적이 있었기에 납치에 대해 지대한 관심을 지니고 있었다. 또한, 신문사 기자라는 신분이 여기저기 알아볼 수 있는 여건을 갖추고 있었다. 따라서 그녀가 꿈에 나타나 자신에게 도움을 청하는 것이라 믿게 되었으며, 이 또한 자신이 해내어야 할 것으로 생각되었다.

또한, 꿈의 상징기법은 우리 인간의 상상 이상으로 절묘하게 이루어져 있어, 꿈을 꾼 당시에는 전혀 아무런 관련이 없어 보일지라도, 장차 일어날 일과 절대적인 관련이 있다는 것을 구몽 박사의 책에서 본 것이었다.

"박사님, 납치된 회사원 최희정 씨의 꿈 일기장을 보여 드리고, 꿈 일기 속에 드러난 예지를 통해 납치 사건에 대한 자문을 받고 싶은데요, 아무래도 한번 찾아뵙고 말씀을 드려야 할 것 같은데, 시간을 내주실 수 있는지요?"

"사건을 해결하고자 하신다는데, 당연히 도와드려야지요. 하지만 평일에는 시간을 내기가 어렵고, 주말에는 가능합니다. 주말에는 춘천 부근의 교외에 있는 연구실에 있으니, 내려오기 전에 다시 한 번 전화를 주시면, 찾아오실 수 있도록 자세한 안내를 해드릴 것입니다."

"예, 그러면 박사님, 모레가 주말인데, 내려가기 전에 전화 연락드리고 찾아

뵙도록 하겠습니다. 오후 두 시쯤, 어쩌면 사건 수사 중인 담당 형사님과 같이 들러도 될까요?"

"예, 그렇게 하세요."

"감사합니다. 박사님."

"잠깐만요, 주로 꿈 일기장에 대한 내용이라면, 꿈 일기장 내용을 2부 복사해 오기 바랍니다."

"예. 밤늦게 전화해서 죄송하고요. 너무 감사드려요. 안녕히 주무세요."

그녀는 꿈 일기장을 2부 복사해 내려오라는 말에 의아심을 느끼면서, '과연 꿈으로 사건의 단서를 찾아낼 수 있을까?' 하는 생각이 들기도 하였다.

하지만 그녀가 여태껏 살아오는 데 있어서 '꿈에는 무언가 있다' 라는 것을 부정할 수는 없었다. 고교 시절 그녀가 납치될 뻔한 그날의 사건이 있기 며칠 전에도, 어머니는 흙탕물에 빠지려는 그녀를 누군가가 건져내는 꿈으로써, 그날의 사건을 예지하셨던 것이다.

고도혜 기자는 태몽이라든지, 로또(복권)에 당첨된 수많은 사람의 예지적인 꿈 이야기를 떠올리며, 여러 사람이 이야기하는 꿈의 미래 예지에 자못 기대감을 가져 보기로 하면서 잠을 청하였다.

2003.10.16. 목요일 23:50 미림의 납치 경과 12일째

미림의 부모들은 미림이 걱정에 잠을 이루지 못하고 있었다.

"영석이는 요즈음 뭐하오?"

"아침이면 나갔다가 밤늦게 되어야 돌아오는 데, 당신이 말한 이방 수사반장에게 무슨 이야기를 들은 모양이에요."

"이방 수사반장으로부터, 서울에서 1시간 이내의 거리에 있는 은밀한 별장에 납치되어 있을 가능성이 높다는 말을 듣고, 서울 교외에 있을 만한 곳을 인터넷을 통해 살펴본 후에, 갔다 오는 일을 하는 모양이어요. 양수리, 충주호 부근 별장들, 팔당호 부근, 가평 부근의 괜찮은 별장 등을 돌아보는 모양이에요.”

“그래 오늘은 어디 갔었다고 하오.”

“설악이라는 곳에 갔다 왔대요. 산골이지만 여기저기 길이 뻗어있었고, 별장처럼 잘 지은 집들이 많이 있었대요. 그 건물 중에, 미림이가 있을 법한 곳이라면 찾아가 주인을 만나고 그랬답니다. 특히 왠지 모르게 민가와 떨어져 피라미드 모양으로 지어진 3층 건물이 있다고 하면서, 집도 특이하고, 주변에 경호도 삼엄한 것 같아 자세히 살펴보지는 못했다고 하는 데---, 날이 어두워져서 그냥 왔다고 하면서, 일요일에 다시 산악회 친구들과 가기로 했다고 하네요.”

“알았수다. 이거야 원, 사막에서 바늘 찾기보다 어려우니---, 무슨 단서라도 잡혀야지.”

“혹시 우리 미림이 말고, 또 다른 여자도 납치당하지 않았나 당신이 좀 알아봐요. 무슨 단서라도 얻을 수 있지 않겠어요?”

그는 아내의 말이 옳다고 여겼다. 신문지상에 알려지지는 않았지만, 미림이 말고, 또 다른 납치 사건이 있을 수 있다는 생각이 들었다.

그는 수사 진행상황도 알 겸, 다시 사설 탐정소의 이방 수사반장에게 전화를 걸었다.

“예, 강 사장님, 마침 전화 잘하셨네요. 그렇지 않아도 전화드리려고 했는데---.”

“밤늦게 미안하오만, 그래 어떻게 되어가오?”

“전문 조직에 의해 납치된 것이 틀림없습니다. 납치된 날 낮에 명품 백화점에서 누군가에 의해서 납치 대상으로 찍혀, 미행 감시당하다가 나이트클럽에서 밤늦게 나와 귀가하는 따님을 인적이 드문 강변도로에서 납치한 것입니다. 몇 가지 단서를 찾았으니, 조금만 기다려주십시오."

"빨리 서둘러 주시오. 그리고 우리 미림이 말고도 유사한 납치 사건이 있나 조사해주시오"

"그렇잖아도, 며칠 전 회사원 최희정 씨가 납치되는 사건이 또 있었는데요. 같은 조직에 의해 납치된 것이 틀림없는 거 같습니다. 현재 엘리트 형사와 같이 공조체제로 수사하려고 하고 있습니다. 내일 저녁 만나 토의하기로 했고요. 이제 곧 좋은 소식을 전해 드리도록 하겠습니다."

이방 수사반장은 자신도 딸을 키우고 있지만, 딸이 납치된 부모의 애타는 심정을 알 것 같았다. 딸이 밤늦게까지 들어오지 않으면 잠을 이루지 못하다가, 딸이 들어왔다는 사실을 확인하고서야 잠자리에 누워온 그였다.

여대생 미림이 전문 조직에 의해 납치되었지만, 꼬리가 길면 잡힌다고 다른 납치사건을 통해 단서를 찾아낼 수 있을 것이다. 또한, 제도권인 김 형사를 통해 CCTV 확인작업 등 보다 수사에 박차를 가할 수 있을 것이었다.

2003.10.17. 금요일 08:00시 희정의 납치 닷새째

아침에 일어나자, 얼마 안 있어서, 김 형사에게서 전화가 걸려왔다.

"일어났나요?"

"예."

"일기장 읽어보았어요? 사건에 대한 단서를 찾는 데 도움이 되었나요?"

"예, 할 이야기가 많으니, 우리 만나서 이야기해요."

"그렇잖아도 만나야 할 겁니다. 이방 수사반장이라고 아실지 모르겠으나,

저도 이야기를 들어본 적이 있는 유명한 분이 있는데요. 그분이 명퇴 후에 사설 탐정소를 차려놓고 계신 데, 여대생 미림의 납치사건에 대한 수사를 하고 있다고 합니다.”

“예, 무슨 말씀이신지---.”

“어제 윤상형 수사과장님이 저희가 최희정 씨 납치에 대하여 수사하고 있다는 이야기와 대포 차량 번호를 알아낸 것과 칼치라는 인물에 대해 그분에게 이야기를 하셨다고 합니다.”

“아주 잘 된 일이네요. 여대생 미림이나 회사원 최희정이나, 모두 같은 조직이 한 것 같은데, 보다 사건의 단서를 찾는 데 도움이 될 것 같네요.”

“예, 그래서 이방 수사반장을 오늘 오후 7시에 청량리에 있는 그의 사무실에서 만나기로 했어요. 도혜 씨도 같이 가시죠?”

“예, 같이 가요. 그런데 저도 어젯밤에 구몽 박사님과 통화를 했어요. 이번 주말에 찾아뵙고 자문하기로 했는데, 같이 가 주실 수 있는 거지요?”

“고도혜 기자님이 부탁하시는데, 제가 안 갈 수가 없지요.”

김 형사는 흔쾌히 받아들였다. 자신이 좋아하는 그녀와 둘만의 시간을 같이 할 수 있다는 데 대하여, 김 형사로서는 불감청고소원이었다.

“그리고 꿈 일기장에서 뭐 좀 알아낸 것 있나요. 꿈 일기장을 가지고 나오세요. 괜찮으시다면, 제가 그리로 가서, 같이 가겠습니다.”

“그렇게 해주시겠어요. 제가 아직은 운전에 자신이 없어서---. 그러면, 이따가 시청의 신문사 부근의 도로변인 대한문 앞에서 기다릴게요.”

“그러세요. 제가 그리로 갈 테니까요.”

“그러면, 오후 6시 반에 기다리고 있겠습니다.”

여느 때와 달리 하루해가 무척 느리게 넘어가고 있었다. 김 형사 자신도 그녀와 함께하면서, 이야기를 나누는 시간이 기다려지는 것이었다. 김 형사는 시간이 지루하다고 느끼면서, 미림과 최희정에 관한 수사기록을 챙겨 들었다.

일찍 출발했지만, 퇴근 시간이 지나서인지, 여느 때와 마찬가지로 차가 밀리기 시작하고 있었다. 대한문 앞의 도로변에 그녀가 보였다.

"잘 지내셨어요?"

그녀가 차에 올라탔다. 상큼한 여인의 향취가 좁은 차 안에 퍼지고 있었다.

제 15장

미림의 편지—백련화

2003.10.16. 목요일 26:00 금요일 오전 02:00

지난 일요일 조용한 절에서, 약식의 혼례를 치르고 각 부모님께 인사를 드리고, 이제 여행지에서 돌아와, 함께 자리에 누운 두 사람이었다. 이미 밤 2시가 넘어서인지, 이제 피라미드의 모든 방도 조용하게 적막 속에 싸여가고 있었다. 계곡의 물소리만이 들려오고 있을 뿐이었다.

마 두목의 침실은 피라미드의 맨 꼭대기인 3층에 마련되어 있었다. 스위치를 누르면, 천장이 열리면서 밤하늘의 별들이 쏟아져 내려 들어오고 있었다. 북극성·북두칠성을 비롯하여 은하수의 수많은 별을 헤아리며, 자연 속의 인간으로, 우주 속의 인간으로 새롭게 태어나는 것이다.

실로 피라미드의 침실은 마 두목이 어릴 때부터 꿈꿔오던 이상향의 집이었다. 어린 시절 고향의 시골 마당에서 멍석을 깔고 잠을 자면서, 모기에게 물리기도 하였지만, 그는 한사코 마당에서 자기를 원하던 아이였다. 커서도 집 방안보다는, 어딘가에 놀러 가서 텐트를 치고 자는 것이 더 편하게 느껴졌다.

이제 여기 피라미드도 정착된 듯싶었다. 거기에다가 그동안 내연의 관계에서 박 마담과의 결혼식도 올렸고 함께 양가의 부모님을 찾아뵌 터였다. 마 두목은 무엇보다도 고향의 어머니가 무척 좋아하시던 모습을 떠올렸다. 여태까지 오랫동안 내연의 관계였다면, 이제부터는 정말로 부부의 연을 맺은 사이였다. 박 마담의 인생길도 순탄치 않았으나, 이제 남은 삶을 자신이 잘 보듬어나가리라 다짐하였다.

따지고 보면, 박 마담과 산사에서 약식 혼례를 올리게 된 것도, 피라미드가 순조로운 나날이 지속되고 있음을 입증하고 있었다. 그동안 시작한 지 6개월이 채 안 되었지만, 벌써 백주월 멤버만 30여 명을 확보한 상태였다. 한 회원당 입회비로 천만 원을 받았음에도, 가입을 원하는 사람이 늘어나고 있었다. 하지만 이제 더 이상 회원가입을 받아들이지 않는 터였다. 백주월을 받드는 백련화 또한 10명 이상으로 늘리지 않았다.

여기 피라미드는 박리다매의 상술이 아닌, 고급화 속에 철저한 비밀유지를 해주는 비밀요정이었다. 따라서 회원 상호 간에도 누가 누군지 모르고 있었다. 철저한 점조직 형태로써, 1:1의 철저한 비밀 예약제로 운영되고 있었다.

그가 작성하는 백주월 멤버의 비밀장부도 자신만이 아는 특수문자로 된 글자를 사용하고 있었다. 이는 심복인 칼치도 모르고 있으며, 오직 박 마담만이 그 뜻을 대충 알 수 있는 정도였다.

특히 독단적인 칼치의 행동이었으나, 백합과의 하룻밤 술자리를 함께한 이후로, 마 두목의 얼굴에는 그전과 달리 생기가 넘쳐나고 있었다. 박 마담은 여자의 직감으로, 그가 백합의 매력에 빠져들어 가 있음을 알아차리고 있었다. 그녀가 보기에도 백합은 나무랄 데가 없는 완벽한 백련화였다. 처음에는 강제로 끌려와서인지 애교가 다소 부족한 듯 보였으나, 어느덧 한 송이 백합꽃으로 색향을 발하고 있었다.

"백합은 언제까지 붙잡아 두실 건가요. 이제 피라미드에서 굳이 무리한 사업을 할 필요가 없잖아요. 저 스스로 백련화를 희망하는 젊고 예쁜 아가씨들도 넘쳐나는데---."

"------"

"말씀해보세요. 미림이 여기 온 지 보름이 거의 다 되어가는 데, 왜 약속대로 안 내보내시나요?"

"미안하오. 이제 그만 내보내라고 말해도, 칼치가 막무가내로 백합을 찾는 손님이 많다고 하면서, 아직은 내보낼 때가 아니라고 말을 듣지 않고 있소. 나 또한 그녀만 보면 생기가 나는--. 미안하지만, 그녀를 잠시만 더 있게 해주오. 이왕 이리되었으니, 예정된 백주월의 주요 멤버들에게만 접대가 끝나면, 내보내도록 하겠소. 어차피 눈을 가리고 접대하니, 정확하게는 알 수 없을 테니까."

"그러면, 백합에게 집에 안부편지라도 써서 보내라고 하면 어때요? 이제 얼마 안 있으면 내보내 준다는 약속의 표시로, 늦어도 보름 뒤에는 집에 갈 수 있다고 하는 내용으로 편지를 보내게 하면 안 될까요?"

"좋소, 그렇게 하시오."

박 마담의 말처럼, 그는 도리에 어긋난 행동을 함으로써, 모처럼 오랜 노력 끝에 누리게 된 이 여유로운 세계를 잃고 싶지는 않았다.

"하나 더 말씀드려도 될까요?"

"괜찮소, 아무 말이나 하시오."

"저번에 칼치가 백합을 납치하여 데려온 일에 대해서는 이미 지나간 일이니, 이야기하고 싶지 않아요. 당신이 먼저 관심을 보인 여자였기에, 당신을 위한 충성심에서 독단적인 행동을 한 것이라 믿고 싶어요. 하지만 차후에 또다시 이와 유사한 일이 일어나지 말라는 법이 없잖아요. 어쩌면, 이미 또 다른 일을 벌였거나, 계획하고 있을지도 모르고요.”

“------”

“왠지 모르게 요즈음 안 좋은 꿈을 자꾸 꾸게 돼서 그런지, 불길한 느낌이 자꾸 들어요.”

“------”

“칼치를 너무 믿지 마세요. 당신에 대한 충성심은 알고 있지만, 때로는 우직함이 화를 불러올 수 있으니까요. 내 생각에는 칼치에게 맡기기보다는, 이제부터라도 당신이 직접 모든 일을 챙겼으면 해요.”

마 두목은 칼치를 친한 동생으로 여겨왔다. 의리도 있고 충성심은 누구에 못지않은 놈이었지만, 너무 과격한 성품이라 걱정이 앞서는 것이다.

“무슨 안 좋은 꿈이라도 꾸었소?”

“며칠 전에는 어릴 때 고향 집이 꿈속에 나타났는데, 커다란 홍수가 들이닥쳐 솥뚜껑 등이 물에 휩쓸려나가는 꿈을 꾸었어요. 또한, 어제도 꿈을 꾸었는데, 석양 무렵인 듯 회색빛 서쪽 하늘에 깨끗한 차림의 할머니가 나타났는데, 몹시 근심스런 표정으로 바라보더군요. 그런데 그분이 누군지 곰곰이 생각해 보니, 어릴 때 제 할머니같이 느껴지는 거예요?”

“좋게 느껴지지는 않는 꿈이구려.”

“그뿐만이 아니에요. 다시 또 꿈을 꾸었는데, 당신 얼굴에 종기 같은 이상한 것이 생겼어요. 하얀 목련꽃 같은 버짐이 얼굴에서 피어나는 꿈이었어요. 이렇게 하나같이 좋지 않게 느껴지는 꿈들을 꾸니, 걱정되네요.”

"당신이 걱정하는 것을 잘 알겠소. 내 그러리라. 당신과 남은 여생을 함께 할 수가 있어서 얼마나 좋은지 모르겠소. 우리 이곳 피라미드도 앞으로 딱 3년만 하고, 정리하도록 합시다. 요 앞 텃밭에 여러 가지 작물을 심고, 연못에서 낚시나 하면서, 이따금 찾아오는 손님들과 이야기나 나누며 살아가도록 하겠소."

"──────"

"실은 칼치도 이제 곧 내보낼 생각이요. 들어오는 마을 어귀의 땅을 칼치 이름으로 천 평 사두었다오. 칼치에게 아직 이야기는 안 했소만, 이제 적당한 때에 한밑천 떼어주면서 내보낼 생각이요."

"그놈도 알고 보면 불쌍한 놈이오. 어려서 아버지를 잃고, 계부 밑에서 자라다가 계부가 온갖 핑계를 대며 때리자, 어린 14살의 나이로 가출해서, 구두닦이로부터 시작하여 도둑질과 폭행으로 소년원을 들락날락하였소. 그러다가 조직폭력에 발을 담게 되어, 한때는 나를 죽이려고 했던 상대조직의 행동대장이기까지 했었소. 나도 그때 당한 부상에서 아직 완전치 않지만, 당시 내가 용서하고 그를 포용심으로 거두지 않았다면, 그는 차라리 자결을 택했을 거요."

"──────"

"실제로 자결하기 직전에, 내가 설득해서 데리고 있었던 것이오. 왜 내가 보기에는 당신에게도 깍듯이 대하는 것 같던데 안 그렇소?"

"그렇기는 하지만, 어딘가 모르게 불안해요."

칼치는 그동안 부동산업자 박 사장과 어울려 지내오고 있었다. 그녀가 보기에, 박 사장은 탐욕스러웠고 못된 사람이었다. 박 사장과 술자리를 같이한 백련화 아가씨들은 하나같이 박 사장과 다시 술자리 하기를 회피하고 있었다. 자세한 내막을 알고자 캐물어 본즉, 술자리에 함께하는 백련화 아가씨들을 보통 괴롭히는 것이 아니었다. 특히 단순한 애무를 넘어서 아가씨들의 옷을 벗기기는 예사이고, 볼기를 친다거나, 인간 이하의 대우를 해나가면서 무리한 요구를 하는 것이다.

그러던 칼치가 요즈음에는 재벌 2세인 송영민과도 가깝게 지내는 것 같았다. 박 마담은 내심으로 칼치가 재벌 2세인 영민과 친하게 지내며, 술을 마시고 있는 것을 못마땅하게 여겼다. 아울러 재벌 2세인 영민도 이전에 즐겨 찾던 아가씨도 찾지 않는 것이 무언가 나사 풀린 사람처럼 요즈음은 이상하게 느껴졌다.

며칠 전에도 룸에 들어갔더니, 그날 따라 칼치가 박 사장과 재벌 2세 영민이와 같이 술을 하면서, 새롭게 주목을 받고 있는 연예인 하연에 대해서 이야기를 나누다가, 황급히 다른 이야기로 돌리는 것이었다.

"이제 조금만 더 참읍시다. 이제 곧 당신이 원하는 대로 이루어지게 하겠수다. 내일 먼 길을 떠나야 할 테니, 이제 그만 잡시다."

주말에는 다시 고향에 계신 어머니께 다녀올 생각이었다. 인공 관절 수술을 하신 불편하신 몸이라, 자주 찾아뵈야 할 것이다. 하루빨리, 여기 피라미드를 정리한 후에 어머니를 모셔와야겠다고 마 두목은 마음을 먹었다. 아마도 이곳 피라미드의 주변 경관이 마음에 드실 것이다.

그는 오랜만에 박 마담의 몸을 더듬어 찾았다. 박 마담 또한 마 두목을 받아들였다. 별빛과 달빛이 비춰드는 피라미드의 이 밤의 평온함이 지켜지기를 바라면서---.

2003.10.16. 금요일 10:00 미림의 편지쓰기, 납치 13일 경과

아침에 미림은 박 마담으로부터 이제 보름여 정도 후에는 집에 보내 줄 테니, 그 전에 안부 편지를 쓰라는 이야기를 들었다. 오늘 마 두목과 함께 고향에 다시 내려가는 길에 의심을 받지 않게, 타지에서 편지를 부칠 것이라고 하였다. 그렇게 된다면, 우체국 소인이 다른 곳에서 찍혀져 집으로 배달될 것이다.

미림은 그동안 칼치가 시키는 대로 밤마다 손님들에게 시달리고 있었다. 박 마담이 월 일천만 원을 준다고 하였지만, 자신은 돈도 싫으니 이제는 그만 내보내 달라고만 해온 것이다. 더구나 이제 그녀도 지쳐가고 있는 것을 그들도 아는 것 같았다.

미림은 그동안 박 마담이나 손님과의 대화에서 이따금 백주월, 백련화, 피라미드란 말을 들었다. 그동안에 그녀가 알아낸 바로는, 백주월은 남자멤버, 백련화는 그들을 접대하는 여자멤버들을 가리키는 말이었으며, 아마도 피라미드는 그들이 있는 이곳을 피라미드라고 부르는 모양이었다.

미림은 편지를 보내주겠다는 박 마담의 성의에 고마움을 느꼈다. 하지만 자신을 납치해온 그들의 행위는 정당화될 수 없는 잘못된 것이었다. 이번 기회에 편지에 무언가를 담아 집에 알려야 했다. 자신을 수사하는 사람들에게 무언가 사건 해결에 도움이 될 내용을 담아야 한다. 그녀는 생각을 거듭했다. '편지에 어떻게 해서 이러한 내용을 담아 사실을 알릴 것인가?' 틀림없이 박 마담이나 마 두목이 편지를 살펴볼 것이다. 그녀는 고심하면서 편지를 썼다.

부모님께,
아빠! 엄마! 보고 싶어요. 얼마나 놀라셨는지요. 미림이는 잘 지내고 있어요. 저는 친구 소개로 여기를 알게 되어, 오게 되었어요. 미리 말씀 드리지 못해서 죄송해요.
이곳 사람들이 편하게 잘 대해주고 있으며, 아르바이트로 이들과 한

달 일을 약속해서, 이제 계약기간이 보름여밖에 남지 않았어요. 그때가
되면 자유롭게 나갈 수 있을 거예요.

　동생 영석이는 어떻게 지내고 있는지요. 청수 오빠도 자꾸 생각나요.
제발 저를 대하듯이, 잘 대해 주세요. 친구 **백희**, 미숙, **연자**, 수미, **화숙**
이도 모두 잘 지내고 있는지 궁금하네요.

　이렇게 떨어져 있다 보니, 부모님과 함께했던 시간이 얼마나 소중했
던가를 절실히 느끼고 있어요. 가족에 대한 소중함이 이렇게 큰지 몰랐
어요. 이따금 아빠가 술에 취해 들어오셔서, 우리 딸이라고 하며 안아보
자면서 호탕하게 웃으시던 모습을 떠올리자니 눈물이 나네요. 그때는 왜
그리 도망을 다녔는지요. 지금이라면, 아빠 품에 안겨서, 투정이라도 부
리고 싶어요.

　어머니의 어두운 터널 꿈 이야기가 자꾸 생각나네요. 이제 터널을 거
의 다 빠져나온 것이 아닌지요. 이제 앞으로는 엄마 꿈 이야기에 귀를 기
울여 잘 들을 것이고요. 이제 나가게 되면 부모님이 걱정 안 하게 해드릴
테니, 걱정하지 마세요. 아빠 엄마를 사랑하는 미림이가 보냅니닺
　2003. 10. 17.

　박 마담은 미림의 편지를 살펴보았다. 부모님에게 자신에 관한 안부를 보내
는 것으로, 별다른 문제가 없어 보였다. 마 두목의 고향인 전라남도 화순에 같
이 내려가면서, 적당한 곳에서 우체통에 넣어 두면 되는 일이었다.

제 16장

희정, 미림의 납치 수사~ 6인 토의

이방 수사반장이 주관한 미림과 희정의 납치 사건에 대한 토의를 위해, 이방 수사반장을 비롯하여 조수격인 최도식 형사, 미림의 동생인 영석, 미림의 애인 청수, 김복진 형사와 고도혜 기자가 한자리에 모였다.

사무실은 건물 3층의 10여 평 되는, 자그마하지만 깨끗한 방이었다. 좌측으로 커다란 컴퓨터 두 대와 프린터기~팩스 등 각종 사무용품이 설치되어 있었다. 아울러 벽에는 서울시 전체의 지도 및 전국 지도가 걸려있었다. 중앙에는 직사각형의 테이블이 놓여 있었으며, 양쪽에 소파가 놓여 있었다.

"자, 어서들 오세요."

"예, 명성이 높았던 선배님을 이렇게 뵙게 되어 영광입니다."

김 형사는 이방 수사반장이 "형사는 항상 범인의 입장에서 생각해야 한다."며 현직에 있을 때, 범인의 심리상태에 대한 분석을 근거로 하여, 미제 사건을 여러 건 해결한 것을 잘 알고 있었다. 오죽하면, 사건수사는 이방에게 맡기라는 말이 나왔을 정도였다. 특히 보름 동안을 잠복근무하면서까지, 독산동 살인사건을 해결한 것은 지금껏 신화적인 전설로 알려졌었다.

"도혜 씨, 인사하시죠. 이방 수사반장이십니다."

김 형사는 마치 애인을 소개하듯이, 자연스럽게 도혜 씨라고 불렀다.

"현재 일요신문사 기자로, 사건해결에 너무나 열정적으로 임하고 있습니다. 실은 저도 도혜 씨로 인해, 이 사건에 뛰어들게 된 것입니다."

"자, 이쪽은 저를 도와주고 있는 우리 최 형사."

"최도식이라고 합니다."

최 형사 또한 그가 재직 시에 아끼던 후배였다. 한때 촉망받던 수사관이었으나, 아내가 횡단보도를 지나던 중 음주 운전 차량에 의하여 교통사고로 사망한 것이었다. 이후에 그는 직장을 그만두고, 바람처럼 여행을 떠나서 전국 각지를 두루 다니었었다. 그 이후에 술만 마시면서 집에 있던 그를 이방 수사반장이 설득해서, 보다 자유로운 여기 개인 탐정 사무소 일을 함께하고 있었다.

"여기는 여대생 미림의 동생. 아, 여기는 이청수라고---."

"---애인이라고 해도 될까요." 머리를 긁적이면서 청수가 말했다.

"자아, 반갑습니다. 모두 자리에 앉으세요. 우리 모두의 힘을 합쳤으니, 범인을 잡는 것도 이제 시간문제일 겁니다."

먼저 이방 수사반장이 여태까지 미림의 납치에 대한 개략적인 수사결과 현황을 이야기했다.

납치되던 날의 행적을 이야기하면서, 명품 백화점에서 전문 조직에 의해 눈에 띄게 되어 치밀한 계획하에 이루어진 납치라는 것과 납치된 장소는 서울에서 한 시간 남짓의 거리에 있을 것이라는 의견을 내놓았다. 또한, 명품 백화점의 CCTV 화면을 확보하여 검색하면, 보다 확실한 단서를 찾아낼 수 있을 것이지만, 이 문제는 현재 자신으로서는 시도할 수 없는 형편이라고 말했다.

그러면서, 그는 지도를 보면서, 서울 외곽에 있으면서 교통편이 좋으며 경치가 수려한 곳에 세워져 있는 별장 등이 조직적인 범죄 집단의 은신처가 될 수 있음을 단언하기까지 했다.

이어서 김 형사가 회사원인 최희정의 납치 실종에 대하여 말했다. 납치되던 날 자폐아가 기억한 수상한 납치 차량의 번호를 조사했으나, 대포 차량 번호판으로 노숙자의 명의로 되어 있었다는 것을 이야기하면서, 전문 납치 조직이 틀림없다는 이야기를 했다. 또한, 이빨이 튀어나온 부하와 '칼치'라는 별명을 쓰는 조직폭력배가 사건의 단서라는 이야기를 했다. 아울러 방범용 CCTV에 찍힌 차량 번호판을 확인한 결과, 경춘가도 국도상에서 범인의 차량이 통과된 사실을 밝혀내었다는 것을 말했다.

역시 수사반장의 예상대로 서울 시내를 벗어나서, 경춘가도 상에서 갈라져 들어가는 지방의 한적한 비밀 별장일 가능성이 높았다.

'칼치'라. 어디선가 들어본 것도 같은 별명이었다. 김 형사의 말로는 다방면으로 수사해보았으나, 현재 경찰청 수사과에서 확보한 조직폭력배 계보도에는 그러한 인물이 없다는 것이다.

이어 고도혜 기자가 일어나, 최희정의 꿈 일기장 속에 사건을 해결하는 단서가 있을 수 있다는 의견을 내놓았다.

"아니 꿈 일기장이라니요?"

이방 수사반장이 관심을 보이며 물었다.

“예, 회사원 최희정 씨가 납치 사건이 일어나기 전에, 자신이 꾼 꿈을 적어놓은 일기장입니다.”

“수사반장님, 꿈이 미래를 예지해준다고 하는 데, 이렇게 꿈으로 사건을 해결한 예가 있습니까?”

“예, 있습니다. 꿈의 계시로, 살인 사건을 해결한 외국의 사례가 있고요. 우리나라에서도 찾아볼 수 있습니다. 사실은 제가 출간하고자 하는 책에 소개될 예정이기도 합니다.”

그는 수사반장으로 있으면서, 자신이 해결한 사건을 비롯하여 각종 사건 해결에 관련된 뒷이야기를 책으로 엮어낼 계획이었다. 그리함으로써 일반 대중들에게 범행대상이 되지 않으려면, 어떻게 대처해야 하는지를 일깨워주고자 했다.

그가 책을 집필해야겠다고 마음먹은 데는, 몇 년 전에 고교 동문 모임에 참석했다가, 원주 단계택지의 유흥가 뒷골목에서 퍽치기로 목숨을 잃은 젊은 엘리트 회사원의 뉴스를 듣고 나서였다. 당시에 그의 가슴을 아프게 했던 것은 회사원의 결혼식을 불과 3일 남기고 일어난 사건이었다. 보다 충격적인 뉴스는 그의 장례가 끝나자, 그의 약혼녀가 이 나라의 치안 부재를 비판하는 글을 남긴 채, 원주의 섬강에서 투신자살한 사건이었다.

당시 수사반장으로 있던 그도 일말의 책임감을 느끼고 있었다. 다시는 이러한 일이 일어나지 않도록 하기 위해, 그는 자신이 현장에서 보고 들은 여러 범죄사건에 대하여, 유형별로 대처방안을 정리하여 책으로 출간하고자 하였던 것이다. 그것도 출판사를 거치지 않고 자비출판으로 발간하여, 1만 원의 저렴한 정가로 일반 대중들이 읽을 수 있도록 하는 것이 그의 꿈이었다.

사회가 점차 흉포화되어 가는 이때에, 이방 수사반장의 책은 인기를 끌 수 있을 것이었다. 아울러 여대생 미림이나 회사원 최희정의 납치 사건을 해결한 내용이 실린다면, 더더욱 독자들의 관심을 끌 좋은 기회였다.

책에는 퍽치기를 당하지 않는 방법을 비롯하여, 여자 혼자 야간에 택시를 타는 법, 그 밖에도 여성 혼자 사는 원룸에 침입하는 강간범을 피할 수 있는 방법이라든지, 범인과의 1:1의 위기상황에서 대처하는 법 등 다양한 내용을 담고 있었다. 아울러 자신이 그동안 해결한 각종 흉악범죄에 대하여 상세한 해설을 담고 있었다.

또한, 각종의 사건 해결 사례가 소개될 예정이었다. 조선조에 일어났던 우리 선인들의 사건 해결에 대한 소개와 함께, 외국의 사례이지만 꿈으로 인해 사건을 해결한 사례도 몇 건 실릴 예정이었다.

"그래요. 여기 일기장을 보면, 최희정 씨도 자신에게 무언가 불길한 일이 일어날 것을 예지하고 있었던 것 같고요. 그래서인지, 불길한 내용의 꿈이 꿔질 때마다, 보다 세심하게 적어놓은 것 같아요. 그리고 이상한 한자와 글자들도 적혀 있는데, 아직은 무슨 뜻인지 잘 모르겠습니다."

"어디 봅시다."

이방 수사반장이 일기장을 꼼꼼히 살펴보았다.

"글쎄요. 특이하게 몇 군데는 본인 자신만이 알도록 적어놓은 것 같군요."

"자, 그럼 영석 군과 청수 씨는 하실 말씀이 없는지요?"

영석이 일어나 말했다.

"경춘가도의 선상을 염두에 두고, 어제 산악회원들과 청평에서 한참을 들어가 장락산이라는 산을 등산했었습니다. 그 산자락 끝에 특이한 모양의 별장 같은 주택이 있더군요. 때마침 날이 어두워져서 그냥 지나쳐 내려오기는 했는데, 무언가 수상하게 여겨지더군요."

이방 수사반장의 눈이 빛났다.

"혹시 마을과 동떨어져 있던가요?"

"예, 그리고 마을을 거치지 않고, 우회하는 도로가 별도로 개설되어 있더군요."

"범인들의 은신처가 일반 마을과 동떨어진 곳에 지어진 별장일 가능성이 높고요. 주변 경계를 위해 지나칠 정도로 접근 탐지 시설을 해놓았거나, 개를 여러 마리 키우는 집일 가능성이 높습니다."

"영석 군은 주말인 내일이나 일요일에, 혼자보다는 산악회 친구들과 다시 가보기 바랍니다. 주변에 사람의 접근을 막는 시설이 있는지 알아보고요. 참, 청수 씨도 함께 가보시지요."

"죄송하지만, 저는 할 일이 있어서---, 저번에 잠깐 말씀드린 움직이는 CCTV라고 할 수 있는 로봇 쥐에 대한 최종 점검을 하고 있습니다만, 오늘도 빨리 들어가 보려고 하는 데요."

"아, 예. 그렇게 하세요. 잠시 후에 식사라도 하고 가세요."

고도혜 기자가 다시 말했다.

"제가 보기에 또 다른 납치 사건이 일어날 수도 있다고 보는데 어떻습니까?"

수사반장과 함께 일한다는 최도식 형사가 말을 받았다.

"제가 보기에도 그렇습니다. 대포 차량 번호판을 달고 범행을 한 것을 보면, 두 사건 모두 고도의 전문 조직에 의해 자행된 것이 틀림없습니다. 아마도 제3의 납치 실종 사건이 일어날 수 있다고 봅니다."

이어 수사반장이 말을 정리했다.

"그렇습니다. 새로운 납치 사건이 발생하기 전에, 지금 우리가 이 두 사건에서 범인을 잡아낼 수 있는 단서를 찾아야 합니다. 지금 현직 형사로는 김 형사밖에 없으니, 김 형사의 역할이 매우 중대하리라 봅니다."

"예, 열심히 뛰겠습니다. 무슨 일이든지 맡겨만 주십시오."

"자, 이제는 우리 아래층 식당에서 저녁을 먹으면서, 자유롭게 이야기하도록 합시다. 딱딱하게 이야기하는 것보다는 자유로운 분위기가 더 좋을 것 같네요."

이방 수사반장이 아래층으로 안내한 식당에는 한정식으로 깔끔한 음식들이 준비되어 있었다.

"자아, 맛있게들 드세요. 미림이 아버지가 내시는 겁니다. 오늘 모임이 있다고 말씀드리니, 식사라도 대접해드리라고 하셨어요. 하루빨리 범인들을 잡아내어, 딸이 납치당한 미림양 아버지의 근심을 덜어드렸으면 합니다. 아마 머리가 쪼개지는 아픔을 느끼고 계실 것이네요."

"수사반장님?"

"예, 말씀하세요"

"아까 꿈으로 범인을 잡은 외국의 사례가 있다고 하셨는데, 말씀해주실 수 있으신가요"

"아, 예. 저도 책에서 읽은 것입니다만, 꿈에서 살인사건의 범인을 보여준 이야기이지요."

"오래전, 1928년 미국 미시간주의 조그만 마을에서 일어난 사건입니다. 다섯 살 소녀가 유괴되어 살해당한 사건이 일어났지요. 사건의 단서는 누군가 본 푸른색의 승용차에 납치되었다는 것이었고요."

"유괴 살인범을 잡기 위해, 마을 주민이 모였지요. 하지만 존경받는 목사인 아돌프 호테링이 경찰의 수사를 지켜보자는 쪽으로 말함으로써, 그날의 회의는 끝났고요."

"그날 밤, 이 마을에 새로 부임한 부목사인 헤롤드 로스리지의 꿈에 살해된 아이의 울부짖는 소리와 범인의 얼굴이 보였지요. 놀랍게도 꿈속의 범인은 다름 아닌 목사 아돌프 호테링이었어요."

"다음 날 아침에 아내에게 간밤의 꿈 이야기를 했고, 이를 우연히 엿들은 부목사의 친구가 경찰서에 신고했지요. 경찰은 황당한 꿈 이야기를 믿을 수 없었지만, 어쨌든 목사인 호테링을 만나보기로 했지요."

"호테링의 집에 들른 경찰은 몇 마디 이야기를 나누다가 승용차의 색깔을 물어보았지요. 호테링은 "검은색입니다." 하면서 자신 있게 차고로 안내했고요. 그런데 경찰이 확인하고 돌아서는 순간, 형사의 다이아몬드 반지에 차체가 조금 긁혔지요."

"바로 그 순간 형사의 눈이 예리하게 빛났어요. 검은색 페인트 밑에 선명하게 드러난 푸른색! 이에 용의자로 지목하고 수사를 진행시켜, 범행 일체를 자백받기에 이르렀지요."

"신기한 사례이네요. 죄짓고 못산다는 것이, 사람 사는 데는 다 있네요?"

"이 사례는 비교적 단순한 계시적인 꿈으로 범인을 일러준 예입니다만, 이 밖에도 꿈에서 다양한 꿈의 상징기법을 통해서, 장차 일어날 앞날을 예지해줄 수 있다고 믿습니다."

"그보다도 두 분은 어떻게 만나게 되셨나요? 아주 잘 어울리시는데요?"

고도혜 기자의 얼굴이 불그스름하게 피어올랐다.

"아이, 반장님도---. 제 꿈에 얼굴이 썩어가는 어느 여자가 도와달라는 꿈을 꾸고, 여기 김 형사님의 도움으로 수사를 하는 중이에요."

"예엣, 꿈에 나타났다고요? 그래서 더욱 꿈에 대한 관심이 높군요."

"참, 영석군!"

"자네가 말한 그 특이한 별장 같은 집 말이야. 보다 구체적으로 말해보게. 뭔가 수상한 점은 없었나."

"우리가 내려갔을 때, 미모의 여인 두세 명이 밭에서 고구마를 캐는 중이었는데, 깔깔거리며 아주 행복해 보이더군요. 돈 많은 사람의 애인이라고 할까요. 집안 거실에서도 호탕한 웃음소리가 들려오던데요."

"그런가? 조금 이상하구먼."

"여러 면에서 의심은 가나, 강제적으로 붙잡혀온 사람 같지가 않았습니다."

"음, 그 말도 맞네. 강제적으로 납치된 여자들이라면, 그렇게 자유롭게 지낼 수 없겠지."

이내 청수가 말을 받았다.

"하지만 미모의 여인들이 그런 깊은 산 속에 있다는 것도 무언가 석연치 않아요. 납치되었다면, 지하실에 감금되어 있을 수도 있고요."

"예, 단순한 별장 같아 보이지는 않네요."

고도혜 기자 또한 무언가 있다는 것을 직감적으로 느끼고 있었다.

"조금 더 알아본 연후에, 정식으로 수사기관에 신고하도록 합시다."

"참, 회사원 최희정 씨의 수사 건은 어떤가요? 뭔가 이상한 점은 없습니까?"

"예, 그렇게 뛰어난 미모는 아닌데요. 그녀에게 반해서 몇 달 전부터 쫓아다니던 박 사장이라는 유부남이 있었다고 하네요."

"호오, 그래요."

"하지만 그녀는 거들떠보지도 않았다고 하고요."

"그 박 사장 어떤 사람인데요?"

"기획 부동산인가요. 막대한 돈을 벌어들여서, 돈을 흥청망청 쓰고 다니는 것으로 알고 있고요. 하지만 그가 최희정을 납치한 것 같지는 않더군요. 저희가 한 번 찾아가 보았는데, 한때 남자로서 어찌해보려고 작업했던 것을 인정하더군요. 그러면서 쫓아다니다가 단념했는지, 납치된 사실조차 모르고 있더군요. 그러면서 언젠가 전해주려고 샀다면서, 명품 백화점에서 산 목걸이를 보여주던데요."

"그래요. 그렇지만 혹시 누군가에게 최희정의 관계를 이야기해서, 알아서 납치가 일어나게 사주를 했을 수도 있지요. 예를 들어, 이전에 박 대통령 유신 시절에 김대중 씨가 일본에서 납치되어 올 때, 박정희 대통령이 시켰다기보다 밑에 사람이 알아서 다 해준 것이지요."

이방 수사반장은 박 사장에 대한 인적사항을 물어보면서, 수첩에 적는 것을 잊지 않았다. 그러면서, 최도식 형사에게 무언가 의미심장한 눈짓을 보내고 있었다. 최도식 형사 또한 알았다는 듯이 수첩에 적는 것이었다. 아마도 박 사장에 대한 은밀한 미행을 지시하는 것 같았다.

고도혜 기자가 김 형사에게 눈짓하면서 말했다.

"수사반장님, 저희는 주말인 내일 춘천에 계시는 꿈해몽 전문가 구몽 박사님을 찾아뵙고, 회사원 최희정 씨의 꿈 일기장에 적혀있는 내용에 대해서 자문을 받아보려고 하는 데요."

"예, 꿈에서 새로운 단서가 나올 수도 있지요."

"자아. 오늘은 이만 마치지요. 각자 수사해서, 일요일에 다시 만나기로 해요."

김 형사와 고도혜 기자 또한 저녁 식사하고 나오면서, 누가 뭐라고 하기도 전에 자연스럽게 근처의 카페로 들어갔다. 이제 두 번째로 카페에 들어온 것이었다.

"벌써 미림 양이 납치된 지 보름이 되어가네요."

"큰일이네요. 빨리 범인을 잡아야 할 텐데---."

"최희정 씨는 닷새가 지나가고요."

"오늘 이렇게 이방 수사반장을 비롯하여 다른 분들의 이야기를 들으니, 한결 도움이 되는 것 같네요."

"예, 그렇습니다. 특히 이방 수사반장이 '여대생 미림의 납치에 대하여 명품 백화점 CCTV를 살펴보면 될 것이다' 라고 말씀하셨는데, 공감입니다. 어쩌면, 그 CCTV 화면 안에 납치범의 얼굴이 찍혀 있을 수도 있다고 보이네요."

"어젯밤에 구몽 박사님과 꿈에 대한 많은 이야기를 나누었는데요. 내일 가서 꿈에 대한 이야기와 여기 꿈 일기장에 적혀 있는 것에 대한 자문을 구하려고 해요. 사건을 해결하는 데 중요한 단서가 될 것 같은데요. 이상하게 복사를 2부 해오라고 하더군요."

"글쎄요. 그럴만한 이유가 있겠지요?"

"꿈의 세계가 너무나 신비한 것 같아요."

"사실 이제야 말이지만, 저도 고도혜 기자를 만나기 전에 꿈을 꾼 것이 있어요."

"예, 무슨 꿈을 꾸셨는데요?"

그가 새롭게 형사과로 전입해 와서, 어느 날 밤의 꿈이었다. 자신의 부서에 어느 날 암고양이 한 마리가 들어왔는데, 마침 벽 쪽에 있던 냉장고 뒤로 들어가는 것이었다. 다른 형사들이 아무리 불러도 나오질 않고 웅크리고 있는 것이었다. 자신이 시험 삼아, "나비야, 이리 온." 하고 불렀더니, 나와서 자신의 품에 안기는 꿈이었다.

그리고 그 다음 날 비가 오는 가운데, 그녀가 풋풋한 싱그러움으로 그의 사무실에 나타났던 것이다.

"암고양이가 품에 안긴 꿈이었어요."

"아니, 그럼 제가 암고양이란 말씀이세요?"

그녀는 문득 희정의 친한 언니인 희숙이 꿨다고 하는 꿈을 떠올렸다. 지붕이 특이한 집의 외양간에, 몹시 마른 소가 세 마리 매어져 있다는 꿈이었다. 비쩍 마른 소가 납치되어 고통을 겪는 여자들을 상징적으로 보여주는 것으로 볼 수 있다고 생각할 수 있었다.

그녀는 아까 회의에서 이 꿈 이야기를 했었더라면, 뭔가 사건의 수사해결에 도움을 얻을 수 있을지도 모른다는 생각을 떠올렸다.

"꿈에서 특정의 동물로 어떤 사람을 상징적으로 표현해주고 있을 수 있겠지요. 예를 들어, 귀여운 꽃사슴이라든가 화사한 꽃뱀으로 여성을 상징적으로 나타낼 수 있겠지요?"

"아니, 이제는 김 형사님도 꿈에 관해서 박사님이 되었네요. 오늘은 늦었으니, 이제 우리 그만 나가요."

고도혜 기자는 새삼 꿈의 세계에 대하여 관심을 가지면 가질수록, 신비로움을 느끼고 있었다. 오늘밤, 다시 한 번 그녀의 꿈 일기장을 정독하면서, 꿈의 상징 의미를 나름대로 살펴보리라 마음먹었다.

2003.10.17. 금요일 23:00

한편, 이방 수사반장은 다시 사무실로 올라가지 않고 집으로 돌아왔다.

창밖으로 둥근 보름달이 교교하게 비치고 있었다. 이런 날이면, 유방암으로 먼저 저세상으로 떠나간 아내가 그리웠다. 자녀라야 두 딸이 있지만, 두 딸도 모두 출가한 후에, 그 자신 혼자였다.

그동안 밤낮으로 수사에 매달리느라, 아내와 정겨운 시간을 가져보지 못한 것에 대한 자책감이 그를 괴롭혔다. 하지만 범죄와의 싸움에 일평생을 바쳐온 그의 이러한 자신의 운명의 길에 대한 후회는 없었다. 그 자신이 수사에 매달리는 것이야말로, 자신의 존재가치를 찾을 수 있는 시간이었다.

납치된 여성들은 그 얼마나 힘든 시련과 고통 속에서 지내고 있을 것인가? 수사반장은 김 형사에게 들은 납치범 '칼치'의 별명을 기억해내고자 애썼다. 그러다가 그는 문득 10여 년 전에 서울 나이트클럽에서 있었던 조직폭력 간의 싸움을 떠올렸다. 그 당시, 행동대장 가운데 사시미 칼을 잘 쓰면서도, 몸이 민첩하고 세모진 얼굴에 눈이 날카로웠던 사나이를 떠올렸다. 일명 쌍칼이라고 부르던 전라도 사내였다. 자신의 기억이 맞는다면 그가 칼치라고 불렸던 인물임이 틀림없었다.

벌써 오래전인 10여 년 전의 일이지만, 그가 이 사건에 연루될 가능성은 높아 보였다. 생각이 여기에 미치자, 수사반장은 자신이 근무했던 당시의 수첩을 찾아내었다. 사설 탐정소를 차리면서 가장 먼저 한 일이 그 자신이 지나온 삶의 기록인 수사 수첩을 정리하는 일이었다. 그동안 수사반장으로 있으면서 크고 작은 사건에 대한 온갖 기록들이야말로, 그가 앞으로 새롭게 시작할 사설 탐정소 운영에 있어서 절대적인 자료가 될 것이다.

　당시의 조직폭력배끼리의 싸운 수사기록을 뒤졌으나, 칼치에 대한 기록은 남아 있지 않았다. 그 당시, 칼치는 교묘하게 법망을 빠져나갔으며, 송태규란 인물이 살인죄로 무기징역을 받은 것으로 적혀 있었다. 그는 행동대원이었던 송태규란 인물에 대해 기록을 확인해 두었다. 사진상으로 안면이 있는 인물이었다.

　토요일인 내일은 후배 형사과장의 도움을 얻어, 송태규가 어디에 수감되어 있는지 알아내야 할 것이다. 그리하여 모레 일요일에는 교도소에 찾아가서, 칼치에 관한 소식을 물어보기로 마음먹으면서 잠을 청했다.

제 17장

구몽 박사와의 만남

2003.10.18. 토요일 14:00

고도혜 기자가 구몽 박사와 다시 전화 연락 끝에 찾아간 곳은 춘천 교외에 있는 산속의 황토방 집이었다. 일반도로에서 한참이나 들어가, 다시 꼬불꼬불한 비포장도로로 한참을 들어가니, 다소 넓은 분지가 나왔다. 야트막한 산을 등지고 양옆으로 능선이 뻗어내려 있어, 아늑하면서 평온함이 느껴지는 중턱에 황토방 집이 있었다.

뒷산 자락에는 커다란 산벚꽃 나무가 두 그루 있었다. 앞으로는 산자락이 정겹게 펼쳐지고 있었으나, 저 멀리 산등성이로 고압철선이 지나가는 것이 눈에 거슬렸다.

거실 겸 서재로 사용하는 널찍한 황토방에, 자그마한 방이 하나 딸려 있었다. 통유리로 된 커다란 창밖으로 주변의 경관이 그대로 펼쳐지고 있었다. 아담한 연못 주변에는 기암괴석이 빙 둘러 있었고, 여러 이름 모를 화초들이 자라 있었다. 텃밭에는 고추가 빨갛게 익어가고 있었으며, 여러 농작물이 여기 저기에 심어져 있었다.

"안녕하세요? 박사님."

"고도혜 기자입니다. 이쪽은 김복진 형사고요."

"어세 오세요. 먼 길을 오셨네요."

"박사님, 여기 너무나 좋은데요. 어떻게 이런 곳에 거처를 마련하게 되셨어요? 이렇게 자연 속에 있으니, 세상의 모든 잡념과 탐욕이 사라지게 되는 것 같아요."

"예, 이곳은 꿈꾸고 마련한 곳이네요."

"예, 꿈으로 마련하셨다고요."

"춘천 교외의 적당한 곳에, 장차 여생을 마칠 삶의 터전으로 아담한 곳을 찾고 있었지요. 부동산 중개소에서 소개하는 곳을 여러 군데 가 보았지만, 마음에 들지 않았었지요. 그러던 어느 날 처녀와 아주 신선한 키스를 하는 꿈을 꾸었어요. 대개 꿈들이 보는 꿈이지만, 감촉을 느끼는 촉각적인 꿈이나, 냄새를 맡는 후각적인 꿈, 귀로 듣는 청각적인 꿈도 있지요."

"키스 꿈이 좋은 꿈이나요?"

"꿈은 반대가 아닌, 상징의 이해에 있지요. 기분 좋은 키스 꿈, 나아가 기분 좋은 성행위의 꿈은 더 좋은 꿈이지요. 일반적으로 키스나 성행위 꿈의 상징 의미는 현실에서 부동산 매매체결, 계약 성사, 결합, 성취로 이루어지지요."

"참으로, 꿈이란 신비하네요. 그럼, 키스하는 꿈을 꾸고 어떤 일이 일어났나요?"

"처녀와 키스하는 꿈을 꾼 지 며칠 지나서, 부동산 중개소에서 연락이 왔어요. 여기 '원창리 산속에 땅이 났는데, 가 보겠냐?'라고요. 와서 보니, 정남향에

산으로 둘러싸인 것이 너무나 마음에 들어서, 그날로 계약했지요. 나중에 등기 이전할 때 보니까, 꿈에서 처녀로 상징되었듯이, 부동산 매매가 50여 년도 넘게 이루어지지 않은 처녀지나 다름없는 땅이었던 것이지요.”

“그러면, 꿈속에 나타났던 처녀의 상징 의미가 오랜 세월 매매되지 않았던 땅이었던 것이네요. 키스하는 것은 체결의 부동산 매매를 상징한 것이고요.”

“예, 잘 아시네요. 그래요. 우리가 꾸는 꿈은 이렇게 상징의 언어로 풀이하면 됩니다.”

“박사님, 꿈이란 상징을 이해하는 데 있다는 말씀이시네요.”

“맞아요. 꿈의 언어는 상징이지요.”

“박사님은 꿈에 대한 연구로 박사학위를 받으신 것으로 알고 있는데, 사실인가요?”

“후~웃. 사실은 한문학을 했지요. 그래서 문학박사(한문학)가 올바르지요. 그런데 제 관심이 온통 꿈에만 실려 있고, 박사학위논문도 꿈에 관련된 선인들의 몽중시(夢中詩) 연구였지요. 넓게 보면, 선인들의 꿈에 대한 연구를 했다고 할까요.”

“박사님, 몽중시라는 것이 무엇인가요?”

“믿어지지 않는 이야기이겠지만, 선인들이 꿈에서 한시를 지은 것을 몽중시라고 하지요. 당시에는 한시가 생활화되다시피 하였으니, 가능한 일이지요.”

“신기한 이야기네요. 선인들이 꿈에서 시를 지었다니---.”

“이 경우 한시 속에 담긴 상징 의미로 장차 일어날 일을 예지해주거나, 창의적인 사유활동이 극대화되어, 현실에서는 지어낼 수 없는 뛰어난 시를 지은 사례가 많지요.”

“보다 자세한 것은 저의 박사학위 논문인, ‘한국 기몽시의 전개양상 연구(몽중시를 중심으로)'를 읽어보세요. 이따가 가실 때 한 권 드릴게요."

"예, 고맙습니다. 박사님! 혹시 좌우명이나 신념 같은 것이 있으시면, 소개해 주실래요?"

"저야 모든 것이 꿈과 연결되어 있지요. '이 세상에는 보이지 않는 운명의 길이 있다. 그러한 운명의 길을 미리 보여주는 세계가 꿈의 세계이다' 라고 할까요. 혹시 저기 책장 위에 걸려 있는 액자의 글자를 읽을 수 있겠어요?"

〈 夢生夢死 〉

구몽 박사가 가리킨 책장 위의 액자에는 이상한 그림 같기도 하고 글자 같기도 한 네 글자가 쓰여 있었다. 그중에 첫 번째 글자와 세 번째 글자는 같은 글자였다. 사범대 한문학과를 졸업한 그녀로서도 알 수 없는 글자였다.

"글쎄요. 한자의 전서(篆書) 같기도 하고, 잘 모르겠네요."

"동파문자(東巴文字, Dongba Pictography)라고 들어보셨는지요? 유네스코 세계기록 유산이자, 중국 운남성의 나시족 고유의 문자이지요. 수천 년간 전승되어 내려온 문자로, 현재도 사용되고 있는 유일한 상형문자이지요. 몇 년 전 대학원 모임에서 중국의 성도(成都, 청두) 부근에 갔다 온 적이 있었어요. 그때 기념으로 동파문자 전승 보유자에게 '몽생몽사(夢生夢死)'를 동파문자로 써달라고 하여 받아온 것이네요."

"저 자신의 닉네임을 인터넷 등에서 '꿈에 살고 꿈에 죽는다' 라는 뜻의 '몽생몽사'라고 하고 있지요. 꿈의 세계에 대한 믿음과 연구는 제 좌우명이라기보다, 그 어떤 종교에 대한 믿음 이상으로 절대적 신앙이기도 하지요. 한용운 시인이 '기룬 것은 다 님이다' 라고 말씀하셨듯이, 저 자신의 모든 것을 다해 열정적으로 기울여야 하는 꿈의 세계가 저에게는 '님'과 같은 존재이지요."

"박사님에게 꿈에 관한 이야기를 듣고 보니, 꿈에 대한 열정이나 믿음이 너무 대단하시네요. 박사님은 정말로 꿈을 위해 태어난 사람 같아요?"

"과찬의 말씀을----. 다만, 저도 이렇게 저의 열정을 다할 꿈의 세계가 있다는 것에 행복을 느끼고 있습니다."

옆에서 김 형사가 이제 그만 이야기하고, 꿈 일기장에 대한 이야기를 하라고 눈짓을 보내고 있었다.

"박사님! 사실 저희가 박사님을 이렇게 찾아뵌 것은 전화상으로도 말씀드렸다시피, 여대생 및 회사원의 납치 사건과 관련하여 꿈 일기장에 쓰인 예지적 꿈의 도움을 받고자 하는 데요. 이렇게 꿈으로써 장차 일어날 일을 예지하는 것이 가능한가요?"

"가능하고 말고요. 꿈의 여러 가지 특성 가운데에, 장차 일어날 예지적인 일을 상징적으로 보여주는 것이 가장 많지요. 그러한 상징기법은 꿈을 꾼 사람이 처한 상황과 여건에 따라 다양하게 펼쳐지고 있고요."

"그러면, 꿈 일기장에 적힌 예지적인 꿈의 기록으로 사건을 해결할 수 있는 단서를 찾을 수 있을까요?"

"사건 해결의 단서를 찾을 수 있을 것이네요. 옛날이야기인 설화 속에 꿈으로 사건을 해결한 사례라든지, 고전소설 속에도 이러한 사건과 꿈이 관련된 이야기들이 많이 나오고 있습니다. 특히 '공안소설(公案小說)'이라고 해서, 각종 범죄와 송사사건(訟事事件)의 발생과 해결 과정 및 그 결과가 소설의 주요 내용인바, 이 경우에 꿈이 사건 해결에 결정적인 단서가 되는 내용이 많습니다. 원래 중국에서 더 많이 유행되었지요. 그것이 우리나라에도 영향을 미쳤다고 보이네요."

"박사님! 그러면 우리나라에서 꿈으로 사건을 해결한 이야기를 알려주세요?"

"들어보셨겠지만, 대표적으로 아랑의 전설에 나오는 꿈 이야기이지요."

"잘 모르겠는데요. 이야기해주세요. 박사님!"

"밀양부사가 도임(到任)하기만 하면, 동헌에서 으레 죽어나가고 해서 오랫동안 부사 자리가 비어 있었지요. 이때 용감하게 부사를 지원한 사람이 있었어요. 부임 첫날밤 꿈에, 한 낭자가 온몸이 피투성이가 된 채, 손에 붉은 기를 들고 자신을 죽인 원한을 갚아달라고 호소하는 꿈을 꾸게 되지요. 이에 곰곰이 생각한 끝에, 붉은 깃발을 한자로 차음(借音)하여, '朱旗(주기)'로 꿈해몽을 해서, 관내에서 '주기'라는 이름을 지닌 범인을 잡아들이게 되지요. 심문 결과 그녀의 미모를 탐내 겁탈하려다가, 저항하기에 죽여서 대밭에 묻은 것이었다고 자백하였지요."

"꿈과 한자가 결합된 흥미로운 이야기네요."

"이 밖에도 꿈에서 살인사건을 목격하고 사건에 관계하게 되어, 범인을 잡아나간다는 소설이나 영화 등이 상당수 있지요. 또한, 문학작품 속에 꿈이 주요 제재로 등장하는 것은 셀 수 없이 많지요."

고도혜 기자가 말을 이었다.

"박사님, 그래요. TV에서 꿈을 소재로 한 방송이 자주 방영되고 있어요."

"예, 역사적으로도, 꿈으로 사회적 사건이나 국가적 사건이 일어날 것을 예지한 사례가 많고요. 또한, 외국에서도 꿈으로 사건을 해결한 사례가 많습니다.”

　“역사적 사례의 예를 한두 가지만 들어주실 수 있으세요?”

　“류성룡이 임진왜란이 일어날 것과 또한 왜적이 물러갈 것을 경복궁이 불타는 꿈으로 예지한 사례이지요.”

　“흥미로운 이야기네요.”

　“류성룡(柳成龍)의 『서애집(西厓集)』에 나오는 꿈 이야기인데요.”

　“류성룡이 신묘년 겨울에 우연히 하나의 꿈을 꾸었는데, 경복궁의 연추문(延秋門)이 불에 타서 잿더미가 된 꿈이었지요. 꿈에서 그 주변을 배회하고 있으니, 곁에 어떤 사람이 말하기를, “이 궁궐은 처음 자리를 정할 적에 지나치게 아래로 내려갔으니, 만약에 다시 고쳐 짓는다면 마땅히 약간 높게 산 쪽에 가깝게 자리를 정해야 할 것이오.”라고 하는 꿈을 꾸게 되지요.”

　“이에 놀라 깨어나니 온몸에 땀이 흘렀다고 하네요. 그럴 수밖에 없는 것이 경복궁이 불탔다는 이야기를 감히 다른 사람들에게 할 수 없었지요.”

　“예, 그래요. 자칫하다가는 불경스런 말을 해서, 민심을 현혹시킨 역적 놈으로 몰릴 수 있을 것이네요.”

　“그런데 이듬해 임진년 4월에 왜적의 침입으로 인하여, 임금이 탄 수레가 의주로 몽진(蒙塵)을 떠나게 되자, 성난 군중에 의해서 경복궁이 불에 타게 되지요. 또한, 왜적이 조선 팔도에 가득히 차서, 일부 위정자들은 나라의 회복이 가망 없다고 체념하기에까지 이르지요.”

　“그때에, 류성룡이 친분 있는 사람에게 꿈 이야기를 하면서, 꿈에서 이미 경복궁을 고쳐 지을 일을 의논하였으니, 이는 곧 나라가 회복될 징조이니, 왜적을 두려워할 것이 못 된다고 단언하기에 이르지요.”

　“그 후에 명나라에서 지원군을 보내오고, 사방에서 의병이 일어나 왜적이 물러가게 되고요."

"신비로운 선인의 꿈 사례네요. 임진왜란이 일어날 것을 5개월 전에 꿈으로 예지한 것도 놀라운 일인데, 장차 그 결과까지 꿈으로 예지했다니---."

"아까 몽중시를 말씀드린 바 있지만, 〈홍길동전〉으로 유명한 허균(許筠)도 꿈에서 음울한 몽중시를 짓는 꿈으로 임진왜란을 예지하고 있지요."

"그 이야기도 들려주세요."

"허균의 『惺所覆瓿藁(성소부부고)』라는 책에 나오는 이야기인데요. 꿈에 어느 한 곳에 이르니, 거친 연기와 들풀이 눈길 닿는 데까지 끝없는 가운데, 자신도 모르게 불탄 나무의 껍질 벗겨진 데에 4언 절구의 시를 쓰게 되지요."

冤氣茫茫(원기망망) 원통한 기운 끝없어
山河一色(산하일색) 산하가 한 빛이로다.
萬國無人(만국무인) 온 나라에 사람 하나 없고
中天月黑(중천월흑) 하늘 가운데의 달도 침침하네.

"잠에서 깨어나서, 자신이 그러한 시를 지었다는 것에 대해서 몹시 언짢게 여겼지요. 그런데 몇 달 뒤에 임진왜란이 일어나 많은 사람이 죽고, 집들이 불타 없어지는 일로 이루어졌어요."

"임진왜란을 암울한 몽중시를 짓는 꿈으로 예지했다는 정말 놀라운 이야기네요? 이러한 이야기들이 선인들의 문집 속에 기록으로 전해온다는 말씀이시고요."

"예, 그렇지요. 그런데 한글이 아닌, 대부분 한문으로 기록되어 전해오고 있지요. 제가 한문학을 공부한 것도 선인들의 기록을 자세하게 살펴보자는 연유에서 비롯된 것이지요."

　구몽 박사와 꿈에 관한 이야기를 하자면, 밤을 새워도 끝이 없을 듯하였다. 김 형사가 옆에서 다시 눈짓을 주고 있었다. 이제 그만 꿈 일기장을 꺼내어, 사건과 관련된 꿈 이야기를 하라고---. 이에 고도혜 기자는 꿈 일기장을 꺼내 놓았다.

　"박사님, 이 꿈 일기장에 적힌 것들을 한 번 봐주세요? 납치된 회사원이 납치되기 전에 쓴 일기장이네요."

　"흐음 어떻게 해서 납치 사건을 해결하는 단서로 이 꿈 일기장을 찾아내게 되었나요. 일반 사람 같으면, 꿈 일기장의 존재 자체도 모를 텐데, 꿈에 대한 열정이 대단하시네요."

　"박사님! 사실은 제가 납치된 최희정 씨와 관련된 꿈을 꾸었어요. 얼굴이 썩어가는 모습으로 제 꿈에 나타나 도와달라고 한 것 같아요."

　"호오, 그래요. 역시 그랬군요. 그럴 수 있지요. 그렇잖아도 따로 부탁 말씀을 드리려고 하였는데, 저도 비슷한 사건 사례를 알고 있지요. 보통의 경우 죽은 사람이 꿈에 나타나서 원한을 풀어달라고 하면서 도움을 요청하는 경우가 대부분인데, 살아있는 사람이 나타날 수도 있지요. 하지만 그러려면---."

　"말씀해 보세요."

　"먼저, 고 기자님이 꾼 꿈을 자세히 말해보세요. 꿈을 꾼 당사자가 적어놓은 꿈 일기 속에 납치 사건의 단서를 찾을 수도 있겠지만, 고 기자님처럼 주변인물들의 꿈에 나타날 수도 있지요. 이 경우, 꿈을 대신 꿔준 사람과의 무언가 관련이 있거나 유사성이 있는 경우에 나타날 수가 있지요. 제가 보기에 납치된 최희정 씨와 고 기자님과 사이에 무언가 관련 맺어지는 유사성이 있을 것이라고 보이네요."

"예, 최희정 씨와 제가 나이가 같아요."

"그것 가지고는 서로 관련 맺음이 약하네요."

"실은 제가 고교 시절에 납치될 뻔했다가 풀려난 적이 있어요. 그래서 제가 납치 사건에 유독 관심을 갖게 되는 것 같네요. 여기 최희정 씨 말고도 먼저 일어난 여대생 미림 씨 납치 사건에도 관심이 많았고요. 또한, 현재 신문사 사회부 기자다 보니, 납치 사건에 대하여 관심을 가질 수밖에 없고요. 그리하여 어찌 보면, 이렇게 김 형사님과 함께 운명적인 수사를 하게 될 것을 알고 있었던 것 같네요."

"예, 솔직히 말씀해주셔서 고맙습니다. 관련이 있다고 보이네요. 꿈의 상징 기법이 절묘해서 우리 인간의 상상을 뛰어넘는 경우가 대부분이지요. 꿈속에 등장된 사람이나 대상의 전개 하나하나에 깊은 뜻이 담겨 있지요."

"어느 고3 여고생의 꿈 체험기예요. 지하철에서 여러 손님이 타고 있었는데, 옆자리에 앉아 있던 남자는 탤런트 문성근이었지요. 그런데 문성근이 느닷없이 그녀에게 찐한 키스를 하는 꿈을 꾼 것이에요."

"꿈이란 원래 이렇게 황당하게 전개되는 면이 많지요. 그런데 어떤 상징적인 뜻이 담겨있나요?"

"연예인은 선망의 대상이나 사람을 상징하는 것이기에, 연예인과의 데이트 꿈이나 키스 꿈, 나아가 성행위를 하는 꿈은 처한 상황에 따라, 아주 좋은 꿈으로 실현되지요. 고3 수험생이었던 그녀는 서강대학교에 입학할 수 있었던 것이지요. 하지만 '왜, 하필이면 수많은 연예인 중에서, 평소에 그다지 좋아하는 탤런트도 아니었는데, 문성근이랑 키스하는 꿈을 꾸었는가?'에 대한 궁금증이었지요. 그러다가 나중에 그녀가 대학에 입학하고 나서, 문성근이 바로 서강대 출신이었던 것을 알게 된 것이지요."

"신기하네요. 정말로---."

"꿈의 상징기법이 그만큼 절묘하게 진행된다는 것이지요."

"제가 꾼 꿈은 사막의 모래 폭풍이 배경이었어요. 멀리 백악관 같은 웅장한 건축물이 모래바람 사이로 보였다 사라졌다 했고요. 얼굴 반쪽이 썩어가는 여자가 '여기는 너무 더워서 살이 썩어간다'며, 애처롭게 구원의 눈길을 보내는 꿈이었어요. 돌아서는 그녀의 오른손에 붉게 빛나는 노트 같은 것이 눈에 띄었고요."

"흐음, 꿈해몽은 반대가 아닌 상징의 이해에 있지요. 그녀가 얼굴 반쪽이 썩어가는 모습이었으니, 얼굴의 상징 의미가 자기 자신이나 명예·자존심을 나타내주지요. 그러한 얼굴이 썩어가는 표상이니, 납치되어 온갖 시련과 고통을 당하고 있음을 보여주고 있고요. 그녀의 오른손에 있는 붉은 노트는 여기 이렇게 꿈 일기장이 있음을 계시적으로 암시해주는 것이었고요. 백악관 같은 웅장한 건축물이 보였다는 것도 현재로서 정확히 추정할 수 없지만, 무언가 사건의 단서가 될 수 있을 것입니다. 예를 들면 납치된 곳의 공간적 배경을 보여주는 예지적 꿈이 될 수 있지요."

이때 김 형사가 수첩을 꺼내더니, '백악관, 건축물→ 납치된 장소와 관련'이라고 적는 것이었다. 구몽 박사는 계속 이야기를 이어 나갔다.

"우리가 꾸는 모든 꿈에는 다 의미가 있지요. 하다못해 불안 심리가 꿈으로 표출되기도 하고요. 따라서 엄밀한 의미의 개꿈은 없지요. 현실에서 너무나 하찮게 실현되기에, 우리가 꿈이 실현된 것조차도 모르고 넘어가는 경우가 대부분이지요."

"혹시, 고 기자님 말고 여대생 미림 씨나 회사원 최희정 씨의 납치와 관련하여 꿈을 꾼 사람들의 꿈 이야기를 알고 있나요. 납치사건같이 엄청난 사건이 일어나기 이전에, 틀림없이 주변 가까운 인물들이 불길한 꿈을 꾸었을 것입니다. 부모라든지, 형제자매, 가까운 친구, 하다못해 직장 동료 등등 말이지요."

"예, 그러고 보니 회사원 최희정 씨의 친한 언니였던 희숙 씨가 꾼 꿈이 있습니다. 그리고 희정 씨가 납치되기 전에 불길한 꿈을 꾸었다면서 희숙에게 들려준 꿈도 있고요. 일기장에는 미처 적어 놓지 못한 것 같고요."

구몽 박사가 얼굴에 반색하며, 다가앉으며 물었다.

"하나의 꿈보다 여러 개의 꿈 내용을 분석하다 보면, 보다 올바른 꿈해몽이 가능해지지요. 친한 언니의 꿈은 어떠한 꿈입니까? 그 꿈에서도 사건 해결과 관련된 단서를 찾을 수 있을 것입니다. 또한, 납치된 후에 어떻게 이루어질 것인지를 예지적으로 보여주고 있을 수 있고요. 이 경우 물론 난해한 상징적인 기법으로 보여주고 있겠지만, 꿈의 상징기법에 대한 올바른 이해와 유사한 꿈이 어떻게 실현되었는지에 대한 실증사례를 살펴봄으로써, 장차 어떻게 이루어질지를 추정해낼 수 있지요."

"어느 날 꿈에서 만난 후배 희정의 얼굴이 까만색으로 변해 있던 꿈이라더군요."

"납치되어 곤경과 어려움에 처하게 될 것을 예지해주는 꿈이고요. 혹시 병에 걸려 고통을 받을지 모르겠네요."

"또 그 다음 날 꾼 꿈으로, 어느 시골 마을이라고 하더군요. 옆으로 계곡에서 물소리가 막 들려오고요. 집이 기와집인데 지붕이 하늘로 솟아있는 특이한 모양이라고 했고요. 그 집 외양간에 소가 세 마리 매어져 있었는데, 모두 소가 몹시 말라 있었고요. 그런데 그중에 소 한 마리가 자신을 애처롭게 쳐다보는데, 나중에 곰곰이 생각해보니 소의 눈망울이 바로 희정이의 눈빛 같았다고 하더군요.”

“이럴 때 서양 사람들이 ‘빙고’라고 말하나요? 납치된 곳의 배경과 납치된 사람의 수를 상징적으로 보여주고 있네요. 앞서 꿈의 상징기법의 절묘함을 이야기한 바 있고요. 꿈속에 등장된 사람이나 대상의 전개 하나하나마다, 깊은 뜻이 담겨 있다고 말씀드렸지요.”

김 형사가 꺼내 든 수첩을 다시 적기 시작했다.

“이 꿈 내용으로 미루어, 납치된 곳은 계곡이 가까이 있는 한적한 시골일 것이고요. 지붕이 하늘 높이 솟은 것처럼, 특이한 모양의 집일 것이고요. 비쩍 마른 소 세 마리는 3명의 여자가 납치되어 고통을 겪게 될 것을 보여주는 것이고요. 애처롭게 쳐다보는 소가 바로 친구이자 납치된 희정이의 상징 표상으로 등장된 것이 틀림이 없습니다.”

“아니, 납치된 여자가 셋이라니, 박사님의 꿈해몽 풀이를 믿어도 되겠습니까?”

옆에서 적던 김 형사가 한마디 했다.

“꿈해몽은 꿈속에 나타난 표상물에 대한 상징의 이해와 유사한 실증사례를 통한 비교분석에 있습니다. 이 꿈은 상징적인 미래 예지 꿈이기에, 꿈의 실현 자체를 막을 수도 피할 수도 없는 꿈이지요. 장차 꿈에서 예지된 대로 이루어지게 될 것이며, 장차 다가올 일에 대한 마음의 준비를 하게 해주는 것입니다. 아마도 희숙 언니라는 분이 이 꿈을 꾸고, 후배인 희정이에게 무슨 좋지 않은 일이 일어날 것 같다는 생각을 하면서 불안한 마음으로 지냈을 것입니다. 그리하여 후배 희정이의 납치 실종 소식을 들었을 때, 엄청난 심리적인 충격을 완화시켜주는 것이 꿈의 역할이지요. 또한, 이렇게 꿈을 상징적으로 분석해서 장차 일어날 일을 예지함으로써, 납치 사건의 경우에 사건을 해결할 수 있는 단서가 되고 있는 것이지요."

"애처롭게 쳐다보는 소가 바로 납치된 희정이의 상징 표상으로 나타났다는 말씀이시네요?"

"예, 그렇습니다. 그렇게 단정내릴 수 있는 것은 꿈의 상징 기법과 일치하면서, 또한 유사한 사례에서도 입증되고 있습니다. 즉, 꿈속에 등장하는 동물은 대부분 그 동물로 상징된 어떠한 사람을 상징적으로 나타내고 있지요. 귀여운 꽃사슴을 잡는 꿈을 꾼 남자는 귀여운 애인을 사귀게 될 것이고요. 커다란 호랑이가 달려드는 꿈을 꾼 처녀는 호랑이로 상징된 터프하면서 능력이 있는 남자를 만나는 일로 실현되지요. 다만 꿈은 처한 상황에 따라 달리 실현되는바, 이 경우 가임여건에서는 태몽으로 실현될 수도 있습니다. 애처롭게 쳐다보는 꿈은 도움을 요청하는 것으로 볼 수 있지요. 아들이 진땀을 흘리며 애처로운 눈빛으로 자신을 쳐다보는 꿈을 꾸고 나서, 아들과의 대화를 통해 학교 내에서의 폭력적인 담임선생과의 문제를 해결한 사례가 있습니다."

"박사님, 그보다도 더 큰 문제가 있는데요? 그러면 외양간에 소가 세 마리 매어져 있었다는 꿈으로, 그곳에 납치된 여자가 3명이 된다는 말씀을 믿어도 되겠습니까? 현재 표면적으로 드러난 것은 여대생인 미림과 회사원인 최희정 두 명뿐인데요?"

"꿈속의 숫자도 반드시 관련이 있습니다. 뛰어난 소설가가 아무리 상상력을 동원하여 이야기를 엮어낸다고 해도, 우리 인간의 영적 능력에서 발현되는 절묘한 꿈의 상징기법 그 자체를 뛰어넘을 수는 없을 것입니다. 비쩍 마른 소 세 마리였으니, 셋이라는 숫자와 관련지어 일어날 것입니다. 신문지상에 보도되지 않은 제3의 납치된 여자가 있다거나, 아니면 이제 곧 제3의 여자가 납치되는 일로 이루어질 것입니다.”

“박사님, 그럼 꿈꾸고 바로 실현되는 것이 아니네요?”

“예, 사소한 일일수록 빨리 일어나게 되고요. 중대한 일의 예지일수록 마음의 준비 기간을 하게 해준다고 할까요. 보다 나중에 일어나게 되지요.”

“정말로, 신비한 꿈의 세계이네요”

“참, 아까 납치된 희정 씨 본인이 꾸었다는 꿈은 어떤 내용인가요?”

“흙탕물에 휩싸여 떠내려가는 꿈, 화려한 꽃가마 타고 어디론가 가는 꿈이라고 하더군요.”

“예, 몹시 안 좋은 꿈이네요. 흙탕물이 환난·우환 등의 상징으로, 납치되어 겪게 될 고통을 보여주고 있네요.”

“박사님, 하지만, 꽃가마 타고 가는 꿈은 좋은 꿈이 아닌가요. 본인은 좋지 않은 꿈으로 여겼다는데, 이해가 안 되네요. 그러면 정말 꿈이 반대인 것이 맞는 말이 아닌가요?”

“꿈을 꾼 사람이 처한 상황이 중요한 것이지요. 단순한 꿈으로 보자면, 꽃가마 타고 가는 꿈이 승진이나 명예를 드날리는 일로 이루어질 수 있지요. 하지만 고차원의 상징적인 꿈으로는 죽음 예지의 꿈이 될 수 있지요. 화려한 결혼식에 참석하는 꿈, 밝게 비치는 햇살로 나아가는 꿈을 꾼 사람이 죽음으로 실현된 사례가 있는데요, 이처럼 죽음 예지 꿈의 특징이 화려하고 밝은 특징이 있기도 합니다. 따라서 이 꿈 하나라면 ‘좋다, 나쁘다’를 판별 내리기 어렵겠지만, 최희정 씨와 관련된 다른 꿈들인 ‘까만 얼굴, 흙탕물, 비쩍 마른 소’ 등으로 미루어 안 좋은 꿈으로 보이네요. -----, 특히 안될 말씀이지만, 꽃가마 타고 가는 꿈은 죽음으로까지 이어질 수 있는---.”

“예~에 – 엣! 박사님, 그러면 최희정 씨가 죽을 수도 있다는 말씀이신가요?”

"------, 말씀드리기 죄송스럽지만, 납치범들이 죽였다기보다는 납치범들의 요구를 거절하다가, 그로 인해 병에 걸리게 되거나, 본인 스스로 죽음을 선택하는 일로 이루어질 수도 있다고 보입니다. 무엇보다도 상징적인 미래 예지 꿈이기에, 꿈대로 진행되는 것을 막거나 피할 수도 없을 것이라는 것이지요."

방안에는 일순간 무거운 공기가 흘렀다. 창밖으로 '꿔-어억' 하는 소리가 들려왔다.

"박사님, 여기는 꿩도 있네요?"

"예, 춘천 시내에서 20여 분도 안 걸리는 거리이지만, 전혀 딴 세상 같지요. 여기서 이렇게 꿈에 대한 연구를 하면서, 여생을 마무리하고 싶은 마음입니다."

"제가 보기에 현재로서도 사이트라든지, 여러 저서를 내신 것 등등 꿈해몽에 관한 한 국내 최대이자 최고이신 것 같은데요."

"아니에요. 아직 부족합니다. 저 자신의 꿈은 모두 20권으로 나눠진 [꿈해몽 대사전]을 출간하는 것이 꿈입니다. 그리하여 사람들에게 보다 올바른 꿈의 세계를 알려 주고, 꿈해몽을 하는 데 도움이 되었으면 합니다. 아울러 프로이트를 뛰어넘어, 예지적 꿈의 세계에 대하여 외국에 널리 알릴 수 있게 하는 것이 제 여생의 바람입니다."

"훌륭한 생각이십니다."

묵묵히 듣고 있던 김 형사가 옆에서 한마디 올렸다. 김 형사는 구몽 박사를 찾아 내려오기 전에는 점쟁이에 준하거나, 신기(神氣)가 있는 사람인 줄로 알고 있었다. 하지만 외모도 털털하고 수수했을 뿐만 아니라, 우리가 흔히 보는 뒷집 아저씨요, 이웃집 아저씨와 다름이 없었다. 또한, 그가 하는 이야기를 들어보니, 지극히 정상적이고 올바른 이야기만 하는 것에 공감이 갔다.

"자아, 그러면 이제 꿈 일기장에 적힌 내용을 살펴볼까요?"

"예, 여기 박사님 말씀대로 두 부를 복사해 왔습니다."

"그래요. 즉각적으로 해몽할 수도 있으나, 중요한 사건의 단서가 될 수 있는 중요한 자료이니, 보다 곰곰이 생각해 보고자 복사 부탁을 한 것입니다. 한 부는 제가 계속 생각해보고요. 여기 나머지 한 부의 여백 란에 제 의견을 간단 간단히 적어둘 테니, 가지고 올라가시기 바랍니다. 혹 누락된 것이나 좋은 해몽이 생각나면, 그때마다 전화를 드리도록 하지요."

"예, 그렇게 해주세요."

"꿈 사례가 상당히 많은데, 제가 빨리한다면 한 시간 정도 걸릴 것 같네요. 두 분은 여기 주변의 경관을 살펴보시면서, 데이트라도 하고 오시지요?"

둘은 구몽 박사가 해몽 작업을 할 수 있도록 밖으로 나왔다. 황토방을 둘러싼 주변 경관이 너무나 아늑해 보였으며, 주변 온 산이 알록달록 단풍으로 물들어가고 있었다. 고도혜 기자는 새삼스럽게, 사람은 이렇게 자연 속에서 살아가는 것이 사람다운 삶을 누리는 것이라는 생각이 들었다.

둘은 황토방 뒷산으로 올라가 평평한 곳에 자리를 깔고 앉았다. 납치 사건으로 인해 가까워지는 계기가 되었지만, 서로에 대한 연정의 싹이 움터 나오고 있다는 것을 두 사람은 이심전심으로 느끼고 있었다.

"도혜 씨"

"------"

"부끄러운 고백 하나 해도 될까요. 아마도 제가 도혜 씨를 사랑하고 있는 것 같습니다. 실은 어젯밤 도혜 씨의 전화를 받고, 오늘 함께 한다는 생각에 마음이 설레더군요."

"------, 어머, 그래요?"

"요즈음 하루에도 몇 번씩 고도혜 씨를 생각하고 있어요. 제가 고등학교 때의 국어 선생님이 하신 말씀이 생각하네요."

"뭐라고 하셨는데요?"

"이다음에, 누군가 사랑하게 되면, 자꾸자꾸 생각나게 될 것이라고요. 그러면서, 옛날에 '사랑하다'는 오늘날의 '생각하다'의 뜻이었다고 하시더군요. 부모가 '우리 자식이 학교에서 공부를 잘하고 있을까?' 라는 생각을 떠올린다는 것은 부모가 자식을 사랑하는 마음의 바탕에서 일어나게 되겠지요."

"그러면, 오늘날의 '사랑하다'는 뜻의 옛말은 무엇이었나요?"

"오늘날의 사랑한다는 뜻을 지닌 옛말은 '괴다'라는 말이 있었다고 하더군요. 〈사모곡〉에는 '아소 님하, 어머님같이 괴시리 업세라' 라는 내용이 나오는데, '세상 사람들이여, 어머님같이 사랑해주실 사람이 없어라' 로 해석되는 것이지요."

"나아가 우리말의 '괴다'가 일본에 건너가 영향을 주었음을 잘 알 수 있어요. 제가 일본어를 조금 공부했는데요. 일본어로 '연인(戀人)'을 '고이비또(こいびと)'라고 하고요. 한자도 우리와 달리 약자로 '恋人'이라고 적지요. 이때의 '연(恋)'자를 음독하는 것이 아닌, 뜻으로 읽는 훈독으로 '고이'라고 발음하지요. 이는 우리말의 '괴다'의 '괴'에서 영향을 받았음을 입증하는 것이지요."

"김 형사님이 그 선생님을 좋아했던 것 같아요."

"예, 학창시절은 그 선생님 생각이 가장 많이 나네요. 실력도 뛰어났지만, 무엇보다도 인간적인 미를 지닌 선생님이셨어요. 인간적인 시라고 하시면서,

박재삼 시인의 시를 좋아하셨어요."

"어머, 저도 박재삼 시인의 시를 좋아하는 데요."

"고3 때, 스승의 날이었어요. 수업 외적인 이야기를 해달라고 하니까, 교직에 들어선 이후 선생님 자신이 가장 행복하게 느낀 순간을 말씀해 주셨어요."

"모든 학생이 초롱초롱한 눈망울로 자신의 이야기에 귀 기울이고 있고, 문득 창밖에서 라일락 꽃향기가 바람결에 스며들 때, 이것이 교사로서 가장 행복한 순간이라고 느꼈다고 말씀하시더군요."

"그러면서 가장 존경하는 기억에 남는 스승님에 관한 이야기를 해주셨어요."

"고3 때, 수학 성적이 안 좋게 나왔다고 교무실에 불러서 종아리를 10대 때려주시면서, 공부하라고 일깨워주신 '김경진' 선생님이라고 하시더군요."

"그때 제가 죄송하지만, 싫어했던 선생님이 있으면 이야기를 해달라고 했었어요. 그랬더니, 한참을 망설이시다가 못된 선생 이야기를 해주셨어요."

"중학교 때 가난한 집의 학생들을 무시하며 때리고, 반면에 잘사는 부잣집 학생에게는 살살거리면서 정답게 대해주는 못된 수학 선생으로 '한남소'라고 있었다고 하더군요. 한술 더 떠서, 잘 사는 학생들은 자신의 반으로 반편성을 해서, 제 놈이 담임했다고 하더군요."

"이전에는 그런 기회주의적이면서, 정신이 썩은 못된 선생들도 꽤 있었나 봐요."

"수학 수업시간에 학생들의 사소한 잘못을 꼬투리 삼아, 가혹한 짓을 즐겼다고 하더군요. 당시 옆의 짝이 수업시간에 필기한 것을 지우개로 지우느라 잠시 쳐다보지 않았는데, 앞으로 불러냈다고 하더군요. 그러더니 자신을 쳐다보지 않았다고, 귀싸대기를 때리는데, 그것도 한두 대 때리는 것이 아니라, 무려 30대를 넘게 때리더라는 거예요.”

“어머나, 세상에 어떻게 그럴 수가 있어요? 아무리 학생이 잘못했다고 하더라도, 귀싸대기를 30대씩이나 때리다니요?”

“더구나, 그때 그 친구의 어머니가 중풍으로 쓰러지셔서, 어려운 가정형편에 옷차림도 남루하고, 몸무게도 40kg도 나가지 않은 비쩍 마른 학생이었다고 하더군요.”

“10분 쉬는 시간인지, 점심시간이었는지 잘 기억나지 않는데, 자리에 엎드려 내내 울더라고요. 새로 수업 시작종이 울려서, 보다 못해 깨웠다고 하더군요. 그랬더니, 그 친구가 마지못해 고개를 들었는데, 갑자기 놀라면서 소리를 질렀다는군요.” “앗, 내 눈! 내 눈! 하면서 앞이 안 보인다고 하며---.”

“순간 ‘아까 맞은 충격으로 인해 시신경 등을 다쳐서 눈이 멀었는가 보다’ 생각했었다고요. 짝이었던 친구도 그런 줄 알았을 거라고 하면서요. 다행히 시간이 지나니까, 눈이 보였다고 하더군요. 나중에 알고 보니까, 팔뚝에 눈을 대고 엎드려 울다 보니, 눈이 눌려져서 안 보였던 거여요. ‘얼마나 서러웠으면, 눈이 다 안 보이도록 오랜 시간 울었겠냐’고 하더라고요.”

“아마도 요즈음 같으면, 벌써 모가지가 달아났을 거예요. 그뿐만이 아니죠. 그런 놈들이 윗사람에게는 더 아부해서 교감 교장이 더 먼저 되는 더러운 세상이기도 하지요. 어느 시인의 시구에 ‘치매 걸린 세상’이란 말이 나오지만, ‘양심적인 사람이 출세하기가 낙타가 바늘구멍에 들어가기보다 어렵다’로 바꾸어야 할 것이네요.”

“어머나, 김 형사님도 정의감도 있으시고, 유머가 많으시네요. 거기에다가 학식도 뛰어나시고요.”

“그 친구는 그러한 더러운 행위를 한 선생에 대하여, 파면시키든지 학교에 시정을 요구하지 못했던 것에 대하여, 아마 지금도 학창시절의 한으로 남아 있을 거예요. 아무리 그 당시에는 그런 못된 선생 놈들이 많았다 하더라도---."

"이전에는 그런 못된 선생들도 있었나 봐요?"

"예, 하지만, 요즈음은 반대로 격세지감이 되었어요. 자식 하나 키우는 가정이 많다 보니, '오냐 오냐'하며 제 자식만 끼고 도니, 제멋대로 자라서인지 자신만 귀한 줄 아는 썩은 정신을 지닌 학생 놈들이 많아졌어요. 선생님에게 대들기를 예사로 하는 세상이 되었으니까요. 심지어 학생이나 학부모가 선생을 폭행하는 세상이 되었어요."

"정말 그래요. 저도 사회부 기자이지만, 정말로 일어나서는 안 되는 뉴스가 하나 둘이 아니어요. 초등학교에서 짝을 괴롭히는 못된 아이를 따로 떼어놓았다고, 학부모가 선생을 폭행한 일이 있었어요."

"이제 세상은 점점 타락적으로 변해갈 것이네요. 저도 형사를 하고 있지만, 세상이 너무 빠르게 변하고 있어요. 언제부터인가, 사람을 죽이더라도 하나 둘이 아닌 여러 사람을 죽이고, 심지어 사람을 죽여 증거를 감추기 위하여 토막 살인하는 것이 나타났지요. 한때, 형사들 사이에서는 우스갯소리로, 물을 많이 사용하는 원룸 등을 유심히 살펴보라는 말이 생각났지요."

"-----"

"조금 전에 학생이나 학부모가 선생을 폭행하는 세상이 되었다고 말했잖아요. 저번에 인터넷에도 뜬 기사를 읽어보았지만, 못된 학생 놈들이 무서운 선생님 앞에서는 노예처럼 찍소리 없이 비굴하게 행동하다가, 여선생이나 심성 착한 선생님이나 만만한 선생님을 괴롭히는 일이 비일비재한 모양이에요. 야비하다고 할까요. 선생님의 자존심을 짓밟는 행위를 버젓이 하는 썩은 정신의 학생 놈들이 있어요. 학생을 보면 그 부모를 안다고, 그런 학생의 학부모도 똑

같이 썩었고요."

"ㅡㅡㅡ"

"충격적인 말을 학교 선생인 친구에게 들었는데요. 학생들의 썩은 행동에 견디다 못해, 이웃 일본에서는 놀랍게도 선생이 학생을 총으로 쏴죽인 일이 일어났다고 하네요. 야비한 학생들에게 못된 짓을 겪으면서 참다 참다가, 폭발적으로 극단적인 선택을 하게 된다는 것이지요. 우리나라도 밤 9시 KBS 뉴스에 머지않아, 그런 뉴스가 나오는 날이 올 것이네요."

"아니, 너무 심한 말씀이 아닌가요? 너무 비관적으로 보시는 거 아니에요?"

"저는 그야말로 학교 모든 교실과 장소에 CCTV를 달아야 한다고 생각해요. 그러면, '학교폭력이다, 교실폭력이다' 하는 말이 사라질 거예요. 교사도 수업내용이 공개되니, 보다 더 교재연구를 하게 될 것이고요. 보다 나은 교수법을 연구하게 되겠지요. 자연 연구수업이다 공개수업이다 할 필요 없을 것이고요. 나아가 장차 교원평가니 뭐니 떠들어댈 필요가 없지요. 지금은 못된 썩은 학생들에게 소신 있게 지도하는 교사가 오히려 배척의 대상이 되는 현실이지요."

"교실 내 CCTV로 실시간으로 인터넷으로 생중계되어서, 부모가 자기 자식이 학교에서 현재 무엇을 하고 있는지 수시로 확인할 수 있어 좋을 것이고요. 그래야 자기 자식이 학교에서 얼마나 자빠져 자는지 알 것이고요, 얼마나 썩은 행동과 더러운 말을 하고 있는지 알아야 한다고 생각해요."

"아마도 지금 서울 시내 고등학교에서 일어나는 일을 사실 그대로 CCTV로 본다면, 모두 까무러칠 거라고 그 친구가 이야기하더군요."

"대다수 교사는 빅브라더 시대이냐, 교사의 인권 운운하면서 반대하겠지요. 하지만 앞으로 몇 년 안에 CCTV가 여기저기 깔리게 되는 시대가 올 것입니다. 어찌 보면 이렇게 타락하고 썩어가는 세상이니, 이제 모든 면에서 감출 필요가 없는 시대가 올지 모릅니다. 그러면, 날로 흉포화되어 가는 범죄도 투명하게 드러나게 되겠지요.”

“생각해보세요. 여자들을 납치해서 데려가는 전문 조직의 놈들이라면, 납치해 간 그 여자들에게 뭔 짓을 못하겠습니까? 필시 악어와 악어새처럼, 그 누군가가 여자들을 탐했기에, 사주를 받고 납치해갔다고 보고 싶네요. 앞으로 온갖 범죄가 판치게 되고, 듣지도 보지도 못했던 충격적인 사건이 더 일어날 것입니다.”

“그래요. 제 생각에도 지구의 종말은 외부적인 여건보다도 우리 인간성의 타락, 윤리·도덕의식의 붕괴에서 찾아온다고 봐요.”

“교회 나가는 친구가 그러더군요. 하나님이 저번에는 인간세상을 물로 싹쓸이하셨지만, 이번에는 불로 싹쓸이할 것이라고요. 핵전쟁이다 뭐다 결국은 불로 싹쓸이되는 것이 아닌지요?”

“김 형사님, 그런 음울한 이야기는 싫어요. 우리 이제 이만 일어나요. 박사님이 말씀하신 시간이 거의 다 되어 가네요.”

두 연인의 뒤로, 해가 석양에 걸려 있었다. 밭의 시든 풀과 어울려서, 황량하면서도 쓸쓸한 가을의 분위기를 자아내고 있었다. 둘은 올라갈 때와 달리, 두 손을 다정히 잡고 구몽 박사의 황토방 집으로 향했다.

구몽 박사는 복사된 최희정의 꿈 이야기 아랫부분에 뜻하는 바의 추정의견을 적어 놓았다. 고도혜 기자는 꿈 일기장의 내용마다 적혀있는 구몽 박사의 예리한 꿈해몽에 찬탄을 금할 수 없었다.

“박사님 정말로 감사합니다. 이제 사건을 해결할 자신감이 생기네요. 꿈 일기장에 대한 박사님의 고견은 수사에 참고하도록 하겠습니다.”

"그런데 박사님, 혹시 일기장의 여기저기에 잘 알 수 없는 이상한 글자들이 쓰여 있던데, 무슨 뜻인지 아십니까?"

옆에서 김 형사가 다시 물었다. 그러자 고도혜 기자도 이어 말했다.

"예, 정말 박사님, 여기 이상하게 보이는 이러한 글자들은 뭔가요?"

고도혜 기자가 가리키는 부분의 꿈 이야기는 2003.10.01 자의 꿈 이야기 부분이었다. 꿈의 실현을 적어두는 하단 부분에, 다른 곳과는 달리 낙서하듯이 알 수 없는 글자들이 쓰여 있던 것이었다.

2003년 10월 1일

　오늘도 새벽녘에 어제와 같은 기분 나쁜 꿈을 꾸었다. 나 자신이 흙
탕물에 휩싸여 떠내려가는 꿈, 화려한 꽃가마 타고 어디론가 가는 꿈이
었다. 이렇게 반복적으로 유사한 꿈을 꾼다는 것이 꿈으로 예지된 일이
중대하고 엄청난 일이라는 것과 이제 곧 일어날 것이라고 예지해주는
데－－－. 불안하다.

"아, 예, 저도 거기에 대해서 이야기를 하려고 했었는데요?"

구몽 박사는 일기장 하단에 쓰여 있던 글자에 대해서 알고 있는 눈치였다.

"혹시, 이 일기장을 쓴 최희정 씨가 나온 학교가 어딘가요? 혹시 강원도 쪽에 있는 고등학교를 졸업하지 않았는지요?"

"예, 자세히 알아보지는 않았지만, 그런 것 같지는 않던데요?"

"그래요. 이상하네요?"

"아마도 누군가 읽을 경우를 대비해서, 비밀문자 식으로 적어놓은 것이네

요. 그런데 '한글필기체'를 사용했다니, 놀랍군요. 아마도 누군가에게 글자의 원리를 배운 것 같아요."

"박사님, 보다 자세하게 말씀해 주세요?"

"이 글자들은 제가 20여 년 전에 만든 글자와 비슷합니다. 다소 다른 부분도 있지만, 원리가 비슷해 보이네요. 글자의 기본 꼴도 크게 달라지지 않았고요."

"예, 글자라고요?"

"그렇습니다. 제가 한때 '한글필기체'라고 명명(命名)했었지요."

"한글필기체라니요?" 고도혜 기자가 눈을 동그랗게 뜨고, 되물었다.

"왜 영어에는 필기체가 있지 않습니까? 일본어도 히라가나(ひらがな)와 가타카나(カタカナ)로 글자 체계가 이원화되어 있지요. 그래서 외래어 표기 등은 가타카나(カタカナ)로 하고 있지요."

"그런데요?"

"우리 한글이 한글 자모 24자로 적지 못하는 글이 없고, 배우기 쉽고, 과학적인 글자임은 틀림없지만, 초성·중성·종성이 모여 글자를 이루다 보니, 글자의 획수가 조금 많은 단점이 있지요. 물론 글자를 보기에는 좋지만요. 쓰기에는 다소 획수가 많아 불편하다는 것이지요. 예를 들어, 한자의 '國(나라 국)' 자는 보기에 좋지만, 쓰기에는 다소 획이 많지 않습니까?"

"그건 그러네요."

옆에서 김 형사가 한마디 거들었다.

"다시 예를 들자면, 한글의 '학교'라는 글자를 쓰는 데 있어서, 쓰기까지 무려 '10획'이 들어가게 되지요."

"그런데요, 박사님."

"제가 창안했던 한글필기체는 자획을 단순화시켜서, 누구나 쉽게 익혀서,

보다 빨리 쓰는 데 중점을 두었던 것이지요."

"박사님도, 그런 것은 속기법이 있잖아요?"

"그것은 모르시는 말씀이에요. 제가 이전에 속기법에 대해서 다 알아보았지요. 속기법이라는 것이 배우기가 어렵고, 아예 새로운 비밀문자라고 해야겠네요."

"그런가요. 저는 속기법에 대해서 잘 모르고요. 다만, 빨리 쓸 수 있는 것으로 알고 있었지요."

"아마도 배우기가 무척 어려울 것이네요. 글자의 굵기와 길이로 뜻이 달라지니까요. 놀라운 것이, 속기사 시험에 있어, 자신이 5분 동안에 쓴 속기 글에 대해서, 그 12배인 60분 안에 일반 문장으로 바꿔놓으면, 합격이지요."

"그건 무슨 말씀인가요? 자신이 쓴 글을 자신이 바로 못 알아본다는 말씀이신가요?"

"예, 그렇습니다. 12배 시간 안에 알아보면, 합격이라니까요. 한발 더 나아가, 다른 사람은 죽었다 깨어나도, 그 글자들을 못 알아본다는 거지요. 마치 자신만의 비밀 암호문자라고나 할까요."

"그런가요?"

"제가 이전에 교직에 있으면서, 학생들에게 누구나 쉽게 배우고 쓸 수 있는 한글필기체를 창안해서 가르친 적이 있어요. 10분 정도 설명하니, 쉽게 익히더군요. 무엇보다 장점은 본인뿐만 아니라, 다른 사람도 쉽게 그 글자들을 읽을 수 있다는 거지요."

"박사님, 이해가 될 듯 말 듯하니, 예를 들어 말씀해주세요?"

"예, 그래요. 아까 '학교'를 쓰는데, 총 자획이 10획이 된다고 했잖아요?"

"예, 그건 그래요."

"학교를 제가 창안했던 한글필기체로 쓰면, 3획~4획이면 쓸 수 있지요."

"어디, 그러면, 한글필기체로 한 번 직접 써보세요."

"그러지요. 자, ∧ノ ㄴ (학교)"

"이건 일본 글자 같기도 하고 이상하네요. 어째서 이 글자가 학교라는 것인지요?"

"예, 기본 원리는 한글의 초성과 중성을 합쳐서 하나로 만든 것이지요. 우리가 4~5세 때, 처음 한글을 배울 때를 기억하고 있나요."

"예."

"어떻게 배웠나요. '바둑아, 바둑아, 이리 오너라' 식으로 문장을 통해 한글을 익혔나요. 아니면, '가갸거겨고교구규그기' 식으로 한글 자모음이 합쳐지는 원리를 중시하는 것으로 배웠나요?"

"글쎄요. '바둑아, 바둑아, 이리 오너라'로 한 것 같기도 하고요. '가갸거겨고교구규그기'도 많이 들어본 말이네요."

"제가 창안했던 한글필기체는 기본자가 '가나다라마바사아자차카타파하'입니다. 즉, 초성과 중성을 합쳐서, 간략히 한 것이지요. '하' 자가 '∧'자인 셈이지요. 기본자를 한글 필기체로 써보면 이렇게 됩니다."

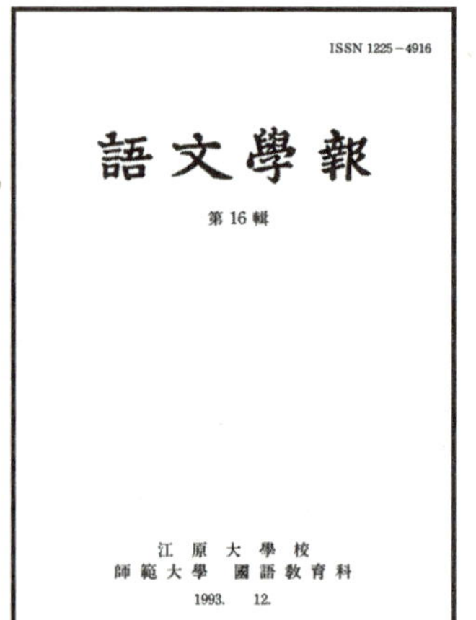

'가 나 다 라 마 바 사 아 자 차 카 타 파 하'

'가 갸 거 겨 고 교 구 규 그 기'

"보세요. 한글의 자음인 'ㄱㄴㄷㄹㅁㅂㅅㅇㅈㅊㅋㅌㅍㅎ'과 글자꼴이 비슷하여 쉽게 익힐 수 있고요. 여기에 글자의 방향과 길이로 뜻을 구분하고요. 받침자 7자를 작게 하여 그대로 사용하는 것이지요. 전문적인 용어로, 7종성법이라고 하고요. 또는 많이 쓰이는 받침자 7자를 따로 만들어 쓸 수도 있지요. 제가 1993년 강원대학교 사범대학 논문집인 어문학보(語文學報) 16집(輯)에 「한글필기체」를 사용하자' 라는 글을 발표한 적이 있고요. 한글날에 신문 사회면에 크게 발표된 적이 있습니다. 최희정 씨가 아마 그것을 보고 배웠을 수도 있네요.”

〈기본 응용자〉

가	갸	거	겨	고	교	구	규	그	기
나	냐	너	녀	노	뇨	누	뉴	느	니
다	댜	더	뎌	도	됴	두	듀	드	디
라	랴	러	려	로	료	루	류	르	리
마	먀	머	며	모	묘	무	뮤	므	미
바	뱌	버	벼	보	뵤	부	뷰	브	비
사	샤	서	셔	소	쇼	수	슈	스	시
아	야	어	여	오	요	우	유	으	이
자	쟈	저	져	조	죠	주	쥬	즈	지
차	챠	처	쳐	초	쵸	추	슈	츠	치
카	캬	커	켜	코	쿄	쿠	큐	크	키
타	탸	터	텨	토	툐	투	튜	트	티
파	퍄	퍼	펴	포	표	푸	퓨	프	피
하	햐	허	혀	호	효	후	휴	흐	히

“잠깐만요. 서가 어딘가에 논문집이 있을 것입니다. 보여 드리지요.”

꿈해몽 전문가라고 하더니, 오래전에 한글필기체를 창안했다니 놀라울 뿐이었다.

“아, 여기 있네요. 여기 165쪽을 보세요.”

구몽 박사가 보여준 논문집에는 〈기본응용자〉 라고 하여, 기본 140자의 한글필기체가 '가나다라마바사아자차카타파하'의 순서대로 보기 좋게 도표로 정리되어 있었다.

“조금씩 한글필기체 사용에 변화가 있을 수는 있습니다. 대충 살펴보니, 여기 꿈 일기장에 쓰여진 것도 한글필기체이고요. 조금 변형되었네요."

"박사님, 그러면, 여기 꿈 일기장에 쓴 글자를 우리 한글로 바꿔서 읽어봐 주실 수 있는지요?"

"그거야, 어렵지 않은 일입니다. 1~2분만 기다려주세요. 제가 창안했던 것과 기본 원리는 유사하지만, 조금 변형이 되었네요."

옆에서 고도혜 기자와 김 형사가 지켜보는 가운데, 구몽 박사는 확대경을 찾아 획의 변화를 살펴보면서, 종이에 무언가 옮겨 적고 있었다. 그것을 하나씩 읽어나가는 두 사람의 눈에 신기함과 놀라움, 두려움의 표정으로 변해갔다.

'혹시 죽음 예지 꿈이 아닐까? 어머니와 동생을 남겨두고 그건 안 돼!'

"박사님 여기 말이 사실인가요? 그렇다면 박사님이 아까 하신 말씀인 '흙탕물에 떠내려가는 꿈, 화려한 꽃가마를 타고 어디론가 가는 꿈, 까만 얼굴, 비쩍 마른 소' 등으로 미루어, 회사원 최희정이 죽을 수도 있다는 말과 일치하네요. 그렇다면, 회사원인 희정이가 '어쩌면 자신이 죽게 될지도 모른다'는 것을 알고 있었다고 보아야 하나요?"

"죄송하지만, 여기 희정 씨는 꿈에 관해서 어느 정도 일가견이 있었고요. 그렇다면, 꿈이 상징하는 바를 어렴풋하게 예지하고 있었을 겁니다. 이렇게 꿈의 예상 결과를 비밀문자로 적어놓은 것을 보면요. 혹시 어머니나 동생이 이 글을 보고 걱정할까 봐 이렇게 비밀 글자로 적어놓았다고밖에는 볼 수 없네요. 또한 놀랍게도 일본어의 낱말이나 문장을 한글필기체로 바꿔놓은 부분도 있네요. 희정 씨가 일본어도 독학으로 공부했다는 것을 알 수 있고요."

두 사람의 얼굴에 어두운 그림자가 드리워졌다.

"참, 박사님 여기 숫자 꿈인 〈 2003년 09월 20일 〉의 일기장 하단에도 한글필기체 같은 문자로 적혀 있는데요."

"예, 하지만 볼펜 색깔이 다른 것으로 미루어, 나중에 생각이 나서 자신의 의견을 추가해서 써놓은 것 같네요. 마찬가지 방법으로 읽으면 됩니다."

　　간밤 꿈은 이상했다. 숫자 꿈이었다. 20120 35280 단순히 숫자가 떠오르는 꿈이었다. --중략-- 다섯 자리 숫자와 관련된 것에 뭐가 있을까?

Ar usu.

'혹시 노래방---'

"노래방이라니요?"

"노래방에 가서 무엇을 살펴본다는 것인지요?"

"아, 알 것 같아요. 노래방에 가면 노래 선정할 때 곡번호 숫자들이 표시되어 있어요. 그것을 확인해보고 싶다는 뜻이 아닐까요?"

"제 생각도 그러네요. 희정 씨는 추정만 했지, 미처 확인은 못한 것 같네요. 서울 올라가시거든 노래방에 가서 한 번 확인해보세요. 그것도 노래방 기기마다 곡번호가 다른 경우가 있으니, 잘 살펴보셔야 해요."

"예, 사건의 단서를 찾는 데 도움이 되는 것이라면, 필히 찾아보아야지요."

"한글필기체로 거기다가 일본어도 사용하여 비밀일기를 쓴 것을 보니, 회사원 희정 씨가 저하고도 어떤 연관이 있네요. 부디 하루빨리 납치된 그녀를 구출해내기 바랍니다."

하지만 그렇게 말하는 구몽 박사의 얼굴에는 어두운 그림자가 어른거렸다. 아마도 꿈의 예지대로 어쩌면 희정의 죽음으로 실현될지 모른다는 생각을 하는 것 같았다.

"예, 하루빨리 구출해내는 것이 시급하네요."

"김 형사님, 사건과 관련된 부탁이 하나 있는데 들어주시겠어요?"
"예, 무슨 부탁이라도 하세요."
구몽 박사는 책장 밑의 서랍을 열더니, 여러 편지 묶음 속에서 하나의 편지 봉투를 꺼냈다.

"이 납치 사건이 해결된 뒤에, 다시 처리해주셨으면 하는 살인사건이 하나 있는데, 김 형사님이라면 믿고 말씀드리겠습니다. 원통하게 죽은 억울한 원혼을 풀어주시기 바랍니다. 자, 먼저, 여기 편지를 고도혜 기자와 함께 읽어보세요."

안녕하세요. 저는 서울에서 식당을 운영하고 있습니다. 구몽 박사님이라면, 제 말을 믿고 도움을 주실 수 있을 것 같아, 제 꿈 이야기를 들려드리고자 합니다.

1996년 9월 4일에 관악구 보건소에 간호과장으로 근무하던 54세의 여자가 실종되었습니다.

이 사고를 알기 전 꿈입니다. 어떤 젊고 예쁜 여자가 나타나, "자기는 어두운 데는 싫다고 하면서 자꾸 구해 달라."고 애걸을 했습니다. 꿈을 꾼 며칠 후에, 저는 벽보를 보고 그 사고를 알았고, 꿈과는 연관을 짓지 못했었습니다. 그리고 또 같은 꿈을 꾸었고, 기분이 몹시 나빴습니다.

9월 30일에 정말 우연히, 제가 경영하던 식당 지하실에서 실종된 여자의 시체를 발견해 경찰에 신고했습니다. 저는 시체를 발견할 당시 너무 놀랐습니다. 그 후유증으로 많이 아팠고, 무서워서 잠을 잘 이루지 못했습니다. 그런데 그 여자가 우리 지하실에 들어갈 아무런 사유도 없고, 또한 우리 식당을 이용하던 여자도 아니었습니다. 그리고 그곳이 떨어져서 사람이 죽을 만큼 높은 곳이 아닙니다. (높이 약 4미터)

경찰에서는 단순한 추락사고로 처리했고, 저희도 장사하는 데 지장이 있어서 이의를 제기하지 않았습니다.

그런데 10월 6일 꿈에 그 여자가 다시 나타나, "저에게 꺼내 주어서 고맙다."고 하면서, "몹시 배가 고프다."고 했습니다. 그런데 이상한 일은 꿈속에 나타나는 여자는 죽은 여자보다 더 젊고 예뻤습니다. 그제야, 꿈에 나타나던 여자가 죽은 사람이라는 것을 알았고, 꿈에서도 너무 궁금한 저는 "그곳엘 왜 들어갔으며, 어떻게 된 거냐?"라고 했더니, 그 여자는 한참을 망설이다 "어떤 뚱뚱한 젊은 남자가 자기를 그곳으로 끌고 들어가 주먹으로 막 때리더니, 그곳으로 밀어 넣었다."고 했습니다.

"내가 그 남자를 잘 아는 사람이냐?"고 물었더니, 대답을 안 하더군요. 대답을 안 했지만, '아주 잘 알고, 또 말하기 곤란한 일이 있나 보다'고 생각하며 꿈을 깼습니다.

그 꿈은 제게 너무나 무서운 꿈이었습니다. 그 후 또 꿈을 꿀까 봐, 잠자리가 두려웠습니다. 그때는 그 생각을 될 수 있으면 안 하려고 애를 썼는데, 지금 가만히 생각을 해보니, '그 여자와 잘 알고, 그 죄를 감추고 싶을 만큼 친한 사람이 누굴까?' 자꾸 궁금합니다.

서울에서, 식당 주인이

"예, 박사님이 이렇게 편지봉투와 편지까지 보여주시는데, 꾸며낸 이야기가 아니고, 실제로 보내온 편지임이 틀림없네요. 오늘 박사님에게 꿈에 관한 이야기를 듣다 보니, 제가 보기에도 꿈속에 나타난 뚱뚱한 남자가 범인일 가능성이 높네요?"

“예, 저는 확신합니다. 식당 주인의 꿈속에 나타난 뚱뚱한 남자야말로 여자를 죽인 범인이라는 것을---.”

고도혜 기자는 편지글을 읽고 난 후에, 전율감에 몸을 떨었다. 어쩌면 자신의 꿈에 나타난 그녀도 자신에게 사건의 해결을 부탁하는 것으로 느껴졌다. 또한, 편지글의 진실성으로 미루어, 실제로 일어난 일임을 믿어 의심치 않았다.

“김 형사님! 납치 사건을 해결한 후에, 이 사건을 재조사하여 원혼을 풀어드리는 것이 어떻겠어요?”

“당연히 그래야지요. 제가 보기에도 석연치 않은 점이 있습니다. 단순한 실족사라기보다는 내연의 관계였거나, 기타 어떤 이유로 죽인 것 같아요. 수사 과정에서도 사건 해결의 의지보다는, 무마하려고 애쓴 것 같고요. 아주머니가 꿈을 꾼 것도 박사님에게 말씀을 들은 아랑의 경우에서처럼, 억울한 원혼을 풀어달라고 나타난 것일 수 있지요. 식당 아주머니도 그런 점에서, 양심의 가책을·받다 못해 구몽 박사님에게 꿈의 비밀을 털어놓으신 것이고요.”

“예, 벌써 제가 편지를 받은 지 10여 년이 지났지만, 오늘 김 형사님과 고도혜 기자분이 여기에 오시게 된 것도, ‘억울하게 죽은 원혼이 여기로 이끌어 오지 않았나’하는 생각이 드네요. 꼭 사건을 재수사하여 주세요?”

“예, 최선을 다해서 꼭 해결하도록 하겠습니다.”

“음덕을 쌓으면 복을 받을 것입니다. 제가 관상, 아니 체상(體相)을 조금 볼 줄 압니다. 김 형사님은 성실하시고 강직하신 면도 있으셔서, 수사관으로서 장차 높은 직위에 오르실 것이네요. 부디 납치 사건을 해결하신 후에, 이 억울한 살인사건을 해결하셔서 음덕을 쌓아 높은 직위에 오르시기 바랍니다.”

어느덧 시나브로 석양에 물든 저녁 하늘이 더한층 신비롭게 느껴졌다. 이제는 일어나 서울로 돌아가야 할 시간이었다.

"박사님, 오늘 정말 좋은 말씀 많이 들었습니다. 이제 그만 가봐야겠어요. 저희가 자그마한 선물을 준비했는데, 마음에 드실는지요. 혹시 요긴하게 쓰시기 바랄게요."

고도혜 기자가 내민 것은 USB 저장 장치였다. 저술 활동 등 컴퓨터를 많이 사용하는 구몽 박사에 대한 배려로, 그녀가 준비해 온 것이었다.

"아니, 이런 건 안 주셔도 되는데---. 감사합니다. 요긴하게 잘 쓰겠습니다. 조심히 올라가시고요. 여기 모처럼 오신 김에, 제가 출간한 책 가운데 최근에 낸 책인 로또(복권) 당첨 등 행운이 찾아온 사람들의 꿈 체험기를 적은 『로또복권 당첨 꿈해몽』 책을 선물로 드리겠습니다. 두 분이 어울리는 한 쌍이네요. 두 분이 좋은 인연을 맺으시라고, 책은 하나만 드립렵니다."

구몽 박사는 미리 준비해두었다는 듯이, 책장에서 사각봉투 속에 넣어둔 책을 꺼내 들어 무언가를 다시 써넣고는 건너 주었다. 아울러 서가에서 하늘색의 박사 논문집을 꺼내어 함께 넣어 주는 것이었다.

서울로 돌아오는 차 안에서, 김 형사는 고도혜 기자와 여러 가지 인간적인 이야기를 나누었다.

"도혜 씨. 오늘 구몽 박사님이 거처하시는 자연 속에서 함께 한 시간이 정말 좋았네요. 경춘가도의 차창 가로 보이는 아름다운 자연도 좋았고요."

"예, 정말 좋았어요."

"그리고 구몽 박사님 말이에요. 꿈해몽 전문가인 줄 알았더니, 한글필기체 창안 등 유별난 데가 있네요?"

"예, 마음만 먹으면 10분이면 글자 원리를 깨쳐서 바로 쓸 수 있겠던데요. 다른 사람이 쉽게 읽어볼 수도 있고요."

"어찌 보면 남들이 생각하지 못하는 것을 창의적으로 해보고자 하는 그 정신 자체가 중요한 게 아닐까요? 정말로 우리 한글도 필기체가 있어, 보다 빨리 쓸 수 있게 되면 좋겠어요."

"예, 그렇지요. 도혜 씨! 우리 적당한 곳에서 저녁 식사를 하고 올라가는 것이 어떨까요? 저기 도로변 안내에 있는 '시골 밥상'이라는 곳에 들러 저녁을 하는 것이 어때요?"

둘은 한적한 식당에서 저녁 식사를 하였다. 청국장과 함께 토속적인 음식이 입맛을 돋우었다. 둘은 차가 더 막히기 전에 서울로 올라가는 것이 낫겠다고 여겨, 이내 출발하였다.

"김 형사님! 운전하느라 피곤하시지요? 더구나 식사 후에 차에 타면, 옆 좌석에 있는 사람이 여러 이야기를 해주는 것이 매너라고 하더군요. 제가 재미난 옛날 이야기해드릴까요? 저 역시 학교 다닐 때 국어 선생님에게 들은 이야기인데요."

"해보세요. 저는 도혜 씨가 하는 어떤 이야기든지 다 좋아요."

"그런데 도혜 씨?"

"예,-----"

"이렇게 우리 단둘이 있을 때는 이름을 불러주시면 안 될까요. 김 형사님! 그러니까 너무 사무적이고 딱딱한 것 같아서요."

김 형사가 슬그머니, 고도혜 기자의 허벅지에 오른손을 올려놓으며 말했다. 그녀 역시 모르는 척 받아들이고 있었다. 김 형사는 그냥 그녀의 허벅지 위에 손을 올려놓은 것만으로 좋았다. 그녀와 가까워지고 있다는 사실 그 자체가 그의 마음을 들뜨게 하였다. 그러면서 김 형사는 그녀의 허벅지 위에 놓인 손에 약간의 힘을 가해, 치맛자락 속으로의 그녀의 체온을 느끼고 있었다.

"아이, 참~, 예, 복~진 씨"

고도혜 기자가 다소 쑥스럽게 애교 띤 목소리로 말했다.

"옛날에 농가에서 가장 귀히 여기는 것이 무엇인지 아세요?"

"글쎄요. 볍씨 아닌가요? 속담에, '농부는 굶어 죽어도 볍씨만은 베고 잔다' 고 했는데요."

"아뇨. 너무나 소중해서 식구처럼 여겼는데요?"

"알았어요. 소!"

"그래요. 그런데 그렇게 애지중지 키우던 소를 어떤 놈이 훔쳐갔는지, 잃어 버린 거예요. 허겁지겁 온 마을을 다 찾아다녀도 소를 찾을 길이 없었지요."

"그래서요?"

"그러니 그 모습을 본 어떤 사람이 마을에 용한 점쟁이를 일러주면서, 가서 점을 쳐보라고 한 거지요. 물에 빠진 사람이 지푸라기라도 잡는다고, 할 수 없 이 점쟁이에게 찾아가 점을 쳤지요."

"그랬더니, 점쟁이가 뭐라고 그랬어요?"

"글쎄, '어디 어디에 가면 소가 있느니라' 가 아니고요. 희한한 점괘를 일러 주는 거예요."

"어떤 점괘였는데요?"

"내일 아침 일찍 일어나서 도시락을 준비해서, 죽을 힘을 다해서 인접 마을 로 난 고개를 뛰어 올라가라는 거예요. 뛰어 올라가다 보면, 똥이 마려울 터이니, 그러면 숲 속으로 들어가지도 말고, 똥이 마려운 바로 그 자리에서 도시락을 먹으면서 똥을 누게 되면, 소를 찾을 수 있게 된다는 것이었어요.”

“정말로 해괴한 점괘네요. 무슨 점괘가 그래요?”

“글쎄 소를 찾고 싶으면 시키는 대로 하라는 것이었어요. 싫으면 말고---.”

“그래 집에 와서 가만 생각하니, ‘용하다는 점쟁이이니, 일단은 시키는 대로 해보아야겠다’ 마음을 먹었지요.”

“아니, 무엇보다도 소를 찾을 수 있을 것이라는 말을 믿어보고 싶었겠지요?”

김 형사가 옆에서 한마디 거들었다.

“그래 아침에 일어나서 도시락을 준비해서, 고개 위로 막 뛰다시피 하면서 올라갔지요. 고개를 거의 다 올라갔는데, 정말로 똥이 마려운 거예요. 그래서 점쟁이가 시킨 대로 바로 그 자리에서, 숲 속으로도 들어가지 않고 길가에서 똥을 누면서, 도시락을 꺼내 밥을 먹기 시작했지요. 다행히 이른 아침이라 지나가는 사람이 없었어요. ‘제발 누가 오지 마라’ 하는 마음으로 똥을 싸면서 밥을 먹고 있는데, 순간 고개 저편에서 누군가 나타난 것이지요.”

“어쩌겠어요. 바지를 추켜올릴 수도 없고, ‘에라이 모르겠다’ 하면서, 그냥 똥을 싸면서 밥을 먹고 있었지요.”

“한편, 이른 아침에 고개를 넘어오던 나그네가 보니까, 길가에서 웬 사람이 똥을 싸면서 밥을 먹고 있는 희한한 광경을 보게 된 것이지요. ‘이거야 원, 여우가 둔갑한 예쁜 여자도 아니고---, 자신이 잘못 보았는가 해서 몇 번을 눈을 씻고 보아도, 틀림없이 똥을 싸면서 밥을 처먹고 있는 게 아니겠어요.”

그러더니, 지나가면서 혀를 쯧쯧 차면서 하는 말이,

“참, 살다 살다 보니 별꼴을 다 보네, 길가에서 똥을 싸면서 밥을 처먹는 놈이 있지 않나, 방안에다 소를 끌어다 놓고 키우는 놈이 있지를 않나.” 하면서, 혼잣말하며 지나가는 거예요.

그 순간, 똥을 싸며 밥을 먹던 중에, ‘소’라는 말에 귀가 번쩍 뜨이는 것이었지요. 이에 급히 바지를 추켜올리고 따라가서는,

“여보슈, 잠깐만요. 사실은 나야 급한 사정이 있어서 똥을 싸면서 밥을 먹었소만, 도대체 어떤 놈이 방안에다 소를 가둬 두고 키웁니까?” 하니,

이에 지나가던 사람이 말하기를,

“고개를 넘어오기 전에, 산 밑에 외딴집이 한 채 있는데, 거기를 지나오다 보니, 소를 강제로 집안에 들이고 방에다 소를 키우고 있습디다.”라고 말하는 것이었어요.

“알았수다. 고맙수다레.”

이에 휘익 고개를 넘어 그 집을 찾아가니, 바로 소도둑놈의 집으로, 소를 훔쳐간 도둑을 잡고 소도 찾았다는 이야기이지요.

“재미있네요. 처음에는 점쟁이가 일러준 점괘가 황당해 보였는데, 마치 앞으로 어떤 일이 일어날 것을 내다보고서 일러준 말처럼 되었네요.”

“예, 구비전승되어 오는 이야기들을 모은 『구비문학대계』라는 책에 나오는 이야기라고 하더군요. 점쟁이의 점괘를 믿으라는 미신적인 이야기가 아니라, 사건이 어떻게 해결되는지를 살펴보아야 할 것이네요.”

“예, 학생이나 젊은이들이 이러한 선인들의 이야기에 관심을 지녀야 하는데, 요즈음 학생들이 영어 공부나 할 줄 알았지, 이렇게 선인들의 여러 옛날이야기에 관심을 두지 않는다는 것이 안타까울 뿐이네요.”

“예, 정말 그래요. 저도 기자를 하면서 안타까운 것이 있어요. 선인들의 올

곧은 정신만은 지키면서, 외래문화를 주체적으로 받아들여야 하는 데, 요즈음 너무 외래문화에 경도(傾倒)되어 가고 있는 현실이지요. 대부분의 노래 가사에도 영어가 중간마다 섞여 있어서, 북한의 학생들이 듣는다면 '남한은 미제의 식민지'니 어쩌구저쩌구의 말처럼 받아들이지 않을까 걱정이에요."

"예, 정말 그래요."

"복진 씨, 이번에는 제가 문제 하나 낼 테니 맞춰보세요. 국어 실력 테스트에요."

"어려운 문제인가요?"

"아뇨, 저는 그렇게 어렵다고 생각하지 않고, 당연하다고 여기는데, 의외로 사람들이 잘 모르고 있더라고요."

"궁금하네요. 내 보세요?"

"혹시, 혼인(婚姻)과 결혼(結婚)이라는 말의 차이점을 아시나요?"

"같은 뜻이 아닌가요? 하기야 말이 다르니, 무언가 차이점이 있겠지요?"

"예, 서로 달라요."

"잘 모르겠는데, 혹시 법적으로 여러 사람을 모아놓고 식을 올리는 것은 결혼이고, 그냥 식을 올리지 않고 같이 사는 것은 혼인했다고 하는 것인가요."

"--푸훗, 아니네요."

"차아--암, 이거 부끄럽네요. 어떻게 다른가요?"

"많은 사람이 잘 모르더군요. 혼인(婚姻)은 우리나라 한자어이고, 결혼(結婚)은 일본식 한자어지요. 오늘날 결혼이라는 말을 많이 쓰는데, 우리 선조들은 혼인이라는 말을 썼지요. 우리말 가운데 일본말이 들어와 쓰이다 보니, 어느새 우리 한자어를 밀어내고 일본식 한자어가 사용된 경우이지요."

"아이고, 내가 도혜 씨가 한문교육과 출신이라는 것을 깜박했네요."

시간은 절대적인 것이 아닌 상대적인 것으로, 차는 어느덧 서울 시내에 들어서고 있었다. 김 형사는 운전하면서도 지루함도 느끼지 못하고, 오히려 서울에 도착해서 고도혜 기자와 헤어지게 되는 것이 아쉽게만 느껴졌다. 다른 차들은 무엇이 바쁜지 하나같이 쏜살같이 나아가고 있었다. 하지만 김 형사는 여유롭게 차를 운전하고 있었다.

김 형사와 함께 한 오늘, 고도혜 기자는 새삼스럽게 김 형사와 인연을 맺게된 것에 대하여 하늘에 감사하고 있었다. 많은 이야기를 주고받는 가운데, 어느덧 차는 서울 시내에 들어와 있었다. 시간은 밤 10시를 넘어서고 있었다. 김형사는 차를 몰아 고도혜 기자의 아파트에 바라다주었다.

"복진 씨, 오늘 함께 해주어서 아주 고마웠어요."

"아뇨. 덕분에 저도 보람 있는 하루였어요."

"구몽 박사님에게 받은 책은 제가 먼저 읽어볼게요."

"그래요."

"오늘은 늦었으니, 이만 쉬고요. 다음에 정식으로 제 방에서 커피라도 한잔대접할게요."

그녀는 안전띠를 풀면서, 그녀 자신이 먼저 돌발적으로 그의 입술에 살짝 자신의 입술을 가져갔다. 놀란 김 형사가 멈칫하는 사이에, 고도혜 기자는 어느새 자동차 문을 열고 아파트 안으로 팔짝팔짝 들어서고 있었다.

김 형사는 입술에 뭉클한 감촉의 여운을 느끼면서, 사랑의 미약을 마신 것처럼 한동안 멍한 기분이었다. 그는 바로 자동차를 출발시키지 않았다. 그로서는 그녀가 아파트 건물의 어디에 사는지 살펴보고자 하는 마음이 더 있었다.

이윽고, 7층의 오른쪽 창문으로 불이 들어오는 것이 보였다. 그녀였다.

올려다보는 그의 눈앞에 창문이 열렸다. 그녀가 손을 흔들고 있었다. 아니, 이제 그만 돌아가라고 손짓을 하고 있었다. 김 형사는 차를 출발시켰다. 자신도 이제는 누군가 사랑할 사람이 있다는 것, 자신과 함께 인생길을 걸어가야 할 사람을 만났다는 사실이 더없이 기쁘게 생각했다. 김 형사는 자신의 모든 역량을 동원해서, 하루빨리 이 사건을 해결하고 그녀와의 달콤한 데이트를 이어 나가야겠다고 마음을 먹었다.

고도혜 기자는 몸을 씻고 침대에 누워, 구몽 박사로부터 받은 책을 꺼내 들었다. 논문집에는 한자와 한시가 많이 나와 있어서 쉽게 읽어볼 수 있는 것은 아니었다. 또 하나의 책에는 책 표지에 돋을새김의 금박으로, '로또(복권) 당첨의 꿈해몽'이라 적혀 있었다. 책은 커다란 판형에 글자 포인트도 커서, 읽기에 아주 좋았다. 아마도 글이 잘 보이지 않는 나이 드신 분들을 위한 배려로 보였다. 종이 지질도 최상급이었으며, 곳곳에 삽화가 들어있어 이해하기도 좋을 듯싶었다.

책을 한 장 넘기자, 속 표지에는 구몽 박사의 친필 사인으로 '몽몽(夢夢)'이 쓰여 있었고, 그 아랫부분에 다음과 같은 글이 써 있었다.

"두 분이 연리지와 비익조의 인연으로 맺어지기를 소망하며---."
ps. 편지 내용을 기억하시고, 원혼을 달래주소서.

2003.10.18. 몽생몽사 洪 淳 來.

고도혜 기자는 꿈을 연구하다 보면, 꿈과 관련되어 일어나는 온갖 일이 많음에도, 식당의 지하에서 억울하게 죽은 여자의 영혼을 달래주고자 하는 구몽 박사의 간절한 바람을 새삼스럽게 느낄 수 있었다. '구몽 박사님과의 약속대로 납치 사건이 해결된 후에, 이 사건을 해결하리라' 굳게 다짐을 하며, 책장을 넘겨보았다.

다양한 목차와 함께 로또(복권)에 당첨된 사람들을 비롯하여 재물운이나 부동산과 주식투자에서 행운이 찾아온 사람들의 실증 사례와 함께 해설이 소개되어 있었다. 부록으로 '꿈에 대한 이해와 해설'이 실려 있었는 바, 그녀가 궁금해하던 꿈에 관한 모든 것이 명쾌하게 해설되어 있었다.

과연 구몽 박사님의 말씀처럼 제 3의 납치 사건이 일어날 것인가? 그렇게 된다면, 이번에는 보다 확실한 단서를 잡을 수 있을 것으로 생각했다. 고통받고 있을 그녀들을 위해, 하루빨리 구출해내는 것이 자신이 해야 할 일이라 여겼다.

'또한 제 3의 납치 사건이 일어난다고 하더라도, 한 여자는 정말로 구출될 수 없다는 것인가?' '과연 꿈의 예지대로 이루어진다면, 그러한 꿈의 세계는 도대체 무엇이란 말이며, 우리는 그러한 예지적인 꿈을 어떻게 받아들여야 한다는 말인가?

고도혜 기자는 알 수 없는 신비로운 세계인 꿈에 대해서, 부정도 긍정도 할 수 없는 자신을 되돌아보았다. 이제 꿈의 예지대로 이루어진다면, 꿈을 어떻게 대해야 할지---. 구몽 박사님 말처럼, 아니 최희정처럼, 자신도 꿈 일기를 써 보아야겠다고 생각했다.

또한, 지켜보면 볼수록 김 형사의 사람됨이 괜찮음을 느끼며, 그와의 장래를 약속한 앞날을 생각해보면서, 침실의 불을 껐다.

제 18장

삼현 그룹 창립 축하연에서의 접대

2003.10.18. 토요일 09:00~22:00 납치 당일

하연이 구덩이에 떨어져 뱀들에게 시달리는 꿈을 꾼 지가 어느덧 보름이 되어 가고 있었다. 그동안 그녀에게는 무척 바쁜 나날이었지만, 다행히 아무 탈 없이 무사히 지나가고 있었다. 역시 꿈이란 못 믿을 것이며, 자신이 꾼 꿈은 개꿈이라고 생각했다.

하지만 어젯밤에 몽순이와 전화로 주고받은 이야기 중에, 몽순이가 한 말이 내내 께름칙했다. 몽순이가 말한 '나쁜 꿈은 하루빨리 일어나는 것이 좋다. 더 나중에 일어날수록 커다란 일로 실현된다'라는 말이 자꾸 마음에 걸리는 것이었다.

'꿈은 한낱 미신일 뿐이야' 하면서도, 가슴속 불안감은 점점 커지는 것을 하연 자신도 어쩔 수 없었다.

밖에서 매니저가 찾는 소리가 들려왔다. 매니저의 얼굴은 평소와는 달리 긴장한 모습이었다. 수첩에 적힌 오늘의 스케줄을 보여주며 이야기하면서, 평소와는 달리 하연의 눈치를 보는 것이었다.

특이한 것은 여느 때와는 달리 저녁때까지의 영화촬영 이후로, 저녁 이후의 시간은 비워져 있었다. 하연은 다행이라 여겼다. 때마침 오늘은 보디가드인 인혁도 아버지의 제사로 인하여, 고향에 내려갈 예정이었다. 모처럼 휴식을 취하면서, 오늘은 '구몽 박사의 꿈해몽' 사이트에 들어가서, 꿈에 관한 글을 여러 가지 살펴보리라 마음먹었다.

하지만 하연은 매니저의 얼굴에 미묘한 웃음이 지나가는 것을 알아차릴 수가 없었다.

바쁜 영화 촬영 일정에 하루해가 저물어 끝날 무렵, 모처럼만에 일찍 집으로 돌아오나 했다. 하지만 촬영이 끝나갈 무렵, 영화사 제작부장이 던진 한마디의 말은 그녀로 하여금 아침에 본 저녁 일정이 비워져 있었던 까닭을 알게 하기에 충분하였다.

"하연이 잠깐! 할 말이 있어."

"예, 무슨 일이신데요. 말씀해 보세요?"

"오늘 내 부탁을 들어주지 않으면, 곤란한 처지가 되어서 하는 말이야. 삼현 그룹의 송 회장님이 영화에 모든 자금을 지원해주기로 했는데, 바로 오늘 삼현 그룹의 회사 창립 기념일이야. 지금 남한강변의 송 회장의 별장에서 축하연이 있는데, 다들 하연이만 오기를 기다리고 있어."

"하연이가 오늘 참석하지 않게 되면, 나 자신도 내일부로 영화제작을 그만두어야 할지 몰라. 지금 회사 사정도 몹시 어려운 것 잘 알지. 이번의 영화제작 지원 자금도 실은 하연이를 주인공으로 내세워 어렵사리 얻어낸 것이야. 어쩌면, 이번에 출연하는 새로운 영화가 제작되지 않을 수도 있어."

이미 매니저는 제작부장의 이러한 말이 있게 될 것을 알고 있는 눈치였다. 뒤돌아서서 구두끈을 매만지며 딴짓을 하는 그가 얄밉게 느껴졌다. 순간 그녀는 망설였다. 여태껏 다른 사람들의 수많은 그러한 제의에 한 번도 응하지 않았지만, 그녀가 오늘날의 위치에 이르기까지 많은 도움을 준 그의 부탁을 외면할 수만도 없었다.

그는 지나치리만큼 고지식하면서 양심적인 사람이었다. 언젠가 영화 시사회 모임의 술좌석에서 그와 친했던 주변 동료가 이야기하여 알게 된 것이지만, 그에게 오래전부터 파격적인 대우로 방송사 PD로의 스카우트 제안이 들어왔으나, 그는 그 모든 것을 마다하고, 오직 영화 제작의 길만을 고집하고 있었다. 그야말로 영화제작 자체에 그 자신의 인생을 내던진, 영화를 사랑하는 열정이 넘쳐나고 있는 사람이었다. 영화제작 자체가 그의 삶의 목적이었다. 하연은 그러한 그가 측은하게까지 느껴졌다.

반면에 송 회장은 생각하기도 싫은 사람이었다. 나이 60세로 한국에서 내로라하는 기업의 회사 총수이지만, 여자관계에서만큼은 온갖 나쁜 소문이 떠도는 것을 들어왔던 것이다. 그녀는 저번 명품 백화점 개관 기념행사에서 처음으로 송 회장을 대했지만, 자신의 몸매를 훑어내려 가던 송 회장의 구렁이 같은 탐욕스런 눈길을 생각하고는 인상을 찌푸렸다.

매니저를 통해 들은 이야기였지만, 대선그룹의 장 회장과 더불어 연예계에서 그들의 손에 넘어가지 않은 연예인이 없다는 것은 아는 사람은 다 아는 공공연한 비밀이었다.

장 회장 역시 자신의 회사 광고 모델로 하연을 촬영한 이후에, 하연의 신선한 이미지가 기업이미지 제고에 엄청난 영향을 주었다면서, 사례를 핑계 삼아 지금 자신이 타고 다니는 에쿠스 자가용을 선물로 보내온 것이다. 물론 정중하게 거절해서 돌려보냈지만, 담당자가 자신의 목줄이 달렸다고 아침저녁으로 집 앞에서 기다리면서 계속되는 요청에 도저히 견딜 수가 없었다. 하기야 주변에서는 재벌회장과 연줄을 잡지 못해, 은근하게 애를 쓰고 있는 동료 탤런트들이 많이 있었다.

하지만 하연은 이러한 연예계의 뒷거래에는 일체 거리를 두고 있었던 것이다. 더구나 지금까지, 그것이 가능했던 것은 하연에게는 오늘의 그녀를 있게 한 노 회장이 뒤에서 든든한 바람막이가 되어 주고 있었다. 연예계에 웬만한 사람들은 하연의 뒤에 노 회장이 돌보아주고 있다는 것을 다 알고 있었다. 노 회장은 재계와 정계에서도 오랫동안 두터운 인맥을 쌓아오고 있었기에, 여러 방송사 PD나 권세 있고 영향력이 있는 여러 사람도 하연만큼은 쉽게 대하지 못했던 것이다.

그러다 보니 주변에는 강제적인 납치 등의 어떠한 추악한 짓을 벌여서라도, 하연을 어떻게 해보려고 하는 늑대 같은 추악한 인물들이 넘쳐나고 있었다. 심지어 그들 간에는 먼저 하연과 하룻밤을 보내는 사람에게 1억 원의 거액을 내놓기로 하는 등의 공공연한 내기가 걸려있을 정도였다.

송 회장의 삼현 그룹 회사 창립 기념일 모임에 안 갈 수 없는 형편이었지만, 하연은 요즈음 언제부터인가 왠지 모를 불안감에 휩싸여 있었기에, 오늘만큼은 일찍 들어가고도 싶었다.

그러한 불안감이 어디서 오는지 잘 알 수 없었지만, 호시탐탐 자신을 어떻게 해보겠다고 노리는 사람이 있을 것 같은 막연한 생각에, 알 수 없는 불안감에 시달리고 있었던 것이다.

연속되는 최근의 안 좋은 꿈 때문인지 하연은 마음이 내키지는 않았지만, 오늘만큼은 제작부장의 말대로 행사 모임에 참석할 수밖에 없다고 생각했다. 그나마 다행인 것은 오늘날의 그녀를 있게 해준 노 회장도 함께 초청되어 있어, 자리를 함께할 것이라 했다.

　강변의 언덕에 자리 잡은 호화로운 저택이었다. 중앙에 시원스럽게 솟아오르는 분수를 둘러싸고 넓은 잔디밭이 펼쳐져 있었으며, 이름 모를 나무와 온갖 꽃들로 가득 차 있었다.

　가을의 밤하늘에는 무수한 별이 쏟아질 듯이 빛나고 있었다. 저택의 한편으로는 흘러가는 강물 위에 희고 밝은 달빛이 물결에 반짝이고 있어서, 신비스러운 분위기를 자아내고 있었다. 이따금 개똥벌레도 날아다니고 있었다. 문득 과학 시간에 들은 이야기가 생각났다. 개똥벌레가 날아다니는 곳은 청정지역이라고, 개똥벌레의 유충은 맑은 물에서 자라는 달팽이를 잡아먹는다고---.

　신선한 꽃내음이 바람결에 날려올 때면, 하연은 자신도 모르게, '이런 집에서 살아보았으면' 하는 마음이 들 정도였다.

　만찬 자리는 화려했으며, 사설 경호원인 듯한 건장한 청년들이 여기저기 서 있었다. 까만색의 연미복으로 옷을 입은 여러 연주자의 은은한 선율이 깔리는 가운데, 저택의 가든파티장은 노 회장을 비롯한 사회 저명인사들로 넘쳐 났다. 그중에는 자신 말고도 몇몇 연예인들도 눈에 띄었다. 모두 하연처럼, 여기 이 자리를 축하한다는 명목하에, 붙들려와 있는 것 같았다.

　송 회장에게 한두 잔의 술잔을 권하고 손목을 잡히면서까지, 그때마다 제발 이번 한 번만이라고 애절한 눈짓을 보내던 제작부장이 아니었더라면, 하연은 몇 번이고 자리를 뿌리치고 나오려고 했는지 모른다. 사실 외국영화에 밀려, 영화산업이 어려움에 처한 상황에서, 유력한 후원자요 재력가인 송 회장의 비위를 거스를 수는 없는 형편이었다.

저녁 7시부터 시작된 삼현 그룹의 창립 축하의 가든파티는 밤 10시가 지나
서야 술자리가 끝났다. 하지만 노 회장이 웃으면서 하연의 어깨를 두드리며
먼저 떠나가고, 매니저가 다가와 귀띔하기 전까지, 하연은 앞으로 펼쳐질 일
을 모르고 있었다. 진정한 술자리는 이제부터라는 사실을---.

하연은 매니저로부터 2층으로 자리를 옮기게 될 것이며, 1시간여만 있다가
가면 될 것이라는 귀띔을 받았다. 그러나 하연을 제외한 다른 연예인들은 별
장에서 밤을 지새우게 될 거라고 했다.

그랬다. 만찬 연회가 끝난 것이 아니라, 진정한 연회는 그때부터 시작이었
다. 하연과 같이 왔던 노 회장을 비롯한 초청 되어 왔던 대부분의 사람이 돌아
갔지만, 하연을 비롯한 몇몇 연예인은 송 회장을 비롯한 주요 인사들을 따라,
2층의 룸으로 자리를 옮겨야 했다.

2003.10.18. 토요일 22:00

한편 그 무렵, 인혁은 아버지의 제사를 마치고, 늦은 저녁을 먹고 있었다. 때
마침 하연이 나오는 TV 광고방송을 보면서, 새삼 그녀가 소중하게 느껴졌다.
그녀의 보디가드를 하고 있지만, 처음 그녀를 보았을 때부터 그의 가슴속에는
소중한 연인 이상으로 자리를 잡고 있었던 것이다. 가까이 있을 때는 몰랐으
나, 오늘 이렇게 멀리 떨어져 있으니 더더욱 그녀가 보고 싶어졌다.

오늘 오후에 매니저로부터 연락받아, 하연이 삼현 그룹 회사창립 축하연에
불려 가 있는 것을 알고 있었지만, 왠지 모르게 마음이 무겁게 느껴지는 것 같
았다. 요즈음 들어서 하연도 많이 불안해하고 있는 것이다.

"어머니, 저 죄송하지만, 지금이라도 올라가 봐야 할 것 같아요?"

"아니, 이 시간에 서울로 다시 올라간다니---, 서울에 급한 일이라도 있니?

차도 다 끊겼을 텐데---.”

“아뇨, 급한 일은 아니지만, 자꾸 마음에 걸려서---.”

“얘야, 모처럼 고향에 내려왔으니, 오늘밤 이야기나 더 나누고, 내일 아침에는 아버지 묘소도 들러보고 올라가는 것이 어떻겠니?”

인혁은 어머니의 간절한 부탁을 외면할 수만도 없었다. 남편을 일찍 떠나보내고, 힘겨운 삶 속에 아들 하나를 바라보면서 살아오신 어머니였다.

‘그래, 설마 오늘밤 뭔 일이야 일어나려고---’

인혁은 어머니와 못다 한 이야기를 나누다가, 일찍 잠자리에 누웠다.

2003.10.18. 토요일 23:00

하연을 비롯한 몇몇 아가씨들을 경호원인 듯한 건장한 청년들이 정중한 안내를 했다. 아니 어찌 보면 안내라기보다, 어디로 달아나지 못하게 감시를 하는 듯했다. 2층의 입구에도 건장한 두 청년이 서 있었다.

문을 열고 들어간 2층의 방은 호화롭다 못해 사치스러웠다. 하연으로서는 처음 보는 것들이었다. 바닥이 전부 이탈리아산 대리석으로 반짝거리고 있었으며, 천장의 샹들리에는 화려한 불빛을 내뿜고 있었다. 드넓은 직사각형의 테이블 위에는 각종 양주와 이름 모를 진귀한 과일 등이 차려져 있었다. 테이블 중앙은 한두 평의 공간이 비워져 있었으며, 두 사람이 같이 블루스를 춰도 될 정도로 넓었다. 하지만 하연이 테이블이 넓은 이유를 알게 되기까지는 오래지 않았다.

송 회장이 경호원에 인도되어 온 하연을 보자, 호탕하게 웃으면서 반기었다. 그가 이 모임의 주빈으로서, 앉을 자리를 안내하기 시작했다. 하연 자신의 자리는 공교롭게도 하연이 싫어하던 삼현 그룹 송 회장의 왼쪽 옆자리에 마련되었다. 벌써 송 회장의 오른쪽에는 주홍색의 블라우스에 허벅지를 드러낸 짧은 치마를 입은, 이름 모를 미모의 여성이 앉아 있었다. 블라우스의 윗부분의 단추는 두 개가 벌써 풀어져 있어, 옆으로 그녀의 가슴이 드러나 보였다.

하연은 자리를 둘러보았다. 맞은 편 다른 한쪽에도 호남형의 중후한 남자 옆에 날렵한 두 젊은 여자가 좌우로 앉아 있었다. 오른쪽으로는 대선그룹의 장 회장이 앉았다. 왼쪽으로는 거들먹거리는 대머리의 배불뚝이 남자가 앉아 있었다.

남자는 모두 넷이었으나, 여자는 자신을 포함하여 두 명이나 많은 여섯이었다. 신문이 어쩌고저쩌고 하는 말투로 보아 배불뚝이 남자는 모 신문사 사장 같았다. 맞은 편에 앉은 한 남자는 누구인지 알 수 없었으나, 송 회장이나 장 회장이 그에게 깍듯이 대하는 것으로 미루어, 정부 고위직에 있는 인사 같았다. 그에게는 송 회장과 마찬가지로 미모의 여대생인 듯 아리따운 두 젊은 여자가 좌우에 나란히 앉아 있었다. 그녀들은 경쟁적으로 남자에게 애교를 부리며, 서로 자신들이 먼저 그를 유혹하려 했다.

자리를 함께한 연예인 가운데, 얼마 전에 모 영화에 같이 출연하며 알게 된, 피부가 눈꽃 같고 하얀 옥 같아서 설옥(雪玉)이라는 예명으로 불리우는 이미현이 앉아 있었다. 그녀의 옆자리에는 대머리의 배불뚝이 남자가 앉아 있었다. 이따금 그녀의 얼굴이 찡그려졌다. 아마도 그가 남몰래 테이블 아래로 설옥의 탐스러운 허벅지를 더듬고 있는 듯했다. 때로는 그녀가 그의 품에 안기듯이 밀착되어 있었다. 그때마다 그의 오른손이 그녀의 등 뒤로 은밀히 손을 집어 넣어서 그녀의 젖가슴을 만지고 있는 듯했다. 그녀는 몸을 뒤틀어 그를 뿌리치는 듯했다. 하지만 그렇게 거절의 뜻을 나타내다가도 그가 뭐라고 귓속말을 하자, 이내 수그러들어 그의 손길을 마지못해 받아들이고 있었다.

하연에게는 아마도 '말을 듣지 않으면 재미없을 것이라는 협박의 말이나, 무엇을 어떻게 해주겠다'고 달래는 말을 하는 것으로 보였다. 아마도 그녀 또한 하연처럼 마지못해 억지로 자리를 함께하는 듯했다.

나머지 네 여자 모두 뛰어난 얼굴과 미모를 자랑하고 있었다. 하지만 그녀가 알고 있는 여자들이 아닌, 처음 보는 얼굴들이었다. 모두 키가 170여cm를 넘어 보였다. 모두가 어깨선까지 드리운 생머리에, 화려한 화장을 하고 있었다.

그녀들 모두 지나치리만큼 노출이 심한 옷을 입고 있었다. 가슴이 깊게 파여 모두가 가슴골이 드러나 있었으며, 손만 대면 유방이 드러날 정도였다. 스커트 또한 간신히 팬티를 가릴 정도로 짧았다. 설옥을 제외한 그녀들은 각기 그녀의 옆에 앉은 남자들에게 애교를 부리면서 적극적으로 임하고 있었다.

송 회장이 말했다.

"자! 즐거운 밤을 위하여 우리 건배합시다."

말이 떨어지기가 무섭게 여자들이 분주히 술을 따랐다.

"자, 이 밤을 위하여 건배!"

"더구나 오늘 이 자리에는 요즈음 국내 톱 탤런트로 떠오르고 있는 하연 양이 함께하여, 자리를 빛내주고 있습니다. 자! 모두 건배!"

남자들 모두가 돌아가며 건배를 해댔다. 남자들이 각자의 파트너를 껴안기도 하면서, 온갖 희롱의 말들이 오가고 있었다.

술이 한 순배 돌았을까,

"누가 먼저 주흥을 돋우겠는가?" 하면서, 송 회장이 무언가 스위치를 눌렀다. 그러자 음악이 나오면서 조명이 바뀌었다. 순간 맞은편에 앉아 있던 두 아가씨 중에서, 한 아가씨가 먼저 일어섰다. 그러더니 그녀는 테이블 위로 올라갔다. 그녀의 늘씬한 몸매가 조명 아래 빛났다. 그녀는 음악 소리에 맞추어 춤을 추며, 하나둘씩 옷을 벗어 내렸다. 때때로 엉덩이를 돌려 아래위를 흔들며 남자들 앞에 드러내 보이고는 했다. 그때마다 남자들은 그녀의 팬티에 수표 같은 것은 찔러 넣어주었다.

노래가 끝났을 때, 그녀는 얇은 팬티만을 걸친 상태로 수표들이 비쭉 비쭉 튀어나와 있었다. 그녀의 가슴골 사이에서 금목걸이가 유난히 반짝이고 있었다. 그녀가 허리를 숙여, "모 여대 1학년 김현옥이에요. 이렇게 모시게 되어서 영광이에요."라고, 인사를 하면서 내려갔다.

그녀의 자리에 앉았던 남자가 벗은 그녀의 알몸을 기다렸다는 듯이, 드러난 그녀의 젖가슴에 난폭하게 키스를 해댔다. 남자들의 호탕한 웃음이 터져 나왔다. 그녀가 부끄러운 듯 사내의 가슴을 파고들어 안기면서 젖가슴을 감추었다.

이어 바로 옆자리의 또 다른 아가씨가 일어났다. 그녀 또한 테이블로 올랐다. 그녀의 새빨간 하이힐과 검은 스타킹에 싸인 그녀의 다리가 깜박이는 조명의 불빛에 환상적으로 돋보였다. 하연 또한 숱한 여자를 보아왔지만, 그녀처럼 아름다운 각선미의 다리는 처음이었다.

그녀 또한 음악에 맞추어 춤을 추기 시작했다. 그녀의 귓불 아래로 찬란한 흰빛의 귀걸이가 불빛을 받을 때마다 반짝거리며 빛나면서, 가녀린 하얀 목덜미와 묘한 대조를 이루고 있었다. 하지만 그녀 역시 앞의 아가씨와 마찬가지로 음악에 맞추어 옷을 벗어 내리고 있었다.

그녀는 자신의 다리에 자신이 있다는 듯, 다리를 쭉 뻗기도 하면서 늘씬한 그녀의 다리를 돋보이게 하는 행위를 반복했다. 어느 순간 치마를 벗어 던지더니, 일자로 다리를 벌리면서 그대로 테이블 위에 걸터앉자, 모두의 입에서 탄성이 쏟아져 나왔다.

아마도 기계체조 등으로 다져진 몸매 같았다. 그녀의 팬티에도 많은 수표가 꽂혔다. 그녀 또한 모 여대 2학년 최미진이라고 소개하며 자리를 내려갔다. 아까와 마찬가지로 맞은편의 사내가 그녀를 자신의 무릎에 잡아당기어 눕히더니, 그녀의 젖가슴에 키스를 퍼부었다.

두 명의 여자는 춤추면서 옷을 벗어 던진 그대로, 가슴을 드러낸 채로 알몸의 팬티차림으로 앉아 있었다. 하연은 당황하여 그녀들을 쳐다볼 수 없었으나, 남자들은 당연하다는 표정으로 술자리를 즐기고 있었다.

다시 송 회장이 말을 했다.

"장 회장, 정말로 유쾌한 밤이요. 내 이런 싱그러운 술자리는 오랜만에 처음이요."

"그렇소. 강남의 룸살롱 아가씨보다 훨씬 상큼하고 발랄한 아가씨들이오. 내 오늘 송 회장의 창립 축하연을 위해, 우리 비서실에 특채하기로 하고, 직접 데려온 아가씨요."

"호오, 그렇소, 장 회장. 저런 아가씨들을 어디서 구했소. 그렇다면 나도 두세 명 두고 싶은데---."

"말씀만 하시오, 내 소개해드리리다. 세창 매니지먼트 기획사라고, 거기 강 사장이 알아서 잘할 것이오."

"알았소, 그러면, 내가 제일 마음에 들어 하는 이 아가씨를 보시오."

"애야. 잘하거라. 우리 삼현 그룹의 명예가 있다."

이어 송 회장의 옆에 있던, 어디선가 본 듯한 아가씨가 테이블 위에 올랐다. 그녀의 몸매 또한 8등신이었다. 쭉 뻗어내린 다리며, 완벽한 S 라인의 몸매를 갖추고 있었다. 얼굴도 미인이었다. 하지만 아름다운 얼굴이었으나, 왠지 모르게 인공의 힘이 가미된 성형수술을 한 것 같은 자연스럽지 않은 얼굴이었다.

그녀 또한 음악에 맞추어 춤을 추기 시작하였다. 그러나 음악이 여태까지의 잔잔하고 감미로운 음악이 아닌, 격정적인 음악이었다. 그러자 그녀가 테이블 위의 술병을 집어 들었다. 격렬한 음악에 맞추어, 놀랍게도 자신의 가슴에 술을 들이부었다. 이어 격렬한 춤동작에 술이 옷에 달라붙어 그녀의 얇은 실크 블라우스에 감싸인 젖가슴의 선이 그대로 드러났다. 어찌 보면 유방을 드러낸 것보다 더욱 섹시하게 보이는 것이었다. 유두가 드러나 보이는 것이 노브라인 것 같았다. 이어 음악에 맞추어 그녀도 옷을 벗어 내렸다.

이제 옷을 입은 채로 남아 있는 여자는 세 명이었다. 아마도 여기에 있는 모든 여자를 그러한 모양으로 벗기게 할 모양이었다. 설마 자신에게까지 강요할지 모른다는 생각을 하자, 하연은 몸서리를 쳤다.

그때였다. 모두가 그녀의 쇼에 정신이 빠져 있을 즈음에, 옆에 앉은 송 회장이 하연에게 귓속말로 이야기를 붙였다.

"하연 양, 이따가 따로 긴히 할 이야기가 있는데, 내 부탁을 하나 들어주겠소?"

"예, 무슨 말씀을---."

"나하고 오늘 하룻밤을 같이 있어주었으면 하오. 하연 양이 그렇게만 해준다면, 내 10억을 내놓겠소."

하연은 10억이라는 돈을 하룻밤 정사에 날릴 생각을 하는 거대 공룡 같은 재벌의 회장이 새삼 두려워졌다. 거기에 자신의 돈은 한 푼도 쓰이지 않을 터였다. 불법으로 비자금을 조성한 돈과 회사 광고비 등의 명목으로 지출될 것이다.

하지만 하연은 이미 매니저로부터 가든파티가 끝나갈 무렵에 들어 알고 있는 이야기였다. 담당 비서진으로부터 오늘밤만 같이 있어준다면, 현금으로 3억을 주고 나머지는 삼현 그룹 광고비 명목으로 지급하게 해서, 총 10억을 채워주겠다는 말을 하더라는 것이다.

하연은 영리했다, 우선은 안심시켜 여기를 빠져나가는 것이 급선무였다. 하연은 말했다. "그렇게 저를 예쁘게 봐 주시니, 영광이에요. 생각해보겠습니다만, 오늘은 몸이 좋지가 않아서, 회장님의 제의를 받아들일 수 없을 것 같네요."라며 은근히 거절하였다.

그러면서 아주 재미있는 이야기를 송 회장에게 들었다는 듯이 웃음을 터트리면서, 주변 사람 모두 다 들으라는 듯이 큰 소리로 말했다. "송 회장님! 술 한잔 따라 올릴 테니 받으세요."라며, 은근히 자신의 몸을 움직여 가까이 붙이면서 애교스런 목소리로 가까이 다가가 앉았다.

사실 송 회장의 오늘 이 자리는 창립총회 축하연이라 하였지만, 2차의 술자리 모임은 하연과의 비밀스러운 잠자리를 위하여, 송 회장이 공을 들인 자리이기도 하였다. 하지만 그 역시 하연이 첫 자리에서 쉽게 자신의 제의를 받아들인다고는 생각하지 않았다. 비서진에서 말한 것처럼, 영화출연을 미끼로 앞으로 두어 번 이런 자리를 더 마련한 후에, 뜻을 이루려고 마음먹었다.

더구나 아까 가든파티에 참석한 한국영화의 대부격인 노 회장으로부터도 당부를 받았던 것이다. 송 회장은 하연은 아직 이런 세계에 물들지 않은 참한 아가씨이니, 그대로 돌려보내겠다고 다짐의 약속을 했던 것이었다. 그리하여 다른 연예인 두 명과 함께, 세 명의 젊고 예쁜 여자들을 함께 준비해 두었던 것이다.

지금 자신의 옆자리에 앉아있는 미희 또한 이제 막 방송에서 뜨기 시작한 신인 탤런트로, 그가 TV에서 보고 점찍어 둔 여자이기도 하였다. 하연만큼 매력적이지 못하지만, 하연이 자신의 요구를 거절하는 경우에, 그녀 또한 대신 하룻밤을 함께 보내기에는 적당하다고 여겨 자신의 옆자리에 앉힌 것이었다.

그러자 송 회장이 능청스럽게 말했다.

"아이고, 하연 양에게 술잔을 받는 이런 영광이---. 이거 나에게만 이런 영광을 내려 줄 것이 아니라, 이왕이면 자리에 함께한 손님들에게 술을 한 잔씩 따르고, 건배를 제의해주기 바라오."

하연은 그것마저 거절할 수는 없었다.

"자, 먼저 하연 양이 술을 한잔 씩 올린다고 합니다."

하연은 먼저 대선 그룹의 장 회장에게 술을 따랐다. 장 회장은 술잔을 들어 잔을 받으면서, 그녀의 손을 쓰다듬었다.

"이렇게 곱고 아름다운 손이 있다니-- 참으로 아름답구려. 이따가 같이 춤이나 한번 추어요?"

그녀는 마지못해 "예."라고 대답했다.

이어 모 신문사 사장이라는 인물에게 술을 따랐다. 그는 대머리에 배불뚝이이었다. 요즈음 한참 인기 절정인 하연에게 술을 받게 될 줄 몰랐다고 하면서, 거만한 자세로 앉아 왼손으로 술잔을 받았다. 그러면서 탐욕스런 눈길로, 그녀의 몸매를 훑어보면서, 여배우가 뜨기도 쉽지만 망가지는 것도 순식간이니, 앞으로 잘해야 할 것이라는 협박성의 발언도 잊지 않았다.

그러면서 그는 그 와중에도 오른손으로는 연방 그의 옆자리에 있는 설옥의 탐스러운 허벅지를 더듬고 있었다. 설옥은 하연에게 난처한 눈짓을 보내고 있었지만, 하연 또한 그녀를 그로부터 막아낼 어떠한 힘도 갖지 못했다. 더구나 그는 이따금 그녀의 가녀린 목선을 따라, 목덜미를 빨아대기도 하였다.

하연이 보기에 네 남자 가운데 가장 보기 싫은 인물이었다. 거들먹거리는 태도나 하는 짓이 신문사 사장이랍시고, 권력에 기생하여 빌붙어 지내는 탐욕스런 얼굴 그 이상도 이하도 아니었다. 무슨 약점이 잡혔기에, 어떤 협박을 받았는지 모르지만, 그에게서 벗어나지 못하는 설옥인 이미현이 측은하게 느껴졌다.

이어 마지막으로 고위직 간부로 보이는 인물에게 술을 따랐다. 그는 두 여자의 틈에 파묻혀 꿈같은 시간을 보내고 있었다. 그는 하연은 애초부터 자신의 차지가 아니라고 여겼는지, 하연에게 특별한 관심을 보내지 않고 있었다.

벌써 세 명의 여자가 옷이 벗겨진 상태였다. 이제 옷을 입고 있는 남은 여자는 장 회장의 파트너와, 신문사 사장의 파트너인 설옥 그리고 자신뿐이었다. 잠시동안 별장의 아름다움에 대한 이야기와 알 수 없는 경제 이야기들이 오가고 있었으나, 언제 다시 광란의 옷 벗기기가 시작될지 모르는 일이었다.

특히 배불뚝이 신문사 사장이 아까부터 설옥의 옷을 벗기지 못해 안달이었다. 벌써 그녀의 윗 블라우스 일부는 반쯤 벗겨진 상태였다. 옷을 벗고 있는 그녀를 닦달하며, 빨리 옷을 벗으라고 독촉해대는 모양이었다. 오른손은 아까부터 그녀의 젖가슴을 만지작거리기를 반복하고 있었다.

벌써 약속한 한 시간이 훨씬 지나가고 있었다. 지금쯤은 밖의 매니저에게서 문을 두드리는 소리가 들리기에도 한참 지난 시간이었다. 입구를 바라보니, 입구 쪽에는 건장한 청년 두 명이 지키고 있었다. 화장실도 안에 다 갖추어져 있어, 화장실을 핑계로 밖으로 나올 수도 없었다.

그때였다. 계속되는 독촉에 못 이겨 왼쪽의 설옥이 자리에서 막 일어나 테이블로 올라가려 할 즈음, 누군가가 문을 두드렸다. 매니저였다. 건장한 청년이 매니저로부터 핸드폰을 가져다가, 송 회장에게 건네주었다.

"아, 예, 노 회장님! 덕분에 즐거운 시간을 보내고 있습니다. 걱정하지 마십시오. 이제 일어나라고 할 참이었습니다. 예, 예, 다음 기회에 다시 뵙도록 하겠습니다."

노 회장의 전화였다. 하연이 자리에서 빠져나오게 하는 배려였다. 전화를 받자 송 회장도 더 이상 하연과의 하룻밤을 보내는 것을 완전히 포기한 모양이었다.

"여보시오. 하연 양은 오늘 몸이 좋지가 않고, 또한 내일 아침 일찍 노 회장님과 어디에 함께 가기로 한 약속이 있어, 이만 자리에서 일어나야 하는 것 같소. 내 아까 노 회장과 굳게 약속하였소. 사나이 장부일언중천금이니, 오늘 하연 양은 이제 먼저 자리를 뜰 것이오."

"아니요, 잠깐, 내 하연 양과 같이 블루스를 한 번 추기를 약속하였소. 그렇지요. 하연 양!" 장 회장이 황급히 일어서면서, 무대 앞으로 나아갔다. 하연은 마지못해 자리에서 일어나면서, 장 회장의 손을 붙잡았다. 장 회장은 그나마 여기에 있는 사람 가운데 가장 신사적인 사람이었다. 그는 하연과의 춤추는 것 자체에 기쁨을 느끼는 듯했다. 하연도 몸을 그에게 밀착시켜 가까이하여, 자신도 그를 싫어하지 않는다는 것을 느끼게 해주었다.

장 회장과의 춤이 끝나자, 다시 송 회장의 막무가내식의 붙잡기 춤이 이어졌다. 그녀 또한 차갑게만 대할 수 없었다. 제작부장의 말마따나 송 회장이 자신을 좋게 봐주고, 영화제작 지원을 해주는 것은 사실이었던 것이다.

그녀가 춤추기를 마치고 무사히 문을 나오면서, 하연은 노 회장이 고맙게 느껴졌다. 아까 가든파티의 만남에서 그녀가 몸이 좋지 않다고 이야기한 바는 있지만, 내일 아침 일찍 어디에 함께 간다는 약속은 하지 않았던 터였다. 하연이 오늘밤 무사히 그 자리를 벗어날 수 있었던 것은 하연의 뒤에, 오늘날의 하연이 있기까지의 한국 영화계의 대부격인 노 회장이 있다는 것을 그들이 의식해서였을 것이다.

그러나 설옥인 이미현을 비롯한 다른 여자들은 그 자리를 빠져나올 수 없을 것이다. 하연이 나올 때 즈음해서는 거의 모든 여자가 옷이 벗겨진 채였었다. 잘 알 수 없었지만, 술자리가 끝나면 남자들은 모두 옆의 파트너였던 아가씨와 함께 각자의 방에 들어가 잠자리를 함께할 것이리라. 이 늦은 밤에 이 외딴 곳에서 그러한 일이 벌어진다고 해도, 그 누가 말할 사람이 있지는 않을 것이다.

특히 그녀는 고위층으로 보이던 호남형의 남자 옆에 있던, 앳된 얼굴의 두 여대생을 떠올렸다. 남자에게 서로가 애교를 부리며, 연실 웃던 그녀들이었다. '아니! 여자 두 명을 함께 상대하다니---, 하연은 충격적인 사실에 놀라움을 금할 수 없었다.

하연은 2층의 계단을 내려와 매니저가 운전하는 자동차에 올라탔다. 하연에게 있어서 별로 유쾌하지 않은 밤이었다. 자꾸만, 탐욕스런 배불뚝이 사장의 얼굴과 겹쳐져서, 애처로운 눈빛을 보내던 설옥의 얼굴이 떠올랐다. 두 번 다시 보고 싶지 않은 징그러운 얼굴이었다.

송 회장 또한 마찬가지였다. 부전자전이요, 못된 송아지 엉덩이에 뿔난다고, 몇 달 전부터 송 회장의 아들이라고 하는 재벌 2세인 송영민이도 자신을 뒤쫓아 다니는 것을 알고 있는 터였다.

제 19장

하연의 납치-인혁의 꿈

2003.10.18. 토요일 24:00 일요일 00:00.

밤늦은 시간에 별장에서 빠져나온 하연에게는 마치 늑대의 소굴에서 벗어나는 듯한 기분이었다. 하지만 하연에게 있어서, 송 회장의 별장에서 나오는 것이 늑대의 소굴을 피해, 호랑이의 굴로 들어가는 길이라는 것을 그때까지만 하더라도 알 수가 없었다.

자신의 미모를 탐내는 늑대 같은 무리가 호시탐탐 기회를 엿보고 있음을 하연 자신은 알아차릴 수가 없었던 것이다. 그저 막연하게 밤길에 조심해야 한다는 생각만을 해오고 있었다.

재벌 2세 영민으로부터 하연이 창립 축하연에 참석한다는 연락을 받은 칼치였다. 그동안 "하룻밤에 1억이라도 내놓을 테니, 어떻게 납치하여 강제적으로라도 안되겠냐?"고 영민은 은근히 칼치에게 졸라대어 왔던 것이다. 하지만 칼치로서는 하연을 납치하기에 여의치 않았다. 명품관 개관행사 때 괴한의 습격 이후로, 늘 곁에 준수한 청년이 그림자처럼 따라붙고 있음을 잘 알고 있었다.

더구나 자신이 며칠 전 하연을 납치하고자 서울까지 부하들을 데리고 올라 왔으나, 실패한 것이었다. 밤늦게 귀가하는 하연을 아파트 지하 주차장에서 납치하고자 하였으나, 주차장까지 함께 따라온 보디가드를 보는 순간, 납치를 결행한다는 것이 여의치 않아 포기했던 것이다.

"아니, 보디가드인지 뭔지 그놈 하나 제압하지 못한단 말이오?"

영민은 칼치 자신의 날렵한 솜씨를 알고 있는 터였다.

"아니요. 이 바닥 세계를 잘 몰라서 하는 말이요? 얼굴이 귀공자 같고 단아 한 외모이지만, 뛰어난 무술 실력이 느껴지고 있소."

그런데 오늘 저녁때 영민으로부터 저녁 7시가 지나서, 긴급한 전화연락을 받은 칼치였다. 하연이 남한강 별장의 창립축하연에 참석하여 있다는 것과 무 엇보다도 오늘밤은 그림자처럼 따라붙던 보디가드가 없다는 것이었다. 연회 석상에서 보디가드가 보이지 않아서, 매니저에게 농담 삼아 오늘따라 잘생긴 보디가드가 보이지 않는다고 하니, 부친의 제사 차 고향에 내려갔다는 것이었 다. 또한, 다른 연예인 및 여러 아가씨가 와 있는 것으로 미루어, 술자리가 밤 늦게까지 이어지리라는 것이다.

칼치는 생각해 보았다. 주말인 오늘은 마 두목과 박 마담이 피라미드를 비 운 날이기도 했다. 무엇보다도 보디가드가 함께하지 않을 것이니, 실로 천재 일우의 기회였다. 오늘 결행치 않으면, 다시 이런 좋은 기회도 없을 것이다. 또 한, 별장에서 오늘밤 늦게 나올 터이니, 미림의 경우처럼, 밤늦은 시각에 한적 한 도로에서 납치하는 것이 가장 좋을 것이었다.

재벌 2세인 영민은 TV에 나온 하연을 본 이후로, 처절할 정도로 매달려 오고 있었다. 마치 모처럼의 좋은 먹잇감을 발견한 하이에나처럼, 하연과 찐한 술자리를 한 번 해보는 것이 소원이라는 말을 입이 닳도록 하고 있었다. 더구나 그는 백합과의 하룻밤 술자리를 보낸 후, 더더욱 매달리고 있었다. 물론 백련화인 백합의 애교 띤 술자리도 말할 수 없이 기분 좋은 자리였지만, 그 대상이 하연으로 바뀐 상상을 하는 자체만으로 황홀하다는 것이다.

또한, 칼치 자신도 명품 백화점 큐피드 개관식에서 하연을 본 이후로, TV에 나오는 정하연을 볼 때마다, 마음이 묘하게 이끌리는 것을 어쩔 수 없었다. 저러한 정하연이를 이 피라미드 사업에 끌어들일 수만 있다면, 그야말로 손님은 무궁무진할 것이다.

물론 톱 탤런트인 정하연을 납치하는 데 있어서 위험이 따를 수도 있지만, 경찰이 제아무리 수사를 한다고 해도 쉽사리 여기 피라미드를 찾아낼 수는 없을 것이다. 더구나 마 두목과 자신이 만든 비밀 아지트만은 절대로 찾아낼 수가 없을 것이다. 지하의 징벌방 및 비밀방들은 건축 설계도 상에도 존재하지 않는, 방음장치와 함께 이중의 특수구조로 은밀하게 지어진 방이었다.

칼치는 출동준비를 서둘렀다. 납치를 결행하기에 앞서, 미리 가서 적합한 장소를 선정하여야 했다. 그리하여, 남한강의 강변도로를 빠져나가기 전의 갈림길에서 자동차를 앞뒤로 가로막아 납치하는 데 성공한 칼치였다. 그러나 하늘은 칼치의 그러한 도리에 어긋난 행동을 언제까지나 지켜보지만은 않았다. 하연을 짝사랑하다시피 하여, 파파라치로까지 나아간 임민호가 갈림길 위의 언덕의 숲에서 지켜보고, 야간 투시의 적외선 카메라에 담고 있었던 것이다.

한편 하연을 납치해 태운 차는 얼마를 갔을까, 차는 국도 변의 갈림길의 어

느 공터 부근에 멈췄다. 얼마 안 있어, 뒤따라온 또 다른 검은색 세단이 뒤에
섰다. 문이 열리더니 검은 안경의 한 사내가 나왔다. 칼치였다. 하연이 타고 있
는 차의 뒷좌석의 사내와 바꿔 타고는 이내 출발했다.

하연은 아직 깨어나지 않고 있었다. 칼치가 이내 어딘가에 전화했다.

"연꽃을 땄소."

"그게 정말이요?"

영민이 들뜬 목소리로 말하고 있었다.

칼치에게 연락을 한 지 얼마 후에, 영민은 별장을 빠져나왔다. 이어 차를 타
고 나오다가, 눈에 띈 룸살롱에 들어가서 술을 마시며, 초조하게 칼치의 연락
을 기다리던 중이었다.

드디어 기다리던 하연의 납치 성공 연락을 받은 후에, 마음이 들뜬 상태였
다. 벌써 술이 어느 정도 취한 상태였지만, 영민은 개의치 않았다. 그는 수표
를 뿌려 던지고 룸살롱을 나왔다. 운전기사는 벌써 돌려보낸 지 오래였다. 자
신의 고급 외제 차에 올라타고, 전속력으로 피라미드로 향했다. 술에 취해서
인지 그렇게 속도감도 느껴지지 않았다. 한두 번인가 속도위반 불빛이 터졌지
만, 그따위 것들은 안중에도 없었다. 오직 하연에 대한 생각뿐이었다.

"오늘 드디어 하연이 내 손에 들어오는구나. 고년하고 함께 오늘밤을 보낸
다고 생각하니---."

피라미드로 향하는 영민은 벌써 자신의 아랫도리가 묵직해 오는 것을 느끼
고 있었다. 꿈에도 그리던 하연과의 즐거운 밤이 될 것이다.

2003.10.18. 토요일 25:00 일요일 01:00 보디가드 인혁의 꿈

얼마가 지났을까. 고향 집에 내려온 정하연의 보디가드 인혁은 단잠에 빠져

있었다. 그는 꿈을 꾸고 있었다.

　가을 햇살이 비치는 들판이었다. 하연과 손을 잡고 거닐다가, 커다란 나무 아래에 자리를 마련하고 정겨운 이야기를 나누고 있었다.

　그때였다. 밝게 비치던 햇살이 사라지고, 어느새 검은 먹구름이 뒤덮고 있었다. 저 멀리 무언가가 달려오고 있었다. 사람은 아니었다. 짐승 같았다. 어느새 코앞에 날아와 있었다. 사람의 몸에 사자의 머리를 한 무서운 괴물이었다. 그가 놀라움에 '스핑크스'라고 말하는 순간, 휘익 덮치면서, 그와 하연 사이를 뛰어들었다. 옆에 있던 하연이 비명을 질렀다. 순간 그가 미처 손쓸 사이도 없이, 어느새 하연을 물어 달아나고 있었다.

　그때였다. 옆에서 누군가 깨우는 것이었다. 꿈이었다. 그 어머니가 비명을 지르는 인혁을 깨웠다.

　"애야. 웬 잠꼬대를 그렇게 하니."

　"어머니, 제가 뭐하고 그랬어요."

　"뭐라더냐, '스핑크'라더냐."

　인혁은 뭔가 불길한 예감에 사로잡혔다.

　"어머니, 아무래도 안 되겠어요. 지금이라도 서울로 올라가 봐야 할 것 같아요."

　그때였다. 한밤중에 전화벨이 울렸다. 매니저의 다급한 목소리였다.

　"인혁아, 큰일 났다. 하연이 납치를---"

　"뭐라고요."

　"하연이 납치를 당했어."

“거기가 어디예요.”

“지금 남한강 강변도로에 있어.”

“놈들은 한둘이 아니었어. 전문적인 조직 폭력배 같은 놈들이었어.”

“아! 내가 내려오는 것이 아니었는데---. 이 일을 어떻게---,”

“지금 올라갈 테니, 일단 사무실에서 만나요.”

드디어 일이 벌어진 것이었다. 하연을 어찌해보려고 호시탐탐 기회를 엿보는 무리가 있다는 것을 모르는 바는 아니었지만, 이렇게 야밤에 습격하여 강제적으로 납치해갈 줄은 예상치 못했던 것이다.

제 20장

파파라치의 목격-하연의 납치

2003.10.18. 토요일 25:00 일요일 01:00

파파라치 임민호는 그날 밤의 충격적인 하연의 납치를 다소 떨어진 곳에서 지켜보고 있었다. 그가 하연을 따라다니는 파파라치의 일을 하게 된 것이 한 달도 채 되지 않았다. 아니 하연을 따라다니느라 잦은 결근과 근무지 이탈로 인하여, 그가 다니던 직장에서 실직을 당하게 되면서, 자연스럽게 파파라치로 나서게 된 것이다.

그는 하연이 방송에 나오기 시작할 무렵, 어느 날 TV 드라마에서 우연히 하연을 보게 되었다. 그녀가 TV의 드라마 '미나리'에서 신인이면서 주연에 가까운 배역을 맡아, 화제의 탤런트로 각광을 받게 될 무렵이었다.

그는 그녀를 TV에서 처음 보았을 때, 자신의 숨이 멎는 줄 알았다. 그동안 많은 미녀를 보아왔지만, 단순히 미인이라는 생각을 했을 뿐, 그 어떤 감동도 받지 않았었다. 하지만 TV에 나온 그녀를 보는 순간, 그는 아무런 말도 할 수가 없었다. 그녀의 얼굴은 그의 뇌리 속에 깊이 박혔다.

그날 이후로 TV를 통해서라도 하루라도 그녀를 보지 않으면, 그녀 생각에 잠을 잘 수가 없었다. 그는 스스로 하연의 열렬한 팬이 되었음을 주변에 이야기하고 다녔다. 따라서 그 누구보다도 하연의 팬으로서, 그녀의 일거수일투족에 관심을 지녀오고 있었다. 더 나아가 광적일 정도로 하연에게 매료된 그는 다니던 직장까지 그만두게 되자, 하연을 쫓아다니는 파파라치로의 걸음을 내디디게 되었던 것이다.

그는 대학교 때 카메라 동아리에서 잠깐 활동했던 것이 그가 카메라에 대하여 아는 것이 전부였다. 하지만 그는 무리해서라도 자신의 퇴직금으로 받은 돈에다가, 거금을 들여 야간 투시의 카메라까지 구입했다. 그런 그의 무모하다시피 한 야간 투시의 카메라 구입 덕분에, 그에게 엄청난 특종의 행운을 안겨줄 것이라고는 몰랐었다.

오늘 그녀가 삼현 그룹의 창립총회에 참석할 것이라는 첩보를 입수한 것도 천운이었다. 파파라치 활동을 하면서 알게 된 절친한 친구로부터 들은 것이었다. 하지만 회장의 별장 안에서 밤 12시가 넘어서까지 그녀가 나오지 않자, 주말인 오늘밤은 별장에서 있게 되는 것으로 여기고, 다른 사람들은 하나 둘 철수하였다. 그도 할 수 없이 주변의 일행들과 어울려서 같이 철수하였다.

하지만 그는 차를 타고 나오다가 갈라지는 갈림길에 못 미쳐서, 그는 배가 아프다면서 핑계를 대고 일행과 떨어져 남기로 하였다. 그동안 살아오면서 느꼈던 그의 직감을 다시 한 번 믿어보기로 하였던 것이다. 또한, 며칠 전에 그가 꾼 하연에 대한 이상한 꿈도 떠올렸다.

오늘밤 그가 다시 남기로 한 것은 직감적으로 그동안 하연을 보아온 데에 대한 확신이 있었다. 하연은 결코 다른 곳에서 밤을 보낼 여자가 아니었다. 그는 차를 멈추고 갈림길에서 위쪽으로 올라가 은폐된 곳에 차를 세웠다. 그곳은 저 멀리 별장의 불빛이 보이는 곳이었다. 또한, 길 아래에서는 은폐되어 잘 안 보이지만, 위에서는 고개를 내밀어 아래에서 일어나는 일을 볼 수 있는 곳이 었다. 또한, 그녀가 어느 길로 가더라도 뒤에서 따라갈 수 있는 곳이었다.

파파라치는 언제 어떤 상황에서도 사진을 찍을 수 있게 준비하고 있어야 했 다. 그는 차 안에서, 멀리서도 선명하게 사진을 찍을 수 있게 준비를 했다. 모 든 준비를 마치자 그는 담배를 피워 물었다. 한동안 담배를 끊은 그였지만, 직 장을 그만두고 하연을 쫓아다닌 이래로, 다시 담배를 피워오고 있었다. 기다 림의 시간, 기다림의 미학을 그는 담배를 피우는 것으로 해결해오고 있었다.

다만 지금 그에게는 담배가 몇 개비 밖에 남아 있지 않았다. 하연이 별장에 서 나오는 때를 기다리는 지루함보다는, 담배가 몇 개비 남지 않은 것이 더 참 기 어려운 고통이 되어가고 있었다. 담배가 떨어지기 전에 하연이 나와주기를 바라는 수밖에 없었다. 하지만 그의 바람은 이루어지지 않았다. 어느덧 담배 가 다 떨어졌다.

담배를 사자면 자동차를 타고, 10여 분 이상을 나가야 했다. 그동안에 만에 하나라도 하연이 나오게 된다면---. 그는 피우다 만 담배꽁초를 찾았다. 두세 개비의 꽁초가 조그맣게 남아 있었다. 하지만 그것도 이내 떨어졌다. 시내로 나가는 길은 정해져 있으니, 특별한 일이 없는 한 담배를 사오는 길에라도 만 날 수 있을지 모른다.

그는 담배를 사오기로 마음을 먹고, 시동을 걸었다. 그가 차를 움직여 내려 오려는 순간, 무언가 낯선 물체가 차 앞으로 휘익 지나갔다. 아마도 차를 시동 거는 소리에 놀라 이름 모를 새가 지나간 것 같았다. 순간 그는 시동을 다시 껐다. 자연적인 현상이지만, 차를 움직이는 것이 올바른 선택이 아니라는 것을 일깨워주는 운명의 계시로 받아들였다.

언젠가 책에서 본, 나폴레옹이 군사훈련을 받을 때의 일화가 떠올랐다. "비슷한 군사력을 가진 군대가 서로 싸울 때, 어느 쪽이 전투에 이기는가?"에 대한 물음에, 나폴레옹이 적어냈다는 '최후의 5분간을 참고 견디는 쪽이 이긴다' 라는 말을 떠올렸다.

그래, 담배의 유혹을 참고서라도 5분만 버티어보자. 다시 5분이 지나가자, 그는 또다시 5분간만을 참아보기로 다짐했다. 그것도 수차례 지나갔다. 그의 인내심이 한계에 다다랐다. 그때마다 그는 다시 군대에서의 고된 훈련을 떠올렸다. 유격 훈련의 고통스러웠던 순간, 밤새도록 행군을 하다가 헛것이 보이기도 했던 순간을 떠올리며, 그 힘든 훈련도 이겨냈는데 여기서 중단할 수는 없다고 생각했다. 이어 전방부대에서 매복을 나가서, 숨을 죽이고 지켜보던 때를 생각해냈다. 강제적으로 했던 매복에 비하여, 자신 스스로 선택한 파파라치 일에 대해 책임을 지고 싶었다.

한편 지금 자신이 있는 곳이 난생처음 와 보는 곳이지만, 이상하게도 낯설지가 않았다. 더구나 아까 시동을 켜려던 순간 휘익 지나갔던 새 또한 마찬가지였다. 문득 그는 며칠 전에 꾼 신기한 꿈을 다시금 떠올렸다.

그랬었다. 자세히 생각해보니, 지금 있는 이곳이 며칠 전 꿈속에 나왔던 바로 그 장소임이 틀림이 없었다. 저 멀리 보이는 별장의 아련한 불빛이랑, 저 강물에 비치는 달빛이며, 휘익 지나가던 새---. 그리고 보니 저 아래 도로 우측도 꿈속에 등장된 부분과 유사한 것 같았다.

도로 위를 무언가가 쫓기듯이 달리고 있었다. 구름 사이로 나타난 달빛 아래

반짝이는 물체는 아름다운 꽃사슴이었다. 하지만 어디선가 나타난 대 여섯 마리의 늑대들이 꽃사슴을 둘러싸고 덤벼들어, 그중에 한 마리가 꽃사슴의 옆구리를 물어 덮쳤다. 순간 쓰러지는 꽃사슴의 눈이 클로즈업되며, 무언가 호소하는 듯한 눈물을 머금은 눈으로 애처롭게 자신을 쳐다보는 것이었다.

그는 평소에는 꿈을 꾸지 않았다. 하지만 일 년에 한두 번 어쩌다가 꿈을 꾸고는 했다. 처음에는 꿈에 대해서 무관심했지만, 그럴 때마다 얼마 지나지 않아 무언가 커다란 일로 이루어지고는 했다. 언제부터인가는 꿈에서 본 장면을 현실에서 그대로 보기도 하는 것이다.

실직하기 얼마 전에도, 그는 어느 슈퍼에 들어갔다가 옷을 잃어버리는 꿈을 꾼 적이 있었다. 안 좋은 꿈이라 여겨서, 인터넷에서 검색을 해보니, '옷을 잃어버리는 꿈은 실직을 하게 되거나, 애인·배우자를 잃게 되는 일로 실현된다'라고 나와 있었다. 거기에는 다양한 사례를 들어, 꿈의 언어인 상징의 세계가 현실에서의 관습적인 언어 및 문학적 상징의 언어와도 일맥상통하게 전개되고 있음을 밝히고 있었다.

바로 그때였다. 저 멀리 별장에서 불빛이 흘러나오고 있었다. 별장에서 한 대의 차가 빠져나오고 있음이 분명했다. 하연이 탄 차라면, 그도 차를 따라붙어야 한다고 생각했다. 하지만 그는 차가 눈앞의 갈림길에서 어느 쪽으로 가는지 확인한 후에, 따라가도 늦지 않으리라고 생각했다.

강변도로에는 밤늦은 시간이라 차가 거의 다니지 않고 있었다. 저 멀리서 이따금 헤드라이트의 불빛이 비쳐 지나갈 뿐이었다. 차가 갈림길에 다다라, 그도 차에 시동을 걸려는 순간이었다. 난데없이 반대편 갈림길에서 검정 승용차 두 대가 내달았다. 차 한 대는 어느새 차를 앞에서 가로막고 섰다. 순간 그는 본능적으로 카메라를 움켜잡았다. 납치였다. 그는 조심스럽게 사진을 눌러댔다. 이어 검은 안경을 쓴 괴한이 야구방망이인 듯한 것을 들고, 운전석 앞 유리를 몽둥이로 내리쳤다. 둔탁한 소리가 그가 있는 곳까지 들렸다. 이어 운전석의 문이 열리고, 매니저인 듯한 사람이 끌려나오고 있었다. 동시에 반대편의 뒷좌석으로 검은 양복의 사나이가 문을 열었다. 이어 사나이에게 이끌리어, 한 여자가 강제로 끌려나오고 있었다. 하연인 것 같았다. 여자는 허리를 숙인 채, 고통스러워하는 듯하였다. 괴한이 자신들의 앞차에 여자를 태우자마자, 차는 출발하였다.

매니저는 괴한에게 끌려 뒤차로 가고 있었다. 뒤차의 유리창이 내려지면서, 누군가와 이야기를 주고받는 듯하였다. 찰나, 뒤에 서 있던 사나이가 옆구리를 가격하자 주저앉았다. 이어 차 안으로부터 검은색 가방이 던져지며, 이내 차가 출발했다.

길을 막았던 차와 뒤따랐던 차가 떠난 후에도, 매니저는 차도 위에 주저앉아 있었다. 한참을 주저앉아 있던 그가 이윽고 자신의 차로 가는 것이다. 안은 잘 보이지 않았지만, 차창 밖으로 담뱃불이 비쳐 보이는 것으로 미루어, 담배를 피우고 있는 듯했다. 이어 누군가에게 전화하는 것 같았다.

다시 매니저가 자동차를 운전해서 떠나갈 때까지, 그는 언덕 위에 숨어 지켜보고 있었다. 하지만 그는 납치되는 장면만 찍었지, 납치하는 사나이들의 인상착의라든지, 납치하는 차량의 번호판에 대해서는 미처 신경을 쓰지 못했다. 너무 뜻밖의 일이어서 당황한 면도 있었지만, 바로 눈앞의 직선거리에서 벌어진 일이라 번호판을 알아볼 수도 없었다. 알았다고 한들, 소용없는 일이었겠지만---.

제 21장

납치된 연꽃의 시련 1

2003.10.18. 토요일 25:10 일요일 01:10

하연을 태운 까만 세단의 차는 어느덧 경춘가도에 접어들고 있었다. 멀리서 강가의 불빛만이 아스라이 비추고 있을 뿐이었다.

하연은 옆구리에 심한 통증을 느끼며, 어렴풋하게 정신이 들고 있었다. 무언가에 씌워져 있어 앞을 볼 수 없었으며, 입에도 무언가에 의해 틀어 막혀 있었다. 하연은 자신을 어디로 데려가는지 불안감이 엄습했다. 차는 어딘지 모르는 국도 길을 달리고 있었다.

"이제 정신이 드는 모양인데, 가만히 있어라. 성질 건드리지 말고---."

오른쪽 옆에 검은 안경을 쓴 사내가 낮은 목소리로 말했다. 기분 나쁜 목소리였다. 이어 왼쪽 사나이의 무지막지한 손이 머리를 눌러 하연의 머리를 처박게 하였다. 다시 오른쪽의 사나이가 팔을 뻗어 하연의 블라우스 안으로 손을 잡아넣어 그녀의 젖가슴을 움켜쥐었다. 칼치였다.

하연은 아픔으로 인하여 소리를 질렀다.

"으악! 뭣 하는 거예요!"

하지만 하연의 입은 무언가에 막혀 있어, '웅웅'거리는 소리만 날 뿐이었다.

"가만히 있어라. 얼굴을 확 그어버리기 전에---"

이어 순간적으로 그녀의 브래지어를 칼로 끊어내어 잡아채었다. 부욱하는 소리와 함께 블라우스의 단추가 몇 개 뜯겨 나갔다. 열린 블라우스 안으로, 싸늘한 밤기운이 느껴졌다.

그녀는 공포로 인해, 오줌을 지린 상태였다. 그녀로 하여금 겁을 주어 반항의 의지를 꺾기 위해, 젖가슴을 움켜쥐고 브래지어를 끊어내는 난폭한 행동을 한 것이다.

"시끄러워. 얌전하게 있으면, 해치지는 않을 테니---."

다시 오른쪽 자리의 사내가 차갑게 내뱉었다.

"네 아름다운 얼굴에 칼자국 내고 싶지 않으면---."

시퍼런 칼날을 목에다가 겨누며, 음산한 협박의 말이 이어졌다.

"이제부터 넌 우리들의 백련화야. 너와 함께하기를 원하는 분에게 데려가는 중이니, 잠자코 있어라. 하기야 네년의 아름다움에 반하지 않는 사내가 어디 있으려고---."

'백련화라니---, 도대체 무슨 소리란 말인가?'

하연은 순간 보름여 전의 꿈을 떠올리며, 자신이 나락의 구렁텅이에 빠져 떨어졌음을 깨달았다. 자신을 유괴해 돈을 요구한다기보다, 자신의 몸을 탐내는 사내들이었다.

끌려나갔던 매니저는 어찌 되었을까? 빨리 경찰서에 신고 해서, 자신을 구해주기를 바랐다. 하지만 자신의 납치 사실이 신문지상에 보도될 것이 두려워, 신고하지 못할지도 몰랐다.

밤늦은 시각이라 그런지, 주변에 지나는 차들도 얼마 없어 보였다. 운전석에 한 명, 자신의 옆에는 두 괴한이 있었다. 이어 어디론가 급하게 꺾어지더니, 언덕 위를 오르는 것 같았다. 차는 기다란 좁은 도로를 구불구불 올라가고 있는 듯했다. 아주 이따금 마주 오는 차의 상향등 불빛이 눈에 희미하게 비쳐들었다.

이윽고 멀리서 개 짖는 소리가 들려왔다. 차가 목적지에 다 온 모양이었다. 앞자리의 남자가 철문 앞에서 무전기로 연락하는 듯하더니, 이어 문이 열렸다. 차는 대문을 미끄러져 들어갔다. 이윽고 돌아내려 간 차가 건물의 지하에 멈춰 서고, 남자들이 자신을 끌어내렸다.

하연은 무언가에 씌워져 눈이 가려진 채로, 끌려가고 있었다.

'도대체 이 자들은 누구이고, 왜 자신을 이런 곳에 데리고 왔는가?' 라는 생각조차 할 수 없을 정도로, 공포감이 밀려들어 왔다.

하연은 입이 막혀 있어서, 소리를 지르려고 해도 소리 낼 수도 없었다. 조금만 발걸음을 뒤뚱거려도, 그때마다 뒤에서 그녀의 엉덩이를 손가락으로 여기저기 마구 찔러댔다. 그들은 처음부터 하연에게 공포감과 수치심을 심어줌으로써, 그들의 뜻대로 하고자 함이었음을 하연은 공포로 인해 알 수조차 없었다.

하연은 10여 평이나 되는 방에, 눈이 가려지고 새롭게 두 손이 뒤로 묶인 채로, 원탁의 투명한 테이블 위에 올려졌다. 미니스커트가 말려 올려가 그녀의 엉덩이와 매끈한 허벅지를 그대로 드러내고 있었다.

하연은 공포로 인해 아무런 생각도 할 수가 없었다.

'방안에 지금 몇 명의 사내가 자신의 몸매를 더듬고 있을까?

여기는 어디인지, 아마도 서울에서 멀리 떨어진 어느 깊은 산 속의 별장 같았다. 자신을 왜 납치 했는지--, 누가 시켜서 한 짓인지---, 하연은 자신에게 일어난 일을 도저히 믿을 수가 없었다.

무엇보다도 그녀를 공포에 젖게 한 것은 자신에 대한 그들의 가혹한 행위였다. 두 눈을 가린 것은 이곳의 위치를 알게 될까 봐 그랬다고 하더라도, 자신의 브래지어를 벗긴 일, 나아가 자신을 거칠게 함부로 대한 일, 공포에 젖도록 험악한 분위기의 여건 등등 지금의 자신의 모습을 누군가라도 알게 된다면, 자신은 연예인으로서 모든 것이 끝장날 것이라는--. 그것은 생각만 해도 끔찍한 일이었다.

한참이 지나, 구두 발자국 소리가 뚜벅뚜벅 들렸다. 이윽고 문이 덜컹 열렸다. 순간 하연은 자신도 모르게 몸을 움찔거렸다. 칼치였다.

"그래, 오늘밤 수고들 했어. 나가들 봐, 여기는 이제 내가 알아서 할 테니까."

오늘 정하연을 성공적으로 납치해 왔으니, 이제 세 명의 비밀 백련화를 만든데 성공한 것이다. 오늘 일만 잘된다면, 이제 앞으로의 사업은 순풍에 돛을 단 배나 다름없을 것이다.

하지만 만약에 매니저가 신고했다면, 오늘 정하연을 납치한 것을 계기로 삼엄한 경찰의 수사가 펼쳐질지도 모르는 일이다. 이전에 납치해온 두 여자에 대해서는 아직 신문지상에 크게 보도되지 않았지만, 이제 정하연을 납치해 온 이상 달라질지 모를 일이었다.

　"여기 지하 징벌방에는 한동안 아무도 접근시키지 말도록---. 지하 비밀 룸 세 군데 모두 술이랑 안주랑 세팅 잘 시켜 놓도록 해. 그리고 지금 들어온 손님은 첫 번째 룸으로 모시고, 잠시 기다리라고 해."
　"예, 잘 알겠습니다."
　영민이 날아왔는지, 벌써 피라미드에 도착해 있었다.
　"그리고 오늘 일에 대해서, 당분간 형님이나 특히 박 마담이 모르게 철저하게 비밀 유지를 잘하도록---."
　"옛, 알겠습니다."

　박 마담이나 형님은 정하연을 백련화의 일원으로 데려오는 계획에 대해서 모르고 있는 터였다. 아니 모르게 할 것이었다. 그러나 요즈음 들어, 특히 박 마담이 칼치 자신을 대하는 것이 예사롭게 느껴지지가 않았다. 여자가 직감이 있다더니, 산전수전 다 겪은 마담이라 그런지, 자신의 일거수일투족을 은밀히 지켜보고 있는 듯했다. 또한, 마 두목인 형님은 장차 어떡하든지 설득할 자신이 있었으나, 박 마담은 비록 이렇게 비밀요정을 운영할지언정, 도덕적 양심과 법을 어겨가면서까지 연예인인 하연을 백련화로 데려온 것에 대하여 반길 여자가 아니었다.
　보름 여전에 납치하여 데려온 여대생인 백합의 경우에도, 영리한 박 마담이 백합을 보고 그러한 사실을 모를 리가 없었다. 백합의 납치가 비록 마 두목을 위한 것이었다고 하지만, 또한 백합의 미모와 애교에 빠져든 마 두목이었지만, 마 두목에게도 이제 그만 되었으니, 자꾸 백합을 돌려보내라고 재촉을

하는 눈치였다. 그뿐 아니라, 여기 피라미드의 모든 일에 대해서, 박 마담이 마
두목의 뒤에서 조정하는 것 같았다. 그래서인지, 마 두목 또한 나이가 들면서,
예전과는 달리 점차로 약해지는 모습을 보이고 있었던 것이다.

　칼치는 자신에게 주어진 시간이 얼마 없음을 알고 있었다. 당장 날이 바뀐
오늘 일요일 밤늦게까지는 하연을 돌려보내야 했다. 그러자면, 시간적인 여유
가 없었다. 이제부터 '그 어떤 강압적이고 충격적인 방법이라도 쓰지 않으면
안 될 것이리라'고 다짐을 하였다.
　이제 이렇게 하연을 납치해온 이상, 오늘밤 자신이 하연을 위협하여, 재벌 2
세인 송영민과 같이 술자리를 마련해주면 되는 것이다. 하연이 축하연회에 참
석할 것이라는 것과 보디가드가 없을 것이라는 제보를 그가 주지 않았다면,
오늘의 납치가 이루어지지 않았을 것이다. 아마도 지금쯤은 첫 번째 비밀 룸
에서 혼자 술을 마시며, 하연을 목이 빠지게 기다리고 있을 터였다.
　칼치는 이미 데려와 백련화의 꽃이 된 백합의 경우로 미루어보아, 오늘밤의
하연도 자신의 뜻대로 이루어질 것이라고 확신하고 있었다. 무엇보다 백주월
의 멤버들이 하연을 바라고 있었다. 그것도 하룻밤에 1억이라는 거금에도 불
구하고, 줄을 서서 기다리고 있었다. 따라서 하연을 백합처럼 위협하고 달래
어, 여기 백련화의 연꽃으로 새롭게 태어나게 하기만 한다면, 마 두목과 박 마
담이 없는 날을 택해서 한 달에 한두 번만 불러들이면 될 것이다.
　백합은 형님을 위해서, 난초는 박이건 사장, 연꽃은 재벌 2세인 송영민의 적
극적인 부추김에 의해 이루어진 일이었지만, 이제 사업을 위해서 세 명의 비
밀 백련화를 만든 데 성공한 것이다. 지상의 10명의 백련화외에, 세 명의 지하
의 비밀 백련화만 있으면 앞으로의 사업은 순풍에 돛을 단 배나 마찬가지였

다.

　무엇보다 박 마담의 도움이 컸는지, 여대생인 백합이 백련화로서 손님을 잘 모시고 있는 것이 다행이었다. 백합과 하룻밤 술자리를 한 손님들은 하나같이 흡족해하며, 그에게 고맙다면서 다음에도 백합을 부탁한다며 거액을 찔러 넣어 주는 것을 잊지 않았다.

　다만, 칼치에게 있어 걱정스러운 것은 워낙 박 사장이 탐을 내서 난초를 납치하여 데려왔지만, 무언가 잘못되어 가고 있는 느낌이었다. 이럴 줄 알았다면, 박 사장이 아무리 이야기하더라도 난초를 데려오는 것이 아니었다. 애시당초 지상의 백련화 중에서 괜찮은 애를 붙여주면 되었다.

　그렇다고 이제 와서 난초를 그대로 돌려보낼 수도 없었다. 영리한 그녀가 자신의 납치에 있어 박 사장이 관련되었음을 알아내서 경찰에 신고를 할 것이고, 추후 박 사장에 대한 수사를 통해서, 이곳 피라미드의 모든 것이 탄로 날 수 있을지 모르는 일이었다. 최악의 사태에는 '이제 자신이 마 두목을 위해서, 모든 것을 짊어지고 가야 할지 모른다'고 그는 생각했다.

제 22장

백련화 연꽃으로의 강요

2003.10.18. 토요일. 25:30 일요일 01:30

칼치는 징벌방의 투명한 원탁의 유리 위에 나뒹굴고 있는 하연을 내려다보았다. 두 손이 뒤로 묶인 채로, 블라우스는 반쯤 벗겨져 가슴이 드러나 있었으며, 스커트는 말려 올라가 미끈한 허벅지를 드러내고 있었다. 눈은 여전히 가려져 있고, 입도 틀어 막혀 있었으나, 몸매나 고운 얼굴의 선이 그의 마음을 흔들고 있었다. 특히 그녀의 얼굴은 범접지 못할 기품이 넘쳐나고 있었다. TV에서 보던 대로 괜찮은 계집으로, 뭇 남자가 욕심을 내는 것도 당연하다고 여겨졌다.

하지만 칼치는 마음속으로 '독해져야 한다'고 생각했다. 하연을 달래고 회유할 시간적인 여유가 많지 않았다. 그녀에게 상상을 초월한 극도의 충격적인 행위를 가함으로써, 말을 듣게 하는 수밖에 없다고 생각했다.

그가 다가서는 소리에, 둥그런 원탁 위의 하연이 몸을 웅크리며 경계의 몸짓을 했다.

칼치가 눈가리개를 풀고, 입을 틀어막은 것을 빼냈다.

하연이 눈이 부신 듯하다가, 그를 쳐다보았다. 검은 안경을 쓴, 턱이 뾰족한 날카로운 사내가 서 있었다.

"여기가 어딘가요? 경찰이 가만히 있지 않을 거예요!"

만에 하나, 하연의 납치를 누군가 신고한다면, 삼엄한 경찰의 수사가 펼쳐질 것이었다. 따라서 만약을 위해 대포 차량 번호판을 사용하였으며, 매니저에게 입막음으로 1천만 원을 던져주었고, 신고하지 말라고 오늘 일요일 밤까지 하연을 돌려보낸다고 약속했던 것이다.

"------"

"부탁이니, 이제라도 제발 저를 돌려보내 주세요. 오늘 저에게 일어난 일 아무에게도 이야기하지 않을게요."

하연은 자신을 납치해온 자에게 부탁한다는 것이 이루어지지 않을 것이란 것을 잘 알지만, 어쩔 수 없는 일이었다. 하지만 대답 대신에 돌아온 것은 무자비한 폭력이었다.

칼치는 우선 하연의 젖가슴을 왼손으로 움켜잡으며, 오른손으로는 쳐들린 엉덩이를 세게 내리쳤다. 그녀에게 새로운 세계에 와 있음을 인식시키는 데 있어서, 강력한 육체적인 고통을 가하는 방법 외에는 달리 방법이 없다고 생각했다.

"철썩, 철썩, 철썩--"

그녀의 엉덩이에 칼치의 손길이 닿을 때마다, 그녀는 고통을 참지 못하고 비명을 내질렀다.

칼치는 차갑게 웃으면서, 이어 하연의 턱을 들어 올렸다. 앞으로 일어날 일을 잘 보아두라는 듯이, 다시 그녀의 몸에 난폭하게 고통을 가했다.

칼치는 그녀의 블라우스를 난폭하게 잡아채었다. 투두둑 소리와 함께 단추가 흩어져 나갔다. 그녀의 유방이 그대로 튀어나왔다. 하연이 충격으로 비명을 질러댔다. 이어 허벅지가 말려 올라간 미니스커트도 잡아채어 끌어내렸다. 그녀가 필사적으로 묶인 손으로 스커트를 붙잡으며 벗겨지는 것을 막아내려고 하였지만, 그때마다 칼치는 무자비하게 하연의 어깻죽지와 엉덩이를 때렸다. 마치 하연이 구덩이에 추락해서 뱀들이 어깻죽지와 엉덩이를 물어뜯었듯이---. 하연이 아픔으로 인하여, 저항을 멈칫하는 사이 스커트가 벗겨져 내렸다. 하연이 반사적으로 몸을 옆으로 돌리며, 무릎을 모았다. 이제 하연은 찢겨진 블라우스 사이로 유방을 드러낸 채, 손은 뒤로 묶여서 팬티만 남겨졌다.

다시 칼치가 검은 천으로 그녀의 눈을 가렸다. 그녀에게 극도의 불안감과 공포심을 주기 위해서 뿐만 아니라, 눈을 가리고 손님을 맞이하는 것이 술자리에서의 백련화의 불문율이었던 것이다.

"이제부터는 내 말을 잘 듣는 것이 네 신상에 좋을 거야. 말을 잘 들으면, 이제 오늘 일요일 밤늦게까지 내보내 줄 수도 있어. 네 매니저에게도 그렇게 이야기했고---, 그러니 매니저가 경찰에 신고하지도 않을 거야."

"------"

"하지만 시키는 대로 말을 듣지 않으면, 여기서 나갈 수가 없을 거다."

칼치는 음산한 목소리로 말하며, 머릿결에서 목덜미의 선을 따라 허리로부터 엉덩이까지 쓰다듬어 내렸다. 하연은 구렁이가 몸에 감겨드는 듯이 몸을 움찔했다.

"무얼 이까짓 것을 가지고 그래. 손님이 어떠한 행동을 하더라도 기쁜 마음으로 애교부릴 수 있도록 해야지."

하연은 반 이상 넋이 나가 있었다. 이어 다시 원탁의 투명유리 위에 엉덩이
를 쳐올린 굴욕적인 자세를 강요당하면서, 칼치라는 사나이가 하는 말을 듣는
수밖에 없었다.

"넌 유명 연예인이라 특별히 여기서 일요일 밤에 내보내 주려고 하는 데, 그
러려면 내가 시키는 대로 지금부터 손님에게 접대를 잘해야 할 것이다."

"-----"

"알았냐?"

"-----"

"왜, 대답이 없어."

"-----"

"야, 지금 귀한 특급 손님이 너를 보고자 아까부터 기다리고 있는데, 어떻게
할 거야?"

칼치가 다그쳤다.

"네가 거절한다면, 넌 오늘밤부터 손님들을 모시게 될 때까지, 여기서 갇힌
생활을 해야 할 것이야."

그래도 그녀가 고개를 좌우로 흔들었다.

"그래, 그러면 난 모른다. 아까 부하들이 '계집은 말을 잘 듣게 하려면, 일단
강제로라도 겁탈부터 해야 한다' 는 것을 내가 말렸는데---, 야! 아무래도 네년
이 일단 뜨거운 맛을 봐야 정신을 차릴 모양이로구나. 도저히 안 되겠구나!"

"애들아!"

칼치가 큰 소리로 부하를 불렀다. 하지만 문을 나가 부르기 전에는 자신의
소리를 알아듣지 못할 것이었다. 어디까지나 하연에게 겁을 주기 위한 행동이
요, 쇼였다.

하연은 순간, 보름여 전의, 구덩이에 떨어져 뱀들에게 시달리는 꿈을 떠올렸다. '자신이 이렇게 납치되어 뱀들로 상징된 못된 남자들에게 시달리게 될 것을 뜻하는 것일 줄이야.'

하연은 눈물을 머금었다. 받아들일 수밖에 없는 현실이었다. 어쩔 수가 없다고 생각했다.

"잠깐만요. 할게요. 시키는 대로 다 할 테니, 오늘밤까지 내보내 주는 것을 틀림없이 약속하는 것 맞죠?"

"그래, 속고만 살았냐. 우리도 너를 끝까지 붙잡아 두고 싶은 마음은 없어. 모든 것은 이제 네가 얼마나 백주월 멤버에게 애교를 잘 부리느냐에 달린 거야."

그러나 사실은 하연을 돌려보내더라도, 오늘밤 여기서 있던 일을 다 CCTV로 녹화하여 협박함으로써, 장차 필요할 때 수시로 불러들일 계획이었다.

시간이 없었다. 자신의 충격적인 행위로 하연은 제정신이 아닐 것이었다. 칼치는 하연의 묶인 손을 풀어주며, 바닥에 떨어진 스커트를 집어 올려 하연에게 던졌다.

"빨랑 입어라. 여기서는 이제부터 백련화의 연꽃이라 불릴 것이다. 그리고 술좌석에서도 눈이 가려진 채, 손님 접대를 해야 할 거야."

이어 눈이 가려진 채로, 찢어진 블라우스를 걸치고 칼치에게 끌려간 곳은 지하 2층의 또 다른 비밀 룸이었다. 칼치는 하연의 가린 눈을 풀어주고, 욕실로 밀어 넣었다.

"빨리 씻고 나와라, 10분 시간을 주겠다. 10분 내 안 나온다면, 아주 뜨거운 맛을 보게 될 것이다."

칼치의 말은 음산하기가 짝이 없었다. 그녀가 거절한다면, 그가 어떤 짓을 저지를지 몰랐다. 아까 끌려올 때 맞은 그녀의 오른쪽 옆구리가 결려왔다. 이미 그녀의 옆구리와 엉덩이 부분에는 퍼런 멍이 들어 있었다. 하연은 오늘 자신에게 일어난 일들이 믿어지지 않았다. 얼마 전부터 불길한 꿈을 꿔왔지만, 오늘 이렇게 충격적인 일까지 벌어지다니 도저히 믿을 수가 없었다.

'매니저는 경찰에 연락한 것일까?'

'인혁은 지금쯤 이 사실을 알고 있을 것인가?'

하연은 욕실의 문을 잠갔다. 주저앉은 채로 하염없이 눈물만 흘렸다.

'문을 잠근 채 여기서 나가지 않는다면 어찌 될 것인가?'

그가 열쇠를 가지고 있을 것이었다. 그녀는 어쩔 도리가 없다고 생각했다. 어느덧 10분이 지났다. 밖에서 문을 두들기는 소리가 들렸다.

"잠깐만요. 이제 나가요."

하연은 눈물을 머금고 샤워를 할 수밖에 없었다. 하연이 큰 타월을 몸에 걸친 채로 밖으로 나왔다.

칼치가 날카로운 눈을 치뜨며, 버럭 소리를 질러댔다.

"한 번만 더 지시를 어기면 각오해라."

검은 안경을 쓴 칼치가 오른손에 무언가를 들고 있었다. 고급 비디오카메라였다.

방안에는 커다란 화장대가 있었다.

"여기 앉아. 예쁘게 몸단장을 해라. 시간은 10분이다."

그는 반말이었다. 아니 여자를 어떻게 다루면 되는지 잘 알고 있는 사람인 것 같았다. 하연은 그에게는 고양이 앞의 쥐인 듯, 아무런 말도 할 수가 없었다.

공포에 젖어, 마지못해 화장하는 그녀의 벗은 알몸을 칼치는 비디오카메라로 여기저기 찍었다. 비디오를 찍으면서 칼치는 하연의 몸매가 뭇 사내들이 탐낼 정도로, 뛰어난 미모를 지녔음을 감탄하고 있었다.

"네가 내 말을 잘 듣는다면, 약속대로 오늘 일요일 밤늦게까지는 집에 가 있게 될 거야. 하지만 조금이라도 우리 일에 비협조적이라면, 넌 여기서 평생 나가지 못해. 알았냐?"

하연은 지옥 같은 여기를 하루빨리 벗어나고 싶었다.

"알았다면, 의자에서 일어나 뒤로 돌아라."

그녀는 벗은 알몸이었다. 다시 뒤로 돌아 칼치와 마주치는 것이 죽기보다 싫었다.

"미안하지만, 너 자신이 우리말을 잘 듣게 하기 위해서, 비디오를 좀 찍어두어야겠어. 찍는 것을 반대한다면, 넌 여기서 한 발짝도 나갈 수가 없어."

그녀가 머뭇거리자, 이어 칼치가 무지막지하게 하연의 머리를 잡아 뒤로 돌렸다. 하연은 저항할 기력도 없이 뒤로 돌려졌다.

칼치는 회심의 미소를 지으며, 비디오를 찍고 있었다.

"수고했어. 이제 일어나, 저기 옷으로 갈아입어."

"넌 이제부터 백련화의 연꽃이 된 거야. 앞으로 시키는 대로 하지 않는다면, 오늘 찍은 이 비디오를 방송사를 비롯해 언론사에 확 뿌릴 테니까, 알아서 잘 하기 바란다."

화장대 옆 탁자 위에는 브래지어 및 팬티의 속옷과 진주홍 빛의 원피스 같은 옷이 한 벌 있었다. 특이하게는 원피스 왼쪽 가슴에 연꽃 한 송이가 수놓아져 있는 옷이었다. 브래지어는 아랫부분에 반만 걸쳐지는 것으로, 젖가슴이 그대로 밖으로 튀어나올 정도였다. 팬티도 너무 얇아 까만 음모의 털이 다 보일 정도였다. 원피스는 말이 원피스이지, 아래 중요 부분만을 아슬아슬하게 가릴 정도로 짧았다.

"빨랑 갈아입어라, 그냥 그대로 알몸으로 손님에게 갈래."

하연은 머뭇거리고 있었다. 무지막지한 칼치였다. 옆에서 옷을 갈아입는 것을 지켜본다고 하더라도 어쩔 수 없는 일이었다.

그가 다시 하연의 눈을 검은 천으로 가리면서, 어딘가로 이끌었다. 칼치는 모처럼 납치해 온 하연을 다시 내보내기가 아깝게 여겨졌다. 하지만 매니저에게 말한 대로 오늘 일요일 밤까지만 붙잡아 두었다가, 나중에 다시 기회를 보아서 불러들이는 것이 나을 것이었다.

칼치 그에게도 생각이 있었다. 오늘 그 재벌 2세라는 놈에게 1억을 받고, 하연과의 자리를 주선해주면 되는 것이다. 이어 또 다른 백주월 멤버에게 막대한 돈을 받고 하연을 넘겨주면 될 것이다. 그렇게 한 달에 한두 번, 형님인 마두목과 박 마담이 고향에 다녀오느라 이곳 피라미드를 비우는 날, 하연을 불러와 백주월 손님들에게 비밀스러운 접대를 하게 하면 된다.

더구나 알몸의 협박용 비디오를 찍어 두었으니, 하연도 다시 부르면 오지 않을 수 없게 될 것이다. 유명 연예인이니만큼, 자신의 입장을 생각해서 여기저기 떠들지 않을 것이다.

우선 오늘 데려온 하연을 보다 더 위협하여, 재벌 2세인 영민이 기다리는 첫째 비밀 룸으로 들여보내는 일을 마무리를 지어야 했다. 청초하고 기품있는 그녀에게는 미안한 일이었지만, 어디까지나 사업상 자신이 그러는 수밖에 없다고 여겼다.

칼치는 다시 한 번 협박하는 것을 잊지 않았다.

"이 방에 들어가서, 손님에게 잘하기 바란다. 손님에게 어떠한 불평이라도 나온다면, 손님 접대고 뭐고 간에, 그 즉시 끌려 나와서 나를 비롯한 부하들한테 뜨거운 불방망이 맛을 보게 될 거야. 또한, 너도 잘 알겠지만, 어디에 가서든지 오늘 일어난 일을 절대 비밀로 해야 한다. 너의 알몸을 찍은 비디오가 방송에 나오게 되는 것을 바라지는 않을 거야.”

“------”

“참, 내 너를 위해 한마디 하겠는데, 술 먹은 남자의 끝은 한 번 여자와 관계를 하려고 드는 거야. 손님이 집요하게 너를 괴롭히면, 네 재주껏 잠자리로 빨리 모시는 것이 네 몸에 나을 거야. 그리고 절대로 손님의 얼굴을 보려고 하지 마라. 손님이 네 눈을 가린 천을 풀더라도, 절대로 눈을 뜨지 마라. 눈을 뜨는 순간에 넌 여기를 빠져나갈 수 없을 테니까?”

“------”

“알았느냐?”

“----예.”

그러면서, 칼치는 회심의 미소를 머금었다. 선의로 말한 것이 아니라, 자신의 목적을 이루기 위해 말한 것임을 하연은 모를 것이다. 하연이 일을 빨리 끝내면, 한 사람의 백주월 멤버를 더 받들게 할 수 있을 것이다.

자신은 이제 이 방에서 일어나는 모든 것을 지켜보며, 특수 설치된 비디오카메라로 녹화를 해두면 된다. 그들에게 장차 좋은 협박용 비디오테이프가 될 것이다. 하연의 나체 비디오를 찍었지만, 성행위 관련 비디오를 찍어두는 것이 보다 강력한 협박수단이 될 것이다. 나중에 하연에게 넌지시 성행위를 한 장면의 비디오를 보여준다면, 연꽃으로써의 비밀 백련화로의 탄생은 자신의 뜻대로 완성될 것이었다.

제 23장

파파라치의 사진 유출

한편 파파라치인 임민호는 납치범의 차량이 떠나가고, 매니저 또한 차를 끌고 떠나간 뒤에도 어찌할 바를 몰랐다. 한참이 지난 후에 비로소 그의 눈앞에서 벌어진 일에 대하여, 현실로 받아들일 수 있었다. '하연이 납치되다니--' 그야말로 특종 뉴스감이었다.

입막음용으로 돈 가방 같은 것이 던져진 것으로 미루어, 매니저가 경찰서에 납치 사실을 신고할 것 같지는 않았다. 그는 시험 삼아, 알고 있던 번호로 매니저에게 전화를 걸었다. 전화를 받지 않았다. 다시 걸었다. 한참 후에 매니저가 전화를 받았다. 짐짓 내일의 하연의 일정이 어떻게 되는지 물어보았다.

"이 한밤중에 당신은 누구요?"

"아, 저는 정하연의 팬인데요, 내일 정하연 씨 일정을 알아보려고 하는 데요?"

뜻밖의 하연의 일정을 묻는 데 대하여, 매니저의 목소리는 다소 겁먹은 목소리로 불안해 보였다. 그녀가 몸 상태가 좋지 않아, 주말 동안은 아무런 행사도 갖지 않고 월요일 행사에 예정대로 참석한다는 것이다.

그랬다. 매니저는 하연의 납치 사실을 숨기고 있었다. 자신 또한 하연이 납치되었다고 경찰서에 알리거나 방송사에 바로 제보할 수는 없었다. 날이 밝은 후 매니저와의 통화를 통해 보다 자세한 진상을 알아본 후에, 신고해도 늦지 않을 것이다.

그 자신 역시 돈을 바라고 사진을 찍어대는 파파라치라기보다는 하연의 진정한 팬으로, 이제 앞으로는 보다 하연에게 가까이 다가갈 수 있으리라 여겼다. 다른 파파라치 경쟁자보다 남몰래 은밀한 비밀을 갖고 있다는 것은 즐거운 일이었다. 다만, 그는 자신만이 아는 이 사건을 어떻게 처리해 나가야 할지 난감했다. 그러다가 문득 방송국에 있는 대학 서클 선배가 생각났다. 그와는 대학에서 사진부로 같이 활동했었던 것이다. 몇 달 전 직장을 그만두고 나왔을 때, 장차 무엇을 해야 하는지에 대해서 의논하기 위해, 한 번 만난 적이 있었다. 그는 늦은 밤이었음에도, 전화를 걸어보았다.

선배가 전화를 받았다.

"선배님! 저 임민호입니다."

"응, 네가 늦은 이 밤에 웬일이냐?"

"그냥 술 한잔 생각나서 전화했어요."

그는 그저 선배를 만나서 하연의 납치에 대하여 이야기하기 보다는, 그러한 충격적인 장면을 찍은 후에 마음을 가라앉혀줄 누군가가 필요했던 것이다.

하지만 선배는 그가 직장을 그만두고 파파라치 일을 하고 있다는 것을 알고 있었다. 그런 그가 한밤중에 전화를 해온 데 대하여, 무언가 있다는 것을 직업적인 직감으로 느끼고 있었다. 또한, 경험적으로도 파파라치 등이 늦은 밤에 뜻밖의 전화를 할 때는 '나에게 중대한 특종이 있소'라고 말하는 것이라는 것을 알고 있었다.

"그러냐. 나도 이제 자려던 참인데, 한잔 같이하자. 너 우리가 저번에 만났던 신촌 부근의 술집 알지?"

"예, 알아요."

"그러면, 지금 그리로 와라. 나도 그리로 출발할게."

선배와 만나기로 한 신촌 부근의 술집은 밤 2시가 넘었음에도 불구하고, 많은 사람으로 붐비고 있었다. 아마 토요일 밤의 여파가 아직껏 지속하는 듯했다. 선배가 먼저 나와 기다리고 있었다. 그뿐 아니었다. 철판 낙지볶음에 소주까지 두 병이 놓여 있었다. 하나의 소주병 마개가 뜯어져 한두 잔 비어있는 것으로 보아, 기다리다가 먼저 들이킨 모양이었다.

"선배님!"

"그래, 어서 와라."

"차를 세워놓고 오느라 늦었어요."

역시 자신의 생각대로 어디에 다녀오는 것이 틀림없다고 생각했다. 그는 후배에게 자연스럽고 다정한 선배로 다가가야 한다고 생각했다. 털어놓으라고 강요하기보다는, 스스로 술김에 의해 털어놓기를 기다려야 한다고 생각했다. 낚싯밥에 고기가 낚이듯이, 좋은 미끼를 풀어놓으면서, 때가 올 때까지 참고 기다려야 한다고 생각했다.

"자, 먼저, 술 한 잔 받아라."

"아뇨, 저 선배, 먼저 담배 하나 주세요."

그가 담배를 피워 물었다. 후유 하고 내뿜는 연기가 고단한 하루를 날려 보내듯, 원을 그리면서 피어올랐다.

"하마터면 선배 얼굴 오늘 못 볼 뻔했어요. 오다가 하마터면 차가 멈춰 설 뻔 했어요. 형편이 넉넉하지 않아, 기름을 조금씩 넣고 다니는데, 기름은 바닥을 보이는데 주유소가 한밤중에 문 열어놓은 곳이 드물어서---."

역시나 그의 예상대로, 이 밤중에 어딘가에 다녀오는 듯했다.

'그래, 어디 다녀오는 데---' 라고 물어보려다가, '후배 스스로 말하기 전에는, 절대로 먼저 다그쳐서는 안 된다. 그러면, 떡밥을 물려던 고기도 달아난다' 를 생각하면서, 그는 말을 바꿨다.

"자아, 술이나 한잔 받아."

"그래, 직장 그만두고 나와서, 파파라치 생활을 하니까 어때. 내가 보기에 자네는 파파라치라기보다는 그냥 톱 탤런트인 정하연이 좋아서 따라다니는 것으로 아는데---."

그는 이야기를 다시 파파라치 세계로 돌렸다.

'이 자리에서 그가 한밤중에 일어난 일을 이야기하지 않는다면, 2차로 아가씨 있는 술집에 가서라도 이야기를 하도록 해야겠다'고 마음먹었다.

"예, 저는 정하연이 좋아요. 그래서 미쳤다는 소리 들으며, 직장도 그만두고 나와 따라다녔는데--- 세상에 이럴 수가 있어요?"

드디어, 뭔가가 나오려 하고 있었다.

"아니, 무슨 이야기인데---."

"아녀요. 선배."

다시 그가 꺼내려던 말을 멈추었다. 불씨를 살려야 했다.

"파파라치를 하다 보면, 밥 굶기를 예사로 한다고 하던데---, 위험한 과속운

전도 해야 하고--,

"예, 정말 그래요, 선배, 저 오늘 저녁도 걸렀어요."

"아니, 어쩌다가--, 이 시간까지 뭘 했는데--, 자아. 술 한잔 더 받게나."

이제 그가 막 낚여 들어오는 중이었다. 그는 술을 단숨에 들이켰다.

"실은 오늘 삼현 그룹 창립 축하연이 남한강의 회장 별장에서 열렸는데, 거기에 정하연이 참석한다고 누군가 알려줘서 따라갔었어요."

"그래, 좋은 사진 찍었나?"

"그게 너무나 엄청난 일이라서---"

"아니, 엄청난 일이라니-- 뭔가 못 볼 것을 본 모양이지?"

그가 순간 멈칫했다.

'아니지, 이런 엄청난 사실을 말하면 안 되지'

"그게 아직은 확실치 않아서---."

"무슨 일인데 그러냐?"

그는 후배에게 유도신문(誘導訊問)을 해야겠다고 생각했다.

"정하연이 재벌 회장과 은밀한 밤을 보내고 있다는 이야기이구먼. 하기야 그 미모와 몸매에 넘어가지 않는 사람이 있으려고. 재벌 회장이면 무소불위의 능력이 있는 사람들이니, 하룻밤에 몇억이라도 써도 아깝지 않을 거야."

"그게 아니라고요! 선배!"

그가 갑자기 큰 소리로 외쳤다. 그는 자신이 진정으로 좋아하고 우상시했던 그녀에게 그러한 엄청난 일이 일어난 것에 대해서 어떻게 해야 할 것인지, 그 자신도 모르게 혼란에 빠져들고 있었던 것이다.

'정하연에게 무슨 일이 일어난 것이 틀림이 없구나!'

후배가 지나치게 과민반응을 하는 것을 보고, 그는 자신의 생각이 틀림이 없다고 생각했다.

"자, 술이나 한잔 더해. 오늘 자네는 무언가에 충격을 받은 것 같네. 이럴 때는 술로 푸는 것이 가장 좋아. 나도 엄청난 일이 있을 때는, 모든 것을 잊고자 술을 하고는 해. 자, 내가 근사한 데 가서 한잔 더 살게. 여기서는 이만 나가지."

그는 후배와 같이 술집을 나왔다. 후배는 연거푸 마신 술로 인해 다소 비틀거리고 있었다. 하지만 아직 의식을 잃을 정도는 아니었다. 그는 '오늘밤 돈을 얼마를 쓰더라도, 후배가 사실을 털어놓게 만들어야겠다'고 생각했다.

밤늦은 시간임에도 길가의 붉은 네온사인이 여기저기 번쩍거리고 있었다. 우리 여기로 들어가 보자. 그는 길가에 늘어선 술집 중에서, 가장 화려한 네온사인이 반짝이는 지하의 술집으로 들어갔다. '황제클럽'이라고 들어가는 입구로부터 출입하는 유리문에 이르기까지 벽면에 여자의 벗은 나체 화보가 붙어 있었다.

"어서 옵쇼!"

그들이 들어가자마자, 눈치 빠른 웨이터가 다가와 인사를 했다.

"조용한 룸 있나?"

"예, 두 분을 황제처럼 잘 모시겠습니다. 여기, 이리로 오십시오."

따라가는 복도의 양쪽으로 룸들이 펼쳐져 있었으며, 밖으로는 음악이 흘러나오고 있었다. 복도를 거쳐 다시 돌아가서 웨이터가 안내한 룸은 가장 안쪽의 룸이었다. 사방이 은은한 불빛이 비쳐 나오고 있었으며, 바닥도 반짝반짝 빛나고 있었다. 테이블 위에는 여러 음료수와 술잔 등이 세팅되어 있었다.

"잠깐 앉아 계십시오."

"아니, 선배님 여기는 어디입니까. 상당히 비싼 술집 같은데요?"

"야, 그건 걱정하지 마. 내가 오늘 쏜다. 네가 이렇게 오려고 그랬는지, 오늘 낮에 공돈이 생겼어."

그는 후배를 안심시켰다.

'야, 너 이놈아. 내가 너한테 지금부터 쥐약을 먹이려는 거야'

그는 비정한 사회현실에서 살아남기 위해서는 어쩔 수 없다고 생각했다. 후배가 순순히 오늘 일어났던 일을 이야기해준다면 다행이지만, 그렇지 않다면 술을 먹여서 의식을 잃게 하고, 그의 자동차를 살펴볼 예정이었다. 아마도 현장에서 바로 오는 것이 틀림없어 보였으니, 차 안에 사진기가 그대로 실려 있을 터였다.

"어디서 생겨요?"

"응, 어디 취재를 나갔더니, 자기네 회사 잘 보아달라고 거마비라고 넣어주더라. 회사 이미지 제고에는 방송의 힘이 절대적이니까. 어느 회사든지 취재를 나가면 액수의 많고 적음이 있을 뿐이지, 다 주고 있어."

"얼마 받았는데요?"

"응, 일백만 원"

자신이 일백만 원까지는 아깝지 않게 쓰겠다는 뜻이기도 하였다.

"오늘 선배님 덕분에, 말로만 듣던 별나라 구경하게 생겼네요?"

"그래, 기다려봐. 이런 술집들에 몇 번 와 봐서 잘 아는데, 아주 멋진 밤이 될 거야."

이어 노크 소리가 들리더니, 담당 책임자인 듯한 나이가 다소 들어 보이는 사내가 들어왔다. 들어오자마자, 그는 선배의 앞에 무릎을 꿇고, 눈높이를 아래로 하여 메뉴판을 펼쳐 보이며 말했다.

"손님 여기 술값 어떻게 되는지 아시죠. 어느 코스로 하시겠습니까?"

"야! 구질구질한 이야기 말고, 당연히 황제 코스로 하고 말이야. 돈 걱정하지 말고---. 어디 쌈박한 아가씨나 빨리 들여보내. 술은 알아서 주고---."

그러면서 지갑을 꺼내더니, 손에 집히는 대로 몇만 원을 담당에게 쥐어 주는 것이었다.

"감사합니다. 가게에서 제일 퀸카를 선발하여 모시겠습니다."

담당이 입이 찢어지라 벌어져서, 부리나케 나갔다.

잠시 후에, 문이 열리고 담당 웨이터가 다시 들어왔다. 그 뒤로 아가씨들이 따라 들어왔다.

"특별히 신경 좀 썼습니다. 한 명 더 해서, 우리 가게 퀸카 중에서 다섯 명을 데려왔습니다."

"야, 여기들 쭈욱 서 봐라."

모두가 하늘거리는 옷차림에, 무릎 위까지 올라가는 미니스커트를 입은 늘씬한 아가씨들이었다.

"야, 오늘 너를 위한 자리이니, 네가 먼저 골라라."

"선배님, 저는 아무 아가씨나 좋아요."

"그러지 말고, 골라봐 인마! 이왕 술 먹는 거, 기분 좋게 먹게."

"그래도 전---."

"그래 그럼, 내가 알아서 할게."

선배가 아가씨들을 쭉 살펴보았다.

"됐어. 너희는 일단 나가 봐."

웨이터가 다시 선배 앞에 무릎을 꿇었다.

"어느 아가씨로 할까요?"

“응, 중앙에 있던 아가씨와 맨 왼쪽 아가씨로 들여보내.”

“예, 알겠습니다.”

웨이터가 아가씨들을 부르러 다시 나갔다.

“야, 누군가 그러던데, 여자 발목이 가느다란 아가씨가 애교가 많고, 밤일이 최고라고 하더라. 그러니 맨 왼쪽에 아가씨는 네 옆에 앉혀라.”

“그런데 네 차는 잘 주차해 두었니? 딱지 떼는 곳에 주차해 두지는 않은 거야?”

후배가 혹시나 하연에 관한 일을 털어놓지 않을 것에 대비하여, 차갑게 계산된 말이었다.

“아, 예, 아까 그 술집 뒤편 블록에 적당한 곳에 세워두었어요.”

이내 여자 두 명이 들어왔다. 화사한 밝은 빛의 옷을 입은 여자와 발목이 가느다랗다는 아가씨였다. 두 명 모두 뛰어난 미인이었다.

“오빠들 만나서 반가워요.”

아가씨들이 옆에 다가와 앉았다. 그녀들에게서 감미로운 향수 내음과 살 내음이 풍겨 나오고 있었다. 황제클럽이라고, 황제처럼 모신다고 하더니, 아가씨들의 교태로운 웃음 속에 정말 별천지가 따로 없다고 생각했다.

처음에 폭탄주를 만든다고 할 때는 네 잔씩 만들어 두세 번 일행이 같이 마셨지만, 어느 순간에 각자의 파트너인 아가씨와 마시고 있었다.

선배는 능숙하게 옆의 아가씨 옷을 벗겨가면서 술을 마시고 있었다. 하지만 임민호는 젊은 나이에 그러한 분위기에 머쓱하여, 옆의 아가씨가 따라 주는 술잔을 마다치 않고 마셨다. 간간히 선배의 파트너도 자신에게 집중적으로 술을 권하고 있었다. 실은 빨리 취하게 하도록 선배가 시켜서 하는 일이었지만---. 그는 옆의 아가씨가 하라는 대로 몸을 맡기고 있을 뿐이었다.

몇 번이나 춤을 같이 추었는지, 몇 잔의 술이 더 오갔는지, 무슨 말이 어떻게
오갔는지, 환락의 음악 속에 그의 정신은 혼미해져 갔다.

제 24장

백련화 연꽃의 탄생

2003.10.18. 토요일 26:00~26:30 일요일 02:00~02:30

한편 그 시각, 납치된 정하연이 칼치에 이끌려 검은 천에 눈이 가려진 채로, 들어선 방에서는 재벌 2세인 송영민이 학수고대하며 기다리고 있었다. 그는 하연을 보자마자 호탕 웃음을 터트리면서 일어나, 하연의 손목을 잡아끌어 바로 자신의 옆자리에 앉혔다. 그의 입에서 술 냄새와 담배 냄새가 어울려진 역겨운 냄새가 화~악 풍겼다. 벌써 술이 상당히 취한 상태였다.

앉히자마자, 칼치가 지켜보는 것도 아랑곳하지 않고, 그녀의 파인 젖가슴으로 손을 집어넣었다. 그뿐만이 아니었다. 그녀의 젖가슴을 쥐어 짜듯이 자신에게 끌어당기려 하였다. 이에 하연은 소리를 지르며 그의 손을 밀쳤다. 순간 영민은 같이 따라온 칼치를 보면서 소리를 질렀다.

"아니, 이게 뭐야! 이러려고 여태껏 시간 허비하게 했소?"

칼치가 입술을 깨물고, 날카로운 눈으로 하연을 째려보았다. 순간 칼치가 하연의 젖가슴을 움켜 잡아당기며, 말했다.

"야, 너 아직도 정신을 못 차렸어. 정말로 이럴 거야, 손님 접대고 뭐고 여기서 끌려나가서, 내 불방망이 맛을 진짜 보고 싶어. 아이고, 이걸 그냥---, 여기서 옷 벗기고 해버릴까!"

순간적으로 하연은 움찔거리며, 덜컥 겁이 났다. 다시 그에게 끌려나간다면, 오늘 여기 이 자리보다 더 고통의 시간이 될 것은 분명했다. 하연은 고개를 떨구었다.

그러자 영민이 다시 호기롭게 그녀의 허벅지를 치면서, 자신에게 바짝 붙어 앉으라는 신호를 하며 끌어당겼다.

이어 칼치에게 무언가 눈짓을 보내는 것이었다. 걱정 말라는---. 자신이 반드시 약속을 지킨다는 신호였다. 그래도 칼치가 나가지 않자, 뒷주머니에서 무언가를 꺼내더니, 칼치에게 건네주는 것이었다. 수표였다.

칼치가 웃음을 머금더니,

"야! 내가 다시 이 방에 들어오지 않게, 손님 잘 모셔라."라는 협박성 말을 건네고는 이내 문을 열고 사라졌다.

영민이 말했다.

"야! 여기 술부터 한잔 따라 올려라."

술좌석에서는 눈을 가린 채, 손님 접대를 해야 한다는 것을 칼치로부터 교육받았지만, 뭘 어떻게 해야 하는지 모르는 그녀였다. 그가 술병을 쥐여주며, 술잔을 술병에 두드리고 있었다. 마지못해 술을 따르는 그녀의 손이 떨리고 있었다.

"천하의 미녀가 술을 따르니, 기분이 최고로구나!"

"몸매가 드러나게 파인 옷을 입은 게 색정적으로 아주 죽이는데, 자리에서 일어나 보아라."

"------"

그녀가 마지못해 일어났다. 가슴에 백련화가 수놓아진, 무릎 위로 미끈한 허벅지를 그대로 드러낸 초미니 원피스였다. 또한, 어깨와 가녀린 팔뚝을 드러낸 진주홍의 원피스가 몸에 달라붙어 그녀 몸매의 굴곡을 여실히 보여주고 있었다.

영민이 입맛을 다셨다. 검은 천에 눈이 가려진, 그녀의 몸을 훑어보며 말했다.

"그래, 좋은 몸매인데, 여기 앞으로 나서서 몸매 자랑도 할 겸, 신고식을 해 봐라."

"------"

"야, 네년하고 이런 자리를 만드느라, 1억 원을 들였으니 알아서 잘해라. 방금 칼치의 말 잘 들었지, 한 번만 더 시키는 대로 하지 않으면, 나도 이제는 더 못 참는다."

'신고식이라니, 이게 무슨 소리란 말인가?

그녀는 불안감에 떨면서 옷매무새를 다듬었다. 그가 앞으로 이끌었다. 다소 널찍한 공간이었다.

"뭐하는 거야. 빨리 신고식 하지 않고---."

"------"

"너 정말로 안 할 거야. 다시 칼치를 불러내야겠어? 이게 이제 보니, 사람을 봐가면서 놀고 앉았네."

칼치를 들먹이는 소리에 하연은 급히 말했다.

"신고식을 어떻게 하는지 몰라요."

그녀가 신고식을 알 리가 없었다.

하연이 마지못해 "즐거운 시간 되세요."라며, 고개를 숙였다.

그러자 영민이 다시 소리를 내질렀다.

"야! 그걸 신고식이라고 하는 거야. 네 이름과 나이를 말해야 할 것 아냐. 그리고 유방과 허벅지는 어디에 팔아먹었어. 그거라도 보이고 해야 하는 것 아냐. 다시 해봐."

"------"

"어, 안 한다 이거지. 이게 나를 아주 우습게 보는데---."

"------"

"야. 안 되겠어. 야, 거기 출입구의 초인종 눌러서, 칼치를 다시 불러야겠다. 이거 돈 1억이 뉘 집 강아지 이름이야!"

한편 칼치는 다른 방에서 비디오카메라로 자동녹화 스위치를 틀어놓고서, 지켜보고 있었다. 새삼스럽게 직접 하는 것보다 훔쳐보는 것이 성적 흥분을 자극하고 있음을 느끼고 있었다. 지금쯤은 자신이 한 번쯤 가서, 다시 한 번 협박하고 오는 것이 낫겠다고 여겼다.

"다시 할게요."

하연은 기어들어가는 목소리로 말했다.

"그래, 이번에는 제대로 해봐."

하연은 마지못해 한쪽 무릎을 들어 올려 허벅지 사이를 드러내고, 한쪽 젖가슴을 드러내 보이게 한 채로, "정하연이에요. 23세이고요. 즐거운 시간 되세요."라고 울먹이듯이 말했다.

"그래. 그 정도는 해야지. 하지만 아직도 멀었어, 백련화로 교육을 덜 받았나 보네.”

“끝에 누구한테 신고하는지 말해야 할 것 아냐?”

술김을 빌어 영민은 고양이가 쥐를 가지고 놀듯이, 하연을 마음껏 농락하고 있었다.

그때였다. 문에 노크 소리가 나자마자, 칼치가 문을 열고 들어왔다.

“뭐, 밖에서 들으니 시끄러운 편인데, 문제가 있습니까?”

순간 하연은 얼어붙듯이, 몸을 웅크렸다.

“아냐, 신고식 받는데, 영 엉망이네.”

“아, 미처 제대로 교육을 시키지 못한 면이 있는데---.”

“야, 너 손님이 시키는 대로 제대로 하지 않는 모양인데, 정말 정신을 차리게 해줄까?”

칼치가 큰 목소리로 겁을 주며 말했다.

이어 칼치가 다가와 하연의 원피스 밑자락을 휘익 찢어낼 듯이 들어 올렸다.

“아니에요, 잘할게요.”

칼치가 그녀의 엉덩이를 여기저기 주물러 댔다.

“야, 정말로 제대로 못 할 거야!”

이어 철썩 소리가 나도록 엉덩이를 치면서,

“똑바로 잘해라. 나 화나게 하지 말고---.”

이어 영민에게 눈을 찡긋하면서, 칼치가 문을 열고 나갔다.

다시 영민이 닦달하면서 말했다.

“이거 원, 힘들어 못 해먹겠네. 일일이 가르쳐야 하니---.”

“------”

"여기 백련화들은 끝 부분에 '오빠'나 '주인님'을 넣어 이야기하는 데, 난 2차를 같이 하면서 밤을 새울 것이니까, '주인님'으로 해서 다시 신고해 봐."

"--------"

하연은 엄청난 요구에 정신을 차릴 수 없었다.

"야, 정말 안 할 거야!"

"에이, 성질나서 안 되겠다."

그가 자리에서 일어나 문가로 가는 듯했다.

"할게요. 제발---."

칼치가 다시 들어온다면, 더 최악의 상황이 벌어질지 몰랐다.

하연은 다시 허벅지 사이를 드러내고, 한쪽 유방을 드러낸 채로

"정하연이에요. 23세이고요. 즐거운 시간 되세요. 주-인-님."이라고 울먹이 듯이 말했다.

영민은 시키는 대로 하는 그녀이었지만, 보다 강하게 밀어붙여야 한다고 생각했다.

"야, 다시 해라, 유방도 두 쪽 다 드러내고, 엉덩이도 섹시하게 흔들며 말이야, 마지못해 하지 말고, 애교스런 목소리로 못하겠어, 이거 시체랑 술을 먹는 것도 아니고---."

"-------"

"빨리 못햇!"

"정하연이에요, 23세이고요. 즐겁게 해드릴게요. 주-인-님".

영민은 그녀가 고운 목소리로 시키는 대로 하는 것을 들으며, 황홀경에 빠져 드는 듯했다. 하지만 더욱 내몰아야 한다고 생각했다.

"야, 고분고분 내 말을 안들은 벌을 하나 내려야겠다. 나간 김에, 뭐 하나 벗

어 던지고 들어와라."

하연은 뜻밖의 요구에 당황했다.

"뭐해, 나간 김에 뭐 하나 벗으라니까?"

"------"

"이거 정말 성질나네."

하연은 할 수 없었다. 지금 하나를 선택한다면, 브래지어를 벗어내는 것밖에는--.

영민은 브래지어를 벗어내는 하연을 만족한 듯이 지켜보고 있었다.

"야, 뭘하고 있어. 들어와 빨리 술 한잔 더 따르지 못하고---."

그녀가 뒤뚱거리며 들어오는 것을 다시 그가 손을 이끌어, 그녀의 옆에 앉혔다. 다시 술병을 쥐여 주고, 술을 받으면서 한마디를 하는 것을 잊지 않았다.

"야, 네가 연예인이라고 그러는 모양인데, 넌 오늘 백련화로 여기 있는 거야. 다른 백련화는 얼마나 서비스를 잘하는지 알아?"

영민이 그러면서 하연의 가슴속에 손을 넣어 젖가슴을 다시 주무르면서 말했다.

"야, 그럼 이번에는 다시 나가서 2차 신고해 봐라."

2차 신고라니, 하연은 놀래서 제정신이 아니었다.

"------"

"정말 안 할 거얏!"

"어떻게 하는 것인지 몰라서---."

"이거, 교육도 하나 안 받고 왔네. 이걸 백련화라고 1억을 내놓다니---."

"------"

"야, 음악에 맞춰 섹시하게 춤추는 거야, 그러면서 옷을 하나씩 벗어내려."

어느새 그의 손이 허벅지에서 그녀의 은밀한 곳으로 파고들고 있었다. 그녀는 그것을 피하려면 일어나는 수밖에 없었다. 다시 그가 이끌어 앞에 세워놓고 스위치를 눌렀는지, 음악이 나오고 있었다.

"뭐해, 안 벗을 거야."

그녀는 울먹이면서, 음악 속에서 마지못해 옷을 벗어 내리며 춤을 추고 있었다. 그녀의 진주홍 원피스가 벗어져 내리고, 슈미즈가 내려지자, 그녀의 탐스러운 유방이 드러났다. 남은 것은 팬티뿐이었다. 팬티 사이로 그녀의 검은 숲이 보일락 말락 하고 있었다.

영민이 흡족한 듯이 지켜보고 있었다.

"그래, 그렇게 좋은 몸매를 감추고 있는 것은 죄악이야."

알맞게 부풀어 오른 동그란 하얀 유방에 선홍빛 유두가 빛나고 있었으며, 가는 허리에 비해 튀어나온 탐스러운 엉덩이의 흘러내린 곡선이 미끈한 허벅지로 이어지면서, 말할 수 없이 섹시하게 보이고 있었다.

술에 취한 그였지만, 참지 못하고, 자리에서 일어났다. 그는 그녀의 뒤로 다가갔다. 그녀의 머릿결 냄새가 코에 스며들었다. 그는 그녀의 뒤에서 두 유방을 두 손으로 감싸 안았다. 하연이 거부의 몸짓을 보이다가 체념한 듯, 이내 수그러들었다. 입으로는 그녀의 가녀린 목선을 훑어 내렸다. 음악에 파묻힌 한동안의 시간이 지나가고 있었다. 영민은 꿈을 꾸는 듯, 하연을 뒤로 부둥켜안고 향기로움의 시간에 도취되어 있었다.

음악이 끝났다. 하지만 영민은 다른 노래를 틀었다. 이번에는 하연을 앞에서 부둥켜안았다. 두 손으로는 그녀의 엉덩이를 끌어당겼다. 그녀의 비밀의 숲에 그의 심벌을 밀착하도록 하여 몸을 흔들어 대고 있었다. 그가 하연의 입에 강제적으로 키스하고자 하였다. 하연이 얼굴을 돌려 피했다.

하지만 영민은 이어 오른손으로 그녀의 팬티 속으로 손을 집어넣었다. 그녀가 놀라며, 엉덩이를 뒤로 뺐다. 다시 입으로 그녀의 왼쪽 유방을 깨물듯이 물어 빨아 당겼다. 그녀가 아픈 듯 신음소리를 냈다.

그는 한시도 하연을 내버려 두지 않고, 온몸을 괴롭히고 있었다.

하연은 칼치의 말을 떠올렸다. 남자들의 술자리 마지막은 잠자리를 하는 것이라고---. 하연은 오늘 이 자리가 피할 수 없다면, 차라리 빨리 끝내는 것이 나을 것이라고 마음먹었다.

하연은 영민에게 귓속말로, 애교 띤 목소리로 말하였다.

"저는 술을 잘 못해요. 거기다가 지금 몸도 안 좋은데, 방에 들어가서 같이 잠자리했으면 해요."

영민으로서는 스스로 하연이 먼저 잠자리를 함께하자는 말이 놀라웠다. 칼치에게 어떠한 교육을 받았는지 모르겠지만, 그렇게 도도하던 하연이 이렇게 나긋나긋하게 나올 줄을 몰랐다. 하지만 이럴 때일수록 강하게 몰아붙여야 한다고 생각했다.

"응, 방으로 들어가자고---."

"---예"

"안돼, 오늘 밤이 새도록 술 마시려고 했는데, 벌써 끝내면 안 되지."

"정말로 어지러워서 서 있을 수도 없어요. 이제 그만---."

"야, 그럼 잠자리에서 애교 잘 부릴 수 있겠어."

"------"

"야, 너 요분질과 감창이라고 들어봤어."

"------"

"대답이 없는데, 그럼 밤새 술이나 마셔야지."

“아녀요. 잘할게요.”

하연은 입술을 지그시 깨물었다.

‘피할 수 없는 길이라면, 맞서 나아가리라’

“그래, 그럼 이리와.”

영민이 그녀를 들어 안아, 익숙한 듯이 옆의 또 다른 방으로 밀고 들어갔다. 욕조가 갖추어진 깔끔한 방이었다. 가운데에 더블 침대가 놓여 있었다. 영민은 방안으로 들어서자마자, 하연의 팬티를 벗기려 우악스럽게 달려들었다.

하연은 거부하지 않았다. 그는 미친 듯이 달려들었다. 보름여 전의 꿈에서 구렁텅이에 빠졌을 때, 미친 듯이 달려들던 뱀처럼, 그녀의 온몸을 미친 듯이 핥고 주물렀다. 하연은 나무토막처럼 가만히 누워있을 뿐이었다. 그가 뭐라고 구시렁거렸다. 그녀의 베갯머리에 눈물이 흘러 쌓여 갔다.

하연은 인혁을 떠올렸다. 인혁이라도 있었다면, 오늘 이 지경까지는 오지 않았을지도 모른다는 생각을 하니, 더더욱 가슴이 아팠다. 더구나 그동안 자신이 고이 지켜온 처녀성을 사랑하는 인혁이 아닌, 망나니 같은 놈에게 빼앗긴다는 것이 너무나 서글펐다. 노 회장도 그렇게 자신을 지켜주었건만---.

하연에게 있어서 너무나 비참하고 고달픈 하루가 지나가고 있었다. 모든 것을 잊고 싶은 마음뿐이었다. 하지만 이러한 것들이 이제 시작에 불과하다는 것을 하연은 알 수가 없었다.

제 25장

백련화 난초의 저항, 연꽃의 시련 2

2003.10.18. 토요일 26:30 일요일 02:30

한편으로 천장에서 은밀히 비밀 카메라가 돌아가고 있었다. 지켜보는 칼치의 입가에 미소가 흘렀다. 생각 외로 하연이 재벌 2세인 영민을 빨리 잠자리로 이끌어 나간 것이다.

칼치는 하연을 영민이 있는 룸에 데려다 주고 나와, 별도의 비밀방에서 CCTV 녹화를 하면서, 한숨 돌리는 중이었다.

조금 전에, 연꽃인 하연이 받들 두 번째의 백주월로 박이건 사장을 점찍어서, 벌써 전화를 걸어둔 상태였다. 아마도 지금쯤 이곳 피라미드로 차를 몰고 오고 있을 터였다. 기획 부동산의 박 사장이 여자를 밝히는 것은 익히 알고 있는 터였다. 술을 접대할 백련화가 탤런트 정하연이라는 이야기는 하지 않았지만, 대한민국 최고의 미녀가 접대하려고 기다리고 있다고 하는 순간, "곧 달려가겠소."라고 기대에 부풀어, 목소리가 들떠 있으므로 미루어, 눈치 빠른 박 사장이라면 일전에 자신과 주고받은 대화로써 백련화가 정하연임을 간파했을 것이다.

그가 1억 원을 내놓고 하연을 선택할지는 알 수 없었다. 그러나 1억이 안 된다면, 5천만 원 아니 3천만 원에라도 흥정하기로 마음먹었다. 그녀의 미모를 본다면, 아니 정하연이라는 것을 아는 순간에, 5천만 원 이상은 받아낼 수 있을 터였다.

또한, 낮에 하연을 재운다 할지라도, 일요일 밤 피라미드를 떠나기 전에, 또 다른 세 번째의 백주월 멤버에게 막대한 돈을 받고 하연을 넘길 수 있을 것이다. 매니저에게 입막음 조로 1천만 원을 건넸지만, 적어도 그보다 20배가 넘는 수익을 낼 것이다.

칼치는 술에 취한 영민이 깊이 잠들기를 기다렸다. 이제 하연을 다시 불러내어야 할 시간이 다가오고 있었다. 칼치는 정하연을 박 사장에게 넘겨주기까지 남는 1시간여 동안은 '하연과 술자리를 하면서, 조금 더 위협을 하고 그녀를 손보아 주리라' 마음을 먹었다.

그 자신도 하연과 영민의 비디오를 보면서, 한껏 부풀어 오른 욕정을 풀어내고 싶었다. 자신은 형님의 여자인 백합만큼은 여태껏 건드리지 않았지만, 그동안 텔레비전에 나온 하연을 볼 때마다, 묘하게도 마음이 흔들렸던 것이다.

칼치는 담배를 하나 빼어 물었다. 자신의 계획대로 피라미드가 본궤도에 오르려 하는 것이다. 여대생 백합에 이어, 정하연이 연예활동을 하면서 한 달에 한두 번씩 여기 피라미드 비밀요정의 백련화로 활동하게 한다면, 백주월 멤버에게 큰 환영을 받을 것이다. 그녀의 모든 것을 비디오카메라로 녹화해 두었으니, 그녀도 함부로 발설하지 못할 것이라는 확신이 들었다.

다만, 두 번째로 납치해온 난초가 문제였다. 아직 박이건 사장에게는 비밀로 하고 있었지만, 우아하고 고상한 난초를 교육시켜 박 사장의 술자리 시중을 들게 해준다면, 박 사장으로부터 막대한 돈을 받아낼 수 있을 것이다. 하지만 박 사장이 이야기했던 대로, 그녀는 너무나 완강했다. 백합에 이어 두 번째로 납치해 데려온 그녀는 이제 일주일이 다 지나가는 지금까지 아무런 발전이 없었다. 온갖 협박과 위협에도 말을 듣지 않고 아직 버티고 있는 것이 마음에 걸렸다. 오히려 단식하는 등 죽음을 불사하고 저항을 하고 있었다.

이때 부하인 최광두가 헐레벌떡 달려와 문을 두드렸다. 힘은 세지만, 다소 미련해서 석두라는 별명으로 불리는 놈이었다.

"칼치 형님, 난초가 이상해요. 이따금 헛소리를 중얼거려요."

또한, 그녀가 온몸이 고열로 몸이 뜨겁고, 기침을 계속해대고 있다는 것이었다.

"어쩌지요. 의사에게 데려가든지 해야 할 것 같은데요?"

칼치는 그렇게 독한 계집은 처음 보는 것이었다. 그 어떤 회유와 협박을 해도 그녀는 요지부동이었다. 굶기면 말을 잘 들을 것으로 생각한 것이 오산이었다. 오히려 더 나빠졌다. 마치 생을 포기한 것처럼, 음식과 물을 거부하고 죽기로 덤벼드니, 이제는 문득 그녀가 더 무섭게 느껴졌다. 하지만 이미 엎질러진 물이었다. 이제 그녀를 집으로 데려다 주기에는 너무 늦은 셈이었다.

그녀가 기침을 심하게 하는 것으로 보아, 폐렴 등에 걸려 있는지도 몰랐다. 이제 그녀가 죽게라도 된다면, 그녀를 납치해 교육을 시켜 백련화의 멤버로 만들려고 했던 자신의 모든 계획이 수포로 돌아갈 것이었다.

그렇다고 돌려보낼 수도 없었다. 이럴 날에 대비에서 눈을 가리고 들어와 그녀는 여기가 어딘지 모르겠지만, 영리한 그녀가 박 사장과의 관련을 떠올릴 수 있을 것이고, 여기에서 일어난 일에 대하여 말하지 않는다는 보장이 없었다. 그렇게 되면, 자신의 계획 모두가 물거품이 될 것이다.

'아냐, 살려야 한다. 이대로 죽게 둘 수는 없어'

칼치는 그녀에게 가 보아야 하겠다고 마음먹었다.

"야, 가보자!"

비밀 룸의 문을 열고 들어가자, 그녀는 모든 것을 포기한 듯 퀭한 눈이었지만, 이내 칼치인 것을 알아차리자마자, 칼치의 바지를 붙잡으며 무섭게 달려들었다. 그녀의 눈은 살기를 띠고 있었다. 칼치가 바지를 붙잡은 그녀를 떼어내려고 하였지만, 연약한 여자의 손이라기보다는 로봇의 팔처럼 엄청난 힘이 실려 있었다. 칼치는 안간힘을 다해, 가까스로 그녀의 손을 떼어내며 뒷걸음질을 쳤다.

"여기 또 다른 두 여자가 있지. 이제 머지않아 경찰의 수사망이 여기로 들이닥치게 될 것이야. 내 꿈 일기장!"

그녀는 실성한 사람처럼, 칼치에게 내뱉고 있었다. 정신이 들어왔다 나갔다 하는 것 같았다. 칼치는 놀라고 있었다.

'다른 두 여자가 있다는 것을 어떻게 해서 안다는 말인가?'

'또한 꿈 일기장이란 것은 대체 뭐란 말인가?'

"야, 석두, 이리와 봐."

"예, 형님"

"퍼억--. 퍽, 아악, 악--"

"너 이 새끼 입 조심하라고 했지."

"아니! 형님 왜 그러십니까?"

"백합과 하연 이야기를 왜 떠들어서, 난초가 알게 한 거야. 이 새끼야!"

"옛, 저는 이야기한 적이 없는 데요."

"말이 많아. 네 새끼가 말하지 않았으면, 어떻게 알겠어. 새꺄!"

"퍼-억!"

"그리고 저년이 말한 꿈 일기장이라는 것이 대체 뭐야?"

"꿈 일기장이라는 것도 저는 모르겠습니다."

"네놈이 그걸 알면, 석두가 아니게. 넌 학교 다닐 때 뭐했어. 맨날 공부 안 하고 장난만 치고 떠들었지! 새꺄! 그놈의 튀어나온 이빨 안 집어넣을 거야."

그는 또 다른 부하 두 놈에게 물었다.

"야! 우진, 망치. 네놈들은 어떻게 생각해! 꿈 일기장이라는 것이 뭐야?"

"옙. 꿈 일기를 썼다는 노트가 아닙니까?"

"야! 새꺄! 그걸 말이라고 해. 일기 쓰기도 바쁜 판에 무슨 꿈 일기야. 난 말이야, 일 년에 꿈 한 번도 안 꾸는데-----. 꿈이라는 것이 다 엉터리야. 난 죽는 꿈을 몇 번씩 꿨는데, 이렇게 멀쩡하게 살아 있잖아."

옆에서 우진이 한마디 거들었다.

"거 형님! 꿈꾸고 복권에 됐다고 하는 사람이 한둘이 아니더구먼요. 몇 년 전 저희 고향에서는 대통령하고 악수하는 꿈을 꾼 사람이 복권에 당첨되었지라야. 또한, 꿈을 잘 못 꾸는 사람은 잘 꾸는 사람이 대신 꿔주기도 한다는 구만이라---."

"새꺄! 그게 무슨, 다 우연의 일치지, 무슨 얼어 죽을 꿈이야. 뭐 꿈을 다른 사람이 대신 꿔준다고? 새꺄! 그것이 뭔 귀신 씨나락 까먹는 소리야. 대신 마누라나 내놓으라고 해!"

칼치가 부하들에게는 큰소리를 쳤지만, 내심 찔리는 것이 있었다. 사실 오래전에 자신과 동거했던 여자가 임신했었으나, 이내 아기가 유산된 바가 있었던 것이다. 그 일이 있기 며칠 전, 그녀가 말한 꿈 이야기가 떠올랐다.

"지난밤에, 손톱에서 또 다른 손톱이 하늘 방향으로 튀어나오더니, 그대로 툭 땅에 떨어지는 꿈을 꿨어요."

손톱이 빠지는 꿈이 재수 없는 꿈이라고 생각하고 있었지만, 뜻밖에 그녀의 유산소식에도 그 꿈이 유산을 예지하는 꿈이었다고 믿고 싶지 않았다.

하지만 그 당시 동거녀는 꿈을 믿고 있는 눈치였다. 평상시에도 이따금 꿈꾸고 일어난 일을 이야기하면서, 꿈이 신기하다는 이야기하고는 했었다. 그러다가 평소에 친하게 지내던, 옆집 동철 엄마가 뱀이 숲 속으로 달아나는 꿈을 꾼 지 몇 달 만에, 다섯 살 자식을 교통사고로 잃은 것을 알게 된 후로는 더욱 꿈을 믿는 눈치였다.

'꿈이란 것이 과연 무엇이란 말인가?'

'아니 꿈 일기장 속에, 우리가 이런 짓을 하게 되리라는 것을 적어두었다는 말인가?'

'살아오면서 자신도 신기한 꿈 이야기를 들은 바 있지만, 그때마다 미신시 취급해오면서, 오늘날까지 살아오지 않았던가?'

'그래 꿈은 미신이야. 지금 급한 것은 일단 '저년을 어떻게 해서든지, 회복시키는 거야'

칼치는 머리가 아파왔다. 문득 박 사장의 말이 떠올랐다.

"그녀가 죽으면 죽었지, 말을 듣지는 않을 것이라는---."

이제 칼치는 무언가 잘못되어가고 있다는 것을 확실히 깨닫고 있었다. 애초에 그녀에게 겁을 줘서 말을 듣게 하여, 박 사장을 비롯한 백주월 멤버에게 손님을 받게 한 후에 적절한 때에 돌려보내려고 했었다. 하지만 그녀의 완강한 저항으로 인하여, 이제 모든 것이 수포로 돌아갈 지경에 이르렀다. 아직 형님이나 박 마담이 모르고 있지만, 언젠가는 알게 될 것이다.

그렇다고 이제 와서 이대로 돌려보낸다면, 그녀는 박 사장을 경찰서에 고발할 것이다. 그렇게 된다면 수사 과정에서 박 사장을 통해, 여기 피라미드의 존재가 드러날 것이며, 그동안 쌓아올린 공든 탑을 무너뜨리는 것이 되고 말 것이다.

그는 자신이 너무 쉽게 생각했다고 후회했다. 그는 모든 여자가 자신의 협박에 넘어갈 것으로 생각했지만, 그렇지 않은 여자가 있다는 사실을 받아들이기가 어려웠다. 이제 어떻게 해야 한다는 말인가?

더구나 오늘밤은 미친 듯한 행동을 하는 것이다. 칼치의 마음속에 왠지 모를 검은 그림자가 배어들고 있었다.

'독한 년---. 어디 네년이 어디까지 가나 보자'

오늘은 기분도 그렇고, 이제부터 하연과 찐한 술자리나 하면서, 난초로 인한 골치 아픈 일들은 잊어야겠다고 생각했다.

연꽃의 시련 2

다시 비밀 룸으로 돌아온 칼치는 이제는 영민의 방에서 하연을 데리고 나와야겠다고 생각했다. 피곤한 하연에게는 미안한 일이지만, 시간이 없었다. 일요일인 오늘밤 내로 밖으로 내보내 주어야 하기에, 바삐 움직여야 한다는 말로 달래는 수밖에 없다고 생각했다. 방의 모든 열쇠는 자신에게 있었다.

칼치는 영민과 하연이 있는 방으로 들어섰다. 영민은 곯아떨어져 자고 있었지만, 하연은 자고 있지 않았다. 아마도 그녀에게 들이닥친 충격적인 일을 받아들이기 어려웠을 것이었다. 하지만 시킨 대로 검은 천으로 눈을 가린 상태였다. 눈을 가린 것을 풀면, 여기 피라미드에서 절대로 못 나갈 것이라는 협박을 믿고 있는 모양이었다. 아니, 추악하고 더러운 세계를 그녀 눈으로 확인하고 싶지 않았을지도 모를 일이었다. 그는 하연의 입에다 손가락을 가져다 대며, 밖으로 나오라고 손을 잡아끌었다. 그녀가 놀라움에 몸을 떨면서, 몸을 일으켰다. 옷을 입어보았자, 아까 주어진 백련화 옷이 전부였다. 이제 그녀를 데리고, 또 다른 비밀 룸으로 가야 했다. 눈이 가려진 채로, 억지로 따라오는 그녀는 두려움에 떨고 있었다.

또 다른 비밀 룸에 들어서자마자, 그는 문을 잠갔다. 이제 밖에서는 아무런 소리도 들을 수 없을 것이다. 뒤따라 들어온 하연이 문을 잠그는 소리에 겁을 집어먹고 있는 듯했다. 칼치는 하연의 눈을 가린 검은 천을 풀렀다. 이제 자신만큼은 그녀의 아름다운 얼굴을 대하면서 술자리를 갖고 싶었다.

자신에게 주어진 시간이 얼마 남지 않았다. 하연과 짧고 굵게 보내야 할 것이다. 하연을 회유하고, 겁을 줘서 빨리 마치는 것이 좋을 것이다.

테이블 위에는 언제나처럼 술이 세팅되어 있었다.

"야! 고생했다. 하지만 너도 오늘 일요일 밤에 나가고 싶으면, 빨리 옷을 후딱 벗고, 이 옆에 와 앉아라. 너를 여기 붙잡아 두고 싶다만 내보내 주기로 했으니, 대신에 네가 바삐 몸을 움직여야 하겠다."

"------"

"이미, 너의 모든 것을 비디오로 찍어놓았으니, 내가 시키는 대로 듣지 않으면 재미없어!"

“-----”

“빨리 벗고 못 와! 정말 오늘밤 내보내지 말까!”

“-----”

“아까, 내가 뭐라고 했냐? 술자리에서 남자는 어떻게 해주어야 빨리 끝난다고 했지?”

“-----”

“어때, 밤새도록 술을 마시면서 있을까?, 빨리 마시고 일어설까?”

“-----”

“알았어, 왜 대답이 없어”

“-----”

하연은 보름여 전에 구덩이에 빠져 뱀들에게 시달리던 꿈을 다시금 떠올렸다. 한 마리의 뱀이 아닌, 여러 마리의 뱀들이 자신을 괴롭혔듯이, 자신이 한 남자가 아니라 이렇게 여러 남자에게 시달리는 일로 이루어진 것이다. 아마도 여기 칼치 말고도, 또 다른 남자들이 자신을 기다리고 있을 것이다.

그러나 하연 자신의 몸 상태는 말이 아니었다. 아니 몸이 아니라, 그녀에게 닥쳐온 일에 대한 정신적인 충격에 그녀는 제정신이 아니었다.

“---저 사실은”

“뭐야. 이야기해봐!”

“---몸이 아파요. 쓰러질 것 같아요.”

그녀가 눈물을 흘리고 있었다. 너무나 충격적인 일이 다가온 것에 대하여 감당을 하지 못하는 그녀였다.

칼치는 순간 망설였다. 그 자신이 난초의 일로 기분도 좋지 않았기에, 그녀를 강제적으로 옷을 벗겨 옆에 앉히고, 술 한잔을 하면서 그녀를 범하고자, 내심으로 마음을 먹고 있었던 칼치였다. 그녀의 말을 무시하고 강압적으로 나갈 수 있었지만, 다른 한편으로는 이곳 피라미드에서 변태적인 행위로 이름난 박 사장을 이미 부른 뒤였다.

칼치는 망설였다. 자신의 욕정과 박 사장을 받아들이게 하는 것과 둘 중 하나는 포기를 해야 했다. 칼치는 다시 하연을 바라보았다. 그녀가 초점을 잃은 눈동자로, 쓰러질 듯이 서 있었다. 칼치는 언젠가 마 두목에게 들은 이야기를 떠올렸다. 사람에게 가장 중요한 것이 '눈'이다. '눈'만 보아도 그 사람의 모든 것을 알 수 있다. 지금 하연의 초점 잃은 눈동자로 보아, 하연의 몸과 심리적인 상태는 최악인 것이 틀림없었다. 칼치는 아쉽지만, 그녀와는 술자리만 빨리 끝내기로 마음을 정했다. 그러고 나서 하연으로 하여금 박 사장과의 자리를 마련해야 할 것이었다.

"야, 좋아! 내가 오늘 큰 맘 먹었다. 그러면 그냥 옷 입은 채로 여기 와서, 술이나 따라라."

"-----"

"네가 그것도 못한다면, 나도 어떤 행동을 할지 몰라!"

"-----"

그래도 하연은 우두커니 서 있을 뿐이었다. 칼치가 벌떡 일어나 그녀를 잡아끌어, 옆자리에 앉혔다.

이어 다시 검은 천으로 그녀의 눈을 가렸다. 그녀의 눈을 보면, 자꾸 자신의 마음이 약해지려는 것 같았다.

"뭐 해, 여기 술 한잔 따라봐. 그래도, 계집이 술을 따라야지!"

그녀의 손에 술병을 쥐어 주었다. 할 수 없다는 듯이, 눈이 가려진 그녀가 더듬더듬, 술을 따랐다.

"더 따라라."

칼치가 보기에, 어찌 보면 검은 천으로 눈을 가린 것이 그녀가 더욱 섹시해 보이는 것 같았다. 칼치는 술을 마시는 것이 아니라, 들이키고 있었다. 양주잔이 아닌, 맥주잔에다가 양주를 따르게 해서 마시는 중이었다.

"야, 너도 한잔해야지."

칼치가 조그만 양주잔에 술을 부었다.

"자, 마셔. 다 네가 너무나 예뻐서 뭇 남자들이 귀여워 해주려고 하는 것이니까."

머뭇거리는 그녀를 칼치가 술잔을 들어 강제로 그녀의 입에 들이부었다.

칼치는 무섭게 술을 마시고 있었다. 처음에는 묵직했던 술병이, 가벼워가고 있는 것으로 미루어, 불과 10여 분 사이에 한 병을 거의 다 마신 것 같았다. 칼치는 한 잔씩 들이켤 때마다, 아쉬운 듯이 그녀의 부드러운 허벅지를 한 번씩 만지고 있었다. 안주도 거의 안 먹는 것 같았다. 칼치에게 있어서 안주는 그녀의 탐스러운 허벅지였던 것이다.

어느덧, 그의 몸에서 술 냄새가 풍기고 있었다. 이어 혀가 꼬부라져 말하고 있었다.

"야, 너에게 안된 일이지만, 오늘밤 나가려면, 시간이 얼마 없어. 손님 한 번 더 모시고, 푹 쉬도록 해라."

칼치는 말은 그렇게 했지만, 나가기 전인 저녁때, 백주월 회원으로 손님 하나만 더 받게 할 것이었다.

어느덧 칼치는 병째로 들고 마시는 것 같았다. 그가 '카아' 하면서 병을 내려놓는 소리가 들렸다. 사람이 보지 못하면, 듣는 능력이 발달한다고 하더니, 신기하게도 방안의 소리만으로도 어떠한 상황이 펼쳐지는지 알 수 있을 것 같았다.

"알겠어, 왜 대답이 없는 거야. 네가 싫다면, 넌 오늘밤 밖으로 못 나가. 아니 영원히 못 나갈 수도 있어."

"─────"

"대답이 없으면, 싫은 것으로 알겠어."

"---아녜요. 시키는 대로 할게요."

그녀는 모든 것을 체념했다. 지금 이 시간에 그녀를 구해줄 사람은 아무도 없었다. 꿈에서 징그러운 구렁이들이 몸을 핥고 괴롭혔듯이, 구렁이 같은 놈들의 괴롭힘을 받게 되는 일로 일어난 것이다. 다만, 괴로운 시간이 한시바삐 흘러가기를 바랄 뿐이었다. 그나마 그가 자신을 크게 괴롭히지 않는 것이 다행이었다.

"그래, 나도 약속을 꼭 지킬 테니, 다음 손님에게도 잘해라. 손님이 불평하든지 그러면, 난 약속 안 지킬 것이니까 알아서 잘해."

이어 어디론가 전화를 했다.

"아, 박 사장, -- 어디요?"

"거의 다 왔다고요. 알겠소. 내 마중을 나가리다."

"야, 넌 여기에서 예쁘게 화장이나 하고 있어. 내가 손님과 이야기하고 데리고 올 테니까. 도망갈 생각은 말고, 여기는 지하 특수한 곳이라 도망갈 데도 없고, 도망가다가 애들에게 걸리면, 오늘밤 집에는 다 간 줄 알아!"

하연은 도망갈 생각조차 할 수 없었다.

한편, 박 사장은 한창 들떠 있었다. 이전에 백련화 백합과의 술자리도 그에게는 최고의 시간이었다. 협박하다시피 하였으나, 어찌나 나긋나긋하게 시키는 대로 잘하는지, 그에게는 흡족한 시간이었다. 그는 여자와 술을 마시면서, 다소 변태적일 정도로 여자를 자신의 뜻대로 다루어야 성적 흥분을 느꼈다.

그는 이전에 칼치와 술좌석에서, 하연같은 연예인과 한 번만이라도 술을 마셔보았으면 원이 없겠다고 한 말을 떠올렸다. 한밤중의 칼치가 전화한 것으로 미루어 연예인이라면 그녀일 가능성이 높았다.

"박 사장, 이리 오시오."

"저번 백합보다도 더 기막힌 여자요?"

"잘 알겠지만, 백련화의 가린 눈을 풀면 안 되는 것 알지요. 그러면, 박 사장도 나중에 곤란한 일이 생길 수 있으니, 그저 그녀와 즐기기만 하시오."

"알았수다. 이번에는 얼마면 되겠소?"

"원래 1억을 받아야 하지만, 5천이 어떻소?"

박 사장은 칼치가 이야기하는 것으로 미루어, 연예인 하연이 틀림없다고 생각했다. 하지만 지금은 자신 말고는 대안이 없을 터였다. 이렇게 한밤중의 제안을 그대로 들어줄 필요가 없을 터였다.

"아니, 너무 많아요. 기분 좋게 반인 2천 5백으로 합시다."

"좋소, 정 그렇다면, 나도 사나이로 긴말을 하지 않겠소. 3천으로 합시다. 대신, 내 백련화로서의 서비스는 보장하리다. 만족치 않을 시, 1천으로도 해 드리겠소."

"좋소, 대신 돈은 내일 처리해 드리도록 하겠소."

"알았소. 그럼, 이리로 따라오시오. 예쁘게 단장하고 기다리고 있으라고 했으니, 마음에 드실 것이오."

칼치는 또 다른 비밀 룸으로 그를 데리고 들어갔다. 이전에 백합과 같이 술자리를 한 방이었다.

"자, 여기서 기다리시오. 내 곧 그녀를 데려오리다."

박 사장은 지난번에 백련화인 백합과 술을 마시던 기억을 떠올렸다. 처음에는 백합이 앙탈을 부리는 듯하였으나, 칼치를 들먹이자 순간 나긋나긋하게 말을 들었던 것이다. 오늘 이제 들어올 그녀에게도 칼치를 들먹여, 자신의 뜻대로 할 작정이었다. 생각하는 것만으로도, 자신의 심벌이 부풀어 오르고 있었다.

칼치는 하연이 있는 방으로 들어갔다. 그녀를 데리고 박 사장이 기다리는 또 다른 비밀 룸으로 가면서, 다시 한 번 협박하는 것을 잊지 않았다.

"야, 무슨 일이 있더라도, 손님의 뜻을 거스르면 안 되는 것 잘 알지, 손님이 흡족할 수 있도록 먼저 애교를 부리란 말야."

이어 그녀의 엉덩이를 두들기며,

"만약 네가 말을 듣지 않는다면, 여기 부하들을 시켜서 그 몇 배의 고통스러운 시간을 맛보게 할 거야."

"자. 이리 들어가. 알아서 잘해라. 신고도 알아서 잘하고---."

이윽고 그녀가 들어왔다. 박 사장은 그녀가 바로 연예인 하연임을 알아차렸다. 자신에게 이러한 날이 올 줄이야. 그는 속으로 쾌재를 불렀다.

'어떻게 해야 하연을 자신의 뜻대로 할 수 있을 것인가?'

그는 담배를 빼어 물어 천천히 불을 댕겼다.

검은 천으로 눈이 가려진 하연이었다. 한 발 한 발 내딛는 그녀는 왼쪽 가슴에 연꽃무늬가 수놓아진, 몸매의 굴곡을 그대로 드러낸 초미니의 진주홍빛의 원피스를 입고 있었다.

"이리 와라."

그가 담배 연기를 내뿜으며, 거만스럽게 하연을 불렀다. 그녀가 멈칫거리더니, 마음을 정한 듯 이내 그의 앞으로 휘청이면서 다가왔다.

박 사장이 보기에 다소 넋이 나간 것 같았다. 하지만 그는 독하게 마음을 먹었다.

"야, 내가 여기 웬만한 백련화는 다 알고 있는데, 못 본 백련화네. 언제 들어온 백련화냐? 여기 칼치에게 손님을 어떻게 모셔야 하는지 교육을 잘 받았겠지?"

칼치의 이름을 들먹이면서, 새로 들어온 백련화를 대하는 것처럼 물었다. 자신이 여기 규칙이라든지, 모든 것에 대해서 잘 알고 있으니, 알아서 잘하라는 것이다.

"왜, 대답이 없어!"

그는 일부러 큰 소리로 위협적으로 말했다. 이곳이 비밀 룸이어서 외부에 소리가 새어 나가지 않으며, 자신만의 공간임을 알고 있는 터였다. 그 서슬에 하연이 움찔거렸다. 박 사장은 그녀가 움찔거리는 것을 보고, 벌써 게임은 끝났다고 생각했다. 하연을 자신의 뜻대로 다룰 수 있을 것이다.

"이리, 더, 가까이 와 봐."

하연이 머뭇거리며 더듬더듬 다가왔다. 하연의 미끈한 허벅지가 불빛에 반사되어, 아름답게 빛났다.

'8등신의 몸매가 정말 죽여주는구나'

'연예인이 아무나 되는 것이 아니지'

박 사장은 그녀의 아름다운 몸매를 감상하며, 그녀를 어떻게 괴롭힐지를 생각했다. 오랫동안 학수고대하던 그녀가 자신의 앞에 서 있었다. 그것도 자신의 마음대로 다룰 수 있는 백련화가 되어, 자신의 눈앞에서 처분을 바라고 있는 것이다.

"먼저 신고식에 앞서, 신체검사를 할 거야!"

"......"

"조금이라도 움직이면, 볼기를 칠 테니 알아서 해."

박 사장은 하연을 바로 앞에 세워두고, 한동안 그녀의 젖가슴과 엉덩이와 미끈한 허벅지의 몸매를 더듬어 나갔다. 하연이 그때마다 얼굴을 찡그리고 있었으나, 감히 손길을 뿌리치지는 못하고 있었다. 하지만 그것은 시작에 불과했다. 박 사장은 그녀의 생각 이상으로 변태적·가학적 행위를 서슴지 않았다.

"이제부터 내가 하라는 대로 하지 않으면, 바로 칼치에게 돌려보낼 테니 알아서 해."

"......"

"알겠어?"

"......"

그녀가 마지 못해 고개를 끄덕였다,

"여기 앞에 꿇어앉아."
"------"
"시키는 대로 못햇!"
"------"

박 사장은 하연에게 굴욕적인 자세를 강요하면서 마치 노예를 부리듯이, 아예 반말 조였다. 하연의 생각에 그는 여자를 많이 다뤄본 사람 같았다. 마치 군대에서 졸병을 다루듯이 자신을 다루고 있었다.

하연이 입술을 깨물며 마지못해 그 앞에 꿇어앉았다. 꿇어 앉혀져 쳐들린 유방 아래로, 엉덩이에서 뻗어나온 미끈한 허벅지가 나란히 놓여 있었다. 하연은 두 손으로 앞을 가렸다.
"야, 두 손은 무릎에서 떼어내서 뒤로 하지 못해! 네 섹시한 허벅지를 볼 수 없잖아."
"------"
"야! 이제 주인님을 받들 기본자세가 되었으니, 술을 한잔 따라봐라."
그가 술병을 들어, 하연이 손에 쥐여주면서 말했다. 자신의 손에는 양주잔이 아닌, 맥주잔의 큰 잔이었다.
"너도 한잔 받아라."
박 사장이 술을 따라, 강제로 하연의 손에 들려주었다.
"자, 건배, 한 번에 털어 넣어야 해."

"남겼다가는 알아서 해라."

　박 사장은 그녀의 육감적인 허벅지를 내려다보며, 다시 담배를 빼어 물었다. 너무나 자극적이고, 흥분되는 상황에 자신을 주체할 수 없을 정도였다. 담배를 피우면서 흥분된 마음을 가라앉히고, 무엇을 시켜야 할지를 생각해보아야 할 것이다. 눈앞에 드러난 육감적인 허벅지를 보고 있노라니, 그의 남성 심벌이 부풀어 오르고 있었다.

　먼저 자신이 옷을 벗어야 한다. 하지만 그것 또한 하연을 괴롭히며 진행해야 할 것이다. 그가 다시 거만스럽게 명령조로 말했다.

"야! 이제, 이리 바짝 다가와서, 여기 네 주인님의 바지를 벗겨 내도록 해."
"------"
"뭐해"
"------"
"빨리 안 할거얏!'
"------"
"칼치를 부를까!'

　그녀는 어쩔 수 없이 떨리는 손으로 그의 바지를 벗겨 냈다. 그가 엉덩이를 들어, 바지를 빼내게 했다.
"팬티도 다 벗겨. 네가 직접 벗겨라."
　그녀는 쉴 새 없이 계속되는 박 사장의 거침없는 요구에, 놀랐지만 어쩔 수가 없었다. 팬티를 벗겨 내자, 그의 남성 심벌이 힘차게 솟아올랐다. 아울러 그의 아랫배 여기저기에는 흉터가 징그럽게 크게 나 있었다.

"야, 지금 네 앞에 뭐가 있는지 알아?"

"----"

박 사장의 남성 심벌이 우뚝 솟아 있었다.

"너의 진짜 주인님이 있어."

"오늘밤 잘 모실 거지."

"-------"

"왜 대답이 없어?"

"-----"

"신체검사는 됐고, 이제 신고식을 해야지."

박 사장은 오랜 굶주림 끝에, 만만한 먹잇감을 앞에다 물어 두고 있는 한 마리의 살쾡이로 변해 있었다.

오랜만에 새로 전입을 와서 잔뜩 졸아 있는 신병을 대하는 기분이었다. 박 사장은 군대 시절을 떠올렸다. 선임하사 시절의 별명은 '빠켕이'로, 그의 성씨 '박'에다가 살쾡이의 '쾡이'가 붙어, '박쾡이'에서 '빠켕이'로 불렸던 것이다.

그는 병사들을 쥐잡듯이 다루는 것으로 악명을 날렸다. 살쾡이보다 더 찢어진 눈빛에, 병사들은 '빠켕이'가 나타나면 숨기에 바빴다. 이유 여하를 막론하고, 그야말로 36계(計) 중에 주위상계(走爲上計)라는 말처럼, 도망치는 것이 가장 좋은 것이었다.

심지어 새로 들어온 신병이 그가 무섭다고 탈영하기도 하였으며, 그의 괴롭힘을 견디다 못한 사병은 부대 내의 우물에 뛰어들어 자살을 시도하기까지 했다. 다행히 늦가을 철이라 물이 얼마 차 있지 않아서, 자살 미수로 그친 것이다.

그의 술버릇은 고약하다 못해, 구역질이 날 정도였다. 술에 취하면 사소한 핑곗거리를 만들어 병사들을 때리는 것은 물론, 자신의 BOQ 숙소로 불러들여 성추행하는 것을 일삼았다.

그가 불명예 전역을 하게 된 것도 그의 술버릇으로 인하여 자초된 화(禍)였다. 주로 부대 내에 새로 전입해온 신병을 불러내어, 자신의 술좌석의 먹잇감으로 삼았다. 그러던 어느 날, 그날도 술에 취해 자주 불러냈던 전입 신병을 다시 불러내 숙소로 데려갔었다.

여느 때와 마찬가지로 강제적으로 겁을 주고 신병을 성추행하려고 하였으나, 신병을 따라온 의협심 있는 동료 신병이 뛰어들어왔다. 술에 취한 탓도 있었지만, 무술 유단자였던 동료 신병의 발길질에 턱을 맞아 이빨이 몇 개 부서져 나가고, 배 여기저기를 칼로 찔린 사건이 터졌던 것이다.

엄청난 피를 흘리면서 한밤중에 사단 의무대로 호송되어, 극적으로 죽음을 면한 것이 다행이었다. 하지만 전입 신병의 동료 잘못이라기보다는 그의 성추행 사건이 널리 퍼져서, 불명예스런 제대를 하는 일로 마무리되었다. 오히려, 박 중사를 찌른 신입 사병은 포상휴가가 내려지기까지 하였다.

"야! 왜 대답이 없어. 신고식 안 할 거야?"

"―――"

"야! 다시 술 한잔 따라라."

하연이 마지못해, 비틀거리며 다시 술을 따랐다.

그는 술병의 마개를 막아, 하연의 음부로 술병을 던졌다.

"이제부터는 술병을 네 소중한 거기 위에다 둬라."

"야, 여기 신고식 몇 번 해보았지. 이제부터 어떻게 주인님을 모실 것인지, 네 입으로 말해봐."

"------"

"조금이라도 시원찮으면, 칼치에게 돌려보낼 테니---."

그는 칼치를 들먹이며, 협박하는 것을 잊지 않았다. 백합도 그때마다 몸을 떨면서, 움찔거리고 있었다.

"네년의 화대로 얼마를 냈는지 알아?"

"------"

"왜 대답이 없어?"

"이거, 칼치를 불러야지 안 되겠네."

"저---,"

"뭐야, 칼치를 부르지 말라고---."

"그래, 뭘 어떻게 해 줄 거야?"

"------"

"춤을 추면서 신고하라면 하고, 주인님 모시라면 모시고, 시키는 대로 다 할 거야?"

"-----예".

"야! 다시 술 한잔 올려봐라."

그가 다시 하연에게 술잔을 내밀었다.

"야. 무릎 안 올려! 어디서 엉덩이를 내리깔고 건방진 자세로 술을 따르고 있어!"

그 서슬에 하연이 놀라, 엉덩이를 들고 무릎을 세워 술을 따랐다.

박 사장은 하연이 무릎을 세워 꿇은 자세로 술을 따르는 것을 받는 기분이
아주 그만이었다.

"자, 이제 신고식을 해야지."

"------"

"내 마음에 들지 않으면, 알지. 빨리해."

그녀가 마지못해, 비틀거리며 일어났다. 꾸벅 절을 하며

"23세, 정하연이에요."

"다시! 어디서 그따위로 배웠어."

"------"

"누구한테 하는 거얏! 제대로 못 해!"

"23세, 정하연이에요. 주인-님."

"다시 해! 애교 부리면서."

"23세, 정하연이에요. 주인님."

"그런데 신고 자세가 틀렸어. 난 무엇보다도 네 섹시한 엉덩이가 보고 싶
어!"

"------"

"뒤로 돌아!"

"엉덩이를 조금씩 흔들어!"

박 사장은 하연이 엉덩이를 드러낸 채, 시키는 대로 하고 있으며, 자신이 마
음대로 그녀를 다루고 있다는 데 대해서 희열을 느끼고 있었다. 좌우로 흔들

리는 엉덩이를 보며, 다시금 그의 심벌이 아플 정도로 부풀어 오르고 있었다.

그가 다시 하연의 엉덩이를 쓰다듬으며 말했다.

"이제부터 내가 하라는 대로 안 하고, 조금이라도 멈칫하면 알아서 해라."

그는 술을 마시며, 그녀의 엉덩이와 허벅지를 어루만지고 있었다. 하지만 그녀가 움찔거리거나, 애교가 부족하다고, 섹시한 신음소리를 내지 못한다고, 그때마다 벌을 내린다는 듯이 하연의 엉덩이에 그의 손바닥이 '철썩' 소리를 내면서 내리쳐졌다. 그때마다 그의 술잔이 비워져 나갔다.

한편, 칼치 또한 하연과 박 사장과의 방에서 일어나는 일을 비밀리에 녹화하고 있었다. 하연의 손님 접대 장면은 많이 있으면 있을수록, 장차 그녀를 협박하는 데 있어 좋을 것이다. 하연이 쩔쩔매면서, 변태적인 박 사장이 시키는 대로 하는 것을 지켜보면서, 박 사장이 하연을 다루는 솜씨가 보통이 아니라는 것을 느끼고 있었다. 지켜보는 그 자신이 더 흥분되는 것이었다.

박 사장은 단순히 여자와 즐거운 술자리를 하고, 애교 섞인 성행위를 갖는데 만족을 느낀다기보다는, 자신의 뜻대로 여자를 다루며 변태적 가학적인 행위에 만족을 느끼고 있었다.

그때였다. 박 사장이 미친 듯이 하연이 엉덩이를 세게 내리치는 순간, 견디다 못한 하연이 옆으로 픽 거꾸러져 쓰러졌다.

그때까지 받아온 엄청난 정신적·육체적인 충격으로 인하여, 혼절한 것이다. 하연으로서는 차마 참기 어려운 고통이었다.

박 사장은 순간 놀랐지만, 이내 자신이 그녀를 지나치게 대했음을 후회하였다. 더구나 강제로 납치당해 온 상황에서, 그녀가 받은 정신적·육체적 충격이

컸으리라. 박 사장은 하연을 흔들어 깨웠다. 하지만 그녀는 입에 거품까지 물면서, 몸이 비틀려가고 있었다.

박 사장은 급히 초인종을 눌렀다. 칼치 또한 하연이 쓰러지는 것을 보고, 황급히 달려들어 왔다. 그녀는 의식이 없었다. 쓰러진 하연이 엉덩이는 빨갛게 크게 부풀어 올라 있었다. 칼치는 박 사장을 나무랐다.

"아니, 하연을 어떻게 다루었기에, 이 모양이요?"

"-----"

"그러기에 정도껏 했어야 하는 것 아니요?"

"미녀와 좋은 술자리를 하면 되었지, 그리고 애교부리는 대로 받아주면서 그녀와 자면 되는 것을---."

아무리 흔들어도 하연은 깨어날 줄을 몰랐다. 무엇보다 입에서 거품이 나오는 것이 심상치 않아 보였다. 칼치는 하연을 들어 올렸다. 이어 그녀를 옆의 방 안에 눕혔다. 이어, 부하들에게 비상 구급함을 찾아오라고 시켰다.

다행히도 우황청심환이 한 알 있었다. 칼치는 우황청심환을 더운물에 부셔서, 그녀를 안아 올려 그녀의 입에 넣었다. 잠시 후에, 그녀가 입에 거품 무는 것은 없어진 듯하였으나, 그녀는 여전히 의식이 없었다.

"박 사장, 당신은 오늘 이만 돌아가시오."

"지금 하연이 깨어난다고 해도, 이 몸으로 무리요. 아마도 정신적 충격이 커서, 한동안 아무것도 할 수 없을 것이오."

"그러면--- 다른 백련화라도 --- 안 되겠소?"

"이봐요. 박 사장! 사람을 이렇게 해놓고 뭐라고!"

"그럼 빈방이라도 하나 주시오. 난 일단 자야겠소. 술에 취해서 더는 못 움직이겠으니---."

"야. 석두! 박 사장 데리고 같이 가라. 여기는 내가 있을 테니---."

한참이 지난 후에, 다행스럽게 하연이 의식을 회복한 듯이 보였다. 하지만 그녀는 충격으로 인하여, 제정신이 아닌 것 같았다. 일단은 경과를 지켜보아야 할 것이었다. 칼치는 조용히 방을 빠져나왔다.

칼치는 새삼 자신이 저지른 일이 무언가 잘못되어 가고 있음을 깨닫고 있었다. 자신도 연예인 하연의 매력에 반하여 비밀 백련화로 만들려고 납치해 오기에 이르렀지만, 그동안 재벌 2세인 영민과 더불어 하연의 납치를 부추긴 것은 박 사장이었던 것이다.

더구나 두 번째로 납치해온 난초가 아직 말을 듣지 않아, 이러지도 저러지도 못할 곤경에 빠져 있는 상황이었다. 회사원 최희정을 납치해오게 된 것도, 박 사장이 그녀에 대해서 미련을 버리지 못하고 입맛을 다시는 것을 보고 결행한 것이었으니, 결과론적으로는 모든 일이 박 사장으로부터 말미암은 바가 컸던 것이다.

칼치는 생각했다.

'이제 하연을 어떻게 해야 할 것인가?'

'지금이라도 이대로 하연을 돌려보내야 할 것인가?'

그녀에게 가혹한 시련을 안겨 주었지만, 그렇다고 여기서 멈추고 돌려보낼 수는 없는 노릇이었다. 일단은 푹 쉬게 한 후에, 경과를 보아 저녁때 또 다른 백주월 멤버를 붙여야 할 것이다. 다만, 박 사장 같은 사람이 아닌, 하연과의 술자리가 주어진 것에 만족하는 점잖은 회원이어야 했다.

칼치는 항상 술버릇이 깨끗했던 최 사장을 떠올렸다. 하연이 저녁때까지 완전히 회복한다면, 하연을 달래어 최 사장과의 자리를 마련해 주면 될 것이다.

이제 마 두목과 박 마담도 일요일 밤늦게까지는 돌아올 것이니, 그전에 하연의 문제를 매듭지어야 했다.

그랬다. 칼치가 여기서 멈추었다면---, 하연을 내보내면서 감금되어 있던 백합 미림과 난초 희정도 함께 내보냈더라면---. 허망한 가정이지만, 때로는 소설 속의 세계가 현실의 세계보다 더 진짜의 세계처럼 느껴지고는 한다.

우리 모두 살아가면서 운명적인 선택을 앞두고, 갈등하고 번민한다. 나아가 불교에서 말하는바, '탐욕[貪]·어리석음[痴]·성냄[嗔]'의 삼독(三毒)의 세계에 빠져 허우적거리고는 한다.

우리 모두 꿈속의 인생을 살아가고 있다. 인생이란 한낱 꿈일 뿐이다. 우리 인생길에서, 늙고 병들고 희로애락을 겪으면서 변하지 않는 것은 아무것도 없다. 결국, 깨고 잠자고 하는 것은 작은 꿈이요, 죽고 사는 것은 큰 꿈이다. (월창거사 김대현(金大鉉), 『술몽쇄언(述夢瑣言)』)

2003.10.19. 일요일 10:00 영민의 교통사고

한편, 하연과의 쾌락의 밤을 보낸 송영민은 생생한 꿈에서 놀라 깨어났다. 그가 초등학교 때 돌아가신 할머니가 나타나, 창문도 없는 추운 방에서 자신을 슬프게 바라보고 있던 꿈이었다. 좋은 꿈으로 느껴지지 않았으나, 영민은 꿈은 반대라는 말을 떠올렸다.

곁에 있던 하연은 사라지고 없었다. 대신 침대에는 선혈이 뚜렷하게 남아 있었다.

'하연이 처녀였다니---'.

칼치에게 1억 원을 주고, 하연과의 술자리를 한 것이 못내 아깝지만은 않았다. 그녀를 언제 데려갔는지 모르나, 그녀가 자신의 얼굴을 알 수는 없을 것이다. 하지만 알았다 하더라도 그녀 스스로 입으로 말할 수 없을 것이다. 이미 칼치로부터 하연의 벗은 알몸과 함께 그보다 더한 협박용 비디오테이프를 찍어 두었기에, 아무 걱정을 할 것이 없다는 말을 들었던 것이다.

이제 하연을 언제 어디서 만나건, 지난밤 있었던 일로 협박하여, 그녀를 자신의 손아귀에 넣을 수 있다는 생각에, 또다시 남성 심벌이 부풀어 올랐다.

그러다가 문득, 일요일마다 화랑대에서 열리는 골프 모임을 떠올렸다. 빨리 서두르면 한 시간 안에 도착할 수 있을 것이다. 모임에 나가서, 어젯밤 하연을 자신의 백련화로 만들어 즐거운 한때를 보냈노라고, 같은 재벌 2세들에게 호기롭게 자랑해야겠다고 생각했다.

아직 술이 덜 깬 것 같았지만, 그는 출발을 서둘렀다. 어젯밤에는 운전기사도 없이, 자신이 직접 날아오듯이 왔던 것이다. 음주운전은 그에게는 필요 없었다. 혹 어쩌다가 단속에 걸린다 하더라도, 운전면허증 밑에다가 일백만 원권 수표 한 장을 같이 넣어 눈짓과 함께 넘기면, 무사통과였다.

차를 몰아 청평호수의 국도를 빠져나오면서, 그는 지난밤 하연에게 2차 신고식을 강요하면서, 옷을 벗겼던 순간의 통쾌감을 다시금 떠올렸다. 그녀의 유방과 엉덩이가 눈앞에서 아른거리는 듯했다.

아침에 비가 와서 노면이 미끄러운 탓인지, 앞에는 티코 차량이 엉금엉금 기어가고 있었다. 마치 장난감 차량이 기어가듯이---. 영민 자신의 차량은 3,000cc의 외제 차량이었다. 아무리 빵빵거려도 겁먹은 초보운전자인지, 꼼짝을 하지 않았다.

어느 순간, 그는 티코를 무시하고, 추월을 해나갔다. 그러나 무사히 추월을 해 나갔지만, 커브 길이 이어지고 있었다. 속도를 멈추고자 브레이크를 잡는 순간, 미처 손쓸 사이도 없이 비로 인하여 미끄러진 도로 위에 차가 한 바퀴 돌더니, 중앙선을 넘어 때마침 마주 오고 있던 덤프트럭의 밑으로 들어가 버렸다.

"콰아앙--콰아아앙--쾅."--. 추월하느라 과속으로 인한 충돌에 차체의 윗부분이 잘려나가면서, 터진 에어백을 뚫고 덤프트럭 밑의 철제 부분이 그의 머리 부분을 강타하였다. 또한, 배 쪽으로도 차체가 밀려들면서, 그의 배를 강타하였다.

순식간에 벌어진 일이었다. 사고 후에 여타 운전자들이 몰려왔으나, 덤프트럭 밑으로 비집고 말려들어 간 차량을 도저히 꺼낼 수가 없었다. 한참 지나서 긴급 출동한 레커차의 도움으로 간신히 차를 빼낼 수 있었으나, 영민은 피를 많이 흘려서 의식불명의 위독한 상태였다.

급히 실어 날라 응급수술을 하였지만, 강력한 충격으로 인하여 장이 파열되어 쓸개를 떼어냈다. 또한, 무엇보다 머리 부분과 허리를 심하게 다쳐 깨어나 살아난다 하더라도, 정신 이상과 함께 하반신 마비가 될 것으로 판명하고 있었다.

쾌락추구의 삐뚤어진 도덕관은 그로 하여금, 살아있는 것 이상의 고통만을 남기고 있었다. 영민의 사고는 앞에서 가고 있었던 티코 운전사의 증언으로, 과속과 추월 금지 위반에 중앙선 침범으로 판명되었으며, 더구나 병원서 빼낸 피로 측정결과 0.11% 음주운전으로, 100% 본인의 절대적 잘못으로 처리되었다.

명심보감에 나오는 "하늘의 그물은 넓고 넓어, 엉성하지만 하나도 빠뜨리는

법이 없다.”의 ‘天網灰灰(천망회회) 疎而不漏(소이불루)’의 말처럼, 영민의 교통
사고는 하늘의 그물이 있음을 보여주고 있었다.

제 26장

하연의 납치보도, 파파라치의 자수

2003.10.19. 일요일 10:00 파파라치 임민호

그는 몇 명의 일행과 어느 가파른 산을 오르고 있었다. 등에는 무거운 짐을 지고 있었다. 하지만 사람을 죽인 범인을 잡아야 한다고, 뒤에서 형사가 쫓아오는 듯했다. 자신이 살인자라는 것이다. 그는 온갖 힘을 다해 달아나고 있었다. 목이 타오르는 듯한 갈증을 느끼고 있었다. 순간 올라가던 산 옆의 계곡으로 흐르는 물소리가 들렸다. 그는 그쪽으로 뛰어갔다. 계곡의 물에 목을 들이밀어 물을 마시고 있었다. 꿀꺽, 꿀꺽, 꿀꺽-----

꿈이었다. 목이 타는 갈증에 그는 잠에서 깨어났다. 옆에는 묘령의 아가씨가 자리에 누워 자고 있었다. 어떻게 시간이 흘러갔는지, 어떻게 해서 자신이 여기 이 자리에 와 있는지---.

그제야 지난밤의 기억이 어렴풋이 떠올랐다. 비틀거리면서 나올 때 선배가 자신에게 돈 봉투를 넣어주며, "자네는 노총각이니, 파트너와 같이 좋은 밤 보내. 내일 일어나게 되면, 우리 집에 해장을 하러 오게."라는 말을 하였던 것이다. 그러면서 자동차 열쇠를 달라며, 선배는 자신의 차를 대리운전을 해서, 집에 가 있을 테니, 내일 아침에 와서 자동차를 찾아가라는 말을 남겼던 것이다.

그는 핸드폰으로 선배에게 전화를 했다. 하지만 전화를 받지 않았다. 순간 그의 머릿속에 무언가 불길한 예감이 떠올랐다. 평상시에 소주 한잔 같이 나눌 수 있는 선배는 되지만, 이렇게 과분한 술대접을 해줄 선배는 아니었다. 하연의 충격적인 납치 사건을 목격한 후에, 자신도 놀라운 나머지 순간적으로 이성을 잃었던 것 같았다.

그는 자동차 안에 남겨둔 카메라를 떠올렸다. 만일에 대비하여, 자동차 조수석이 아닌 차의 트렁크 안에 허름한 곳에 찔러 넣어두었었다. 하지만 선배에게 엄청난 일을 겪었다고 이야기하였으니, 선배가 살펴보았을지도 모를 일이었다.

그는 서둘러야겠다고 생각했다. 그는 세수를 하는 둥 마는 둥 하고 모델을 급히 나섰다. 선배의 집으로 가려고 택시를 잡아타려고 하였다. 그런데 여느 때와 다르게 길가에 사람들이 모여 TV를 보고 있었다. 그는 사람들 속으로 고개를 밀어 넣었다.

아래 자막으로 커다란 글씨가 쓰여 있었다.

'속보! 톱 탤런트 정하연 납치!'

그는 자신의 눈을 의심했다. 화면 속에는 아나운서의 보도와 함께, 자신이 찍은 여러 장의 사진을 연속적으로 보여주고 있었다. 오늘 새벽 01:20분 경 남한강 도로변에서 톱 탤런트 정하연이 납치되었으며, 현재 납치 배후에 대한 경찰의 수사가 펼쳐지고 있다는 것이다. 납치되는 사진은 동아방송의 최균범 기자가 자신의 후배인 개인정보원에게 받은 것이며, 추후 정보원을 통해 자세한 정보를 알려드리겠다는 뉴스가 방송되고 있었다.

그는 그 자리에 털썩 주저앉았다. 믿었던 선배에게 뒤통수를 얻어맞은 것이다. 순간 술좌석에서 선배가 한 말이 생각났다.

"이 바닥에서는 누구도 믿으면 안 된다."고 말을 하던 것을---.

또한, 꿈에서 자신이 살인자가 되어 쫓기고 있었던 꿈의 의미를 알 것 같았다. 프로이트의 '꿈은 소망의 표출'이란 말처럼, 목이 말라서 꿈에서 계곡의 물을 먹는 대리만족의 꿈으로 여겼었으나, 자신이 살인자가 되어 쫓기는 꿈이 이러한 현실로 나타나다니---.

어쨌든 선배를 만나야 했다. 그는 선배에게 다시금 전화를 걸었다. 하지만 역시 받지를 않았다. 이렇게 된 바에야, 그는 경찰서에 자신이 먼저 출두하는 것이 나을 것으로 생각했다.

그보다 먼저, 그는 혹시나 자신이 주차해둔 곳에 가보았다. 자신의 차가 그대로 있었다. 차 트렁크를 열어보니, 역시나 카메라가 없어져 있었다. 바로 그 자리에, 자신의 자동차 키가 메모와 함께 놓여 있었다.

'미안해, 자세한 이야기는 나중에 할게'

그는 차를 몰아, 가까운 경찰서로 향했다.

이 사회가 아니라, 이 세상에 믿을 사람은 하나도 없다. 회사나 그 어떤 집단에서도 자신이 위험에 빠지면, 친하게 지내던 동료조차 발 벗고 나서는 사람이 없는 것이 세상의 야박한 인심이었던 것을 몰랐던 것이다. '정승 집 개죽은 데는 문상을 가도, 정승 죽은 데는 문상을 가지 않는다' 는 속담처럼, 비로소 그는 새삼스럽게 야박하고 비정한 사회 현실에 눈을 뜬 것이었다.

그의 어리석은 행동과 특종을 노린 공명심에 눈이 먼 교활한 선배의 술수로 인하여, 하연의 납치 사실에 대한 보도가 된 것이다.

하지만 곪아 터진 고름이 터져야 상처가 치유되듯이, 하연의 납치 보도는 하연에게는 차라리 다행스러운 일이었다.

2003.10.19. 일요일 10:00 이방 수사반장의 교도소 면회

후배인 윤상형 형사과장이, 조직폭력배였던 송태규가 현재 원주 교도소에 수감되어 있다는 것을 알려왔다. 이방 수사반장은 면회가는 자동차 안에서 라디오 뉴스를 통해서, 연예인 정하연의 납치 소식을 들었다. 그가 예상했던 것보다 의외로 납치 행각이 빨라지고 있었으며, 대담해지고 있었다. 국가 공권력에 대한 심각한 도전이요, 도발이었다.

원주 교도소로 들어가는 입구의 길옆으로 코스모스를 비롯하여 꽃들이 피어 있었다. 교도소라고 하면 삭막한 분위기를 자아낼 것 같았으나, 육중한 회색 건물이 우중충하게 서 있을 뿐, 주변 환경은 여느 곳과 다름이 없어 보였다.

면회를 신청하고 기다리자, 이내 그가 재직 시에 수사한 적이 있었던, 행동대원이었던 송태규가 나왔다. 빠른 몸놀림으로 이단 발차기가 뛰어났던 그였다.

"아니 수사반장님이 어쩐 일이십니까? 저에게 면회를 다 오시고---."

"그동안 잘 지내고 있었나? 자네, 몇 년 남았지?"

"무기징역에서 20년으로 감형되어, 이제 10여 년 남았습니다."

"그래. 사람을 죽였으니, 그 정도도 자네에게는 과분한 것이지."

"반장님, 저는 억울합니다. 저는 그때 마 두목을 대신해서 단지 뒷 처리만 했었을 뿐인데---."

"그래, 나도 알고 있어. 자네 혼자서 하지 않았다는 것을---. 그래도 자네는 의리가 있구먼. 끝까지 자신의 단독 범행이라고 했으니---."

"어떤 놈은 더럽게 성추행하고도 변명만 늘어놓거나, 책임만 전가하는데---"

"반장님, 다 지나간 이야기인데, 이제 와 들춰내서 뭐 하시렵니까?"

조직을 위해서, 단독범행을 한 것으로 했지만, 후회는 없었다. 조직에서 자신의 가족을 돌보아주고 있음에---. 아울러 마 두목은 말했다. "언젠가 나오거든 전원 생활하면서 자유롭게 편히 지낼 수 있도록 준비해두었다고---."

"자네, '칼치'라고 들어봤지. 당시 세력을 다투던 상대 조직의 행동대장이었던 칼잡이가 혹시 칼치라는 별명을 지닌 사람이지 않았나?"

"칼치요."

"왜, 얼굴이 세모졌으면서, 쌍칼을 잘 쓰던 날카로운 인상의 행동대장 말이야?"

순간, 그는 생각했다. '밖에서 무슨 일이 벌어지고 있는 것이 아닌가?'

그가 듣기에 그 후에 칼치가 마 두목의 편으로 돌아섰다고 알고 있는 터였다.

"잘 모릅니다."

하지만 수사반장은 짧은 순간 그의 눈 위로 스치는 망설임의 눈빛을 읽어낼 수 있었다.

"내가 바라는 것은 '칼치'라는 별명을 지닌 사람을 찾는 것뿐이네."

"자네는 알지 모르겠지만, 톱 탤런트인 정하연이 납치되는 사건이 발생했네. 그뿐만이 아니고, 사건 이전에 다른 여자 두 명도 납치되었네. 자네가 수사에 적극 협조한다면, 정하연 납치 사건을 비롯하여 사건을 해결하는 데 절대적인 도움을 주었다고 하면서, 법무부 장관에게 탄원하여 남은 형기를 대폭 감형해 주도록 하겠네. 자네도 여기서 평생을 보낼 수는 없지 않은가?"

"전 모릅니다."

"굳이 자네가 아니더라도, 그때 관여했던 다른 행동대원들에게 물어볼 수 있네. 그들도 칼치라는 사람에 대해서 알 것이니까?"

"------"

"다시없는 기회이니, 잘 생각해보게?"

"------"

"저 잠깐, 정말로 남은 형기를 줄여주실 수 있습니까?"

"그래, 내가 사나이대 사나이로 약속하겠네."

"제 기억에 칼치가 맞는 것 같습니다."

"그래, 그 뒤의 소식을 들었나. 어디서 무엇을 하는지?"

"잘은 모르지만, 그 후 큰형님이 받아들여서 같이 있게 되었다는 이야기를 들었습니다. 그 후 형님도 강남 조직폭력계에서 은퇴하여 강남 지역에서 룸살롱을 한다고 들었습니다만, 그것마저도 그만두고 강원도 어디에선가 전원생활을 하며 지낸다고 알고 있습니다."

"거기가 경춘가도에서 한참을 들어가는 데지?"

"예, 그건 잘 모릅니다."

"자네도 출감 후면, 거기로 오라고 하지 않았나."

"예, 이전에 그런 말을 듣기도 하였지만, 저는 이제 출감 후에는 고향에 내려가 살려고 합니다."

"잘 알았네."

"칼치가 성격이 과격한 편이 아니었나? 무모할 정도로 일을 벌이거나---."

"예, 그랬던 것 같기도 하네요. 자세한 것은 저도 더 이상 모릅니다."

틀림없이 이번 정하연의 납치 사건도 강미림과 최희정을 납치한 조직이 저지른 것으로 보였으며, 납치 사건의 핵심인물로 칼치가 연관되어 있을 것이라는 생각이 들었다.

이방 수사반장은 생각하였다. 말이 전원생활이지, 일정한 수입원이 있어야 유지되는 것이다. 거기에다가 자신을 믿고 따르던 사람들을 챙겨주려면----. 이방 수사반장은 마 두목이 거기에서 무언가 새로운 일을 꾸미고 있는 것이 틀림이 없다고 생각했다. 그 새로운 사업으로 비밀 요정 같은 것을 벌였는지 모를 일이었다. 이제 사건의 고리가 풀리는 것 같았다.

2003.10.19. 일요일 10:00 경찰서 수사과

강남 경찰서 수사과 안은 벌집을 쑤셔놓은 듯, 방송사와 신문사에서 많은 기자가 몰려와 북적거리고 있었다.

"아니, 정하연이 납치되다니, 사실입니까?"

"도대체 납치의 배후가 누굽니까?"

"글쎄, 자, 자, 우리도 수사 중이니 기다려주기 바랍니다."

"언제, 어디서, 어떻게 납치된 것입니까?"

"이것 보세요. 우리도 방송을 보고 알았다니까요?"

"전문 조직 폭력 세력에 의해 납치되었다는데 사실입니까?"

"지금 경찰에서도 그쪽에 초점을 맞춰 수사 중입니다만, 아직 밝혀진 바는 없습니다. 너무나 충격적으로 벌어진 일이라---. 지금 제보한 기자를 수사하는데, 그도 자신의 정보원을 만나야 보다 자세한 것을 알 수 있다고 합니다."

"혹시, 정하연 씨 말고도 또 다른 납치나 실종 사건이 있습니까?"

"현재, 수사가 진행 중이라 자세한 말씀을 드릴 수 없습니다."

"보름 전에 미모의 여대생이 강변도로에서 실종된 사건과 관련이 있다는데, 정말입니까?"

"현재 수사 중이지만, 동일 조직에 의해 일어났을 가능성이 높습니다."

"정하연 씨 납치 사건의 빠른 해결을 위하여, 이번에는 특별 수사본부가 설치된다는데 사실입니까?"

"사건 수사는 어디서 담당하고 있나요. 제가 보기에는 정하연 납치 실종뿐만 아니라, 여타의 납치 실종 사건까지 한 곳에서 수사하는 것이 효율적인 수사가 되리라 보는데요?"

"예, 정하연 씨 납치사건을 비롯하여 사건의 해결을 위하여, 특별 수사본부가 설치될 것이며, 현재 상부에서 특별수사본부장으로 적절한 인물을 선발하고자 고심하고 있습니다."

"그러면 자세한 것은 이따가 오후 2시에 발족하는 특별수사본부에서 모든 것을 밝힐 것이니, 이만 마치겠습니다."

톱 탤런트인 하연의 납치 사건은 전 국민적인 엄청난 관심과 반향을 불러일으켜, 각 TV에서는 뉴스 특집이 방송되고 있었다. 방송사마다 전문가라는 사람들의 저마다의 의견이 제시되기 시작했다. 하연의 납치 실종사건에 대해서는, 돈 많은 재벌이 하룻밤 여흥을 즐기는데 불려 간 것이라는 둥, 은밀한 애인과의 밀월여행을 위해 꾸며낸 자작극일 수 있다는 둥, 어느 폭력조직에 강제적으로 납치된 것이라는 둥, 각자 전문가라는 사람이 나와 그녀의 납치 및 실종에 관한 각종 추측성 보도를 내놓고 있었다.

벌써, 각 신문과 방송사에서는 그녀의 납치와 관련하여, 사건 해결에 결정적인 제보를 하는 사람에게는 전대미문의 1억 원의 포상금을 지급하겠다는 기사가 흘러나오고 있었다.

아울러 방송에서는 경쟁적으로 유사한 여자의 실종사건을 다루기 시작했다. 올해 들어서만 일어난 열댓 건의 실종 사건에 대한 간략한 상황과 실종자의 이름과 나이가 나와 있었다.

최근 들어서만 네댓 건의 실종사건이 일어난 것으로 되어 있었다. 하지만 그중에는 부부싸움 뒤의 단순가출이나, 연인과의 도피행각을 위해 실종된 것처럼 사라진 사람도 있었다.

납치 실종 사건 가운데서도, 특히 보름여 전에 강변도로에서 일어난 미모의 여대생 실종사건이 집중적으로 조명을 받았다. 두 사건 모두 뛰어난 미모의 젊은 여성이라는 점에서 사람들의 관심을 끌고 있었다.

2003.10.19. 일요일 10:00 고도혜 기자와 김 형사

고도혜 기자는 모처럼 만에 단잠을 자고 일어나, 상쾌한 일요일 아침을 맞이하고 있었다. 김 형사와의 사랑에 빠져든 그녀였다.

그녀는 마음의 여유로움에 겨워, 여느 때와는 달리 음악도 틀어놓고, 평소에는 잘 마시지 않던 커피를 마시면서 베란다 가의 의자에 앉았다. 위로는 푸른 하늘에 하얀 구름이 떠가고 있었다. 아래로 바라다본 강변도로에는 차들이 바삐 오가고 있었다. 어찌 보면 삭막해 보이던 주변 경관의 모든 것이, 일순간에 아름답게 보이는 것이었다.

그녀는 어젯밤의 김 형사와의 마지막 순간에, 그녀 자신이 먼저 김 형사에게 가볍게 키스한 사실을 떠올리며, 콧노래를 중얼거렸다. 고도혜 기자는 이제 자신에게도 살금살금 사랑의 그림자가 드리워지고 있음을 느끼고 있었다. 그녀는 '사랑하다'는 옛말의 뜻이 '생각하다'였다는 김 형사의 말을 떠올렸다. 그녀 자신이 김 형사를 생각한다는 것은 김 형사를 사랑하고 있음을 깨닫게 해주고 있었다.

그녀는 하루빨리 미림과 희정의 납치 사건을 해결하고, 김 형사와의 오붓한 사랑의 시간을 보내야겠다고 마음먹었다.

그때였다. 핸드폰의 전화벨이 울린 것은-. 김 형사의 전화였다.

"예, 복진 씨, 좋은 아침이네요?"

이제는 연인처럼 자연스럽게 복진 씨라고 나오고 있었다.

"도혜 씨, 뉴스 봤어요?"

"예, 무슨 말씀을---"

"지금, 탤런트 정하연 씨가 납치되었다는 뉴스가 나오고 있어요."

"예엣! 정말이에요?"

"예, 지금 도혜 씨 집 쪽으로 가고 있으니, 자세한 것은 만나서 이야기해요."

뉴스에는 특보로 정하연 톱 탤런트 납치 사건의 방송이 나오고 있었다.

고도혜 기자는 뉴스를 접하고 놀라움을 금할 수 없었다. 어찌 보면, 구몽 박사가 예지하고, 그녀 또한 예상은 한 것이었지만, 톱 탤런트로 주목을 받고 있던 정하연 씨의 납치라는 보다 충격적인 사건이 터진 것이다.

특별수사본부가 설치될 것이라고 방송하고 있었지만, 그것은 당연했다. 오히려 보름 전에 여대생 미림의 납치 사건이 일어났을 때, 특별수사본부가 설치되었어야 했다.

그동안 남들이 관심을 갖지 않았던 회사원 최희정의 납치사건을 그녀가 김 형사와 같이 은밀히 수사하기 시작한 지도 벌써 일주일이 되어가고 있었다.

최초로 여대생 미림이 납치된 날로부터는 벌써 보름이 지나가고 있었던 것이다. 그녀가 알기로, 최근 보름 동안에만 젊은 여성이 세 명이나 납치된 것이다.

최초 여대생인 미림의 납치 사건이 일어났을 때부터, 그녀는 '무언가 전문 조직에 의해 모종의 음모가 진행되고 있지 않은가?' 하는 의아심을 떨쳐버릴 수가 없었다. 그러다가 얼굴이 썩어가면서 도와달라는 꿈을 꾼 탓도 있었지만, 회사원 최희정의 납치 실종을 알고 나서, 김 형사와 같이 적극적으로 최희정의 수사에 나섰던 것이다.

최희정의 납치 실종에서 차량 번호판이 대포 차량이라는 것을 알아낸 후로는 전문 조직에 의해 납치된 것을 단정하고, 때마침 여대생인 미림의 납치 건에 대해서 수사해오던 이방 수사반장과 함께 은밀히 사건의 내막을 수사 해오던 중이었다.

하지만 주말인 어제 구몽 박사가 있는 춘천에 다녀온 바로 그날 밤늦은 시각에, 그가 예지했던 대로 제 3의 인물로, 톱 탤런트인 정하연의 충격적인 납치 사건이 일어난 것이다.

그녀는 서둘렀다. 복진 씨가 오고 있다는데, 이럴 때가 아니었다.

누군가가 말했던가? 여자로서의 기쁨이 사랑하는 사람을 위해서 몸단장을 하고, 사랑하는 사람을 위한 음식을 만드는 데 있다고---. 행복이 그 어떤 거창한 것에 있는 것이 아니라, 사소한 데 있다고---. 홀로 지내왔던 자신을 아껴줄 그 누군가가 있다는 사실에, 그녀는 여느 때와 달리 정성껏 샤워와 세수를 하고, 김 형사를 맞을 준비를 했다. 단정한 흰색 블라우스에, 풍성한 스커트로 옷을 갈아입었다. 이어 여느 때와 달리, 옅은 화장을 하는 것도 잊지 않았다.

얼마 후에 초인종 소리가 들려왔다. 김 형사였다.

"어서 오세요."

김 형사는 멈칫거리고 있었다. 김 형사에 있어서, 난생처음 이성으로서의 처녀의 집에 들른 것이었다. 그것은 고도혜 기자에게 있어서도 마찬가지였다. 생애 처음으로, 자신의 집에 남성을 들인 것이었다.

"아니, 어쩌면 이럴 수가 있어요?"

어색한 분위기를 해소하기 위하여, 김 형사가 말을 꺼냈다.

"예, 정말 믿어지지 않는 뉴스네요."

고도혜 기자가 말을 받았다.

"구몽 박사님이 예지한 그대로, 제 3의 여자가 납치되었어요?"

"예, 하지만 어찌 보면 오히려 잘된 일인지 모릅니다."

"아니, 그것은 무슨 말씀이세요. 납치된 것이 오히려 잘 되었다니요?"

"톱 탤런트인 정하연이 납치되는 사건이 벌어졌으니, 납치에 대한 전 국민적인 관심사를 불러일으켜, 보다 빨리 사건을 해결할 수 있게 될 것입니다. 벌써 특별 수사본부가 설치된다는 이야기가 나오고 있으니까요. 이제 국가적인 수사 지원으로, 그동안 물밑에서 수사해오던 납치 사건에 대한 조각 맞추기 퍼즐에 대한 결정적인 단서를 찾아낼 수 있을 것이네요."

"그러네요. 그동안 여대생 미림과 회사원 최희정의 납치 사건에서 얻은 단서에다가, 이제 정하연의 납치 사건에서 얻게 되는 새로운 단서를 덧붙인다면, 보다 쉽게 납치 조직에 대한 추적수사에 들어갈 수 있겠네요."

"예, 특별수사본부이니만큼, 모든 행정지원에 강력한 수사력을 동원할 수 있을 겁니다."

"도혜 씨. 지금 이러고 있을 때가 아닙니다. 이방 수사반장의 사무실로 가 보아야겠어요. 그리고 백지장도 맞들면 낫다고 하듯이, 새롭게 구성되는 특별

수사본부에 이방 수사반장을 비롯하여 이청수 씨와 그 동생 등 관련자들이 참여하게 된다면, 보다 효율적인 수사가 진행될 것이네요."

그때였다. 김 형사의 핸드폰 벨이 울렸다. 경찰서 윤상형 수사과장에게서 걸려온 전화였다.

"예, 수사과장님"

"지금 자네 어디 있나?"

"예, 그게 그러니까---. 고도혜 기자랑---."

"알았네. 정하연 납치 사건 보도를 보았지?"

"예, 특별수사본부가 설치된다고---"

"그래, 그렇잖아도 그 일 때문에 전화했어."

"반장님! 부탁이 있는데요. 정하연 납치 사건으로 인하여 신설되는 특별수사본부에 참여하고자 하는 데요. 앞서 일어난 여대생 강미림의 납치 사건을 비밀리에 수사해온 이방 수사반장 일행들을 특별수사본부 요원에 포함될 수 있도록 해 주세요."

"그래, 특별수사본부장에 임명된 황수봉 검사에게, 내가 자네를 비롯하여 이방 수사반장을 추천했거든---. 그분 아주 합리적인 분이야. 인품도 좋으시고, 자네들 의견을 존중해 줄 것이네. 오늘 오후 두 시에, 강남 경찰청 내 2층에서 특별수사본부가 발족하니, 그리로 갈 수 있도록 하게."

"예, 잘 알았습니다."

"자넨 이 시간부로 특별수사본부로 파견 근무야. 이번 기회에, 두 마리 토끼를 다 잡아 원대 복귀하기 바라네. 그럼, 잘해보게."

"에이, 수사과장님도---. 지금 상황에서도 농담하시네요."

어느덧 김 형사는 이방 수사반장에게 전화를 걸고 있었다.

"예, 이방 수사반장."

"김 형사, 정하연 씨가 납치되는 일이 벌어졌으니, 한 번 만나 이야기해야 하지 않겠나?"

"예, 그렇잖아도 사무실로 찾아뵈려고 했는데, 그보다 더 잘된 일이 있습니다. 새로 발족된 특별수사본부에 저희가 특별수사본부 요원으로 참여하여 수사하게 되었답니다. 경찰서 윤상형 수사과장님이 그렇게 되도록 추천하셨다고 합니다. 새로 임명된 특별수사본부장이 무척 합리적인 사람이라고 하시던데요. 아마 자유로움을 보장해주면서, 수사에 필요한 각종 지원을 받을 수 있을 것으로 생각됩니다."

"응, 듣고 보니 차라리 잘 된 일이네. 그동안의 수사로 인하여 무슨 은밀한 공을 세우기보다는, 하루빨리 범인들을 잡기 위해서 이제는 공개적인 수사가 필요한 시점이야."

"공개적인 수사라 함은---"

"그래, 어디서 만나면 되지?"

"예, 강남 경찰청내 2층 특별수사본부로, 오후 2시까지 오시면 될 것입니다. 최도식 형사나 청수 씨나 미림의 동생 영석이 등 납치 수사에 도움이 될 수 있는 모든 관련 있는 사람이 참여하는 것이 좋을 것 같습니다."

"그래, 알았네. 이따가 거기에서 보세."

한편 톱 탤런트인 하연의 납치 사건이 보도되어 사람들의 관심이 온통 납치 사건으로 쏠리어 사회적인 이슈가 되자, 고도혜 기자가 속한 신문사에서도 납치에 대한 보다 자세한 기사를 실으려고 여러 분석 기사를 비롯하여 특집에 가까운 지면이 할애되고 있었다.

　더구나 보름여 전에 강변도로에서 일어난 여대생 실종에 관한 특종 기사를 쓰면서, 유사한 사건이 장차 또 일어날지 모른다는 분석 기사를 썼던 고도혜 기자였다.

　이에 고도혜 기자에게, 당분간 신문사에 나오지 않아도 좋으니, 뛰어난 직감력을 발휘하여 여기저기 취재를 하면서, 충실하고도 날카로운 취재 분석기사를 작성해 올리라는 부장의 지시가 떨어졌다. 고도혜 기자도 자유로운 몸 이상의 자유로운 여건이 펼쳐지고 있었다. 이제 범인의 추적에만 온 힘을 기울이면 되는 상황이었다.

2003.10.19. 일요일 12:00 경찰서 수사과

기자 회견이 끝난 시간, 한 사나이가 경찰청 안으로 들어서고 있었다.

입구에 보초를 서고 있던 경찰이 물었다.

"어떻게 오신 것인가요?"

"여기 경찰서 수사과에 가려면 어디로 가야 합니까?

"무슨 일로 오셨나요?"

"경찰서 수사과장을 만나러 왔습니다."

그는 경찰청 수사과장 사무실 안으로 안내되었다.

"제가 바로, 정하연이 납치되는 순간을 목격하고 사진을 찍은 사람입니다."

"그러시오. 자아, 앉으시오."

"담배, 한 대 피워도 되는지요?"

"그러시오"

"먼저 이름은?"

"임민호라고 합니다."

"나이는."

"32세."

"현재 하는 일은."

"다니던 회사를 그만둔 후로는, 정하연을 쫓아다니고 있었습니다."

"파파라치를 했다는 말씀인가요?"

"전문 파파라치라기 보다는 그냥 좋아서 쫓아다닌 것뿐입니다."

"당신이 본 그대로 말씀해주기 바랍니다."

"예, 모든 것을 사실대로 말씀드리겠습니다."

"언제 어디서 어떻게 찍은 것이오?"

"삼현 그룹 회장 별장에서 서울로 올라오는 남한강 강변도로에서 갈라지는 지점입니다."

"거기서 납치범들이, 납치했습니까?"

"예, 차 한 대가 정하연이 탄 차를 가로막고, 매니저를 내리게 한 후에, 정하연을 끌어내 그들의 차에 태우더군요. 매니저는 끌려가서 뒤에서 대기하고 있던 다른 차 안의 누군가와 무슨 이야기를 나누더군요. 그러더니, 가방 하나를 차창 밖으로 던져 놓고는 그대로 떠나더군요. 그들과 주고받는 대화는 하연 씨의 매니저에게 물어보시면 알 것입니다."

"그때가 정확히 몇 시쯤입니까?"

"아마도 밤 1시가 넘은 시간이었을 것입니다."

"어떻게 사진을 찍게 되었습니까?"

"평소에 정하연을 좋아해서, 그녀에 대한 관심으로 시작된 것이 파파라치로까지 나아가게 되었습니다. 그날, 삼현 그룹 별장에서 정하연이 참석한다는 것을 우연히 알고, 주변에서 몇몇 파파라치 동료와 정하연의 모습을 찍으려고 했었습니다. 그런데 가든파티가 끝나고도 나오지 않았어요. 다시 장소를 옮겨 술자리가 벌어진 것 같더군요. 그렇게 밤이 깊도록 나오지 않자, 포기하고 다른 일행과 돌아 나오게 되었지요.

하지만 저 자신은 정하연이 별장에서 잠을 잘 것으로 생각하지 않았습니다. 서울로 올라오는 길에 일행을 먼저 보내고, 혹시나 하는 마음으로 갈림길이 내려다보이는 언덕 위에서 하연의 탄 차가 나오기만을 기다렸는데, 뜻밖의 납치 장면을 목격하게 된 것입니다."

"그런 엄청난 사건을 목격하고도, 왜 바로 신고하지 않았소?"

"사실 전, 정하연을 무척 좋아합니다. 그녀가 별장에서 나오는 것을 확인하고 싶은 마음뿐이었습니다. 그런데 그녀가 납치당하는 것을 목격하게 될 줄은 몰랐습니다. 어제 정하연이 납치되는 것을 보고 너무나 놀라서, 한동안 아무것도 할 수 없었습니다. 전 파파라치라기보다는 하연의 팬으로서, 그런 일이 있다는 것을 알리고 싶지 않았습니다. 또한, 매니저가 납치되는 자리에 같이 있었기에, 매니저가 어떤 조치를 취하는지를 지켜보고 싶었습니다."

"그런데 어찌해서, 사진이 유출된 것이오?"

"그것이---, 너무나 엄청난 사건에 놀란 가슴을 진정하느라, 평소에 알고 지내던 방송사에 있는 대학 선배에게 술 한잔하자고 전화했는데, 선배가 어젯밤 무슨 일이 일어난 것을 알고, 꼬치꼬치 캐묻더라고요. 술을 권하면서 아가씨 있는 술집으로 데려가 크게 한턱내고요. 술에 취해 아침에 늦게 일어나보니, 그때는 벌써 선배가 내 차를 뒤져서, 어젯밤 찍은 사진을 유출시킨 뒤였어요. 이 더러운 배신자 선배 자식!"

어젯밤 일이 분한지 갑자기 임민호는 소리를 높였다.

"진정하시고요, 어젯밤 매니저도 납치된 현장에 있었다는 말이오?"

"네! 그 후에 매니저가 전화하는 것도 보았고요. 하지만 신고는 안 했을 거예요. 돈 가방도 입막음으로 던져준 것 같기도 하고요. 제가 보기에 누군가에게 강제적으로 불려 간 것 같아요. 어쩌면 정하연이 돌아올 수 있었는데, 이렇게 신문지상에 보도되어 쉽사리 돌아오지 못할지 모르겠습니다. 더 자세한 것은 매니저에게 물어보시면, 알 수 있을 것입니다."

"성실한 답변은 고마운데, 아직 더 수사해야 할 것이 남았으니, 여기서 기다리기 바랍니다."

수사반장은 긴급으로, 하연의 매니저를 소환했다. 얼마가 지나, 이내 매니저가 들어왔다. 그는 풀죽은 모습으로 들어왔으나, 파파라치인 임민호를 보자, 그에게 달려들어 분노와 적개심을 드러냈다.

"네놈이 어젯밤 늦게 전화하여 하연의 스케줄을 물어본 놈이지? 네놈이 우리 하연을 다 망쳐놓았구나. 지독한 놈, 한밤중에 일어난 일을 야간 투시의 사진기로 찍었다니---. 네놈 때문에 이제 하연은 납치된 데서 쉽게 돌아올 수도 없으며, 돌아오더라도 연예인으로서의 생명은 끝났다."

"이것 보세요. 진정하고, 어젯밤 늦게 일어난 일을 이야기해 봐요?"

"당신, 납치사건을 목격하고도 신고하지 않은 죄가 얼마나 큰 줄 알아."

옆에서 또 다른 형사가 윽박지르며 말했다.

"당신, 납치범들과 짜고 한 짓이지."

"아니, 그게 무슨 말이에요? 내가 하연 씨를 납치되도록 시켰단 말이요."

"당신이 돈 가방을 받은 것도 다 알아."

"그거야 그놈들이 일방적으로 던져준 것이지, 난 모르는 일이요. 나도 폭행당하고, 생명의 위협을 느꼈단 말이요."

"그 돈 가방은 신고하지 말라고 준 것 아냐?"

"모르는 소리 마쇼. 신고하라고 해도, 난 신고할 수가 없는 사람이요. 하연 씨의 납치 사건이 알려지면, 그동안 연예인으로 쌓아온 모든 것이 무너져 내리는데, 어떻게 신고할 수가 있겠소. 난 다만, 매니저로서 하연이 무사히 돌아오기를 바란 것이지, 돈 가방을 받았다고 해서 신고를 하지 않은 것은 아니요. 하연 씨의 실질적인 매니저라고 할 수 있는 노 회장님에게는 모든 것을 사실대로 말씀드렸단 말이오."

그러나 그도 가슴에 찔리는 것이 있었다. 노 회장에게는 돈 가방을 던져주고 가더라는 이야기는 하지 않았던 것이었다. 얌전히 있으면, 일요일 늦은 밤까지 하연을 돌려보낸다는 이야기만 했던 것이었다.

"알겠소. 범인의 인상착의나 말해 봐요."

"처음 보는 사람이었소. 검은 안경을 쓰고 있어, 얼굴은 자세히 못 보았소. 다만, 목소리가 얼마나 음산하든지, '나를 죽이면 어쩌나' 하는 생각이 들었소."

"보다 자세히 말해 봐요"

"건장한 체격의 사나이인데, 검은 안경을 쓰고 있어서 잘 알아볼 수 없었소. 다소 날카로운 인상이었소."

"그와 무슨 이야기를 나눴소?"

"하연 씨를 몹시 보고 싶어하는 사람이 있어서, 잠시 데려가겠다고 하더군요. 신고하지 않고 얌전히 있으면, 일요일 밤늦게까지는 보내준다고 하고요."

"누군가의 사주에 의한 전문 조직에 의한 납치가 틀림이 없구먼."

"참, '백주월'인가 특별 회원이 같이 있고 싶다고 해서, 데려간다고 했어요."

"백주월이라니, 그게 뭔 말이요? 사람 이름이요?"

"글쎄요, 자세한 것은 나도 잘 모르겠오. 그렇게 말한 것은 틀림이 없소."

"납치한 차량은 무슨 차였소?"

"글쎄요. 앞뒤 차 모두 검은색 차라는 것만 알고 있어요. 그랜저인가, 잘 모르겠는데, 외제 차는 아니었던 것 같았소."

"납치한 차량 번호를 보지 못했소?"

"너무나 순식간에 벌어진 일이라, 기억할 수 없소. 나 자신도 차 안에서 끌려나왔다고 말하지 않았소?"

그때, 옆의 형사가 뭐라고 말했다. 아마도 앞서 여대생 납치사건에서도 있었듯이, 차량 번호판도 소용이 없는 것이라고 하는 것 같았다.

매니저는 한숨을 길게 쉬고 있었다. 그동안 호가호위(狐假虎威)라고, 자신도 하연의 매니저로서 여기저기서 귀하신 몸 대접을 받아온 터였는데, 이제는 설사 하연이 되돌아온다 하더라도, 하연은 나락으로 굴러떨어질 것이 틀림없었다.

일이 이 지경이 될 줄이야. 또한, 어찌 되었던 납치범들에게 돈 가방을 받았으며, 노 회장의 지시였다고 하나 그 자신이 즉각적인 신고를 하지 않은 것도 그에게는 불리한 것이었다. 노 회장이 자신이 납치범으로부터 돈 가방을 받았다는 사실을 아는 순간, 그는 노 회장으로부터도 부도덕한 놈으로 쫓겨날 것이었다.

아울러 매니저로서, 하연이 납치에 이르게 하였다는 것 자체가 그에게 있어서도 무능한 인물로 낙인찍혀서, 연예계에서 퇴출 될 것은 불을 보듯 뻔한 일이었다.

다만, 파파라치인 임민호는 하연의 납치되는 순간을 목격한 유일한 증인으
로, 여기저기에서 인터뷰 요청이 쇄도하는 등 바쁜 나날을 보내게 되었다.

제 27장

피라미드의 자중지란

2003.10.19. 일요일 11:00 하연의 납치 보도 직후

한편, 하연을 납치한 후에 협박 비디오를 찍어두고, 수시로 하연을 불러들여 백주월 멤버들에게 술과 성 접대를 하게 하려던 칼치는 TV 보도를 보면서 놀라움을 금치 못하고 있었다. 납치한 사실에 대해서 아무도 모를 것이라고 믿었지만, 뜻밖의 파파라치가 찍은 납치 사진의 특종으로 인하여 일이 어긋난 것이었다.

하연의 납치 사건 보도로 인하여, 칼치는 이러지도 저러지도 못하는 상황에 놓이게 되었다. 약속대로 돌려보내 주어야 하지만, 그것은 납치 사실이 알려지기 전에, 은밀히 진행되는 과정에서나 가능한 이야기였다.

이제 하연의 납치사건이 온 나라에 알려진 지금, 그로서도 어찌해야 할지 몰랐다. 더구나 마 두목이나 박 마담 등은 아직 모르고 있지만, 알게 되는 것은 시간문제였다. 어쩌면 그들이 일정을 취소하고 상경하는 중인지도 모른다.

완벽하게 일 처리를 한다고 했는데, 그놈의 파파라치가 잠복해 있었을 줄이
야. 특별수사본부까지 신설된다고 하니, 이제 특별수사본부의 수사망이 좁혀
져 올 것이다. 지금이라도 자신의 독단적인 행동으로 하고, 자수해도 될지---.
하지만, 뜻하지 않았던 회사원인 난초의 극렬한 저항으로, 비밀의 백련화로
만들려던 자신의 뜻대로 이루어지지 않았을 뿐 아니라, 그녀의 생사까지 기로
에 서 있게 된 지금의 현실이었다.

칼치는 이 모든 것이 자신의 지나친 욕심에서 비롯된 것임을 뉘우치고 있었
다. 그냥 비밀요정으로 지상의 백련화 아가씨들만으로 피라미드를 운영해도
되는 것이었다. 굳이 여대생 미림을 납치해오고, 회사원인 희정을 데려온 것
에 대해서, 나아가 탤런트인 정하연까지 납치해 데려온 자신의 무모한 행동에
대해서 뼈저리게 후회를 하고 있었다. 하지만 이미 엎질러진 물이었다. 일단
박 사장부터 돌려보내야 할 것이다.

한편 박 사장은 오전 11시가 넘어, 잠에서 깨어났다. 석두가 안내한 방에서
술을 한잔 더 했기에, 아직도 술기운에 머리가 어지러웠다. 하지만 아무리 생
각해도 지난 새벽녘의 하연과의 술자리가 자못 아쉬웠다. 칼치를 불러, 오늘
밤 하연과의 술자리를 다시 하자고 해야 할 것이다.

그런데 밖이 제법 시끄러운 것 같았다. 석두를 비롯하여 칼치의 부하들이
여기저기 분주히 돌아다니고 있었다. 그때였다. 문이 열리더니, 칼치가 들어
섰다.

"이보슈, 박 사장, 빨리 여기를 떠나 댁으로 돌아가슈."

"아니, 대체 왜 그러슈. 내 약속보다 1천만 원 더 지불할 테니, 하연과의 술
자리를 다시 한 번 마련해 주슈."

"지금 그게 문제가 아니오."

"방금 TV에 하연이 납치되었다는 방송이 나왔소. 파파라치가 납치 장면을 목격하고 찍었다고 하오. 어쩌면 고향에 내려가신 형님인 마 두목도 아마 지금쯤 소식을 듣고 올라오고 있을지 모르오. 저번에 백합 건 때는 별다른 수사가 없었지만, 이번 정하연의 납치 사건에는 경찰 수사가 본격화될 것이오. 벌써 특별수사본부를 두기로 했다는 보도가 나왔소."

"특별수사본부를 두었다고요?"

"아니, 어떻게 일 처리를 했기에, 파파라치가 숨어서 찍는 것도 모르고 있었다니---."

"나도 파파라치가 그렇게 한밤중에까지 의외의 장소에서 끈질기게 숨어서 기다리다가, 사진을 찍을 줄 몰랐소. 역시 유명연예인을 납치한다는 것이 쉬운 일이 아님을 알았오."

"그럼 난 하연과 술자리 한 것에 대해서는 한 푼도 못 내놓겠소."

"뭣이오. 그건 안되오. 약속대로 내시오. 당신이 무리하게 하연을 괴롭혀서, 일이 이렇게 된 것이 아니오?"

"아니, 난 하다가 말았는데---, 무슨 소리요?"

"내가 모를 줄 아오, 당신이 하연에게 무슨 짓을 했는지 다 알고 있으니---. 그리고 이전에 백합에게 한 짓도 다 알고 있소."

"뭣이라고---."

"이제 보니, 이거 완전 도둑놈들이네. 모두 감시하면서, 지켜보고 있었다는 이야기네?"

"뭣이, 도둑놈!"

"그래, 비밀 룸이라고 해놓고, 일어난 일을 다 알고 있다니---, 무슨 비디오

라도 찍어놓고 날 협박하려나 본데, 아직 내가 어떤 놈인지 모르는 모양인데--,
내가 나가서 한마디만 하면, 넌 그냥 감옥행이야. 네가 백합도 납치해 온 것을
다 알고 있어.”

“뭣이. 이 새끼가---. 그동안 형님의 체면을 생각해서, 잘 봐주려 했더니---.”

“-----”

“뭐! 신고한다고---, 이 새끼가--, 따지고 보면, 이 모든 것이 네 새끼 때문에,
일이 이 지경이 된 것인데---. 이 새끼 한 번 혼나 볼래.”

칼치는 번개처럼, 오른발을 뻗어 박 사장의 턱을 강타했다. 박 사장이 쿵 하
고 나가떨어졌다. 이어 우악스런 칼치의 손이 박 사장의 목을 쥐어 붙들었다.

박 사장은 칼치의 날랜 발길질에 입술이 터져 피가 나오고 있었다. 아마 안
으로 이빨도 몇 개 나간 것 같았다. 또한, 칼치의 억센 손아귀에 잡혀 숨을 쉬
지 못할 정도로 켁켁 거리고 있었다.

“한 번만 더 떠들어봐! 뭐 새꺄! 어쩌구 저째. 신고한다고! 한 푼도 못내 놓는
다고---.”

“으윽---, 이것 놓고 말을---.”

“이 새끼, 정말 죽으려고 환장한 새끼네.”

어느새 칼치의 손에는 오른쪽 다리에서 빼낸 시퍼런 칼이 들려 있었다.

“빨리 입금시켜, 입금시키지 않으면, 넌 여기서 한 발짝도 못 나갈 줄 알아!”

“잠깐, 이거나 놓고 이야기해---.”

미처 말이 끝나기 전에, 다시 박 사장의 얼굴에 칼치의 주먹이 연달아 날아
들었다. 코피가 터지고 몰골이 말이 아니었다.

납치해 온 난초의 일도 엉망으로 되어 가고 있는 지금, 하연의 납치도 박 사
장이 부추긴 것이 절대적이었던 만큼, 일이 어그러진 지금의 시점에서 가장

원망스러운 상대가 박 사장으로 여겨지고 있었다.

"너, 이 새끼. 입금 시키지 않으면, 네 가족도 무사하지 못할 줄 알아. 네놈 사는 동네에 있는, 아는 동생 시켜서 손을 봐 줄 테니까. 알았어 새꺄!"

서슬 퍼런 칼치의 닦달에 박 사장은 꼬리를 내릴 수밖에 없었다. 우선은 칼치의 말을 들어주는 척하고, 여기를 빠져나가는 것이 급선무였던 것이다. 추후에 마 두목과 다시 이야기하는 것이 나을 것이었다.

"야, 석두!"

"옛, 형님"

"여기 이놈을 잘 감시해라. 별말이 있을 때까지 이 방에서 한 발자국도 나가지 못하게 해라."

"옛, 알겠습니다."

그때였다. 우진이가 달려왔다. 마 두목으로부터 올라오고 있다는 연락을 받은 것이었다. 예정보다 빠르게 올라오고 있다는 것이 하연의 납치 뉴스를 보았음이 틀림없었다. 이제 남은 시간이 얼마 없었다. 그로서는 연꽃인 정하연을 어떻게 처리해야 하는 것도 문제이지만, 난초의 처리 문제 또한 그를 옭아매고 있었다.

그는 정하연이 어떻게 있는지 궁금해, 지하의 비밀 룸에 들어가 보았다. 하연은 의식은 차렸지만, 초점을 잃은 눈동자가 아직 제정신으로 돌아온 것으로 보이지 않았다. 처음과는 달리, 칼치 자신을 보고도 무서워하지도 않고, 멍하니 무덤덤하게 응시했다. 정신적으로 받은 쇼크가 심각한 모양이었다.

하연의 납치 보도로 인해, 모든 것이 뒤 엉클어져 모든 계획이 수포로 돌아가게 되었지만, 이대로는 오늘 저녁 손님을 받는 것은 무리였다. 새삼스럽게

박 사장에 대한 분통함이 치밀어 올랐다. '박이건! 이 새끼! 가만히 두나 봐라'

이어 징벌방의 난초도 살펴보았다. 이전과 달리, 칼치 자신에게 악다구니를 쓰며 대들지도 않았다. 누가 들어왔는지 알아보려고조차 하지 않는 것이었다. 산발한 머리에 바닥에 아무렇게나 널브러져 있는 것이 모든 것을 포기한 사람처럼 보였다. 그녀 몸에서 역한 냄새가 나고 있었다. 아마도 납치되어 온 이후로 한 번도 몸을 씻지 않은 모양이었다. 거기에다가 난초는 이따금 기침을 쿨룩거리며, 괴로워하고 있었다. 칼치는 난초의 납치가 이렇게 비극적인 상황으로까지 치닫게 될 줄은 미처 몰랐다.

몇 시간이 지나갔다. 칼치의 예상대로, 피라미드에 돌아온 마 두목이 자신을 찾고 있었다. 그는 마 두목 앞으로 나아갔다. 마 두목 역시 며칠 전 밤에 박 마담으로부터 칼치의 독단적인 행동에 대해 걱정하는 이야기를 들은 상황에서, 톱 탤런트인 하연의 납치 보도에 대한 방송이 나오고 있음에 놀라지 않을 수 없었다. 더구나 범행 차량이 검정 세단 두 대이며, 경춘가도 쪽의 별장을 납치 조직의 배후로 지목하는 방송이 나오고 있었다.

"톱 탤런트인 정하연의 납치가 TV에 나오던데, 그것도 경춘가도 부근의 전원 별장에 납치되어 있을 것이란 보도가 나오던데---. 그거 칼치 네가 한 짓은 아니지?"

"형님. 그게 저---. 실은 하룻밤만 잡아 두었다가 내보내려고 했는데, 뜻밖에 파파라치가 납치 현장을 목격하여 특종으로 보도하는 바람에---."

"뭣이--. 어쩌자고 그런 짓을---, 칼치야! 너 때문에 10여 년 이상 준비하고 쌓아온 이 피라미드가 무너져 내리게 되었구나. 이 일을 어쩌면 좋다는 말이냐?"

"죄송합니다."

"백합은 어찌 되었느냐. 백합도 내가 내보내자고 할 때, 내보냈으면 이렇게까지는--"

"------"

"백합과 하연은 지금 어디에 있느냐?"

"예, 지하 비밀방에 있습니다."

"둘 다 지금이라도 당장 내보내라."

"예, 하지만 경찰 수사가 벌써 쫘악 깔렸을 것이기에, 당분간은---."

"형님! 저, 실은--"

"뭐냐."

"실은 난초라고 명명한 여자가 하나 더 있습니다."

"뭣이--"

"일전에 박 사장이 하도 부탁하기에, 제가 그만---."

"------"

"형님 말대로 박 사장을 멀리했어야 하는 건데---"

"네가 이렇게까지 일을 벌이다니---. 그녀도 내보내라."

"그런데 그게 좀---."

"왜 ---."

"지금 그녀의 건강이 말이 아닙니다. 잠도 안 자고, 거기에 단식까지 해서---, 기침을 몹시 심하게 하는 것이, 실은 미친 것 같고요. 생명이 위독한 상태입니다."

"칼치, 네가 나를 망하게 하는구나. 너의 우직함이 이런 화를 불러들이게 되다니---. 네가 백합을 데려왔을 때, 그날로 돌려보내게 했어야 하는 데---. 그녀의 미모에 빠져, 흐린 판단을 내린 내가 잘못이다. 이제 이 일을 어떻게 해야 할 것이냐?"

"죄송합니다."

칼치는 무릎을 꿇었다.

"모든 것을 제가 한 것으로 자수하겠습니다."

그때였다. 석두가 허겁지겁 달려왔다.

"형님, 큰일 났습니다."

"뭐냐."

"저기 난초가 자결해 죽은 것 같습니다."

"뭣이! 감시를 어떻게 했기에?"

"감시를 하노라고 했는데--. 낮에 의식을 잃은 것 같기에 감시를 소홀히 했더니, 그 사이에 그녀가 화장실에서 옷으로 끈을 만들어 목을 매어 자결한 것 같습니다."

"아! 어떻게 이런 일이---. 하늘이 나를 망하게 하는구나. 남은 여생을 여기서 조용히 살기를 바랬는데---. 이제 어찌해야 한다는 말이냐!"

"칼치! 넌 부하들과 함께, 산속의 양지바른 곳에 그녀를 파묻도록 해라. 그리고 이제 곧 경찰의 수사가 들이닥칠 테니, 산 정상에 설치해놓은 전자감응 시설 및 외부의 의심받을 것들을 철거하고, 지하 술창고 및 각 방을 깨끗이 정리하고, 오늘밤 안으로 고향에 내려가 있어라. 부하들도 각자 자신의 고향이나 은신할 곳으로 대피하도록 해라."

"형님은 어찌시려고---."

"여기 일은 내가 알아서 하겠다."

"언제 경찰의 수사망이 좁혀들지 모르니---, 지상의 백련화에게는 지금 즉시 모두 돌아가라고 해라. 그리고 백주월 회원에게도 연락해 모든 것을 정리하고 그만둔다고 하고---. 기존의 입회비는 적절한 기간이 지난 후에, 돌려준다고 해라."

"예."

"형님, 한 가지 더 말씀드릴 것이 있습니다."

"뭐냐!"

"지금 박 사장이 이곳 피라미드에 감금되어 있습니다. 어젯밤 하연을 납치한 후에, 박 사장을 불렀습니다. 그런데 그놈이 하연에게 변태적으로 몹쓸 짓을 해서 하연이 기절하기에까지 이르렀습니다. 난초와 하연의 납치가 그놈의 사주로 인해 일어났는데, 돈을 한 푼도 내놓을 수 없다는 말과 이곳에서 일어난 일을 경찰에 신고한다고 하기에, 아침에 손을 봐준다는 것이 그만---. 이빨이 몇 개 나가고, 얼굴이 부어올라 엉망입니다."

"일단은 네가 나갈 때 데리고 나가거라. 납치를 사주했으니 그 죄도 크다고 이야기해서, 경찰에 신고하지 못하게 해라. 웬만하면, 잠잠해질 때까지 같이 있도록 해라."

"예, 알겠습니다. 그렇게 하겠습니다."

"그리고 하연에게 안내해라."

자리에 누워있던 그녀는 넋이 나간 듯 멍한 상태였다. 그러나 마 두목 뒤의 칼치를 보자, 다소 불안한 기색을 보이며 고개를 돌리는 것이었다.

"미안하오. 나는 마 두목이라 하오. 여기 칼치와 박 사장이 몹쓸 짓을 많이 한 모양이요. 오늘 내보내 주려 했는데, 경찰의 수사가 진행 중이니 잠잠해질 때까지 당분간 기다려주기 바라오. 당분간 이동을 할 수 없으니---. 수습되는 대로 내보내 드릴 것을 약속하겠소.”

마 두목의 짐작대로 모든 것은 사실이었다. 벌써 피라미드로 들어올 때, 서울에서 자동차로 시간 반 이내의 경춘가도의 모든 길에는 경찰의 검문이 쫘악 깔렸었던 것이다.

저녁 늦게부터 다음날인 월요일 오전까지, 마 두목은 이내 경찰 수사가 닥치게 될 것을 예감한 듯, 수사에 단서가 될 만한 추가적인 모든 물증을 없애 나갔다.

제 28장

특별 수사본부 설치-몽팀의 합류

2003.10.19. 일요일 14:00

수사당국에서도 톱 탤런트 정하연이 납치된 사건은 사안의 중요성을 감안하여, 신속하게 특별수사본부를 설치하기에 이르렀다.

하지만 특별 수사본부장으로 임명된 황수봉 검사는 의외의 인물로 받아들여졌다. 검찰 수뇌부의 회의결과, 살인·조폭 등 강력 사건만을 담당해오고 있던 수많은 적임자가 있음에도 불구하고, 의외로 정년퇴임을 1년여밖에 남겨놓지 않았으며, 한직으로만 떠돌던 황수봉 검사에게 특별수사본부장으로서의 낙점이 이루어졌던 것이다.

뉴스에는 수사 경험이 많은 최고 베테랑 검사로 선정했다고 보도되고 있었다. 실로 눈 가리고 아웅 하는 격이었다. 모두가 잘되면 다행이지만, 잘못되면 비난만 받게 될 것을 기피하는 데서 오는 일이었다. 앞서 미모의 여대생 납치 사건의 경우에 있어서도 사건이 발생한 지 보름이 다 되어 가지만, 제대도 된 수사는 이루어지지도 않고 있었던 것이다.

이러한 상황에서, 온 국민의 관심이 대두된 톱 탤런트인 정하연의 납치 사건이야말로, 신속한 검거가 이루어지지 않는다면, 제 스스로의 무덤을 파는 격이기 때문이었다.

하지만 특별수사본부장으로 임명된 황수봉 검사는 자신의 운명의 길이라 받아들이고 있었다. 그동안 한직으로만 떠돌던 그였다. 하지만 이번에야말로 자신의 공직에 있어서의 관운을 시험해 볼 절호의 기회였던 것이다.

더구나 새벽녘에, 아파서 병석에 누워계신 늙으신 어머니로부터 뜻 모를 전화가 걸려왔었다. 마치 아들인 자신에게 이런 일이 일어날 것을 알고 있었다는 듯이, "너에게 큰일이 부여될 것이다. 잘해내거라."라고 말씀하신 것이다. 자세한 것을 여쭤보려고 했으나, "아직은 부정을 타니, 말할 때가 아니다."라고 하시면서 전화를 끊으셨다.

황 검사는 또 어머니가 무슨 꿈을 꾸신 것으로 믿었다. 그동안 어머니는 꿈을 통해 집안에서 일어나는 일이나, 심지어 국가적·사회적인 일까지도 족집게처럼 맞춰 내시고는 했던 것이다.

벌써 오래전 자신이 사법고시에 합격할 때도 집안 구들장을 뚫고 대나무가 솟아오르더니 꽃이 피어나는 꿈으로 합격을 예지하셨다. 그뿐만이 아니었다. 아버지가 돌아가시기 전에, 아버지가 새집을 짓는 꿈으로 아버지의 죽음을 예지하셨던 것이다.

그 밖에도 어머니가 꿈으로 예지한 수많은 사건이 있었다. 그중에서도 황 검사가 기억하는 가장 놀라운 사건은 구포역 참사 사고의 예지였다. 어머니는 1993년 부산 구포역에서 열차 전복 사고의 참사를 예지했을 뿐만 아니라, 정확하게 사망자 수를 맞춰낸 것이다.

어머니는 공사장에서 작업하던 인부들이 큰 구덩이를 파다가 매몰되어, 78 명이 생매장되었다는 꿈을 꾸신 것이었다. 그로부터 1주일 후에, 공사 중의 연약 지반으로 인해, 서울로 향하던 기차가 처박히는 대형 열차사고가 일어난 것이다. 처음에 사망자는 70여 명 정도였으나, 하루하루가 지날수록 중상자들이 죽어서, 며칠 지나 최종 사망자가 78명이라는 발표를 듣고서는 어머니가 꾸신 '78명'이라는 숫자를 떠올리고 등골이 오싹해졌던 기억을 떠올렸다.

또한, 황수봉 검사도, 납치 사건 이전에 톱 탤런트 정하연에 대하여 관심을 가지고 있었다. 그 역시, TV에 나온 정하연을 보면서, 그녀의 우아하고 기품있는 모습에 깊이 빠져 있었다. 그는 정하연이 납치되었다는 보도를 접한 순간, 정하연의 미모를 탐낸 누군가에 의해서 저질러진 일이라 여겼던 것이다.

특별 수사본부장으로 임명된 후에, 그는 정하연 납치 사건의 전모를 다시금 살펴보았다. 사건의 단서라고는 파파라치인 임민호와 하연의 매니저를 통해 알려진, 하연을 납치한 차량이 검은 승용차 두 대였다는 사실과 납치범이 여러 명이었다는 것이 전부였다.

또한, 그날 하연이 남한강 별장에서의 삼현 그룹 창립 축하 연회에 참석하리라는 것을 알고, 길목을 기다렸다가 계획적으로 이루어진 범행으로 전문조직에 의해 자행된 것이라는 사실이었다.

하지만 하연이 축하 연회에 참석하리라는 것을 알고 있었던 사람들에 대한 수사는 진척을 보지 못하고 있었다. 이는 한강에서 빠뜨린 칼을 찾아내는 것보다 어려웠다. 워낙 많은 사람이 드나들었기에, 쉽게 사건의 단서를 찾아낼 수 없었다. 그렇다고 연회에 음식을 배달하면서 하연을 보았다고 자백한 호텔의 종업원을 붙잡아 들여 수사할 수만도 없는 노릇이었다.

그러나 뜻밖에도 평소 같은 동향으로 알고 지내던, 후배인 강남 경찰서 수사
과장인 윤상형을 통하여, 희망적인 소식을 들은 것이었다.

정하연 납치 사건 이전에 일어났던 여대생 미림의 납치 사건에 대하여, 지금
은 은퇴하여 사설 탐정소를 차린 전 수사반장이었던 이방이 개인적인 수사를
해오고 있었으며, 이어 발생한 회사원인 최희정의 납치사건에 대해서도 형사
과의 김 형사와 고도혜 기자가 수사를 진행해 오고 있다는 것이었다. 아울러
그 밖의 여러 사람이 함께 수사해오고 있었으니, 이번 특별수사본부에 수사요
원으로 포함시켜 수사한다면 좋은 결과를 얻을 수 있을 것이라는 이야기를 듣
자마자, 하늘이 자신을 도와주고 있다는 것을 느낄 수 있었다.

그 자신도 정하연 납치 사건이 일어나기 전에 일어난 두 사건이 직감적으로
정하연 사건과 연관성이 있다는 것을 알아차렸다. 그리하여, 어찌 보면 정하
연 납치 사건 이전에, 그 두 사건에서 단서를 찾아낼 수 있다고 여겼던 것이다.

그는 합리적인 사고를 하는 사람이었다. 그리하여 특별수사본부에 배정된
제도권 수사관에 의한 권위주의적인 수사에 의존하기보다는, 모든 사람이 참
여하여 자율적인 의견을 내도록 함으로써 사건의 단서를 찾아내고자 하였다.

그는 강남 경찰서 윤상형 수사반장의 의견대로, 미림과 희정의 납치 사건을
수사 중이던 그들을 별도의 특별 요원으로 받아들였다. 아울러 그는 이방 수
사반장의 건의를 받아들여, 특별 수사본부 내에 별도의 별실을 하나 마련해주
었을 뿐만 아니라, 각종 전화시설 및 수사에 필요한 모든 것을 설치해주었다.

또한, 이방 수사반장의 책임하에, 사건에 관련된 모든 사람이 자유롭게 수
사에 관련된 모든 정보를 주고받을 수 있도록 배려해주었던 것이다. 그뿐만이
아니었다. 모든 차량지원뿐만 아니라, 식사 일체 및 잠자리까지 할 수 있도록
간이침대까지 시설을 마련해 주었다.

그리하여, 그들로부터 수사에 필요한 사소한 단서라도 제기되면, 특별수사
본부의 제도권 수사관을 동원하여 실제 확인 작업에 나아갔던 것이다. 말하자
면, 별도의 별실은 수사의 방향을 결정짓는 싱크 탱크의 역할이요, 특별 수사
관들은 사건을 집행하는 행동 요원이었던 것이다. 한편으로 두 팀 간의 선의
의 경쟁도 그로서는 나쁠 것이 없었다.

김 형사는 최희정의 꿈 일기장을 복사한 글에 적혀진 구몽 박사의 의견을 특
별 수사본부팀에 그대로 공개하여 수사를 진행하기로 마음먹었다. 꿈 이야기
속에 사건 해결의 중요한 단서나, 어떠한 암시나 도움을 얻을 수 있을 것이었
다.

수사본부의 별실 내 벽에는 커다란 벽보가 두 개 붙어 있었다.

좌측에는 사건의 시작이 된 여대생 미림의 납치사건, 회사원 최희정의 납치
사건, 정하연의 납치에 따른 시간별 사건일지와 각각의 주요 단서가 적혀 있
었다. 이 벽보는 특별수사본부의 수사관 팀의 방에도 똑같이 붙어져 있었다.

하지만 이방 수사반장의 수사실에는 우측에 특이한 칼라 벽보가 하나 더 붙
어 있었다. 이는 고도혜 기자의 부탁을 받은 김 형사의 제안에 따라 설치된 것
이었다. 하지만 뜻밖에도 특별수사본부에 자유롭게 참가한 사람들의 절대적
인 지지를 받았다. 거기에는 각각의 사건에 대한 본인 및 주변 인물들의 꿈 이
야기가 항목별로 적혀져 있었고, 예측될 수 있는 사건의 단서가 기록되어 있
었다. 특히 납치된 회사원인 최희정의 꿈 일기장에서 사건과 관련된 부분의
꿈 내용이 크게 확대 복사되어 붙어 있었다. 아울러 구몽 박사의 추정의견이
붙어져 있었다.

옆방의 제도권의 특별수사본부 팀에서는 꿈꾸는 몽팀이라고 빈정대듯이 불렀다. 하지만 그들이 과학적인 수사결과가 나오기 이전에, 몽팀이 먼저 사건 해결의 단서에 있어 앞서 추적을 해나가자 모두 놀라는 눈치였다.

처음에는 특별 수사본부장인 황수봉 검사도 납치된 본인들이나 주변인물의 꿈의 기록에서 사건의 단서를 찾을 수 있다는 말에 대해서 믿지 않았으며, 황당한 이야기로 받아들여졌다.

그러나 고도혜 기자가 꿈의 단서로 사건을 해결한 외국의 사례 및 우리나라의 꿈에 대한 옛 사건 기록들이 적혀진 글을 내놓으면서, 예지적인 꿈의 기록에 대한 수사를 진행해야 한다고 주장하는 것을 물리칠 수만도 없었다. 특히, 꿈해몽 전문가인 구몽 박사의 여러 글과 그가 꿈의 예지로 미루어 제 3의 납치 사건이 있을 것이라고 단언했다는 이야기를 들으면서, 그는 자신의 뜻을 굽힐 수밖에 없었다.

하지만 무엇보다도 그가 뜻밖의 특별수사본부장을 맡게 된 것 또한 어머니 꿈의 예지가 있었기에, 그 자신도 꿈의 세계에 반신반의하면서도 부정할 수만은 없었던 것이다.

자신이 특별 수사본부장을 맡았다는 뉴스 보도가 나간 직후에, 어머니가 이상한 꿈을 꾸셨다고 하면서 들려준 이야기는 다음과 같았다.

아들인 자신이 죽어서 장사를 치르는 꿈이었다고 한다. 관 위에 빨간 천이 덮여 있는데, 흰 글씨로 '秋官黃壽鳳之柩(추관황수봉지구)'라고 쓰여 있었다고 했다. 그러면서 죽는 꿈은 좋은 꿈이라는 말씀을 하셨다.

한 번도 빗나간 적이 없었던 어머니 꿈의 예지대로, 뜻밖의 정하연의 납치 실종 사건이 보도되면서, 엉뚱한 자신이 특별수사본부장의 적임자로 임명된 것이다.

그리하여 자신도 인터넷에서 '죽는 꿈'에 대해서 검색해보니, 꿈은 반대가 아닌 상징의 이해에 있는 것이라 하면서, 죽는 꿈은 낡은 껍질을 벗고 새롭게 태어나는 재생의 의미를 지니는 것으로 풀이하고 있었다. 이어 여러 가지 사례가 나와 있었는바, 어느 육군 대령이 모가지가 뎅겅 잘리는 꿈을 꾼 후에 장성으로 진급한 사례를 들고 있었다. 기존의 대령은 사라지고, 새로운 군 장성으로서의 탄생을 꿈에서는 상징적으로 자신이 죽는 것으로 보여주고 있었다. 추관(秋官)은 조선조에서 형조를 달리 이르는 말이었으니, 자신이 특별수사본부장으로 임명될 것을 어머니의 꿈으로 정확하게 예지해주고 있었다는 데 대해서, 놀라움을 금할 수 없었다.

이제 그가 빠른 시일 내에 납치 조직을 수사해서 검거한다면, 그의 수사검사로서의 명성은 물론, 승진하여 보다 명예로운 정년퇴임으로 공직을 마무리할 수 있게 될 것이었다.

정규 수사팀의 과학적인 수사 외에, 피해자나 피해자의 주변 친지들의 꿈을 통해서 사건의 단서를 찾아내서 범인 검거에 나선다는 것도 어찌 보면 참신한 발상일 수가 있다고 여겨졌다. 외국의 사례나 우리 옛 선인들의 사례에서도 무수히 많다고 하지 않았는가? 그의 입장에서는 두 팀으로 나누어 선의의 경쟁을 유도하는 것도 나쁘지 않다고 생각했다. 좋은 사건 단서가 나오면 공유하면서, 양 팀 모두에 속해 있는 자신이 중재를 잘해나가면 될 일이었다.

그는 최희정 납치사건의 단서로 김 형사가 제시한 차량 번호판이 대포 차량으로 밝혀져 차적 조회에는 실패한 바를 알고 있었다. 하지만 새벽 1시 이후에 통과한 대포 차량에 대한 방범용 CCTV에 찍은 수사결과로, 납치범들의 차량 이동 경로가 경춘가도 선상에서 이루어지고 있다는 것을 밝혀냈다.

또한, 여대생 미림이 납치되던 날, 나이트클럽에서 강변도로에 이르기까지 시간을 감안하여 강변도로를 새벽 1시 이후에 통과한 차량 중에서, 회사원인 최희정의 납치에 쓰인 차량 번호판이 있었는지를 방범용 CCTV로 추적하여, 검은색 소나타 차량의 동일범 소행이라는 것을 밝혀내었다. 이는 파파라치인 임민호가 진술한 검은색 차량과 일치하였으며, 범행에 이용된 차량이 두 대임을 밝혀낼 수 있었던 것이다.

또한, 이로 인하여 최초 여대생 미림이 납치된 날짜로부터 하연의 납치 사건 일자에 이르는 보름여 기간 동안의 동일 차량 번호판으로 운행한 행적을 밝혀 냄으로써, 경춘가도의 청평 부근으로 범인들의 행동반경에 대한 수사망이 압축되는 성과를 낼 수 있었다.

아울러, 이방 수사반장의 수사결과로 얻어진 단서이지만, 여대생 미림이 납치되던 2003. 10. 4. 토요일의 명품 백화점 매장에서 오후 1~3시경에 미림의 앞뒤에 있던 의심이 가는 남자 손님에 대한 CCTV 수사를 진행하였다. 또한, 그 날짜에 5~6시경에 백화점 인근 도로 주변에서의 CCTV 수사도 병행하였다.

그뿐만이 아니었다. 강남 나이트클럽에서 룸의 복도에 있었던 수상한 남자에 대한 인상착의 및 나이트클럽에서의 복도, 지하 주차장 및 출입구 주변의 모든 CCTV에서 범인으로 추정되는 사람을 수사하였던 것이다. 하지만 아쉽게도 검은 안경을 끼고 있어, 판별하는 데는 실패하였던 것이다.

또한, 칼치라는 별명의 조직 폭력배에 대한 사건 수사가 진행되고 있었다.

2003년. 10월. 19일. 일요일 16:00 특별수사본부의 윤석구 팀장

정규 특별수사본부팀은 서울 시내 각 경찰서에서 유능한 수사관으로 이름을 날리던 형사 중에서, 희망자를 대상으로 10명을 선별한 것이었다. 그중에서 특히 팀장을 맡은 윤석구 수사관은 이러한 납치 관련 수사에 있어서 뿐만 아니라, 범죄심리학 분야에서 국내 최고의 명성을 떨치고 있었다. 그는 명석한 두뇌답게, 특이하게도 수사관 중에서는 거의 드문 서울대 출신이었다.

그는 하연의 납치와 관련하여, 창립축하연의 자리에 초대되었던 사람들에 대한 탐문수사를 지시하였다. 아울러 그는 매니저가 신고하지 않은 것에 대하여, 수상하게 여겼다. 연예인 하연을 보호하기 위해서라는 것이 이해가 되었지만, 무언가 석연찮은 점이 있었다. 그리하여 매니저를 불러올린 것이었다.

"당신 그날 이상하게 생각되는 것은 없소?"

"무슨 말씀이신지?"

"하연이 그날 별장의 창립축하연에 참석한다는 사실, 또한 밤늦게까지 있다가 나오게 될 것을 범인들이 알고 기다렸다가 납치했다고밖에 볼 수 없소.

듣자하니 하연에게 보디가드가 있었다고 하던데, 하필이면 그가 없던 날에 누군가가 납치해갔다는 사실이 우연일 수가 있소? 이는 보디가드인 청년이 그날 따라 없다는 것을 아는 것이 아니라면 불가능한 일이요."

매니저가 생각하기에도 그랬다. 이제 보니, 마치 한밤중에 하연이 그곳을 지나갈 것임을 알고 길목을 지키고 있다가 납치해갔다고 생각할 수밖에 없었던 것이다.

"그날 누군가가 하연이나 보디가드의 일정에 대해서 물어보거나, 미행당하는 것 같은 느낌은 받지 않았소?"

그러고 보니, 그날 저녁의 만찬 회장에서, 평소에는 아는 척도 안 하던 재벌 2세인 영민이 다가와, 하연의 미모를 칭찬하면서 웃음을 건네며 말을 붙여왔다. 아울러 주변을 두리번거리며, 보디가드인 인혁이 보이지 않는다고 물어왔던 것이다. 그리하여, 부친의 제사로 인해 오후에 고향을 내려갔으며, 밤늦게 끝날 것이라는 귀띔이 있어, 오늘은 운전기사도 일찍 돌려보내고 자신이 운전을 해서 하연이랑 왔다는 말을 한 것이었다.

"그러고 보니, 있었습니다."

"누구요. 그자가---."

"재벌 2세 송영민이라고, 아주 못된 놈으로 소문났지요."

윤 팀장의 눈이 날카롭게 빛났다. 재벌 2세라면, 하연의 미모를 탐내어 능히 일을 꾸미고도 남을 것이다.

"알겠소."

윤 팀장은 수사관을 시켜, 급히 영민의 소재지를 추적하였다. 하지만 의외의 소식을 들은 것이다. 음주운전 교통사고로 인해, 의식불명 상태로 서울의 삼성병원에 입원해 있다는 것이었다.

윤 팀장은 교통사고가 나게 된 사건 경위와 사고 지점을 확인하게 했다. 필시 하연을 납치한 조직과 모종의 관련을 맺고 있음이 틀림없었다. 그의 차량번호로 과속위반이나 방범용 CCTV에 찍힌 모든 수사자료에 대한 조사를 진행하였다.

조사 결과는 역시 그의 예상대로였다. 10.19일의 일요일 01:20~02:00 사이에, 하연이 납치되던 시각을 뒤로하여 경춘가도에서 한 건, 청평으로 들어가는 국도상에서 한 건, 모두 시속 140km가 넘는 2건의 과속위반 사실이 있었다. 교통사고가 난 시각은 10. 19일의 일요일 오전 10시 30분경이었다. 사고 지점은 청평에서 설악면으로 들어가는 국도상이었던 것이다.

필시, 모종의 연락을 받고 하연을 납치해간 곳에서 하룻밤을 자고 나오다가 술이 덜 깨인 상태에서 음주운전으로 인한 교통사고를 당한 것으로 추정되었다.

그런데 하필이면, 의식불명이라니--. 윤 팀장은 사건이 해결될 수 있다는 기대감에 대한 실망과 아쉬움으로 한숨을 내쉬었다. 그놈을 잡아다가 족치면, 필시 하연을 납치해간 놈들의 은신처를 알아낼 수 있었을 텐데---.

하지만 분명한 것은 교통사고가 난 지점에서 청평에서 설악면 쪽으로 자동차로 20~30분 내 거리 안쪽의 고급 별장이 놈들의 은신처가 될 것이다. 하지만 아직은 사막에서 바늘 찾기였다. 호수를 끼고 있어서인지, 서로 비슷비슷한 고급별장이 너무나 많이 있었다.

윤 팀장은 순간 자동차 블랙박스를 떠올렸다. 2003년 10월, 아직 상용화 시점은 아니었지만, 비싼 고급 외제 차이니 어쩌면 설치되어 있을지 모를 일이었다. 하지만 있다 하더라도 덤프차의 차체 밑으로 들어가면서 차량이 전파되다시피 한 상태에서 온전하게 남아있을지 모를 일이었다. 또한, 은밀하게 못된 짓을 하고 다니는 그놈이 자신의 차량행적이 그대로 남겨지는 블랙박스를 키고 운행한다는 것도 실현 가능성이 없었다. 팀원에게 차량에 관한 수사 진행을 맡겼지만, 오늘이 일요일이고 어쩌고 하면서 수사진행에 적극적으로 나서지 않고 있었다.

시간이 촉박했다. 윤석구 팀장은 범인만 검거한다면, 일계급 특진의 이 좋은 기회가 눈앞에까지 왔다가 사라진다는 것이 못내 아쉬웠다. 옆방에 발족된 몽팀보다도 먼저 범인을 잡을 수 있는 좋은 기회를 놓친 것이 너무나 아쉬웠다. 문득, 지난밤의 꿈이 떠올랐다.

사방에 연꽃들이 피어 있는 연못에 자신이 앉아 낚시질하는 꿈이었다. 시커 멓게 생긴 흉측한 물고기를 다 잡아서 끌어당기는 순간, 수면에 모습이 보이 는가 싶더니, 어느새 낚싯줄이 끊어지면서 도망가는 것이었다.

하지만 아쉬운 일이었다. 윤석구 팀장이 꿈에 관해서 어느 정도 알았다면, 사실적 미래투시의 꿈과 물고기의 상징적인 꿈이 합쳐진, 반사실·반상징의 꿈이 있다는 것을 알았을 것이다. 그리하여 청평에서 설악 쪽으로 반경 20~30 분 거리에 있는 고급별장 가운데, 연못에 연꽃이 피어있는 주택을 중심으로 수사하였다면, 몽팀보다도 앞서 사건을 해결할 수도 있었다.

그러나 특별수사본부의 몽팀에서는 이미 청평 부근의 전원별장으로 압축하 여 수사 중이었다. 특히나 최희정의 꿈 일기장에 대한 분석을 토대로 포위망 을 압축해 들어가고 있었다.

이제 특별수사본부의 몽팀은 김 형사와 고도혜 기자, 이방 수사반장과 최도 식 형사, 청수와 영석의 합류 및 수사 제보로 인해 납치범에 관한 수사 추적이 막바지에 이르고 있었다. 여기에 하연의 매니저와 매니저를 통하여 보디가드 인 인혁 또한 수사본부에 참여하였다. 또한, 꿈에 대한 사건의 단서를 찾아낸 다고 하자, 매니저가 하연의 친한 친구인 몽순이를 추천하였으며, 고도혜 기 자가 추천한 희정의 친한 언니인 심희숙, 특별수사본부장이 참여한 11명이었 다. 나아가 고도혜 기자의 강력추천으로, 내일의 총 대책회의에서는 꿈해몽 전문가인 구몽 박사도 사건 해결을 위하여 초빙될 것이다.

고도혜 기자는 누구보다 적극적으로 10월 20일(월요일) 13:00에 있을 특별수사본부의 대책회의 모임의 연락을 취했다. 각자 사건의 단서를 찾기 위한 준비 및 적극적인 자유 의견을 내도록 권유하고 있었다.

특별수사본부장인 황 검사는 납치조직에 대한 보다 빠른 검거만이 이 모든 것을 빛나게 해줄 것이라고 확신하고 있었다.

2003.10.20. 월요일 10:00 미림의 편지

한편, 뜻밖의 미림의 편지를 받은 미림의 부모는 안도하면서도, 미림이 강제적으로 납치되어 시달리고 있는 것에 불안감을 감추지 못했다.

이에 하루빨리 납치범들에 대한 검거가 이루어질 수 있도록, 미림의 부모인 강 사장은 동생인 영석을 시켜서 이방 수사반장에게 편지를 전하도록 했다. 혹시 편지 속에 감추어져 있을지 모르는 사건의 단서를 찾게 하려는 의도였다.

"이방 수사과장님, 납치된 미림이 누나에게서 뜻밖의 편지가 왔습니다. 여기 이렇게 가지고 왔는데요."

"어디서 보내온 것인가요?"

"우체국 소인으로 보자면, 충남 서산으로 되어 있는데요."

"그러면, 현재 밝혀진 강원도 청평 부근의 지역이 아니지 않습니까?"

"그거야 그렇지만, 그 지역을 지나가면서 우체통에 넣을 수 있을 수 있으니, 우체국 소인은 무의미할 것일세."

"또한 수사가 진행되고 있음을 알 터이니, 지문을 살펴보는 것도 무의미할 것이고---."

내용을 살펴본 이방 수사과장이 말했다.

"누나의 친필이 틀림없습니까?"

"예, 맞아요."

"뭐 이상한 것은 없나요?"

"글쎄요."

"누나의 편지글에 특이한 점은 없는지, 글자 하나하나 꼼꼼히 잘 보세요. 혹시 편지 속에 무언가 암시적으로 알려주고자 하는 것이 있을지 모르니까요?

잠깐만 혹시 모르니, 복사해서 살펴보도록 하겠습니다. 이방 수사과장은 편지를 여러 부. 복사하여, 몽팀에게 돌렸다.

하지만 모두가 읽어보았지만, 특이한 점을 밝혀낼 수 없었다.

"수사반장님은 편지 들고 지금 뭐하세요."

"응, 이제는 눈이 잘 안 보여서, 이렇게 확대경으로 보면 잘 보여."

"과장님, 그거 잠깐만--"

갑자기 김 형사가 확대경을 휘익 빼앗다시피 가로채서, 편지를 자세하게 들여다보다가, 마침내 무언가 발견한 듯 큰소리로 외쳤다.

"반장님! 여기 좀 보세요. 여느 다른 곳과 달리 편지 맨 끝 부분만은 구두점이 아닌, 아주 작은 △로 적어놓았는데요."

"어디, 정말 그런 것 같으이."

"예, 정말 제가 보기에도 그러네요."

고도혜 기자가 말했다.

"이것도 뭔가 암시일 수도 있는-, 삼각형이라---."

영석이가 말했다.

"또한 여기를 보세요. 제가 누나 친구로 이미(二美)라고 부르던 미숙·수미는 잘 아는데요, 여기 앞뒤에 있는 백희·연자·화숙이란 친구는 처음 들어보네요.”

이에 다시 이방 수사반장이 수첩에 적어두었던 미림의 여자 친구들에게 전화를 걸었다.

“예, 미숙·수미는 저희를 가리키는 말이고요. 미림의 친구 가운데, 백희·연자·화숙이란 이름은 저희도 처음 들어보네요.”

“잘 생각해 보세요.”

“글쎄요. 저희가 아는 한 학과 친구, 서클 친구, 고등학교 친구 등에도 그런 이름은 없습니다.”

돋보기로 살펴보던 고도혜 기자가 다시 말했다.

“그런데 수사반장님, 여기 보세요. 여기 세 이름의 첫 글자들이 다른 글씨보다 꾹꾹 눌러 쓴 것 같지 않나요.”

“그래요. 꾹꾹 눌러쓴 ‘백희·연자·화숙’의 첫 글자만을 합치면, 백련화가 되네요. 무언가 암시해주려고 했던 것 같네요.”

“김 형사님, 백련화라고 혹시 들어본 적이 있는지, 여기저기 알아보아 주세요.”

“예, 알아보겠습니다. 그런데 아무래도, 저보다는 경험이 많으신 이방 수사반장께 부탁하는 것이 나을 것 같네요”

“그리고 삼각형의 모양도요.”

“아무래도 뭔가 결정적인 단서가 숨어 있을 것 같네요.”

“이방 수사반장, 부탁할게요.”

“그러지요. 아무래도 납치 조직이 최근의 조직폭력배 조직보다는 이전 조직인 것 같아요. 어제 일요일에 내가 칼치에 대해서 알아보느라, 10여 년 전에 조직폭력의 행동대원이었던 송태규란 인물이 수감되어 있던 원주 교도소에 면회 갔다 왔는데, 당시 조직폭력이었던 그들이 조폭계에서 물러난 후에, 경춘가도에서 들어가는 어딘가에 비밀별장을 지어놓고 모종의 음모를 꾸미고 있지 않았나 여겨집니다.”

“도혜 씨, 참, 신기하네요.”

“뭐가요?”

“최희정 씨의 꿈 일기장에 나오는 숫자인 ‘35280’ 말예요. 어제 아는 사람을 시켜 노래방에 가서 그 숫자에 해당하는 곡명을 알아오라고 했거든요.”

김복진 형사가 말했다.

“어떻게 나왔어요?”

“그게 글쎄, ‘경춘가도’라는 노래였어요.”

“옛, 정말로 꿈이 신기하네요. 좀 더 일찍 알았더라면, 수사에 보다 도움이 되었을 텐데요. 경춘가도 쪽이 틀림이 없네요.”

“구몽 박사님에게도 전화로 알려드렸어요. 그런데 또 다른 숫자도 노래 곡명이었다고 하더군요.”

“자세한 것은 이따가 13:00 시에 열리는 특별수사본부 회의 시간에 구몽 박사님을 비롯하여 여러 사람의 의견을 들어보면, 보다 명확히 드러날 수 있으리라 보이네요.”

이때였다. 최도식 형사가 심각한 표정으로 회의실로 들어왔다. 이방 수사반장에게 가서 뭐라고 귓속말을 하는 것이었다. 그동안 남몰래 박 사장에 대한 미행을 해 온바, 어젯밤 사이에 박 사장이 없어졌다는 것이다. 그가 타고 다니던 차도 보이지 않고, 집이나 사무실에 있는 것 같지도 않다는 것이다. 어젯밤 늦게 집에 들어가는 것까지 확인했는데, 아침에 보니 그의 종적이 묘연하다는 것이다.

이방 수사반장은 직감적으로 박 사장이 어젯밤에 사라진 것이 하연의 납치 사건과 관련이 있음을 알아차렸다.

제 29장

특별 수사본부 회의

2003.10.20. 월요일 10:00 정규 수사팀 회의

정규 특별 수사본부팀의 10명이 모두 한자리에 모였다. 저마다 유능한 수사관으로 이름을 날리던 형사들이었다. 그러나 정하연 탤런트의 납치 사건이 터지고 나서 급조되다시피 한 팀이었다. 팀장인 윤석구 수사관을 제외한 사람들은 강미림이나 최희정, 특히 정하연의 납치 사건에 대해서 특별하게 알고 있는 것이 없었다.

저마다의 직감으로, 전문 조직이 납치했다는 것만을 알고 있을 뿐이었다. 외형상 윤석구 수사관이 팀장으로 되어 있었지만, 다들 저마다의 생각이 달랐다. 그중에 일부는 특별수사팀으로 선정되었다는 것만으로, 자신의 능력을 인정받았다는 것에 만족해하는 형편이었다.

윤석구 팀장은 황수봉 특별수사반장으로부터, 고도혜 기자 등의 몽팀이 알아낸 그동안의 수사진행 상황을 넘겨받았지만, 사건의 전모를 파악하는 데는 시일이 더 필요하다고 생각했다. 그는 하연의 납치와 관련된 것으로 알아낸 재벌 2세인 송영민이 교통사고로 의식을 잃었다는 것이 너무나 아쉽게 여겨졌다. 마치 다 잡은 물고기를 놓친 격이었다.

사고지점에서 안쪽으로 10~30분 내의 거리에 해당하는 단독별장을 중심으로 가택수사를 해나가야 할 것이었다. 하지만 고급별장이 즐비하게 늘어서 있는 곳이었다. 그 모든 집을 가택수사 영장을 발부받아 진행한다는 것은 무리였다.

혹시나 하는 마음에 수사관 하나를 병원에 급파하여, 송영민이 다행히 의식이 돌아오기만을 기다리는 수밖에 없었다. 또한, 송영민 차의 블랙박스에 관해 수사를 해보아야 할 것이다. 하지만 이 역시 쉽지만은 않을 것 같았다. 그는 범행에 사용된 것으로 밝혀진 대포 차량 수사에 집중해야 한다고 생각했다.

정규 수사관팀은 커다란 원탁을 중심으로, 둘러앉았다. 앞에는 대형 스크린이 설치되어 있었으며, 우측에 별도로 칠판이 하나 있었다.

먼저 윤석구 팀장이 일어나 말했다.

"자아, 여러분! 정하연 탤런트 납치 사건이 일어나고 급작스럽게 일요일에 수사관에 선발되었지만, 그래도 여러분 본인이 희망한 것이라 범인들의 검거에 적극적일 것으로 믿습니다."

그는 황수봉 특별수사반장으로부터 알게 된, 몽팀의 그동안의 수사진행 상황에 대하여 개괄적으로 수사팀원들에게 설명을 했다. 아울러 재벌 2세인 영민이 이 사건에 연루되어 있음을 밝혔다. 이제 범인의 검거는 시간문제이나, 몽팀보다 먼저 범인들을 잡아내는 것이 자신들의 할 일이라고 역설(力說)했다. 그러나 그렇게 말하는 자신도, 그러기에는 시간이 너무 없음을 깨닫고 있었다. 하지만 최선을 다해야 했다.

"먼저, 범인 검거에 좋은 의견이 있으면, 기탄없이 이야기해주시기 바랍니다."

한 수사관이 말했다.

"먼저, 범행에 이용된 차량인 대포 차량 수사에 집중하는 것이 좋을 듯합니다. 제가 그래도 그 분야에 전문이니, 제가 책임지고 해보겠습니다."

하지만 그동안의 수사에서도 별 소득이 없었던 것이다. 무언가 새로운 단서가 잡히지 않는다면, 아무런 실익이 없는 것이다.

다시 한 수사관이 말했다.

"어제 매니저와 이야기를 나누는 가운데, '백주월'인가 특별 회원이 같이 있고 싶다고 해서, 데려간다고 했어요."

"그래요. 백주월이 뭘 뜻할까요. 사람의 이름 같기도 하고, 특정의 단체 등을 뜻하는 것 같기도 하고요. 아마도 비밀유지를 위해서, 그들만의 암호를 사용하는 것 같군요."

윤석구 팀장이 고개를 갸우뚱하며 말했다.

그러자, 다른 수사관이 말했다.

"저는 CCTV 기록이 중요하다고 봅니다. 범죄자는 그 사건 현장에 있다는 것이 제 지론입니다. 강미림 양의 범행이 있기 전의 명품관이나 강남 파라다이스 나이트클럽의 주차장, 최희정 씨의 집 주변에 찍힌 CCTV에 공통적으로 등장하는 인물이 있는가를 살펴보는 것이 좋을 듯합니다."

"그것도 좋은 생각입니다. 하지만 시간이 너무 없습니다. 탐색하는 데 있어, 밤을 새워서라도 찾아내야 할 것입니다."

다시 윤석구 팀장이 말했다.

"추정컨대, 재벌 2세인 송영민이 정하연을 납치한 곳으로 추정되는 곳에 갔다 나오다가 교통사고를 낸 것이 틀림이 없습니다. 아쉽게도 현재 의식불명의 상태라 사건의 단서를 알아낼 수가 없는 여건입니다. 송영민이 탄 차량에 대한 방범용 CCTV 기록을 찾아보았습니다만, 현재 더 이상의 추가적인 단서를 얻을 수 없는 형편입니다. 이제부터 발로 뛴다면, 오직 하나뿐입니다. 송영민이 사고를 낸 지점으로부터, 안쪽으로 경치가 수려한 곳에 세워져 있는 고급 단독 별장에 대한 수사를 진행해나가는 방법뿐입니다. 특히 개를 키우고 있다거나, 필요 이상의 경계 시설이 있는 곳일수록 가능성이 높습니다. 의심되는 주택에 탐문수사를 하는 것도 좋은 방법이라고 생각됩니다."

"예, 적극적으로 탐문 수사에 나서겠습니다."

한 수사관이 의욕적으로 말했다.

"시간이 없습니다. 몽팀보다 먼저 범인들을 검거하자면, 지금 이러고 있을 때가 아닙니다. 섭섭하지만, 특별수사 본부장님인 황 검사님도 우리보다, 몽팀에 더 기대를 거는 눈치입니다. 몽팀에서는 이따가 오후 한 시에 회의가 있다고 하는바, 거기에서 납치된 곳에 대한 정확한 판단이 내려질 예정이라 합니다."

"자, 이제 우리는 미리 그쪽으로 출동해서, 의심되는 고급 주택을 찾아보는 것이 좋겠습니다. 각자 2인 1개 조로 편성해서, 의심되는 곳에 대한 수사를 하도록 합시다. 상호 무전연락을 취하면서 협조적인 관계를 유지하기 바랍니다. 그리고 돌아와서 저녁 9시에 여기서 다시 회의하도록 하겠습니다."

"자, 일단은 빨리 출발합시다. 오전 회의는 이것으로 마칩니다."

"잠깐만, 그전에 알아볼 것이 있습니다."

다소 날카롭게 생긴, 한 수사관이 일어나 말했다.

"말씀해보세요."

"아까 재벌 2세인 송영민이 비밀별장에 갔다 나오다가 교통사고를 냈다면, 이전에도 드나들지 않았겠습니까? 혹시, 재벌 2세 정도라면 운전기사가 있지 않았을까요? 운전기사가 운전해서, 그 이전에 비밀별장에 간 적이 있지 않을까요?"

"예, 참으로 좋은 생각입니다. 운전기사가 비밀별장에 갔을 수 있으니, 찾아서 확인해보는 것이 좋을 것 같습니다."

"제가 책임지고, 당장 알아보겠습니다."

말을 꺼낸 형사가 회심의 미소를 띠면서 말했다.

그러나 재벌 2세인 송영민의 전속 운전기사는 없었다. 필요할 때, 그룹의 운전기사를 아무나 불러 썼던 것이었다. 또한, 운전기사들이 여기저기 나가 있어서, 쉽게 행적을 확인할 수가 없었다. 아쉽게도 정규수사팀이 비밀별장의 정확한 위치를 알아내기에는 시간이 너무 없었다.

2003.10.20. 월요일 13:00 몽팀의 특별회의

몽팀은 어젯밤과 아침에도 찾아낸 단서를 통한 수사결과와 활동에 대해서 토의를 한 바 있었다. 의외로 사건의 흑막이 파헤쳐지기 시작하여, 이제 범인 검거는 시간문제인 것으로 보였다.

특별수사본부장인 황수봉 검사가 대책회의 시작을 알렸다.

"자아, 그럼 한 분을 제외하고는 모두 오신 것 같은데, 회의를 시작합시다."

정하연의 친한 친구라는 몽순이 김연숙은 꼭 참석하겠다고 했으나, 자신이 여행사 팀장으로 빠질 수가 없어서 부산에 내려갔으나, 급히 일을 마치고 현재 올라오는 중이라는 연락이 있었다.

자리에는 자신을 포함하여, 모두 12명 중에서, 11명이 참석해 있었다. 김복진 형사와 고도혜 기자, 이방 수사반장과 후배인 최도식 형사, 청수와 영석, 하연의 매니저와 보디가드인 인혁, 희정의 친한 언니 심희숙, 고도혜 기자의 강력추천으로 꿈해몽 전문가인 구몽 박사도 함께하고 있었다.

그는 다소 특이한 오늘의 대책회의에 가급적 한마디의 말도 하지 않고 지켜보기로 마음을 먹었다. 모든 것은 자신보다 이방 수사반장이 알아서 할 것이었다. 더구나 특별수사본부의 몽팀의 요원끼리 회의는 수시로 열리기도 하였지만, 오늘의 자리는 꿈해몽 전문가 구몽 박사도 초청된 특별 회의였던 것이다.

각자의 테이블 위에는 생수 한 병이 놓여 있었다. 특이하게는 미림이 보내온 편지와 세 납치녀와 관계된 본인 및 주변 친지들의 꿈이 일목요연하게 적혀진 내용과 납치된 여사원 최희정이 쓴 꿈 일기의 하단에 구몽 박사의 추정해몽이 달려진 글이 2~3장씩 복사된 종이가 저마다의 책상 위에 놓여 있었다.

사회자로 고도혜 기자가 자원하고 나섰다.

"먼저 아시는 분은 알고 계시겠지만, 우선 오늘 아침에 납치된 미림 양으로부터 보내온 편지에 대해서, 이방 수사반장의 말씀이 있겠습니다."

이방 수사반장이 자리에서 일어났다. 이방 수사반장은 여대생 미림에게서 온 편지를 들어 보였다.

이어, 확대경을 통해 발견한 것으로, 자신의 친한 친구의 앞뒤로, 있지도 않은 친한 친구라고 하면서 꾹꾹 눌러쓴 '백희·연자·화숙'의 첫 글자에서 '백련화'라는 말과 편지 맨 끝에 구두점이 아닌 조그맣게 삼각형 모양으로 되어 있다는 것이 특이한 점이라는 브리핑을 간단히 했다.

"그런데 우체국 소인을 보면, 토요일 정하연 납치 사건이 일어나기 전인 금요일 오후에 늦게 보내진 것이군요."

편지에 찍힌 우체국 소인을 살펴보던, 고도혜 기자가 입을 열었다.

"무언가 앞뒤가 맞지 않는 것 같은데, 범죄 조직 간의 내분이 일어나고 있는 것이 아닐까요?"

김복진 형사가 말했다.

"어느 조직에나 강온파가 있듯이, 납치된 그녀를 내보내려는 쪽과 더 붙잡아두려는 쪽이 있는 것이 아닐까요?"

최도식 형사가 말했다.

다시, 이방 수사반장이 말했다.

"나중에 밝혀지겠지요. 지금은 미림양이 암시적으로 쓴, '백련화'의 의미와 삼각형 모양에 담긴 의미를 밝혀내는 것이 급선무라고 생각합니다."

"예, 백련화가 무엇을 뜻할까요?"

"흰 연꽃이란 뜻인데---."

이때, 고도혜 기자가 말을 이었다. 한문교육과를 다닌, 그녀다운 말이었다.

"혹시 특정의 여자를 뜻하는 말이 아닐까요. 흔히들, 여자를 꽃에 비유하잖아요. 옛말에 기생을 말을 알아듣는 꽃이라고 하여, 해어화(解語花)로 불렸다고 알고 있어요."

이때, 말없이 지켜보기로 마음을 먹었던 황수봉 특별 수사본부장이 나섰다.

"그래요. '백련화'라고요. 그러고 보니 어디선가 들어본 말 같기도 하네요. 아주 오래전 일이네요. 20여 년도 더 지난 일인 것 같은데---. 같은 부서에서 근무하던 후배 검사로 진우택 검사라고 있었어요. 그 후배가 쫓아다니던 강남의 룸살롱 아가씨가 백련화라고 불렸던 것으로 기억하는 데요."

"예, 맞아요. 어느 날 그 후배에게 그녀를 왜 백련화라고 부르느냐고 물어보니, 얼굴이 달덩이 같아 흰 연꽃 같다고 해서 백련화라고 부른다고 하더군요. 또한, 그녀만이 독특하게 가슴 부분에 흰 연꽃이 수놓아진 원피스를 입고 있었다고 하고요. 그 당시 술집에는 가지도 않던 후배였었어요. 그런데 어느 날 접대받는 자리에서 억지로 끌려간 강남의 한 룸살롱에서, 백련화라는 아가씨와 술자리를 한 번 한 후에, 전혀 다른 사람이 되었어요."

"그녀의 미모에 빠져, 술집에 자주 가더니, 어느 날 사표를 냈더라고요. 나중에 알아보니, 백련화를 보기 위해 술집에 다니느라 업자들에게 돈을 받았더라고요. 그것을 미끼로 협박을 해 와서, 결국은 사표를 내고 물러났더군요."

"당시 그녀를 한 번 보려면, 웬만한 직위에 있는 사람이 아니면 만나지 못했으니까요. 그래요. 별명이 '백진이'라고 불렀을 정도였어요. 백련화에 황진이를 합쳐서, 그렇게 불렀지요. 그 당시, 뭐라던가, 아, 맞아요. 강남 대하(大河) 룸살롱에서 그녀를 모르는 사람이 없었을 정도라고 하네요."

"그녀에 얽힌 일화가 많아요. 당시에 그녀의 미모에 반한 안기부인가 권력기관의 손님이 룸에서 그녀를 폭행하고 이어 강제로 그녀를 끌고 나가려다, 소식을 듣고 달려온 그 당시 룸살롱을 비호하던 조직폭력배의 보스에게 칼침을 맞는 일이 일어났다고 하더군요. 며칠 간이나 사경을 헤매다가 간신히 살아났어요. 그러나 본인이 저지른 죄 때문에, 쉬쉬하다가 파묻혀졌지요."

"그 사건 이후로, 술꾼들 사이에서는 흰 연꽃의 백련화(白蓮花)가 아니라, 혼백(魂魄)을 빼앗겨[攣] 화(禍)를 입게 하는 백련화(魄攣禍)로 불렸어요. 술꾼들 사이에, '백련화를 보지 마라, 백련화를 보면 혼백을 빼앗겨 화를 입는다' 는 노래 아닌 노래가 유행했고요. 그 사건 이후로, 백련화도 룸살롱 아가씨를 그만두고, 젊은 나이에 새끼 마담이라고 해야 하나요. 마담 노릇만 했다고 하더군요."

　"혹시, 그 후의 그녀 이야기를 아시는지요?"

　"글쎄요. 그 후로 어찌 되었는지 들은 바 없습니다. 지금은 하지 않는 것만은 틀림없고요."

　구몽 박사가 일어나 말했다.

　"조금 전에 백련화 이야기가 나왔는데요. 정말 신비하네요. 나중에 제가 밝혀낸 바에 의하면, 최희정 씨의 일기장에 10월 02일 자에 적혀있던 숫자 20120도 CD의 곡명인 '백련화'를 뜻하는 것으로 밝혀졌습니다."

　"그동안 자동차 차량 번호, 우편번호, 전선주마다 고유의 번호, 행정구역 번호, 심지어 납치된 곳의 위도와 경도 표시 등 여러 추정을 해보았습니다만, 결과는 CD의 노래 번호로 밝혀졌습니다."

　꿈으로 예지된 숫자는 바로, CD 앨범 정보로 '백련화'라는 노래 곡명과 일치하고 있습니다. 불교노래인데, 노래의 고유번호가 20120번으로 등록되어 있더군요.

　"호오, 그거 정말로 신비하네요."

　또한, 이미 희정 씨 꿈 일기장에서 숫자 35280에 대해서는 희정 씨가 추정한 바 있고요. 김 형사님이 사람을 시켜 확인한 사항이지만, 숫자 35280는 노래방에서 부르는 '경춘가도'라는 노래의 번호이더군요. 책상 앞에 놓인 복사 유인물 맨 끝에 있습니다.

　이로써 보면, 일기장의 숫자 20120는 '백련화', 숫자 35280는 '경춘가도'로 납치 사건과 관련이 있는 단서를 말해주고 있습니다.

　이방 수사반장이 다시 일어나 말했다.

　"다들 알고 계시다시피, 회사원 최희정 씨의 납치를 주도한 인물이 '칼치'라는 별명을 쓰는 사나이라는 것을 알고 계실 것입니다. 요즈음 조직폭력배들 가운데 칼치라는 별명을 쓰는 사내는 없고요. 기억을 떠올린 끝에, 칼치라는 인물이 10여 년 전에 조직폭력배 행동대장으로, 쌍칼이라고도 불리던 사내인 것 같더군요. 몸이 날래면서, 사시미 회칼을 양손으로 휘둘러 상대할 적수가 없던 인물이었지요.”

“호오, 그래요. 계속 이야기해보세요.”

듣고 있던 특별수사본부장인 황 검사가 흥미롭다는 듯이, 이야기를 재촉했다.

“사실 저는 어제 원주 교도소에 송태규라는 사나이에게 면회를 갔다 왔습니다. 10여 년 전 당시에 조직폭력 간 암투가 있었습니다. 세력다툼 끝에 마 두목 파의 급습을 받아 흑두건파의 보스가 난자되어 살해당하고, 몇 명의 부하들도 크게 다쳤던 사건입니다.”

“예, 당시에 그런 사건이 있었어요. 서광 나이트클럽 살인사건이라고 해서, 조직폭력 간에 자신들의 영역을 둘러싼 싸움이 크게 있었습니다.”

특별수사본부장인 황 검사가 이전에 일어난 일을 잘 알고 있다는 듯이 말했다.

“그 당시에 흑두건파의 행동대장이었던 칼치는 보스의 복수를 한다고, 마 두목의 자축 축하연 자리를 습격하여, 마 두목에게 치명상을 입혔지요. 그 과 정에서 송태규는 마 두목의 행동대장격으로 마 두목을 지켜 싸웠고요. 그래서 마 두목이 중상을 입었지만, 간신히 목숨을 건질 수 있었습니다.”

“호오, 그래서요”

“사건 이후에 흑두건파의 칼치가 잠적했고요. 하지만 당시에 칼치는 경찰 에 잡힌 것이 아니라, 마 두목의 부하들에게 붙잡혔지요. 마 두목파가 자신의 두목에게 치명상을 입힌 칼치를 붙잡으려고, 그의 고향에까지 내려가 한 달 남짓 잠복한 끝에 칼치를 붙잡았지요."

"당시 마 두목의 심복이었던 송태규는 경찰청에 제 발로 나타나, 흑두건파의 두목을 살해한 것이 자신이라고 자백하고 붙잡혀서, 살인죄로 무기징역을 받아 현재 복역 중에 있습니다."

"그런데 어찌 된 일인지, 그 당시 칼치가 마 두목파의 자축 축하연을 습격하여 마 두목에게 치명상을 입힌 사건은 크게 알려지지 않았고, 쉬쉬하면서 덮어졌던 것 같습니다. 그 덕분에 칼치는 무사히 법망을 빠져나갈 수 있었고요."

"아마도, 마 두목이 보스의 원한을 갚겠다고 자신을 습격한 칼치를 설득해서, 포용력 있게 자신의 사람으로 끌어들이지 않았나 여겨집니다."

"송태규에게 탐문 결과, 칼치가 마 두목과 함께 있다는 것이 입증되었고요. 현재 송태규의 가족을 칼치와 마 두목이 돌보아주고 있는 것 같더군요. 송태규도 정확한 위치는 모르지만, 강원도의 어느 전원주택 별장에서 둘이 함께 지내고 있다는 것도 알고 있더군요."

구몽 박사가 다시 일어나 말했다.

"예, 그리고 보니, 칼치라는 인물에 대한 이야기도 최희정 씨의 꿈 일기장에 적혀 있는 것 같네요. 복사된 9월 20일 자 꿈 일기장 내용을 보시지요. 수족관에 갇혀 있는데, 흰빛을 발하는 기다란 물고기가 위협적이었다는 말이 있습니다. 아마도 칼치를 상징적으로 나타내주고 있는 것으로 보입니다."

이방 수사반장이 말을 이어나갔다.

"또한, 그동안 볼 수 없었던 명품 백화점의 CCTV 기록을 특별수사본부 요원의 자격으로 어젯밤에 긴급으로 밤새 확인한 결과, 2003.10.4일의 미림양 납치 사건이 일어나던 날의 명품 백화점 CCTV 화면 확인 결과, 여대생 미림의 뒤로 마 두목과 칼치로 추정되는 인물 둘이 나란히 걸어가고 있는 모습이 포착된 바도 있습니다. 또한, 그날 있었던 정하연 패션쇼 현장 CCTV에서도 두 사람이 목격된 바 있습니다. 이로써 보면, 여대생 미림양의 납치사건과 정하연의 납치 사건에 마 두목과 칼치 두 사람이 연루되어 있는 것은 틀림이 없어 보입니다.”

다시 고도혜 기자가 일어나 말했다.

“이방 수사반장님! 혹시 그 조직폭력의 보스인 마 두목이 백련화 마담을 지켜준 조직폭력배 보스가 아닌지요?”

“예, 아마도 동일 인물인 것 같습니다. 어쨌든 둘 사이의 관계가 보통이 아니었던 것만은 틀림없습니다. 아마도 깊은 내연의 관계일 것으로 추정되네요.”

“여기 마 두목과 칼치라고 부르는 사내의 사진과 CCTV 화면을 확보했는데요. 한 번 보시지요.”

사진을 살펴본 황 검사가 희색이 도는 얼굴로 말했다.

“이방 수사반장! 정말로 수고 많으셨습니다. 수사반장님이 아니라면, 그 누가 칼치와 마 두목과의 관계를 밝혀내는 이런 수사를 할 수 있었겠습니까?”

“무슨 말씀을, 특별수사본부장인 노련한 황 검사님이 아니었다면, 그 누가 백련화 마담에 대한 일을 알 수 있었겠습니까? 그야말로 신문 방송에 보도된 대로, 지난날의 역사를 꿰고 있는 베테랑 검사님이 아니십니까?”

일이 잘되려면 ‘뒷걸음치는 황소 발에 쥐 잡는다’고, 무능하다고 한직으로만 밀려나 지내온 공직 생활에서, 어머니가 자신이 죽는 꿈을 꾼 이후에 뜻밖의 특별수사본부장으로 임명되고, 백련화 아가씨에 빠졌던 후배 검사 덕분에 이렇게 수사에 결정적인 단서를 제공할 수 있게 될 줄은 그도 몰랐던 것이다.

다시 이방 수사반장이 일어나 현재까지 밝혀진 내용을 정리해서 말했다.

"이로써 10여 년 전 강남 룸살롱 마담의 별칭이 백련화였다는 것, 당시에 내연의 관계에 있던 마 두목이란 인물과 함께 그동안 사라졌지만, 강원도의 어느 전원주택 별장에서 지내고 있으리라는 것을 밝혀냈습니다."

"또한 칼치라는 인물은 10여 년 전 그 당시 마 두목과 세력을 다투던 조폭 조직인 흑두건파의 행동대장으로서, 마 두목을 습격하여 치명상을 입힌 자라는 것이 밝혀졌는바, 어떠한 연유에서인지 지금은 마 두목의 심복으로 활동하는 것 같습니다."

"이로 미루어볼 때 10여 년 전에 강남에서 룸살롱을 비호해주던 마 두목의 폭력조직이 한적한 시골에 전원별장을 지어놓고서, 여자를 이용한 비밀 요정을 하고 있지 않나 추정됩니다. 백련화는 그 여자들을 뜻하는 말이 아닐까 여겨집니다."

"예, 그 의견에 전적으로 동의합니다."

이방 수사반장이 다시 말했다.

"자! 범행의 배후 세력이 밝혀진 듯합니다만, 이제 구체적인 수사에 들어가도록 합시다. 오늘은 구몽 박사님도 특별히 모셔 왔으니, 먼저 이 납치 사건과 관련된 모든 꿈을 정리해보면서 사건을 추적해봅시다. 무릇 여러 사람의 입은 쇠도 녹인다고 했으니, 각자의 좋은 의견을 내놓으시기 바랍니다."

"먼저 구몽 박사님이 한 말씀 하시지요?"

"예, 저 자신은 최희정 씨의 꿈 일기장이나 주변 사람들의 꿈 이야기 속에서 사건의 단서를 찾아낼 수 있다고 확신하고 있습니다. 다만, 먼저 꿈의 단서를 활용한 수사법에 대하여 유의할 점부터 말씀드리고자 합니다."

"꿈에는 여러 가지가 있습니다. 현재 우리가 주목하는 것은 예지적인 꿈의 세계입니다. 이러한 예지적인 꿈에도 장차 일어날 일을 사실적으로 보여주는 사실적인 미래투시의 꿈이 있는가 하면, 장차 일어날 일을 상징적으로 보여주는 꿈이 있습니다.”

“사실적인 미래투시의 꿈인 경우, 꿈에서 본 그대로 현실에서 일어나는 경우이지요. 하지만 우리가 꾸는 꿈 대부분의 상징적인 미래 예지 꿈에 있어서, 꿈속에 담겨 있는 상징 의미를 정확하게 이해하는 데 어려움이 있습니다. 특히, 꿈을 꾼 사람이 처한 상황이나 마음먹은 바를 고려하여 상징 의미를 해몽하여야 할 것입니다. 역사적으로나, 외국의 꿈 사례에서 보듯이. 이러한 꿈의 세계의 도움으로 여러 사건을 해결한 사례가 많이 있습니다.”

“이 경우에 유의할 점으로는 꿈의 내용에서 예지적 꿈이 아닌, 자신의 바람을 꿈으로 표출한 소망표출의 꿈이라든지, 불안·초조감이 반영된 꿈이 있을 수 있습니다. 심지어는 자신의 목적달성을 위해 거짓으로 지어낸 꿈 이야기가 있을 수 있지요.”

“하지만, 회사원 최희정이나, 미림의 부모 꿈, 연예인 하연의 꿈 등에서는 본인들이나 주변 친지들이 납치 사건이 일어나기 전에 꾼 꿈이기에, 조작되었을 가능성은 없다고 보이고요. 꿈 내용 자체를 믿을 수 있을 것입니다.”

“또한, 꿈을 맹신하여 벌어진 안타까운 사건이 있는데요. 1960년 12월에 경북 청도군에서 있었던 일입니다. 꿈속에 돌아가신 어머니가 아들에게 나타나서 ‘너의 아버지가 죽이려고 독약을 준비하고 있으니, 빨리 서둘러서 해를 입지 마라’ 는 이야기를 듣고, 아들이 아버지와 계모의 침실로 뛰어들어, 식도로 아버지를 난자하여 위독 상태에 빠뜨리고 존속살해 미수 혐의로 경찰에 체포된 사건이었지요.”

“이로 살펴볼 때, 꿈을 안 믿는 것도 잘못된 것이지만, 꿈을 맹신적으로 믿는 것 또한 무지하고 위험한 결과를 초래할 수 있음을 알아두셔야 할 것입니다.”

“그러면 먼저 복사된 꿈 일기장 및 여러 가지 각종 꿈에 대하여 적혀있는 내용을 살펴주시기 바랍니다.”

복사된 종이에는 납치사건과 관련된 미림, 희정, 하연이 꾼 꿈과 그 주변인물들이 꾼 꿈이 적혀 있었다. 이어, 꿈을 꾼 날짜 및 꿈을 꾼 사람, 구몽 박사의 추정 해몽 의견이 일목요연하게 간단 간단히 적혀 있었다.

* 세 명의 여자가 구덩이에 떨어져 뱀에게 시달리는 꿈→ 하연의 꿈,
  세 명의 여자가 납치되어 뱀으로 상징된 남자들에게 시련을 당함.
* 구덩이에 헤드라이트 불빛이 비쳐서 두 명의 여자가 구출되는 꿈→
  하연의 꿈, 두 명의 여자가 구출됨. 한 여자는 쓰러져 있던 꿈에서
  구출되지 못할 수 있음.
* 웅장한 건축물에 갇혀서 깜깜한 미로 속을 헤매면서 벗어나려고 애
  쓰는 꿈→ 하연의 꿈, 장차 시련과 고통을 겪게 될 것을 예지. 햇빛
  이 들지 않는 지하 비밀감옥 등에 갇힐 수 있음.
* 아랫 앞 이빨이 빠질 듯이 흔들리다가 바로 잡아두는 꿈→ 하연의
  어머니 꿈, 시련 및 고통을 겪다가 헤어나오게 될 것으로 추정됨.
* 하연이 검은 물에 목욕하는 꿈→ 하연의 어머니 꿈, 어려운 여건에
  빠지게 됨. 납치되는 것으로 실현됨.
* 까만 연기가 하늘을 덮는 꿈→ 하연의 어머니 꿈, 하연이 납치되어
  극심한 고통을 겪게 될 것을 상징적으로 보여주고 있음.
  이상의 세 꿈은 사건의 단서라기보다는 하연이 납치되어 어려움을
  겪게 될 것을 예지해주고 있음.
* 프로펠러 비행기 연막으로 씐 하연의 이름이 사라지는 꿈→ 하연 친

구 몽순이의 꿈, 연예인의 몸으로 납치된 사건이 일어난바, 장차 하연이 연예계에서 은퇴하게 될 것을 보여줌.

* 자신이 금붕어가 되어 원통에 갇혀 있는 주위로 흰빛을 발하는 기다란 물고기가 날카롭게 위협적으로 돌아다니고 있던 꿈→ 희정 본인의 꿈으로, 납치 감금 상태 및 납치 및 협박 상태, 기다란 물고기로 상징된 인물이 위협적으로 괴롭힐 것을 예지. 칼치라는 별명의 인물로 밝혀짐.

* 흙탕물에 휩싸여 떠내려가다가 깨어나는 꿈→ 희정 본인의 꿈으로, 납치되어 시련과 고통을 겪게 될 것을 예지해 줌.

* 화려한 꽃가마 타고 어디론가 가는 꿈→ 희정 본인의 꿈으로, 죽음 예지?

* 황금색 실 같은 나무뿌리가 솟아올라 감싸는 꿈→ 희정 본인의 꿈으로, 죽음 예지?

* 아주 고운 한복을 입고, 햇살이 쏟아져 내리는 들판으로 나아가는 꿈→ 희정 본인의 꿈으로, 죽음 예지?

* 희정의 얼굴이 까만색으로 변해 있던 꿈→ 희숙의 꿈, 희정이 질병이나 고통스러운 상황에 처하게 될 것을 예지.

* 옆으로 계곡에서 물소리가 막 들려오는 꿈→ 희숙 꿈, 납치된 공간적 배경 예지 가능.

* 지붕이 하늘로 솟아있는 특이한 모양의 기와집 꿈→ 희숙의 꿈, 특이한 모양의 건축물에 납치된 것으로 추정됨.

* 외양간에 마른 소가 세 마리가 매어져 있는 꿈→ 희숙의 꿈, 세 여자가 납치되어 시련을 겪게 될 것을 예지. 하연의 납치로 인해, 세 여자가 납치되는 현실로 실현됨. 이제 더 이상의 납치 사건은 없을 것임.

* 백악관 건물이 보였다.(2003. 09. 11. 일기)→ 통일교 본당 건물로 밝
  혀짐
* 거대한 폭포(2003. 09. 11. 일기)→ 9.18일 나이아가라 폭포로 밝혀
  짐. 장차 납치되어 갇혀 있게 될 곳의 지명이나 저명한 지형지물을
  일러주는 꿈으로 추정.
* 눈 덮인 흰 산 아래에서, 개 두 마리가 마주 보며 이야기를 나누는
  꿈, '메수내'(2003. 10. 06. 일기)→ 파자해몽으로 雪嶽(설악), 미사리
  로 추정됨

고도혜 기자가 꿈 내용과 실현될 것을 일목요연하게 예지한 것을 살펴보고,
일어나 말하였다.

"정말로 꿈이란 것이 너무나 신기하네요. 납치당할 것을 예지했을 뿐만 아
니라, 납치될 여자의 수, 또한 장차 구출될 여자의 숫자까지 예지해 보여주고
있다니 정말 놀라울 뿐이네요. 특히나, 하연 씨가 구덩이에 떨어져 뱀에게 시
달리는 꿈이 인상적인데요. 정말로 납치되어 못된 남자들에게 시달리게 될 것
을 상징적으로 보여주는 꿈으로 보이네요."

"구몽 박사님, 정말 이렇게 실현되실 것으로 보십니까?"

"예, 구덩이에 떨어져 뱀들에게 세 여자가 시달리지만, 헤드라이트 불빛이
비쳐져서 두 명의 여자가 구출되는 꿈이었으니, 안타깝지만 세 명 중의 한 명
은 구출되지 못하는 것으로 예지 되고 있습니다."

"박사님, 그들이 죽였다는 말씀이신가요?"

"아직 정확한 것은 모르나, 질병이라든지 기타 다른 여건에 의해 실현될 수
있다고 보입니다."

"어떤 근거로 그런 말씀을 하시는지요?"

"희정 씨가 꾸었다고 하는 꿈에 '흙탕물에 휩싸여 떠내려가다가 깨어나는 꿈', '화려한 꽃가마 타고 어디론가 가는 꿈', 또한 희숙 언니가 꾸었다는 '희정의 얼굴이 까만색으로 변해 있던 꿈' 등으로 미루어 최희정 씨에게 죽음 등의 안 좋은 일로 일어날 가능성이 높습니다."

"------"

"또한, 김 형사님과 고 기자님에게 이야기해드린 바 있지만, 한글 필기체의 비밀글자로 '죽음 예지'가 적혀있는 것으로 미루어, 본인이 어느 정도 마음의 준비를 하고 있었는지도 모릅니다."

"비밀문자라고요?"

다른 사람들이 물었다.

"예, 자세한 것은 두 분께 설명해 드린 바 있고요. 특정 부분에 자신만이 알 수 있는 글자를 적어놓았더군요."

"희숙 씨, 혹시 최희정 씨의 성품이 강직한 편이 아닌가요? 납치범들의 요구를 순순히 들어주지 않을 수 있는----"

"예, 그 애가 보통이 아니에요. 박 사장이라고 따라다니는 유부남이 있었는데, 징그럽게 여기기를 뱀보다 더했어요."

"예, 단식투쟁을 하든가, 그보다 더한 선택을 하게 될 수도 있겠지요."

"하루빨리 구해 내야 하겠네요?"

"예, 그런데 그게 좀-----."

"무슨 말 못할 말씀이라도------."

"꿈의 내용이 상징적인 미래 예지 꿈이라, 꿈의 실현 자체를 막아낼 수 없다는 것이---"

"박사님, 그러면 꿈의 예지대로 이루어질 것이라는 말씀이신가요?"

"최희정 씨에게는 안 됐지만, 그렇게 될 가능성이 높습니다. 사실 솔직한 의견으로 화려한 꽃가마 타고 어디론가 가는 꿈이라든지, 고운 한복을 입고, 햇살이 쏟아져 내리는 들판으로 나아가는 꿈이 좋지가 않습니다. 또한, 황금색 실 같은 나무뿌리가 솟아올라 자신을 감싸는 꿈도 좋은 꿈 같이 보이지만, 죽음 예지 꿈이 화려한 특징이 있기도 합니다."

순간 정적감에 휩싸였다. 음울한 그림자가 벽을 타고 내려와 모두를 감싸 안는 듯했다.

"무엇보다 희정 본인도 자신의 죽음을 예감해서인지, 누가 알지 못하게 일기장 하단 부분에 한글 필기체로 글을 쓴 것으로 잘 알 수 있습니다."

미림이 동생인 영석이 일어나 말했다.

"어머니에게 들은 이야기인데요. 무더운 여름철에 어머니가 꿈을 꾸셨다네요. 코스모스가 피어 있는 평화로운 시골 길을 걸어가고 있었는데, 어두컴컴한 터널을 소름이 끼치고 무섭도록 걷다가 겨우 앞을 보니 입구가 환하게 보이는 꿈을 꾸셨다고 하더군요."

"예, 지금이 코스모스가 핀 가을이니, 역시 꿈의 예지대로 이루어졌다고 보이고요. 다행히 어려움 끝에 입구에서 밝은 빛을 보는 꿈이니, 시련을 한동안 겪다가 극적으로 벗어나는 일로 이루어질 것이네요."

"아니, 꿈이 이렇게 몇 달 뒤에 실현되기도 하나요?"

"예, 중대한 일일수록 꿈의 실현이 늦게 이루어지지요. 장차 일어날 일에 대한 마음의 준비를 하게 해주는 것이지요."

구몽 박사가 다시 말했다.

"다시 희숙 씨가 꾼 꿈을 봐 주시기 바랍니다."

"꿈을 요약하면, 어느 시골 마을이었고, 계곡이 등장한다는 점, 지붕이 하늘로 솟아있는 특이한 모양의 기와집, 외양간에 몹시 마른 소가 세 마리 매어져 있던 꿈이네요.”

“꿈에는 사실적인 꿈과 상징적인 꿈이 있는데요. 또한, 이 두 가지 꿈이 결합하여 나타날 수도 있고요. 이 꿈은 사실적인 요소와 상징적인 요소가 결합되어 있는 듯하네요.”

“추정컨대 납치된 곳의 모습을 보여주는 꿈으로 보이네요. 먼저 틀림없는 것으로, 외양간에 몹시 마른 소 세 마리는 상징적인 미래 예지 꿈으로, 납치되어 곤역을 치르는 세 여자를 상징적으로 보여주고 있고요. 그중에 쳐다보는 눈망울이 희정을 닮아 보였다는 말로써, 단적으로 입증해주고 있고요.”

“그런데 시골 마을, 계곡, 지붕이 솟아있는 특이한 모양의 기와집은 사실적 요소가 있는 꿈이라면, 실제 그대로 받아들이면 되는 것이고요.”

“‘지붕이 솟아있는 특이한 모양의 기와집’이란 것이 사실적인 꿈이든, 상징적인 꿈이든 무언가 특이한 모양의 지붕을 뜻하는 것으로 보입니다. 특이한 건축물로 볼 수 있지요. 세 명의 여자일 것이라는 것은 세 번째 하연 씨의 납치 사건으로 입증되었고요. 이제 ‘특이한 모양의 기와집’에 주목을 해야 할 것입니다. 추측건대 납치된 건물의 무언가 특색있는 점을 보여주고 있습니다.”

이때였다. 문이 열리더니, 몽순이라 불리던 하연의 친구인 연숙이가 들어오고 있었다.

“늦어서 죄송합니다. 여행사 팀장으로 차마 빠질 수 없어서, 부산에 출장을 갔다가 오느라 늦었습니다.”

“어서 오세요. 먼저 시작했습니다.”

“자, 이제 다시 본격적으로 사건의 단서를 찾아보도록 하겠습니다.”

고도혜 기자가 다시 회의를 진행했다.

"왜 편지 마지막 문장을 구두점이 아닌, 삼각형 모양으로 해 놓았을까요. 꿈일기장이나 다른 분들의 꿈속에 단서가 숨어있지 않을까요?"

"무언가 암시를 주고자 했던 것은 틀림이 없고요."

그때까지 침묵을 지키고 있던 인혁이 일어났다.

"저도 한 말씀 드리겠습니다. 하연이 납치되던 시각에 꿈을 꾸었는데요. 웬 이상하게 생긴 괴물이 하연을 물어 달아나는 꿈이었어요. 저 자신은 괴물이 무언지 알 수 없었지만, 또한 뭐라고 말했는지 기억이 없지만, 어머니 말씀에 제가 잠꼬대로 '스핑크'라고 외쳤다고 하시더군요. 아마도 스핑크스를 잘못 들으신 것으로 생각됩니다."

구몽 박사가 다시 말했다.

"예, 아마도 잠꼬대하는 순간에 꿈을 꾸고 있었던 것은 틀림이 없을 것이네요. 때로는 본인은 꿈을 꾼 것을 기억하지 못하지만, 주변 사람들이 듣는 잠꼬대를 통하여 꿈의 내용을 알 수가 있는 경우가 있습니다."

"예, 흥미로운 이야기네요."

"예, 맞아요."

이때, 고도혜 기자가 무언가 발견했다는 듯이 큰 소리로 말했다.

"그래요. 삼각형이 혹시 피라미드를 뜻하고자 했던 것이 아닐까요?"

"스핑크스는 피라미드와 관련이 있지요. 피라미드를 지키는 석상으로 많이 조각되어 있기도 하고요. 몸은 사람이나 사자의 머리를 하고 있다고 해요. 지나가는 사람들에게, '아침에는 네 발로, 점심에는 두 발로, 저녁에는 세 발로 걷는 것은 무엇인가?'의 수수께끼를 낸 괴물로 전해지지요. 이에 틀린 답을 말하는 사람을 잡아먹어 사람들을 공포에 떨게 했고요. 마침내 오이디푸스가 사람이라고 맞추자(유아기에는 네 발로 기고, 자라서는 두 발로 걷고, 노년기에는 지팡이에 의지해 세 발로 걷게 되는-), 스핑크스는 그 자리에서 자결했다고 하는 신화 속의 동물이지요."

"스핑크스는 피라미드와 떼려고 해도 뗄 수 없는 관계이지요."

"예, 희정의 꿈속에 등장하는 특이한 지붕의 집도 상징적으로는 뾰족이 솟아오른 피라미드형의 건축물을 뜻하는 것이 아닐까요?"

늦게 온 몽순이인 연숙이 일어나 말했다.

"예, 맞아요. 제가 하연이에게 들은 꿈 내용에 피라미드와 관련된 내용이 있는 것 같아요. 하연이 납치되기 훨씬 이전 꿈이었는데요. 서울에서 내려오는 차 안에서 꾸었다고 하면서, 고대의 웅장한 건축물 안에 갇혀서 깜깜한 미로 속을 헤매면서 벗어나려고 애를 쓰는 꿈 이야기를 했었어요."

구몽 박사가 다시 말했다.

"예, 깜깜한 미로가 납치되어 겪게 될 시련과 고통을 보여주고 있다고 보입니다. 한편으로는 깜깜한 미로라는 것이, 햇빛이 들지 않는 지하를 상징한다고 볼 수도 있을 것 같습니다."

때를 맞추어 이방 수사반장이 거들고 나섰다.

"그래요. 만약에 납치되어 있다면, 사람들의 눈에 띄지 않고 탈출을 막으면서 감시하기 쉬운 지하의 비밀감옥에 갇혀 있을 가능성이 높지요."

이때, 황수봉 특별 수사본부장이 다시 나섰다.

"잠깐, '피라미드'라고 하니, 내가 몇 년 전에 피라미드 모양으로 지어진 전원별장을 본 기억이 나는데---. 뭐라더라, 〈전원주택〉인가 하는 잡지에, 전국에서 아름다운 전원주택을 소개하는 특집기사가 실려 있었는데, 거기서 본 것 같아요. 집을 피라미드 모양으로 지어놓은 멋진 집이었던 것으로 기억하는

데---. 그래, 집 앞에 스핑크스도 두 개가 세워져 있었어요. 정원 연못의 흐르는 물이 스핑크스의 입으로 떨어져 내리게 해놓았어요.”

“거기가 어딘가요?”

“응, 기억이 잘 안 나는데, 아마 서울 부근의 전원 별장이었을 거야.”

“이봐, 최 형사, 빨리 〈전원주택〉이라는 잡지사에 전화해서, 알아보도록 해 봐. 언제 실린 기사이고, 정확한 위치를 파악해 봐.”

“잠깐만요.”

다시 구몽 박사가 일어섰다.

“그전에 제 말씀을 마저 들어보시지요. 저번에 고 기자님에게 받아 보았을 때는 난해해서, 미처 해몽할 수 없었던 꿈 내용이었는데요. 앞에 놓여있는 복사물의 맨 아랫부분의 꿈 일기장에서 2003.10.03일 자를 보시기 바랍니다. 눈 덮인 흰 산 아래에서, 개 두 마리가 마주 보며 이야기를 나누는 꿈에서, ‘메수내’라는 말이 등장하고 있습니다.”

“정말로 희한한 꿈이네요? 동물이 말을 하는 꿈이니---.”

“모든 것이 꿈의 상징기법 중의 하나이지요. 산신령이 나타나서 계시적으로 일러주는 꿈이나, 꿈에서 동물이 말을 하는 것 또한 같습니다.”

“개 두 마리가 눈 덮인 산 아래서 마주 보며 이야기를 나누는 꿈이 다소 난해하더군요. 난해한 상징적인 꿈이라, 주말에는 미처 해몽을 할 수 없었습니다. 곰곰이 생각해 보았는데요. 파자(破字) 해몽이라고 해서 일반인이 해몽하기에는 어려운 면이 있지만, 雪嶽(설악)을 뜻한다고 보이네요.”

“파자해몽이 뭡니까?”

“꿈을 해몽하는 데 있어, 한자의 분합의 원리를 이용해 파자하여 해몽하는 것이지요.

쉬운 예로, 이성계가 서까래 세 개를 등에 짊어지고 고개 위를 올라가는 꿈의 해몽이, '三'(서까래 세 개)에 'ㅣ'(등을 형상화)을 합하면, '王'자가 되어 장차 왕이 될 것을 예지했다는 꿈이 되지요. 따라서 "개 두 마리가 마주 보고 말하는 것을 한자로 나타내면, '犬, 犭(견) + 言(언) + 犬, 犭(견)'자가 되어, 합치면 獄(감옥 옥)자가 되지요. 여기에 산 아래라고 했으니, 山을 올리면 嶽(큰산 악)자가 되고, 다시 눈 덮인 산이었으니 눈[雪]을 앞에 더하면 雪嶽(설악)이 됩니다."

"그러면, 설악산을 가리키는 것이란 말씀입니까?"

"아닙니다. 거기까지는 납치하기에 너무 먼 거리예요. 알아보니, 행정구역 상으로, 가평군에 설악면이라고 있어요. 그러나 현재, 경춘국도상의 상천이나 청평에서 갈라져 들어가는 것이 더 빠르지요."

"또한, 개 두 마리의 대화 속에 '메수내라고 아니?'라는 말이 나오는 데요. 꿈 일기에 나오는 '메수내'라는 말에도 의미가 담겨있다고 보입니다. 꿈에서 현재의 이름이나 지명이 아닌, 옛날의 지명이나 널리 알려지지 않은 장소가 등장될 수 있습니다. 이는 외국의 사례에도 보이고 있습니다."

"1912년 여름 나폴레옹 군대가 러시아로 진격하고 있을 때, 러시아 장군 토우츠시코프의 부인은 "너의 행복은 이제 끝장이다. 네 남편은 보로디노에서 패배했다."라는 꿈을 꾸게 되지요. 하지만 지도를 펴놓고 아무리 찾아도 '보로디노' 라고 하는 장소를 찾을 수 없었지요. 그해 가을 프랑스군과 러시아군은 별로 알려지지 않은 보로디노 마을 근처의 보로디노강 언덕에서 치열한 전투를 벌이게 되어, 꿈에서 들은 대로 보로디노에서 패배하게 되지요."

"따라서 납치된 지역의 오래전의 지명이나, 마을 이름이나, 특정지역을 일컫는 말이 될 수 있지요.?

"그것참, 신기하네요." 황수봉 특별 수사본부장이 흥미롭다는 듯이 말했다.

"그럼, 고도혜 기자님이 대신 말씀하시죠?"

"예, 제가 어젯밤에 구몽 박사님의 말씀과 부탁을 듣고, 실제로 확인해보았습니다. 설악면에 '미사리'라고 있습니다. 지금은 미사리라고 부르지만, 이전에는 '메수내'라고 불렀다고 하더군요. 미사리 마을에서 살아오셨던 나이 많으신 어르신께 직접 확인한 사항입니다. 마을은 행정구역상으로는 일제 때인 1914년부터 미사리로 불려 왔지만, 옛날에는 '메수내'라고 불리웠더군요. 전해져 오는 말로는 미륵불이 있어서 '미사' 또는 '메수내'라 하였는데, 1914년 행정구역이 통폐합되면서 미사리라 하여, 오늘에 이르고 있다고 합니다."

"그것참 신기한 일이네요."

구몽 박사가 다시 말을 꺼냈다.

"그리고 현재 설악면으로 들어가다 보면, 산 중턱에 웅장하게 자리 잡고 있는 통일교 본당의 건물이 있습니다. 멀리서 보면 마치 백악관같이 보이기도 한답니다. 앞에 복사된 최희정 씨의 꿈 일기장의 2003. 9. 11자를 보세요. 멀리 백악관 건물이 보였다는 이야기가 나오고 있습니다.

또한, 같은 날짜 꿈에서 본 거대한 폭포는 일주일 뒤인 9. 18일에 식당에 갔다가 꿈에서 본 폭포가 나이아가라 폭포였다고 밝혀진 실현사례가 적혀져 있고요. 이로써 보면, 백악관과 나이아가라 폭포는 납치된 곳의 특정 지형물을 암시해주는 것이 틀림이 없는 것 같습니다."

듣고 있던 청수가 모처럼 말했다.

"아, 꿈 일기장의 '나이아가라' 폭포 이야기도 알 것 같습니다. 청평서 들어가는 길에 '나이아가라 호텔'이라고 특이한 호텔이 있습니다. 거기를 뜻하는 말이 아닐는지요."

"어떻게 나이아가라 호텔을 아시는데요?"

"실은 올봄에 미림 씨와 주말여행을 갔을 때, 한 번 지나가면서 보았는데, 다소 특이한 호텔 이름으로 기억하고 있습니다."

청수가 미림의 동생인 영석의 눈치를 보며, 쑥스럽게 말했다.

이로써 보면, 그녀의 일기장에 기록된 '개 두 마리가 눈 덮인 산 아래서 마주 보며 이야기를 나누는 꿈', '메수내', '백악관', '나이아가라' 등은 장차 납치되어 갇혀 있게 될 곳의 지명이나 저명한 지형지물을 일러주는 꿈으로 추정되는 것이었다.

이어, 아까부터 일어나 말을 하려고 눈치를 보고 있던 미림의 동생인 영석이가 일어났다.

"미사리와 백악관 이야기를 들으니까, 이제 모든 것이 확실하게 밝혀져 가는 것 같네요. 저는 이방 수사반장으로부터 경춘가도에서 갈라져 들어가는 곳의 전원별장이 유력하다는 말씀을 들은 후에, 그동안 날마다 친구들인 산악회원을 이끌고 의심이 갈만한 곳을 찾아다녔습니다."

"특히 일요일인 어제는 수상하게 여겨지는 별장 같은 주택을 다시 살펴보았습니다만 ---,"

"그곳이 어딥니까?"

"산악회원을 이끌고 설악면에서 한참을 들어가서 미사리 부근의 장락산 자락에 통일교 본당이 있는데, 멀리서 보면 백악관처럼 웅장한 자태로 보이고 있더군요."

"그 아래 산 끝자락에 특이한 모양의 집이 있었습니다. 오후에 산악회원과 함께 내려오는 데, 산 경계 부분에 전자 감응의 감시 장치가 설치되었던 흔적이 있더군요. 전선줄이 여기저기 남아 있었고요. 그 밖에도 수상한 점이 한둘이 아니더군요. 마을과 떨어져 외부인의 출입을 철저히 통제할 수 있는 것 같았고요. 민가를 거치지 않고 우회하는 길도 따로 있더군요.”

순간 수사반장의 눈이 빛났다.

“충분히 가능성이 높은 지역이네요. 납치한 차량의 번호판을 CCTV로 추적한 결과 경춘가도와 청평을 지나는 길이었는데, 경춘가도에서 들어가야 하는 길과 일치하기도 하고요.”

“더구나 집 모양이 피라미드 모양에 가까웠고요. 조경시설도 빼어났으며, 특히나 계곡의 물을 연못으로 흘러 돌아나가게 해놓았는데, 스핑크스의 입을 통해 물이 떨어지고 있더군요.”

이방 수사반장이 종합적으로 정리해서 말했다.

“여러 정황과 꿈 일기장의 내용으로 미루어, 설악면 미사리에 있다는 영석 군이 본 피라미드 모양의 전원별장이 가장 의심이 가는 곳이군요.”

이때 최도식 형사가 일어나 말했다.

“저는 그동안 최희정을 따라다녔다는 박이건 사장을 미행해 왔습니다. 토요일 밤 11시에 집에 들어가는 것을 확인했습니다만, 월요일인 오늘 아침에도 집이나 사무실에도 그의 행적을 찾을 수 없었습니다. 일요일 새벽 하연 씨의 납치 사건이 발생한 이후로, 그의 자동차가 보이지 않고 있으며, 추측건대 한밤중에 연락을 받고 어디로인가 간 것 같습니다. 아마도 하연 씨를 납치한 일당과 모종의 관련이 있는 것이 틀림이 없는 것 같습니다.”

김복진 형사가 말했다.

“그래요. 추정컨대, 납치한 일당으로부터 연락을 받고 어디론가 간 것 같군요?”

“방범용 CCTV로 차량의 운행을 확인해보면 알겠지만, 피라미드의 별장으로 갔을 가능성이 높습니다.”

"정규 수사팀에 박이건 사장의 행적을 추적하면, 범인들을 잡을 수 있다고 알려주도록 하겠습니다."

이방 수사반장이 말했다.

다시 황 본부장이 일어나, 회의 결과의 최종적인 마무리를 지었다.

"자아, 그러면 오늘의 회의결과를 종합해보면, 설악 미사리에 피라미드 모양의 전원별장이 납치범들의 유력한 소굴로 드러났으니, 급히 수사팀을 보내도록 하겠습니다. 범인을 잡는다면 다행이지만, 혹 잡지 못 한다면 내일 이 시간에 회의를 다시 열기로 하겠습니다."

듣고 있던 청수가 결연히 일어나 말했다.

"꿈 일기장에 적힌 단서라든가, 여러 정황상 피라미드 별장이 틀림이 없다고 보입니다. 그러나 혹시 경찰의 수사가 물증을 찾아내지 못한다면, 무위에 그칠 수 있을 수도 있습니다. 따라서 저희는 오늘밤 보다 확실한 증거를 잡기 위해서, 피라미드 주택에 은밀히 침투하여 알아볼 것입니다."

황 특별수사본부장이 걱정스러운 듯이 말했다.

"아니 어떻게요? 그러다가 범인들로 하여금 증거를 은폐시키거나, 강렬한 저항 등 극단의 행동으로 나아가게 되지 않을까요?"

경험이 많은 이방 수사반장이 한마디 거들고 나섰다.

"미림의 편지를 보내게 한 것으로 미루어서는 강렬한 저항 등으로 나아가지는 않으리라고 추정됩니다."

"그다지 걱정 안 하셔도 될 것입니다. 실은 침투시키는 것은 사람이 아니라, 쥐입니다. 그동안 저희 연구소에서 개발해온 로봇 쥐입니다."

"로봇 쥐라고요?"

"예, 여기 앉아서도 옆 수사본부 실에서 일어나는 일을 다 알 수 있습니다.

움직이는 CCTV라고 할까요. 외견상으로는 쥐의 모양으로, 어떠한 곳에도 침투할 수 있으며, 모든 음향뿐만 아니라, 한밤중에도 레이저 시스템으로 10여m 떨어진 물체를 정확히 식별하여 녹음 및 촬영할 수 있습니다.”

“호오, 그래요?”

“저희는 지금 별도로, 의심이 가는 피라미드 주택으로 출동할 예정입니다. 경찰수사가 해결해낸다면 다행이지만, 그렇지 못하면 저희가 찾아낼 수 있을 것입니다. 찾아낸다면, 증거자료 전송을 하면서 바로 연락드리겠습니다. 그러면, 수사본부장님께서는 한밤중이라도 즉시 출동할 수 있게 준비해주시기 바랍니다.”

“알았소.”

청수와 영석, 그리고 인혁이 사전에 이야기되었다는 듯이 굳게 입술을 깨물면서, 결의를 다지고 있었다.

2003.10.20. 월요일 16:00

월요일 오후 4시경, 특별수사본부에서 수사관들이 피라미드에 들이닥쳤다. 하지만 칼치를 비롯한 부하들은 이미 모든 흔적을 지우고 자동차를 타고 피신한 뒤였으며, 지상의 백련화 또한 한두 명을 빼고 모두 빠져나간 뒤였다.

마 두목과 박 마담은 다정한 부부인 듯, 친절하게 수사관들을 안내하여 경찰의 수사망에서 벗어날 수 있었다.

지하실로 안내하라는 수사관의 말에도 태연스럽게 안내를 하는 것이었다. 여느 때 같으면, 지하 창고에 술이라든지 음료수들이 잔뜩 쌓여 있을 것이었다. 하지만 마 두목의 지시에 따라, 각종 술이 처리된 상태였으며, 빈 술병들 역시 깨끗이 치워진 상태였다.

지하 1층 외에 비밀방들은 지하 2층으로 되어 있음을 수사관들은 알아낼 수가 없었던 것이다.

외견상으로는 멋진 집을 지어놓고, 부부가 행복한 전원생활을 하는 것으로 보였던 것이다. 지하 2층으로 연결되는 비밀방과 통로는 설계도면 상에도 존재하지 않는 것으로, 그 어느 누가 와도 쉽사리 찾아낼 수 없었다.

제 30장

무너진 피라미드 - 로봇 쥐

2003.10.20. 월요일 21:00

피라미드에 대한 특별수사본부의 수사과 팀의 수사가 무위로 그친, 월요일 저녁이었다. 그간의 꿈의 단서와 수사로 미루어, 피라미드가 틀림이 없다고 믿는 청수와 영석과 인혁이 주동이 되어, 피라미드에 대한 탐색에 나섰던 것이다. 그들은 저 멀리 피라미드를 우회하여 피라미드를 내려다볼 수 있는 언덕에 자리를 잡았다.

청수는 자신의 연구소에서 그가 피땀을 들여 개발한 로봇 쥐 두 마리를 꺼내 들었다. 이제 특허만 받으면, 새롭게 벤처기업으로 창업해 나아가기로, 연구소 내 상사와 약속되어 있었다. 그동안 시험 삼아 상사의 친구 아버지가 운영하는 공장에, 야간이면 은밀하게 두 마리를 풀어놓아 테스트를 걸친 결과 완벽한 대성공이었다.

실로 움직이는 이동용 CCTV였던 것이다. 로봇 쥐의 두 눈을 통한 야간 레이저 시스템으로 어떤 물체이든지 식별하였으며, 두 귀에 설치된 고성능 귀는 사람의 귀로 못 듣는 주파수까지 식별함으로써, 방범 기능뿐만이 아니라 전기 누전으로 인한 사고 위험 방지 및 위험 시설물에 대한 안전진단까지 가능했다.

이 밖에도 로봇 쥐의 기능은 무한했다. 로봇 쥐의 네 발이나 뱃속에 그때그때 필요한 장비를 장착하여, 사람의 손이 닿지 않는 곳의 청소뿐만 아니라, 해충이나 바퀴벌레의 박멸에도 뛰어난 기능을 발휘하고 있었다.

이제 다만 남은 것은 용도에 따른 다양한 로봇 쥐의 개발과 다양한 디자인으로 크기의 최소화 및 최대화하는 방향으로 나아가는 것뿐이었다. 이제 벤처기업으로 성공하면, 당당하게 미림의 부모님 앞에 나설 수 있을 것이다. 그는 자신의 연구 결과물인 로봇 쥐가 미림을 찾아내는 데 도움이 될 수 있다는 것에 대하여 자부심과 긍지를 느끼고 있었다. 무엇보다 미림을 구출해서, 새롭게 시작할 수 있으리라는 기대감에 부풀어 있었다.

탐색 로봇 쥐의 성능은 우수했다. 하수구나 물속 침투를 위하여 방수 기능은 물론 장애물이 있으면 원격조정으로 앞발을 사용하여 들어 올리거나 내릴 수 있었으며, 필요시 발바닥의 빨판을 이용하여 90도 경사각이라도 오르고 내릴 수 있었다. 또한, 두 눈에 비치는 영상으로 10m 내의 모든 것을 손금 보듯이 할 수 있었다. 시시각각으로 영상과 음향을 전송해올 수 있었으며, 사진촬영까지 가능하였다.

더구나 야간에는 로봇 쥐인지, 실제 쥐인지 구분되지 않을 정도였다. 또한, 유사시에는 카멜레온처럼 보호색 모드로, 주변 경관에 따라 색깔을 자유자재로 변경할 수 있었다.

그는 계곡의 물을 따라 탐색용 로봇 쥐 두 마리를 은밀히 투입했다. 피라미드를 지키고 있던 개들 역시 잠잠했다. 로봇 쥐는 피라미드의 위에서부터가 아닌, 건물의 맨 밑으로부터 침투할 것이다. 하수구 시설을 찾아 내려가는 로봇 쥐를 통해 비치는 모니터 화면을 청수와 영석과 인혁은 주시하고 있었다.

하수구를 따라 로봇 쥐 하나가 침투한 곳은 피라미드의 건물의 지하 하수구였다. 수직으로 올라가는 빨판을 작동하여 하수구를 따라 올라가 막힌 하수구 덮개 밑에서 멈췄다. 음향 센서를 최대한 올려, 주변의 소리를 듣도록 조정했다. 이상이 없음을 확인한 후에 하수구 덮개를 밀어 올리며 로봇 쥐를 올려보냈다. 로봇 쥐의 눈을 통해 주변의 색깔이 비쳤다. 순간 로봇 쥐의 인공 털의 색깔이 카멜레온처럼 자동으로 변하기 시작했다. 어느 순간 로봇 쥐는 사라진 듯싶었다.

이어 원격으로 음향시스템 감지기를 빼내어 작동시켰다. 반경 10m 내외의 모든 소리를 청취 및 자동 녹음이 되는 장치였다. 이따금 무언가 흐느끼는 소리와 사람이 움직이는 듯한 인기척 소리가 들려왔다. 청수는 로봇 쥐의 위치를 컴퓨터 상의 고도계 표시 장치와 견주어 확인했다. 그랬다. 피라미드 건물의 훨씬 아랫부분으로, 지하 2층에 해당하는 곳이었다. 지하 2층에 별도의 비밀방이 있음이 틀림없었다.

또 다른 로봇 쥐 한 마리는 피라미드의 건물 외벽을 따라 올라가도록 하여, 창가에 부착시켰다. 로봇 쥐의 음향 시스템을 작동시켜, 창밖에서 방안에서 일어나는 모든 소리를 들을 수 있도록 하였다. 몇 개의 방은 조용하였으나, 소리가 들려오는 방이 있었다. 목소리가 들려오고 있었다. 청수는 원격으로 자동녹음 스위치를 눌렀다.

"이제 어떻게 하실 것인지요?"

"미안하오. 모두가 내 불찰이오. 칼치가 그렇게까지 할 줄은 몰랐오."

“──”

“더구나, 납치해온 한 여자가 자결해 죽었소. 오늘 오후에 수사관들이 왔다 갔으나, 언제까지 발각되지 않으리라는 법은 없소. 아무래도 자수를 해야 할 듯싶소.”

“──”

“미안하오, 당신과 여생을 보내고 싶었는데 지켜주지 못할 듯싶으오.”

“내가 떠나거든, 여기를 정리하여 임의로 처분하여 주기 바라오. ‘생야일편부운기(生也一片浮雲起) 사야일편부운멸(死也一片浮雲滅)’의 말이 있는 것처럼, 우리 인생이란 한 조각의 구름이 일어났다가 스러지는 것이 아니겠소. 그동안 날 믿고 따라준 것이 고마울 뿐이오.”

청수는 이번에는 야간 레이저 시스템을 동시에 작동시켜 촬영이 되도록 했다. 불 꺼진 방안에 누워있는 두 남녀의 모습이 비쳤다. 이제 모든 것이 밝혀진 것이었다. 순간 방안에서 여자가 비명을 지르는 소리가 들렸다. 로봇 쥐의 레이저 탐색 시스템의 빨간 눈이 발각된 모양이었다.

청수는 급히 로봇 쥐를 철수시켰다. 쥐에게서 자동으로 지찍-찍직 소리가 들렸다. 청수는 로봇 쥐를 철수시키고 장비를 정비하면서, 이방 수사반장에게 전화를 걸었다.

“반장님, 피라미드 지하에 비밀방이 있음을 확인했습니다. 여기 지금 전송되는 자료를 확인해보세요. 지금이라도 특별 수사본부 요원을 다시 파견해주시기 바랍니다.”

“정말인가? 알았네. 수고했네.”

밤늦은 시각, 다시 일련의 수사팀이 마 두목과 박 마담 앞에 들이닥쳤다. 그들은 낮에 왔던 경찰 수사관과는 다른 사람들이었다. 특별수사반장을 앞세운 인혁과 청수는 지하로 통하는 비밀통로를 알고 있는 듯했다.

특별 수사반장은 마 두목에게 스스로 지하 2층의 비밀방으로 안내하여 감형을 받든지, 납치 은폐로 장기간 교도소에 있게 될 것인지 택할 것을 요구했다. 아울러, 마 두목의 눈앞에, '큐피드(Cupid)' 명품관 개관 날의 보석 코너 앞에서의 미림의 사진과 함께, 마 두목과 칼치의 모습이 담긴 CCTV 사진을 내밀었다.

마 두목은 고개를 떨구었다.

"미안하오. 박 마담, 내가 사람을 잘못 보았소. 뒷일을 부탁하오."

마 두목은 회한의 눈물을 흘렸다. 10여 년을 준비하여 쌓아온 피라미드의 모든 것이 무너져 내리는 순간이었다.

마 두목의 안내로 내려간 지하 비밀방에서 하연과 미림은 무사히 구출될 수 있었다. 하연이 납치된 지 이틀만이었으며, 미림이 납치된 지는 보름여 만이었다.

하지만 난초인 희정은 납치된 지는 일주일이었지만, 찾아낼 수가 없었다. 마 두목의 자백으로, 양지바른 곳에 암매장한 그녀의 시신을 찾을 수 있었다. 꿈의 예지대로 그녀는 고운 한복을 입고 꽃가마 타고, 화려한 햇살이 비치는 새로운 세계로 먼 길을 떠난 것이었다.

이어 달아났던 칼치를 비롯한 일당이 전국에서 검거되었다. 특히 칼치에게는 납치 및 자의든 타의든 최희정을 죽음으로 몰고 간 것에 대하여, 일급 살인죄를 적용하여 무기징역이 구형되었다. 칼치의 부하들 역시, 석두를 비롯하여 우진·망치 등 행동대원으로 책임을 물어 각각 징역 10년의 형이 언도되었다.

한편 마 두목 역시 비밀요정을 운영하고, 부하인 칼치의 독단적인 행동을 막아내지 못한 점 및 여대생 미림의 성폭행과 납치를 방조한 죄를 물어 징역 10

년이 언도되었다.

　박 마담 또한 수사 선상에 올려졌으나, 납치되어온 자신을 내보내라고 강력히 주장했다고 하는 미림의 증언으로 인하여 무죄로 처리되었다. 또한, 그녀가 백련화 아가씨들에게 자립할 것을 권유하고, 어려운 고아들을 데려다가 길러 낸 점이 참작되었다. 무엇보다도 해마다 구세군 냄비에 거액을 넣었던 인물이 박 마담이었던 사실이 그녀의 비밀장부를 통해 밝혀졌던 것이다.

　또한, 마 두목의 자백에 따른 백주월 회원의 명단에 올려진 사회 지도급 인사 및 재벌 2세 등에 대해서도 철저한 구속 수사를 통하여, 각각 징역 2~3년이 언도되었다.

　그중에서도 특히 칼치의 자백을 통하여, 납치 사건을 사주하게 했던 재벌 2세인 송영민과 박이건 사장에게는 납치를 사주토록 한 책임을 물어, 가중처벌을 내려 징역 10년이 구형되었다. 하지만 송영민은 이미 뇌 손상으로 어린아이의 지능이 된 처지에다가, 허리를 다쳐서 하반신을 쓸 수 없는 신세였다.

<에필로그>

사건 이후에 피라미드는 한동안 오가는 이가 없는 적막 속에 쌓여 있었다. 그러나 점차 시간이 흐르면서, 피라미드가 납치 조직의 근거지였다는 뉴스를 듣고, 연일 수많은 사람이 찾아와 피라미드를 둘러보고 있었다. 이에 박 마담은 피라미드를 지키고자 하였지만, 납치 조직의 보스와 내연 관계라는 비난의 화살에, 피라미드를 정리하여 떠날 수밖에 없었다.

그녀는 회사원 최희정의 어머니를 찾아가서, 마 두목을 대신하여 용서를 구하였다. 또한, 피라미드를 정리하고 남은 금액 중에서 반을 떼어 내어, 희정의 어머니에게 넘겨주었다.

"죄송하지만, 따님을 잃으신 데에 대한 자그마한 성의를 표하고자 합니다."

이어 그녀는 평소에 그녀가 자주 다니던 산사로 들어갔다. 그녀는 마 두목이 출옥할 날을 기다려서, 그녀가 평소 자주 다니던 절에 의탁하여 조용히 묻혀 지내고자 했다.

구출된 미림은 부모님의 허락으로 청수 오빠와의 행복한 만남을 이어갈 수 있었다.

사건이 해결된 후에 정하연은 노 회장의 허락하에 연예계에서는 은퇴하였으나, 보디가드였던 인혁과 결혼하여 새로운 삶을 시작하려는 희망에 부풀었다. 김 형사 또한 일계급 특진과 함께 고도혜 기자와의 즐거운 데이트에 여념이 없었다.

특히나 이들 세 쌍은 꿈으로 맺어진 인연을 기념하고자, 구몽 박사의 '꿈에 죽고 꿈에 산다'의 몽생몽사를 줄인 '몽몽회'로 이름 짓고, 월 1회씩 만남을 지속하고 있었다.

청수는 자신과 미림의 이름에서 한 글자씩을 딴 청미실업으로 회사명을 정하고, 새로운 회사를 창업하기에 이르렀다. 그러한 벤처 사업에 필요한 자본금은 미림의 부친인 강 사장의 전폭적인 지지하에 이루어졌다. 청수를 불러, 앞으로의 자세한 사업 계획 및 로봇 쥐의 다양한 성능을 시험해 본 미림의 부친은 모든 지원을 아끼지 않았던 것이다.

청수의 로봇 쥐의 벤처기업은 납치 사건의 숨은 해결사였다는 뉴스보도가 나가자마자, 업계의 주목을 받아 각계에서 투자자들이 몰려들었다. 이에 벤처 사업의 성공을 기반으로 코스닥 기업으로 상장되어 국내뿐만 아니라, 전 세계적인 기업으로 발돋움해 나가고 있었다. 연구소를 확충하고 연구개발 인력을 대폭 늘려서 로봇 쥐에 대한 지속적인 연구뿐만 아니라, 두더지쥐·날다람쥐 등 이용목적에 맞는 다양한 로봇 쥐를 대량 양산해내기 시작하였다.

그리하여, 이전의 고정된 CCTV는 사라지고, 일반 아파트의 가정에까지 로봇 쥐가 보급되기 시작했다. 로봇 쥐는 첨단 장비를 갖추어, 도둑이 들었을 때 음향 및 레이저 시스템으로 자동 탐지하여, 자동 사이렌 및 자동 신고 기능을 갖추고 있었다. 이 밖에도 온도변화 감지 센서를 갖추어 방화기능, 구석지고 은밀한 곳의 청소기능, 해충 박멸 기능을 갖추고 있었다. 또한, 귀여운 모양의 로봇 쥐를 생산해냄으로써, 아이들의 애완용 장난감 기능을 해내고 있었다.

또한, 구몽 박사의 꿈해몽을 통하여, 사건 해결의 단서를 제공하였다는 사실이 널리 알려지자, 그의 인터넷 사이트가 꿈에 관심 있는 사람들의 인기를 끌어, 접속이 폭주하여 서버가 다운되는 상황에까지 이르렀다.

청수는 벤처회사의 대표이사로서, 박 마담이 매도했던 피라미드를 다시금 매수하였다. 그리하여 회사의 휴양 별장으로 개조하였으며, 주말이면 주변 친지를 초청하기까지 하였다. 특히 '몽몽회'의 모임은 매달 마지막 주말에 피라미드에서 열리는 것이 당연시되고 있었다. 그날이면, 세 쌍이 모여 국내 정세라든가 사회·정치·경제에 대한 여러 가지 이야기를 나누면서 친목을 다지고 있었다.

6개월여 뒤에 양가의 허락을 받은 이청수와 강미림의 결혼식이 피라미드에서 열렸다. 일가친척을 비롯하여 특별수사본부에 참여했던 몽팀이 대거 참석한 가운데, 주례는 특별 수사본부장이었던 황수봉 검사가 맡았다.

웃음꽃이 함박 피어난 피로연 자리에서, 구몽 박사는 김 형사와 고도혜 기자에게 다가가 술을 권하면서, 한마디 하는 것을 잊지 않았다.

"관악구에서 보내온 식당 주인의 편지 기억하시죠?"

이에 하연과 인혁, 미림과 청수는 식당 주인이 보내온 편지에 관한 자초지종의 이야기를 듣더니, 정의감 넘치는 인혁이 나서서 말했다.

"이 사건을 우리가 해결하는 것이 어떻겠습니까?"

"좋습니다." 이구동성으로 말했다.

"당연히, 억울하게 죽어간 원혼을 풀어드려야지요. 우리 뒤에는 특별 수사본부장이셨던 황 검사님도 있으시고, 이방 수사반장도 계시고, 최도식 형사님도 계시고요. 무엇보다 청미실업 로봇 쥐의 이청수 사장님의 든든한 활동 자금이 있습니다."

김 형사가 나서면서 말했다.

"제가 임시수사반장을 맡아 관악구 살인 사건을 해결하도록 적극 힘쓰겠습니다. 지켜봐 주시기 바랍니다." -----THE END.

백련화

백련화 白蓮花

세 여자의 납치와 예지적인
꿈의 세계

초판 1쇄 발행일 2013년 7월 30일

지은이 홍순래
펴낸이 박영희
편집 배정옥 · 박희경
인쇄 · 제본 AP 프린팅
펴낸곳 도서출판 어문학사
　　　　서울특별시 도봉구 쌍문동 523-21 나너울 카운티 1층
　　　　대표전화: 02-998-0094 / 편집부1: 02-998-2267, 편집부2: 02-998-2269
　　　　홈페이지: www.amhbook.com
　　　　트위터: @with_amhbook
　　　　블로그: 네이버 http://blog.naver.com/amhbook
　　　　　　　　다음 http://blog.daum.net/amhbook
　　　　e-mail: am@amhbook.com
　　　　등록: 2004년 4월 6일 제7-276호

ISBN 978-89-6184-307-2 03810
정가 13,000원

이 도서의 국립중앙도서관 출판시도서목록(CIP)은 e-CIP홈페이지(http://www.nl.go.kr/ecip)와
국가자료공동목록시스템(http://www.nl.go.kr/kolisnet)에서 이용하실 수 있습니다.
(CIP제어번호: CIP2013012210)

※잘못 만들어진 책은 교환해 드립니다.